U0468084

有爱的青春陪伴者

落入心动

（上）

潭允 著

江苏凤凰文艺出版社

图书在版编目（CIP）数据

落入心动：全2册 / 潭允著. -- 南京：江苏凤凰文艺出版社，2024.4
ISBN 978-7-5594-8477-2

Ⅰ.①落… Ⅱ.①潭… Ⅲ.①长篇小说-中国-当代 Ⅳ.①I247.5

中国国家版本馆CIP数据核字(2024)第008384号

落入心动（全2册）

潭允 著

责任编辑	王昕宁
特约编辑	裴欣怡
责任校对	言 一
出版发行	江苏凤凰文艺出版社
	南京市中央路165号，邮编：210009
网　　址	http://www.jswenyi.com
印　　刷	长沙鸿发印务实业有限公司
开　　本	880mm×1230mm　1/32
印　　张	18
字　　数	571千字
版　　次	2024年4月第1版
印　　次	2024年4月第1次印刷
书　　号	ISBN 978-7-5594-8477-2
定　　价	65.80元

江苏凤凰文艺版图书凡印刷、装订错误，可向出版社调换，联系电话025-83280257

目录 /contents

第一章 001
梁殊择

第二章 032
初步印象

第三章 055
他的温柔

第四章 085
巧妙的缘分

第五章 110
想要靠近他

第六章 135
又欠他一次

第七章 162
你别生气了

第八章 196
被相信的感觉

第九章 222
心动时刻

第十章 252
如果他也喜欢她的话

目录 /contents

第十一章....283
周梵，出来见我

第十二章....321
生日愿望

第十三章....358
最懂她的人

第十四章....390
她不知道的事

第十五章....425
别怕，我在

第十六章....459
有你就都行

第十七章....488
我的公主

第十八章....525
和最喜欢的人在一起

番外一....543
我记住你了

番外二....548
爱就是你

番外三....559
此生共白头

第一章

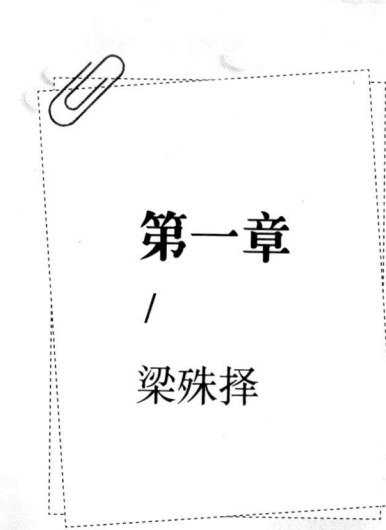

/

梁殊择

2014年的夏天，周梵考上了邻省的西京大学。

九月份，她收拾行李去学校。

收拾行李的前一天，周峪嘉打了一晚上游戏，刚睡醒便看到周梵在整理行李箱。他去客厅倒了一杯水，一饮而尽，说话时声音还有点哑："姐，你去西大逃难啊？"

周梵正往行李箱里塞亲戚送的牛奶，又塞了些面包后，弯唇笑："反正不给你留。"

周峪嘉笑了两声，逗她："姐，不知道的还以为我们周家'重男轻女'呢，别人会误以为爸妈不给你生活费，让你只能靠牛奶和面包充饥。"

周梵也逗他："我们周家一向'重女轻男'，这街坊邻居还有谁不知道吗？"

这倒是真的，周梵比周峪嘉大三岁，虽是姐姐，但在周家，作为老幺的周峪嘉家庭地位实在堪忧。

周峪嘉被噎住，继续跑回房间里打游戏了。他心烦意乱地打完一局游戏后，又走到客厅，看周梵还有什么没带。

高铁票是明天的，还有十几个小时周梵就要去另外一个省了。

晚上十一点，周梵和周峪嘉在客厅里看喜剧电影。周父周母在国外考察项目，家里只剩姐弟两个人。

电影进入尾声，周峪嘉把玩着卫衣帽子两边的拉绳，手指缠着绳子，忽然想起同学梁书薇上一周给他发的短信。

他抬眼看了看周梵，戳了下她的马尾，问："姐，你还记得梁书薇吗？"

"谁？"周梵喝了口周峪嘉给她倒的豆奶，对这部电影意犹未尽，没怎么认真地和周峪嘉聊天。

"就之前，爸妈不在，你不是去参加我的家长会了吗？"

周梵顺着他的话问，实则一点也不走心："怎么了？梁书薇是你的班主任？"

周峪嘉盘腿坐着："不是。"他琢磨了下说话的艺术，"梁书薇有个哥哥，和你是一个高中的，而且她哥哥上次也来参加她的家长会了。上周她偷偷和我说,她哥哥比你高一届,也是考的西大。"

"哦。"周梵关掉电视,抓住一个细节,"她为什么偷偷和你说?考上西大很丢人吗?"

西大是国内TOP级"985"重点大学,能考上西大的怎么着也不算丢人,反而是一般人艳羡的高等学府。

"不丢人。"周峪嘉说,"这不是重点,重点是梁书薇的哥哥和你在同一个大学,你不觉得你和梁书薇的哥哥很有缘分吗?"

周梵思索一番,踩着拖鞋去冰箱底层拿冰激凌,继续敷衍他:"有吧。"

周峪嘉完成了梁书薇交代的任务,不用给作为数学课代表的梁书薇检查额外的暑假作业了,心情甚好:"姐,梁书薇的哥哥是你的学长,你在西大如果遇到了什么解决不了的事,可以告诉他。"

周梵气笑了,说:"我要是真遇上事了,怎么告诉他?靠着他和我心有灵犀啊?"

周峪嘉看着梁书薇给他发的短信,言之凿凿:"反正梁书薇的哥哥一定会护着你。"

周梵舔一口冰激凌:"随他的便。"

反正她和梁书薇的什么哥哥都没见过面,她怀疑这一切只是周峪嘉在她身上找乐子。

翌日,家里的司机开车送周梵去高铁站,周峪嘉双眼惺忪地坐在了后排,太困了。

"姐,你在西大要注意安全啊。"他小心叮嘱。

周梵回头扫他一眼,嘴巴动了动:"我又不是去危险地区,用不着注意安全。"

周峪嘉陷在座椅里,本想说她长得漂亮,一定要小心那些不怀好意的男的。但看着周梵一副无所谓的样子,他起了好胜心,改口道:"我的意思是,西大要注意安全,不是你要注意安全。"

司机张利听着两姐弟打趣,笑了几声:"小嘉最心疼小梵了,你们姐弟感情是真的好啊。"

周峪嘉开玩笑般道:"嗯,好,家里一瓶牛奶都没剩下,全给她装行李箱了。"

周梵闻言笑了笑。

城市的浮光掠影——在眼前掠过,取而代之的是一大片稻田和转瞬即逝的乡间风光。

去往西大的高铁途经许多站点,风景开始变得索然无味。

周梵坐在最里边的座位,收回看风景的视线,闭目养了会儿神。

高铁在一个经停站停了一小会儿,启程后,忽然有人轻轻拍了拍她的肩。

她睁眼,眼前是一个三十多岁的年轻妇人,对方满脸希冀地说:"小姑娘,我能不能和你换个座?我买错位子了。"对方指了下右前方的座位,"就那儿,我小孩没人带,对不住啊,小姑娘。"

周梵看向右前方的座位,点了下头:"好。"

妇人谢过她。周梵起身,背起淡黄色的书包,和妇人交换位子。

那个位子也在最里边。

她如果要进去,得跨过外边坐着的人。

外边坐了个男生,脸部轮廓流畅硬朗,下巴硬挺,穿着件黑色的冲锋衣,坐姿懒散,又冷又踺。

淡淡的光线笼罩着他,长腿支着,整个人看上去非常帅气。

周梵不经意地扫他一眼,从他身边走过,书包带子不小心划过他凌厉的眉眼。

她并不知情地坐下,将书包放到腿上。

空气随即弥漫着一股淡淡的清香,前调是苍梨,后调是茉莉。

男生垂下眼,将长腿收好。

高铁到达西京市,是在下午五点。

周梵听着温柔女声提醒前方即将到站,迷迷糊糊地睁开了眼,顺手拔掉耳机线。她下意识歪头往外看,第一次来这个城市就遇到了下雨。

雨势极大，雨滴"啪嗒啪嗒"打在高铁窗户上，她刚刚完全睡过去了，压根儿不知道什么时候下雨了。

高铁全线都开了空调，冷空气无孔不入地侵入每个细胞中。

灯光冷白，直直地打下来，眼前的一切像是电影中才会出现的镜头。

周梵舔了下唇，站了起来，准备去原来的座位上头拿行李箱。

旁边的那个男生眼睛完全闭着，冷白灯光打在他身上，整个人看上去又多添几分冷硬感，气质冷淡而矜贵，她一不小心多看了两眼。

忽然，男生懒懒地掀了下眼皮，深邃眼角略往上抬了抬。

周梵缓慢地眨了下眼，还未来得及收回视线，两人的视线便猝不及防地相撞了。

那人的眼神像是有温度，周梵只与他对视一秒，便淡淡地别开视线，从他身旁走了过去。

梁殊择又撩了下眼皮。

时间流逝得仿佛极其缓慢，周梵感觉一直有一道视线牢牢地落在她身上，她感觉这道视线的主人是那个男生。

思及此，周梵果敢地又对上了那道视线。

果不其然，她与那个男生的视线再次相撞。

下意识地，周梵一边将书包背在薄背上，一边又看了眼那男生。

男生的视线一直落在她眉眼处，沉默几秒，忽而懒懒地扯了下嘴角，将落在座位上的白色耳机线拿起来，递给了周梵。

周梵看到那条白色耳机线，才想起刚刚忘记将耳机线放到书包了。

她快速扫了一眼男生，发现他眉眼极具少年气，但同时又具有成熟男人的硬朗和刚挺。

"谢谢你啊。"周梵接过耳机线，朝男生道完谢，朝放行李箱的位置走过去。

梁殊择看着她高瘦的背影，也随之站了起来。

周梵踮起脚，手刚碰到行李箱架上银灰色的行李箱，便听到一道低磁悦耳的声音在耳畔响起。那嗓音是陌生的，周梵却仿佛在记忆深处听过这道声音。

"我来。"

但同一秒,周梵已将行李箱从高处拿了下来,她扶着行李箱的拉杆,抿了下唇,吐出一句话:"你来什么?"

梁殊择傲慢地笔直站着,神色淡淡,向行李箱架上扫一眼,将一个白色行李箱拿了下来。

他对上周梵探究的眼神,薄唇动了动:"我来拿我的行李箱。"

周梵推着行李箱,顺着拥挤人流走出车站。

整个西京市都被一场暴雨笼罩,雨水扎扎实实地击打着地面。

2014年的网约车服务远不如现在发达,周梵一出高铁站,便看到有人拉着"西京大学"欢迎新生的横幅。

她遥遥扫了一眼,觉得这便是辅导员口中说的专门来接新生的学长学姐。

周梵撑开伞,朝横幅那儿走过去。

很快,同时也有几个人朝她走了过来。

周梵笑了笑,果然。

学长学姐极为热情,争抢着拿过周梵的行李箱,有个男生甚至试图将周梵的书包摘下来。

周梵摆手:"学长,不用!"

男生长相清秀,看起来温和,性格却拧,一边继续摘着她书包,一边笑了笑:"学长帮你拿书包就好。"

周梵强硬地重复:"不用。"

男生右手抓住书包带,依旧试图摘她书包,手指有意无意擦过她白皙的皮肤,其他几位学长学姐已推着行李箱往前走。

周梵长相张扬漂亮,性格虽温和好相处,但也不是一味忍让,她微微皱眉,吐出两个字:"不用。"

话音刚落,一道高大阴影随即覆了过来。

周梵抬眼,是之前那个在高铁上看到的男生。

他眼神淡淡,冷淡傲慢,只是经过这里,并没做停留,但那个试图摘她书包的男生将手松开,叫了声什么哥。

"高铁站男生"便睨了眼"书包男生",没说什么话,就继续走了。一副什么事都和他无关的模样。

周梵滞了一秒,便撑伞往横幅那儿走。走到横幅那儿,她回头扫一眼两人,抿下唇。刚刚那个"高铁站男生"走过来的时候,她以为他是来帮她的,没想到只是路过而已,她好像想多了。

但好在那个"书包男生"看到"高铁站男生"后就将手松开了,也算顺便帮她脱身了。

雨天黑沉,空气都潮湿,周遭闷热,像裹着一层不透气的膜。

她又抿抿唇,很快便不记得这事。

周梵坐上学校统一安排的巴士,晚上九点,抵达西京大学。

下车时,她一只手撑着伞,另一只手拉着行李箱往宿舍走,决定明天再去报到。

宿舍里四个人都是广播电视编导专业。

第二天报到的时候,周梵和李清铭一起去的。

李清铭是西京市人,长相可爱,性格活泼大方。周梵早上在卫生间洗漱,听到宿舍里传来一阵脚步声,她叼着牙刷往外看,视线和李清铭笑着的眼睛相撞。

"梵梵,你长得好高冷哦!"李清铭扒拉着周梵,第二天便和周梵混熟了,"但你性格又好好哦。"

周梵笑着和她说了会儿话。

因着李清铭是本地人,报了名,回宿舍的路上,她便和周梵罗列了西京市很多好吃的和好玩的。

周梵弯唇听着,李清铭眉毛弯弯,说着说着就想吃了:"梵梵,要不我们今晚去市中心吃?"

周梵正好也想逛逛西京市,两个姑娘一拍即合地去了市中心。

繁华热闹的城市被夜色点缀,昨晚的那场暴雨将树枝冲洗干净,绿植看上去比以往都要鲜亮。

西京市夜景惊人的漂亮,周梵和李清铭手里都拿着一个荔枝味的冰激凌,走在晚岚路上,夏季的风虽燥热,但也依稀拂去一丝灼闷。

李清铭带周梵去了家西京市最著名的餐厅。

店内装潢远超出当代人的审美,整体装修风格精细而考究,菜品味道和服务态度都万里挑一。

事实证明,这家名叫"曦真"的餐厅不仅在西京市著名,在日后也红遍了全国。

而当时周梵只觉得这顿饭吃得极舒心,窗外步行街路人攘往熙来,最后一抹暮色投至桌角。

吃完后,周梵走向前台,要了两瓶那一年重装回归的山海关老牌汽水。

服务生微笑地递给她橙黄色的饮料,店内走进一拨人,服务生露出微笑,提高音量说了声"欢迎光临"。

那拨人嘻嘻笑笑地进来,说笑声不绝于耳,但嗓音又都清朗干净。

周梵转身时,恰好和那拨人擦肩而过。

就在这擦肩的几秒中,她在那拨人中瞥见一道脱颖而出的身影。

周梵没做停留地走向了李清铭。

西京大学是2014年国际大学生程序设计竞赛全球总决赛的冠军学校。

参赛的三名成员是当时大一的梁殊择和两名大四的学长。

灯光将室内照得亮如白昼,梁殊择懒散地迈向包间。

他站在这拨人最中心的位置,眼皮懒懒掀着,出挑又耀眼。

这场聚会是程子今撺掇的,说是庆祝梁殊择为国争光。但明眼人都知道,程少爷只是随便拾个理由来玩一场。

梁殊择也随他的便,一拨人走进餐厅时,其他人随口说着玩笑话,全都拿程子今新交的那个女朋友开玩笑。

梁殊择听着他们说,全程没搭一句腔,脸上表情依旧淡漠,只是偶尔清晰吐出几个字,其余人将他的话视作风向标,继续开程子今的玩笑。

程子今被他们打趣得多了,便想找些其他话题,恰好进餐厅时看到了一个红唇乌发漂亮打眼的女孩。

他看周梵几眼，在人群中小声说笑："那个女孩怎么样？"

梁殊择在任何地方都不轻易看女生，因为几乎所有人都入不了他的眼。所以一开始他并没有看向周梵，还是当中有个人的女朋友唏嘘了声"她的兔子耳坠好漂亮"，梁殊择才缓慢地朝周梵瞥了一眼。

短暂的一秒，他收回视线，表情淡淡，哂笑一声："耳坠一般。"

程子今很快又换了个话题，这轮谈话很快结束。

打车回学校的路上，李清铭还在说着刚才在餐厅遇到的那拨人。

她表情有些许激动："那是梁殊择，今年四月份的时候去俄罗斯比赛，代表西京大学获得了冠军！"

周梵有些困，强打起精神听李清铭说话，觉得"梁殊择"这个名字有点耳熟，但也仅仅只限于耳熟。

脑袋里像缠了千万条细线，眼皮正打架，她摇了摇头，想把睡意晃出去，顺口附和了李清铭一句："哇，那他好厉害！"

李清铭摸摸周梵的头："你是不是困了？"

周梵点头，李清铭让周梵靠在她身上睡，周梵便真的睡着了。

短暂的十五分钟车程，李清铭前五分钟说了梁殊择的"丰功伟绩"以及他在西京大学是如何如何令人瞩目，中间五分钟看出了周梵的睡意，最后五分钟让周梵睡了个浅觉。

夜色浓厚，城市的霓虹光一闪而过。周梵睡着后，做了个梦，梦到她获得了第二届《最强大脑》的冠军，周峪嘉在台下为她鼓掌，眼里闪着激动的泪花："哇！姐，你好厉害！"

周梵和李清铭进宿舍时，其他两名宿舍成员已经到了，她们是下午到的，现在止清理床铺。

"嗨！"热情的李清铭向她们打招呼。

徐雾和郑烟烟是多年的好朋友，很幸运地分到了一间宿舍。二人看到室友，随即也打了声招呼。

四人很快相熟，第一晚相谈甚欢。

西京大学的开学典礼是在9月16日上午举行的。黑压压的新生站在宽敞的体育馆里，百无聊赖地听着台上的老师们训话。

老师们声音洪亮，体育馆内似乎都荡有回音。

周梵低头和李清铭说着昨天在食堂吃的肉末茄子很难吃，下一次不会再吃了，耳边便响起一阵突兀的欢呼闹腾声。

周梵嫌吵，也没看台上是不是来了神仙，就和李清铭交换了下眼神。

两人身材都高挑，本就站在队伍末尾，四周也没有老师，便低着头快速走出了体育馆。

周梵走出体育馆时，恍惚间看到干净的玻璃上反射出一点台上那"神仙"的身影，是一抹黑色。

她凝神一秒，和李清铭去食堂吃午饭了，没去先前吃肉末茄子那一家。

李清铭做主选了家装修还不错的店，两人一致认为比昨天吃肉末茄子那家还要难吃，大概可以荣登西京大学难吃榜单TOP1。

两人吃完饭回宿舍，恰好到了午休时间。

徐雾和郑烟烟正坐在一起看综艺，边笑边吃饭，看到周梵和李清铭回宿舍，立即将综艺暂停了。

"你们什么时候走的？我和你们说，你们吃大亏了，"郑烟烟屁股离开座椅，"计算机学院的梁——"

周梵和李清铭笑着听郑烟烟说话。

过了一小会儿。

"我耳坠去哪儿了？"

周梵忽然出声打断了郑烟烟，她摸了下耳垂，快步走到桌前照了下镜子，耳朵上空空荡荡的，右耳的兔子吊坠不见了。

"是不是落宿舍了啊？"李清铭帮着周梵一起找，郑烟烟和徐雾不再说梁殊择，一起去看综艺了。

周梵将宿舍翻遍，在每一个细小的角落里找过，都没看到兔子耳坠。

李清铭担忧地问："是很重要的东西吗？"她看着周梵，"是重要的人送你的吗？"

周梵打开书桌抽屉，将几本书抖了抖，边大幅度抖动，边回答李清铭：

"是高二那年元旦,有人放到我抽屉的。我不知道那个人是谁,但那个人还给我写了封信,看上去挺真诚的。"

又找了会儿,她补充道:"我一直把兔子耳坠放在家里,上次收拾行李的时候,顺手带过来的。"

李清铭继续帮着她找:"是不是掉路上了啊?"

这个可能性极大,同时也预示着很有可能找不到兔子耳坠了,但周梵还是想试一试。

李清铭陪着周梵出了宿舍,她往通往食堂那条路上找,周梵往通往体育馆那条路上找。

初秋的烈阳高挂,日光透过宽大的樟树叶往地面倾泻。前往体育馆的路途有点远,周梵的身影和树影紧密交织。

待她走到体育馆时,已经是下午一点。

周梵推开体育馆的门,围着里面找了一圈,着重在她班级站着的位置上找,但还是连一点影子都没看到。

心像是一点点下沉。

她记得高二那年,家里出现重大变故,周峪嘉意外发生车祸,那时家里每个人都很难过。

周梵担心周峪嘉,那一阵子她的学习状态一直不好,上课恍恍惚惚的,课余时间趴在课桌上休息,做梦看见的都是周峪嘉真出事的模样。打上课铃时,她常常掉眼泪。

她那时真的好怕周峪嘉哪一天躺在医院里就死掉了。

那天午休,她眼泪"啪嗒啪嗒"地往下掉,却没有声音。她沉默地哭着,哭了一会儿哭累了,就还是想睡觉,便打算从抽屉里拿出纸巾擦擦脸,却摸到了一个坚硬的盒子。

周梵将盒子拿了出来,看到盒子上潦草地写了几个字:高二(5)班周梵。

周梵的纸巾好像全被前桌戴眼镜的男生用完了,只剩下一个空包装。

她愣了下,用衣袖蹭了蹭眼泪,然后慢腾腾地将盒子打开。

盒子里是一对重量极轻的兔子耳坠，在日光下闪着细碎的光，看上去精致小巧。

她将兔子耳坠拎出来，才看到底下有一个折叠好的黄色信封。

她打开信封，信纸便完全展现在她面前。

缠绵日光透过纸张。

纸上写着几个强劲有力的字，飘逸而漂亮，像是特意练过硬笔书法的人才能写出的字——

　　周梵，兔子让你别哭了。

周梵找兔子耳坠找得太认真，以至于没注意到体育馆走进了一个人。

她弯着腰，双眼扫过地面，找寻一遍无果后，打算再到路上找找。

她正准备转身，身后忽然响起一道低沉嗓音。

"你在找什么？"

周梵眉心不受控制地跳了跳。

九月份的阳光越过体育馆大面积的边窗，生了锈的窗户栏杆有细碎锈渣往下掉。

门口忽然传来一阵带着栀子花香的风，就在这阵风声里，周梵转身，和梁殊择视线相交。

她迟疑了一小会儿，抱着一点点他看到兔子耳坠的不切实际的希望开口："在找兔子耳坠。"

梁殊择是回体育馆找不小心落在这儿的资料文件的。

闻言，他滚动了下喉结，懒倦地掀起眼皮，说："很重要？"

周梵不知道他为什么这样问，但还是如实说："挺重要的。"

梁殊择没再说话，表情淡淡地扫过她一眼，径直便往台上走，背影修长。

周梵看着他离开的背影，忽然觉得自己有些莫名其妙，她没事和一个不太相熟的人说这些做什么。

而且这个人看上去就不像是会帮她找耳坠，说不定他还会觉得兔子耳坠很幼稚。

思及此，周梵便往体育馆门口的方向走了。

待她走到门口时，忽然又听到一道懒倦嗓音，尾音似乎还略微上扬了点。

"去干吗？"

周梵脚步顿住，转身，面朝他："去找耳坠。"

这不是显而易见的吗？

他朝她走过来，周梵才发现他是单眼皮，眉骨高挺，头发极短，整个人透着股浑劲。

"等着。"梁殊择吐出两个字。

周梵："哎？"

等什么？

等她的兔子耳坠自己长腿跑回来吗？

梁殊择行事作风一向践到极点，但偏生又没人治得了他。

他从出生开始便是天之骄子，无论在哪儿都光芒万丈。但当他和周梵视线交会时，梁殊择便又耐心地说了一句话，虽然在周梵眼里，这个人仍是践得没边。

"等你的兔子。"

周梵不太理解他的意思，她抿下唇，说："为什么在这儿等我的兔子？"

梁殊择耐心似乎欠佳，周梵就低头看了眼手机，不说话了。

梁殊择撩起眼皮看她，将手机在她眼前晃了晃。

"有人捡到了。"

周梵听到他这句话，很开心地看向他的手机屏幕。

屏幕上似乎是西京大学某个团体的群聊，前几分钟，梁殊择在群里发了他进群一年多来的第一句话。

lsz：有人看见兔子耳坠了？

很快便有人在底下回复，且回复的人数很多。

幸运的是，几分钟后便有人回复说在食堂的地上看见了，让梁殊择报个地点，等会儿可以送过来。

周梵很衷心地朝梁殊择说了声谢谢，但说完之后却忽然发现自己并不记得他的名字。

她看了眼他，想问他的名字，但这个人看上去攻击性极强，一副不太好打交道的样子，她便没再说什么了。

空气沉默无声，偌大的体育馆里只剩两道耀眼身影。

初秋的蝉声依旧不断，小鸟在枝丫上蹦跶得正欢，树影在地上拓出一道黑色阴影。

周梵有些无聊，拿出手机打了局益智小游戏。

但梁殊择站在这儿，让人根本没法忽视他，但他又不说话，只低着头懒散地玩着手机。

周梵无意地扫他一眼，忽然又蹦出一句话："真的谢谢你啊。"

梁殊择漫不经心地朝她看过来："不用。"

周梵说："这个耳坠对我来说特别重要，我还以为找不到了。"

"特别重要？"梁殊择像是特意咬重这四个字。说完，他将手机揣到兜里，从上而下地打量周梵。他净身高将近一米八七，看周梵时，眼皮是垂着的。

周梵感觉他的目光像是一种审视，但或许只是因为他比她高，她产生的一种错觉。

她回答："嗯，特别重要。"

空气安静一会儿，梁殊择扯了下嘴角："男朋友送的？"

周梵立马否认："不是。"她顿了下，补充道，"一个陌生人送的。"

陌生人和男朋友的距离太远，梁殊择横亘其中，成了前者。

他淡淡"嗯"了声，便迈腿走出体育馆。

周梵看着他背影，一种无法言说的情绪笼罩着她。

她猜想是今天中午吃了一顿很难吃的饭的缘故。

2014年是手机进入4G时代的第二年，周梵玩益智小游戏的时候，用的是4G网。

小游戏畅通无阻地通关，周梵感叹 4G 网络就是比 3G 网络要顺畅。

她当时大概等了十分钟。

梁殊择逆着光返回体育馆时，周梵刚赢下一百〇五个金币，她喜滋滋地将金币兑换成技能，一抬头，便看到梁殊择正朝她走过来。

他腿长，几步就走到了她面前。

周梵的手机屏幕还停留在："恭喜您，亲爱的兔小梵大力士用户，您的金币已被兑换成技能，请注意查收哦！"

这个用户名有点中二，周梵当即便摁灭了屏幕，然后表情温和地看向梁殊择。

她没涂口红，唇色却显得深。

梁殊择眼睫漆黑，手心躺着个兔子耳坠，他手大，耳坠很小，在他手心里晃来晃去。

周梵看到失而复得的兔子耳坠，眼前一亮，沉闷的心情被一扫而光。

她很快伸出白皙的手心，狐狸眼亮闪闪地看着梁殊择，轻声说："辛苦你了。"

梁殊择却反手将兔子耳坠收回，一副不打算还给她的样子。

周梵眼神微顿。

梁殊择看着她："我说还你了？"

像是觉得有点不可思议，周梵表情都微顿了下，她声音放缓，据理力争道："这是我的兔子。"

梁殊择声音淡淡："写你名字了？"

两人视线交错了下，周梵低头看了眼他手心的兔子耳坠，说："要不你问问它？"

梁殊择缓缓地扯了下嘴角，不轻不重地将耳坠扬到半空中，然后稳稳地接住，放到了她手心，声线懒倦："收好了。"

周梵看到兔子吊坠在眼前晃荡，在半空中折射着细碎日光，漂亮得过分，她愣了下。

即使是这几天将它戴在了耳朵上，她好像也没有察觉出它的漂亮，只有在此刻，被他晃来晃去时，她才发现，这个兔子耳坠其实很漂亮。

当耳坠被放到她手心时,她随即便握住了它。

失而复得的东西更容易成为宝物,有些东西总要丢一回才知道珍贵。人总是这样,周梵也不例外。

周梵给李清铭打了个电话,说她的兔子耳坠被人捡到了,李清铭便很高兴地先回了宿舍。

成荫的叶片阻挡阳光,周梵将兔子耳坠放到口袋里,走到宿舍楼下的时候,她摸了摸耳垂,发现有点烫。

回到宿舍时,李清铭躺在床上睡觉,徐雾和郑烟烟还在看综艺,时不时发出笑声。

周梵便趴在桌上眯了会儿觉。

下午两点,周梵被李清铭叫起来一起去领军训服。徐雾和郑烟烟已经去了,周梵去洗了个脸,脑袋稍稍清醒过来。

西京大学的军训要进行一个月的时间。

去领军训服的路上,李清铭一直抱怨西京大学的校长是不是热衷于看学生受苦。

拐过上坡的弯时,李清铭看到徐雾和一个男生举止亲昵地走在一起,而郑烟烟则没在她身边。

李清铭和徐雾打了个招呼,徐雾向李清铭和周梵介绍,这个男生叫程子今,是她的男朋友。

但那个叫程子今的男生看了眼徐雾,眼神探究。

徐雾无视他的眼神,说军训结束后,她男朋友要请宿舍的人一起吃饭。

李清铭笑了笑:"你们能谈到军训结束吗?"

周梵用手肘轻轻撞了下李清铭,和徐雾随意交谈几句,便带着李清铭去领军训服了。

领完军训服,李清铭说:"我刚刚是不是说错话了?"

周梵拿着军训服比对身形,比对了好一会儿,觉得这事也不算什么,便说:"没什么,你别想这么多。"

李清铭捂住嘴,干巴巴地说:"我以前就因为说错话得罪过人。"

"用502胶水把你嘴粘起来,"周梵玩笑道,"以后注意点就行了,没什么大事。"

"嗯。"李清铭依旧捂住嘴,"我以后真的得少说话。"

周梵被李清铭逗笑,将军训服的皮带解开。迷彩色的皮带看起来有点劣质,她盯着看了好一会儿,正思索着要不要去商店买一条好的,忽然前方就传来了一道温柔的声音。

"可以交换一下联系方式吗?"

周梵将皮带折叠好,看向那道温柔声音的主人。男生长相优越干净,一双桃花眼在日光下泛着点细碎的光,个高,看起来礼貌绅士。

周梵笑了笑,弯唇礼貌地摇头拒绝:"不好意思。"

男生看着她,见她拒绝,便把手机收了起来,并不恼,就也笑了笑。

李清铭很想说话,但又怕说错话,就一直捂着嘴。

那个男生准备离开,看到李清铭,觉得她一直捂嘴的行为有点怪异,便忍不住问:"怎么了?见到我想吐啊?"

李清铭将手放下,摇头:"没。"

周梵笑得肩膀微抖,觉得李清铭好逗。李清铭好面子,不准周梵笑,她边笑边伸出手来捂周梵的嘴。周梵躲了下,两个人很快打闹起来。男生停在原地看了好一会儿,直到朋友来找他,他才笑着摇摇头走了。

10月20日,西京大学2014届新生为期一个月的军训落下帷幕。

军训总结仪式结束后,周梵和李清铭马不停蹄地脱下军训服,洗干净后将军训服捐给了学校的三叶草社团。

当天晚上,周梵和李清铭回宿舍时,徐雾正拿着一支眉笔描眉,郑烟烟指导她画眉画歪了。

徐雾看到周梵,朝她扬手:"梵梵,你帮我化下妆,等下我男朋友请你们出去吃饭。"

周梵弯唇笑了笑,走到徐雾对面的座位上,根据徐雾的五官和脸形,帮她化了个适合好看的淡妆。

化完妆,徐雾很满意,她今天穿了条掐腰的连衣裙,整个人看起来高挑漂亮。

周梵没怎么化妆，穿着件T恤配上牛仔裤就和李清铭去楼下了。

临近深秋，白天温度也不怎么高，晚上更冷，常常一阵风刮过去，将人的脑袋都吹清醒。

路旁的树叶像是一夕之间全染了黄，枯黄一片。

过了会儿，徐雾给周梵打了个电话，让周梵和李清铭去校外，她男朋友的朋友开车来接她们。

周梵挂了电话后，便和李清铭往校外的方向走。刚走到校门口，她便看到一辆黑色低奢的车停在了门外，极其打眼。

李清铭挽着周梵的手，看了好几眼车牌，有点惊讶地说："这个车好像不便宜，我哥一直在求我爸爸买这个车，但我爸一直不肯买。"

与周梵有个便宜弟弟不同，李清铭有个败家哥哥，浪荡纨绔得不像样，仗着李家资金雄厚，学着其他富二代开公司做生意，但赔了不少钱，李家至今都在补他的无底洞。

周梵不太认识汽车的品牌，只是觉得有人来接她们比搭出租车要方便很多。

上车的时候，一个男生坐在驾驶位，摁了下遥控，看到周梵和李清铭，他笑着打趣："好巧啊，程少爷的女朋友是你们室友啊？"

男生是上个月领军训服那天，问周梵要联系方式的那个人。

周梵记不得他了，弯唇笑笑说谢谢。李清铭性格开朗，也自来熟，很热情地和他聊了起来。

暮色四合，天边的卷积云像鱼鳞似的遍布，最后一抹色调虚晃着，等车开至沉水大桥，天空才彻底陷入昏黑。

周梵是被李清铭叫醒的。

她不知道自己是什么时候睡着的了，恍惚间耳边传来李清铭的声音，她睁开眼，看到李清铭嘴巴动了动："车抛锚了，我们要换一辆车。"

几秒后，黑白的画面缓慢变成了彩色的，眼前的景象才染上鲜活的颜色。

周梵下意识看了眼外面。

汽车好像是抛锚在一个没什么人的地方，不是繁华的街道，也不是高速公路上。

天是昏暗的，周遭没有灯光，几乎什么也看不清，只有另外一辆车的前照灯打着，是外头唯一一抹色彩。

在这孤独的一抹亮色中，周梵好像看到一个人倚在另外一辆车车旁。车灯照着他的身形，勾勒出一道高大修长模糊的身影。

之前那个开车的男生敲了下车窗，周梵摇下窗，男生歉意地说这辆车真的抛锚了，让她们坐另外一辆车，他得在这儿等修理厂的人来。

周梵和男生说了几句话，李清铭打开车门率先下车了，周梵随后也下了车。

两个人挽着手走在夜色里，一阵冷风刮过来，映在杂草路上的身影都晃动不止。

"在这儿等人。"

忽然，周梵耳朵捕捉到一道慵懒嗓音，她循声看过去，是她先前在车内看到的那个身形利落高大的人。

他好像在和谁打着电话，微低着头，下颌棱角锋利硬朗，在夜色里显得锐利而不可一世。

周梵很快认出这人是他，一个月没见了，她有点惊讶自己能这么快认出一个还不知道名字的人。

李清铭嘻嘻哈哈地和周梵聊天："徐雾和郑烟烟肯定已经到了，我们比她们要早出来，没想到却比她们晚到。"

"运气不好。"周梵看了眼他，说今天晚上车子意外抛锚的事。

"对啊，我们是真运气不好。"李清铭准备拿出手机看一下时间，居然摸了个空，"我手机好像放在抛锚的车上了。"

李清铭快速转过身，朝车那边走："梵梵，你等我一下。"

周梵准备陪李清铭，李清铭回头看她一眼："很近，你别跟过来。"

周梵止住脚步，看了眼李清铭，的确只有几步路，她便打开手机手电筒，替李清铭照亮前方的路。

手电筒的光亮微弱，光线朦胧，周梵还是打算陪着李清铭一起去，她正准备挪开脚步时，听到了一阵脚步声。

四周静了静。

"过来。"

清晰低沉的两个字划破安静气氛，周梵愣了一秒，眼神动了动。

她指了指拿着手机走过来的李清铭，说："我在等她。"说完，她看一眼李清铭，将手电筒的光源送出去一点。一秒后，她听到那人低磁又漫不经心的声音。

"我也在等你。"

周梵缓慢地眨了下眼睛，看着李清铭一蹦一跳地走过来。

她低声朝他说："那走吧。"

李清铭有点困了，打蔫似的躺在后排座位上，眼睛完全闭着。

周梵睡了一觉倒不困了，她双手撑着下巴，看外边绚烂迷离的夜色。汽车开得很稳，一小会儿后，她们已逐渐远离了了无人烟的郊区，往市中心的方向走。

西京大学离市中心有一定的距离，两地之间还隔了一片鲜有人居住的荒地。

刚刚车子就是在那片荒地上抛的锚。

车厢里没人说话，等红灯的时候，梁殊择眼睛漆黑，腕骨清晰，骨节分明的手指看起来刚劲有力。

他的侧脸隐没在黑暗里，开车的时候，大手握住方向盘，动作桀骜不驯。

周梵看了一眼便挪开了视线。

抵达程子今选的餐厅后，梁殊择歪头看了眼后座上的两个人，声音听起来懒洋洋的，带着他一贯的浑劲："走了。"

周梵轻声叫醒李清铭，李清铭擦擦眼，两人下了车。

梁殊择走在前面，背影都嚣张凛冽。

李清铭睡醒后才发现她刚刚上的是梁殊择的车，她呆了呆，准备问周梵她是不是睡迷糊了，但几秒后郑烟烟下楼来接她们，李清铭就没问了。

"路上车抛锚了。"周梵说，"人都到齐了吗？"

郑烟烟走在前面带路，眼里含着笑意："都到齐了，就只差你和清铭了。"

走到302包厢，郑烟烟回头看了眼她们："就这儿。"

郑烟烟走在前面，周梵和李清铭随后进了包厢。

程子今订的是一个豪华包厢，布置得极其奢华而漂亮。头顶的灯光流碎光束射映，包厢布局被精心设计过，看起来大气而不落俗。

包厢里坐了七八个男生，个个看起来都跟公子哥似的。在场的女生总共就五个，除了她们宿舍几个，还有位是某个男生的女朋友。

周梵一进来，虽然今天她没怎么打扮，但还是吸引了几乎所有人的视线。

她皮肤瓷白剔透，唇形很好看，五官小巧精致，一张脸几乎找不出瑕疵。

白色长袖T恤宽松地扎在劲瘦的腰上，普普通通的牛仔裤也勾勒出一双笔直漂亮的长腿，整个人看起来极其出众。

梁殊择中途去了趟卫生间，恰好在周梵和李清铭后头走进包厢。

刚走进包厢，他扯了下嘴角，下一秒声音便懒懒地在寂静的包厢里响起来："看什么？"

众人看到梁殊择进来，视线才从周梵身上收回，纷纷和他打趣说着车子抛锚的事。

徐雾给周梵和李清铭留了她身边的两个座位，周梵和李清铭便坐下，菜还要等一会儿才上。

徐雾担心周梵和李清铭无聊，转头问她们："去打桌球吗？"

周梵打桌球很厉害，她也很久没打了，手有点痒，就点头说了声"好"。李清铭和郑烟烟也说去打，徐雾和程子今说了一声，四个女孩便起身出了包厢。

梁殊择依旧坐在正中心的位子，周围的人聊着天玩笑，他半天才搭一句腔，看到四个女孩走出包厢，他扬了扬下巴，问程子今："你女朋友去哪儿？"

程子今:"她们说去打桌球。"

梁殊择:"打桌球?"

程子今笑了笑:"择哥有兴趣?"

梁殊择没搭他的腔,沉默一瞬,忽然意味深长地说:"你悠着点。"

其他人自然都懂这句话是什么意思,纷纷打趣道:"程少爷今年这都是第几个了?"

有人立马接道:"上一个还是上个月的事吧?"

"程少爷这是马不停蹄啊。"

"子今还是有一手的。"

"这是'无缝开新'啊。"

笑声断断续续地扬起来,整个包厢里打趣程子今的话越来越多。

梁殊择懒懒地扯了下嘴角,声音平静沉稳,泛了点懒倦:"程子今你悠着点就是了。"

程子今捏着眉骨,见包厢里都是一些朋友,说了实话:"我其实也看不上她,根本没想让她做我女朋友,我就是想玩玩。"

包厢里静下来,几秒后,有人接道:"那你和她说清楚不就行了,既然不喜欢,别耽误人女孩。"

程子今:"她总是黏着我,我也不太忍心。"

"程少这算是怜香惜玉啊。"

…………

周梵右手持杆,肘关节抬高,俯身瞄球。几秒后,她瞄准击球,"扑通"一声,球入袋,动作一气呵成,打得非常漂亮。

李清铭站在她旁边,一旁有几个围观的人纷纷朝周梵这边看过来。徐雾和郑烟烟在另外一张桌上打着玩,听见欢呼声,便也朝周梵那儿看过去。

周梵笑了笑,李清铭扒拉着她手臂:"梵梵,你教我。"

周梵练过手,解痒不少,便开始手把手教起李清铭。

但围观的人还没有散去,有个男生戴着帽子,穿着卫衣,朝周梵说:"等会儿来一局?"

李清铭："梵梵得教我。"

男生没搭理李清铭,看一眼周梵,问她:"没时间?"

"我没时间,"周梵说,"我来这儿就是为了教她。"

男生"哦"了一声,到另外一桌去打了。

李清铭看着他有点失落的样子,心情甚好。

周梵教李清铭时,李清铭按照周梵的步骤一步一步做,她学得极其认真,连梁殊择走进台球室她也没注意。

要搁平时,李清铭早就咋咋呼呼地将球杆丢到外太空了。

梁殊择懒散地坐在沙发上,看着周梵教李清铭打台球。

因着灯光原因,他眉眼看上去像压着一层厉色,鼻梁挺拔,一张英俊的脸狂妄又肆意。

不知过了多久,他离开沙发,往周梵那张桌球的位置走。

"你要灵活使用高低杆,"周梵看了眼李清铭握杆的方式,"你这样是可以的。"

李清铭受到表扬,嘴角翘起一个弧度,说:"我也不是很笨。"

周梵纠正她手臂的姿势,贴近她身体,说:"你这样会更好。"

"老师。"

周梵和李清铭同时听到一道低沉有磁性的声音。

"能教教我吗?"

周梵歪头看了眼对面的人,看了他好几眼,抿下唇,有点不太相信地问:"你不会?"

梁殊择看着她,瞳仁干净漆黑,深不见底。

他扬了下眉梢,人言不惭道:"不会。"

李清铭放下杆子,莫名兴奋地朝周梵说:"那梵梵你教他吧。"

周梵估摸着时间说:"要去吃晚饭了。"

梁殊择缓缓地滚动下咙结:"什么意思?"

周梵歪头,很干脆地朝他说:"我饿了,不教了,下次吧。"

沉默几秒,梁殊择缓慢吐出一个好字。

周梵："嗯？"

那个，她只是说说而已，没打算真有下次的。

她也没想到梁殊择会这么坚持和好学。

吃饭之前，周梵已经做好了整个包厢烟雾缭绕的准备，但没想到，徐雾男朋友的朋友们素质都很高，没有一个吞云吐雾的，这让周梵对程子今多了百分之一的好感。

吃完饭，徐雾亲昵地站在程子今身边，两个人依依不舍了好一会儿才分开。因为程子今今晚得回家一趟，所以不能送徐雾回学校，徐雾她们只能由梁殊择和另外一个朋友送回去。

最后，送徐雾和郑烟烟的人是另外一个男生，而送周梵和李清铭的人是梁殊择。

李清铭感叹缘分来了挡都挡不住，周梵只记得要教他打台球的事，但他在回学校的路上却没再提起这个事。

回到宿舍是十点三十分。

徐雾今天喝了点酒，脸蛋红扑扑的。一回到宿舍，她就将宿舍门关上，整个人压在门上，问她们："怎么样，我男朋友不错吧？"

郑烟烟鼓了一下掌："不错。"

李清铭收拾着床单，也附和着说还可以。

徐雾转头问周梵，周梵思考了一下，李清铭立即扑到周梵身上，玩笑着推搡她。周梵停止思考，和李清铭又打闹在一起。

徐雾醉态明显，眼睛模模糊糊的，眯了又眯。过了几秒，她便转身拿干净衣服去浴室了。

第二天早上八点有一堂公共课，四个人起晚了集体迟到。

李清铭拉着周梵，郑烟烟拉着徐雾两两站在阶梯教室后门那儿。

几大块分隔开的透明玻璃反射着日光，阶梯教室宽敞亮堂。

一个年纪稍大的老师站在台上，正指着PPT念道："思想理论是社会变革的先导……"

周梵率先微弯着身子往前走了一步，正准备找合适的空位，后头忽然响起一道声音。

是那种属于年轻男人特有的泛着点懒倦，但同时又低沉好听的声音。

"不进去吗？"

周梵闻言眉梢略往上挑了点，男人的声音很有辨识度，她几乎在一秒内就辨认出来了。

但同时他太打眼，很快就有不少视线同时聚集到教室后门，其中也包括正念PPT的老师。

但梁殊择像什么也不怵，漫不经心地提着步子便往教室里面走，背影清瘦但不单薄，手长脚长，带着几分落拓不羁。

随后周梵和李清铭也走进教室，找了个空位坐下。上头的老师只停顿不到零点一秒，便继续念着下一页的PPT。

但自从梁殊择走进阶梯教室，教室里便断断续续地传来说话的声音。原先沉闷的气氛因来了个光芒万丈的人，而发生转变。

议论声四起，西京大学不少人认识一个叫梁殊择的人，但除了那时的周梵。

2014年那会儿，校园论坛还挺流行，李清铭就格外爱刷西京大学的论坛。

她刚坐下，掏出手机，西京大学的校园论坛就已经全部变成了梁殊择的私人日记。

前十条基本都是梁殊择，第一条"今天我看到梁殊择了！"被顶了最前面，几分钟时间不到已经变成了热帖。

李清铭慢吞吞地喝了口牛奶，点进去看这个帖子。

帖子一楼是楼主偷拍的一张照片，因着拍得匆忙，所以照片有些模糊。

男生侧脸棱角分明，穿着件黑色的冲锋衣，散漫地走在早上七点多的校园路上。

他脖颈笔直，下颌硬朗，整个人看起来不受约束，傲慢到了极点。

下面有许多人的回复。

李清铭逐一看了看，跟帖的人几乎全都在说梁殊择从不来上这种课，能在这种课上见到他，比中五千万彩票还要难。

"对哦，他不是大二吗？但我们这节课是大一的啊。"李清铭边小声朝周梵说，边拿着手机刷校园论坛。

周梵也没听课，但对这个话题不感兴趣，随口回道："挂科了吧。"

"挂科吗？这也能挂？"李清铭皱眉继续翻着论坛，很快又有一个新的帖子很快被顶了上来。

"不是吧！"李清铭点进新帖，"他期末直接缺考了。"

周梵正在卡通农场里扩建她的小镇，连李清铭在说谁都不知道，也根本没将"梁殊择"这个名字和之前那个接二连三出现在她面前的人联系在一起。

她那时只知道玉米是五分钟作物，大豆是二十分钟作物，原材料甘蔗是三十分钟作物，以及卡通农场这个游戏还挺好玩。

下课铃响的时候，周梵和李清铭从前门走出教室，李清铭还回头看了一眼顺着人流走出去的梁殊择。

"好令人迷惑啊，他为啥缺考啊？"

周梵往宿舍的方向走，顺势也看了眼那个在人群中光辉夺目的人。学院前种了许多香樟树，风吹起她手里抱着的书，她又看了眼他背影，忽然觉得这个背影有点眼熟，不是这几次和他频繁遇到的缘故，而是没来西京大学之前的交集。

她忽然想起，2014年年初的时候自己参加过一次周峪嘉的家长会。

那时周父周母忙生意，而周峪嘉的初中和她的高中连在一块儿。那时她上高三，每周一下午都会休息半天，于是那天趁着这半天时间，她抽空去了趟隔壁，参加周峪嘉初三冲刺的家长会。

因为数学老师拖堂，周梵去得比较迟。等她到的时候，家长会都已经开始十几分钟了。

但令她庆幸的是，她刚走进周峪嘉的教室，便看到一个高大的男生在她进教室时才入座。

因着光线原因，她看不清他的脸，但看样子也是来替弟弟妹妹参加家长会的。

看来不止她一个人迟到。

大半年过去，当时参加家长会的细节问题，周梵已经记不清了。

"唯二"记得的是周峪嘉成绩实在堪忧，除了这个，便是当时那个男生的背影。

不知是因为他也迟到缓解了她的尴尬，还是其他什么原因，总之周梵对那个背影记忆犹新。

但如今不知道怎么就将这两个人的背影联系在一起了，就连她自己都有点纳闷。

"梵梵，你想好参加什么社团了吗？"

李清铭忽然打断了周梵的思考。

"啊！"周梵压了压手中乱飞的书，"我还没想过。"

李清铭眨了下眼："要不我们选同一个社团吧？"

周梵笑了笑："我喜欢的社团你一定不感兴趣。"

李清铭好奇心被激起来，言之凿凿道："你说，我肯定誓死追随你的步伐。"

沉默几秒，周梵轻声说："手语社。"

李清铭愣了下："我为我刚才的莽撞向你道歉。"

周梵闻言笑了几声，说："我还不知道西京大学有没有这个社团呢，什么时候社团招新我再去看看。"

她之所以想学手语，是因为高一时学校举行的一场志愿活动。那时周梵去了一所特殊的小学，看着那些可爱的小孩子失聪，什么也听不见，她就萌生了想学手语的想法。

周梵想和他们交流，希望日后能多帮助他们一点。

社团招新是在正式上课的第一周周末。

众多高校中创立手语社的算不上多，所以周梵在西京大学看到"手语社"三个字时有点惊讶。

她之前想，如果西京大学没有手语社，她可能会成为社长建立手语社。但既然西京大学有，那她成为社员就好了。

李清铭去了对面的武术社，周梵看了她一眼，在手语社的座椅上坐下。

负责招新的是个学姐，她将报名表推给周梵，笑了笑："想学手语吗？"

"学姐好。"周梵嘴角翘起说，"想学。"说完，她便低头填表，报手语社的人不算多，但也不少。

黑色的水性笔划过纸张，周梵填了姓名、班级和联系方式。填完后，她将水性笔搁在一旁，学姐忽然凑近了她，低声笑着问："你是真想学手语，还是冲着我们社长来的？"

周梵愣了好几秒，将报名表递给学姐，下意识吐出几个字："我是真想学手语啊。"

学姐看了她好几眼，接过报名表，没说话只是笑。

周梵觉得疑惑，便问："学姐你怎么突然问我这个问题啊？"

学姐看了看周梵填的内容，笑着说："因为参加手语社的很多同学都是冲着我们社长来的。"

周梵"哦"了一声，说："我不是，"她补充道，"我是真想学手语。学姐，我们社团创办了多久啊？"

学姐沉默一小会儿，说："刚建不久。"

周梵笑了笑："还挺新的。"

"小梵同学啊，"学姐说，"幸好你不是冲着我们社长来的。如果你是冲着他来的，大概也入不了社，我们还是会筛选的。"

周梵："学姐你放心，我就是想学手语才来手语社的，和你们社长一点关系也没有。"

当天下午，周梵顺利加入了手语社团的 QQ 群。

很快，在周六晚上，社团举行迎新大会。

但那天周梵临时被老师叫去拍西京大学的宣传片。

直到晚上七点多，摄像机的镜头在最后一抹昏黄里定格。

镜头中，她笑着，从西京大学的图书馆的知行坡上走下来，风吹起她裙摆泛起涟漪，白皙得发光的小腿展露，持续一个下午的拍摄才完全结束。

周梵之前已和手语社的学姐请了假，说会在八点半之前赶到。眼下时间还来得及，她便去食堂二楼吃了碗粉。

辣椒油浮在汤面上，葱花荡着，粉条劲道，有嚼劲，周梵决定明天带李清铭一起来吃。

赶到手语社恰好是八点整，迎新地点是在11栋教学楼。

因为拍宣传片，周梵特意打扮了一番，也懒得再回宿舍换衣服。

她红唇点着，里头穿着条白色的吊带裙，外面搭着件灰色的西装外套，看起来比平时多几分知性成熟，但并不显得过分打扮，也不会让人觉得不适。

周梵走进教室时，之前那个负责招新的学姐正在用PPT介绍西京大学的手语社。

PPT上写着，建社时长六个月。

西京大学建社不容易，程序多，又麻烦，也不知道社长为什么要建立手语社。

但周梵觉得的确只有喜欢，才能成功建立起手语社吧。成为一个社长不容易，得肩负起很多责任，也只有当内心真正喜欢时，才能克服建社的苦难。

之前学姐问她是不是因为冲着社长才想加入手语社的。周梵现在倒有点好奇，手语社的社长到底是什么人了。

"小梵同学！"当周梵走进教室时，学姐立马朝周梵扬了下手，"来，先做个自我介绍。"

周梵笑了笑，从容自如地走上讲台。

这是一个很大的阶梯教室，左侧深灰色的窗帘挡住玻璃，右侧窗帘没拉紧，可以看到外面笔挺的香樟树。

大一的新社员统一坐在了前面，后面坐着的是大二或者大三的学长学姐，正围在一起说着什么，桌上摆着一张纸，时不时在纸上写着东西。

"你们好,我是周梵,很高兴认识大家。"

周梵站在台上,白色投影幕布上的部分光映在她眉眼处,眼里像是勾了点细碎的光,五官看起来更立体分明。

做完自我介绍,周梵下台,坐到第一排位子。

学姐站在教室门口,像是和谁打着电话,香樟树上光影浮动,夜色点缀其间。

一会儿后,学姐说了些手语社的日常活动,周梵极有兴趣地听着。

"我们社的活动还挺多的,以后会教你们手语,手语操也会教。"学姐按了下鼠标,PPT上便出现了几张照片,"这些都是我们今年上半年做的志愿活动,你们可以看看。"

"今年四月份的时候,我们去了聋哑学校,帮助那些小朋友整理房间,和他们一起玩游戏、聊天,我觉得这些活动都挺有意义的。"学姐又调了一页PPT,将鼠标滑到照片上,"社长梁殊择都认识吧?西京大学的大红人。"她笑了笑。

周梵眼神缓慢地转了转,看着幕布上被放映出的照片,第一次将"梁殊择"这个名字和那个人的长相身影对上号。

原来梁殊择就是手语社的社长。

照片不是彩色的,不知什么原因,曝光比例调得还有些问题,也不甚清晰。

拍摄地点似乎是在一个大教室里,小朋友们规规矩矩地坐成一排,墙上贴着托马斯火车和超级飞侠的动漫贴纸。

梁殊择朝着那些小朋友做她还不知道是什么意思的手语。他五官硬朗笔挺,但表情温和,不似平时那么懒散张扬,一副看起来极有耐心的模样。

小朋友们有的露出笑容,有的表情空洞,还有的按捺不住似的想离开座椅。

周梵视线一直投在PPT那几张照片那儿,都没注意梁殊择是什么时候来的。她撑着下巴,正在想"梁殊择"这个名字李清铭是不是向她提起过,耳边忽然就响起一道声音,熟悉且充满磁性。

"看什么?"

周梵撑着下巴的手动了动,心弦像是被谁扯了下似的,她歪头看了眼旁边的人。

梁殊择穿着件宽松的黑色卫衣，卫衣袖口往上勒了点，露出了清晰的手腕，青筋明显，看上去极具年轻男性的力量感。

他正懒洋洋地看着她，眼角往上勾了点，眉梢也稍稍挑着。

周梵顿住。

几秒后，梁殊择漫不经心地扯起了嘴角。

"看PPT，"周梵下意识吐出一句话，"观摩社长刚建了六个月的手语社。"

梁殊择似笑非笑，起身往台上的方向走。

梁殊择站在台上，表情浑不懔。

周梵眨了下眼睫。

"我是梁殊择，是手语社的社长。"

他声音清晰，纵使音量不算大，也还是缓慢地回荡在整间教室。灯光冷白，眼睛漆黑，悉数打在他侧脸及硬朗下巴上，勾勒出分明的线条，整个人看起来懒散又冷硬。

教室前门敞着，成片高大香樟树叶映在地面的阴影被风吹动，深灰色的窗帘也随风动了动。

梁殊择的自我介绍极其简单，周梵在心里说，几个月的社团本来也没什么好介绍的。

几分钟后，迎新便结束了，周梵和学姐说了再见后，就走出了教室。

西京大学的夜色向来很浓，月亮藏在云朵里，连一个角都看不见。

第二章

/

初步印象

第二天是周日,早上九点,周梵带李清铭一起去食堂二楼吃粉。

李清铭用筷子夹了一撮粉,又淋上许多辣椒油。周梵顿了一秒,问她:"梁殊择是手语社的社长,你知道吗?"

李清铭痛心疾首地说:"就算社长是梁殊择,我也不想进手语社,他为什么偏偏要当手语社的社长!"

周梵笑了笑:"我也不知道。"

顿几秒,李清铭忽然反应过来,她眼睛睁圆一点,说:"梵梵,你对梁殊择感兴趣啊?"

周梵继续吃着粉,等粉全部进了肚子,她才说:"不感兴趣。"

"那你问他干吗?"李清铭笑了,"我上次逛了好久论坛,终于弄清楚他为什么旷考了。"

周梵:"为什么?"

李清铭用舀了一大勺辣椒油,全部放到嘴里,慢慢地说:"他好像是回家了。"

辣椒油太辣,李清铭连忙喝了一大口水。周梵看着她的样子,特想试试,也舀了一大勺辣椒油,毫无表情地吃下去,然后过了几秒,辣味直直地窜进五脏六腑。

周梵感觉辣得背后都出汗了,喝了一大口水后,她说:"好辣。"

忽然周梵放在口袋里的手机响了,李清铭替她拿出来,周梵接连灌了一大瓶水后,才接了电话。

是昨天那个拍摄西京大学宣传片的摄影老师。

"是周梵同学吗?"老师声音温润浑厚,胸腔似乎也起伏着,发出重重的呼吸声。

"老师您好,我是周梵。"周梵将手机平放在桌上,继续吃着粉,但是没再放辣椒油了。

"是这样的,周梵同学,今天下午可能还要辛苦你再来拍下宣传片。"

周梵表情滞了下,说:"是昨天拍摄的有问题吗?"

老师的声音从电话里传出来:"昨天的没问题,但还得补几个镜头。我们昨天不是在图书馆拍了吗,但我们今天得去教学楼那儿拍一下,有几

033

个学校重要的景没拍到,校长说得再补几个镜头。"

周梵呼吸逐渐平静下来,说了声"好"。

"那就辛苦周梵同学了,会有加分的。"老师说完,便挂了电话。

西京大学的教学楼极具美学设计感,两栋楼用长廊连在一起,中间还辅以假山水池等景致。

老师拿着摄像机,将镜头直直对准前方。

高挑漂亮的女生拿着本《艺术概论》的书,行走在教室走廊上,他使用一个长镜头,跟着女生,将其全部记录了下来。

依次又换了好几个场景,老师看着摄像机里的画面,很满意地说:"近景和特写都很不错。"

昨天和周梵一起拍摄的男生今天没有来,周梵有点好奇地问:"那个男生的镜头不用补拍吗?"

怎么就光补拍她一个人的?

老师:"不用他了,我换了一个男主角。"

周梵:"嗯?"

"是这样的,周梵同学。我昨晚回去看了下初步的宣传片,我觉得那个男生还是不太合适,所以全部推翻重拍了。"老师和煦地笑着,调着摄像机里的视频参数。

周梵闻言表情僵了僵。

不带这么玩人的吧?

全部推翻重拍?

周梵:"那昨天拍的都作废了?"

老师拍了拍她肩膀:"也不能这么说,还是有几个镜头可以保留的。"

周梵被气笑了:"老师,您刚拍的时候应该可以看出那个男生不太合适吧,怎么没当时就换啊?"

杨辉闻言表情怔了怔,他当老师当惯了,很少见人敢质疑他的:"同学,你得考虑老师的工作量,你当女主角很辛苦,我拍摄也是很辛苦的。"

周梵沉默几秒,见这老师一副理所当然的样子,顿了顿,说:"老师,那今天我们就把所有的镜头拍好，行吗？"

杨辉扫她一眼，肯定地说："当然可以。"

新来的那个男主角很不错，镜头语言和形象都比之前那个要好，杨辉很满意地结束了今天的拍摄工作。

但其实他最满意的男主角人选是梁殊择。

那个男生身材高大，外形条件好，气质也很不错，尤其是今年刚为西京大学拿了个全球的奖，替学校挣了份极高的荣誉。

按理来说，选梁殊择是最合适的。他虽是这么想，也请了梁殊择好几次，但人家就是不愿意来也没办法。

杨辉什么招都想了，但奈何梁殊择总是硬塞给他"没空"二字，草草地打发了他。

晚上七点多，杨辉却突然接到了一个电话。

"哪位？"他剪着片子，忽然又觉得这个男主角和女主角不是很搭，在宣传片里问题暴露得很明显。

"我，梁殊择。"

杨辉扬了扬眉，笑着问："上次问你的事，你肯答应了？"

梁殊择："开始拍了吗？"

杨辉撒了个谎："没拍，就等你呢。"

梁殊择沉默几秒，说："我明天来。"

明天恰好是校庆，全校都放假。

杨辉很高兴地挂了电话，关掉电脑，决定明天再重拍一次。

周梵当学习宣传片女主的消息是梁殊择在和几个朋友之间聊天时，偶然听到的。

他这几天为手语社和计算机竞赛的事忙碌，并不知道周梵已经拍了两次宣传片了。

周一是校庆，学校放假，一整天都不用去上课，周梵早早就和李清铭约着去市中心看电影。

早上七点多，杨辉老师给周梵打了个电话，她眉心一跳，原本不想接这个电话，但手滑不小心蹭到了接通键。

"周梵同学啊，"杨辉笑眯眯地和她打招呼，"早上好啊。"

周梵顿了顿，淡淡地"嗯"了声，静候他下文。

"是这样的，老师呢，"杨辉顿了半晌，叹口气，说，"我这样做也是为了学校好啊，宣传片拍得好，对学校也是有帮助的。"

周梵听着他扯，就是不搭一句腔。

杨辉又沉默半晌，才说："今天是校庆，理应也是为学校做贡献的时候。"

周梵："老师，您有话可以直说。"

"是这样的，周梵同学，你认识梁殊择吗？"

周梵再次从别人的嘴里听到这个名字，她问："怎么了？"

"老师今天终于请到梁殊择了，他愿意做我们宣传片的男主角了，他之前一直没有答应老师，昨晚才终于松口答应肯来拍了。"

周梵说："老师，您的意思是又要重拍？"

杨辉："周梵同学，你理解一下老师嘛，老师也是想让最适合拍宣传片的人来拍片子。"

周梵昨天忍了一次，今天实在不想再忍，她抿了下嘴，说："老师您昨天答应我了，说昨天会结束拍摄。"

"事发突然嘛，"杨辉说，"我也没想到梁殊择突然就答应要拍了，他之前可是一直没答应我。"

周梵："您考虑他的同时，也考虑一下我。"

杨辉也有点气了："你的意思是不想拍了？"

周梵"嗯"了一声。

不带这么折腾人的，大热天的，本来一天就可以解决的事，硬生生又来第三次？

加分这事对周梵来说几乎算不上什么，所以这事在她眼里，一点好处也没，而且最重要的是，这个老师一点也不专业。

宣传片拍得跟玩似的，不满意男主角就全部推翻重拍，连着几个镜头拍,好不容易拍好了,结果第二天又不满意,又要重拍。

杨辉:"你可想清楚了,和你搭戏的是梁殊择,那可是梁殊择。我不用你的话,还有大把的女生愿意和梁殊择合作。"

周梵:"那您去找那大把的女生吧,我不拍了。"

杨辉生气地挂了电话,周梵接着继续睡觉去了。

但杨辉说得没错,宣传片男主角成了梁殊择,愿意和他一起拍摄的女生真还挺多。他把这个消息一放出去,不少漂亮女生就来问他拍宣传片的事了。

杨辉笑着挑选合适的女主角,他就说,周梵不拍了又怎么样,多的是女生供他拍。

他是老师,多拍几次怎么了,他有这个权力。

下午一点多,梁殊择推掉所有邀约去了杨辉发给他的地点。

梁殊择到达教学楼时,杨辉正在那儿摆弄摄像机。

"殊择同学!"杨辉见到梁殊择,兴冲冲地朝他招手,同时打量他一番,表情洋溢着的高兴都藏不住,"你这个外形条件在我们西京大学,的确是非常不错的,如果你不在宣传片中,那真是一种遗憾啊!"

梁殊择插兜,看着他,嘴角扯了扯:"人都到齐了吗?"

"到齐了呀。"杨辉指了指教室里面坐着的女主角,"女主角在里面。"

梁殊择闻言滚动下喉结,抬了抬眉眼,视线顺着他指的方向看过去。

一个长头发的女孩坐在教室靠窗的位子,五官清纯艳丽,眼里含着笑,正捧着一本书朝梁殊择招手。

梁殊择眼神冷下来,转身看了眼杨辉:"什么意思?"

杨辉摆弄摄像机的动作一滞,眉毛很快竖了起来:"你怎么和老师说话的?"

梁殊择掀了下眼皮,转身利落地下了楼,背影决绝。

教室里的女孩见梁殊择走了,有些不满地朝杨辉问道:"老师,梁殊择怎么走了呀?他不拍那我也不拍了。"

杨辉没辙了,他气急,瞪了眼女孩:"拍不成了那就不拍了!"

037

女孩也瞪他一眼，生气地将书扔在地上。

杨辉气得不行，扛着摄像机就回办公室剪昨天拍的片子了。

周梵和李清铭看完电影回宿舍的时候，徐雾哭得正伤心，郑烟烟给她递了一张又一张的纸巾。

"程子今这个渣男！"徐雾一边抽泣，一边抹眼泪。

郑烟烟在一旁附和她："我早就看出他这人花得很，你看他身边的朋友，都是一副身边少不了女孩的样子。"

周梵和李清铭被这阵仗吓了一跳，缓过神来后，坐到椅子上问郑烟烟，徐雾这是怎么了。

徐雾眼泪又涌出来，自己解释道："还不是程子今，我和他交往不到四十天，我刚刚去他学校查岗，看到他和一个女孩玩暧昧。"

程子今不是西京大学的，他在隔壁一所二本学校。今天徐雾没和程子今打招呼，私自去了他学校，结果就看到程子今和一个女孩走得特别近，两人笑得正开心。

徐雾当场就冲上前去，质问程子今。

程子今愣了下，完全没想到徐雾会来学校找他，一时也没反应过来，但程少爷这种场面见过不少，连忙向徐雾解释了一番。

只是徐雾正在气头上，什么话也听不进去，转身就回了西京大学，从上午十一点哭到了下午六点。

"呃……"李清铭抿了下嘴，安慰徐雾，"你先别哭了，说不定是误会呢？"

周梵坐在一边，没说话，起身去给徐雾冲了杯牛奶。泡完牛奶后，她递给徐雾："先喝杯牛奶，缓一下。"

徐雾最爱喝牛奶。

"谢谢梵梵。"她接过牛奶，慢腾腾地喝着。

"我觉得这肯定不是误会。"徐雾说，"本来我和程子今只见过几面，就谈上恋爱了，也没什么感情基础。"

周梵问她："你们怎么认识的？"

徐雾："就暑假的时候认识的，我是西京市人嘛，程子今是遂南市的。他暑假的时候来西京市玩，我们就认识了。"

周梵也是遂南市的，她愣了下："我和你男朋友还是一个市的。"

徐雾抹了下眼泪："我要和程子今分手！"

李清铭为安抚徐雾，罗列起程子今的优点。

"他有钱啊。"李清铭说，"证明他会投胎……然后，他长得也还行，人也挺有礼貌的。"

周梵觉得程子今玩暧昧的事不能忍，她这人一向有感情洁癖。

但李清铭突然戳了下她的肩膀，示意她帮忙再说几个程子今的优点。周梵对上李清铭的眼神，不咸不淡地随口说了一个。

十一月的第一天，台风"沉途"登陆西京市，海水直直掀起好几米浪潮，连带着西京市下了两天的雨。

周六上午，手语社对社员进行手语培训。

周梵在这儿学了一上午的手语动作，她觉得手语社比她想象中的要专业很多，这一点让她对社长梁殊择刮目相看。

专业的手语老师教完最后一个手语动作，周梵学了好几遍才学会。她刚成功模仿了一次，李清铭的电话就来了。

恰好手语老师下课，周梵便接了电话。

"徐雾和程子今和好了。"李清铭说，"今天程子今生日，徐雾叫我们一起去玩。"

周梵整理下笔记和课本，说："去哪儿玩？"

"徐雾没说。梵梵你手语课上完了吗？要不我们一起去吧，也挺无聊的。"

周梵走出教室："上完了，我等会儿就回宿舍了。"

因着台风影响，连着下了好几天雨，地面完全是湿的，学校里种的香樟树被狂风席卷，一阵风迎面而来，将周梵手中的单页笔记吹走了。

周梵连忙弯腰去捡，但有一只手比她更快捡到了。

那只手刚劲有力，血管似乎都清晰可见，看上去极具安全感。

周梵抬眸，看到梁殊择没什么表情地拿着那张单页笔记。

她想起上次他捡到兔子耳坠，却不肯还她，还说兔子耳坠没写她名字的事。

"这是我的笔记，写名字了的。"周梵先发制人地说。

梁殊择没看笔记，径直便递给了她。

两个人站在教室外的走廊上，台风过境时狂风呼啸，树叶被吹得"吱呀"作响，周遭的背景音都乱到极点。

忽然又有一阵风吹过来，将周梵穿着的长裙掀起一角来，裙摆在风中凌乱地摆动。

她皮肤白，睫毛又黑又浓，根根分明，整张脸看上去充满了故事感。

而梁殊择站在她身侧，雨滴斜着飘进走廊，他挡住大半部分的风雨。

乌云密集，黑沉的天几乎没有阳光。周梵看着梁殊择，感觉他站在了悬崖边。

过了几秒，梁殊择凑近周梵，单眼皮撩着看她。

或许是因为天气原因，他说话的声音似乎显得很沉，压着周梵的耳膜，像是凑在她耳朵边上说的似的。

"怎么不演女主角了？"

周梵回望着他，忽然感觉这一幕似曾相识，好像是哪一刻曾经发生过的镜头，又或者是她在哪个摄像机里曾偷窥到这一幕。

但她唯一肯定的是，那一天是台风登陆的第一天，也是她对梁殊择有初步印象的第一天。

周梵闻言挑了挑眉，将单页笔记夹到书本里，看着梁殊择问他："老师和我说你要拍宣传片？"

梁殊择不轻不重地"嗯"了声，淡淡地睨了她一眼。

周梵将伞撑开，书本抱在胸前，扫一眼他，说："我不想再重拍了。"

梁殊择站在走廊边，吐出一句话："什么意思？"

"我之前已经拍过两次了，如果你来当男主角，我又要重拍，太浪费时间了。"周梵说。

"之前拍过？"梁殊择沉吟半晌，垂眼凝视她。

周梵："嗯。杨辉老师之前已经找我拍过两次。"

梁殊择听着她的话，很快想到了是怎么回事。

他忽然散漫地扯起嘴角："我还以为——"

周梵听到接连不断的雨声和风吹动樟树叶的声音。

隔了一秒，她听到眼前人吐出清晰而低磁的一句话——

"是我的原因。"

周梵怔了一秒，说："怎么会。"

恰好此时一位手语社的社员从教室走了出来。很巧，这名社员是刚刚和周梵一起学手语的同桌。

"梵梵，社长。"女生看到两人，微笑着一一打过招呼。

周梵笑了笑，梁殊择淡淡地点头"嗯"了声。

"下雨了，我忘记带伞。"女生表情发愁地看着外边的雨，伸出一只手，瓢泼似的雨很快打湿手心。

周梵："你回宿舍吗？"

女生回头望了眼她，吐下舌头："我要去医务室，和医生约好了的，马上就要迟到了。"

医务室和宿舍是两个截然不同的方向，且距离很远。

周梵转头看了看，手语社的人几乎已经走光了，也没有可以和她一起同行的人。

女生像是很着急的样子："这雨这么大，我怎么过去啊？等会儿约的医生都下班了，唉，也没有人可以来接我。"

周梵看着她的模样，便将伞给了她："你打我的伞。"

女生担忧地看着她："那你怎么办？"

周梵："你比较急，你先去吧，医务室的确快下班了。"

女生说了声谢谢，急匆匆地将伞撑开，朝医务室的方向走。

周梵退到走廊里边，打算向李清铭撒个娇，让她送把伞过来。正往手机对话框输入一个撒娇的符号，她便听到了梁殊择的声音，依旧懒洋洋的，但透着一贯的从容和坦然。

"我去物理学院,你去哪儿?"

周梵迟疑一秒,说:"回宿舍。"

她宿舍和物理学院离得极近,这意味着她和梁殊择十分顺路。

"还挺顺路。"梁殊择撩了下眼皮看她。

周梵慢腾腾地"嗯"了声。

梁殊择站在错落的廊檐下,单手举着一把伞,手臂清瘦有力。

他头发极短,单眼皮看起来冷硬,高挺鼻梁在黑沉的天色中显得更挺直。

"走。"他吐出一个字。

周梵:"你要送我回宿舍吗?"

梁殊择扯了扯嘴角:"这不是顺路?"

周梵也不想麻烦李清铭,便朝梁殊择说了声"谢谢"。梁殊择傲慢地"嗯"了声。

两人便穿过西京大学的长廊,往九号路的方向走。

九号路坡度大,是西京大学最长的一条林荫路,物理学院和周梵的宿舍恰好在这条路尽头的左右两边。

雨势渐大,雨丝连成硬邦邦的线条,砸在地上的声音清晰可闻。

就在这场来势汹汹的大雨里,周梵和梁殊择一起走到了九号路的尽头。

"择哥这是谈恋爱了?"

一道男声将周梵的注意力从混杂的雨声中扯出,她抬头,看到从坡上下来一个人,眯着眼扬着笑。

周梵觉得自己有必要解释,便弯唇笑了笑:"不是,他去物理学院,刚好和我顺路。"

恰好也到了宿舍,梁殊择看了眼周梵:"到了。"

周梵"嗯"了一声:"谢谢。"说完,她便没淋到什么雨地回了宿舍。

刚刚打趣梁殊择的男生看着周梵回了宿舍,笑着说:"那择哥是来物理学院找人?"

梁殊择睨一眼那男生，转身往九号路下坡的方向走。

男生在雨里追着梁殊择："哥，你不是来物理学院吗？"

梁殊择的背影修长，在雨里逐渐模糊，男生百思不得其解地回了物理学院。

郑烟烟和徐雾正在化妆，李清铭在宿舍一觉睡到了下午三点。她从床上艰难地爬了起来，准备去浴室洗个澡。

在去浴室之前，李清铭拿了个衣叉去了阳台。衣叉很快钩住衣架，李清铭正准备把衣服挑下来，忽然看到了往宿舍楼这边走的一男一女。

因着下雨，视线似乎都变得朦胧，李清铭感叹这雨好大，都让她看不清了。下一秒，她才意识到是自己起床没擦眼睛，被糊住了。

意识到这一点后，李清铭连忙擦了擦眼睛，伸长脖颈往宿舍楼下看。

底下两个人共同打着一把伞，男生比女生高，但步子似乎却放缓，像是特意和她同步。

李清铭看了一秒，正准备感叹爱情的力量真伟大，忽然一阵劲风刮过来，那把伞动了动，一直被挡住脸的两个人露出一隅。

男生眉眼锋利，鼻挺唇薄，气质傲慢。女生乌发红唇，五官出众，伞往她那儿偏一点，李清铭看到她一双秀目，明眸善睐。

这不是她家梵梵嘛！

她旁边那个人，怎么这么像梁殊择？

周梵还没回到宿舍，李清铭便在门口候着了。

"梵梵，你们社长还送社员回宿舍啊？"她笑着打趣。

周梵知道刚刚那幕被李清铭看到少不了一顿打趣，连忙堵住她的嘴："祖宗，你别闹。"

李清铭翻了个白眼："'祖宗祖宗'叫得这么亲热，我都不知道你和梁殊择什么时候关系这么好了。"

"没多好。"周梵进了宿舍，拿毛巾擦了擦头发，但其实她根本没淋到什么雨，"都不熟。"

李清铭"啧"了一声:"我要是不知道底下那两个人是你和梁殊择,我都以为是哪对情侣了。"

周梵擦头发的手一滞,扯了下嘴角:"祖宗,你可别瞎说。"

只是恰好顺路而已,而且梁殊择想让她教打台球。

她想起刚才二人在九号路不多的对话——

"梁殊择,你是去物理学院上课吗?"

梁殊择:"你这是在没话找话?"

周梵抿了下唇:"没有,我就随便问问。"

梁殊择将尾音拖长地"哦"了一声,周梵接着说:"我就是想谢谢你。"

梁殊择:"真想谢我?"

周梵真诚地"嗯"了一声。

梁殊择:"那你教我打台球?"

周梵缓慢地眨下眼,嘴角上扬,说了声"好"。

徐雾和郑烟烟打扮好了,等着周梵和李清铭。

李清铭连忙抱着衣服去浴室洗澡,周梵没什么好打扮的,去手语社是什么样,去玩也就什么样,甚至连口红都懒得补。

反正等会儿教梁殊择打台球,灰头土脸一点也没关系。

这次程子今叫的人和上次那拨人不太一样了,但都有梁殊择。

当梁殊择将车开到宿舍楼下时,四个姑娘正好相携走下来。

程子今的车还没到,只有梁殊择到了。

徐雾像领导一样指挥:"梵梵和清铭坐梁殊择这辆吧,我和烟烟坐程子今的。"

李清铭忽然说了声肚子痛,趁周梵没注意跑楼上去了,只扔下一句:"我没事,梵梵你不用担心我!我等会儿搭程子今的车。"

周梵顿住。

她怎么觉得有那么一点不对劲。

徐雾笑了笑:"清铭可能吃错东西了,那梵梵你先上梁殊择的车吧。"

周梵便说了声"好"。徐雾忽然又叫住了她:"梵梵,你别坐前面,坐后面。"

周梵不知道徐雾为什么忽然这么说,但上次她和李清铭都是坐后面,这次当然也不会突然坐到前面去。

她淡淡地"嗯"了一声,徐雾便解释道:"我听程子今说的,梁殊择不喜欢别人坐副驾驶座。"

周梵表面淡淡地点头,心里想梁殊择这人事还挺多。

暴雨过后,空气像被清洗一遍,青草香气混着泥土味充斥鼻尖。

周梵头发被风吹乱,她扒拉了下乌黑的发,手刚碰上车把手,便有一道不容置喙的声音传了过来——

"周梵,坐前面。"

这是梁殊择第一次叫她的名字,这是周梵脑海里下意识冒出的第一句话。

她也不知道为什么脑袋里就浮现了这句话,很奇怪。

当周梵将手从后车门那儿撤下来时,她余光看到徐雾的眼神顿了顿。

周梵上车后,看到梁殊择扯起的嘴角:"当我是你司机?"

周梵系着安全带,闻言一愣,下意识说出一句话:"你还挺难伺候。"

梁殊择睨她一眼:"什么?"

周梵抿了下嘴,恰好一个电话打了进来,她便接了电话,忍了梁殊择这次。

梁殊择将车开至程子今定的地点,便带着周梵去了楼上的台球室。

街头人头攒动,这家私人会所的客人却不多,来这儿的人好像都非富即贵。

周梵家境富裕,她小时候和爸妈也经常来这种私人会所,打量几眼这个地方,她便收回了眼神。

这家私人会所的台球室很正规,场地宽敞,地面铺满了瓷砖和大理石,头顶的灯光没有散射,也不刺眼,绿色桌面打理得干净。

梁殊择脱了外套,只穿了件单薄的黑色上衣,五官立体硬朗,一张英俊耀眼的脸,就连喉结和锁骨都利落分明。

周梵看了他一眼,将台球杆递给他:"拿着。"

梁殊择接过,他本就是冷白皮,再加上这冷白灯光,整个人看上去更刚硬冷峭。

"握杆会吗?"周梵问他。

梁殊择握住球杆时,虎口紧贴球杆。周梵看了一眼,眉微皱着:"你握杆的动作不像没打过台球。"

闻言,梁殊择握杆的手便松了下来,他懒洋洋地扯下嘴角,说:"碰巧握对了。"

周梵也扯下嘴角:"社长还挺有天赋。"

梁殊择漫不经心地笑了声。

周梵接着教他:"用拇指和食指之间的虎口夹住球杆,另外的手指轻握。"

梁殊择照做,周梵扫了一眼,看出他姿势明显不太正确,她就拿了另外一根球杆,给他做了示范:"看我。"

梁殊择看向她,黑漆漆的眼紧盯着,喉咙吐出三个字:"知道了。"

周梵转头看向他第二次做的动作,说:"嗯,是对的。"

"下一步你要将身子往下压,离球桌越近越好。"周梵说。

她走到他对面,又给他做示范。

梁殊择依言弯着腰,背部曲线利落流畅,整个人看上去棱角分明。

"还不够,"周梵皱眉走过来,"你腰得更往下,这样姿势才更规范。"

梁殊择沉默几秒,忽然朝她看了过来,声音散漫低沉:"老师帮我。"

"帮你纠正姿势吗?"周梵问他。

梁殊择漫不经心地掀下眼皮:"谢谢老师。"

周梵说了声"好",立即上手,将手贴在了他腰上,说:"往下压。"

梁殊择扯着嘴角往下压腰,不到一秒便做到了最规范的姿势。

周梵觉得自己上手的效果立竿见影,很满意地笑了笑。

体温似乎递过来一些,周梵愣了一秒,像是察觉到什么,将手从他腰背撤离开。

但她手上的温度现在也是滚烫的,周梵觉得自己还是别上手了,再看不下去也别上手。

梁殊择的身体太烫了。

"老师怎么不教了?"梁殊择做着最规范的姿势看向周梵。

周梵说:"下一步的动作是头部跟球杆成垂直状态。"

梁殊择"嗯"了一声,漆黑的眼珠盯着球杆和球,动作看起来十分标准规范。

"你的姿势很标准,"周梵给予鼓励道,"很不错的。"

梁殊择放下球杆,扫她一眼:"老师教得好。"

周梵弯唇笑了笑:"这些都是最基础的握杆动作,你先掌握这些以后再学台球会轻松标准很多。"

"嗯。"梁殊择回答说。

接下来的三十分钟里,周梵便开始教梁殊择正式地打台球。

梁殊择悟性尚可,也听话,周梵很满意这个学生。

一会儿后,人来齐了。

程子今另外一群朋友没来这个私人会所吃饭,他们去了KTV。

所以一起在私人会所吃饭的人便只有周梵、梁殊择、李清铭、程子今、郑烟烟和徐雾六个人。

周梵坐在李清铭旁边,问她现在肚子还痛不痛。

李清铭神清气爽地摇头,说肚子只是短暂地痛了一下。

菜陆续上桌,摆盘精致漂亮,菜式看起来美味可口,大家开始接连动起筷子。

周梵烫了碗筷后,便开始吃饭。

程子今和梁殊择时不时说上两句话,徐雾坐在程子今旁边,亲昵地黏着他。

梁殊择像是看不下去,程子今意识到这一点,朝梁殊择说:"要不您挪个座?"

梁殊择看了程子今一眼。

周梵正往李清铭杯子里倒鲜黄的橙汁,下一秒,梁殊择站起来,从对面走到了她身边,在她身边落了座。

周梵倒橙汁的手顿了下,一滴橙汁被晃到了桌面,紧接着,她听到梁殊择说:"这里清静。"

周梵挑了下眉,原来梁殊择也觉得他们两个有点太黏糊了。

看来不止她一个人这样觉得。

这顿饭一直吃到了晚上七点。

吃了一块黄牛肉后,周梵放下筷子。黄牛肉的辛辣窜进肺腑,她拿着旁边的水杯一饮而尽。

李清铭坐在她旁边,手肘不小心撞到她。周梵正喝着水,忽然被撞到,顿时便呛住了,连连咳了好几声。

梁殊择在第一时间递给周梵一张纸巾,周梵擦了擦嘴唇,朝他说了声"谢谢"。

李清铭像个做错事的小孩,抿着嘴看周梵。周梵笑了笑,安慰她没事。

徐雾也笑了笑:"清铭就是这么毛毛糙糙的,我们都习惯了。"

程子今和郑烟烟附和似的笑笑,周梵和梁殊择表情淡淡的。

"清铭什么都好,就是太毛糙了。"徐雾接着说,"我就是不喜欢她太毛糙这一点,整天像只疯猴似的。"

周梵不太友善地扫了眼徐雾。

程子今看了眼李清铭,说:"徐雾,你别这么说你室友。"

徐雾瞪程子今一眼:"我怎么说她了,她做事本来一直就毛毛糙糙的。"

周梵擦干脸,朝徐雾说:"我都没说什么。"

程子今也附和周梵:"对啊,周梵都没说什么,你批评你室友干什么。"

徐雾脸色肉眼可见地冷下来:"程子今,你帮着谁说话,你站哪边的?"

程子今就随口说了两句,没想到徐雾会生气,他继续吃着黄牛肉,说:"你生气做什么。"

郑烟烟缓和气氛："没什么的，雾雾你别生气，子今哥就随口一说。"

程子今："对啊，我就那么随口一说，徐雾你当什么真。真破坏气氛。"

徐雾腾地站了起来，看也没看程子今一眼便转身走出了包厢。

郑烟烟扫了眼程子今，连忙追了上去。

李清铭和周梵都没说话，梁殊择跟个没事人似的坐那儿，一副事不关己的样子。

程子今作为徐雾刚和好的男朋友继续吃着黄牛肉，一点也没把她放心上。

李清铭看不下去了，说："程子今，你去追一下她吧。"

程子今扫李清铭一眼："不去。"

李清铭："你去。"

程子今摇头："要去你去。"

李清铭被气笑了："她是你女朋友还是我女朋友？"

程子今头也不抬："我送你了。"

"清铭，我们去吧。"周梵站起来。

李清铭说了声"好"。

梁殊择忽然也站了起来，径直往外走。

程子今叫住梁殊择："你去哪儿？"

梁殊择声音淡淡："结账。"

周梵不知道局面怎么忽然变成这样了，她那时怼徐雾，也是为了维护李清铭。

毕竟她和李清铭关系好，肯定不会让徐雾说李清铭的。

她这个人爱护短，在她那儿，朋友就是第一位的。

她都没说什么呢，徐雾就替她伸张起正义了。明眼人都知道徐雾是在贬低李清铭，周梵才不会让她得逞。

程子今选的私人会所位于西京市的繁华地段，出了门便是一片霓虹灯高挂、灯红酒绿的商业街。

一阵风刮过来，周梵冷得下意识地缩了缩脖子，和李清铭跑着追上了徐雾。

　　徐雾站在路边哭嚷着程子今不是人,李清铭本来做事就毛毛糙糙,宿舍里的人都知道,她只不过拿来调侃一句,又没做错什么。

　　李清铭抿着嘴看徐雾哭,听到她那些话,心里也不舒服,忽然就不想去安慰徐雾了。

　　还安慰什么呢,人家只差指着她鼻尖骂了,她也不想给自己找不痛快,便转身朝反方向走了。

　　周梵看了眼哭得正欢的徐雾和一脸丧气样的李清铭,站在原地被寒冷的风刮着,几乎没思考地跟在了李清铭身后。

　　她拉住李清铭的手:"你别把徐雾的话放心上。"

　　李清铭瞅了周梵一眼,见她冷得皮肤发白,还一直跟在她身后,心里有些感动,便说:"谢谢你啊。梵梵,你是不是很冷啊?"

　　周梵刚教梁殊择打台球的时候将外套放台球室,吃饭的时候忘拿了,这秋风一刮,确实把她冷得哆嗦。

　　下一秒,一件外套便披在了她身上,那外套带着男人的体温和淡淡的檀香味。

　　"穿上。"

　　周梵按住披在肩上的外套,扫一眼站在夜色里的梁殊择。

　　"你怎么出来了?"

　　梁殊择看她一眼,说:"吹风。"

　　周梵抓着头发,毫不扭捏地将他的外套穿上,她穿上后低头理一理,往下看的眼睛含着细碎的光。

　　对面是一条江,霓虹灯倒映在水面,平静得像一潭不会动的水。

　　李清铭到底还是不放心徐雾,拉着周梵的手问:"那她们怎么办?"

　　周梵转头问梁殊择:"程子今会去哄她吗?"

　　梁殊择漫不经心地滚了滚喉结,忽然低头将周梵穿着的外套拉上了拉链。

　　梁殊择在她没说话之前很快撂下一句话,像是在嘲讽:"我这外套不是这么穿的。"

周梵看到他靠得很近的眉眼，眼神动了动，耳朵忽然烫了。

梁殊择说完便若无其事地后退了两步。

李清铭眨下眼，问梁殊择："那你女朋友生气了，你会哄人吗？"

周梵挑了挑眉，觉得这个问题问得有点多余。

梁殊择这种游戏人间的男孩，谈过的女朋友估计不计其数，哄人嘛，大概是不会哄的，估计只会断舍离，然后迅速找下一个。

"我？"梁殊择漫散地扯起嘴角，"还没谈过。"

周梵缓慢地舔了下唇，有点不太相信。

李清铭看着她，笑了笑："真的假的？梁殊择你没谈过？"

周梵恰好也看向梁殊择，他的视线便和她短暂地交会了下。

梁殊择背后是霓虹灯遍布的江和桥，模糊的光影笼罩着。

高楼大厦在两岸盘踞而上，亮着的广告牌上是周梵不认识的某位当红女星。

周梵顿了几秒，说："我们回学校吧。"

梁殊择眼睫被风吹得动了动，他吐出三个字："没谈过。"

程子今到底没去哄人，徐雾和郑烟烟叫了辆出租车回学校，梁殊择将周梵和李清铭送了回去。

周梵和李清铭回宿舍的时候，徐雾和郑烟烟正躺在一张床上睡觉，四个人谁也没说话，这样的情况持续了一周时间。

直到纪录片老师说以宿舍为单位做小组作业，要拍一个纪录片，四人关系才有所缓和。

那时西京大学的贴吧文艺复兴般地说要选校花，几天后，周梵以极高的票数犾选2014届西京大学的校花。

这个消息，是李清铭告诉周梵的。

周梵当时在选纪录片的主题，对比分析和找老师讨论。

李清铭把手机放到她面前，兴冲冲地说："梵梵，你选上了校花！"

周梵翻开一页白纸，在干净的纸张上写着字，字体潦草漂亮。

"什么？"她皱眉继续写字。

"你看！贴吧选出来的。"李清铭坐了下来。

周梵摸了摸李清铭的脑袋，说："那玩意又不给我钱。清铭啊，纪录片你想拍什么？"

李清铭放下手机，看一眼徐雾和郑烟烟的床位，说："四个人的小组，她们都不参与算什么。"

周梵弯唇笑了笑："还拉不下脸呢。我们先选题，过几天她们就会来找我们了。"

李清铭觉得周梵是个聪明的预言家，还没过几天，某天晚上，徐雾便在李清铭和周梵的桌上放了两个糖果盒。

周梵去了手语社，李清铭刚洗完澡出来，便瞅到一个绿色包装的铁盒子，再一瞅，周梵桌上也有，便知道是怎么回事了。

"清铭，上次是我不对，"徐雾扭捏地朝李清铭走过来，"我给你道歉，我以后再也不会说你了。"

李清铭擦着头发，实在应付不来这种场面，便扯开话题："那糖是你买的吗？"

徐雾："是我买的，我给你道歉的礼物。"

李清铭"哦"了一声，也很扭捏地说："那就算了吧，我原谅你了。"

徐雾笑了一下，李清铭也傻乐起来。

周梵回到宿舍，便看到三个人坐在一起做纪录片选题。徐雾第一个看到周梵，朝她摆手："梵梵，你想拍什么？"

周梵一看这场面，心里门清，说："我们先一起讨论讨论再做决定。"

四个人讨论了好一会儿，周梵的手机忽然响了。她低头看了眼屏幕，是手语社的QQ群。

陈雅：这周末我们社团会去仁和聋哑小学哦，参加的同学可以找社长报名！@全体成员

周梵忽然想到纪录片可以拍仁和聋哑小学的小朋友，便和她们说了下这个思考方向，李清铭、徐雾和郑烟烟都欣然同意。

周梵私聊了陈雅学姐，问她是否可以带三个朋友一起去拍纪录片。

陈雅学姐很快回复：可以哦。你去找社长报名，我帮你记录一下。

过一会儿，周梵在QQ群里找到了梁殊择的账号，她私信他：周梵要报名去仁和聋哑小学。

几秒后，梁殊择回复了她。

lsz：报名？先加好友。

周梵回复了一个"哦"字，然后添加了梁殊择为好友。

周梵：我还想带我的室友一起去拍纪录片的作业，不会打扰到什么的，可以吗？

lsz：随意。

周梵：嗯，因为是小组作业。

lsz：行。

梁殊择回复得敷衍，周梵思忖了一下。

带三个不是手语社的朋友去学校，到底是她麻烦了人。

迟疑几秒，周梵想着要不要客套地问一下手语社的事宜。

这样问一下可能显得她不仅将纪录片作业看得很重要，也将手语社的活动看得很重要。

思及此，她在对话框内输入：周日那天，社长来不来？

周梵发完这条信息，便接着和她们讨论选题方案和具体构思。

直到晚上十点半一行人讨论完，她洗漱完躺到床上休息时，拿出手机才看到梁殊择的回复：不清楚。

周梵看到梁殊择的信息，她回复：噢。

回复完，周梵惬意地躺在了床上，天花板上的两台电风扇不停转动，噪音不算太大。

白色的墙上贴了李清铭喜欢的男演员海报，周梵眼皮直打架，在电风扇的噪音中陷入了深度睡眠。

周梵深夜两点多被渴醒，下床喝了口水后，忽然想到她就光回复一个"哦"字，是不是不太礼貌。

她打开手机，想给梁殊择再回复点别的，但因着忘记调手机亮度，在一片昏黑中，白色的光显得刺眼极了。

053

周梵下意识摁灭屏幕，心想还是算了，都过去好几个小时了，再回复信息也有点怪怪的，便爬上床睡觉了。

周四晚上，手语社为周日去仁和聋哑小学的事开了个会。

陈雅学姐让周梵将那天也同去仁和聋哑小学的室友们一起带过来开会，于是四个人全到了手语社开会地点。

周梵和李清铭到的时候，来的人还不多。

两人落了座后，人也差不多到齐了。

副社长是陈雅学姐，她给每人发了张纸，纸上写着这次活动的步骤和注意事项。

"周日那天是我带队，大家要注意看活动步骤噢。"

一小会儿后，周梵拿到资料，认真看了起来。

周日那天早上七点在校门口集合，所有人统一坐车过去。每一组都有具体的活动做，因着前几节课对所有社员都进行了基础的手语培训，所以大家都能进行简单的手语交流。

而李清铭、徐雾和郑烟烟作为录像的陪同人员，只要不给手语社制造麻烦，专心拍摄就行了。

但周梵是手语社成员，当天得和其他人一起和小朋友们做公益活动。

散会时，忽然有男生问陈雅："学姐，怎么是你带队？社长不去吗？"

周梵也觉得奇怪，脚步下意识放缓了点。

陈雅笑着整理资料，说："他太忙，大概没时间去。"

周梵听着陈雅的话，抿了下唇。李清铭环着她的手臂，说要去后街买青柠味的冰激凌，两人便一起去了西京大学的后街。

十几分钟后，看着李清铭的冰激凌，周梵也买了支青柠味的，但她觉得这个味道没有她想象中的甜。

第三章

/

他的温柔

周日那天，西京市迎来了久违的晴天。

周梵是清晨六点半起床的，几分钟后其他人也陆续醒了过来。

七点，手语社所有人都统一到了校门外。陈雅扬着面旗帜站在队伍前，一行人坐上巴士前往仁和聋哑小学。

车里，周梵闭目养神，李清铭坐在她旁边，正调试摄像机的参数。

因着是早晨，大家都有点困，车厢里说话的人不多，显得静。但正因如此，有两个姑娘的声音显得格外刺耳。

"没想到梁殊择真没来啊，我以为他会来的。"

另外一道声音听起来清脆："他比较忙，这种小活动不来也正常。我听一个学姐说，他前两天去遂北了，这么远，他怎么可能赶回来？"

"也是哦，去遂北参加比赛吧？本来就很辛苦了，如果赶回来了，趁着周末，也该好好休息一下。"

周梵缓慢地掀开眼皮，顺着李清铭的视线看向摄像机。

车程大概是半个小时，七点半左右，巴士停在了仁和聋哑小学校门前。

今年梁殊择将参加国际大学生程序设计竞赛获得的奖金悉数捐给了仁和聋哑小学，张敏行作为仁和聋哑小学的校长，知道手语社的同学们要来做公益活动，早早地做好了准备。

2014年那会儿，大部分聋哑学校还没建立起健全的教育体系，聋哑学生的现状一直令人担忧。

由于缺乏资金和师资力量，仁和聋哑小学的发展也不那么尽如人意。

但像梁殊择这种社会爱心人士也不在少数，几乎每半年都会有这种公益性的活动在仁和聋哑小学举办。

张敏行很欢迎这种活动，感受着外界的善意和扶持是一件很美好的事，教育的初心就像是一直扎根在了这儿。

上午，周梵和几个姑娘表演早就熟练的手语操。

底下坐着的小朋友乖乖地坐着，眼睛睁得老大，手语社买的零食和牛奶摆在他们面前，他们边吃边看表演。

陈雅和校长张敏行在办公室说话，手语社的其他几个骨干成员在搬这次捐赠的体育器材。

李清铭那几个人拿着摄像机到处记录，小朋友们玩得倒也挺开心。

周梵表演完，和小朋友们坐到一起，用手语陪着他们聊天。

但因着周梵到底没学多久手语，有些手语词汇，她还没太学会。

幸好身边有个大二的学长，对手语颇有研究，有些周梵不太会的手语，他会替她做出来。周梵便也能算是畅通无阻地和小朋友们聊着天。

一小会儿后，学长得去帮着搬体育器材，便率先离开了。

周梵和小朋友们的聊天便显得困难起来，身边的手语社成员也没有一个特别擅长手语的，大家都是新手，也没人能帮周梵翻译。

周梵低头想查手机，屏幕正显示进入百度页面时，一阵哭声响了起来。

周梵吓了一跳，立即抬眼看向哭着的女孩。

女孩跌坐在地上，一个高个的男孩沉默地看着她。

周梵立即将女孩扶起来，用手语问她怎么了。

女孩哭个不停，那男孩压着眉尾，用手语朝周梵说："她的饼干被人吃了，所以哭。"

周梵哭笑不得，忙用手语安慰女孩，但女孩仍是哭声不止。

周梵用手语朝男孩说："饼干还有多的吗？教室里没有了？"

男孩摇头。

周梵决定去帮女孩找饼干，便向男孩做手语说："是刚刚那种向日葵饼干吗？"

男孩手指清瘦，没什么表情地做着手语："不是，是嘉顿饼干。"

周梵做手语："什么饼干？"

她看不懂男孩的手语。

男生依旧没什么表情地做着嘉顿饼干的手语，周梵眉毛微皱，实在不懂是什么意思。

她掏出手机，准备在百度上找常见饼干的图片，刚摁亮屏幕，女孩的哭声逐渐大了起来，男孩像是有点着急，扒拉着周梵的手臂，又给周梵做了一遍嘉顿饼干的手语。

周梵需要安抚的对象从一个变成了两个。

像是无计可施,她敛下眉,想去教室外面找擅长手语的帮手。

女孩哭声不止,男孩着急地在周梵面前一遍一遍地做着相同的手语动作。周梵脑袋乱糟糟的,像是被人塞了一团棉花。

世界好像变得纷乱起来,周梵有点头痛,这个教室只剩她一个大人,其他小朋友正茫然地看着。

她深吸一口气,弯唇朝男孩笑。因着女孩哭声,男孩像是有点暴躁。下一秒,他将桌上的牛奶全部掀翻在地,玻璃碎片的声音嘈杂刺耳,白色的液体瞬间沾湿地面。

周梵严肃起来,女孩也停止了哭闹,男孩摔完牛奶杯后,又开始做手语:"你快点去帮她找嘉顿饼干。"

玻璃杯打碎的声音不算小,事情的走向已不由周梵控制,她咽了下喉咙,正准备拨陈雅的电话时,她看到一抹漆黑的身影。

接着,她看到梁殊择走进了教室。

周梵像是找到救星,眉眼舒展开来,也没细想梁殊择怎么出现在这儿了。

梁殊择手语极其好,和男孩对话时,两个没什么表情的人快速变化着手势。

"到底是什么饼干?"周梵站在梁殊择身边,好奇地问。

"嘉顿。"梁殊择声音淡淡的。

周梵点头,快速走向另外一个教室,拿到嘉顿饼干后又走回了这个教室。

梁殊择逆光站着,似乎在和男孩说着什么,男孩低着头,表情依旧沉默。

周梵将饼干给了女孩,因着那么多双圆滚滚的大眼睛看着,她又一人分了一块。

几分钟后,学校里的老师赶到,也有人来清理地面,就没有周梵什么事了,她便和梁殊择一起离开了教室。

日光倾泻下来,空气都变得朦胧,仁和小学种植的树鲜绿,一望无际的大片梧桐相当漂亮。

周梵深呼一口新鲜空气,恰好李清铭扛着摄像机走了过来。

李清铭笑着，让周梵看她拍的视频。

周梵歪头看了下梁殊择的背影，"嗯"了一声，接过摄像机，低头看起了里头的视频。

下午六点，校长张敏行邀请手语社的志愿者们去食堂吃饭。梁殊择不想过多打扰，便只留下捐赠的体育器材和一些教学器材，在七点钟离开了仁和聋哑小学。

周梵回宿舍后便一直坐在电脑前。

李清铭洗完澡，从浴室里出来，走到周梵身边，低头问她："梵梵，我拍得还算可以吧？"

郑烟烟和徐雾负责采访校长张敏行，李清铭负责随机拍摄。

周梵握着鼠标，将两个摄像机里的录像上传，点头："可以的。"

李清铭百无聊赖，忽然听到徐雾的手机响了，朝着浴室喊了声："徐雾，你手机响了。"

徐雾正在挤沐浴露，扯着声音说："你看看是谁。"

李清铭走过去，看到屏幕上亮着的"程子今"三个字，眼神动了动。

周梵剪着片子，听到李清铭清脆的声音响起："程子今打来的。"

周梵握着鼠标的手滞了滞，眉梢往上挑一点。

徐雾洗完澡出来，拿着毛巾擦头发："我才不接。"

李清铭："你和程子今现在怎么样了啊？"

"不怎么样，"徐雾说，"分手了。"

李清铭"哦"了声："那祝你分手快乐。"

周梵被李清铭逗得笑出声，徐雾也笑了笑。郑烟烟拿衣服进浴室洗澡，经过李清铭时也笑了声，李清铭就跟个活宝似的，专逗人笑。

第二天早上八点有课，四个人晚上十一点就都躺到了床上。李清铭话多，和周梵扯着聊了会儿天，周梵眼皮耷拉着很困，不一会儿就睡着了。

李清铭和周梵聊着聊着就听不到她声音了，泄气地翻了个身，数着绵羊最后也在十二点前入睡了。

郑烟烟一向睡得最早，这一晚只有徐雾翻着手机相册和短信记录，月光洒在她发红的眼角。一会儿后，她给程子今回了一条短信：你明天来西大，我才听你的解释。

第二天早上八点的公共课，周梵拉着李清铭起床。李清铭起床后匆匆忙忙地洗漱，周梵坐在椅子上刷着社交软件。

离上课还有几分钟，食堂离宿舍有点远，已经来不及去买早餐，周梵便撕开面包咬着，忽然收到程子今给她发的信息：嗨，徐雾还在宿舍吗？

周梵边吃面包边打字：在洗漱。

程子今：好，我来你们上早课的教室了。

周梵笑了笑，追人都追到西大教室了，追人的比她们上课的还勤快。

李清铭洗漱完，周梵塞给她几个面包。

李清铭问她："你今天不去买豆浆了吗？"

周梵几乎每天早上都爱喝豆浆，但这几次因着李清铭起床起晚了，就没来得及买。

出宿舍时，李清铭咬着面包说："下次我早点起。"

周梵："没事，是我自己起得太晚了。"

到教室后，周梵果然看到了程子今，他手里提着豆浆，和梁殊择说着什么。

这节公共课梁殊择几乎每周都会来上，为着这事，西大的匿名论坛的热帖都开了好几个。

经过梁殊择和程子今身边时，李清铭咬着面包，瞅着程子今的豆浆："来西大卖早餐打工啊？"

程子今笑出声："没，顺带给梁殊择买的。"

梁殊择漫不经心叫了声程子今的名字，程子今笑嘻嘻地将话带过去："我在这儿等徐雾，你们快去上课。"

周梵看着程子今手里提的豆浆，咽了下喉咙，和李清铭踩着点进了教室。

到教室后没几分钟，周梵的后背被人拍了下，她回头，程子今笑着说："打游戏吗？二缺四。"

二缺四啊，人是不是有点太少了？

"还有人吗？"李清铭从桌上爬了起来。

"就我和徐雾两个人，你们帮帮我吧，就靠着打游戏笼络徐雾呢。"程子今眨了下眼。

周梵视线下意识找着谁，忽然梁殊择从教室后门走过来，坐在了程子今旁边。周梵的眼神和梁殊择撞了下。

梁殊择像是没看到她，落座后视线便落在了程子今买的豆浆上："不是让你买一杯？"

程子今皱眉翻着微信聊天记录，翻了几秒后，便将手机放下，说："那买多了怎么办？"

周梵咽了下喉咙，沉默着没说话，转过背去打她最爱的单机游戏。

下一秒，梁殊择手指屈着敲了下桌，发出一声清脆的声响："周梵，你要喝吗？"

周梵果断地退出了游戏，迟疑几秒转过脑袋，慢悠悠地说："喝。"

梁殊择便漫不经心地将豆浆递给她，说："程子今做事太马虎。"

周梵没说话，接过豆浆。

李清铭也分到一杯豆浆，笑嘻嘻地朝程子今说："托你的福。"

周梵吸了口豆浆，甜而不腻，温热可口，她很感谢程子今今天的马虎。

喝完后，程子今又撺掇着打游戏。

周梵和李清铭答应一起玩，郑烟烟也应了，梁殊择到最后也应了。

游戏需要组队，程子今必定得和徐雾一组。

周梵想和李清铭一组，但李清铭说她想和厉害的人一组，就和郑烟烟组了一队。

眨眼，已经有四个人自主分成了两队，便只剩下了周梵和梁殊择。

周梵瞥一眼梁殊择："那我们组一队？"

梁殊择："随意。"

这个游戏周梵是第一次玩，玩游戏时，因为她不太会操作，便只能笨拙地保护自己。虽然名义上梁殊择和周梵一队，但两人好像在各玩各的。

意识到这一点后，周梵便不再理会梁殊择游戏里的人物，开始自己单独打。

第一局游戏时，她和梁殊择面都没有碰到。

周梵有些无语。

她真的和梁殊择是一队吗？

第二局游戏开始，程子今和徐雾去了新的地图，周梵控制的游戏人物跟在他们后面，穿过迷雾森林和一座长桥。

周梵站在桥上，底下河水缓缓流动，她百无聊赖地翻着新版地图，看到李清铭控制的游戏人物后，两个人厮杀在一起。

周梵虽然菜，但李清铭更菜，没一会儿周梵控制的游戏人物便占了上风，只差一点周梵便可杀死李清铭了。

周梵使出招数，李清铭控制的游戏人物由她宰割，就在周梵即将取得胜利时，李清铭的队友郑烟烟赶了过来。

周梵看到郑烟烟来救李清铭，转身就跑。

嗯，她是打不过的。

幸好郑烟烟没有穷追猛打，周梵便逃走了。她逃回了她与梁殊择刚开始所在的区域，但梁殊择并不在这儿。

那里空空荡荡的，什么也没有。

别人都有队友，就她没有。

第三局游戏开始时，周梵干脆不认为她和梁殊择是一队的了。

因着玩了几局，她也逐渐熟络了玩法，这局刚开始，她便小胜利了一把。

周梵扬扬得意地在游戏里转着圈搜寻，忽然她脖颈上架了把剑。

是程子今控制的游戏人物。

周梵一愣，快速进行反击，和程子今厮打在一起。但程子今玩游戏厉害，不一会儿，周梵便被他堵到了悬崖边上。

底下是万丈深渊，一旦掉下去，周梵必死无疑。

程子今控制的游戏人物笑着，周梵控制的游戏人物在悬崖边摇摇欲坠，仿佛风一吹她就会掉下去。

但周梵依旧不认输，她踩在悬崖边，使足力气跃到了更高处。程子今追着周梵过来，她便一跃再跃。

她红衣飘飘，脚尖往上跃时，游戏场景看上去漂亮纷繁。

下一秒，程子今追到周梵身边，周梵无力抵挡，只能往更高的地方跑。程子今像是玩厌了你追我跑的游戏，决定给周梵致命一击。

周梵手指点屏幕都点僵了，眼睫颤了下，等待着程子今的招数。

但屏幕左上方忽然出现了一个人，周梵在游戏里微眯着眼看那人，一秒便认出是她玩了几局都没见过的队友。

啊，他终于出现了啊。

梁殊择接下来的操作便是行云流水般顺畅，程子今被打得溃不成军，最后命丧悬崖之上。

周梵手机屏幕里的游戏人物不小心在地上打个滚，翻到了泥浆里。

现实里，她扫了眼梁殊择。

他打游戏时模样漫不经心，一副不太认真只是随意玩玩的样子，眉眼处几乎窥不见几分认真，但偏偏在游戏里，却是一贯的赢家。

周梵余光收拢，又吸了口温热的豆浆，继续操作着游戏里的小人。

这局游戏在一分钟后结束。

程子今输了游戏，扫一眼罪魁祸首："梁殊择你这保护周梵的意图很明显啊。"

周梵退出游戏，摁灭屏幕，缓慢地咽了下喉咙。

梁殊择将手机反扣到桌上："我不保护她，保护你？"

像是觉得有点好笑，他声音淡淡，但带着点嘲讽："下次和我一队，我也护着你。"

周梵抿下嘴，说："只在关键时刻护着你的那种。"

平时都见不到人影的。

梁殊择睨一眼周梵，周梵和他交会下视线，便继续低头喝着豆浆。

豆浆被周梵喝完时，恰好下课铃响起，她率先走到教室后面，将豆浆杯扔进了垃圾桶。

梁殊择看着她背影，缓慢地扯了下嘴角。

李清铭跟在周梵后面将豆浆杯扔了,两人同时听到了徐雾和程子今的对话。

徐雾:"你打个游戏都赢不了。"

程子今扯唇笑:"那不是有梁殊择在。"

梁殊择走在人群的最前面,声音顺着人流传进众人耳朵里:"少拿我当挡箭牌。"

见程子今跟在徐雾后面继续说着什么,李清铭皱眉问周梵:"他俩到底咋回事?怎么天天吵架又天天和好的?"

周梵瞥一眼两人,摇头:"不知道。"

谁知道呢,这些人的心思都难猜。

一会儿后,徐雾和程子今像是没谈拢,徐雾直接松开程子今的手往宿舍走了。程子今立在原地,转头问周梵和李清铭:"她是不是又生气了?"

李清铭扒拉下头发,不确定地说:"好像是。"

程子今有点烦:"我都追到她学校来了,她还要怎么样。"

李清铭:"感觉你也不是很上心啊。"

周梵笑了笑,李清铭扭头看她:"梵梵你笑什么?"

没等周梵说话,程子今忽然想到徐雾十二月份生日,掏出手机看了眼日历。

"12月21日是周日,我给她弄个生日会怎么样?"程子今说,"我多喊点人,热闹一下。"

李清铭爱热闹,但毕竟徐雾还在生程子今的气,她也不太好说什么,便只敷衍地说了一句:"还不错。"

程子今又问周梵觉得怎么样。

周梵站在风里,嘴角微扬:"你问问徐雾,我不知道她会不会喜欢。"

程子今点头:"也是,等下反而又把她弄生气了。"

周梵和李清铭回了宿舍。

路上,李清铭问周梵:"程子今到底喜不喜欢徐雾?他喜欢的话,那上次怎么没去追她?如果不喜欢,那怎么现在又来追她?"

周梵听到这些问题脑袋都要爆炸,她停顿一会儿,而后说:"可能是有点喜欢的,但也没那么喜欢?"

李清铭若有所思地说:"那这种恋爱谈着有什么意思?"

周梵也若有所思地想了下,说:"我也不知道。"

冬至那天是徐雾生日,恰逢周日,程子今老早就喊了许多人。周梵也在前一周,确切收到了程子今的邀请,他准备的生日会还挺有模有样。

不过选的地点出乎周梵意料。她之前以为会在KTV或者酒店里,但没想到,生日会直接设在了程子今家里。

李清铭收到邀请后,拿着手机去问徐雾:"程子今好像不是西京市人吧?"

徐雾摇头:"不是。"

"那他在西京市有别墅?"李清铭翻着手机,"你知道他替你开生日会了吗?"

"他还没和我说,"徐雾笑了声,"是想给我惊喜吧,我还不一定同意去呢。"

李清铭瞅一眼徐雾,笑她是傲娇鬼。

冬至那天上午,程子今率先让人去接周梵和李清铭。十点多,她们就到了程子今举办生日会的地方。

是在城郊的一栋独栋别墅,房子漂亮美观,外观装修采用的是新欧式设计。

绿色草坪统一铺陈,两旁的棕榈和橘树齐齐站着,打眼张扬。

程子今办这生日会像是真用了心,光是参加的人就邀请了不少。李清铭轻声问周梵:"徐雾不会不来吧?"

两人被人带进别墅。

庭院内摆了许多各种颜色的气球,周梵扫了眼不远处的泳池,说:"大概会来吧。"

李清铭点点头,抬眼便看到程子今站在不远处,正和几个纨绔富二代打扮的男生说笑。

她转头看了下周梵,说:"梵梵,纪录片的事你打算怎么办啊?"

周梵说:"没想好。"

谈起纪录片这事,周梵眉头往下陷了点。但纪录片这事也赖她,之前做计划的时候没考虑这么多,没想到把能用的镜头剪到一起,时长会不够。原本打算拍几个空镜头凑时长,但按照拍摄方案来看似乎也行不通。

"怪我,怪我,拍的镜头抖死了。"李清铭叹口气,"我们什么时候再去一趟那个小学吧。"

周梵弯下嘴角:"第一次拍嘛,已经很棒了。"她继续说,"但如果实在没办法,也只能再去一趟了。"

李清铭附和说了声"好"。

"可算来了啊,两位。"程子今看到周梵和李清铭,拨开身边那群浑不懔的,朝两人走近。

李清铭:"你不去接徐雾吗?"

周梵没看程子今,轻轻扫过那群看起来吊儿郎当的男生后,又收回眼。

"我让别人去接了。"程子今笑,"我要是去接,她肯定不来。"

李清铭不懂程子今的思维方式,用手肘轻轻撞了下周梵,周梵会意,和程子今随意说了几句便进了别墅客厅。

"他怎么想的?让别人去接徐雾?"

李清铭在沙发上坐下,头顶的琉璃灯璀璨,因着是大白天,今天天气又晴朗,没开灯也有大片的日光投射进客厅里,入目一片都是光亮。

周梵摇头没说什么,客厅里的人不少,个个都打扮光鲜,看上去没一个像学生。

"梁殊择会来吗?"李清铭抓了把糖果,扫了一圈,没看到他人影。

周梵陷在沙发里,柔软的棉质沙发不硬,她嘴唇动了动,说"不知道"。

坐在沙发上太无聊,李清铭受不了,喊了一声程子今:"有什么好玩的吗?"

程子今走过来笑:"台球?二楼有,你们自己去。"

周梵也想打,就和李清铭一起上了二楼。

旋转楼梯浅调配色，日光铺陈在上头，底下的人声和欢闹像是彻底隔绝，二楼和一楼是截然不同的两个世界。

周梵呼吸下意识放浅。

"好安静。"李清铭说。

二楼是真安静，周梵走在李清铭前头，闻到空气里有一股淡淡的橘子香气，她偏头吸了吸。

二楼比一楼的日光还要好，灿亮的阳光悉数朝里扫过来，黑白的木制沙发看上去都明光锃亮。

房间很多，面积挺大，装潢很符合她的审美，简约低调。

周梵依次扫一眼，正欲往最后一间房扫去时，忽然听到一阵脚步声。不过几秒，房间门被打开，一抹黑色身影从屋里走了出来。

她最先看到的是 Predator Group 的台球杆，而后顺着台球杆抬眼，便看到那抹身影的主人的脸。

眼眸漆黑，唇色极淡，看上去冷跩傲慢。

下颌线硬朗流畅，脖颈优越，大面积白色的光铺在他身后。

周梵眼神微顿，认出了这人是梁殊择。

"你不是不会打台球吗？"李清铭停顿几秒，率先出声。

周梵抿了下唇，收回看他的眼神，往台球桌的方向走。

路过梁殊择身边时，她听到他懒洋洋的声音泛着点低沉倦哑："这不是在练？"

李清铭看他一眼，跟着周梵进了台球室。把门关上后，她向周梵吐槽："我怎么感觉他语气好凶。"

"他不是一贯都这样？"周梵弯唇笑着说，"来，我教你打。"

"嗯。"李清铭狐疑地拿起球杆，"好奇怪，我怎么觉得之前他还挺温柔的？"

周梵瞥李清铭一眼："你确定？"

梁殊择跩得要死，什么时候温柔过。

"哦，我想起来了。"李清铭说，"就那次去仁和聋哑小学，梁殊择后来不是到了吗？我当时扛着摄像机来找你，他和你站一块儿，看上去就还挺温柔的。"

周梵声音上扬"嗯"了一声，弓着背，手抵着台球杆，球碰撞发出响声后入袋。她说："你应该看错了。"

"也对。"李清铭说，"不过我真不知道他上次为什么又去仁和聋哑小学了，不是说在比赛没时间吗？"

周梵摇头，继续打台球，瞥一眼李清铭的神色，为逗她开心，玩笑道："可能是手语社有他喜欢的人？他来找她的？"

李清铭看向周梵："的确有这个可能。"

周梵继续逗她："但也可能他喜欢的人不在手语社。"

李清铭顿了一秒："为什么这样说？"

周梵声音放轻："你想啊，我一般很少在手语社看到他的，那就证明手语社没有他中意的人。你再想想，既然手语社没有他中意的人，那他为什么上次宁愿放弃休息时间来仁和聋哑小学啊？"

李清铭欲言又止地看着周梵。

周梵逗李清铭的心思昭然若揭："大概是他喜欢的人也去了。"

李清铭眨眨眼。

"那个人不是手语社的，但上次却去学校了，你猜猜是谁？"周梵竭力将话题引到李清铭的身上。

李清铭没说话，周梵的球又入袋，她声音放得更轻，玩笑道："他喜欢你。"

李清铭翻了个白眼。

"梵梵，你胡说什么。"李清铭坐在台球室的小沙发上，双手支着下巴，瞥了眼周梵。

周梵顺势也在李清铭旁边坐下，很轻声地说："逗你的。"

两人在台球室玩闹了会儿。临近饭点，周梵推开台球室的门，走了两步便看到了坐在二楼客厅沙发上的梁殊择。

他低头玩着手机，模样漫不经心，周梵此刻很想问程子今他家的隔音效果如何。

李清铭也愣了下。

梁殊择怎么还在这儿?

周梵路过梁殊择时,也不知道他听没听到她为逗李清铭高兴,而胡说编排他的话。

但为了显得更自然一点,周梵朝他说:"好像快到吃饭的点了。"

梁殊择的手指骨节分明,握住手机浏览时,整个人显得慵懒倦怠。

听到周梵这句话后,他睨一眼她。

周梵和他的目光相撞,日光悉数倾泻在空气里,她咽了下喉咙。

梁殊择眼神移开,继续低头扫着手机,时间像停滞一瞬。

过了几秒,他忽然又抬头,瞥一眼周梵。

"我中意谁,你知道?"

周梵和李清铭下楼时,徐雾和郑烟烟正挽着手走进别墅客厅。

李清铭与周梵嘀咕:"程子今家这别墅隔音效果也太差了吧,梁殊择全部听到了。"

周梵也正头疼这事,她抿了下嘴唇,跟徐雾和郑烟烟打个招呼后,吐出一句话:"谁知道他一直坐在客厅沙发啊。"

不过,到底是她瞎编排梁殊择在先,哪能怪他,也只能怪她自己胡说八道。

"怪程子今,他这别墅隔音效果真不行。"李清铭愤愤不平。

周梵坐在沙发上,眼前人头攒动,她余光中看到梁殊择迈着步漫不经心地走下楼。

周梵撇开视线,专注地和李清铭说话,但脑袋里时不时还回忆起刚才那个尴尬至极的画面。

"我中意谁,你知道?"

周梵凝神几秒,李清铭小手指碰了下她食指尖,周梵才缓慢对上梁殊择懒懒扯笑的眼神。

"不知道。"她勉强笑了下,又沉默几秒,如实说,"我是在开玩笑。"

梁殊择全程盯着她,眉梢往上抬了点,整张脸显得肆意轻佻。

周梵不知道该再说些什么，脸逐渐有点发烫，毕竟她是被当事人当场抓住。最后，她官方地加上一句话："你别放在心上。"

梁殊择听完这句话便别开看周梵的视线，静默几秒，他放下手机，从沙发上起身，周梵不经意扫过他狭长的眼。

梁殊择"嗯"了声，然后朝周梵道："道个歉吧。"

周梵没想到梁殊择这么介意这事，但道歉也是理所应当。

她正准备张开嘴道歉，梁殊择却顿了下，表情疏懒地说："继续教我打台球，"他拖长尾音，"我这人不喜欢口头道歉。"

周梵当场愣了下，迟疑几秒，不确切地问："教你打台球？"

梁殊择傲慢地从喉咙里吐出一个"嗯"字，而后好整以暇又懒怠地看着她。

在这种无声的对峙中，周梵败下阵来，几秒后，她缓缓地说了声"好"。

梁殊择："你还挺勉强。"

周梵笑道："我很乐意。"

李清铭扯了下周梵的衣袖，小声说："梵梵，你好歹换个表情说这话。"

梁殊择散漫地"哧"了声，一副看透周梵的表情。

周梵抬下眉梢，特意强调："我真的很乐意。"

梁殊择倨傲地扯了个笑，从周梵身边擦肩而过，只在空气里留下一句话——

"知道了。"

周梵深呼一口气，回想着和梁殊择的对话，忽而扯起一个笑。

李清铭和徐雾不知道去外面干什么了，周梵便和郑烟烟坐在沙发上聊天。

程子今到底是爱玩的，举办起生日会来花样也多。

饭后，有人组织去影音室看电影。

李清铭和徐雾正在游泳池里比赛谁游得最漂亮，周梵和郑烟烟在池边看两人游泳，听到去看电影后交换下眼神便跟着去了二楼。

路过客厅时，周梵看到几个人正在玩纸牌。梁殊择身形懒散地坐着，修长的手指拿着牌，午时太阳正高挂，他没什么表情地看着牌，日光照在纸牌边缘，镀了层淡淡的金边。

不知道谁喊了句"择哥又赢了"，周梵顺势又往下看了眼。郑烟烟在她耳边说："你知道吗，有个大三的学姐一直在追梁殊择，上周那个学姐加了徐雾的QQ，问她能不能来参加生日会。"

周梵摇头，说了声"不知道"。她怎么知道什么学姐追梁殊择的事。

"不过也算不上稀奇，西京大学追梁殊择的人还少吗？喜欢他的姑娘都不知道排到哪里去了。"郑烟烟继续和周梵咬耳朵。

周梵上楼，侧眼看到梁殊择散漫地起身，将纸牌扔到沙发上："没意思，总是赢。"

其余人都笑，程子今拍了拍梁殊择肩膀，说："换别的玩法，你不玩就没这么多姑娘看了。"

周梵才看到他们玩纸牌的地方围了许多女孩，她移开眼神，跟着郑烟烟以及其他几个人进了影音室。

进影音室之前，她看到梁殊择和程子今说着什么，程子今听了后便点点头。

"看什么电影啊？"后知后觉地，周梵扫了眼影音室，白色的投影幕布摆着，周围色调光线昏黄，单人沙发依次摆着，深灰色的地毯铺着，看上去还挺规范专业。

郑烟烟坐在周梵身边，说："我不知道。"

周梵"嗯"了声，什么电影都不要紧，只要不是恐怖片就行。

嗯，千万别是恐怖片。

如果放恐怖片的话，她宁愿去看李清铭和徐雾PK谁游泳最漂亮这种无聊的比赛。

周梵是真害怕恐怖片，高一的时候有次体育课下雨，体育老师让班委随便放一部电影。

当时班上的班委是个男生，酷爱恐怖电影，再加上班里同学对恐怖片的热情高涨，所以那次班委便放了《闪灵》。

雨天本就有气氛，坐在靠窗那侧的同学为营造气氛，将窗帘全拉上，整个教室便完全陷入黑暗，连一点光影都不剩下。

周梵当时坐在前排位子，惊悚音效在她耳边3D立体环境。当那对双胞胎姐妹出现时，班里同学尖叫声不止，周梵被吓得一愣一愣的，直接弯腰溜出了教室。

那天的暴雨是突然下的，毫无征兆。

周梵一个人靠在走廊的墙壁上，白色的玻璃墙砖有点凉。暴雨猛烈下着，她百无聊赖地看着暴雨下的白杨树。

她记得很清楚的是，因暴雨是突然下的，当时高二学长一场篮球赛便被迫中止。

周梵看到七八个拿着篮球的高二学长在暴雨中，从球场往教学楼走，他们身上还穿着球服，个个高大阳光。

她看了几眼便挪开了眼神，这几个学长似乎在全校都挺有名气的，但她几乎一点印象也没有，之所以能认出他们是高二的学长，还是靠着体育老师刚才在班里喊的一嗓子。

因着待在走廊太无聊，周梵便在走廊外拿了自己的伞，撑伞往小卖部的方向走。

——恰好和那群高二的学长擦肩而过。

周梵到现在还记得，当时人群里有位学长开她的玩笑，声音清淡轻佻："有人打伞来接了。"

周梵耳朵捕捉到这句话，心里确认这位不着调的学长是在说她。

她便将伞抬起，完整地露出一张脸，眉略上挑，说："我不是来接你们的。"

话音刚落，人群里便传出不间断的笑声。

周梵白他们一眼，又将伞拉下，遮住双眉，往小卖部的方向走，声音在暴雨里显得不大，但分外有劲——

"懒得理你们。"

影音室的电影前奏拉响回忆就此中断，周梵笑了声。

那个时候的她，还挺"中二"，性格也挺"躁"。

电影开场，周梵朝银幕看去，大屏幕恰好出现《爱在午夜降临前》七个字。

前两部她看过，这一部倒是因为各种原因一直没看。

电影选得还挺好，周梵问郑烟烟："谁选的电影啊？"

郑烟烟将爆米花塞给周梵一半，她吃着爆米花，说话时声音有些含糊："还能是谁，肯定是程子今呗，这可是他家。"

周梵"嗯"了一声，便专心看起电影来。

程子今家的影音室挺大，一起来看电影的人估摸有十几个。电影结束时，周梵看哭了。

但哭的好像就她一个，其他人都说这电影没意思，倒不如看看刺激的恐怖片。

周梵眨眨眼，去卫生间洗了个脸。

她泪点很奇怪，几乎和大部分人完全不一样。她经常被那种纯粹又热烈的感情打动，但慢热又平淡的感情也能让她涌出泪意。

有几个男生在台球室聊天，因着没关门，周梵在卫生间的洗手台洗手时便无意听到他们的聊天内容。

"谁选的片子啊？没劲透了。"

"就是，程子今选电影的能力不行啊，怎么着都该选个刺激点的。"

"我特想看鬼片，弄个悬疑片也行。哎，怎么看爱情片，小姑娘才爱看的电影。"

周梵没什么表情地继续洗手。

走出卫生间时，她听到台球室有人说："程子今跟我说，他原本选的是恐怖片。"

闻言，周梵顿了下。

"那怎么换掉了？"

"不知道，我问了程子今，他还没回消息。"

周梵路过台球室，去影音室找郑烟烟。

郑烟烟坐在沙发上，盖着深灰色的毛毯，无精打采地翻着手机。注意到周梵进来，她便起身和周梵一起下了楼。

经过评判，李清铭和徐雾谁游泳游得漂亮这个比赛已出最终结果。

胜者是徐雾，评判人是程子今。

李清铭将泳装换下，看到周梵过来，泪眼婆娑："他们欺负我。"

周梵笑笑，将一桶新鲜出炉的爆米花递给李清铭："吃爆米花。"

李清铭开心地接下，问周梵电影怎么样。

郑烟烟率先说："无聊死了。"

李清铭看了眼周梵。

周梵说："挺好看的。"

郑烟烟夸张地"啊"了一声："梵梵你平时是不是不怎么看电影啊？这么难看的电影你也觉得好看？"

周梵："可能每个人的审美不同，我觉得挺好看的。"

李清铭拉过周梵的手："那你给我说说哪儿好看？"

周梵便和李清铭说了起来，郑烟烟看着她们说话，没过多久就被徐雾拉着走了。

晚上八点多，程子今推着蛋糕车走出来，徐雾坐在人群的正中间，正和别人说笑。

客厅的灯悉数关闭，只剩淡淡月光倾泻下来，以及别墅外的橘子树的枝干上荡了点细碎的光芒。

灯关掉的那一刻，周梵关掉手机，和李清铭一起走到了徐雾那儿。

程子今哼着难听的调子，全场几十个人唱着《生日快乐歌》。

徐雾"啪嗒啪嗒"掉着眼泪，程子今难为情地哄着她。

全场又都笑起来，一切都结束后，周梵走出别墅去外面透口气。

月光掉落在流动的水域里，周梵沿着十字路静静地走。

"我就说，程少爷怎么换电影了？"

忽然，几道嘈杂人声在前方响起。

周梵听出这道声音是今天下午在台球室里吐槽的那一道。

"怎么的？"

"程子今他女朋友不爱看恐怖片啊？"

"程子今女朋友都没来，在那儿游泳呢，你什么眼神。"

"哦，我弄错了。我还以为是最好看的那个妹子是他女朋友呢，就看电影时坐我们前面那个。"

"那女孩是程子今女朋友的室友，这都能弄错。"

周梵听着，鞋子后跟摩擦着地面，百无聊赖地听他们胡扯。

"说回正题，你们绝对猜不到程子今今天为什么换电影了。"

"别卖关子了好吗？快说吧，哥。"

"我说出来你们可能不信，但事实就是这样。"

周梵抿了下唇，站住不动，很想听到原因。

过了几秒，她听到一道声音传来，比之前所有的声音音量都要小。

"是择哥让程子今换电影的。"

此言一出，别说那几个浑不憷的愣住，就连听墙脚的周梵都愣住了。

"择哥？"

"他为什么让程子今换电影？"

一道声音显得不理解。

"不知道，程子今不肯说。"

地面坚硬，周梵鞋子摩擦出细微声音，几秒后她转身往别墅门口的方向走。

今天玩了一天，直到晚上九点，程子今依次送各位朋友离开。但大部分是开了车来的，他只用送到别墅门口就行。

李清铭端着份蛋糕朝周梵走过来："怎么连蛋糕都没吃？"

周梵一向不爱吃甜食，只是和李清铭交朋友后，冰激凌什么的也跟着她一起吃了，导致李清铭觉得周梵和她一样爱吃甜的。

"吃不下了。"周梵望着那份蛋糕犯难。

"好解决，我吃。"李清铭说。

这时，程子今朝周梵和李清铭招手："你们还要回学校吗？快来！"

李清铭蛋糕才吃了一口，就被迫停止。

"谁送我们回去？"李清铭问。

"我送。"程子今回答说。

李清铭看了眼周梵，小声问之前不都是梁殊择送她和周梵的吗。

程子今看一眼李清铭，笑："你指名道姓让梁殊择送啊？"

李清铭睨了眼程子今。

程子今说："好啊。"

现在回学校还算早，周梵在不远处和一个女生说着话。

李清铭又问程子今："你今天为什么放那个电影啊？梵梵和我剧透了下，感觉还挺有意思。"

程子今："我本来想放个恐怖片的，梁殊择让换了。"

李清铭探究地问为什么。

程子今摇头："好像是他不爱看我选的那部，他说他看过，很无聊。"

李清铭点下头："那幸好换了一部。"

程子今一边"嗯"了声，一边招呼着朋友往外走。

最后是程子今送她们回的学校，徐雾坐前面，周梵、李清铭和郑烟烟坐后面。

回学校的路上，天空下了暴雨，周梵又想起高一的那节体育课，她因为害怕看恐怖片逃离教室，还挺难忘。

她不知道梁殊择为什么要换电影，他明明也没来影音室。

周梵觉得这个问题比较难以解答，便想得睡着了。

下车时，徐雾和程子今难舍难分，郑烟烟便在那儿等她，周梵和李清铭率先回了宿舍。

回宿舍的路上，李清铭说起程子今的话。

"程子今原本要放的是一个恐怖电影，后来梁殊择说他看过了，很无聊，程子今才换了个电影。"

周梵笑了笑："幸好没放恐怖片，我害怕。"

李清铭笑了好几声："那你得好好谢谢梁殊择。要不是他说那部恐怖电影很无聊，估计你们今天就得看那部恐怖电影了。"

周梵"嗯"了声："是得好好谢他。"

程子今送完她们又回了别墅，热闹转变为空荡，于是他去了影音室。推开门，梁殊择正陷在沙发上看电影。

程子今不扰他雅兴，也看起来。看了好几分钟，他看了眼电影名字。

《赤鬼》。

这电影不是他今天要放的这个吗，梁殊择不是说自己看过，觉得很无聊吗？

深夜，西京市的独栋别墅。

月亮悄悄藏进云层，天空暗淡无光，影音室里放着恐怖片，四周昏暗。

梁殊择陷在沙发里，薄而狭长的眼角撩着，神态疏懒，整个人看上去疏狂骄矜。

程子今没选择坐在他旁边位子上，而是坐在单人沙发上。

电影放到尾声，程子今探身摁了下影音室灯源开关，一秒内昏黄的灯光便抛洒整个室内。

借着昏黄灯光，他玩着手机，转头看了眼梁殊择。

"择哥，你不是觉得这个电影无聊吗？"

梁殊择起身，将程子今的车钥匙抛给他，说："打发时间。叫的代驾到了吗？"

程子今伸出手接过钥匙："快了，你今天喝了酒？"

梁殊择"嗯"了一声，转身进了隔壁的台球室。

程子今奇怪地看他一眼，也跟着进了台球室。

"哥，来一局？"

于是，梁殊择便同程子今打了局台球。

晚上十一点，代驾在浓重夜色中抵达。

程子今拿着台球杆，笑："没一次赢过你。"

梁殊择："多练。"

程子今笑笑,扯着嘴角又和梁殊择胡诌了几句。

更晚一点的时候,他看着梁殊择的车驶离郊区,往西京大学的方向去了。

徐雾和郑烟烟回到宿舍时,周梵正和李清铭坐在电脑前商量纪录片作业的事。

见到两人回寝,李清铭歪头看她们一眼:"徐雾,你眼睛都红啦。"

徐雾将包和程子今送的花和礼物堆到桌上,去卫生间洗了个脸。

洗脸时,她的声音从卫生间传到其余三人耳里:"太丢脸了,我被程子今感动得哭了。"

周梵嘴角弯弯,但没说话,继续握着鼠标思考怎么填充纪录片镜头。

郑烟烟去整理着洗澡后穿的衣服。

只有李清铭搭徐雾的腔:"也不是很丢脸,还好吧,女孩子遇到这种事感动也挺正常的。"

洗完脸,徐雾从卫生间出来,坐在桌前打开程子今送的礼物。

李清铭无所事事地路过徐雾,打算去宿舍楼下的饮料机拿瓶冰冷的橘子汽水喝。

正准备问还有人要喝汽水吗,徐雾忽然叫住了她:"清铭,你帮我拍下照片,我抱着这个花的照片。"

李清铭迫不及待想喝橘子汽水,一秒都不想等,便快速溜出宿舍,轻快地留下一句:"梵梵你帮徐雾拍一下。"

周梵正头疼纪录片的事,但帮着拍下照片能放松放松脑细胞,便站起来接过徐雾的手机,帮她拍照。

徐雾将程子今送的礼物摆在桌子边缘位置,周梵拍照时,她朝周梵说:"得拍到这个项链盒,但不能太明显,要让人看上去是不小心拍到的。"

徐雾提到项链盒,周梵便下意识瞥了一眼,说了声"好"。

拍照结束后,周梵将手机还给徐雾,恰好此时李清铭买完汽水回来,郑烟烟也从卫生间拿着衣服走了出来。

徐雾看着周梵拍的照片,放大看了眼,很满意,将项链盒放进了抽屉周梵笑了笑,拿了衣服,最后一个去洗澡。

洗完澡,她看见桌上摆着一瓶可乐,还带着冷气,水渍沿着瓶身往下流,没等她出声,李清铭就大气地摆摆手:"见者有份。"

郑烟烟和徐雾的桌上也有橘子汽水,但李清铭不知道她们的喜好,她只知道周梵爱喝可乐,无糖的那种。

以往西京市十二月份都会下雪,但2014年的雪来迟了,到次年二月份才下。

12月30日那天,周梵上完那年的最后一堂新闻写作课。

卷着大波浪的老师提前和班里的人说新年快乐,周梵收拾好书本资料,顺着人流走出教室。

李清铭走在她旁边:"梵梵,我们是明天去仁和聋哑小学补镜头是吧?"

周梵"嗯"了一声,单手拎着书包,往西京大学借摄像机的器材室走。

李清铭揪住周梵的书包带,一扯一拉地上下荡。

两人行至器材室,管理机子的老师正在填写什么单子。

"借什么?"老师戴着一副镜片很厚的眼镜,抬眼朝她们上下扫了扫,"带学生证了吗?"

"老师你好,带了。"周梵说,"我们借两台摄像机。"

"两台?"老师看了眼深灰色略微沾灰显得老旧的柜子,"现在不够了,只能借一台。"

周梵从书包里拿出学生证,递给老师:"那就借一台吧,谢谢老师。"

老师接过学生证,看了几眼将其放到桌上,转身从柜子里拿机器。

拿到机器后,周梵和李清铭回了宿舍。

摄像机重量不轻,周梵一回宿舍便轻轻将其放置到桌上。

郑烟烟和徐雾恰好也在宿舍。

李清铭反坐在椅子上,说:"明天我们都起早点。"

徐雾正涂口红,闻言抿下嘴唇,口红便晕染开来。

她目不斜视地盯着镜面,眼也不眨,说:"我和烟烟明天都有事,不能去了。"

李清铭皱眉:"这是小组作业。"
　　郑烟烟在床上睡觉,翻了个身,语调轻松地说:"上次我和徐雾不是都拍好了吗?你和梵梵两个人去就行了。"
　　周梵喝了口水,顿了下,说:"你们也没拍好。"
　　总体来说没有人拍好,四个人都有错误,但她作为组长,的确该承担最大的责任。但也没不去的理,谁都得去,一个小组四个人,没一个把自己该做的都做好了的。
　　徐雾:"哎呀,明天是12月31日了,我早就约好人玩了。"
　　周梵也不是故意挑着这跨年的时候出去拍东西,实在是之前课业多,没有空闲的时间去拍。最重要的是,仁和聋哑小学也不是想进就能进,她还是联系了副社长陈雅学姐,才顺势联系上校长张敏行。
　　因着明天学校有元旦晚会,仁和聋哑小学才欢迎她们来的。
　　毕竟她们这次又不是跟手语社去,而是单独去,人家校长跟她们都不怎么熟,靠着学姐帮着说话,张敏行才松口。

　　"约了谁?"李清铭有点生气了。
　　"就我男朋友呗。"徐雾理所当然地说。
　　"程子今啊!"李清铭说,"那你也得做完作业再去约会。"
　　徐雾笑着:"拜托,明天跨年,谁像你和梵梵一样单身啊。"
　　周梵说话了:"单身怎么了?"
　　"没什么。"徐雾说,"我和你们不太一样,我有男朋友,我抽不出时间去那儿。"
　　李清铭笑:"别显摆。明天下午五点前就回来了,根本耽误不了你和程子今接吻。"
　　徐雾:"什么接吻,你别瞎说。"
　　李清铭的话让周梵和郑烟烟笑出声,徐雾也红了脸。
　　"不是,我和程子今约好了,明天大家一块儿去跨年。明天白天也有活动。"徐雾说。
　　周梵:"不是早说了明天去拍作业吗?"

徐雾："作业哪儿比得上和男朋友约会重要。"

李清铭瞅一眼郑烟烟："那您呢，您有何贵干？"

郑烟烟将被子掀开一点，说："我明天和徐雾一块儿去。"

周梵有点不太理解："一块儿去？"

李清铭："你瞎掺和什么，人家小情侣约会。"

徐雾扯了下李清铭的衣袖，一副很高兴的样子："不是，明天人很多的。程子今有个朋友结婚，我们去参加婚礼。哦，梁殊择也去，这个朋友是西京大学的学长，大家都比较熟，都是朋友。"

李清铭气笑道："所以呢，这和我们的小组作业有什么关系？"

周梵听着徐雾和李清铭在那儿扯，想到摄像机的确只有一台，徐雾和郑烟烟去的话，还没有机子。但与此同时这也表示，她和李清铭得帮着把徐雾和郑烟烟负责的镜头给一起拍了。

和徐雾扯到最后，李清铭真来了点火气。

她生气的时候就不说话，比石头还沉默，脸无限地往下拉，连一个眼神都不给徐雾。

徐雾也懒得和李清铭扯，于是这两个人就又闹矛盾了。

周梵去楼下买了瓶常温的橘子汽水，放到李清铭的桌上。李清铭那时已经生气了，根本不想说话。

周梵就摸了下她的脑袋。

郑烟烟在几分钟后下了床，和徐雾出去了。

又过了几分钟，李清铭爬到了周梵的床上，叫周梵上床，她要和周梵谈心。

周梵将汽水拧开，递给李清铭。

李清铭喝了一大口，橙黄色的汽水涌进喉咙，她说："凭什么呀，我们两个活该是吗？连小组作业都不做，这种人真讨厌！"

周梵脱了鞋子，沿着床梯爬上床，和李清铭靠着宿舍的墙盘腿坐着。

周梵的床是整个宿舍唯一有床帘的。

李清铭拉上床帘，视野里就少了大半光亮。周梵朝李清铭说："别生气了，我们明天去拍，她们可以剪片子，任务量差不多。"

李清铭："我们还没学专业视频编辑软件，这宿舍就你一个人会剪片，她们哪会。"

周梵："不会可以学。"

李清铭笑了笑，拉过周梵的手："你脾气太好。"

但周梵其实也不是好脾气，有时候她脾气也"躁"，但这些事她懒得再多费口舌。而且等她和李清铭拍完，肯定会让郑烟烟和徐雾剪片，她们不会也得会，毕竟没有人天生就会，不都是学的吗。

"叮咚"一声响，手机屏幕亮起，周梵的思绪被打断。

她捞起手机，看了一眼，是手语社的学姐发过来的QQ消息：好巧，明天社长也要去仁和聋哑小学。

周梵撩下眼皮，正准备回复，李清铭忽然朝她靠了过来："梵梵，我今天能不能和你一起睡？"

"嗯？"周梵撩下眼皮，看向李清铭。

"我不想挨着徐雾，她在我对床，我一眼都不想看到她。"李清铭说。

周梵手指划拉了下屏幕，放下手机，和李清铭聊了会儿天。

聊完后，天色已晚，床帘围着，几乎没一丝光透进来。

李清铭靠在周梵身上，周梵才想起没回复学姐的消息。

她愣了一秒，边和李清铭说着话，边打开手机。恰好手机打开就是对话框，她输入消息：社长也要去仁和聋哑小学吗？好巧。

发了消息，她放下手机，和李清铭靠在一起，静静地坐了会儿。

宿舍里没有开灯，静悄悄的，像是没有人。

徐雾和郑烟烟便是在这时候回宿舍的。

徐雾推开宿舍门，摁亮灯，巡视四周："她们不在。"

郑烟烟松了口气："应该是吃饭去了。"

周梵一时没反应过来，等她反应过来，李清铭用两根食指架了个斜的十字，示意她不要说话。

"烦死了。"徐雾坐下，马丁靴踩在地面发出沉闷的响声。

"李清铭这人真烦，甩都甩不掉。"

郑烟烟也跟着坐下："周梵也是，平时看起来温温和和的，但为了个作业，居然和我们摆脸色。"

周梵在黑暗里面无表情，李清铭眼睛里含着细碎的光。

"我早就看透周梵这人了。"徐雾笑了声，"上次我让她帮我拍照，她一直盯着程子今送我的项链盒子，像没见过似的。"

郑烟烟附和道："你记得吃饭那次吗？就你和程子今闹分手那次。李清铭撞了下周梵，周梵被水呛住那次。"

"怎么了？"徐雾问。

"就梁殊择呀，他不是嫌你和程子今腻得慌嘛，然后就换到周梵座位旁边了。"

"嗯？"徐雾继续听她说。

郑烟烟笑了笑："我估计周梵被呛住的时候，梁殊择肯定很无语。他还得帮忙递纸巾，本来坐我旁边就可以轻轻松松吃饭的。"

徐雾笑郑烟烟："重点是梁殊择坐你身边了吧？"

郑烟烟不说话了，只顾着笑。

周梵下床的时候，李清铭冷笑一声："背地里说人坏话，真恶心！"

徐雾和郑烟烟愣了愣，对视一眼后又别开眼神，不自在地挠了挠后脖颈。

周梵经过徐雾身边，声音冷静，带着点淡笑："什么项链我没见过啊？你那项链，我都看不上。"

李清铭说："不是你让梵梵拍照的吗？你这倒打一耙的功夫可真厉害，我都得向你拜师。"

徐雾脸色红一阵白一阵，半晌才吐出一句话："装不在宿舍，也挺恶心的。"

周梵走到徐雾跟前，睥她一眼，说："梁殊择对我无不无语，我不知道。但我对你，就真还挺无语。"

徐雾眼神动了动，拉着郑烟烟的手走出了宿舍。

李清铭看着她背影，翻了个白眼，说道："最好今晚都别回来。"

几分钟后,周梵从卫生间走出来,刚洗了把脸,神清气爽。

李清铭望着她笑了笑:"梵梵,我发现你其实也挺会内涵的。"

周梵:"我那不叫内涵,我明晃晃地说她。"

李清铭笑了几声,周梵掏出手机,看到手语社微信群有人@了她。

她点进去,往上翻前面的聊天记录,只一秒,她便滞住。

周梵:社长也要去仁和聋哑小学吗?好巧。

学长孙思亚:择哥要去?

学长陈趁:好巧?

hgvhs:是不是发错了呀?

哈哈:估计是,应该是要私发给社长的,误发到手语社群了。

接下来的七八条消息都诸如此类,还有好几个@周梵,让她私信梁殊择。

周梵缓慢地眨了下眼,她把要发给学姐的信息发到了手语社群了吗?

一分钟后,周梵才缓慢而艰难地接受了现实。

嗯,就还挺巧合的。

嗯,也还挺尴尬的。

大概几分钟后,周梵收到梁殊择发过来的一条信息,是一个问号。

周梵抿了下嘴,打字:我不小心发错地方了……

梁殊择:你原本想发给谁?

周梵琢磨着梁殊择这句话,缓慢地打字:陈雅学姐,她和我说你明天也要去仁和聋哑小学。我就觉得挺巧的……

周梵想到徐雾说的话,又输入:但是我听徐雾说,你明天不是要去参加朋友的婚礼吗?所以是陈雅学姐说错了吧。

输完消息,周梵静静地看着对话框。

几秒后,梁殊择的信息抵达。

梁殊择:没说错。

梁殊择:我们的确挺巧。

第四章

/

巧妙的缘分

元旦前一天周梵全天没课，下午，她和李清铭到了仁和聋哑小学。

门卫瞅了她们两眼，把人放了进去。周梵扛着摄像机，李清铭跟在她旁边，在学校取了一下午的景。

下午五点多，一个高瘦的男生跑到周梵跟前，说学校要留她们吃晚饭，如果愿意，晚上的元旦晚会也可以来。

周梵原本就打算晚上也去拍元旦晚会的镜头，便说了声"好"。

大致拍完镜头后，周梵坐在一间没人的教室，低头看镜头，李清铭则去小卖部买棒冰了。

她正摁下按钮，忽然一道浅浅的阴影朝她覆了下来。她抬头看，是上次那个男孩。

男孩朝周梵做着手语："上次不好意思。"

这个手语比较简单，周梵看懂了。她放下摄像机，回男孩的话："没事，我差不多忘记啦。"

男孩点点头，周梵看他一眼，忽然想起上次梁殊择朝他做手语的模样。这记忆在她脑袋闪过几秒，周梵没由来地恍了下神。

晚上周梵和李清铭去仁和聋哑小学的食堂吃饭，食堂的菜比较辣，两个人吃得满头大汗。

吃完饭，两人前往仁和聋哑小学的礼堂。

元旦晚会是七点开场，现在还算早。

到礼堂时，周梵拍了张照片发到 QQ 空间，配的文字是：看演出啦。

发出去一会儿，便有人陆续点赞评论。

周梵随便翻了下，底下人全都在问位子，她便统一回复了一条。

几分钟过去，又有不少人问些其他问题，周梵扫了眼，没有回复的欲望。

她正准备退出 QQ 时，一个红点又跳了出来。

周梵手指轻轻一拨，眼睛扫到"梁殊择"三个字，她便点了进去。

梁殊择给她的日志点了个赞。

几秒后，他又简短地评论了一条：好看吗？

周梵抿了下唇，觉得不回复有些不礼貌，于是便回复：演出还没开始。

周梵有点想问他,昨晚他不是说要来吗,怎么今天又没来?

但周梵又不是很想问,大概是觉得没有必要,她一向是个爱省事和犯懒的人。

快到演出时间时,周梵提前在礼堂选了个绝佳的拍摄位置。

演出开始时,李清铭坐在旁边,额头上出了点汗,大概是热的。周梵扫她一眼,递给她一张纸巾。

第一个节目是舞蹈,周梵选择几个精彩的段落录制。

接下来的节目陆续上演,她便选择性地录制。

演到最后一个节目,校长张敏行上台用手语说话,周梵看不懂,估摸着节目结束了,便打算停止今天一整天的拍摄。

但她没想到,等再抬头,便看到一个眼神冷峻,打眼出众的男人站到了台上。

李清铭惊讶地出声:"是梁殊择哎。"

周梵便冷静地又打开摄像机,觉得梁殊择作为手语社社长,出现在聋哑小学的元旦晚会上,如果剪到片子里,也还算挺有意义。

李清铭看着周梵反复的动作,问她:"不是不拍了吗?梁殊择一出来,又要拍了吗?"

周梵说了理由,李清铭"嗯"了一声:"是挺有意义的。"

周梵没什么表情地看着摄像机里的男人,将他的节目全程录制了下来。

演出是在晚上十点结束的,周梵在网上约了辆车,但那辆车车主刚刚给她发了条信息,说出了点状况,大概会晚十几分钟才能到。

周梵回复他没事。

但李清铭也出了点状况,两人顺着人潮走出礼堂时,周梵不经意瞥她一眼,李清铭嘴唇比平时都要白。

周梵眉心跳了一下,问李清铭怎么了。

李清铭紧咬牙关,说:"不知道怎么回事,晚饭后肚子就开始痛了。"

周梵立即扶着她:"是不是吃错东西了?"

李清铭额头上渗出许多汗,肚子越来越痛,声音也变了:"梵梵,不行了，我太难受了。"

周梵担忧地扶着她："你下午把我的棒冰也一起吃了，吃了很多冷的，晚上又吃了辣的，应该是这个原因，所以肚子痛。"

李清铭有点撑不住了，慢慢弯腰想往地上坐。

周梵搀着她，看着她难受的样子，便急起来："去医院吧。"说着，她便打开手机，想看网约车司机来了没。

拨出电话，司机浑厚的声音传过来："还没到，别催了！"

没等周梵出声，电话就挂断了。

李清铭："梵梵，我不行了，不行了。"边说边往地上坐。

周梵着急得不行，忽然，她想到了梁殊择。

他一定是开车来的。

情况紧急，周梵来不及思考，立马给梁殊择拨了个QQ的语音电话。

电话接通。

她说："你在哪儿？你能帮忙载我们去医院吗？我朋友——"

话还没说完，梁殊择低沉的声音便从电话那头传了过来，在黑沉的夜晚里显得极有安全感。

"往回看。"梁殊择说。

"在你背后。"

周梵往回看，一个高大的男人正迈腿朝她这边走过来。

情况太紧急，李清铭脸都白了，周梵连忙和梁殊择说清状况。

梁殊择表面看起来虽懒散，玩世不恭到极点，但其实遇事从不慌乱，处理任何事都是有条不紊，懒散悠然是他，果决断然也是他。

晚上十点十五分，梁殊择开车将李清铭送进了急诊室。

急诊室外，周梵和梁殊择坐在医院的长椅上。

灯光冷白萧寂，穿着病号服的人挂着吊水往病房的方向走。

周梵低着头，发尾自然垂下。几秒后，梁殊择喊她一声："周梵。"

周梵转头看梁殊择一眼，他下巴扬了扬："手机。"

周梵这才听见手机响动。

她将音量调小,一道急促凶躁的声音便传了过来。

"我说你怎么回事啊,打了这么多通电话都不接——我到了学校附近,你在哪儿啊?"

周梵愣了一秒,刚刚太着急,忘记取消订单了。

她朝司机温声道了个歉,司机欺负她是个女孩,声音更凶:"你有事,你不知道取消订单吗?没脑子吗?"

周梵轻声说:"不好意思,我忘记了。很抱歉。"

司机:"道歉有用吗?我开车到学校,油费要多少,你知道吗?"

周梵的手机音量虽调小,但司机的声音太凶,她注意到梁殊择有意无意地朝她这儿扫了一眼。

周梵觉得尴尬,便起身走到窗边,说:"钱我会给你的。"

司机嘲讽一声:"一点都不讲信用。怎么会有你这种客户。"

周梵:"我说了会把钱给你,一分都不少。"

说完,她准备挂电话,忽然一道高大的阴影覆了过来。周梵抬眼,瞥到一抹恣意冷践的身影。

同时她闻到一股冷冷的薄荷气味,混杂着淡淡的乌木香气。

梁殊择拿过她的手机,一副漫不经心的模样。

他朝手机里道:"说完了吗?"

他声音很冷:"挂了。"

周梵怔了一秒,电话像是挂断,梁殊择将手机递给她。

"多费什么口舌。"

周梵看向梁殊择一眼,朝他道谢。

梁殊择淡淡地瞥她一眼,忽然扯了抹笑:"你对我不是挺硬气的吗?"

周梵不知道梁殊择是从哪儿得来的结论。

她扫一眼他,正想说一句什么话反驳他,他便又睨她一眼:"不是吗?"

周梵和他视线短暂交会一秒,忽而听到医生扯着嗓子在喊:"谁是李清铭的家属?请过来。"

一秒后,梁殊择与她擦肩而过,下颌线条笔直凌厉,薄唇几乎是淡色。

经过周梵身边时,他撂下一句话:"家属,走吧。"

周梵抿了下唇，因着担心李清铭，便快速走向了穿着白大褂的医生。

李清铭是因为长期的不良饮食习惯，再加上冷热食物混合食用而引发的急性阑尾炎。

医生建议三天内做手术。

周梵听着医生的话，脸色不太好看。和医生聊过后，她谢过医生。

梁殊择站在旁边，周梵朝他说声"谢谢"，梁殊择吐出个"嗯"字。

之后，周梵便火急火燎地走到李清铭的病房。

李清铭躺在床上，脸色难看。

周梵心疼李清铭，坐到床边的椅子上，和她对视一眼。

"做手术吧。"周梵说。

李清铭抱着周梵哼哼唧唧一番，说不想做。

周梵拿出医生的话压她，李清铭确实也担心往后再出什么状况，被周梵磨了一番，也就同意了。

手术安排在了1月2日。

周梵坐在椅子上，看着紫红色的单子，才意识到今晚过去，明天是新的一年了。

"梵梵，对不起啊，今天跨年，我还闹了这么一出。"晚上十一点半时，李清铭朝周梵说。

周梵摸了下她脑袋："做手术就好了，新的一年马上就要到了。"

李清铭抓住周梵的手撒娇似的晃荡，周梵笑了几声，瞥到病房里除了李清铭，还有另一张有人的床位。

此时床位上没躺人，周梵是看到那个床位的桌子上有捧满天星推断的。

周梵推断得不错，将近晚上十一点四十分时，有个穿着病号服的女生推门而入。

周梵恰好抬眼。

女生脸色苍白，一头乌黑的长发，病号服的裤脚撩起来一点，露出细瘦的脚踝。

"学姐?"周梵愣住,缓慢地眨了下眼。

不是西京大学的学姐,而是高中时候的学姐。

女生朝周梵走过来,也试探着叫了声周梵的名字。

周梵对这名学姐印象很深,她读高二的那一年,学姐忽然休学,没参加当年的高考。

"真是你啊!好巧,你考上了西京大学啊?恭喜。"

学姐笑了下:"我是西京市人,去遂南上高中是事出有因,现在生病了,所以回西京了。"

周梵和学姐聊了会儿,李清铭便躺着休息。

病房里有张陪床,周梵和辅导员说明情况,请了几天假,今晚就打算住医院了。

快十二点时,周梵走出病房,忽然在大厅见到了徐雾和郑烟烟。两个姑娘拿着一大袋东西,窃窃私语不知道在说什么。

像是有所感应般,几秒后,她们朝周梵看了过来。

接着徐雾推了把郑烟烟,郑烟烟便提着一大袋东西朝周梵走过来,什么话也不说,就将东西塞周梵手上了。

周梵拿着那袋东西,郑烟烟和徐雾就转身走出了医院。

凝神几秒,周梵拿出手机看李清铭的QQ空间。

果然,李清铭在一个小时前发了条动态,医院的位置明晃晃地摆着。

周梵打开袋子,看了眼里头的东西,有毛毯、洗漱用品以及内衣物件之类的。

周梵咽了下喉咙,提着袋子里的东西回了病房。

接近跨年的点,病房里的三个人都没睡。

周梵躺在支着的床铺上,看着远处天空上绽放的绚烂烟花,一簇消失了另外一簇又飞上来,接连不断,璀璨又瑰丽。

2015年就这样到来了,很平静。

周梵看着手机屏幕上显示的内容。

1月1日,星期四。

周梵在凌晨一点多的时候发了条日志祝大家新年快乐。

凌晨三点多,她还没睡着,就又拿起手机,看到梁殊择前一分钟给她的日志点了赞。

周梵侧身拿着手机,盯着梁殊择的头像看了几秒钟。

就在这时,一条信息弹了出来。

周梵点进去,看到梁殊择刚刚给她发了条新年快乐。

周梵在今天零点的时候,收到了无数条祝福信息。

但这个点给她发的,好像就他一个。

秉持着互相祝福的有来有往心思,周梵便也给他回了条:也祝你新年快乐。

几秒后,梁殊择回复了她一个问号。

周梵眨眨眼,不知道他是什么意思。

她在对话框输入:嗯?不是你先给我发了新年祝福吗?

几秒后,梁殊择回复一条信息:忘记取消群发消息了。

他的意思似乎是,他给她发的新年祝福是群发的,而且不是出自本身意愿。

周梵舔了下唇,觉得梁殊择这人真有意思。

她便缓慢地回复:哦,我刚刚是自动回复。

她的意思是,她也没给他说新年快乐,而是系统自动回复。

梁殊择:是吗?

周梵舌尖抵了下牙齿,不打算回复这条信息,而是输入:不过今天的事,真的很谢谢你。

梁殊择的信息几秒后抵达:空口道谢?

周梵将教他打台球的事提上日程:你什么时候有空,我教你打台球吧。

梁殊择回复了一个"嗯"字。

李清铭是第二天下午的手术。

上午,周梵出去吃早餐回来时,隔壁病床的高中学姐正拿着手机自拍。

周梵走进病房,和学姐对视一眼。

学姐朝她笑笑，声音听起来轻轻的："去吃早餐了啊？"

周梵"嗯"了一声，也笑笑。

"昨天我看到梁殊择了，他也是你们西京大学的吗？"

周梵："嗯？学姐怎么认识他的？"

学姐靠着床头，眼睛稍微睁大一点，看着周梵："你不认识他吗？"

"认识啊。"周梵回她，"他也是西京大学的，还是我社团的社长。"

"你什么时候认识他的？"

周梵想了想："刚认识不久。"

学姐看她一眼："你高中时难道不认识他吗？"

周梵觉得奇怪，一边替李清铭擦脸，一边问道："高中时我怎么可能认识他？"

"梁殊择和我们一个高中的啊。"学姐也觉得奇怪，"在遂南一中，你不认识梁殊择才奇怪吧？"

周梵慢腾腾地"啊"了一声："一个高中的吗？"

学姐哭笑不得地望着她："你记性有点差。"

李清铭说："梵梵只记得她该记住的人。"

周梵弯唇笑笑，有点惊讶她和梁殊择竟是一个高中的。

原来两人早在高中大概就见过无数次，只是她不记得她的高中时代有过梁殊择这个人而已。

李清铭是1月4日出的院。怕家人担心，她没把她得了急性阑尾炎要做手术的事告诉家里人。

出院当天，周梵买来两捧满天星，一捧给李清铭，一捧给高中时候的学姐。

学姐拿到花后，朝周梵一笑，说这花真漂亮。

李清铭则乐颠颠地接过去，拍了张照片上传QQ动态。配图文字是：出院啦，看漂亮花花！

发动态时，她屏蔽了李轻临，也就是她那个永远不着调的亲哥哥。

周梵办出院手续是在上午九点。

今天天气不算好,正九点的日色垂直成一条线,打在医院大厅深蓝色的窗户上,往地板处投射几缕浅淡的光。

周梵办理出院手续时,医生又叮嘱了好几句。

她认真听着,将医生嘱咐的记在心里。一会儿后,周梵去李清铭的病房收拾要带走的东西。

十点多一点,李清铭出院了。两人从西京市中心医院的长廊阶梯上走下来,周梵拎着前几天回学校拿的行李箱,在医院门口旁等出租车。

下阶梯的时候,李清铭在一旁念叨着,说今年的风比去年的风要大一点。

周梵歪头看一眼她,笑着说今年比去年也会幸运很多。

周梵歪头看李清铭时,余光里一辆黑色的车从宽阔的柏油马路上经过,车身长而亮,有一种莫名的熟悉感。

道路两旁的丛生五角枫生得高大,绯红的树叶被风吹动,黑色的车、红色的树,混杂在周梵视野中。

她注意到那车开往了医院右边的停车场。

因着不是出租车,周梵便没再关注了。

等梁殊择迈着稀松的步子走过来时,周梵才意识到那是梁殊择的车。

难怪有种莫名的熟悉感,毕竟她坐过好几次梁殊择的车。

李清铭比周梵更早看见梁殊择,看到梁殊择时,她挥手打了声招呼。

梁殊择懒洋洋地看了李清铭一眼,回应了一声。

李清铭朝梁殊择说了几声"谢谢",为那天他送自己来医院的事。

梁殊择抬了下漆黑眼睫,说"不用"。

周梵觉得有点奇怪,梁殊择来医院做什么。

好在李清铭嘴快,替她把问题问了出来。

"你来医院看病吗?"

梁殊择从周梵面前走过,声音听上去微哑,但又带着点一贯的散逸:"嗓子不舒服。"

回答完李清铭的话,梁殊择的眼神似乎没在周梵身上停留,便往阶梯的方向走了。

周梵看着他前往医院大厅落拓散漫的背影，忽然想起耳鼻喉科的医生下午才上班。

几秒后，她喊了声梁殊择。

梁殊择停了慵懒的步子，侧头看一眼周梵。

"耳鼻喉科的医生现在不上班。"两人距离有点远，周梵怕梁殊择听不清她说话，便拎着行李箱往梁殊择那儿走了几步。

梁殊择眉骨锋利，眼皮又薄，看人的时候，眼睛里总是含着几分居高临下。

周梵撞上他眼神，以为他不相信自己的话，便歪头看了医院门口一眼，说："不信的话，你可以自己去看。"

梁殊择跟着她的视线走。

周梵说："你自己去看吧，耳鼻喉科的医生要下午才上班。"

梁殊择脸上没什么表情，睨周梵一眼，忽而扯起一个笑，漫不经心道："行了，信你。"

"嗯。"周梵随后认真地提出一个建议，"以后你可以在医院官网上查询一下医生的排班，或者是打电话问，这样也不至于跑空一趟。"

梁殊择像是有意和周梵作对，掀下眼皮看她："谁说我跑空了？"

周梵慢腾腾地"嗯"了一声，维护他的面子，很不诚心地说："嗯，没有的。"

梁殊择散漫地又扯了一个笑，继续看向周梵。

周梵下意识抿唇，假装看有没有出租车来。

通常医院附近的出租车多，所以她没在网上约车。但又因着今天医院里的人不多，所以出租车好像也不多。

周梵感觉她失算了，虽然她失算的远不止这一个内容。

周梵在路旁拦出租车时，用余光看到梁殊择转身往停车场走，不一会儿便再次走到了她身边。

周梵觉得梁殊择这次大概不会在她身边多做停留，但没想到梁殊择又在她面前停下了。

"回学校？"梁殊择问周梵。

周梵没拎着行李箱，而是将它平放在宽阔潮湿的地面上。

"嗯，回学校。"周梵回答梁殊择时，眼神在他脸上停留了几秒钟，话说完后便别开眼神，去看路旁的丛生五角枫了。

梁殊择话里有话，声音淡淡："那这次就不算落空一趟。"

周梵觉得梁殊择是在特意说明，他今天来医院的事算不上跑空一趟。

男人的面子一向很重要，梁殊择应该是觉得他起码载了两个人回去，就算不得她口中的跑空一趟。

但梁殊择这人令人捉摸不透，性情也太瞬息万变，周梵也不确定他这话是什么意思。

思忖几秒，她问他："嗯？什么意思？"

梁殊择睥她一眼，眼神看起来有点倨傲："顺路，一起回学校。"

周梵"哦"了一声："你是想载我和李清铭回学校，以此证明你没有跑空一趟吗？"

梁殊择扯笑，拎着周梵的行李箱往停车场走，傲慢道："不然，特意来接你吗？"

周梵觉得这个可能性比陨星撞地球的概率还要小，几乎没有思考就否决了这个可能。

李清铭倒很高兴，看到梁殊择拎着行李箱时，便比周梵还快地跟上了梁殊择的步伐。看到周梵似乎还愣在原地时，她又朝周梵招招手："梵梵，还愣着干什么？"

周梵和李清铭靠近梁殊择的车时，想起上次梁殊择傲慢的话语。

——"坐前面。"

——"当我是你司机？"

但因着李清铭才刚出院，她得去后座照顾李清铭。

周梵拉开后座的车门，让李清铭先坐了进去后，探身坐到后排的车位时，下意识吐出一句话："我没有把你当司机。"

李清铭垂着脑袋，独自坐那儿玩手机，像是尽力将自己包裹了起来。

周梵关上车门,轻轻的一声响动。车门关紧的一刹,梁殊择说:"那你当什么?"

周梵将鹅黄色的锁链包放到腿上,下意识看梁殊择一眼,在脑袋中思索这两句话的关联。

她首先表明态度,坐在后排不是把他当成了司机,而后,梁殊择反问她。那你当什么?

周梵眼睫扑闪一下,吐出两个字:"朋友。"

听她说完这两个字,梁殊择便按以往的说话风格,淡淡地"嗯"了一声后,专注开车,没再说话了。

周梵这几天都没睡好,一不留神就睡着了。

或许是心有所感,等到了西京大学附近后,她又缓缓地睁开了眼。

车停在西京市最大的一个十字路口,道路上人头攒动,红绿灯上的数字按照秒数依次递减,人行道上有个小孩向妈妈吵着要去看电影《十万个冷笑话》。

周梵眼睫动了动,顺着小孩过马路的身影看过去,然后便看到了坐在驾驶位上的年轻男人。

梁殊择打开了车窗,将左手随意地搭在了窗户边,手臂上的青筋刚劲,手指骨节分明。

他侧脸线条利落硬朗,轮廓分明,因着天色是暗淡的,柔和的光线映了点在脸上,看上去就像是一团模糊灯光打着,光是一个侧脸就能让人知道他该永远处在顶尖的位置。

周梵看了几眼便挪开了眼神,手心不知为何发烫,便握上了李清铭的手,试图用李清铭冰冷的手降温。

她很快又闭上眼,几秒后梁殊择忽然懒懒散散地说话了。

"周梵,带伞了吗?"

周梵闻言看向窗外,天不知道什么时候变得阴沉,仿佛过一会儿便有暴雨将至。

街道两旁的悬铃木被风吹动摇晃,天空由近及远都像沾上一层模糊光影。

她说:"带了。"顿了一下,她想起上次梁殊择顺路送她回宿舍的事,便说了句,"你不用像上次那样送我回宿舍。"

梁殊择说:"你送我回,我没带伞。"

周梵慢悠悠地"啊"了一声:"你的车停哪儿?"

梁殊择吐出三个字:"停车场。"

西京大学的停车场离男生宿舍还有一截路程,而男生宿舍往外走一截,便到了女生宿舍。

周梵明白了梁殊择的意思,便说了声"行"。

很快,梁殊择将车停在西京大学的停车场。

周梵和李清铭各有一把伞,两人下车时,天空就纷纷扬扬地下起了雨。

雨打在停车场边缘的青苔上,沿着缝隙往下弯曲地流动。

李清铭单独打一把伞,像是与另外两个人互不认识。

梁殊择从后备箱拿出行李箱,单手轻松地拎着,让周梵过来撑伞。

周梵便走过去,替他撑着伞。

三个人在雨里沿着九号路往上走。

雨水拍打着周梵的耳膜,梁殊择站在她身边,不容忽视而又极其打眼。

李清铭走在九号路的最里边,潇洒地戴着耳机听歌。

周梵上次也和梁殊择这样一起走过九号路全程,但这次与那次相比,周梵觉得似乎有点不同的地方了。

但具体是哪儿,她又有点说不出来。

就在周梵的思考中,很快便走到了男生宿舍。

周梵:"你到了,把行李箱给我吧。"

梁殊择散漫地说:"去物理学院拿资料。"

周梵"哦"了一声,物理学院也在这条路上,顺着往下走就到。

几分钟后,三人走到了女生宿舍,物理学院还在九号路下面一点。

周梵:"我把伞给你吧,你打着去物理学院。"

梁殊择将行李箱放到台阶上,淡淡地"嗯"了一声,接过周梵的伞,转身走向了物理学院。

周梵看着梁殊择的背影,修长矜贵,她又不小心多看了几眼。

西京大学是1月29日放寒假,周梵最后一门考试也是在1月29号下午。1月25日的时候,手语社办了场聚会总结这一学期的活动情况。

周梵上午出门时,随意照了下镜子,觉得打扮得稍显朴素,便从抽屉里拿出那对兔子耳坠戴到耳朵上。

到达手语社聚会地点是在上午十点多,副社长陈雅学姐正在指导着社员填写什么表格。

忽而有个男生蹦出一句:"社长是哪个高中的啊?"

周梵往那表格瞅一眼,看到表格内容是关于高中时候的情况。

顿了几秒,见没有人知道,周梵便替梁殊择回答了:"遂南一中。"

男生说了声"好嘞",便俯身继续填写表格。末了,他反应过来:"哎,周梵,你怎么知道的?"

周梵找了个边缘的座位坐下,说:"我和他一个高中的。"

男生"哦"了一声:"那你们都是遂南市的?"

周梵"嗯"了一声,笑了笑后,专心致志地低头摆弄手机。

聚会在几分钟后开展。

又过了几分钟,一个女生在周梵旁边坐下。

"梵梵。"女生叫了声周梵。

周梵歪头看一眼对方,是上次借了她伞的女生。

"嗨。"周梵和她打招呼。

两人短暂地聊了会儿天。

不久,陈雅学姐开始陈述这学期的工作汇报。

周梵收起手机听着,不一会儿陈雅学姐便讲完了。

周梵侧头看一眼窗外,忽然瞥到梁殊择走进了教室。

他一般不轻易出现在这儿,周梵看到他的时候,稍微愣了下神,意识到她好像有二十几天没看到他了。

因着期末周复习功课和各种拍摄作业,她前几次答应他,要教他打台球，也一直没能实现。

"哎，梵梵，你这耳坠好漂亮啊！"女生俯身朝周梵耳朵上的耳坠凑过来，认真打量了好一会儿，耳坠在灯光下显得璀璨漂亮，"在哪儿买的？"

周梵弯唇笑一笑，摇头："不知道。高二有人送的，我也不知道是谁。"

女生嗓门较大，一说起来整个手语社的目光全往女生和周梵看过去。

刚才那个男生笑问道："社长不是和你一个高中的吗？他人脉广，说不定能帮你问问。"

话题就此引到梁殊择身上，众人又向他看去，周梵亦然。

梁殊择坐在正中间，眼眸漆黑，下颌硬朗凌厉，整个人看起来耀眼瞩目。

周梵眨下眼，梁殊择这种人似乎生下来就是天之骄子，她这点小事，他怎么可能帮忙。

果然如她所料，梁殊择闲散地道出一句："我看起来很闲？"

男生自知越界，便将话题又糊弄过去，换了个考试周的话题。

话题换来换去，最后又落到放寒假如何回家的问题。

周梵当时正在玩好久没玩的农场游戏，旁边的女生忽然撞了下她的手肘："梵梵，你什么时候回家啊？"

"噢。"周梵一边除农场的草，一边说，"放假了就回去，29日晚上的高铁吧。"

"晚上吗？你是哪个市的？"

"遂南，邻省的。"

女生："那你到达遂南市的高铁站不就到了凌晨吗？一个女孩子还是有点危险的。"

周梵不在意地捋了下头发："我管他呢。"

"哎。"女生向来自来熟，忽然起身叫了下梁殊择，"社长，你哪天回家啊？"

梁殊择正和陈雅学姐说下学期的社团规划，闻言抬眼，视线短暂停留在女生身上："你有事吗？"

"我没事，就是梵梵她29日那天回家，凌晨才到遂南高铁站，有点危险。

我想着社长和梵梵是一个市的。"女生一溜烟地将话说完,周梵都没来得及拦住她。

陈雅学姐闻言看周梵一眼:"那确实有点不太好,凌晨太晚了。"

周梵说:"没事的,我弟弟会来接我。"

陈雅:"那就好。"

女生接着说:"但社长如果也是29日回去,可以和梵梵搭同一趟高铁呀,相互有个照应嘛。"

周梵朝女生哭笑不得地说:"我自己一个人可以的。"

聚会结束,周梵收拾东西打算回宿舍。她单手拎着书包带,正打算出教室。

忽然,梁殊择懒洋洋地叫住她:"周梵。"

周梵闻言一顿,转身看他,蹦出一句话:"寒假的时候,我约你出来打台球吧。"

梁殊择尾音上扬:"寒假吗?"

"嗯。"周梵说,"反正我们都是遂南市的,距离市区大概都很近。"

梁殊择长久地顿了下,再说话时,声音褪去点平时的吊儿郎当和傲气,但依旧倨傲不逊:"你什么时候知道的?"

"什么?"周梵不太理解他意思。

梁殊择:"我们是同一个高中的。"

"噢。"周梵笑一笑,"还挺巧的,前不久才知道的。李清铭住院时,隔壁床是一个女孩子,恰好是遂南一中我认识的学姐。那天晚上她好像是看到你了,她和我说,你是遂南一中的。"

梁殊择淡淡地看她一眼。

周梵接着说:"但你肯定不认识我啦,我是遂南一中10届的。我们高中的时候好像都不认识。"她笑,"高中时,你肯定不认识我吧?"

梁殊择掀了下漆黑的眼睫,鼻梁高挺,薄唇显得颜色浅淡。

他说:"有点印象。"

周梵觉得太不可思议:"真的吗?你居然对我有印象?"

毕竟周梵高中时期因着周峪嘉和学业的事消沉许久，曾经有过一段很长的迷离时期，那个时期的周梵，远不如现在的她温和开朗。

梁殊择很淡地"嗯"了声，但好像没有继续说下去的心思。

周梵忽然意识到梁殊择说对她有点印象，或许只是随便说说而已，这也许只是他情商高的一种表现，不至于让她难堪？

周梵细细思考了下，觉得这个可能性比较大，便彻底结束了这个话题。

整个教室只剩下她和梁殊择，周梵意识到这一点后，似乎也没觉得尴尬，或者说，她是不排斥他的。

周梵大一上学期的最后一门考试是新闻写作。

1月29日下午五点，周梵和李清铭同时提前交卷走出考场。

"梵梵，我们要好久都见不到面啦。"李清铭拉住周梵的手，眼睛圆圆地睁着，可怜又可爱。

周梵戳了下她的梨涡，说："很快的，放假的时间是过得最快的。"

"嗯。"李清铭说，"我其实不太想回家，我爸妈都不在，就我哥在。"

"你哥？"李清铭其实很少在周梵面前提起她哥哥李轻临的事情。

"嗯。"李清铭很快跳过这个话题，拉着周梵回了宿舍。

郑烟烟和徐雾也早早地提前交卷，正在宿舍整理行李。

四个人的关系尴尬，在宿舍里互相都不怎么说话。

周梵也不知道该怎么处理这种尴尬的人际关系，索性放任自然让它随性发展。

晚上七点四十二分，周梵收拾好行李，和李清铭依依不舍地告别后，带着行李箱率先走出了宿舍。

西京大学离高铁站有一段距离，周梵在手机上约的出租车停在校门口，走出校门时，她上了网约的出租车。

到达高铁站是在八点多，周梵下出租车后，拖着行李箱往高铁站进站口走。

离她乘坐的那一趟高铁列车启程还有一个小时不到，周梵在座位区等了大概四十分钟，大厅里便响起检票的通知。

上高铁后，周梵靠在柔软的座位上，从书包里拿出白色的耳机线，插上开始听歌。

夜晚的高铁上，冷光像是没有一点温度地打在车厢里，她闭上眼睛，眼睫很软很长地搭着，整个人看上去温和又张扬。

不知在哪个停靠的站，她身旁本没有人的位子坐了一个人。

那人坐到座椅上时，不小心撞到周梵，耳机不幸被扯了下来。

周梵捡起耳机线的时候，忽然想起她第一次坐这趟高铁，梁殊择捡到了她的耳机线。

当时的状况，周梵到现在都记得一清二楚，她也觉得吃惊，自己为什么可以记得这么久。

车子抵达遂南市时，的确到了将近凌晨的点。但周梵唯一撒谎的是，周峪嘉还没有放假，爸妈依旧远在国外，根本没有人来接她回家。

很久没见遂南市的夜景，周梵一下高铁，便看到一栋遂南市最具标志性的高楼建筑，瞬间觉得很开心。

回家的感觉很棒，周遭空气都是温暖舒适的，整个人就像泡在了蜜饯罐子里。

周梵不急着回家，率先去了遂南市的老城街道。

老城街道是一条远近闻名的烧烤街，离高铁站不远，有点偏僻，但人却很多，是周梵的宝藏，也是她以前最爱去的地方。

现下是凌晨，正值烧烤街最火热、生意最好的时候。

周梵老练地穿过大街小巷，往烧烤街的方向走。刚一挨到烧烤街的边，便闻到盘旋在空气中的烤肉味。

她肚子很合适宜地响了下，朝一家她最爱的老店走去。

老店名叫"老李烧烤"，是这一片生意最好的一家店，招牌也极响亮，只是门匾没弄装修，四个简单的字刷着灰色的漆，让人分辨不出它的好赖。

但周梵懂它的好。她走向老李烧烤，身后的行李箱发出滚动摩擦地面的声音。

周梵迫不及待走进店里，但店里几乎已经没座位，她事先已预想过这种场景,早做好和别人拼桌的打算。

但她站在门口,往四周看了一圈,除了角落里那桌只有一个人,其他桌都已坐不下。

周梵几乎没有思考,毫不犹豫地走向了角落那桌。

那人背对着灯光和她,周梵看不清那人的脸。

几秒后,周梵俯身,温声问那人:"你好,请问可以拼个桌吗?"

梁殊择缓慢转头,睨周梵一眼,声音淡淡:"周梵,这么晚了,还在外头野呢。"

烧烤店里人声鼎沸,周遭都是闹腾的声音,店内昏黄的光线覆盖每一处角落。

周梵和梁殊择视线相撞了下,下意识将拖着的行李箱缓慢挪到身前,一时还没有反应过来。

待梁殊择淡淡的眼神投至她行李箱上时,周梵才慢慢地意识到,她居然在遂南市遇到梁殊择了。

而且好巧不巧,是在一家以前她最爱吃的烧烤店。

一小会儿后,周梵收拢思绪,倒是一点也没觉得尴尬:"这么晚了,你不也在这儿吗?"

梁殊择疏疏懒懒地扯了个笑容:"嗯,我在这儿。"

周梵:"那你也没什么好说我的。"

梁殊择扫她一眼:"想拼桌?"

周梵点点头,说:"这家店生意太好了,都没座位了,就你这儿还有个座位。"

梁殊择又睨她一眼。

周梵朝他看过去,说:"就当是我教你打台球的报酬。"

梁殊择停顿片刻,而后垂下眼睫,声线慵懒:"坐。"

周梵弯唇说了声"好",将行李箱放到店里角落的边缘地带,那儿没什么人经过,也在她视线范围内。

处理好行李箱后,她坐在梁殊择对面的位子,随后很快有店员将菜单拿过来,递给周梵一支深蓝色的铅笔。

店员站在周梵身边,微微弯着腰说:"想吃什么就在菜单上标记。"

周梵翘起嘴角说了声"好",接过铅笔和菜单。

她最爱吃这家店的烧烤豆腐,一眼扫到豆腐这个选项,立马便用铅笔打钩。

她刚落笔,店员便俯身看了眼菜单,抱歉地说:"不好意思,今晚烧烤豆腐都卖完了。"

"啊。"周梵有些失落,"真的都卖完了吗?"她抬头看向店员。

店员十分抱歉地说:"真的卖完了。"

"好吧。"周梵继续在菜单上挑选,过了一会儿,她在菜单上选了些菜品,将其递给店员,"嗯,就这些,谢谢你了。"

店员说了声"不客气",拿着菜单走向后厨。

点完单,周梵便低头摆弄着手机。摆弄一会儿后,她用余光扫到梁殊择的菜品也还没上。

她看一眼梁殊择:"你点多久了?"

梁殊择一边松散地坐着玩手机,一边回答她:"四十分钟。"

"这么久了还没上啊。"周梵说,"以前也没这么慢的。"

梁殊择:"你经常来吗?"

"嗯。"周梵放下手机,看着梁殊择说,"我高中那会儿爱来这里,遂南一中的学生不都爱来这里吗?你应该不是第一次来吧?"

梁殊择闻言划着手机屏幕的手停顿了下,而后吐出两个字:"不是。"

周梵退出农场游戏时,农场主拿着大喇叭喊她的草还没除完,周梵迟疑了一秒,但最后还是没理会,直接摁灭了手机屏幕。

关掉手机后,她抬眼看着梁殊择问道:"那你也是经常来这儿?"

梁殊择依旧懒散地玩着手机,时不时抬眼看下周梵,看她时也显得漫不经心。

"不怎么来。"他接着说,"但也不是第一次来。"

"哦。"周梵把玩着店员忘记拿走的铅笔,时不时往烧烤店的后厨看。

105

不同的店员端着烧烤菜品往其他顾客的桌上送,就是不送到她和梁殊择的桌上来。

或许是因为饿了,周梵说话欲望空前增加。

"你今天是坐哪一趟车回的?"

"九点那趟。"梁殊择回她。

"可是计算机学院不是前天就全部放假了吗?"周梵是听李清铭提起的。

梁殊择有点蹩:"有事在学校多待两天,不行?"

周梵反倒笑了:"行的。"

梁殊择淡淡地"嗯"了一声,抬了下眼睫看她:"你不是说你弟来接?"

周梵没想到梁殊择那天听到了她随意编造的一句话,怔了下,只好装傻道:"我说了这句话吗?"

梁殊择轻轻嗤笑了一声。

周梵瞪他一眼,说:"你笑什么?"

梁殊择疏懒地拎着手机轻轻晃荡,声线含着点倦懒:"笑你。"

周梵难得有点暴躁劲:"不准笑我。"

"行——"梁殊择将手机放到桌上,看了周梵一眼后,尾音拖长地说。

梁殊择点的一大桌在这时候上了。

店员一边看着清单,一边上烧烤,因着点的单较多,陆陆续续来了好几个店员,直到最后一位店员端着一碗虾粥上桌才算完。

上完菜后,周梵叫住刚才给她点单的店员,问:"请问我的什么时候才会上啊?"

店员不好意思地挠挠头:"可能还要等一会儿,今天人太多了。"他朝右下方扬了扬下巴,"喏,那儿来了好几桌高中生。"

周梵瞅一眼那两桌穿着校服的高中生,"嗯"了一声:"麻烦尽快吧。"

"好嘞。"店员抓了抓肩上披着的毛巾,转身往回走。

店员消失在周梵视野后,她视线便有意无意落在了那群高中生身上。

他们穿着蓝白校服,个个脸上都带着笑意,桌上摆满了各式各样的烧烤，看上去欢乐无限。

这时，桌上的一声响动勾回了周梵的视线。

她侧头看一眼梁殊择，他淡淡地睨她一眼，将桌上的烧烤豆腐推给她。周梵舔了下唇，探究地望着梁殊择。

梁殊择："难吃。"

"嗯？怎么会？"周梵觉得绝不可能，"不可能难吃的，这家的烧烤豆腐很好吃。"

梁殊择："油太重。"

"是吗？"周梵抓着手机，看向那盘几乎没怎么动过的豆腐，"不可能吧。你是不是味觉出问题了？"

梁殊择闲散地看向她："你试试。"

周梵觉得此举很合她心意，便用手拨过那盘烧烤豆腐，端庄地说："那我帮你试一试吧。"

梁殊择淡淡地"嗯"了一声。

周梵拆开一次性筷子，夹起一块烧烤豆腐放入口中。

一瞬间味蕾便得到极大满足，豆腐油而不腻，味道很不错。

"不难吃啊。"周梵评价，"还是以前的味。"

梁殊择拿起矿泉水仰头喝了口，喉结明显突起。周梵看了一眼，又低头继续吃着烧烤豆腐："我再吃一块吧，可能我没太试出来。"

梁殊择喝完水，又哂笑一声："你全吃了都行，难吃。"

周梵在心底说梁殊择不懂美食，但在明面上，她对梁殊择说道："好的。"

周梵点的单是在二十分钟后上的，但她已经吃了梁殊择好几份烧烤，她自己点的烧烤，倒是没吃完。

吃好后，她拿纸巾擦嘴唇。擦嘴时，她注意到梁殊择点了这么一大桌，他就只吃了碗虾粥。

周梵掏出手机正准备结账，忽然听到高中生那桌传来一阵动静。

"你是不是暗恋她呀？"一个明显起哄的声音。

那桌高中生哄笑一团,一个高大冷淡的男生随即站了起来:"有病?"

他声音不大,但每个字都透着冷意。

一个扎着马尾辫的女生扯了下男生的衣袖:"我知道你不喜欢我,你别生气。"

一个闹腾的声音说:"暗恋这么丢人的事就别拿出来说了吧,咱们该吃吃该喝喝,曦哥,你别理孙思严。"

周梵爱八卦,眼神立马往那边看了过去。

因着男生站的位置离她极近,她便听到男生接下来的一句话:"你知道我暗恋她,还说出来?"

周梵眨了下眼,连手机都不打算解锁了,双眼直接盯着那群高中生。

烧烤店里人是真多,各桌说话声音都大,那群高中生的声音也掺杂在其中,有人注意到青葱岁月里的暗流涌动,有人只注意到眼前的玉米粒。

动静很快平息,因着一通搅和,暗恋变成了明恋。

周梵看着两个人蓝白校服的背影,恍了下神。

直到梁殊择从她身边经过,往收银台的方向走,她才回神。

周梵觉得她在一月里最普通的一天,看到了一个男生在少年时代最勇敢的一幕。

周梵发了条回家的 QQ 动态,忘记屏蔽周峪嘉。

周峪嘉在学校也有手机,便让家里的司机迅速去高铁站接周梵。

周梵和梁殊择在烧烤店门口分开,司机张利就在烧烤街街头,周梵一眼就看到他。

和梁殊择说再见时,周梵再次承诺:"你什么时候想学打桌球了,就 QQ 联系我。我一定会来的。"

梁殊择在迷离的夜色中扯了个哂笑,慢悠悠地应了声"好"。

周梵上车时,又回头看了眼朝她相反方向走的梁殊择,抿了下唇。

天色像是要下雨,但梁殊择好像没有带伞。

"张叔,你等我一下。"

张利应了一声:"怎么啦?落东西了吗?"

周梵急匆匆地打开车门,烧烤街两旁的棕榈树高大鲜绿,她沿着烧烤街,朝梁殊择的方向走去。

"梁殊择。"她喊了一声。

梁殊择很快回了头,那张眉眼锋利的脸看起来凌厉,他缓慢地掀起眼皮。

周梵小跑过去,将她的伞给他:"要下雨了。"

梁殊择看了眼她:"嗯?"

周梵说:"打我的伞吧。"

梁殊择骨节分明的手指接过伞,哂笑一声。

周梵看他一眼。

梁殊择便将伞撑开,朝周梵扯了个懒散的笑:"行了?"

周梵"嗯"了一声,转身朝街口司机停车的方向走。

棕榈树树叶被哪儿刮来的一阵风吹动,周梵去西京大学那天,下雨前也是这样一个征兆。

等会儿遂南市必定有一场雨下,梁殊择不能没有伞。

第五章

/

想要靠近他

周梵回家时，家里只有她一人，将行李箱放到客厅后，便去浴室洗了个澡。

洗完澡，时间已过凌晨两点。周梵便进了房间睡觉。

周峪嘉是在一周后放寒假的。

他拎着书包回家时，周梵正盘腿坐在沙发上看电影。

"姐，"周峪嘉走到周梵面前，"好久没见啊。"

周梵轻轻拨开周峪嘉，舀一口酸奶，吐出一句话："别挡着电视。"

周峪嘉有点伤心，将书包扔到了沙发上，踩着拖鞋走去冰箱拿周梵买的新口味酸奶。

周梵忽然叫住他："周峪嘉。"

周峪嘉扯唇："怎么了，姐姐？"

周梵："别拿芒果味的。"

"知道了。"周峪嘉拿了盒周梵不爱吃，但他爱吃的蓝莓味酸奶，掀开盖，边往沙发这边走，边倒进嘴里。

周梵差不多喝完，歪头朝周峪嘉说："周峪嘉，你这次期末考了倒数第一没？"

周峪嘉摇头："应该不会吧。"

"那你进步了，"周梵笑，"挺不错的。我记得你让我开家长会那次，还是倒数第一来着。"

"嗯。"周峪嘉摸了下寸头，"应该是进步了吧。"

周梵："进步就好，你考倒数第一也没事，姐姐替你开家长会。"

周峪嘉低头，"嗯"了一声，坐在沙发上，说："遂南一中的校服改版了，你那届的校服是最好看的。"

"我校服？哎，我校服还压在柜子里呢，毕业的时候，在操场，大家互相签名。我干脆把校服脱下来了，让他们签名。"周梵想着那画面就觉得好笑。她有一件被几十个人签过名的校服，但签名太多了，她也没细看，权当一份留念，直接锁柜子最底层了。

两姐弟聊了会儿，晚上七点多，周峪嘉下厨，周梵在旁边看。

大年二十九那天，周父周母终于赶在过年前回了国。

周梵很久没见爸妈,一见到面就可劲撒娇。

其实她在家人面前是爱撒娇的性子,和在外人面前截然不同。

这一片街坊邻居相熟,过年气氛极浓,周家父母一回来便招呼过年事宜。

梁家独栋别墅。

梁殊择穿着件白色上衣,手长脚长的,坐在电脑前设计程序。

程子今就是这时候打电话给他的。

梁殊择扫一眼亮起的手机,首先没理,等做完程序,才捞起手机打开免提,闲散地往楼下走。

走到冰箱前,他捞起罐装的冰可乐,用手拨开倒饮。

"择哥,来临安广场吗?覃二想让你过来替他镇个场,他一个人应付不了那么多人。"

梁殊择喝完可乐,将罐子抛进垃圾桶,懒散道:"不去。"

"真不来?好玩得很!"程子今扯笑。

梁殊择:"那地儿无聊。"

程子今引诱他:"有趣得很!覃二一个人包了辉南的场。"

梁殊择耐心耗尽:"挂了。"

程子今:"别挂,你不去保准后悔。"

梁殊择说完"后悔我包辉南的场"便挂了电话。

大年三十那天,周梵正指挥周峪嘉贴春联。

周峪嘉轻松地将春联贴好,忽然朝周梵说:"姐,我们晚上去临安广场吧?那儿有演出和烟花秀看。"

周梵寻思着在家也无趣,倒不如出去逛逛,呼吸下新鲜空气,便点头:"行,但你先把那个福字给倒过来。"

晚上八点整,周梵和周峪嘉坐地铁来了遂南市最大的临安广场。

还没到演出时间,但广场却已挤满了人。周梵对烟花秀没什么兴趣,但对乐队演出还有点好奇。

她坐在长椅上摆弄手机，周峪嘉去买甜筒了。

周梵这一个月来没怎么发动态，QQ好友里有不少是高中同学，指不定谁也来了临安广场。

思及此，她便发了条动态：好久没来临安广场了！

刚发完动态，她就拿到了周峪嘉给她买的芒果味甜筒。

周梵接过，撕开包装，百无聊赖地看人头攒动的临安广场。

周峪嘉坐在旁边，吃着蓝莓味的甜筒："姐，你无聊不？"

风迎面吹来，吹乱周梵的长发，她便扒拉下头发，说："还行吧，挺舒服的。"

时间接近八点半，天色全暗，乐队演出快开场。

周梵没像其他人一样挤着去前排，而是依旧坐在长椅上。远处舞台上的乐队灯光已经架好，几乎已开演，她却没挪半步。

"姐，你不去前排看吗？"周峪嘉歪头问她，他头发极短，在夜色里显得凌厉。

周梵："就在这儿看看挺好的。"

"哦。"周峪嘉说，"我去前面瞅两眼。"

周梵"嗯"了一声，低头看QQ好友给她那条动态的点赞和评论。

程子今接到梁殊择的电话时，正和覃二打桌球。

"择哥。"程子今喊了一声。

覃二立即朝他看过去。

"你要包辉南的场？"程子今皱眉，而后又扯了个笑，"有人后悔咯。"

梁殊择在电话里声音疏懒："别瞎闹。"

程子今："得嘞，这里人多，坑起来保准带劲。"

梁殊择淡淡地"嗯"了一声，挂了电话。

十点多，乐队演出结束，周峪嘉兴致缺缺地朝周梵走过去："无聊透了。"

周梵笑了一声："走吧，回家。"

人群四散开来，但整个广场依旧人头攒动。夜晚遂南市风大，将周梵的头发吹得四处乱飞,她边走边整理,一会儿后头发依旧飞舞得不行。

周梵失去耐心,将手腕上的皮筋取下来,而后低头将头发束高绑了个马尾。

她再次抬眼时,周峪嘉不见了。

周梵往四周看了圈,没见着周峪嘉身影。夜色很黑,广场的灯光今晚不怎么亮,只有乐队演出那一点舞台灯光。

周梵哭笑不得,这么大个人了,总不会像小时候那样失踪。

周峪嘉的确差点被拐卖过一次,别说周峪嘉,那次就连周梵都差点落入虎口。

那时周峪嘉九岁,读三年级;周梵十二岁,读六年级。

2008年12月份,遂南市警察勘破一起特大儿童失踪拐卖案件,案情被查明时,这则新闻电视里轮播了长达一个月。

而周峪嘉和周梵在2008年3月份时,就差点被这伙丧心病狂的人拐卖。

当时是放学时分,周峪嘉不想背书包,就想让周梵替他背。但周梵那天英语考试没考好,心情不佳,就言语十分粗鲁地拒绝了周峪嘉的请求。

周峪嘉当场就发了好大的脾气,周梵也不惯着他,看都没看他一眼就往家的方向走。

周峪嘉没人惯着,不哭不闹地专挑小巷子走,想把自己藏起来,吓周梵一跳。

周梵没管周峪嘉,背着自己的书包就往前走。直到过去十几分钟,她没看到周峪嘉身影时才慌了。

此时,忽然从小巷子里走出来一个漂亮的年轻女人。

她朝周梵招手:"小妹妹,你弟弟在巷子里呀。"

周梵:"你让他滚出来。"

年轻女人:"小弟弟让你去找他呢。"

当时青天白日的,周梵哪知道这女人就是当时轰动全国的拐卖儿童团伙的一员,便朝小巷子走过去:"周峪嘉,你给我出来!"

巷子很深。

周梵不敢走进去,只是冲里头喊:"周峪嘉!"

里头始终没人出声，周梵便觉得这人是骗她的，就不往巷子里走了。偏生这时，巷子里发出一点声响，周梵灵敏地听出了这是周峪嘉的声音。

　　她便急匆匆地往巷子里走。

　　忽然一个骑着自行车的男生从她面前飞驰而过，周梵余光看了他一眼。

　　"周峪嘉，你出来吧，我帮你背书包。"周梵着急地说，边说边往巷子里走。

　　她没走几步，便被一个人拉住手，她歪头看，好像是刚刚那个骑着自行车飞驰而过的人。

　　那人比她高许多，看上去有点不好惹，跩跩的。

　　男生问那女人："谁在巷子里？"

　　女人回答他："她弟弟。"

　　周梵说："我弟弟在里面。"

　　后来，那男生喊来好几个大人，一同进了巷子里，解救了周峪嘉。

　　其实过程不算太惊心动魄，但后来周梵和周峪嘉在电视上看到当时那个站在巷子口的女人时，被吓得不轻。

　　她和周峪嘉在那个不认识的男生的帮助下，才逃过一劫。

　　如果没有当时那个男生，她和周峪嘉现在可能被拐卖到哪个乡村，过着无法想象的生活。

　　"姐！"

　　周峪嘉的呼喊打断了周梵的回忆。

　　"喏，刚买的矿泉水，喝点？"

　　周梵接过矿泉水，拧开盖，喝了一大口。

　　"哎，周梵？"

　　周梵顺着声音看向来人，是程子今。

　　程子今觉得稀奇："这是谁啊？"

　　周梵笑："我弟。"

　　"你怎么来这儿了啊？"程子今说，"这难不成还是个热门景点，一个两个的都要来。"

"嗯?"周梵不懂他意思。

"没什么,"程子今摆了下手,"你们看着演出了吗?"

"看了。"周梵说。

程子今的手机忽然响了,他接通电话:"择哥,我在这儿呢。你猜我看见谁了?"

周梵缓慢地抿了下嘴唇。

"我就知道你猜不对。"程子今笑梁殊择。

"是周梵。"程子今最后说。

几分钟后,梁殊择迈着闲散的步子在夜色中走过来。

程子今朝梁殊择说:"没想到吧,在这儿居然能撞到周梵。"

梁殊择淡淡地朝周梵睨一眼,声音也淡淡的:"没想到。"

周梵瞥一眼梁殊择。程子今笑笑,也顺着周梵的视线看梁殊择:"是啊,我和择哥都没想到你在这儿。"

周梵歪头扫一眼周峪嘉:"我被我弟叫出来的。"

周峪嘉身高一米八往上走,和周梵站在一起,长相也几乎没什么相似的地方,很难看出两人是姐弟关系。

"哦。"程子今笑了,"我以为这是你男朋友。"

周峪嘉留着个寸头,说话有点冲:"她是我姐。"

程子今:"不好意思啊,弟弟,我这人爱乱认关系。"

周梵安抚周峪嘉的情绪:"好了。"

周峪嘉点头,往地铁站的方向走:"姐,我去地铁站门口等你,你尽快来。"

"嗯……"周梵抬眼看周峪嘉,他说完便抬步走了。

啊,她其实可以现在就走的。

程子今看着周峪嘉离开,转头问周梵:"烟花秀是十点一十五开始,你看吗?"

周梵原本是不打算看的,但礼貌地回答程子今的话:"你们看吗?"

梁殊择穿着件冲锋衣,头颈线条挺直,在熙来攘往的人群中显得异常打眼。

他声线懒倦："看。"

程子今边摆弄手机边说："看吧，来都来了。"

周梵不想去，便打算随意聊几句话后离开："我去年也来看烟花秀了，感觉不是很漂亮。你们为什么想看啊？"

程子今："我是觉得来都来了，不看不浪费嘛。"

周梵下意识看一眼梁殊择，梁殊择便吐出两个字："闲的。"

"嗯。"周梵笑了下，"那你们去吧，我回家了。"

梁殊择"嗯"了一声，程子今试图留她："周梵，你真不去啊？今年好像有新花样。"

周梵有点困了，打了个懒洋洋的哈欠，说："太困了。"

程子今这人轴起来显得有点傻："你确定吗？烟花秀还有帅哥看的。"

他这话说完，梁殊择难得第一个回程子今的话："她回家碍你事了？"

程子今扯笑："那倒也没有，就是觉得怪可惜的。今天帅哥靓女这么多，不看可惜了。"

周梵善意地提醒程子今："你好像已经有女朋友了。"

程子今："我知道啊，所以我就说说。但你不一样，周梵，你是单身，看路边的帅哥是你与生俱来的权利，千万要珍惜，说不定就有看对眼的。"

周梵还没说话，梁殊择就显得有点不耐烦，踝劲上来了，但声音是一贯的闲散："说完了？"

程子今又扯了个笑："差不多说完了。"

梁殊择锋利的眉眼睨向周梵，视线淡淡："困了就回家。"

周梵觉得今天程子今可能在哪里惹到了梁殊择，所以现在梁殊择总是针对他。她摆手："那我回家了，你们去看烟花秀吧。"

梁殊择滚了下喉结，淡淡地说了声"好"，程子今点点头。

人头依旧攒动，周梵穿过黑夜下密集的人群，去地铁站门口找周峪嘉。

梁殊择看着周梵高瘦的背影，程子今和他搭话："走吧，去看烟花秀。"

梁殊择："困了。"

程子今皱眉："不是你说你想来看？"

117

"辉南的场我都包了，"梁殊择迈步往广场出口的方向走，"程子今你今天不亏。"

"我是不亏，"程子今摸了摸鼻子，"我本来也没想来这儿的，不是冲你想来才来看的。"

梁殊择扯唇："冲我还是冲其他人？"

"嗯。"程子今说实话，"就来看靓女呗，这里这么多，择哥不想看？"

梁殊择单薄的眼皮撩着："都像你，这世界迟早乱套。"

程子今"啧"了一声："乱就乱吧，反正我一向不是那种洁身自好的人。"

梁殊择懒笑一声，往地铁口的方向睨一眼，说："早晚遭报应。"

除夕那夜，陈慧卉女士做了一大桌菜，一家四口吃了顿其乐融融的饭。周梵和周峪嘉大快朵颐，那顿年夜饭一直吃到了晚上九点钟。

家里人没有看春晚的习惯，吃完年夜饭后，都坐在客厅沙发上闲聊。

周梵掌握遥控器大权，想来想去还是调了央视的春晚看。

四个人看得都不算专心，周梵和周峪嘉都在摆弄手机，陈慧卉和周志城在聊今年国外生意上的事。

周梵正和李清铭聊着天。

李清铭说她家这个年过得格外糟心，她哥李轻临欠的债根本是个无底洞，她爸爸已经没有多余的钱替他还债了。

周梵听到这事也替李清铭担忧，欠债无力偿还这种事，是最让家里人难过的。

周梵安慰李清铭时，就连她自己都觉得自己说的话很无力。

毕竟感同身受都是虚谈，如果不是当事人，根本没法设身处地感受那种坠入谷底的心情。

周梵走出家门，沿着坊巷一直走到街口，中途给李清铭拨了个电话。

街巷的路灯昏黄，两边的榆树挂着彩灯和红色的小福结，周梵披着夜色尽她的能力开导李清铭。

李清铭接电话时声音都稍稍带着哑，明显是刚哭过。

周梵一下慌了，刚做的心理建设一瞬间崩塌，现在只能笨拙地安慰李清铭。

李清铭这种性格，遇到再大的事也不会把自己的负面情绪传递给朋友，只是这次是真的扛不住了。

她不知道自己为什么会有一个这样败家的哥哥，别人做生意赔钱，大概就知道不是做生意的料了。

但李轻临偏偏不。他拿着爸妈的钱投资，屡战屡败，屡败又屡战。过年的前一天晚上，催债的都催到家门口来了。

"清铭啊，放宽心，"周梵深呼一口气，"总会解决的。"

李清铭在电话里淡淡地笑了声，语气不似从前那么爽朗："我感觉没有办法了——不过，梵梵，新年快乐呀。"

周梵鼻子一酸，眼眶泛了点红，缓慢地眨眨眼睛，说："清铭，新年快乐——你别想太多，我们现在只是学生，对付这种事情总会心有余而力不足。"

"嗯。"李清铭说，"我现在就是很想李轻临去死。"停顿了下，她道，"梵梵，我是不是太恶毒了？"

周梵沉默了下，说："没有的，你哥哥确实做得太过分了。"

李清铭："我都不知道他为什么要这样做，天天为了面子和那群富二代混在一起，自己又赚不到什么钱，全是拿家里的钱挥霍。"

周梵盯着脚尖，慢慢沿着街巷踱步："你们家里人干着急也没用，主要是让你哥哥明白，这样做会让家里人难做。"

"我哥要是肯听劝，我昨晚也不至于哭了。"李清铭说，"他昨晚都没回家，还跟着那群公子哥混呢。"

周梵和李清铭聊了许久，没看路就晃荡着走，再抬头时不知道走到了哪条街的别墅区门口。

最后是李清铭挂了电话，说自己要好好静一会儿。周梵在电话这头点了点头，电话便挂断了。

手机屏幕上显示现在是晚上十一点四十分，她和李清铭打了一个多小时的电话。

摸清这地好像是从凌别墅区后,周梵拿着手机转身往家的方向走,没走几步,一个年轻男人就从别墅区门口走了出来。

周梵视线恰好和他相撞,眸子在白色的灯光下好像亮了一瞬。

"周梵?"

梁殊择拎着年夜饭的外卖,单穿着件深色的上衣,身形高大挺拔,侧脸线条笔直凌厉,他睨一眼周梵:"你怎么在这儿?"

周梵扫一眼梁殊择拎外卖的手,长袖卷上去一点,显得腕骨十分清晰。

"我散步,"她晃晃手机,"家里太闷了。"

梁殊择扯出一个恣意的笑,声音懒倦:"都散到我家门口来了。"

周梵慢腾腾地"啊"了一声:"谁知道这是你家门口啊。再说这是小区门口,离你家远着呢。"

梁殊择漆黑眼睫抬了抬,声线往上挑一点:"行了,别解释了。"

周梵抿下唇,看梁殊择点的外卖,说:"你还没吃晚饭吗?"

"没。"梁殊择说。

周梵皱了下眉,又扫了下他外卖:"今天除夕,你点外卖是不是过得太不隆重了?"

梁殊择扯笑,觉得挺有意思:"怎么个隆重法?"

周梵说:"你可以去外边酒店或者餐馆,这样会稍微显得隆重一点。"

"嗯?"梁殊择尾音拖长,接着闲散地说,"一个人,不太想去。"

周梵:"那就别去?"

梁殊择看她一眼,深邃凌厉的眉眼看起来有点践,但声音依旧懒洋洋:"不去就不去,浪费时间。"

"嗯。"周梵点下头,朝梁殊择笑了笑,"那我先回家了。"

梁殊择视线淡淡,双眸似乎沉了沉:"嗯。"

这一块别墅小区很安静,路上几乎没什么人。周梵转身往街道那边走了好几步,都没撞上一个赶着回家过年的人。

十一点五十一分,一束烟花在天空中炸开来,一簇一簇的,带着过年时特有的欢乐气氛。

周梵抬眼往远处看,橙红、橘黄的光束在漆黑的空中绽放,映亮了一方的天地。

烟花爆竹的动静不算小,周梵听着接连响起的烟花绽放的声音,感觉特热闹。

但好像有人是不热闹的。

周梵瞬间想起某人刚才的模样,单手拎着个外卖,这个时候才吃晚饭。

她抿紧唇,舒缓地盯住远处别墅区亮起的灯,心像是逐渐下沉了点。

各家各户似乎都热闹,除了梁殊择,他一个人在深夜下楼拿当作年夜饭的外卖。

周梵握住手机,愣怔一瞬。

就在接近新年的烟花里,周梵转了个身,朝小区门口走了过去。

耳边烟花的声音依旧没断,烟花一簇簇往上飞,天空仿佛一直被照亮。

烟花欢快地腾飞着,在一场烟花即将结束时,周梵踩到了梁殊择修长的影子。

"梁殊择,我和你一起去吧。"

周梵说这句话时,将手机握得很紧,话刚说出口,就后悔了。

因为她不确定梁殊择是不是想和她一起去,她刚才那句话好像有点太唐突。毕竟她和梁殊择的关系远没亲密到可以除夕夜一起去吃饭的地步。

周梵在一瞬间意识到自己过界了,她性格一向谨慎,不知道这次为什么莽撞了。

梁殊择转身的时候,周梵心脏揪了下,她有点担忧梁殊择会言语直接地拒绝她,或者他可能委婉一点地说不用了。

零点,烟花在全国各地的天空中绚烂炸开,梁殊择散漫地转身看向她时,周梵看到他漆黑的双眸里映着点灿亮的焰火。

周梵心脏悬空一瞬,嘴唇动了动:"你不想的话就算了,我回家去看春晚。"

门卫室就在旁边,梁殊择朝那儿走几步,将外卖放到窗台上,转身朝周梵走过来,冷践到了极点:"春晚快结束了。"他嘴角漫不经心地抬起，"走吧。"

周梵有点蒙，有些不自在地抠了下手机屏幕，一时没反应过来，因为她觉得梁殊择该拒绝她的，不管从哪一点来说都应该拒绝的。

"真去啊？"

梁殊择扯着倨傲的笑，漫不经心地看她一眼。

周梵和他视线在烟花漫天的夜幕中交会，她将手机放进大衣口袋，率先抬步走着："不知道谁说浪费时间。"

梁殊择走在她身侧，步调散漫，声音更散漫："不知道。"

随后他拿出手机给梁书薇发消息：订的水果在门卫室，自己去拿。

梁书薇：哥，你现在不回来吗？家里这么多人等你呢。

梁殊择：晚点回。

梁书薇：……行吧，你是在楼下遇到谁了吗？

梁殊择看了眼屏幕，摁灭手机。

沿着这条路走出来，街道景致繁荣，挂了一路的彩灯。

两人不一会儿就走到一家装修富丽堂皇的饭店。

"就这家吗？看上去还不错。"周梵扫一眼饭店，转头朝梁殊择说。

梁殊择看一眼饭店，说："服务不好。"

周梵"哦"一声："你之前在这儿吃过？"

梁殊择从喉咙里吐出一个"嗯"字，接着沿街走。

周梵收回打量这家饭店的眼光，但她似乎记得她以前也在这儿吃过几次，服务态度还不错。

她觉得梁殊择这人的确是比较难伺候的，对他这话也没存疑，就跟着梁殊择往更市中心的位置走。

出门前周梵和家里人打过招呼，说晚点回，她这么大个人了，家人对周梵晚归也不会说什么，顶多周峪嘉会对她说一句"姐，你肯定去吃夜宵了，为什么不给我带点回来"。

思及此，周梵也没什么好担心的。和梁殊择一起去找他认可的饭店这事，她觉得还挺有意思。她想知道，能被梁殊择这种大少爷看中的饭店，是不是格外独树一帜。

而且她今天因为李清铭的事不太开心,和梁殊择一起在街上走着,倒觉得挺不错,不仅能放松心情,而且还能腾出点脑子想一想李清铭那事该怎么办。

两人靠得不算近,但可以看出是同行。

梁殊择腿长,但走得不快。周梵就这样慢悠悠像散步似的走,没多久,她便看到一家五星级酒店。

"这个呢?服务态度应该挺好的。"周梵朝梁殊择扬扬下巴,"我以前来吃过,服务态度在饮食行业里算万里挑一了。"

"哦?"梁殊择看向对面的五星级酒店。高楼大厦,斑斓夜色点缀,在昏黑的夜里看起来高档阔气。

稍后,他看了眼周梵,单眼皮极薄,眼距也极窄,薄唇轻启:"味道好像不太行。"

"行,接着找。"

今天是大年初一,周梵脾气不错,被梁殊择这么一激,她更想知道按照他这大少爷的标准,今天他到底能不能吃上饭。

梁殊择懒洋洋地应一声。

这条路上餐饮店不多,而且已经这个点了,营业的店子不多,再过滤掉几家看起来就不太行的,剩下的两个又都被梁殊择否决了。

于是两人穿过斑马线,最后来到了市中心这边的商业街。

这条商业街餐馆众多,梁殊择一一打量几眼,不到十几秒便说出各家店的缺点。

待梁殊择说完"装修难看"时,周梵扭头看他:"你是来吃饭还是来拆台的啊?"

梁殊择嘴角扯起一秒,而后看到周梵动手摆弄下围巾,他扯平嘴角,滚了滚喉结:"冷吗?"

周梵其实不冷,反而有点热,围巾紧紧缠着她脖颈,她只是松一松而已。

"不冷啊!"周梵说,"走吧,我就不信这里找不到你爱吃的店。"

前面有家牌匾上写着"云凝餐馆"的店，周梵路过时，看到这家店的环境不太好。

没想到，梁殊择说："就这家。"

周梵"啊"了一声，梁殊择已经走进了店，她疑惑地抓了下头发，跟着梁殊择走了进去。

梁殊择吃饭时是一贯的少爷模样，周梵低头看着手机，玩累了便休息下，不一会儿，梁殊择便吃完了。

周梵有点惊讶，选店选了这么久，几分钟不到他就吃完了。

梁殊择起身去前台结账，周梵才看到他只穿着件单薄的上衣，举手投足间能看到他身材不错。

但周梵的注意点不是梁殊择的好身材，而是，现在这个点是冬天的凌晨，他就穿了这么点衣服，和她一起走过了遂南市的大街小巷。

梁殊择结完账，走到周梵身边，说："走，我叫了车。"

周梵反应总是慢一拍："你冷不冷啊？"

梁殊择尾音上扬"嗯"了一声，侧头看她，扯了个笑："你觉得我冷？"

周梵抿唇，说："穿这么点衣服，是个人都会冷吧。"

梁殊择和周梵走出店里，扯唇："我就拿个外卖，还得披个毛毯是吗？"

周梵轻扫他一眼："我是说现在，没说你拿外卖的时候。"

两人站在店外等车。

街道上车不多，红绿灯缓慢而清晰地跳动秒数。

梁殊择漫不经心地看着手机："想太多。"

遂南市二月冷风呼啸，周梵拢了拢黑色大衣，细腻的皮肤被风吹得冷白。但周梵其实没觉得冷，反而身体莫名带了点不知哪儿来的躁劲，心脏滚烫，四肢都被传染成了高温。

梁殊择站在周梵前面，她有意无意地扫过他几眼。她手指碰到围巾，踌躇了下，又扫了梁殊择一眼。

梁殊择站在嘶鸣的冷风里，只穿着件单衣，但身体也不显单薄。

周梵扯着围巾一角，几秒后，将黑白棋盘格的围巾扯了下来。她拿着围巾，用手拍一拍，便走到梁殊择面前，把它递了过去。

"系着吧。"

梁殊择抬眼看她，下巴扬了扬："什么？"

周梵："系围巾啊。这么冷的天，别感冒了。"

周梵话音刚落，便听到梁殊择一声笑，他笑得肩膀都在轻微抖动。

周梵瞪他一眼。

"周梵，你是不是不太了解我？"梁殊择说，"你觉得我会戴这种东西？"

周梵看着他，连着说出三个疑问句："这种东西怎么了？系个围巾怎么了？非要感冒你就开心了？"

梁殊择止不住地笑，骨节分明的手指接过围巾，接过的时候，还扫了眼周梵。

周梵因梁殊择能接受她的建议而开心，说："系着吧，就没那么冷了。"

梁殊择懒散地掂量下围巾，掂量完，忽然抬起手。

他低头望着周梵。

周梵视线和他黏在一起，吐出一句话："快系上啊，别浪费我的围巾了。"

梁殊择懒洋洋地依旧抬着手，只不过没给自己系，而是低头看着周梵，声音疏懒："我不需要这种东西。"

说完，他拿着围巾，缠成好几圈。

周梵反应慢，还没意识过来，只是看着梁殊择在做着什么奇怪动作。等梁殊择缠完围巾，她便看到他睨了她一眼，接着朝她走过来一步，将围巾套到了她脖颈上。

梁殊择动作极懒散，一副不在意的模样，但在他将围巾套到周梵脖颈上时，周梵瞄到梁殊择靠她极近，他唇色极淡，下巴硬挺，喉结明显，整个人显得骄矜。

125

冷风像是静止了，时间都仿佛慢了下来。

周梵睁着眼睛，眉轻微扬着，整个人看上去有点不知所措。

梁殊择很快套完，接着扫她一眼："给你系上了，我用不着。"

"哦。"周梵说，而后视线别开。

出租车是在五分钟之后到的，梁殊择坐在副驾驶座，周梵探身钻进了后座。

司机确认地址："是去从凌别墅区？"

梁殊择问周梵家地址，周梵报了后，他对司机说："去她这个地。"

司机说了声"好嘞"，车便启程。

周梵坐在后座，手指不小心轻轻碰到系在脖颈上的围巾。

窗外霓虹灯飞奔而过，模糊光影打在车厢里面，围巾上载着飞逝而过的黄色光影。周梵将围巾松一松，而后双眼盯着窗外，心想梁殊择这人真贱，连围巾都不肯戴她的，迟早会感冒。

周梵坐在车厢后排位子，梁殊择坐在副驾驶座，低头漫散地摆弄手机，侧脸稍偏过来一点，深邃的眼在一片昏黄光影下显得更漆黑。

车厢气温高，系着围巾实在太热，周梵忍不住将围巾摘下来，放到了座位右边堆着，而后闭着眼休息会儿。

明黄色的出租车到达周梵家小区附近是在凌晨一点多。

各处烟花已经熄灭，最热闹的时分过去了。整座城市陷入睡眠，周梵一眼扫过去，道路静悄悄的。

她和梁殊择说了声再见。

梁殊择转头轻轻扫她一眼，慵慵懒懒地"嗯"了声，而后继续低头摆弄手机。

一旁传来一阵猫叫，梁殊择睨一眼窗外。

周梵顺着他的视线看过去，拉开车门，下车后往家的方向走。

她下车时，一只橘黄色的猫在她眼前掠过，细长的尾巴在前方稀疏的黄色草丛。

从小区门口走到家里需要七八分钟，周梵将手放到衣服口袋里，余光中看到黄色出租车启动而去。

周梵拢着大衣,小区的路灯在过年期间换成了冷白色,照得街道看起来多了几分清冷肃静。

那只橘黄色的猫在路上窜来窜去,形单影只的,也没有别的猫肯陪它一起玩。

周梵心疼了孤单的猫几秒后,而后草丛里又窜出一只黑白花色的猫。两只猫明显认识,很快朝着小区门口的方向摇着尾巴跑掉。

周梵觉得受到重击,原来形单影只的就她一个。

出租车刚驶出去一点距离,梁殊择便朝司机说:"停一下,等几分钟。"

司机刹了车,笑了笑:"是打算送女朋友回家吗?"

梁殊择沉默了下,吐出两个字"不是",然后推开车门。

他走路速度快,很快便看到周梵穿着黑色大衣的高挑身影。他不紧不慢地与她拉开一段距离,跟在她后面。待她走进楼栋后,梁殊择就站在那儿,看着她回了家。

再回到车上时,司机套梁殊择的话:"小姑娘挺漂亮的,你刚刚送她回家,她是不是挺高兴的?"

梁殊择听到这话,扯个倨傲又自嘲的笑:"那必然高兴。"

司机继续和他搭着话,说着什么再不追小姑娘就和别人谈恋爱啦,这么出挑的姑娘,应该有不少人惦记。

梁殊择扯着嘴角摆弄手机,让司机专心开车。司机乐呵呵地应了声"好",就不再八卦了。

周梵回到家,家人们居然还没睡。爸爸妈妈在嗑瓜子,看到她后打趣:"舍得回家啦?"

周峪嘉在玩手机游戏,双手点着手机屏幕,闷声说:"姐,你给我带吃的没?"

"没。"周梵脱下黑色大衣,将它挂到立着的衣架那儿,"明天带你去。"

"哦。"周峪嘉说。

陈慧卉:"这几天走亲戚你们去不去啊?"

127

周梵弯腰换着拖鞋:"我不想去。"

周峪嘉附和:"姐不去,我也不去。"

周志城说:"那周峪嘉做饭给周梵吃。"

陈慧卉说:"峪嘉在家里要照顾好姐姐。"

周梵乐了,踩着拖鞋走过去,在沙发上挨着周峪嘉坐:"听到没,周峪嘉?"

周峪嘉输了游戏,叹了口气,拖长尾音:"我感觉我在这个家的地位真的不太行啊。"

陈慧卉嗑着瓜子:"还成吧,等你二姨家的狗送过来,你就不是地位最低的了。"

周梵点开手机浏览社交软件,半晌吐出一句话:"那可不一定。"

周峪嘉戳了下周梵的肩膀,问:"姐,我能用你手机号注册个游戏账号吗?"

周梵将手机直接递给他:"自己看验证码。"

周峪嘉:"密码多少啊?"

"没密码,"周梵说,"直接划开就行。"

她手机是不设密码的,因为她觉得身边亲近的人,应该没有谁会拿她手机乱翻。这是基本的信任问题,周梵一向将信任问题看得很重要。

洗完澡,周梵刚爬上床,李清铭便发来一条信息:我哥回家了,比我想象中的情况要好一点。

周梵盘着腿坐在柔软的大床上,给李清铭回消息:那就好,嗯,清铭,我们是朋友,你有什么事都可以告诉我。

李清铭:嗯!谢谢你呀,梵梵,好想快点见到你!

周梵:很快,还有十几天就开学了。

两人聊了会儿天,周梵便开始犯困,不一会儿上下眼皮就开始打架。

手机信息停留在李清铭的那句"希望我哥哥的事能尽快彻底解决吧"上。

周梵没有回李清铭的信息,因为她已经睡着了。

周梵上午十一点才醒，她踩着拖鞋去卫生间洗漱，洗漱完拿着手机走出卧室。

看着距离玄关处几米远的衣架，衣架上只挂着件黑色大衣，周梵忽然想起自己的围巾好像落在出租车上了。

周峪嘉正在厨房洗菜，问周梵想吃什么，周梵说随便吃点就行。

她坐到沙发上，拿出手机打开QQ，先是回了李清铭的消息，然后慢腾腾地点进和梁殊择的对话框。

她输入：我的围巾好像落在出租车上了。

信息发出几分钟，梁殊择都没有回复，周梵也没一直等，到厨房去和周峪嘉一起做午饭了。

吃午饭时，手机放在桌上，周峪嘉和周梵说着学校里的一些事，周梵边吃饭边笑他。

周梵夹起一块豆腐时，手机短暂地亮了下，她便捞起手机看信息。

是梁殊择发过来的：重要吗？

这条围巾是周梵已经过世的奶奶送她的生日礼物。

周梵回复梁殊择：重要。你应该能联系到那个司机吧？你能把他号码给我吗？

一会儿后，梁殊择发来一串号码。

周梵复制了那串号码，给梁殊择发了个谢谢的表情包过去，梁殊择就没再回消息了。

给司机拨电话是在几分钟后，周梵走到客厅落地窗前。电话接通后，她向司机说明情况。

司机说："哎，姑娘，我今早看到你那条围巾了，在我车后座那儿。"他停顿了下，"但我今没拉客，现在正在家呢。这样，你到昨天下车那个小区门口来，我给你把围巾送过来，成不？"

家里的四季海棠开了花，周梵手指虚虚碰着花朵："是不是太麻烦您了，我来您家附近也可以的。"

司机笑道："不麻烦的，姑娘你现在出来吧。"

周梵应了声"好",走向卧室衣柜,拿了件杏色外套便出门了。

七八分钟后,周梵走到小区门口,一个五十多岁的男人穿着件黑色的皮衣外套站在门口。

她朝司机走过去,司机笑着说:"哎,姑娘,你的围巾!"

周梵朝司机说了声"谢谢",接过围巾:"真是谢谢您了,这围巾对我来说特别重要。"

司机笑了一声:"没事,姑娘,我和你住得近,我走到你这小区门口要不了多少时间。"

周梵又道了声谢。

司机瞅她一眼,笑着说:"昨天那男孩是在追你吗?"

"啊?"周梵摆手,"不是不是,我们就是普通朋友。"

"噢!"司机说,"现在的年轻人真好,普通朋友还下车送你回家。"

周梵:"嗯?"

司机愣一下:"昨天那男孩不是送你回家了吗?"

周梵彻底蒙圈,嘴唇动了动:"您是不是记错人了?"

"没有啊。"司机一双眼炯炯有神,盯着周梵八卦,"就你和那男孩,昨晚一点多送你到这儿,不是你俩吗?"

过了几秒,司机又补充信息:"那男孩又高又帅,坐副驾驶座玩手机,你坐后排。"

周梵眼睫扑闪几下:"您大概是记混了吧。他没有送我回家,我们就是普通朋友。"

周梵觉得有些奇怪,她明明看着出租车离开的,怎么这会儿又成了梁殊择送她回家了?

司机:"昨天我的车刚驶出小区,那男孩就让我停车,然后他就下车了。"

周梵尾音上扬"嗯"了一声,昨晚梁殊择又下车了吗?

司机点头:"难道他昨晚没送你回家吗?"

周梵摇头,冷风吹起路旁的树叶,她重新系好围巾:"没有啊,真没有。"

她扫一眼司机:"叔叔,您真的……记错了吧。"

"没有!"司机斩钉截铁地说,"叔叔记得很清楚,他真的中途让我停车了,就车刚驶出小区一点点远的时候。"

周梵整理着围巾:"叔叔,昨晚他确实不是因为我下车的,我根本没见着他。"

"好奇怪啊!"司机电话忽然响了,他接起电话聊了会儿,应该是有点急事,和周梵扬了扬手就离开了。

周梵看着司机的背影,觉得这叔叔大概是认错人了吧。

回到家后,周梵就一直想着这事。周峪嘉在客厅里玩手机游戏,周梵就在游戏的声音和那位司机叔叔的话中度过了整个下午。

晚上,周梵和周峪嘉在客厅看电影。灯光半明半暗,电影十分无聊,但周峪嘉看得兴起,硬是拉着周梵看。

周梵便只好边玩手机边扫两眼电视机,但她脑袋里仍旧一直盘旋着司机叔叔的话语。

电影结束后,周峪嘉将客厅的灯悉数打开,一瞬间,暖黄色的光照到了周梵身上。

她抿了下唇,打开QQ,眼睛盯着和梁殊择的对话框。

大概用了两分钟,周梵下定决心问清楚。

不过,万一是司机叔叔记混了呢?她这么唐突地去问他,不会显得很奇怪吗?

思及此,周梵先是试探性地发了条信息:我拿到围巾了。

梁殊择正好瞥了眼手机屏幕,便回了周梵消息:行。

周梵看到梁殊择发了一个"行"字过来,快速舔了下唇,接着输入:你昨晚在我家小区门口下车了吗?

她正踌躇着该继续打什么字显得委婉一点,但不小心按了下发送键,这条信息便发了出去。

周梵瞪大眼睛,手足无措地摆弄屏幕。过了大概半分钟,她便看到"对方正在输入"六个字。

周梵正盯着手机屏幕，周峪嘉忽然喊了她一声，踩着拖鞋往冰箱处走："姐，喝酸奶吗？"

"喝。"她应了一声，接着便看到梁殊择发过来的一条信息。

梁殊择：嗯。

周梵抿唇看着手机，不一会儿，梁殊择回复：去喂猫了。

周梵怔了一秒：什么猫？

几秒后，一条信息抵达。

梁殊择：那只橘猫。

周梵抱着手机，联系一下上下文，忽然就懂了。

那时她和梁殊择都听到猫叫声，所以梁殊择下车是去喂猫，那司机叔叔说得也没错，梁殊择的确下车了，只不过梁殊择不是送她回家，而是去喂猫。

周峪嘉拿来一盒芒果味酸奶，周梵接过，瞬间觉得理清了一切思绪。

她笑着给梁殊择打字：司机叔叔以为你送我回家了。

几秒后，梁殊择回复信息：他想太多了。

周梵回复：你带了吃的东西？

周梵回复完信息，便撕开酸奶盖，倒着往嘴里灌。

几分钟后，梁殊择回复：嗯。

她回复：噢。

回完信息，她控制不住自己的手，又回了一条：你还挺善良的。

发完信息，周梵弯着嘴角笑。

周峪嘉在一旁问："姐，你是在和男朋友聊天吗？这么高兴。"

"嗯？"周梵嘴角压平，"没有很高兴吧。"

梁殊择回复：能换个别的词吗？

周梵嘴角翘起，在对话框输入：你还挺宅心仁厚的。

梁殊择在一分钟后回复：你才知道吗？

周梵：我以为你这种性格，在路上看到猫能踹到撵它走。

梁殊择：我什么性格？

132

周梵又喝了一口酸奶，在对话框输入：跩哥。

梁殊择回复：那你对我的认知挺清晰。

周梵嘴唇动了动："又跩起来了。"

周峪嘉打着游戏："谁啊？敢跟你跩？挺大胆啊。"

周梵瞥一眼周峪嘉："你闭嘴。"

周梵回复：我当然清晰，大冬天只穿单衣的跩哥。

几秒后，梁殊择发了条语音过来。

周梵没直接点开，而是转化成文字：哦？能别拿这事说了吗？

周梵笑得不行：你让我不说就不说吗？我觉得这事挺有趣。

梁殊择又发来一条语音，周梵将其转化成文字：行，你说，我哪儿拦得住你。

周梵回复：算了，我也不会经常拿出来说的，我会给你留面子的。

梁殊择打字：我用你给我留面子？好笑。

周梵按住语音回复："行，以后我见你一次说一次。"

语音发送成功。

周峪嘉别头看她："你真交男朋友了？有我帅吗？"

周梵嘴角拉直："你能别管我姐的事？净瞎说。"

周峪嘉一脸严肃地盯着她："我可没见你和谁聊天这么开心过。"

"笑死。"周梵说，"一年十二个月，你在我旁边有三个月？"

周峪嘉不说话了，只顾着打游戏。打完游戏，他丢给周梵一句话："如果没我帅就不用领回家了，咱家优秀基因不能被拉低。"

周梵瞪了周峪嘉一眼，抱着手机回卧室了。

回卧室后，周梵拿平板电脑看了个电影，看完电影又到了深夜。

她拿着手机点进一个跑酷游戏，玩着玩着就困了。周梵下床将卧室大灯关掉，只留下床前一盏暖黄色的台灯。

周梵躺到床上，侧身拿着手机看。鬼使神差地，她点进和梁殊择的聊天记录，微抿下唇，将梁殊择的两条语音点开。

——"哦？能别拿这事说了吗？"

133

——"行,你说,我哪儿拦得住你。"

他的声音是一贯的疏懒,但能听出来带了点跩跩的笑意。

周梵将手机贴近耳朵,又听了一遍。

她觉得梁殊择这人跩倒是跩,但自己好像也挺想靠近他的。

周梵脑袋里蹦出这个想法时,她被自己吓了一大跳。

也许是黑夜容易滋生这种情绪,周梵极力撇开刚才那个想法,沉沉地睡了过去。

第六章

/

又欠他一次

大年初五那天，周梵一家四口驱车去了遂北市给亲戚拜年。

抵达陈慧卉女士口中的"二姑"家住处时，是上午十一点。

二姑家客人很多，周梵和周峪嘉坐在沙发上摆弄手机。

几分钟后，周梵收到李清铭发给她的语音。

周梵点开，靠近耳朵听，听到李清铭带着哭腔说："梵梵，我哥把钱全部卷走了，要债的现在就蹲在我家门口，怎么办啊？我爸妈都不在家，就我一个人。"

周梵皱眉，走到卫生间，给李清铭拨了个电话："你一个人在家吗？太危险了，你能先报警吗？"

李清铭："欠债还钱，报警没用，他们就想要钱，也不会对我怎么样。"

"清铭，这样，我先给你一笔钱，你先把他们应付走，行不行？"

李清铭说："你哪儿来的钱啊？"

"你不用管这么多，"周梵说，"你把银行卡号给我，我打一笔钱过去。"

李清铭实在没办法，只能先借周梵的钱，以后再想办法还给她。

"嗯。梵梵，我会还的。"李清铭说。

"你的安全最重要。"周梵说，"先挂电话吧。"

李清铭发来一串银行卡号，周梵打开支付宝，给她转了笔钱过去。

周梵出卫生间时，一个波浪鬈发涂着红唇的女人正站在外面："这是周梵呀？都这么大了。"

周梵不太认识这位亲戚，便叫了声"姐姐好"。

女人笑了笑，去了卫生间。

下午，周梵和周峪嘉到遂北市市区玩了一趟。

而陈慧卉和周志城在亲戚家打麻将，因着人多，一个客厅摆了三桌，麻将滚动的声音清脆。

陈慧卉今天手气不错，连着赢了好几局。

"姐，周梵长得真好看啊。"陈慧卉看向对面那个波浪鬈发的红唇女人："是呀，我女儿嘛，哪差得了。"

女人咂下嘴,说:"姐,不过周梵这么好看,估计惦记她的人多着呢,你也得让周梵擦亮眼睛看人。"

陈慧卉这人精,几秒就听出意思:"什么呀?小漾,你知道什么了?"

"就我今天在卫生间门口啊,"陈漾说,"我听到周梵和谁打电话,说要给人打一笔钱,不会是给一个男的打钱吧?"

陈慧卉皱眉:"不可能吧,小漾,你应该听错了。"

"姐,"陈漾说,"我还能听错了?我听得一清二楚,你回家问问周梵就知道了。"

陈慧卉:"我女儿应该没傻到那份上,为男人花钱,应该不会。"

陈漾笑了:"你问问就知道了。不过你也别直接问,现在周梵长大啦,是大姑娘了,有自己的想法,你得尊重她。"

"我回家问问吧。"因着这出事,陈慧卉一瞬间没了打牌的心思,手气也不如之前,几把下来,输了千来块。

周梵和周峪嘉先行回家,选择乘地铁。

地铁上,周峪嘉忽然问:"姐,你小时候妈翻你日记本,你烦她吗?"

周梵瞥他:"你问这个干吗?"

"妈有一次翻我的日记本,我都尴尬死了。"

周梵:"男孩也爱写日记?"

周峪嘉:"重点不是这个啊,反正我就特烦妈翻我日记本。有次你不在家,我和她吵了一架,她还没意识到错误。"

周梵说:"你以后小心点写吧,我都替你尴尬。"

周峪嘉瞅了眼周梵,周梵抿嘴笑了。

周家父母驱车回到家里时,周梵正坐在沙发上玩手机。陈慧卉说:"梵梵,你去帮妈妈烧杯水端过来吧。"

周梵应了一声,随意地将手机放茶几上,去了厨房。

周梵在厨房烧水,想着问一问陈慧卉喝不喝菊花茶,多泡几杯,家里人一起喝。

思及此，她踩着拖鞋去了客厅，然后就看到陈慧卉正拿着她手机翻着什么。

周梵眼神动了动，走过去，声音有点冷："妈，你干什么呢？"

陈慧卉没想到周梵这么快过来，周梵扫到陈慧卉在翻她和好友的QQ聊天记录，而被翻到的聊天记录界面正是她和梁殊择的。

周梵生气了，说："妈，你有必要吗？"

陈慧卉声音平常："怎么了，我翻下你手机而已，别这么大惊小怪。"

周梵声音提高一点："你这样真的很不尊重我。"

陈慧卉说："我听别人说，她在卫生间听到你打电话，要给谁转钱，有怎么回事吗？是男的吗？"

周梵："这事你直接问我不就行了吗？为什么要翻我手机？"

"哎呀，妈妈就是确认一下，又不是什么了不得的大事。"

"我觉得是大事。"周梵语气很冲，"你总是这样，对我是这样，对周峪嘉也是这样，一点也不尊重我们。"

气氛胶着，两人之间冒着股很浓的火药味。

陈慧卉说："周梵，妈妈的忍耐是有限度的。"

"从小时候就是，我上小学的时候，你翻我日记，你以为我不知道吗？"

陈慧卉："知道了又怎么样。"

周梵从陈慧卉手中夺过手机，各种负面情绪悉数上涌，她沉默地往门口的方向走。

周峪嘉从卧室走出来："怎么了？姐。"

陈慧卉说："这么大个人了，一点都不懂事。"

周梵没说话，往外走。

周峪嘉想去追她，陈慧卉说："让她走，周峪嘉你回房间。"

周峪嘉没听她的话，跟着周梵走出来："姐，你没事吧？"

"你回家吧。"周梵看了周峪嘉一眼，"我去外边走会儿。"

周峪嘉还想跟着姐姐，周梵坚持让他回去。

周梵上了98路公交车，她什么也不想做，就想冷静会儿。

风灌进眼睛,周梵眼眶有点泛酸。

为什么作为父母就可以这么理直气壮呢,难道孩子们连一点隐私权都没有吗?

眼泪掉到手机屏幕上,她的视线被泪水模糊。

忽然,手机响了声,周梵没理会。

几分钟后,一个QQ语音电话响起。

周梵扫一眼屏幕,是梁殊择打过来的。

周梵揉一下眼睛,现在不想接,便挂掉了。

她拿着手机,想到陈慧卉看过她和梁殊择的聊天记录,或者是她和其他人的聊天记录,就觉得很不舒服,甚至还有点犯恶心。

手机屏幕上又跳出来一条信息,是梁殊择发来的语音。

周梵不知道怎么回事,眼眶又开始泛酸。

她抿着嘴,点开梁殊择的语音。

语音带着微弱的电流声,他声音懒洋洋的,但又带着点笑。不知道为什么,周梵听到他的声音就更想哭了。

"周梵,说好的你教我打台球?电话都挂掉,想赖账啊?"

梁殊择的声音像一根弦,不经意间拨动了周梵的泪腺和心脏。

周梵手指按着手机屏幕,眨眨眼,眼泪就顺畅地流了下来。

她其实不爱哭的,从小到大很少流泪。

但梁殊择的声音就是很巧妙地在这一瞬间,像是按下了她身体的某一个开关,导致她的心脏酸软成一片。

公交车的窗户没关,蓝色的条格窗帘挡住夜色中斑驳的灯光,有风吹过周梵的头发,她便任由着风吹,丝毫不顾及乱飞的头发。

几秒后,公交车到站停车,上来一拨人,又下去一拨人。

周梵将按住手机的手指移开,从衣服口袋里拿出纸巾,将眼泪擦干。

擦干眼泪后,她清了清嗓子,确保自己的声音没有哭腔,然后按住语音键,说话:"不小心按错了,本来想接的。"

说完后,她松开语音键发送。

信息成功发了出去。

98路公交车是遂南市的环城公交车，公交车的路线是围着整个城市绕一圈。

周梵将蓝色窗帘拨开，看外边的夜景，风猛烈，重重拍打在她脸上。手机"叮咚"响了一声。

梁殊择的QQ信息显现在手机屏幕上：刚睡醒？声音有点哑。

周梵有点惊讶。

她又重新听了遍自己的声音，和往常的音色差不了多少。

她便回复梁殊择：没有，就是有点累。

梁殊择发来一条语音，周梵点开听。

"行，你累，我连台球杆都不会用。"

周梵按住语音键："上次你不是都会了吗？我记得你学得挺快的。"

梁殊择打字过来：学得快忘得快，不行？

周梵抿下嘴唇，回复他：梁殊择你有点笨。

十几秒后，梁殊择发来一条语音，周梵有点迟疑地点开。

恰巧外边一阵风刮过来，公交车经过一棵巨大的香樟树，绿色的樟树叶在周梵眼前掠过，在她视网膜上留下一片鲜绿色。

"你聪明，多教教我。"梁殊择的声线低缓，带着点一贯的笑意。周梵抬手将玻璃合上，便再没有风灌进车厢。

周梵心情不好的时候，喜欢一个人安安静静地待着，但和梁殊择这样说着话，她也不觉得讨厌，反而心情渐渐地一点点变好。

公交车又在一个车站停下，周梵按住语音键，眼睛扫过外头巨大的广告牌，她鬼使神差地问梁殊择："你现在在哪儿？"

发完语音后，她摁灭手机，静静地看着外边攒动的人流。

手机忽然响了下，周梵心里带着点小期待地点开手机，看到了陈慧卉发过来的一条短信：周梵，你很让我失望。

周梵心情迅速低落。

从小到大，她最害怕的一件事就是让家里人失望。她觉得让人失望是一件很严重的事，所以她总是尽力将每一件事做到最好。

所以她努力学习，以优异的成绩考上西京大学，她也总是满足陈慧卉对她的期待，努力学各种器乐。

但这样做的后果是，陈慧卉还是动不动就会对她失望。她努力了十几年，但好像永远都不能达到陈慧卉期待的那样。

周梵缓慢地敲下回复：妈妈，我就是一个很普通的人。你拿我的手机乱翻，我没有办法做到不生气。

陈慧卉秒回：你要控制好自己的情绪，不要让情绪左右你。

周梵看到这条信息，呆滞了一瞬，为什么到现在陈慧卉还是觉得做错事情的人是她呢？

明明她没做错什么，被偷翻手机，是个人都应该会生气吧？

梁殊择发过来一条信息，回复刚才周梵问他在哪儿的那句话。

周梵划走梁殊择的信息，回复陈慧卉的话：我和你说不通，这件事是你做错了。

一分钟后，陈慧卉发来一条短信：周梵，你没有资格这样说你的妈妈。

周梵不想回陈慧卉的信息了，她直接摁灭手机，又看向窗外。

十几分钟后，她想起梁殊择刚才好像给她发了条信息，她打开手机看梁殊择的信息。

梁殊择：我在市中心这块，你要来吗？

发送这条信息的时间是在十五分钟之前。

因着陈慧卉的那些话，周梵想去和梁殊择见面的心思退去大半。

她输入文字：我就随便问问。

周梵看着这句话，自己都觉得有点过分。

但她想着陈慧卉那些像刀子一样刻进她心里的话，就觉得心脏像是被什么堵住，眼睛酸酸涩涩的，喉咙也发干，根本腾不出其他心思去想别的事情。

98路公交车的终点站在一家4S店附近，到终点站时，周梵下车，看到那家店生意不错，销售人员正向好几个人介绍一辆白色的车的性能。

周梵路过那家4S店，忽然一道声音叫住她："周梵！"

周梵转头,看见了程子今。

程子今站在那辆白色的车旁边,朝她摆手:"你帮我看看这车酷不酷?"

周梵在程子今的热络招呼下走进那家4S店,看了会儿那辆车,说:"还不错。你要买吗?"

程子今笑笑:"明天来提。"

周梵的手机响了下,是陈慧卉发过来的信息:周梵,等你什么时候承认错误了再回家!

周梵低着头打字:那我直接在外面租个房子住吧。

发送完,她关掉手机,回程子今的话:"那挺好的。"

程子今买了新车心情不错,对周梵说:"你待会儿去哪儿?没事的话,一起去市中心玩玩呗。"

陈慧卉刚才发过来的一句话,彻底断绝了周梵的念想,她原本想着陈慧卉会反省下自己,但看来是她想多了。

周梵决定不再想这件事,让自己轻松一点。

既然她和陈慧卉永远也不能在同一个频率上说话,那索性就这样吧,不纠结了。

周梵朝程子今说:"好啊。"

程子今和销售人员说了句话后,便和周梵一起走出了4S店:"我的车在停车场,你等我下。"

周梵"嗯"了一声,低头给梁殊择发消息:你现在还在市中心吗?

程子今把车开了过来,周梵坐上副驾驶座时,手机上显示梁殊择刚发过来的信息:怎么,你又随便问问?

周梵正打算回复梁殊择,那边梁殊择又发过来一条信息:周梵,你玩我吗?

周梵在对话框输入:你在市中心的台球馆等我吧,你老师马上要到了。

输入完这句话后,她又打字:我刚刚是情况特殊,没想着玩你。

周梵看一眼这句话,又把"玩"字改成了"戏弄"两个字。

梁殊择发过来一条语音,鉴于程子今在场,周梵本想转化成文字,但因着手上有点不知哪儿来的水,不小心将语音点开了。

"行吧,那我就在这儿等周老师来。"梁殊择声音带着疏懒的笑,语调往上扬一点,听起来让人沉醉。

程子今爆了句粗口:"刚说话这人声音怎么这么像我择哥呢?"

周梵瞥一眼程子今:"就是梁殊择啊。"

程子今:"那他为什么叫你老师?你教他什么?"

周梵理所当然地说:"打台球啊。"

车子停在红绿灯前,程子今觉得好笑地瞅一眼周梵:"打台球?"

周梵:"是啊,我上次也教他了。"

程子今长长地"哦"了一声,眼神调侃:"择哥的确不怎么会打台球,周梵,你确实可以好好教他。"

周梵应一声:"他学得挺快的,也挺认真的。"

程子今笑着"嗯"了声:"原来你去市中心是去找梁殊择啊,我还纳闷你怎么愿意和我一起去呢。"

周梵没否认:"嗯,我是去找梁殊择,我都答应他好久要教他打台球了。"

红灯上的阿拉伯数字趋近为零,程子今踩下油门。

不多时,两人到达市中心。

"你和我一块儿上去吧。"程子今说。

周梵:"嗯?"

程子今:"我也去台球馆,但我不会打扰你教择哥打台球的。"

周梵失笑:"我不是这意思。"

程子今应一声,将车停到停车场,便和周梵一块儿去了那家比较私人的台球馆。

大年初五开张的店不算多,因着台球馆老板和梁殊择是朋友,才早早被迫营业。

周梵和程子今到台球馆时,梁殊择正和台球馆的老板说话。周围还站着四五个人,说说笑笑。

梁殊择漫不经心地扯着笑，高大身形懒散地站在台边，就数他最打眼。

"哟，程少爷来了。"台球馆老板含着笑意，打趣程子今，"怎么还带了个姑娘来？"

周梵不喜欢这种打趣，待眼前这人说完话，她立即便想开口说话，但梁殊择速度比她更快："说什么呢，这是我老师，放尊重点。"

台球馆老板立即向周梵道歉："不好意思啊，老师。"

周梵"嗯"了一声："没事。"

梁殊择拿了根球杆，递给周梵，眼睛睨着她："老师，我等了你好久。"

周梵接过球杆，朝台球桌走过去，问梁殊择："你居然没感冒吗？"

梁殊择拿着球杆："你当我水做的？"

周梵扯下嘴角："那倒也没。"

结束短暂的对话后，周梵做着规范的动作，朝梁殊择说："你学我先复习一遍。"

梁殊择照做，周梵便教了他十几分钟。

当周梵击球时，梁殊择说："你今儿怎么了？"

周梵看他，说："没怎么啊。"

梁殊择睥她一眼，沉默着没说话，周梵便继续教他击球。

周梵靠梁殊择很近，说："你得瞄准。"

周梵闻到梁殊择身上带的淡淡乌木香，她接着说："你先练吧，我去上个卫生间。"

梁殊择淡淡地应声，周梵便去了卫生间。

去卫生间时，她又收到爸爸的信息：梵梵，你妈妈做得不对，但你也要体谅一下她。

从卫生间出来，周梵走到一个角落里的长椅那儿，坐下来。借着昏暗的灯光，她打字：爸爸，你也觉得我做错了是吗？但我真的很讨厌妈妈乱翻我的东西，我感觉她一点也不信任我。信任对我来说很重要。

一分钟后，周志城回了信息：周梵，你真的很不懂事。我以为你会懂你妈妈的。

周梵坐在长椅上，抿下嘴，将手机摁灭。她抬头，望着对面惨白的墙壁。

几秒后，她垂下头，长发随之静静地垂落下来。她双手撑着长椅，盯着浅棕色的地板，眼眶不听话地又开始泛酸。

原来爸爸也觉得她不懂事啊，她之前还觉得爸爸会站在她这边的。周梵抿着嘴唇想，事实又再一次将她推向另一个方向。

周梵眨下眼睛，不想在这种陌生人居多的地方哭，那样会很丢脸。她也不想让梁殊择看见，他大概会笑她心理太脆弱吧，毕竟他应该也不太懂她。但眼泪好像不由她控制，她越不想哭，眼泪就越争先恐后地涌出来。

周梵擦下眼睛，过了几秒，她抬头，便看到梁殊择朝她走了过来。

周梵立马将眼泪全部擦干净，梁殊择迈着步子站在她面前，居高临下地望着她。

周梵嘴硬："眼睛里进沙子了。"

梁殊择坐到她旁边，漆黑的眼珠盯着她："进沙子了？我帮你吹吹。"

周梵不说话，梁殊择递给她一张纸巾："周梵，以后你哭的时候，能告诉我一声吗？"

周梵接过纸，擦擦眼泪，闷声说："告诉你做什么，让你好笑话我吗？"

梁殊择骨节分明的手指又递给她一张纸巾："我不笑你，我递纸巾给你擦眼泪。"

周梵将纸巾从梁殊择那儿接过来时，只想赶紧擦眼泪，慌乱中不小心碰到了他修长的手指。

梁殊择像是没感觉，和她坐在台球馆一个漆黑角落的长椅上，时不时睨她几眼。

"嗯，我没什么事。"

周梵擦干眼泪，眼圈因为哭过而泛红。她声音沉闷，打算起身："走吧，我继续教你打台球。"

梁殊择一动不动，连一点想站起来的意思都没有，他说："现在教我打台球有那么重要吗？"

"没有吗？"周梵看着他，声音听起来安安静静，语气显得很沉闷，"我觉得挺重要的。"

梁殊择换了个懒散的坐姿，身形疏懒地靠着长椅后的墙壁，沉默几秒，他忽而转头看周梵一眼，问她："你想和我一起去飙车吗？"

周梵指尖捏着纸巾，思考几秒后，歪头朝梁殊择说："有头盔我就去。"

梁殊择对上她眼神，朝外头扬下巴："多简单的事。走，飙车去。"

周梵跟着梁殊择朝台球馆出口方向走，忽然问他："那你今天不想学打台球了吗？"

梁殊择顿了几秒，声线慵懒："台球有什么好学的，飙车才刺激。"他睨一眼周梵，"你不害怕吧？"

周梵认真地摇头："不怕。"

"那就行，"梁殊择说，"待会儿吓着你。"

"不会，"周梵说，"我不怕的。"

心情低落到一定程度，周梵也不想安静待着了，反而梁殊择提出的和他一起去飙车，周梵还觉得有点意思。

大概人脑在刺激的状态下，能将那些特别烦恼的事情抛掷脑后吧。

在出台球馆之前，梁殊择先去和台球馆老板打了声招呼。

周梵站在门口，看着他们两个人说话，忽然程子今不知从哪里走出来，加入了他们的对话。

周梵便别开视线，看向外边漆黑的天。因着台球馆是在大楼高层，她轻而易举地便俯瞰了遂南市夜景。

一小会儿后，梁殊择叫她一声："周梵，走了。"

周梵收回看夜景的视线，朝梁殊择走过去。

程子今像是有什么话没和梁殊择说完，走之前还想从梁殊择手上拿什么东西。

她以为梁殊择会就此和程子今的手碰在一起，没想到梁殊择却将手抬高，将一把钥匙抛给了程子今："别碰手。"

程子今夸张地"啊"了一声："你的手可真金贵。"

梁殊择将钥匙抛给程子今，同时也抛给他一句话："当然金贵。"说完，梁殊择便和周梵走出了台球室，往电梯的方向走。

146

电梯里没人，周梵率先按了一楼的按键。梁殊择从她后面走过来，懒洋洋地按了下负一楼的按键："车停在负一楼。"

周梵偏头看他："你没洁癖啊？"

话说完后，周梵才意识到梁殊择靠她很近，她偏头看他时，不小心就直直地撞进了梁殊择那双漆黑凌厉的眼里。

"什么洁癖？"电梯匀速运行，梁殊择问她。

"哦，就你刚刚啊，不让程子今碰我手，我以为你有洁癖。"周梵说。

电梯恰好运行到负一楼，两人走出电梯，梁殊择的声音传到周梵耳边："谁和你说那是因为洁癖？"

周梵跟着梁殊择走向停车库，梁殊择摁下遥控，几米远有辆车亮了。

她问："那不然是什么？"

梁殊择懒散地扯了个笑，不正面回答周梵的话。待周梵坐上副驾驶座后，他声音淡淡："没什么，就不想让程子今碰。"

因着梁殊择的机车停在家里车库，他便先开车回家。

回家的途中，周梵问他："梁殊择，待会儿飙车，你会看路的吧？"

梁殊择觉得好笑，他睨一眼她："飙车看什么路，全凭直觉飙。"

周梵："那你最近的直觉都挺准的吧？"

"那不一定，"梁殊择将汽车驶进小区，"时好时坏的。"

周梵快速歪头看他一眼，忽然就不想说话了。

梁殊择低低地扯个不经意的笑，周梵严肃地说："你可得保证我的安全。"

"放心。"梁殊择尾音拖长，像是在调侃她，"如果发生意外，我肯定把你的安全放第一位。"

"那也不是这个意思，"周梵顿了下，"你的生命也很重要。"

梁殊择将汽车驶入车库。

这个车库比商场的停车场要亮很多，周梵有点不太适应光亮地闭上眼，再睁开的那一刻，梁殊择已将车停好，拔出车钥匙，说："那还是你的最重要。"

周梵以为梁殊择和她贫嘴，但心情确实慢慢好了。

147

她简单地回应他:"你说话什么时候变得这么好听了?"

梁殊择回望她一眼,说:"好听吗?认真的。"

周梵怎么可能信。

她伸出手:"我的头盔呢?"

"在这儿等我几分钟,我去拿。"梁殊择说。

周梵"嗯"了一声,看着梁殊择朝着电梯走,她便蹲在停车场靠边的位置,放轻松地等他回来。

梁殊择是在十分钟后回来的。他换了身黑色的衣服,脸显得冷峻,整个人看起来高不可攀。

周梵揉揉蹲麻的腿,缓慢地站起来,她抬眼看梁殊择时,眉心轻轻地跳了下。

这个人看起来,还真是跩得很啊。

梁殊择递给她一个白色头盔。

周梵接过,脱口而出一句话:"你给哪个女孩准备的?家里就有女生戴的头盔?"

问完这句话,周梵很想咬舌自尽,管这么多干什么,梁殊择哪由她管。

今天他肯带她出来,大抵是看出她不开心,所以想让她开心一点。

周梵承认梁殊择处理事情让她舒服,他看到她哭,没直白地问她为什么哭,而是选择解决她的不开心。

他很尊重她,尊重她的不开心,也尊重她低落的心情。

"没谁。"梁殊择回答,"梁书薇上次买的,尺寸不合适,你戴正好。"

周梵"哦"了声。

梁殊择拿着车钥匙,朝前方挑了挑下巴:"就那车。"

周梵和梁殊择一起走过去,是一辆黑色的大机车。

她从没坐过这种大机车,也不懂行,只是觉得这车看起来很不好驾驭,不过挺酷,挺符合梁殊择气质的。

梁殊择看起来也是那种不好驾驭的人,嗯,也挺酷。

遂南市外延区有条路，没什么人，坡度也大，以前梁殊择和朋友通常是去那儿飙车。

他这人不怕什么危险，现在去飙车，他必定得换个地方，那条路都飙熟了，寻不到一点刺激。

不过，今天是带着周梵去，选稳妥点的路比较好。

梁殊择一条腿轻松地迈上机车，另一条长腿支着地面。看着周梵半天没戴上头盔，他吐出两个字："过来。"

下一秒，周梵便无师自通地自己戴好了。

车库坡度较大，周梵不敢坐机车出车库，便戴着头盔自己走上坡，转身看一眼梁殊择："我想先活动下腿。"

梁殊择看一眼她，利索地戴好黑色头盔，周梵便看不清他表情了。

周梵走出车库，梁殊择很快将机车开了出来。

她站在车库门口，暗暗观察梁殊择车技如何，最后得出结论：尚可。

梁殊择将机车停在周梵面前，周梵上车没有经验，下巴不小心蹭到梁殊择的上衣。

他的衣服布料是棉质的，摩擦着很舒服，周梵蹭了几秒钟，血液迅速地往上涌，脸变得通红。

梁殊择在前面说："要我扶你上车？"

周梵干巴巴地吐出两个字："不用。"她用手撑着机车，很艰难地上了车。

梁殊择问她："周梵，你确定不抓住我的衣服？"

周梵脸有点烫，但嘴皮依旧很利索："我为什么要抓？"

梁殊择懒散地哼笑一声。

在市内，梁殊择没开多快，周梵坐在后头，根本用不着抓他衣服。

去外延区的路上，沿途风景很漂亮，还靠着河，略带潮湿的夜风扑在她脸上，乌黑的长发往后扬，她感觉如获新生。

道路两边是很常见的香樟树，风一吹，在眼前掠过的光影都变得模糊起来。

这些遂南市的夜景,周梵好像看过千万次,但这次好像格外不同。

道路的减速带有点多,因着惯性,周梵坐在梁殊择车后,难免和他有肢体接触。

周梵先前想着尽力避免,因为她担心梁殊择会介意。但过了一会儿,她又想,这也不是她能控制的,毕竟两人同坐一辆车。

思及此,周梵就没避免和梁殊择的肢体接触了。

不再避免后,她身体更放松。

昏黄的路灯拉长机车身影,周梵撑着机车后座的手有点累,为了更放松,她抿下嘴,靠近梁殊择的耳朵,说:"我觉得我还是很有必要抓你的衣服。"

几秒后,周梵听到梁殊择的声音,在夜晚狂劲的风中传到她耳朵里:"行。"

但周梵还是迟疑了几秒,因为除了周峪嘉,这是她第一次抓男人的衣服。

当她抓住梁殊择的衣服时,依旧不可避免地,碰到梁殊择平坦而有力的后背。

周梵的手小,又白又软,和梁殊择坚硬的后背形成明显对比。

猛烈的风呼啸而过,机车声音也"躁",两个声音混合在一起,周梵的心跳声就显得没那么响了。

到外延区那条路时,梁殊择加快了一点车速,周梵问他:"你要加速了吗?"

机车一旦加速,耳边刮过的风更狂烈,空气都带着来势汹汹的野性。

梁殊择的声音也随着往上扬:"周梵,你害怕了吗?"

周梵在后视镜里看到戴着头盔的梁殊择,不知道为什么,她在这个时候看到梁殊择,心跳又比之前的频率快很多。

她弄不清这加快的心跳是因为机车,还是因为其他,她唯一清楚的是,她好像并不害怕,哪怕梁殊择的机车行驶在悬崖峭壁上,她好像也不怕。

"我说了我不怕。"周梵回答梁殊择的话。

"那再加点速？"梁殊择问她。

一阵狂风刮过，周梵下意识往前倾，整张脸不小心撞在梁殊择后背上。撞上他后背时，周梵有点没反应过来，因着本能想找一个更稳定的支柱，她双手围住了梁殊择的腰。

待反应过来时，周梵整个人都是贴着梁殊择的，她愣了下，准备松手。

梁殊择声音不知为何变得很淡，但带着一贯的倨傲和骄矜。

"周梵，别松手。"

周梵迟疑地搂住他的腰："这样好像很冒犯你。"

梁殊择说："没办法，你冒犯一次吧。等会儿车速会很快。"

周梵说了声"好"，搂着他的腰没再松手。

过一会儿，车速真的变得更快，她眼前的风景转瞬即逝，枯黄的树叶都带着朦胧的光圈。

世界好像变得迅速，顽固的昏黄光晕覆盖在两人身上，周梵感觉自己第一次这么开心。

更开心的还在后面。

这条路尽头是一个极大坡度的下坡，周梵得知这一点时，是在机车即将下坡时的前一分钟。

梁殊择说："一个坡度很大的下坡，你怕吗？"

周梵说："我不怕。"

梁殊择"嗯"了声，将机车提速。周梵感觉心脏都要跳出来，她立即对梁殊择说："我能更冒犯你一点吗？"

梁殊择："什么？"

周梵紧紧地搂住梁殊择的腰，将整张脸完全贴到他背部："好了。"

梁殊择哼笑一声。

机车高速地往下冲，那一刻，周梵觉得这辈子能有一次这种高速心跳的时刻，好像是一件很值得纪念的事。

风在耳边全力呼啸，心脏提到嗓子眼，因着惯性，周梵全力贴近梁殊择的身体，她感受到他的体温和他的味道。

大年初五的月亮刚冒了一个尖，小小地挂在漆黑的夜里，黑色的云团遮住点月亮的尖。

周梵眨一下眼，月亮依旧挂在那儿，但路边的景却在倏忽之间便换了一个天地。

机车不要命地往下冲，周梵眼睛弯起来。

前方还有很长的一段下坡路要冲，她音调提高："梁殊择，什么时候教我开机车吧。"

周梵的音量其实提高了许多，但因为狂啸的风声和机车的摩擦声，她那句话好像在空气中就被吹散。

梁殊择好像没有听到，并没回应她。

周梵也没管，机车往下冲时，她身体绷成一条直线靠在梁殊择身上。那个下坡有多长，她就和他靠在一起多久。

说实话，周梵想将那条下坡路变长一点，但坡度随着时间慢慢变缓。当她看到熟悉的大片香樟树时，平地便替代了坡道。

周梵见到了平地，她也没必要一直抓着梁殊择的腰不放，便将手松开，改扶着机车后座了。

风声逐渐变小，她听到梁殊择说："想学骑机车？"

哦，原来他听到了。

周梵便在流动速度极快的空气中点头，说："想，你能教我吗？"

梁殊择开机车的速度变缓："可是你连坐机车都不会。"

周梵皱下眉："我哪有不会？这不坐得挺好吗？"

她接着问："那你说我应该怎么坐？"

梁殊择说："周梵，你扶错地方了。"

周梵语调上扬地"嗯"了一声，问他："抓住机车后座那块位置，不对吗？"

"不对，"梁殊择说这话时声音和周梵教起台球时一样认真，"那样很危险。"

"那我该抓哪里？"周梵心想，坐机车还有这种安全法则吗？她倒是一点都不知道。

"一般都是抓住开机车的那个人吧。"梁殊择像是提出真挚的建议，

152

怦然心动

城西电影展入场券
CHENG XI DIAN YING ZHAN
地点：城西艺术馆
时间：9月29日

声音却寡淡。

周梵轻轻地咂了下嘴:"那我又要冒犯你了。"

"没办法,"梁殊择声音懒淡,"安全第一。"

"嗯。"周梵好像被劝服。她抓住梁殊择,的确要轻松和安全很多。几秒后,她缓慢地环上梁殊择的腰。

保险起见,周梵说:"如果待会儿你觉得被我冒犯了,就说出来。"

梁殊择语气闲散:"到时候再说。"

其实梁殊择这次没飙多久车,这种速度压根儿不算飙车,顶多就是带着周梵来兜个风。

但在周梵眼里,这大概算是一场比较惊心动魄的体验。

毕竟她以前的人生大概只能算作循规蹈矩,这样心跳强烈的时刻实在算不上多。

晚上十点左右,梁殊择将机车行驶在离周梵家很近的道路上。

周梵一开始还没发现,她那时闭着眼,正在想李清铭的事情,当她睁开眼时,便看到熟悉的街景。

她以为梁殊择会直接把车开回他家,没想到他好像是要送她回家。

周梵不想回去,说话时声音很冷静:"梁殊择,你别送我回家,我现在还不想回去。"

梁殊择停顿好几秒没说话,再开口时腔调懒洋洋的:"那你想去哪儿?"

周梵说:"你想回家了吗?"

梁殊择在风里说:"随便。"

"那你再载我会儿,"周梵说,"吹风很舒服。"

梁殊择扯笑:"我可没说给你白坐。"

周梵舔了下唇:"你还想收我费啊?"

前面是红绿灯,机车停住。

梁殊择一条长腿随意懒散地支地,头盔朝周梵这边侧过来一点,说:"周梵,收你费又怎么样?"

"你要怎么收费？"

"先欠着。"梁殊择开机车时极稳当。

他补一句："周梵，你以后再还。"

周梵"嗯"了一声，觉得这大概率只是口头上的协议，以后也算不了数。

晚上十点半，梁殊择将机车驶入自家车库。周梵的腿也长，很轻松地便下了梁殊择的车。

头盔还没摘，周梵解着头盔纽扣，但纽扣好像和什么缠在一起，她解了三分钟都没解开，梁殊择就那样淡淡地看着她解。

头盔有点笨重，周梵没有办法，便扶着头盔，走到梁殊择面前，仰头问他："你能帮我解一下吗？"

梁殊择低头看着她，语调闲散："系的时候不系得挺好吗？"

他说："会系不会解？"

周梵刚想开口，梁殊择就靠近，两人距离一下子被拉近，他很快上手替她解头盔纽扣。

周梵透过头盔看他，他的手指长而分明，在她下巴那儿正解着纽扣。

"能解吗？"周梵抬头问他。

梁殊择按住她的头盔："别动。"

周梵被人按住，动弹不得地站着，只能盯着梁殊择看。

他骨相优越，单眼皮看起来很有距离感。

唇很薄，下颌笔直凌厉，浑身充满锐利气质，帮她解纽扣时显得漫不经心。

没多久，头盔纽扣被解开，周梵取下头盔，将它拿到手上，对梁殊择说了声"谢谢"。

梁殊择睨了她一眼："除了谢谢你就不会再说别的？"

周梵试探地问："请你吃烧烤？去上次那家？"

那条烧烤街离这儿不远，走会儿路便能到。说到底，是周梵想吃了，馋得慌。

"行啊，"梁殊择看着她，"总算有点实际行动了。"

周梵忽然拍了下脑袋："现在才大年初五，好像还没开始营业。"

梁殊择觑她一眼。

周梵迟疑下，抬眼问他："要不下次我再请你吃？"

梁殊择看着她："周梵，你自己算，你都欠我多少了。"

"也不是很多。"周梵说，"只是时间不凑巧，以后吧，我们时间还长着。"

梁殊择滚动下喉结，缓慢抬眼看她。

周梵笑了下："我们现在应该不会很快死掉，时间还很长。"

梁殊择从喉咙里吐出一个"嗯"字。

周梵活动下手腕，忽然觉得自己已经很久没喝过水。

"我渴了，现在去便利店买点喝的。你回家吧，我先走了。"她扯下皮筋，将散乱的头发绑了起来。

梁殊择说了声"行"。

"嗯，我走了。"周梵话刚说完，手机便响了下。

她低头借着停车场的灯看手机，是陈慧卉发过来的一条短信：你到现在还不肯承认错误吗？

周梵眼神动了动，抿下嘴，沉默地将手机放进口袋。

她转身，朝停车场的出口方向走。

几秒后，停车场响起一阵手机铃声，她记着停车场好像就她和梁殊择两个人，便下意识回头扫了梁殊择一眼。

果然，梁殊择极不耐烦地接起电话，眉微皱着，一副有点不乐意的模样。

周梵看到他这副样子后，忽然觉得梁殊择对她态度算不错了。

"什么？"梁殊择"啧"了一声，声音散漫，"可乐？"

电话对面那人不知道说了什么，周梵就听到梁殊择又"啧"了声："现在这个点，要我去便利店？"

周梵还没反应过来，梁殊择便掐断了电话。

她待会儿也要去便利店，便问他："谁叫你去便利店啊？"

梁殊择："我妹妹，说是要喝可乐，惯得她。"

周梵轻轻"啊"了一声："那你要去吗？"

梁殊择杵在那儿思考几秒，忽然朝周梵抬步走过来。

"去，不然待会儿她又缠我。"

周梵"哦"了一声："那正好，我们一起去。"

便利店在当街对面，周梵和梁殊择一起穿过人行道。

周梵手机响了好几下，她猜是陈慧卉打过来的，便没接。

梁殊择走在她旁边，听见铃声，见她没管，便也没说话。

他性格一向如此，从来不会主动问别人什么，他好像对人对事提不起半点兴趣。

到达便利店后，周梵走在前面，梁殊择在她身后，迈着懒漫的步子朝冰柜走过去。

周梵去货架上拿了瓶常温的矿泉水，这时手机又响了下。这样拖着也不是办法，她便接通了电话。

"在哪儿？"陈慧卉问她。

周梵朝更里面的货架走去，咽了下喉咙，将手机扣到耳边不说话。

不是她不想说话，而是听到陈慧卉的声音，她就觉得委屈又抱歉，那些话全部堵在嗓子眼里，根本说不出。

"你今晚别回来了。"说完，陈慧卉便挂了电话。

周梵又咽了下喉咙，把手机放进衣袋，拿着矿泉水往收银台走。

梁殊择在她前面结账。

白色的灯光打到他冷峻的眉眼，几瓶可乐放在收银台上，一个女孩正在电脑上输入商品信息。

结完账，两人走出便利店，走到一个十字路口等红绿灯。

周梵拧开矿泉水，一口气喝了三分之一的水。

梁殊择在夜色里睨着她。

周梵偏头看他，忽然问："我能问你一个问题吗？"

梁殊择"嗯"了一声。

"这个问题好像有点幼稚。"周梵说。

"问不问？"梁殊择声音懒淡。

"嗯，"周梵思考一阵，"问。我有点想不通。"

她问:"你觉得父母看你的手机,是一件理所当然的事吗?"

红灯变绿,两人都没挪步,只是侧身给其他人让位子。

"为什么理所当然?"梁殊择反问。

"我也觉得不应该是一件理所当然的事——但是我爸妈好像觉得这是一件再正常不过的事。"

梁殊择睥了她一眼:"当然不是。"

周梵缓慢地眨下眼:"我也觉得不是……但是,我爸妈的思想好像有点老旧。"

梁殊择淡淡地看着她:"周梵,这世界上没有这么多但是。"

周梵慢腾腾地"嗯"了声:"所以你觉得,我没有做错对吧?"

过了几秒,周梵意识到她还没有告诉过梁殊择,她做了什么,便补充道:"我和我妈妈吵了一架,她现在很生气,我爸爸也很生气。"

说完,周梵自己都觉得这事好像不应该出自一个大学生之口,毕竟都是成年人了,好像也很少有家长会管这么多。

她顿了下,说:"算了,这些问题真的太幼稚了,感觉只有小学生才会提出这种问题。"

梁殊择拧开一瓶可乐,汽水顺着瓶口涌出来一点。

他说:"你没有做错什么。"

他的声音听起来淡淡的,但很有信服力。周梵问他:"你为什么觉得我没有做错?我爸妈都不让我回家了。"

"不让你回家吗?"梁殊择透过对面大片的霓虹灯扫了她一眼。

周梵觉得有点丢脸,她不该把这个也说出来的。

她顿了下,"挽尊"道:"也没有这么说,反正就很生气,他们都不想理我了。"

梁殊择:"你们好好沟通过了吗?"

周梵点头:"我是想好好沟通,但我妈妈不配合我。"

梁殊择:"看你手机?看什么?"

"QQ的聊天记录。"周梵慢慢地蹲下来,梁殊择也跟着散漫地蹲下。昏黄光晕投下,两道身影看起来有点亲密。

"我真的很生气,但我妈妈还觉得理所当然。"周梵声音平静,"就这点小事,梁殊择,我就为这点小事哭,你是不是觉得我很脆弱?我自己都觉得我在你面前说这些事,真的很丢脸。"

红灯变绿,几个小孩子被大人拉着过了斑马线。

周梵看着他们从路这边走到路那边,过了几秒,她听到梁殊择泛懒的声音:"哪儿丢脸了?"

他喝一口可乐:"不丢脸。"

周梵缓慢地看向他,眼眶倒是没泛酸,只是心脏跳动的速度快了点。

她想,原来在他面前说这种家长里短的小事,也是被允许的啊。

"嗯。"周梵眨下眼。

"那阿姨看我们的聊天记录了吗?"梁殊择问。

周梵有点不敢回答,因为每个人被偷看聊天记录,大概都会觉得不太喜欢。但她还是实话实说:"看了。"

"只看了我们的?"梁殊择问。

"不知道,"周梵说,"我那个时候只看到她在看我们的聊天记录。"

梁殊择说:"那我们的聊天记录挺正常的,没必要觉得心虚。"

因为似乎没有秘密会被窥探。

周梵心想,她之所以对陈慧卉看她和梁殊择的聊天记录那么生气,除了在陈慧卉那儿从小到大积累的情绪,好像还有一点原因是,她好像对她和梁殊择的聊天记录的确有点心虚?

如果当时她看到陈慧卉所看的聊天记录,不是她和梁殊择的,而是她和另外一个男生的,好像情绪就不至于像当时那么激动。

思及此,周梵又被自己这个想法吓了一跳。

梁殊择见她许久不说话,扯了个笑:"不是吧?你真心虚了?"

梁殊择话刚说完,周梵转头看了他一眼,恰好此时电话铃响起。

她看向手机,屏幕上显示是陈慧卉打来的。

梁殊择淡淡地瞥了一眼。

时间流动的速度变缓一点,周梵不知道该不该接。

158

如果接了，她该说什么？如果不接，她心里又过不去。

而且梁殊择就在她旁边，如果她和陈慧卉吵起来，不论他做出什么反应，她都会觉得很尴尬。

纠结半响。

她想到他刚刚说的，她没有做错什么，还是接了电话。

周梵一接起电话，梁殊择就疏懒地站了起来，说："我去便利店买点东西。"

她看了一眼他，"嗯"了一声，看到他往便利店的方向走去。

周梵紧绷的心放轻松一点。

陈慧卉的声音传过来："这么晚了，你还不回家吗？要我亲自去接你回家吗？"

周梵咽了下喉咙，温声开口："你刚刚要我别回家了。"

"周梵，妈妈说的气话，你也信吗？"电话里传来周志城的声音。

接着是周峪嘉的声音："姐，我去接你好不好？"

陈慧卉："我不是说的气话，只是周梵，这么晚了，你还不打算回家？"

周梵咬着唇："哦，我知道了。"

周峪嘉："姐，你在哪儿啊？我去接你吧。"

周梵没应。

过了几秒，陈慧卉说："周峪嘉问你在哪儿，他骑自行车去接你。"

周梵应下："我等会儿把位置发到周峪嘉手机上。"

陈慧卉"嗯"了一声，说："一点也不让我省心。"

周梵又说："妈，那你以后能不翻我手机了吗？"

陈慧卉停顿半刻，语气往上扬："你先回来，我们再说这事。"

周梵眨下眼："我现在就想说这事。"

陈慧卉顿了会儿，周峪嘉在一旁搅和："妈，多大个事，你就答应我姐呗。再说本来就是你不对。"

周志城呵斥周峪嘉一声，周峪嘉立马辩驳："本来就不对，一点不尊重我姐隐私，妈还冤枉我姐，说我姐给男生转账。"

周梵这才记起这茬，说："我是给我朋友转账，不是男生。"

"就是。妈,你就会冤枉我姐,之前也是,还冤枉我姐和男生谈恋爱……"

周峪嘉话说起来没完,陈慧卉的声音又传过来:"行了啊,周梵,以后再说这事。"

周梵坚持说:"妈,我就想现在说,你以后,能不能别再看我手机,也别再冤枉我?有什么事情,你就直截了当地问我,我都会告诉你。"

陈慧卉妥协:"那你能把实话告诉我?"

"能,我有什么好藏着掖着的。"周梵说这话时,想起梁殊择刚才那句心虚与否的话。

她舔了下唇,又补充道:"只是你以后别再翻我手机了。"

"妈妈也不是那种不讲理的人,"陈慧卉叹了口气,"那这样吧,你先回家,等会儿我们好好聊一下,你不要对妈妈说谎。"

周梵慢腾腾地"嗯"了声。

陈慧卉说:"记得给你弟弟发位置。"

周梵说了声"好",中断了这段通话。

一分钟后,梁殊择拿着一大袋东西走过来。

周梵朝他走近几步,说:"我妈妈现在让我回家。"

"行,那你回去。"梁殊择扯下嘴角,问她,"心情好点了吗?"

"好很多了。"周梵笑一笑,"待会儿我弟会来接我。你快回家吧,你妹妹不还在等你带可乐回去吗?"

梁殊择慢悠悠地"嗯"了一声,轻松地拎着一大袋东西往别墅区走。

周梵不想麻烦周峪嘉大晚上来接她,刚挂电话时便叫了网约车。她低头给周峪嘉发消息:我叫车了,等会儿回。

发完信息五分钟后,网约车到了,周梵上了车。

汽车从这条道穿过去,路过梁殊择那边的别墅区,周梵透过窗户看到一个高大的模糊身形,有点像梁殊择的。

但大概不是他,周梵想,五分钟时间,他应该已经到家了。

网约车开到小区附近,周梵下车,回到家时,门口站着三个人。

陈慧卉面容端着："回来了？"

周志城说："周峪嘉还不去帮你姐倒杯水。"

周峪嘉走上前拉住周梵的手："走吧，姐姐。"

周梵叫了声爸爸妈妈，陈慧卉面色缓和一点："进屋吧，还过着年呢。"

"好。"周梵走进屋。

陈慧卉在后头说："周梵啊，今天的事呢，我的确有做错的地方，但你也不该和我顶嘴。"

周峪嘉立马顶嘴："妈，你别嘴硬了，哄下我姐不行吗？"

周梵喝了口水："不用哄，妈，你以后不翻我手机就成。"

陈慧卉和周梵聊几句，之前那都是拉不下面子，现在和周梵说几句话后，心也软了，被周峪嘉劝着半推半就地说以后再也不翻她手机了。

周梵也只是想妈妈以后别再做这种事，既然妈妈以后不会再这样，那她也没什么好说的。

两个人在这一天重归于好。

这一晚，周梵连做了好几个梦。最后一个梦，里面有梁殊择和她一起飙车的场景。

周梵第二天早上起来，其他的梦都记不清了，就单独记得这个梦，连带着2015年那个寒假的剩余日子里，她也时不时回忆起这个梦。

第七章

/

你别生气了

寒假收假是在3月2日，周梵是3月1日下午的高铁。

周梵到校时，返校的人已经很多，她拖着行李箱往宿舍走。

李清铭爸妈在银行贷了款，还了李清铭哥哥的债，事情差不多已经解决。这些事是李清铭不久前告诉周梵的。

周梵回到宿舍时，李清铭正在铺床单，两人一见到面，便说着寒假里有趣的事。

李清铭穿着白色的薄袄，看上去瘦了点。

周梵心疼地看着她："那你哥哥以后不会再闯祸了吧。"

李清铭翻了个白眼："由得他。应该不会了，我爷爷打了他一顿。"

周梵坐在椅子上，笑道："那就行。"

"别说我啦，你寒假做的最有趣的事是什么。嘿嘿，和我说一说。"李清铭笑。

周梵听到李清铭这个问题，脑袋里立马涌现梁殊择载她飙车的画面，但她怕引起李清铭误会，便随便扯了个事。李清铭笑点低，也乐得不行。

徐雾和郑烟烟是在第二天晚上到的，她们一进来，周梵便感受到了两人的低气压。

李清铭不记事，隔了一个寒假，将徐雾和郑烟烟的矛盾忘得差不多了，但也没上赶着和她们问好，就做着自己的事。

郑烟烟进了宿舍，将行李箱一放，便转身和徐雾出了宿舍。

李清铭望着她们离去的身影，问周梵："怎么看上去比我还不顺意？"她摊上个这样的哥哥，运气已经足够差了，但她也没整天摆脸。

周梵那时随便翻看着广播电视新闻学的教材，闻言笑了李清铭几句。

李清铭抛开这个问题，问周梵："我有个姐姐在市中心开了家烧烤店，她说要我带朋友去吃，你再多叫几个人一起去。"

说来真奇怪，周梵闻言又想到她欠梁殊择的那顿烧烤，于是她问李清铭："叫男生行吗？"

李清铭板着脸："最好是一米八往上，帅帅的男生。"

周梵想了想："挺符合的。"

一米八往上，梁殊择是的；帅嘛，还凑合吧，周梵心里想，也还算帅吧。

"那就带呗，多带两个也行。那个姐姐让我多带两个。"李清铭抱腿坐在椅子上说。

周梵应了声，低头给梁殊择发QQ信息"上次我不是欠你顿烧烤吗？市中心新开了家烧烤店，去不去"。打字打到一半，周梵想到这次是李清铭那个姐姐请客，不是她出钱，这样请梁殊择来吃烧烤，好像也不该叫作她还了顿烧烤给他，因为她没花一分钱。

思及此，周梵删掉对话框的话，重新输入：我室友让我叫人一起去吃烧烤，你来吗？

发送后，梁殊择回复：只叫了我？

周梵打字，实话实说：暂时只叫了你。

过了几秒，李清铭说："梵梵，你多叫点男生来吧，我好久没和男生一起吃饭了。"

周梵要被李清铭逗死，没办法，看着她那可怜样，便给梁殊择发消息：你可以多叫几个男生来。

几秒后，梁殊择回复她一个问号。

哦，周梵看了眼她刚才发的那句话，确实有点说不清道不明的意思。

她便打字：不是我说的，我没想着多叫几个男生。

梁殊择发来一条语音，周梵戴上耳机听。

他带着疏懒的笑意："周梵，你紧张什么？"

周梵按了下指尖，反思下自己刚刚有紧张吗？

哦，好像有一点。

梁殊择又发来一条信息：给个时间。

周梵便问李清铭几号去，李清铭说这周六。

周梵和梁殊择说了时间，梁殊择发了个"嗯"字过来。

李清铭扒拉着周梵："你叫梁殊择来啊？你让他多叫几个性别为男的帅哥过来呗。"

周梵说："我和他说了，看他肯不肯吧。"

李清铭说："春天到了，万物都复苏了，我想谈恋爱了。"

周梵看她一眼："恋爱吗？"

李清铭揉周梵的脸："你怎么还不谈恋爱？"

周梵脑袋里出现一个模糊的身影，她快速甩甩头："还没有很喜欢的人。"

李清铭："那你怎么叫梁殊择出来吃烧烤？"

周梵呆滞一秒："嗯？因为我欠他一顿烧烤，没别的意思。"

李清铭逮住周梵话里的漏洞："别的意思？别的什么意思？"

周梵将书合上："没什么。"

"梵梵，"李清铭说，"有时候，你下意识的第一选择，就代表了很多东西哟。"

周梵摇摇脑袋，那个模糊身形更清晰了点，她下意识端起桌上的水杯，猛喝了一口。

周六那天，梁殊择随便叫了两个人过来，一个是程子今，另一个是徐越临。

徐越临是大一开学时问周梵要联系方式，和那次载周梵和李清铭时汽车出故障的那个男生。

程子今和徐越临比梁殊择先到。

李清铭见到程子今时，惊讶道："你怎么来这儿了？"

程子今说："我怎么不能来这儿？"

徐越临搭着程子今的肩膀："他刚失恋，体谅一下。"

程子今："什么失恋，我早想和她分了，矫情死了。"

李清铭很久没见到徐越临，便朝他说了声"你好"。徐越临也朝李清铭说声"你好"，而后侧头朝周梵说声"你也好"。周梵淡淡地应了声。

"哎，李清铭，"程子今有些不满，"你怎么和徐越临打招呼，和我说话就那么冲啊？我招你惹你了？"

李清铭翻了个白眼，坐在程子今旁边："你管我呢。"

徐越临笑笑："你是叫李清铭吗？挺可爱的。"

程子今："可爱什么。"

这家室内烧烤店是新开的，但生意还不错。

周梵坐在李清铭旁边，听他们说话。

梁殊择是三十分钟后到的，他到的时候，他们已经开动了。

周梵第一个注意到梁殊择，她正喝着雪碧，余光中看到了一个熟悉的身影往这边走。

她快速地眨下眼，雪碧冒着气泡水，就此涌进喉咙里，带着一贯的甜。

程子今随后看到梁殊择："择哥，这边。"

梁殊择朝这桌走过来："嗯，来了。"

李清铭正讲着笑话，周梵笑点高，但听完李清铭那个冷笑话，第一次弯了下嘴角。

吃完烧烤是在一个小时后。

李清铭说起下个月西京大学要举办春季校运会的事。

李清铭问徐越临："你会参赛吗？"

徐越临说应该不会。

李清铭又问程子今参不参赛，程子今说不参加。李清铭问他为什么，程子今说因为他不是西京大学的。

李清铭"哦"了声，又问周梵。

周梵点头："应该会吧，高中的时候我也经常参加校运会。"

梁殊择淡淡地抬眼，周梵接着说："重在参与嘛。"

吃完烧烤，徐越临说送周梵和李清铭回学校。

周梵下意识抬眼看梁殊择，末了又不明白自己为什么要看他。

梁殊择问徐越临："你今晚在学校宿舍住？"

徐越临说不。

"那我送吧，我今晚住宿舍，方便点。"梁殊择说。

徐越临点下头："也行。"

于是周梵和李清铭便坐上了梁殊择的车。

回学校的路上,李清铭又开始"与世隔绝"地玩起手机。

周梵扒拉着汽车坐垫,问梁殊择:"你参加校运会吗?"

梁殊择哂笑一声:"你自己去就行,还想拉我去?"

周梵弯下嘴角,忽然说:"一起去吗?"

梁殊择扯了个懒散的笑。

他问:"哪个项目?"

周梵:"3000米长跑吧,高中时我跑这个可厉害了,次次拿第一。"

梁殊择说:"我知道。"

周梵看他:"你知道?"

红灯变绿,梁殊择启动汽车,恰巧周梵手机响了下,她便低头看手机去了,话题就中断了。

校运会是在4月7日到9日。

周梵报名参加了3000米长跑,是在校运会第一天下午举行。

她和李清铭一块儿到了田径场,西京大学的田径场是新建的,看起来大气漂亮。

这天一直到下午比赛做检录的时候,周梵都没看见梁殊择。

程子今偷溜进来看西京大学的漂亮女孩,和徐越临站一块儿。

两人看到穿着号码牌衣服的周梵,纷纷祝她勇夺桂冠。

周梵笑了笑,说了声"谢谢"。做完准备活动后,她便去那边做检录,李清铭便和程子今他们一块儿。

检录很快做完,周梵被裁判带着上场,同组的女生包括周梵一共八个。

比赛枪声响起,一阵硝烟化在空气中,女子3000米长跑开赛。

周梵在前两圈落后,直到后几圈才慢慢地超过其他选手。

她绑着头发,马尾飞扬,高挑的身影奔跑在西京大学的田径场上。

汗水滚落下来,周梵跑得脸通红,但后续越跑越快。她一贯这样,前两圈蓄力,后面才拼尽全力。

到最后一圈时,她处于第三名位置,眼看着就要超过第二名,突然第二名那个女生不小心崴了下脚,直直地朝周梵这边摔过来。

167

周梵被绊倒。

被绊倒的那一刻,周梵只感觉像是踩空了一脚,身体重心不断往下倾,直至摔倒在地面,手肘被擦出了轻微的血。

比赛还没结束,周梵直接被掀翻,整个人飞过跑道,跌到草地上。

几秒后,有七八个人朝她跑过来。

周梵按了下脚踝,有点微痛,但情况其实应该不算糟糕,只是跑是不能够再跑了。

又过了一小会儿,李清铭和程子今他们也跑了过来,一大群人围着她。

人群里有个医学生,帮周梵初步检查了下:"脚踝扭了,来个男生背这个女生去医务室。"

很快,人群里的男生跃跃欲试,纷纷表示自己可以。

医学生笑:"这么积极主动?"他侧头问周梵,"你想让谁背,你自己决定。"

周梵愣了一秒,又按了下自己的脚踝,然后缓慢地站了起来。

李清铭连忙扶住她。

周梵说:"我朋友陪我去医务室就好了,我自己能走,谢谢各位了。"

医学生又检查下她的脚踝:"不行啊,你这……自己走路很有可能再伤到脚踝,你还是让男生背你去医务室吧。"

程子今说:"要是不嫌弃呢,就我来背你吧。"

因着徐雾这层关系,周梵肯定不会让程子今背她,便摇头:"李清铭陪我就行。"

一旁的徐越临说:"你嫌弃程子今,总不嫌弃我吧?"

程子今"啧"一声:"怎么说话呢!"

周梵笑着摇头,不想麻烦别人,扶着李清铭打算离开。

一个老师叫住周梵:"同学,你还是叫个男生背你吧。这么多男生,由着你挑。"

周梵扶着李清铭转了身:"老师,真不用,没这么麻烦。"

老师朝她走过来,温声说:"同学,你不要拿自己的身体开玩笑。"

周梵抬眼扫一圈的男生,抿下嘴,依旧打算委婉地拒绝老师:"老师——"

话还没说完,她看到人群外,梁殊择正朝她这边走过来。

阳光覆盖在他的身上。

周梵咽了下喉咙。

她朝老师说:"梁殊择吧。"

一旁不仅有男生,还有女生,不少女生睁大眼睛,纷纷说周梵这不是在开玩笑吗?

梁殊择怎么可能背人?

就算是周梵的腿断了,梁殊择都不一定会背她吧。

梁殊择走到周梵面前。

大家都在猜测梁殊择会不会乐于助人,背一个崴了脚踝的女生,毕竟从来没见过梁殊择和哪个女生走得近。

太阳有点刺眼,周梵用手背遮住一点。

然后她问他:"梁殊择,你能背我去医务室吗?我脚崴了。"

其余人看着,老师也看着。

有女生轻声说:"这么多人在,如果梁殊择拒绝了她,感觉好尴尬呀。"

"我也觉得,真的太尴尬了。"

然后是一阵唏嘘声。

周梵也担忧地抿下嘴,梁殊择应该不会让她难堪吧?

如果被拒绝的话……

下一秒,梁殊择拉过周梵的手,吐出两个字:"上来。"

周梵"嗯"了一声。

梁殊择蹲下,日光倾泻在他淡漠而矜贵的眉眼上,整个人看起来不可一世。

周梵围住梁殊择的脖颈,他站起来,两人朝医务室的方向走。

除了李清铭、程子今、徐越临,其实许多人不知道梁殊择和周梵有过不少交集。

有人拿出手机拍了照,想上传贴吧,被李清铭看见,让对方删除了。

周梵趴在梁殊择背上,问:"你怎么过来了?上午都没来。"

梁殊择:"你挺关注我。"

"没。"周梵说,"程子今说你上午没来,我听他说的。"

上坡路,但梁殊择背着周梵很轻松。

周梵圈住梁殊择的脖颈,看到他脖颈上青色的细微血管。

她用手轻轻碰了下,而后意识到自己的动作不太礼貌,便收回了手。

"周梵,你只想让我背吗?"

过了几秒,梁殊择问她。

闻言,周梵攀住梁殊择脖颈的手一滞。

她张了张嘴唇,过了几秒后,轻吐:"因为那群男生我都不太认识。"

梁殊择继续轻松地背着她,语调闲散:"你不认识程子今?"

周梵认真地说:"但是他是我室友的前男友啊,我怎么可能让他背我。"

梁殊择扯了个笑:"这不是情况紧急嘛。"

"嗯。"周梵并不认同他的想法,"再紧急也不能这样啊,这个道理我还是清楚的。"

梁殊择继续背着她,走路速度不算快,他懒淡地"哦"了声,没再说话了。

周梵个高,挂在梁殊择身上时,因着怕太冒犯他,也不敢用力圈着他脖颈,只敢微微使力地搭着。

两人走在一段上坡路上,越往上走坡度越大。虽然梁殊择卡住周梵小腿部分,周梵整个人不至于往下溜,但越往上走,周梵越觉得她会有坠落的风险。

待行至一块刻着"西京竹园林"的石碑时,梁殊择将周梵提上来一点,说:"抱住我,不会?"

周梵慢腾腾地"啊"了一声,说了声"好",便使了大力气圈住他的脖颈,说:"会的。"

抵达医务室是在十分钟后。

西京大学今日轮班的医生穿着白大褂，二十七八岁的样貌，坐在电脑面前正敲字。

听见动静，医生随手拿起眼镜，戴好后站起来，问："姑娘，哪儿不舒服吗？"

梁殊择将周梵放在一张长椅上，替她回答："跑步时脚崴了。"

"嗯，医生姐姐，脚踝有点肿。"周梵将裤腿撩起来，脚踝有很明显的红肿，看起来触目惊心。

梁殊择看了一眼，然后平静地扫了医生一眼："麻烦看看。"

医生走上前，"嗯"了一声，蹲下替周梵检查："走路会痛吗？现在痛不痛？"

周梵："轻微有点。"

"哦。"医生继续检查，镜片下的眼睛认真冷静。

半晌，她说："不是很严重，但如果你担心的话，可以去市中心医院做个检查——当然，我是觉得没这个必要，等会儿开个药就行了。"

周梵看了眼脚踝，放下心来，说："没事就好，本来也不是很疼，谢谢医生姐姐。"

医生"嗯"了一声，转身去拿药。

梁殊择眼睫一动，问："真没事？"

医生看了梁殊择一眼："如果不放心，可以去市中心医院一趟。"

周梵说："没这个必要。"

梁殊择闲懒地"嗯"了一声，低头摆弄着手机，不知道在忙什么。

周梵抬了抬手肘，才意识到手肘位置有些许擦伤，渗出血来，但她压根儿没放心上，小时候和周峪嘉打架都不止出这点血。

医生走过来，拿来瓶碘酒和药物，在周梵脚踝上涂抹了点药。梁殊择在一旁低头玩手机，淡淡地说一句："手肘那儿也出血了。"

"噢，是，姑娘你还有哪儿受伤了吗？"医生看了周梵一眼。

"没了，谢谢医生姐姐。"周梵抬眼看下梁殊择，朝医生笑一笑。

"没了就行,开了点药,每天按时涂抹就是。你这不是很严重,只是看起来吓人一点。"医生说。

"嗯,好。"周梵弯下嘴角,便接着由梁殊择背出了医务室。

因着是下坡路,周梵便很轻松地挂在梁殊择身上。忽然手机响了下,周梵没理会。

直到梁殊择提醒,她才拿起手机看了眼。

是程子今发过来的两则新闻。

她点进去看,这两则新闻分别讲了两起案例。

其中一则案例是一个二十多岁的年轻人,脚崴了没放在心上,结果一周后情况越来越严重,去医院检查才知道是骨折了。

而另一则案例则更恐怖,讲的是一个五十多岁的阿姨跳广场舞脚崴了,去诊所匆匆随意检查了下,也没将脚崴的事放在心上,而后脚踝肿胀了两个月,竟是韧带断裂。

周梵看这两则新闻的时候,咽了好几下喉咙。

她给程子今发了个问号过去。

过了几秒,程子今回复:哎,怎么发到你那儿去了,我本来想发给我爷爷奶奶看的。

她为什么要在脚踝受伤之后看到这种新闻,这不是在精准扫射她吗?

但医务室的医生已经处理过了,应该也不会造成像那两则新闻一样的后果吧?

周梵安慰自己一定不会的,她的伤势已经被学校医务室的医生检查过了,没有什么问题的。

过了几秒,程子今又转发来一条新闻。

周梵抿下嘴唇,回复:我不是你爷爷奶奶,你别再发给我了。

末了,她输入:我是周梵。

程子今秒回复:都发你两条了,顺便再发一条吧,凑个整。

周梵打字:嗯……三条怎么算凑整?

程子今:那再来两条,凑个五条?

172

周梵迅速地回复他：不用了，谢谢。

回复完，周梵摁灭手机，静静地趴在梁殊择的背上。不久后，她后知后觉地尴尬起来。

她今天竟然被梁殊择背着去医务室了，还靠这么近，而且现在，她还是被他背着的。

因着长跑比赛，周梵只穿了件短袖上衣，而梁殊择一向穿得少，今天也和以往一样，只穿着件单薄的深色上衣。

两个人的衣服布料都很薄，周梵趴在梁殊择背部，几乎身上每个细胞都能感受到他身体的曲线和灼热的温度。

她微微动下身体，尽量保持冷静。梁殊择皮肤虽冷白，但体温真的不低。

走路时，他发出很轻的呼吸声，更加搅得周梵思绪杂乱，脑袋里不知道在想什么。

她越想着她和梁殊择现在靠得很近，身体都是挨着的，她的脸就越滚烫，只是没红而已。

"周梵？"

就在周梵思绪混乱时，梁殊择忽然叫了她一声。

"嗯？怎么了？"周梵抬起头，不小心蹭到了梁殊择的头发。

她迅速低头。

"你抱我太紧了，"梁殊择语气淡淡的，"稍微松点。"

他的声音懒洋洋的，但听得周梵睁大眼睛，这才意识到她刚才因着一直在想梁殊择背她的现状，而忽视了她不知何时开始紧紧攀住梁殊择的脖颈。

"哦，好，不好意思。"周梵松点力气，为掩尴尬她还拿出了手机。正打开手机，她便听到梁殊择一声哂笑。

周梵舔了下唇，压制住内心乱七八糟的想法，宁愿去看程子今刚发过来，她还没来得及看的新闻。

——年仅二十岁的女生脚踝受伤，没有及时去正规医院就诊，惨酿大祸！速看！

周梵被标题吸引，点进那则新闻。

这则新闻是发生在2013年的一起病例，周梵看了好一会儿，不由得担心自己的脚踝。

病例里的女生便是因为小诊所误诊，从而没去医院拍片导致发生了很严重的后果。

周梵想，她是很相信医务室医生的医术的，但是……万一呢。

如果因为今天没去医院拍片，骨折了或者是发生其他的情况，她下半生该怎么办呢。

周梵继续想了会儿，觉得还是不要拿自己的身体开玩笑比较好。于是，她叫了声梁殊择，很不好意思地开口："我还是想去医院拍个片。"

梁殊择："哦？怎么又要去医院拍片？"

他顿了下，接着闲散地开口："你不是觉得没必要？"

周梵摇头，说："我现在觉得是有必要的，拍个片子我放心一点，以后就不会再担心了。虽然我很信任医务室医生的医术，但是市中心医院更能让我信服。"

"是吗？"梁殊择问。

"是。"周梵被梁殊择问得更确认想法，"我得去市中心医院一趟。我下定决心了，你不要动摇我的想法。"

梁殊择扯了下嘴角："怎么去？"

周梵声音小了一点，趴在梁殊择背上，靠近他的耳朵极其不好意思地说："只能你载我去了。下次你脚崴了，我也可以开车送你去。"

"原来是想要我送你去？"梁殊择语气疏懒。

"你不愿意的话，我就让程子今送我去吧，他刚刚对我做了一件很过分的事，我现在让他送我去医院，他应该会同意的。"周梵和梁殊择打着商量。

"什么事？"梁殊择问。

"程子今刚刚给我发了五条新闻，全都是有关脚踝问题的。他说他发错人了,本来想发给他爷爷奶奶的,不小心发给我了。我全部看了一遍,吓得我不敢不去医院做正规检查了。"周梵语气往上扬一点。

"你也知道害怕?"梁殊择语气淡淡地问她。

"知道的。"周梵点点头,"那我叫程子今送我吧。"

"刚刚不是说程子今是你室友的前男友,关系尴尬?"梁殊择说。

"哦?确实,我太激动了,忘记这茬了。"周梵放下手机。

她抿下嘴唇,说:"那你把我送到校门口行不行?我自己打车去。"

梁殊择:"校门多远,想我背你这么久?"

周梵顿了一下:"那你现在放我下来,我走路去校门口。"

梁殊择将周梵提上来一点:"别乱动。"说完,他拐了个弯,顺着九号路往下走。

"去哪儿?"周梵问他。

"周梵,看在你为班级做贡献,不小心摔伤的分上,"梁殊择语调松散,"我载你去医院。"

"哦。"周梵弯弯嘴角,"那谢谢你了。"

"嗯。"梁殊择修长的手捞住周梵小腿,侧头看她一眼,薄唇轻启,"上来点,待会儿掉下去,我可不捞你。"

"哦哦。"周梵立即用双手勾住梁殊择的脖颈,"这样行了吗?"

梁殊择吐出四个字:"勉强可以。"

周梵坐上梁殊择的车,去医院拍了个片,等了会儿结果便出来了。

市中心医院的诊断和西京大学医务室医生的一致,没有骨折也没有其他毛病。但为了更快恢复,医生替周梵打了绷带。

周梵心满意足地离开了市中心医院,回了学校。

校运会很快结束,周梵因着打了绷带,行动不便,李清铭和辅导员私下里关系好,顺带和辅导员说了下,替她请了一周的假。

一周后,周梵才解了绷带,脚踝恢复得很好。

没过几天,西京市温度逐渐升高,最高温度直逼三十度。

因着天气太热,宿舍开始整夜整夜地开空调。

五月，手语社有个去西京市偏远地带做志愿服务的活动。

陈雅学姐将具体信息发在了手语社QQ群，时间是在劳动节三天假期里。

有人在群里问地方有多偏远，陈雅学姐说是要带换洗衣服的那种偏远。

她强调有三天时间，不是以前那种当天去当天回的小活动。

周梵那时正在电脑前写新闻稿的作业，瞥到手机屏幕亮了。李清铭洗了个苹果，递给周梵。周梵笑眯眯地接过，打开手机看到这个消息。

李清铭前两天就说她劳动节假期要回家一趟，在家待三天。开学以来，她们和徐雾、郑烟烟两人的关系有所缓和，起码不是那种很尴尬的关系了。

五一假期，徐雾和郑烟烟大概也会回家，而宿舍就只剩下周梵一人。

思及此，周梵果断报名了这次为期三天的活动。

报名惯例是要向社长报名，周梵便戳进和梁殊择的对话框。

但明显，这一次报名和上一次她循规蹈矩的报名已有所不同。

她在对话框输入：宿舍就我一个人了，我还是报名去做志愿活动吧。

几秒后，她又抿着嘴补一句：你去吗？

梁殊择：去。

她打字回复：哦。

梁殊择回复：开心了？

周梵输入：嗯，志愿活动多一个人多一份力。

不久后，梁殊择发过来一个微笑的表情。周梵回复他两个笑脸，而后又加一句话：这个表情笑起来和你好像。

活动地点是在西京市虽凝县一所设施比较落后的聋哑小学。这次西京大学去做志愿活动的一共十七个人，统一坐5月1日上午十一点的高铁去。

周梵为着方便，带了个今年寒假抽奖送的小行李箱去。

陈雅学姐在群里说过，5月1日上午十点在高铁站B区集合。

5月1日上午九点多，周梵提早到了，拎着个行李箱去了集合的地方，在座位区坐着等。半个小时后，社团的人陆续到齐。离高铁到站还有十几分钟,周梵和社团的人打个招呼,去了趟卫生间。

从卫生间出来去洗手,她瞥到一抹熟悉的身影。

那边梁殊择刚洗完手,一个高挑漂亮的女生问他要联系方式。

梁殊择手臂修长有力,漫不经心地用纸巾擦干水,淡淡地睨女生一眼:"不好意思。"

女生了然地笑笑:"是有女朋友了吗?"

周梵洗手的动作放缓,耳朵竖起。

梁殊择:"没。"

"那可以给我一个机会呀。"女生弯唇笑,"现在不都是'快餐恋爱'吗?"

梁殊择和女生说了句什么话,周梵没听见,只看到那个女生朝她这边看过来一眼。

几秒后,女生离开,周梵缓慢地洗完手。

抵达B区时,大家差不多已在排队检票,周梵到的时候,只有陈雅学姐站那儿。

周梵走过去拎行李箱,说了声"谢谢",便去排队检票,扫一圈都没见着梁殊择。

检票下楼乘上高铁,周梵坐到座位上,依然没见到梁殊择,便回头问陈雅:"社长去哪儿了?"

陈雅说:"好像去便利店买东西了,等会儿就到。"

说到便利店,周梵才想起长途高铁,她大概率会晕车,居然忘记买杨梅了。

梁殊择是在一分钟后上高铁的,他看一眼手机,径直往周梵这边走过去,看样子是周梵旁边那个座位。

几秒后,他将行李箱放到行李架上,懒洋洋地坐到了周梵旁边。

周梵低头玩着手机,梁殊择刚一坐下,她在游戏里控制的小人就意外掉下了悬崖。

梁殊择:"你平时洗手久吗?"

周梵没反应过来，摁灭手机，老实地说："不久啊，一会儿就洗完了。"

洗个手能有多久？

梁殊择语调上扬，"哦"了一声："那刚刚你洗手洗了那么久？"

周梵才意识到梁殊择是在说刚才的事，他的言外之意非常明显。

不就是说她故意洗那么慢，偷听他和那个姑娘说话嘛。

不过这好像也是事实，但周梵拒不承认："是水太小了，我才洗那么久。"

梁殊择："我好像看到是你把水关小了？"

"你看错了吧。"周梵说，"你那个时候在拒绝那个姑娘，怎么可能还有眼神分给我。"

"哦。"梁殊择说，"那应该怪水？"

周梵："嗯，可能是为了不浪费吧，所以将水量设置得很小，我们体谅一下高铁站工作人员的良苦用心吧，好不好？"

梁殊择懒懒地笑了笑："周梵，你挺有意思。"

周梵假装没听到他的话，闭上眼装睡。梁殊择没再说话，几分钟后，周梵半睡半醒真睡着了。

半小时后，周梵嘴里泛苦，很想吃点酸甜杨梅之类的东西。

她刚醒，看到梁殊择在打游戏。窗帘不知是什么时候拉上的，没有刺眼的阳光，所以她睡得不错。

陈雅学姐戳了下她的肩膀："吃零食不，挺多种类。"

周梵回头去看，一眼便看到众多零食里的罐装杨梅。她说："杨梅，谢谢陈雅学姐。"

陈雅将杨梅递给周梵："谢你旁边那位，是他去便利店买的。"

周梵接过杨梅，打开，拿了一颗放进嘴里，又酸又甜。她侧头看了梁殊择一眼，还没开口呢，梁殊择又懒懒道："这又是要说谢谢了？"

周梵笑了笑："没，你要吃吗？我现在给你拿两颗。"

梁殊择伸出手，周梵倒了几颗杨梅在他手心，倒完后，陈雅忽然在后头让周梵也倒两颗给她。

陈雅突然出声，周梵没做准备，不小心碰到了梁殊择的手心。

周梵指尖迅速升温，整个人都恍惚了下。

"梵梵，你想什么呢？脸这么红。"陈雅说。

"没。"周梵说，"我给学姐倒。"

周梵倒给陈雅几颗杨梅。

过了片刻，她忽然意识到好像每次和梁殊择的肢体接触，她的反应都好大。

周梵抿着嘴，想了片刻，最后抬眼看了下梁殊择。

梁殊择闭着眼睛，长睫根根分明，帽子遮住点头发，连睡着了都看起来像是永远处在上风向的天之骄子。

周梵凑近他一点，将他的帽子往下拉，避免日光照到他，影响他睡眠。

最后，周梵又看了眼他，缓慢地收回了眼神。

虽凝县城没有高铁站，周梵跟着手语社的人，下了高铁又转乘巴士才到，接着再坐一辆很老旧的车到了学校。

因着有梁殊择买的杨梅，她没怎么晕车。

到达虽凝县的聋哑小学已近下午五点。

小学校长和梁殊择见过一次。近几年来，梁殊择给这所学校捐过几次款，校长早想邀请他过来看看。

学校装修过一次，买了不少体育器材，师资力量也比之前好不少。

校长也想梁殊择多带点手语社的学生过来，陪孩子们"说说话"、做做游戏。

进校后，校长带着社员们去食堂吃饭。

十几个人坐在一起。

周梵早就饿了，吃了很多，吃到最后桌上就剩校长和梁殊择在聊天。

"行，我去镇上一趟。"梁殊择说。

校长搓搓手，说："那真是太谢谢了。你开那辆车去，我待会儿把钥匙给你。"

吃完饭，梁殊择走在周梵前面，周梵问他："去镇上干什么？"

"买点药,有个小孩生病了。"

今天的情况有些特殊,校医恰巧不在,连基本的药物也用完了。

校长原本准备开车去买药,但临时有事,便委托梁殊择去镇上买。

小学离镇上距离远,来回得六个小时,梁殊择现在就要出发。

"山路挺不好开吧?"周梵问他,两人朝校长的汽车走去。

"有点。"梁殊择说。

周梵抿了下唇,看了梁殊择一眼:"我和你一起去,行吗?"

梁殊择抬眼看她:"你不是晕车?"

"还行,吃点杨梅就行了。"周梵说。

"你别去了,"梁殊择说,"回来得很晚了。"

周梵看着他:"不晚。"

梁殊择揿下钥匙,探身进驾驶位。

"梁殊择,"周梵喊他,"我和你一起去吧。"

梁殊择停顿片刻,声音不咸不淡:"上车。"

山路的确不好走,梁殊择开得慢而稳。周梵坐在副驾驶座,眼睛认真地看着前方的路。

开了许久,才行驶了三分之一的路程。

周梵看了眼手机,说:"休息会儿?"

梁殊择"嗯"了一声,将车停在路边。

这里的夜晚比城市的黑,天上的星星却亮许多,两个人从车里出来透口气。

"待会儿路况好点,我来开吧,我有驾驶证的。"周梵透过迷离的夜色,看了梁殊择一眼。

梁殊择扯了个笑:"周梵,要不待会儿我飙个车给你看看?"

周梵瞪他一眼:"我还年轻,不想死在这儿。"

"这么不相信我?"

"也没有,"周梵弯了下嘴角,"其实也挺新奇?"

第一次和一个男生在山道上看星空,以及呼吸带着野草味的空气。

"为什么新奇?"梁殊择问她。

周梵一把揪过半人高的野草,拿在手心里把玩:"当然新奇啊,我第一次这么晚在野外,还是在这种很偏远的地方。"

周梵反问梁殊择:"你不是第一次吗?"

"怎么说。"梁殊择在微风里说话,月光淡淡地洒在他身上,声音像覆上一层月色,但同时是一贯的漫不经心。

"我不是第一次来这儿,但和你,是第一次。"

周梵看了眼梁殊择,抬了抬眼睫,说:"那就不是第一次这么晚在野外了。"

"算是。"梁殊择语气闲闲的。

几分钟后,两人上车,一个小时后到了镇上。买完药,梁殊择在车上休息了会儿,周梵低头摆弄手机。

镇上的路灯是那种昏黄的暗色,像覆盖了很多层灰的暗,照在梁殊择身上显得他更冷硬。

车里静悄悄的,周梵一会儿后便放下手机,杵着下巴打量梁殊择。

确认他睡着后,她打量得更加肆无忌惮。

过了一会儿,她意识到自己不对劲的行为,便别开视线去看外边长长连成线条的居民商铺。

梁殊择没睡多久,醒来后声音有点哑,周梵递给他一瓶水,他拧开盖饮尽。

周梵将玻璃窗打开一条缝,晚风灌进来,燥热得像火炉里的烟火气。

"前一段路况比较好,我可以开。"周梵侧头看他。

"你没开过这种路。"梁殊择的声音还是有点哑。

"嗯,我可以试试。"周梵说。

"有我在,还用你开车吗?"梁殊择睨她一眼,"简单的事,一个人就够了,知道吗?"

周梵辩不过他,任由着他开车,她认真地盯着路况。

梁殊择有时候扯笑说她不用这么认真,睡觉就好,但周梵是真担心,眼睛一刻没闭地盯着。

路程还有二分之一,周梵让梁殊择停下休息会儿,疲劳驾驶很危险。

梁殊择没听,周梵又说了几句还是停下休息会儿比较好,梁殊择开过一趟熟悉了路况,开车的速度也快了点,毕竟是年轻人,丝毫不觉得累,便没听周梵的话。

周梵的脾气比一般人温和,但也不是绝对性的温和,遇到这种不听劝的,脾气还是会上来一点。

梁殊择开着车,行驶在弯道极多的山里。

周梵沉默了几分钟,又说了一遍,提醒他休息下。

梁殊择语气很淡地同她说不用。

周梵就没说话,将头歪到一边看窗外挂着的月亮。她眉轻拧着,高挺的鼻梁上染了几分月亮的澄莹。

直到几分钟后,梁殊择才发现周梵的异样,他开口:"怎么了?"

周梵不理他,只说:"别管我,你认真开车。"

梁殊择将车停在一个安全的地方,侧头看她,说:"那休息会儿?"

周梵不理他,一句话也不说。

梁殊择松开安全带下车,去外面倚着车门站了会儿,再回来时身上多了几分浅淡的薄荷味,大概是吃过薄荷味的糖果。

他问:"真生气了?"

周梵说:"没有,不敢。"

梁殊择笑一声:"现在不休息了吗?"

周梵转身过来看梁殊择,和他掰扯:"你看,你开了这么久的车,这个路况又不是很好,为什么不休息一下再开呢?如果真的出了事,你想过后果吗?"

她说得认真,眉依旧轻拧着,一副认真和他讲道理的样子。

"算了,和你说不通,你开吧。"周梵简单地说。

梁殊择:"怎么说不通?"

"我这不听着?"

周梵看了他一眼,问:"如果我今天没来,你是不是不会休息,不顾劳累地连续开数个小时？"

梁殊择看了她一眼，单薄的眼角看起来锋利懒淡："我就是这样的人。"

周梵"嗯"了一声，不知道该和他说什么，就不说话了。

十分钟后，梁殊择发动汽车，将速度降下来，不快不慢地开着。

天气预报说今天不会下雨，夜里却下起了雨。

周梵说："下雨了，慢点。"

梁殊择吐出一个"好"字。

雨势渐大，十分钟后，变成倾盆大雨。

雨太大了，几乎看不清路况，山路更显危险。老旧的汽车底盘不高，雨刮器也有点不太灵活。

周梵的声音比往常要冷静许多，明显气还没消，但她也不是那种矫情的人，安全最重要："等会儿再开吧。"

梁殊择将车停靠在一个安全的地方，前后昏黄的灯光一亮一闪，在朦胧的夜里看起来刺眼醒目。

滂沱的雨砸在车上，而后迅速地在车面汇集成雨柱，依次往地面跌落。

周梵坐在副驾驶座，低着头闭着眼，依旧不想说话。车里，两人的呼吸声浅浅，但她能感到梁殊择强烈的存在感。毕竟他这人耀眼，她不可能完全忽视他。

周梵只能尽量忽视他，沉默地生气。

雨势越来越大，梁殊择开口说话时，雨声差点盖过他，周梵几乎没能听清楚。

"周梵。"

他叫了她一声，之后就没再说话了。他的声音是懒淡的，但又有点很难察觉到的焦躁。

周梵听到了，但不想理，用帽子盖住脸，表示不想听他说话。

梁殊择也就不说话了。

半个小时后，雨势依旧，周梵清晰地听到狠狠砸在地面的雨声。好奇怪，每次和梁殊择在一起的时候，她的情绪总是不太稳定。

帽子盖久了，呼吸有点不畅，周梵便将帽子摘下，恰巧和梁殊择不经意扫过来的视线相撞。

周梵又将帽子盖回去，呼吸不畅也没关系，表明她现在还是生气更重要。

梁殊择伸手将她的帽子扯下，拿在手心里，倨傲地笑道："值得生气吗？"

周梵："我刚刚和你说了三次，让你停下休息，你都不听——你什么意思。"

梁殊择说："我觉得没必要。"

周梵："为什么没必要——疲劳驾驶那么危险，最重要的是路况不好。如果路况好，我绝对不会说这种话，我以前还坐过你的机车，我都没觉得危险，因为我相信你。但今晚不同，这种山路真的很危险。你懂我的意思吗？"

别说平地飙车，那种弯道多的路，梁殊择也飙车，不仅骑机车飙，赛车也飙。

年轻人嘛，尤其像他这种目中无人的年轻人，骨子里就有一种不服管的因子。

"嗯，我知道了。"

周梵见梁殊择几秒内没说话，便说："你自己也说了，你就是这样的人。我们理念不同，也没什么好说的。"

梁殊择："怎么扯到理念上了？"

周梵："就要扯理念。"

梁殊择扯笑："别扯这么多，行吗？"

"不行，"周梵睨他一眼，"你现在休息下，别和我吵了。"

梁殊择锋利的眉眼睨着她，说了声"行"。

雨是在二十分钟后停的，周梵和梁殊择被困在这里将近一个小时。

"在这里！"一个熟悉的声音响起。

周梵辨认出这是校长的声音，眉眼逐渐松懈下来，她刚还担心大雨过后山路更不好开。

校长带了一个开惯山路的人过来。校长说："让小李替你们开吧，他开得多，这下雨天的山路太危险了。"

梁殊择"嗯"了一声，松开安全带，坐到后排。

周梵没动，和小李说了声谢谢后就看着窗外，没再出声。

一个小时后，小李将车开到学校。

周梵又说了声"谢谢"后，将药品递给小李，然后往校长安排的女生宿舍走去。

这一晚她睡得不好，脑袋里总是想起一个画面。

刺眼的灯光、昏黄的雨夜，以及滴滴答答的雨声，还有四面环绕着的不相识的陌生人。

她没见过这一幕，但她想象过无数次。

载周峪嘉去上学的司机就是因为疲劳驾驶而发生车祸，幸好周峪嘉坐在后排没受重伤，司机也没有性命之忧。

但那之后便是周梵高中时代噩梦的开始，因为车祸周峪嘉被急救车送往医院，自此生了很久的病，直到很久以后才完全康复。

但周梵今天生梁殊择的气，不是因为周峪嘉，她只是纯粹地觉得梁殊择这样做太危险，她已经说过好几遍，他还是不听。

她太害怕了，不想周峪嘉的事在她和他身上上演。

她承担不起这样的后果，所以那时梁殊择一副漫不经心的样子，她看了是真来气。

没有什么比生命重要，平安顺遂才是最重要的。

第二天早上，周梵起床比平时晚了十分钟，拿着洗漱用品去卫生间洗漱，洗漱完便和同样起晚的陈雅一起去食堂吃早餐。

去晚了，豆浆和粥都没有了，周梵、陈雅便选了素粉。

周梵低着头吃粉，觉得还不错。

陈雅说："还挺好吃的。"

周梵"嗯"了一声，抬眼便看到一个食堂阿姨朝她走过来，手里拿着两杯豆浆。

"姑娘，多出来两杯，你们一人一杯。"

周梵和陈雅惊讶地谢过阿姨，拿起吸管喝起豆浆。

喝完豆浆，她们走出食堂。

周梵的手机响了下。

她拿出来看，是梁殊择发过来的：喝了豆浆还生气吗？

周梵的视线在屏幕上停了五秒钟，因为不想回信息，便摁灭了手机。

陈雅同她往教学楼二楼走，今天上午她和陈雅分在一组，在第二节课的时候陪同三年级的小朋友互动做游戏。

眼下离第二节课上课还有大半个小时，两人便杵在走廊上等待。

校长一边走过来，一边说："……嗯，吃了药，小孩好多了，用不了多久就会好了。"

梁殊择与校长同行，声音略微低沉："好。"

教学楼去年大修过一次，走廊较宽，周梵和陈雅说着话，余光看到梁殊择和校长从走廊那头走过来，而校长办公室在她和陈雅所在的方向。

听到他们的声音，陈雅转身朝校长和梁殊择打了个招呼。

校长很是热情地回应了她。

"你是小雅吧？昨天是你和殊择一起去镇上的吧？"

梁殊择："不是她。"

陈雅看了周梵一眼："是梵梵和社长一起去的。"

周梵朝校长说了声"您好"。

校长让周梵和陈雅到他办公室坐坐，休息一下，杵在走廊上不像样子，好像他怠慢客人似的。

陈雅笑了笑，当场问了周梵的想法。

校长一双热情的眼睛看着周梵，等待她回答，她便只能说："挺好的，那就去吧。"

于是周梵和陈雅便被校长邀请去了办公室。

校长办公室不大，但干净整洁。一个深色书柜占据面积的四分之一，书柜里头都是书。

一张普通的黑色沙发摆在书柜对面，校长让周梵和陈雅坐在沙发上休息。

陈雅一看到书柜里的书，就站在书柜前不肯挪步了。

校长笑眯眯地说："喜欢啊？"

陈雅说："这套书市面上都没得卖了，校长您从哪儿弄来的啊？"

校长循着陈雅的视线看那套《世说新语》，说这是他从一位老师那儿捡漏来的。

陈雅不信，两个人便站在书柜那儿聊这套书。

周梵坐在黑色沙发上，看着陈雅和校长聊天。

梁殊择也坐在黑色沙发上，但两人距离有点远，几乎是一人坐最左边，一人坐最右边。

陈雅和校长聊着聊着，不知触发到哪个点，校长笑着和陈雅走了出去，好像是要给陈雅看更珍贵的书籍。

于是，办公室里便只剩下了周梵和梁殊择。

周梵抬下眼，手机响了一声，李清铭发了条消息过来，是西京市县区一个电视台招募实习生公告。

她点进信息，余光瞥到梁殊择站了起来，往办公室门口走。

周梵抿下唇，心不在焉地看起这份实习生招募公告。

几秒后，响起关门声。

周梵以为梁殊择出去了，便抬一下眼，但没想到他只是将门关上，并没有走出去。门先前是敞开的，他关门之后，又往沙发的方向走来。

周梵恰好抬眼，两人的目光便在空气中相撞。

办公室窗帘没有拉开，先前门敞开还很亮，但现在门被关上，办公室里便暗了下来。

周梵迅速别开眼，摆弄手机回复李清铭的消息。

梁殊择迈着疏懒的步伐，掠过茶几，坐在了周梵旁边，两人的距离迅速拉近。

周梵下意识地舔了下唇,继续摆弄手机。

回复完李清铭的消息后,她听到一个清脆的声音。

周梵抬眼看,一颗绿色包装的薄荷糖被扔到了桌上。

她看了一眼便收回视线,继续摆弄手机。

过了几秒,她又听到一个清脆的声音,余光中又有一颗糖被扔到了桌上。

周梵装作没看到,恰巧李清铭同时发来好几条信息,她也有点回复不过来。

"周梵。"不久后,周梵听到梁殊择叫她。

她再看桌上,已经堆了五六颗薄荷糖。

"干什么?"周梵歪头看梁殊择一眼。

他懒洋洋地坐在沙发上,手长脚长像无处安放,眼眸锋利,下巴硬朗,懒散地开口:"吃糖。"

"不吃。"周梵将糖果从桌上拿起来,抓在手心里,还给他。

梁殊择伸出手,接过糖果,声音泛着懒倦:"这么好啊,全留给我?"

"嗯。"周梵说,"你多吃点。"

说完,她站起来,打算出去。手刚扶上门把手,梁殊择的声音便直抵她耳边。

"周梵,豆浆都喝了。"

周梵回头扫了他一眼:"那是因为我不知道豆浆是你留的。"

梁殊择起身离开沙发,走到周梵面前。

周梵抬眼看他。

狭小的办公室里,光线昏暗,梁殊择高大的身影覆盖着她。

"你现在知道了。"

周梵沉默片刻,抬眼问他:"那你以后还那样?"

梁殊择个高,周梵撞上他的眼神,总能从他眼神里读到几分懒散和居高临下。

但今天不知是光线原因,还是其他,梁殊择那双眼睛里没再透露出那种倨傲至极的神情。

"不了。"梁殊择说。

周梵低下头,过了几秒,又抬起眼看他:"真不了?"

梁殊择:"很危险。"

周梵阴阳怪气地嘲讽他:"怎么危险?我觉得挺好,挺酷,挺符合你的性格。"

梁殊择睨了她一眼,冷薄的眼角往上挑一点,说:"很危险,我知道。"

周梵气消了大半,但忽然想到梁殊择昨晚那句"我就是这样的人",她咽了下喉咙。

她盯着他:"知道然后不改,是吧?"

梁殊择沉默了几秒都没说话。忽然,走廊上传来脚步声,他便将办公室的门缓慢拉开。一瞬间光亮涌进来,周梵微微眯了眯眼,重新坐回沙发的最右边。

校长和陈雅走进办公室,陈雅来叫周梵去教室,周梵便离开沙发走出了办公室。

5月2日晚上,学校组织看电影。

周梵洗完头发后,和陈雅一起下楼,校长说手语社的同学统一去三楼最里边的那个教室。

那个教室的学生人数最少,才二十个,剩余的座位很多。

周梵和陈雅到的时候,因着来得最晚,手语社的人都到齐了,座位就只剩下了零星几个。

看的是《疯狂动物城》。

晚上七点钟,电影开始,白色投影幕布上出现"华特迪士尼动画工作室"十个字,教室的灯便被人全部关掉了。

教室里陷入昏黑,陈雅的男朋友给陈雅留了座位。

周梵从后门走进,找到一个离他们最近的空位子,是最后一排最里面的那个。

外边坐着人,光线太暗,周梵看不清人,弯腰朝那人说:"麻烦让一下。"

那人扯唇，懒散地笑了一声。

周梵微眯着眼，在半明半暗的光线下看到梁殊择似笑非笑地看着她。

周梵无视他，经过他身边，坐在最里边的位子。

落座后，为忽视梁殊择，她选择认真看起电影。

电影放到一半，忽然从教室门口传来一阵光亮。周梵循着光亮看过去，一个穿着长裙的老师端着一个蛋糕走进来。

教室里响起《祝你生日快乐》的歌声。

周梵有点蒙，下意识地看了梁殊择一眼。

梁殊择和她眼神交会。

"有小孩过生日，弄个惊喜。"

电影被暂停，一个小男孩惊讶地站起来，用手语说："这是为我准备的蛋糕吗？"

老师微笑着做手语："宝贝，你今天过生日呀！"

有人将教室的灯打开，教室里的人便做着手语祝福小男孩。

切蛋糕时，小男孩在教室里扫一圈，**做手语**："那个昨晚给我买药的哥哥呢？"

十几道视线朝梁殊择扫过来："哥哥在后面。"

小男孩继续做手语："那个哥哥能不能和我一起切蛋糕？我好想谢谢这个哥哥。"

梁殊择看到，侧眼看周梵："那姐姐也一起去？"

周梵看一眼那个小男孩，点了下头，和梁殊择一起走到了教室中间。

吹蜡烛许愿前，小男孩做手语："昨晚很谢谢哥哥帮我买药，很辛苦，我把我的生日愿望留给哥哥许吧。"

梁殊择回以手语："你自己许。"

小男孩笑了下，做手语："生日一共可以选三个愿望，我留一个给哥哥许，没关系的。昨天哥哥真的很辛苦，我很想谢谢哥哥。"

周梵在一旁看着，这小孩还挺可爱的。

最后，小男孩坚持要将最后一个生日愿望给梁殊择许。梁殊择掀了下眼，便淡淡地做了个动作，说行。

吹蜡烛时，教室里的灯又被关了。

烛光明明暗暗，小男孩俯身吹灭蜡烛。吹完蜡烛后，便是切蛋糕，梁殊择和小男孩一起切了蛋糕。

分蛋糕时，周梵跟小男孩说了生日快乐，小男孩笑着用手语说"谢谢"。

吃完蛋糕后，周梵有点困，便提前离开了教室。

出教室时，她手机响了下，她停下来，借着走廊白亮的灯光看手机。

是梁殊择发过来的信息。

梁殊择：今儿多得了个生日愿望。

虽然气还没消，但毕竟小孩过生日，周梵还是回复：……你想许什么愿望？

她想，梁殊择应该许一个终生平安的愿望，毕竟他这人开车方式是真危险。

过了几秒，从教室里走出来一个人。周梵站在走廊里，听到后面传来一道声音，像贴着她的耳朵说似的。

"许你别生我的气的愿望，行吗？"

周梵心一下子就软了。

周梵转头，走廊上亮白光束照着，梁殊择正朝她走过来。

她微顿片刻，握紧手机，声音稍微比平时低点："你别浪费他的生日愿望了。"

梁殊择扯了个笑："怎么就浪费了？"

周梵看一眼他："你还是许个别的愿望吧。"

"许都许了，"梁殊择说，"哪能反悔。"

周梵扒拉一下被风吹散的头发："你把生日愿望直接说了出来，也不太可能会实现的。不是说生日愿望要得在心里说，才能实现吗？"

"哦。"梁殊择散漫地掀了下眼皮，"所以你打算实现这个生日愿望吗？"

周梵微顿，忽然意识到能决定这个生日愿望能不能实现，只有她一个人。

这个愿望,不在于是否被上天知道而灵验,而完全在于她的想法。

周梵慢腾腾地"哦"了声,说:"我从来就不相信生日愿望这种东西——小孩才信,反正我是不信。"

梁殊择睨她一眼,沉默着没说话。

周梵缓慢地眨了下眼,长睫毛软软搭着,根根分明。

她嘴唇张了张,朝梁殊择伸出手:"那你把薄荷糖分我一颗?"

梁殊择拿出几颗绿色包装的糖果,抛到周梵手心。

"行啊。"他懒散地笑了。

周梵靠在走廊边,扫了一眼外边碎亮的星星,剥开一颗薄荷糖,吃进去:"周峪嘉,哦,就我弟弟,你上次在广场上见到的那个男生。他之前出过车祸,因为司机疲劳驾驶。"

薄荷糖后劲大,初尝是甜味,后味便是凉意寒冽。她紧了紧牙关,舌尖舔了下薄荷糖,一瞬间唇舌便被清爽包裹。

教室里喧闹不止,闹出不小的动静。周梵和梁殊择在走廊这儿,安静得和教室仿佛是两个世界。

周梵很少和别人吐露心声,但这一次她很自然地说了出来。

梁殊择看着她。

"我觉得生命安全很重要,但我不是因为周峪嘉的事,牵扯到你身上——我只是觉得那样做真的很危险,没什么其他的意思。"周梵静静地说。

梁殊择"嗯"了声,嘴角扯起:"知道了。"

周梵点点头,看着梁殊择,忽然笑了笑。

梁殊择掀下眼:"笑什么?"

周梵:"你有点可爱。"

梁殊择一贯冷觑,第一次有点没反应过来:"什么?"

远处有白色光束强烈地照过来,周梵微微眯着眼,也不知道怎么就说出了梁殊择可爱这种词。

大概是说顺口了。

先前那颗薄荷糖融化了,周梵便又撕开一颗绿色包装,扔进嘴巴,说:"没什么,你就当听错了吧。"

"周梵,"梁殊择看她一眼,几乎是一字一顿,"'可爱'这个词,和我挨得上一点边?"

"哦。"周梵逆反心理被激起来,"但我就是觉得你有点可爱。"

梁殊择撩了下眼皮。

周梵小手指动了动,偏过头,弯着嘴角不说话了。

梁殊择朝她走过来几步,站在她旁边,不咸不淡地说:"周梵,你再说一次?"

周梵眨了下眼,不说了,将手搭在走廊的栏杆上,抬头看远处四处晃动的白色光束。

梁殊择扯唇:"你怎么不继续说了?"

周梵将那颗含在嘴里的薄荷糖吞了进去。

梁殊择:"刚才你不说得挺开心?"

周梵嘴角翘起:"也不是很开心,还好。"

梁殊择将修长的手搭在走廊栏杆上,侧头看她,高挺的鼻梁被光束照到,显得冷硬嚣张。

周梵对上梁殊择眼神,心脏忽然在一秒内短暂地跳动了很多下。

她脑袋里那个模糊的人像变得越来越清晰,好像与眼前这个人缓慢重叠起来。

一阵风吹过来,周梵压得住乌黑的头发,却压不住快速跳动的心脏。

替小男孩庆生完,电影继续播放,周梵有点困,但强打着精神和梁殊择站在走廊上。

因为她觉得这样舒服的时刻不多,如果以后回忆起来,大概也能算作一个很值得铭记的时候。

几分钟后,梁殊择懒淡地扫了她一眼:"走了。"

周梵尾音上扬地"嗯"了一声。

"有事。"梁殊择说。

"哦,那你走吧。"周梵说。

梁殊择"嗯"了一声，转身下了楼。周梵也困得不行，见梁殊择走了，便也下楼回了女生宿舍。

周梵和陈雅一间宿舍。陈雅还在教室看电影，周梵洗过澡在床上和李清铭聊天。

李清铭问她暑假去不去那个电视台实习，周梵原先没打算去，但又想到暑假留在西京市也挺好的，便点进电视台招募实习生的公告，浏览了一遍，打算回学校后试着投一下简历。

5月3日在小学吃完中饭便要回程，高铁是下午六点的。

吃饭时，李清铭发了条信息给周梵，说她有个表妹在读高中，昨晚被职高一个男生骚扰，来问她怎么办。

李清铭：怎么办？我没被男生骚扰过。梵梵，你觉得怎么处理比较好？

周梵拿着手机看了好一会儿，直截了当地回复：打一顿。

下午六点，周梵坐上回西京大学的高铁。她全程都紧闭着眼，直到高铁到站。

五一假期就这么过去了，出高铁站时，有个男生被推搡着来要周梵的联系方式。

周梵总是一贯礼貌又冷淡地拒绝。

梁殊择和手语社其他社员在一旁看着。

男生长相优越，一看就是那种家里有钱的人，但周梵对没有好感的人拒绝起来总是毫不手软。

毕竟在西京大学这短短大半年时间里，周梵已拒绝过许多人。

坐车回西京大学的路上，陈雅问她："梵梵，我好像就没见过你加过谁的联系方式——这么多人来问你要联系方式，你就没一个喜欢的吗？"

周梵迟缓地"啊"了一声："不喜欢当然就拒绝。"

"放在联系列表也挺好的，其实你没必要一个个都拒绝的。"陈雅说。

"嗯。"周梵托着下巴，"但我觉得没什么必要，我不太喜欢乱加不认识的人。"

陈雅笑笑："真想知道你以后会和哪种男生谈恋爱。"

周梵怔了下,摸了摸鼻梁,说:"我也不知道。"

周梵回宿舍时,李清铭还没回来。徐雾和郑烟烟在看综艺,三个人简单打个招呼,周梵清理下行李箱,便拿着衣服去浴室洗澡了。

周梵刚洗完澡,李清铭就回来了。

一看到周梵,李清铭的嘴就停不下来:"我那个表妹昨晚到我家来找我玩,然后就提起一个男生总是骚扰她的事。小姑娘边哭边说,可怜死了。"

周梵皱眉:"那处理了吗?打一顿?"

李清铭说:"找人打一顿真的有用吗?报警和告诉家长,我表妹怕那个男生报复她。"

"有用。"周梵顿了下,拿吹风机吹头发,眼神变了变,"很有用——我有一个朋友就是这样做。"

李清铭说了声"好",等周梵弄好后,两个人去食堂吃了顿饭。

吃完饭,周梵在电脑上仔细浏览那个西京市电视台招募实习生的公告。徐雾和郑烟烟不在。

李清铭在一旁吃着苹果:"虽然很多人觉得大一暑假实习太早了,但我觉得还好吧。你如果暑假不回家,在这家电视台实习,你可以住我家。"

周梵移动鼠标,笑了下:"就算我报名,电视台也很有可能不会录用我。毕竟我才大一。"

李清铭看着周梵的简历,摇头:"那可不一定,你这履历弄得挺好看。而且上次我们那个纪录片不是被老师推荐参加比赛还得奖了嘛。哦,还有,你大一上学期参加的新闻撰写比赛也得了奖,这些放在简历上都很漂亮。梵梵,你自信点,你已经比很多人优秀了。"

周梵笑了下:"那我试一试。"

第八章

/

被相信的感觉

五月中旬开始，西京大学各院系有场篮球赛要打，西京大学论坛吵翻了天，纷纷打赌哪个院系的会胜出。

李清铭掌握一手八卦，趁着周梵没学习，搬着个椅子坐她旁边和她唠。

周梵正和周峪嘉用手机聊天，周峪嘉这次月考成绩刚出，三门主科全没上百，被爸妈骂了一顿。

周梵一边安慰周峪嘉，一边听李清铭唠："这个篮球比赛现在还是初赛，今天的这场，物理系输了，数学系赢了。"

"论坛里都聊这些吗？"周梵摆弄手机。

"是啊！我跟你说，梵梵，你不玩论坛，你是不知道西京大学论坛多热闹。就你一个人，都有好几十个热帖。"

"啊？"李清铭之前没和周梵说过这事。

"很多人说你高冷。"李清铭笑，"哎，我家梵梵哪儿高冷了，分明可爱死了。"

周梵一边垂眼打字，一边说："那些帖子都说我什么呢？"

"就发你照片。"李清铭说，"没什么。大家对美女的包容度都很高，都很喜欢你呢——主要是你也没八卦。哦，除了上次梁殊择背你去医务室那事。"

"嗯？"周梵抬头，"帖子上说什么了？"

李清铭有点支吾："也没什么。"

"哦，那就好。"周梵继续低头摆弄手机。

"只是大家都很关注你的私生活。"李清铭说。

"私生活？我就一普通人，整得和女明星似的。"周梵觉得好笑。

"嗯，你大一上学期和这学期开学拒绝过多少男生？大家都猜你会和谁谈恋爱呢。"李清铭说。

周梵笑了笑。

"因为你上学期就评了校花，所以你在论坛里热度还是挺高的。哦，梁殊择也是，不过他在哪儿都热度高。"

周梵将手腕上的皮筋扯下，将头发绑成高马尾，笑了笑没说话，递给李清铭一份手写作业："借鉴去吧，别八卦了。"

"嘻嘻，"李清铭拿起作业往桌旁走，"爱死你了。"

五月第三个周末那天傍晚六点多，周梵从图书馆回来。

她刚进宿舍便听到李清铭在那儿号："梵梵，等下我们去看篮球赛吧！我看到有人发了动态，说今天这场很精彩。"

周梵提不起兴趣，在图书馆待了一天挺累。

"清铭，我不想动了。"她说。

"哦。"李清铭很高冷地说，"但今天这场比赛有计算机学院的男生打比赛哦。"

她笑眯眯地道："梵梵，你确定不去吗？"

周梵坐到椅子上，拿出手机给梁殊择发了条消息：今天你们系打篮球赛吗？

她抬眼看李清铭："我待会儿告诉你去不去。"

李清铭抿了下嘴："你变脸挺快。"

周梵摸了下鼻梁："学习一天了，去呼吸下新鲜空气也挺好的。"

手机响了下，收到一条信息。

梁殊择：嗯。

周梵看着手机屏幕，抿了下嘴，打字：那你在篮球场吗？

梁殊择：刚来。

周梵对李清铭说："我又想去了。"

周梵在对话框敲字：噢。

梁殊择发来一条消息：你想来看啊？

周梵：有点想来看。

梁殊择：只是有点就算了，人太多气温也高。

周梵：那如果是很想来看？

过了几分钟，梁殊择没回复，直到周梵和李清铭拿着冰棒快溜达到篮球场，才收到梁殊择的回复。

梁殊择：临时被通知，我待会儿要上场打比赛。

梁殊择：给你留了两个位子。

周梵咬一口冰棒:"哎,清铭,打比赛还能临时被通知上场啊?"

李清铭舔一下冰棒最底下快要融化的位置:"啊,不能吧?"

"梁殊择刚和我说,他临时被通知要上场打比赛了。"周梵有点纳闷。

"嗯?什么?"李清铭惊讶道,"梁殊择今晚打比赛?他不是一向不爱参加这种活动吗?"

"不知道,"周梵说,"可能是今天他心情好?"

"梁殊择打篮球很厉害的,他要上场打比赛,那计算机系稳赢啊——梵梵,我们快去,如果梁殊择今天要上场,那待会儿就没位子坐了。"

周梵吃掉整个冰棒,说:"他给我们两个留了位子。"

李清铭看一眼周梵:"那你给他买水了吗?"

周梵:"什么水?"

李清铭:"梁殊择给你留了看比赛的位子,你不得给他买瓶矿泉水啊?礼尚往来。"

刚好路过商店,周梵走进去,买了三瓶矿泉水,递给李清铭一瓶,自己喝一瓶,待会儿给梁殊择一瓶。

到篮球场时,来看篮球赛的人不是很多。

周梵刚走进篮球场,便听到一个女生按住语音键,朝手机说:"待会儿你爱的梁殊择要上场,我看你来不来,后悔了吧?"

因着计算机系打篮球打得好的人不多,队伍水平堪忧,所以来篮球场看比赛的人不多。

但当梁殊择换了衣服,光辉夺目地出现在篮球赛场上时,梁殊择要上场打球赛的消息立马传开了。

"巧啊,俩位。"程子今走过来。

程子今也没想到,明明他和梁殊择只是偶然路过篮球场,但梁殊择看了下手机,就进了篮球场,过几分钟连衣服也换好了。

他和梁殊择经常来这儿打篮球,衣服也都备在衣柜里,程子今觉得梁殊择今天大概是一时兴起。

"择哥给你们留的位子在那儿。"程子今指了下,"走吧,我带你们过去。"

周梵"嗯"了声。

李清铭和程子今边走边说话，两个人不知道说什么乐得不行。

周梵扫了一眼篮球场，金卤灯照着，整个场地亮如白昼，黄色的实木地板色泽柔和，篮球架高大地立在那儿。

程子今带着周梵和李清铭找座位，从最左边找到最中间往下的位子，瞥了一眼："就这儿。"

周梵说了声"谢谢"后坐下，李清铭看一眼程子今："你待会儿看梁殊择打比赛不？"

程子今："我不看了，我得陪我女朋友去。"

周梵看一眼李清铭，问程子今："你新交了女朋友吗？"

程子今扯了个笑："那我就这性格，女朋友从没断过。"说完，他朝两个姑娘挥了下手，"走了。"

李清铭淡淡地"嗯"了声，去看下面的篮球队员陆续上场。

周梵凑过去和李清铭讲话："你什么时候喜欢上程子今的啊？"

李清铭："我没喜欢他。"

"我还看不出来嘛，"周梵小声说，"我早看出来了。"

李清铭喝一口水，闷声说："我眼睛瞎了。"

周梵抱一下李清铭，把头蹭在她肩膀那儿，说："没事，抱一下。"

李清铭声音低而闷："行吧，其实我早知道他是这种人，但我就是控制不了。唉，可能我上辈子和程子今有仇吧，这辈子罚我喜欢上他。我能喜欢上他这种花花公子，唉，我在垃圾桶里找喜欢的人。"

周梵揉揉她的脑袋："感情这种事呢，是很奇妙的。喜欢和不喜欢一个人也很奇妙，嗯，你喜欢程子今，也不是一件难理解的事。程子今对朋友很好，人也仗义，长得也不错，你不要责怪自己了。你没错，只不过程子今交女朋友这方面吧，嗯，我也不好说他，但确实有点花心。"

李清铭："何止花心啊，简直就是——唉，气死我了。我还以为他和徐雾分了，能消停一段时间，没想到他速度这么快。"

周梵抿了下唇："清铭，你可以换一个人喜欢，但我知道你大概也听不进去。"

李清铭低下头:"感情就是件愿赌服输的事,算了吧,我认输。"

话音刚落,一阵喧闹声响起,周梵和李清铭被声音吸引去。

周梵看到梁殊择走在最前面上场,灯光映在他脸上,身形挺拔,单眼皮凌厉,鼻梁高挺,整个人显得随性恣意。

周梵远远地看着他,李清铭也被吸引。

场上欢呼声空前高涨,周梵耳朵边都是女生的尖叫和呼喊。

李清铭也跟着喊,自己喊完还戳周梵:"你也喊呀,喊'梁殊择加油'就行了,没让你喊'梁殊择我爱你'这种。"

周梵抹了下脸:"我不想喊,我专注看比赛。"

"反正也看不懂,"李清铭说,"看人就行,别看比赛。"

周梵"嗯"了声。

周梵的确看不懂比赛,前半场她就只看到梁殊择投进无数个球,起跳动作非常漂亮,乌黑的头发下是一双锃亮的眼,双眸漆黑,但发着光。

他整个人都发着光,打起篮球来光芒四射,吸引着场上几乎所有人的眼神。

梁殊择就是这样一个人,不管在哪儿做什么都夺目耀眼,不论做什么事都做得出彩。

周梵在这一秒才强烈地意识到梁殊择有多优秀。她以前只觉得是虚名,是夸耀,但到现在才意识到称梁殊择为天之骄子是一件很正确的事。

比分被拉开得毫无悬念。

不过,这场比赛只是初赛,到决赛时大概会难很多。所以周梵也看出梁殊择其实是随随便便打几下,没怎么认真,因为她知道他认真起来不是这个样子。

但梁殊择稍微认真几分,这场比赛就稳赢了。

中场休息时,梁殊择懒散地站着,低头摆弄手机,不少人在拍他。

周梵旁边有个女生说话声音大:"哎哎哎,你最爱的梁殊择在给谁发消息呢?"

另一个女生往下看:"是不是网不太好啊?怎么还没给我发过来?"

"人家都不认识你,给你发什么消息。"

"做个梦你也要拆穿我,真没意思。"

周梵低头给梁殊择发消息:你台球要是有篮球打得一半好就好了。

梁殊择隔了几秒回复她:还行。

周梵:打得挺不错的,全场女生都为你欢呼。

梁殊择:好笑,我用得着?

周梵打字:那下一场我叫李清铭别喊了,她喊个不停,还怂恿我喊。

梁殊择:那你怎么没喊?

周梵:你刚刚不是说用不着吗?

梁殊择:也稍微有点用。

周梵笑了,看了眼台下的梁殊择,刚好他放下手机去和队员说话,周梵便摁灭了屏幕。

第二场也打得没什么悬念,最终结果就是计算机系以超出几十分的比分胜了数学系。

比赛结束几秒不到,便有许多女生去给打篮球的男生送水,而被送得最多的男生,是梁殊择。

李清铭叹息一声:"修罗场啊修罗场,怎么这么多人?"

周梵握着矿泉水没动。

但她不是那种性子软的人,拿着矿泉水往篮球场走了。梁殊择爱要不要吧,不要她就自己喝,别浪费了。

走到篮球场边,那场面周梵是真没见过。

里三层外三层,真一点不夸张,女生们围着梁殊择,她都见不着他的人影。

周梵觉得这瓶矿泉水大概是送不到梁殊择手上了。

她想了下,懒得去送,也挤不进去,便低头给梁殊择发了条信息:我本来想着你给我留了座位,我想给你送水,但太多人给你送了,算了,我先回宿舍了。

周梵转身招呼李清铭下来，回宿舍去。

忽然，里三层外三层的人散开，梁殊择走出来，一双长腿走得挺快，不到一分钟就走到周梵面前。

他拿过周梵手里的水，朝她扯了个笑："位子都帮你占了，送个水还挺别扭。"

周梵说："哪儿别扭，送水的人这么多，我怎么送到你手上？"

梁殊择睨了她一眼，晃晃手里的矿泉水，又扯了个笑："我不是来接了吗？"

周梵看了眼他，顺着人流走出去，李清铭给她发消息说先回去了。

"谁知道。"周梵说。

走出篮球场，梁殊择喝了一大口周梵送的矿泉水，嘴角沾着点水渍。

周梵提醒他："擦下嘴。"

梁殊择看了她一眼，忽然问："周梵，你只给我送过水？"

周梵"嗯"了声："第一次，不太熟悉流程。"

梁殊择喝完矿泉水，没扔掉瓶子，仍握着，说："那还有第二次吗？"

周梵："什么？"

梁殊择说："过段时间决赛，我也来打。"

周梵看了眼他："哦，你又被临时通知要上场啊？"

梁殊择睨一眼周梵："这场不是赢了？决赛当然就打得好的上。"

周梵对上他的眼神："我知道。"

梁殊择扯唇："那还问？"

周梵："逗你玩的。"

梁殊择脚步顿了一下，偏头看她："周梵，你最近有点——"

周梵眼神微顿，过了几秒，听到他缓慢地说出两个字："顽劣。"

周梵刚想说话，手机便响了下，周峪嘉给她发了条信息。

她点进去，眉微皱着，看周峪嘉发来的信息。

周峪嘉：姐，我今天看到他们了。

周梵没再挪步,给周峪嘉拨了个电话过去。

电话还没打通,她扫梁殊择一眼,也没排斥他在一旁听她接电话。

好奇怪,明明上次她还很排斥。

来不及思考,周峪嘉的声音就从手机里传过来。

"姐,其实没什么事,你没必要打电话过来。"

周梵:"你在学校看到了?"

周峪嘉说:"没有。今天周日放假,我坐车回来的时候看到的,他们在街边。"

周梵稍微放了点心,顿了下,说:"我都忘记你今天放假了。"

周峪嘉:"姐,我也不是以前那个周峪嘉了,你别太担心我,我就随便和你说一声。你下次反应要是还这么大,我就不和你说了。"

周梵扬了下眉:"你不是以前那个周峪嘉了,可你还是我弟。行了,长本事了。"

梁殊择站在白桦树下,懒散地摆弄着手机,等周梵挂了电话,问她:"什么事?"

周梵扯唇:"没什么事,就周峪嘉大惊小怪。"

"哦,是吗?"梁殊择问。

周梵的视线和梁殊择的交会,她摸了下鼻梁,慢腾腾地说了声"是"。

两人目的地都是宿舍,重复路段长,便顺其自然地一起走回去。

周梵:"我能问你个事吗?"

梁殊择吐出一个字:"嗯。"

"但我要问的是一点私事,你不想回答,我也不勉强。"周梵说。

"私事?"梁殊择挑了挑眉,"你掂量下尺度问。"

他闲散地补一句:"我也不是什么私事都会告诉你。"

周梵拧开瓶盖喝口水,喝完后将瓶子扔进垃圾桶,说:"不是有关你的,和程子今有关。"

梁殊择淡淡地看了眼她:"你对程子今有兴趣?"

"没有。"

梁殊择声音淡淡的："那你先问。"

周梵抿下唇，说："你和程子今是好朋友，我今天问你的事，你不能告诉他。"

梁殊择觉得好笑："行。"

周梵迟疑一下，不知道具体该怎么问，想了会儿，她抬眼看梁殊择："程子今谈恋爱为什么这么频繁？他和徐雾分手后，就又谈了个新女朋友，速度有够快的。"

梁殊择偏头看她："你想和程子今谈恋爱？"

周梵迅速摇头："我没这个意思，我就想问一下。"

梁殊择停住脚步，看她几眼，忽而又提步往前走："你替你朋友问的。"

不是疑问句，是陈述句。

梁殊择声音懒淡，继续说："程子今找女朋友没真心对待过，都是玩。他没喜欢过谁，你朋友可以试试追他。"

周梵："我从来都没说我有个朋友喜欢程子今。"

"行，你没说。"梁殊择说，"但我不建议你朋友追他。"

周梵说："我朋友怎么可能去追程子今？他现在还有对象在谈。"

梁殊择："再过一个月就分了。"

周梵觉得离谱，但她也不好说什么。

"程子今这恋爱真是谈得风生水起。"

不知不觉中两人走到了女生宿舍，周梵偏头看梁殊择："你刚刚怎么没拐弯？这都到女生宿舍了。"

梁殊择抬了下眼："没注意。"

周梵笑了笑，飞速地眨下眼："那晚安？"

梁殊择"嗯"了声："晚安。"

说完，周梵便看到他转身朝男生宿舍的方向走。她忽然觉得今天大概可以做个好梦。

五月下旬，有大四的学姐来找周梵担任2011届人文学院毕业晚会的主持人。

周梵那时正和李清铭在手机上打扑克,一条信息便弹了出来。

学姐之前也是手语社团的,因着这点,周梵便应了。

五月最后一天,周梵去西京大学的活动中心彩排。今天来活动中心彩排的人不多,包括她就四个,都是主持人,两男两女。

周梵刚进活动中心,便看到台上站着一个高大的男生,大概也是男主持人之一。

"嗯?周梵?"那男生拿起话筒试完音,走下台,"你也来当主持人?"

周梵不怎么记得他,只礼貌地笑了笑:"嗯,你也是主持人吗?"

男生也笑了笑:"你不记得我了吗?"

"嗯?"周梵和另外两个主持人打了下招呼。

"没什么,重新认识下,我叫祁遂。"男生伸出手。

周梵礼貌地虚握了下:"周梵。你好。"

四个人拿着稿件,走了好几遍流程,从下午排到了晚上八点。

因着一直排练,大家都没吃饭,祁遂便招呼要不要一起去吃饭。

周梵隐约觉得自己好像有个事没做,又想不起来,这几个小时时不时便浮起这个念头,但真是想不起来,便索性不想了。其他三个人要一块儿吃饭,周梵正好也饿了,便一起去学校外边随便吃点。

吃饭地点是祁遂定的,在一家新开的餐厅。

周梵和另外一个女生说笑着进入餐厅。

吃饭时,四个人因着彩排的事,话题也多,有说有笑地吃完这顿饭,从晚上八点吃到了九点半。

吃完饭,周梵走到前台结账,祁遂随后走了过来。

他笑:"哪能让女生埋单。"说着便从口袋里拿出钱包。

那时周梵已结过账,便说:"我买过了。"

祁遂跟着周梵去冰箱拿饮料:"那下次我再请你吃饭?"

周梵敷衍他:"不用了,今天彩排你帮我顺了台词,我本来就要谢谢你的。"

祁遂说:"你也帮我顺了台词,没有你要请我吃饭这个道理。"

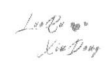

餐厅门口走进一批人,因着祁遂是学生会会长,那批人都认识他,便很礼貌地打个招呼叫"学长好"。

打过招呼,一个女生边走边说:"梁殊择今天篮球赛打得真帅啊!迷妹那尖叫声都快把我淹掉了。"

周梵回头看了女生一眼,忽然想起她今天忘记要做的事是什么了。

她忘记去看梁殊择打篮球决赛了。

祁遂和周梵坐在一楼,另外两个人去了卫生间。

"学妹,你认识梁殊择吗?"祁遂问她。

"嗯?怎么了?"周梵还在想着今天忘记去看梁殊择打球赛的事,心正慌着,打不起精神听祁遂的话。

"没什么,刚刚听刚路过的学妹提了下,就顺口问你了。"祁遂笑起来眉眼弯弯,看起来温柔和善。

"哦。"周梵,"认识的,我们一个社团的。"

"那挺好的,"祁遂一双桃花眼很漂亮,"大学多参加社团挺好的。"

"嗯。"周梵笑。

一会儿后,那两个人从卫生间出来,四人便一同走出餐厅。

走在回学校的路上,周梵无数次打开和梁殊择的对话框,但实在不知道该给他发什么。

祁遂走在周梵旁边,淡笑说着话,周梵一边应他,一边低头在对话框输入"嗯,你打完球赛了吗?嗯,我忘记去看了"。

打完这句,周梵又把它删掉,重新输入"不好意思啊,今天下午我有事耽误了,下次你打篮球,再叫我吧,我一定去,我还给你全程录像"。

她看着这句话,觉得不行,又删掉了。

进了学校,四人仍是同行。

周梵走在四人中间,左边是祁遂,右边是另一个女生。

"周梵,你下次排练可以脱稿吗?"祁遂问她。

周梵正苦恼该怎么和梁殊择解释,便没听清,脑袋就偏过去一点,问:"什么?"

没想到祁遂和她靠太近,她差点就碰到他的肩膀。

"我问,你下次排练可以脱稿了吗?"祁遂笑得温柔,又问了一遍。

"可以的。"周梵握紧手机,回答他。

周梵话刚说完,抬眼便看到远处有两道高挑人影,正往这边走过来。其中一个人的身影有点像梁殊择,她的心紧了紧。

祁遂还在和周梵说着话:"那你挺聪明的,背一下午就可以脱稿了,我有时候背很久都脱不了稿。"

周梵时不时扫一下那两个人,待走近一点,她便看清那两个人是梁殊择和程子今。

梁殊择迈着闲散的步子,在夜色里也显得矜贵从容。

程子今手里还拿着一个篮球。

周梵和他们的距离缓慢地缩短,她都顾不上和祁遂说话。

待梁殊择和程子今过来,祁遂先和他们打了个招呼。

梁殊择淡淡地应一声,程子今压根儿没看祁遂,倒是看到了周梵。

程子今:"你和祁遂一起散步啊。你们怎么认识的?"

周梵余光瞄一眼梁殊择,摇头正准备说话,祁遂便笑着说:"对,我们在散步。今天天气不错。"

周梵皱下眉,准备纠正祁遂的话,梁殊择便吐出一句话:"走吧。"

程子今和周梵说了句"再见",两个人就走了。

周梵看着梁殊择和程子今的背影,心脏又紧了紧。

祁遂侧头朝周梵说:"那你先回宿舍吧,你今天彩排一下午也挺累。"

周梵本想问祁遂为什么要那样说,但看到他的笑容,又觉得他大概也没有别的心思,只是嘴快而已。

回到宿舍,里面没有一个人。

周梵刚打开宿舍的灯,手机亮了下,屏幕弹出一条短信。短信显示她之前投的实习简历过了,暑假便可以去电视台实习。

收到信息时她还愣了下,看来今天也还是会有好事发生的。

李清铭在十几分钟后回来,周梵告诉她暑假可以在西京市实习了。

李清铭也替周梵高兴，说暑假两个人可以一起去西京市好多地方玩。

过会儿，李清铭对周梵说："有次徐雾在和谁打电话，我听到了，她好像也报名参加电视台实习了，也不知道过了没有。"

周梵划拉着手机屏幕，心里想着没去看梁殊择打球的事，和李清铭扯了几句，这个话题就结束了。

接近晚上十一点时，周梵接到教新闻摄影的老师的电话。

"周梵啊，你上次的新闻拍得不错，明天西京市沉存桥爆破拆除，你拿着机子和我一块儿去吧，还有几个学长学姐一块儿。"

西京市沉存桥明天要爆破拆除这事，消息早就传开，眼下老师让她一块儿去拍新闻，周梵当然很乐意，毕竟跟着老师做新闻肯定能学到很多东西，也能锻炼。

周梵迅速应允，和老师沟通好时间和一些跑新闻的事宜后，老师挂了电话。

"梵梵，你明天去沉存桥啊？"李清铭问她。

"嗯，明天得早起，清晨四点多就得起来。"周梵说。

"哎，梵梵，你去电视台实习的事，我们改天庆祝下吧。"

话音刚落，徐雾和郑烟烟走了进来。

周梵说"好"。

李清铭打了个哈欠："那你早点睡觉吧，现在也很晚了。"

周梵洗漱完就上了床，又打开手机，点进和梁殊择的对话框。

她扫了好一会儿，想了想，又把手机屏幕摁灭。

过了一会儿，她又把手机打开，在对话框输入"今天下午去排练主持了，忙忘了"，咭哒没输完，窗边传来一阵猫叫声。

其他三个人都睡了，静得出奇。猫叫声突兀，周梵的手抖了下，因着她整个人都靠着床沿，手机便直直摔下床，发出沉闷的重重一响。

其他三个人醒来，问怎么了。

周梵说手机摔了，下床去找手机。借着窗外昏黄的灯光，她看到手机屏幕摔碎了，也开不了机了。

李清铭问手机没事吧,周梵说了声"没事",就上床睡觉了。

那条信息到底没能给梁殊择发过去。

这夜周梵睡得不好,她记起有一次程子今请大家吃饭,徐雾生气跑了出去,她和李清铭去追徐雾。

在沉存桥上,梁殊择给她披了件外套,那时她耳朵都发烫。

明天沉存桥就要被爆破拆除,好像那些在桥上发生的事就此一笔勾销,再也找不到踪迹。

第二天一早,四点多,周梵静静地起床,弄完后便走去校门口。新闻摄影的老师还没到,几个学长学姐站那儿吃早餐。

周梵朝他们走过去,耳边传来祁遂的声音。

"是你啊,周梵,孙老师说的大一学妹。"

周梵拎着书包,祁遂递给她一杯豆浆,是她爱喝的那种。

"喝吧,孙老师请我们的。"

周梵和其他学长学姐打了个招呼,看到他们手里也都拿着一杯豆浆,大概真是孙老师请的,便接过,说了声"谢谢"。

祁遂拿着摄像机按了下键,对着周梵。

周梵不解:"拍我干什么?"

另外一个学姐笑笑:"拍工作照呢。来,我们合个影。"

孙老师一会儿就到了。

她开来了车,几个人上车。

抵达沉存桥附近时,周围已经站了好些围观群众。

周梵手机摔碎了,准备拍完新闻再去修理。

但这新闻一拍就拍到了下午四点多,孙老师拿着摄像机看,夸周梵:"手一点不抖,真不错!"

周梵笑了笑,一行人散伙时已是下午五点。

孙老师说载他们回学校,但周梵要去市中心修理手机,就没一起。祁遂说他要去市中心检查视力,也没一起。

沉存桥离市中心不远，周梵走路就到，祁遂跟着她："好巧，没想到我们是一个专业的。"

周梵："嗯，直系学长。"

祁遂笑了一下。

到了岔路口，周梵朝着修理手机的地方走去，和祁遂方向不同。

祁遂："学校再见。"

周梵"嗯"了声。

修理手机花了两个多小时。

等手机重新开机，已是晚上。

一开机，显示李清铭发了十几条信息。周梵扫一眼，全是说徐雾简历没过，正在宿舍生闷气。

周梵拿着手机约车。

回学校的路上，手语社群里有几条信息弹出来。

有人问陈雅这周末社团开不开会。

陈雅说不开，梁殊择去西南市参加比赛了，这十来天都不在学校。

周梵的心沉了沉，打开和梁殊择的对话框，准备将昨晚的那句话给他发过去。

陈雅又在群里发了一句话：你们有事就找我吧，别找他，他这次参加的比赛是国家级的，挺重要。你们没什么重要的事就别去打扰他，让他分心了不好。

底下有人说梁殊择全球性的赛事都参加过，这种级别的不算什么。

陈雅发了个微笑的表情。

周梵便删了那句话，准备等梁殊择回来再说，没有去看他篮球比赛这事说大也不大，还是别因为这种小事影响他比赛。

思及此，周梵便只给梁殊择发了句：比赛顺利！

直到凌晨，周梵躺在床上翻来覆去地睡不着，才收到梁殊择的回复：嗯，谢了。

看到这条信息，周梵眨了眨眼，关掉手机。

第二天上课,当周梵和李清铭走进教室时,周梵感觉好多人视线若有若无地黏在她身上。

这不是她的错觉,连李清铭都注意到了。

"怎么了,他们看你干什么?"她问周梵。

周梵说了声"不知道",便专心上课了。

因为实习要报备,周梵将实习的事报备给了辅导员。

辅导员听了后直接在课上夸周梵能力突出,找的实习都这么好。

下课时,有几个同班的女生玩笑打闹,其中有个人说了句:"你没这种关系的,不像某些人,关系多,走后门方便。"

几个女生又笑起来。

周梵拎着书包,和李清铭出了教室。

有人在教室后头嚷:"关系户就是好!"

这些话都是有意无意说的,旁人也听不出真正意思,周梵自认为没走过后门,也没把这事往自己身上靠。

晚上周梵从图书馆回来,路过篮球场,不由自主地走了进去。

今天打篮球的人挺多,周梵扫了一圈,明明知道梁殊择不可能在这儿,但心里还是落空一趟。

周梵喉咙泛着点干,坐在篮球场的座位上,看底下的人打球。

她忽然就想到梁殊择打篮球的样子,张狂无畏,而又意气风发。

耳边传来一声响,周梵思绪被打乱,看到一个篮球砸到了她座位旁。

一个男生在底下喊:"可以帮忙把篮球传过来吗?"

周梵站起,将篮球往下抛过去。男生没接住她的球,篮球重新砸在地面,弹跳出一人高的高度。

周梵走出篮球场时,篮球还在地上弹跳,响声不断,她忽然好后悔那天篮球决赛没来给梁殊择送水。

一周里,周梵总觉得在班里受到排挤,但又说不上来具体是哪里。她只觉得班里的人和她说话时,总带着点阴阳怪气的调调。

李清铭心大，安抚周梵说她想多了。

直到周五那天，周梵和李清铭将纸质作业交给学委。学委戴着副眼镜，瞄她们一眼："交迟了，我早交辅导员了。"

周梵："不是说周五交的吗？"

李清铭附和一声："还没有到截止日期啊，你怎么就交了啊。"

学委接过两人的纸质作业，忽而抬眼笑了一声："原来周梵你也要上交作业的哦，我以为你不用写作业呢。"

周梵皱了下眉："我为什么不用写作业啊？我每次都写了。"

学委淡笑几声，不说话了。

李清铭将纸质作业拍在桌上，说："你有话就直说呗，阴阳怪气个什么劲，有意思吗？"

学委："没什么意思，走后门攀关系有意思。"

周梵抬眼："什么意思？"

李清铭："有话直说。"

学委站起来，一言不发地往教室外边走。

周梵将纸质作业交到辅导员的办公室后，李清铭一边刷着手机，一边吐槽学委："整天阴阳怪气的，上次你交作业她也是那样，整天不知道在瞎想什么。"

走到宿舍楼底下，李清铭忽然停住脚步，爆了句粗："这是谁发的帖子啊，有病吧！"

周梵愣一下，很少见李清铭这样。

"怎么了？"她问。

"有人匿名发帖说你是靠攀关系走后门才得到电视台实习生的机会。"

周梵皱眉，李清铭拿着手机往下划拉这个帖，短短十分钟不到就成热帖了。

回帖的人数直线增加，因着是匿名论坛，不少人在里头骂周梵。

△我没记错的话她才大一吧，怎么大一就实习啊？

△有关系呗，凭关系实习，恶心死了。

△恶心死了，这照片也太清晰了！

213

周梵:"给我看一眼。"

李清铭不让她看:"看了糟心——这照片哪儿来的啊?梵梵,你看一眼,这个人是谁啊?"

周梵抿了下嘴,凑过去看照片。

照片里,她和一个男人在一个什么地方,照片打了很多码,辨认不出地点,只能看得出两人靠得很近,身体几乎都挨着。男人的手搭在她的肩膀上,眼神也黏在她身上。

单看这张照片,的确很容易引起人误会。要不是周梵是主人公,她自己都觉得她和这个男人很暧昧。

但周梵很确定这张照片是合成的,她根本没和男人这么亲密地在一起过。

过了几秒,帖子又被刷新,一条更劲爆的信息被刷了上来。

发帖的楼主又上传了一张照片。

周梵点进去,这也是一张很模糊的照片。

照片里,她坐在一个男人腿上,还朝着那男人笑。

又过了十几秒,这个帖子一发不可收拾地变成 hot 帖。

周梵第一次这么直观地看到自己被人讨论,她皱着眉,点进那个帖,一路扫下来,看到无数条骂她的回复。

周梵抿了下唇,看到几百层高楼对她谩骂,但明明她什么也没做错。

她扫到最后几十层高楼。

△实锤了吧!2014届广播电视编导专业二班周梵走后门得到实习机会。

△当然实锤了!就这还不实锤,这不明摆着吗,和学校的男老师这么暧昧。

△就是,谁还相信她啊,恶心死了。

△没人会相信她的,我觉得她自己都百口莫辩了,事实都摆在这儿了。

△照片都摆这儿了,谁敢替她担保?笑死了,西京大学没人敢替她担保的。

△哈哈哈,周梵是吧,这个名字我记住了。之前还被评选为校花了

是吧？

△回复楼上的楼上，但凡有双眼睛的，都能看出来这照片很真实，谁还会相信她啊。

…………

周梵掀了下眼皮，拿出手机准备联系西京大学管理贴吧的客服。

李清铭："梵梵，你先联系贴吧那边的人吧，先删帖。"

周梵"嗯"了一声，在贴吧首页找到了联系方式。

她一边拨电话，一边看帖子，但电话一直拨不通，处于正在通话中状态。

她加载页面，刷新了下这个帖子。

过了几秒，一个匿名的人跟了一条帖。

昏黄的灯光下，周梵额头上出了点汗。她是第一次遇到这种场面，平时也不玩贴吧，根本不懂怎么处理这种事。

电话一直没通，直到几十秒后被自动挂断。周梵的心随着这通打不通的电话不断下沉。

没有办法，周梵只好一边联系管理员，一边刷新帖子。但奇怪的是，隔了好几分钟，都没有人再跟帖，明明几分钟前，十几秒内刷新就能刷出七八条帖子。

周梵愣了一秒，往最后一条跟帖的内容扫去，内容很简洁。

但她的心脏好像在那一刻被揪住。

△已联系管理员，再跟帖后果自负。梁殊择。

周梵给管理员拨的电话恰好此时接通。

"喂，同学，你好。"管理员的声音响起来。

周梵眨了下眼，脑袋里想的都是梁殊择那句话，顿了一秒，她说："您好，我是周梵，论坛里有个关于我的帖子，请问能删掉吗？对我造成了不好的影响。"

下一秒，李清铭惊讶道："帖子已经被删除了！"

周梵划开通话页面，看到飘在首页的热帖确实已被删除。

"你好,同学,刚刚有人向我举报了这个帖,已经处理好了。"管理员在电话里说。

周梵说了声"谢谢",沉默几秒,她问道:"老师,是谁举报的?"

管理员:"是一个男生。同学,不好意思,这种帖子本来就不该出现在首页的,确实对你造成了影响。"

稍后,管理员补充道:"我会联系那位发帖的同学,后续的事情我会再联系你。"

周梵谢过管理员,便挂了电话。

回宿舍的路上,李清铭递给周梵一瓶芒果味酸奶,说:"梵梵,我怎么觉得这个发帖人就是徐雾呢。"

周梵扯开芒果味酸奶的瓶盖,想着那两张照片的事,抿了下嘴,拿出手机看之前保存好的帖子截图。

"发帖楼主真的很像徐雾,她说话的语气,和徐雾太像了。"李清铭咂了下嘴。

"嗯,是挺像的。"周梵看了好一会儿,最后说道。

"她好几天没在宿舍了。"李清铭说,"我待会儿找她对质吧。"

周梵说:"先别,等明天管理员那边的调查结果出来再说。"

回到宿舍楼下,周梵让李清铭先上楼。

李清铭上楼后,她站在九号路那棵槐树底下,想给梁殊择拨个电话。

不单纯是为了感谢,而是,能有这么一个人肯信任她,在她还没来得及处理这件事情前,他就已经处理好了。

而且,她前一周还忘记去看他的篮球赛,他没有计较,还义无反顾地帮了她。

周梵是真的很喜欢这种坚定的被信任感,因为从小到大,她单方面接受的被信任感,或是有人坚定地选择站在她这一边的情况,屈指可数。

但周梵突然想起来,她还从未给梁殊择打过电话。她连梁殊择的电话号码都没有保存,两人之前都是通过 QQ 联系。

昏黄路灯在周梵手机屏幕上投射出斑驳光亮。

她点进手语社的 QQ 群，打开一份手语社成员的联系方式，找到梁殊择的电话，复制后粘贴，轻轻地按了下通话键。

打电话之前，周梵并没有想到要和梁殊择说什么。

这也是她第一次，没有任何多余的想法，而是特别纯粹地想给一个人打一通电话。

电话被接通是在一分钟后。

周梵将手机贴在耳边，心脏在胸腔里沉重地起伏。她扒拉了下被风吹散的头发，低头盯着自己鞋尖。

电话接通后，梁殊择声音泛着点懒倦，很好听，在夏天的夜晚里带了点磁性。

"哪位？"

沉默两秒。

"是我，周梵。"周梵舔了下唇，莫名显得有点紧张，心脏跳动的声音似乎拍打着她耳膜。

又停顿了好几秒，时间仿佛都静止下来。

"那天，我没去看你打篮球是因为晚会排练，太忙了，不小心忘记了。"她缓慢而认真地说。

过了几秒，她听到电话里头传来一声疏懒的笑。

"你们晚会排练，"他顿一下，"还得排练散步？"

周梵立马想起祁遂的那句话。

祁遂说，他们在一起散步。

周梵坐在槐树下的长椅上，歪头去看天边的弯月。

"没，就是碰巧一起回来的。"

"哦？那真有点巧。"梁殊择语气闲散。

周梵摸了下脸，有点烫。她笑着说："以后就不会这么赶巧了。"

梁殊择闲懒地扯起嘴角："是吗？"

一阵风吹过，周梵说："是。你比赛怎么样，还顺利吗？"

"还行，不顺利也能得第一。"梁殊择声音懒散。

周梵嘴角弯一下。

"你挺自信。"她笑了笑。

梁殊择说："实力在这儿，顺利和不顺利都是一码事。"

周梵的心情忽然变得很好，她扯着嘴角，很久没有这么开心过了。

话题被扯到今晚的事。

"周梵，事情解决了吗？"

周梵"嗯"了一声："我给管理员打过电话了，她说明天会联系我。"

梁殊择也"嗯"了一声："行。"

"你怎么看到那帖子的？"周梵到底还是忍不住问他。

她说："我开始都没看到，是李清铭刷到的，我一般不逛论坛。"

梁殊择说："这你不用管。"

周梵"哦"了一声，弯着嘴角说："我也不知道为什么这种事会发生在我身上。"

周遭静止几秒。

梁殊择声音抵达她耳畔："不关你的事，知道吗？别想太多。"

他长久地停顿一下，说："周梵——"

"嗯？"周梵尾音上扬，"你想说什么？"

梁殊择接着说："那照片也太假了。"

周梵笑了下："很多人觉得那是真的。"

梁殊择扯了下唇，笑声带了点嘲讽的意思。

周梵离开长椅，站在那棵高大古老的槐树下，夜色浓重，树影时不时晃动起来。

她摸着一片槐树叶，朝手机里的那个人说："你哪天回？"

梁殊择说："后天。"

周梵："噢。"

梁殊择懒散地扯唇笑一下："有事？"

周梵："周五晚上，我主持毕业晚会——你要来看晚会吗？节目还挺多的。"

梁殊择："你这是邀请我去看？"

周梵"嗯"了一声："节目很精彩，你不来看的话，有点可惜。"

"几点？"他问。

周梵："八点。"

电话挂断后，周梵又在槐树下坐了好一会儿。

她很清楚刚才自己拨的那个电话意味着什么，她也知道自己为什么会打电话给梁殊择。

她刚刚甚至没有给梁殊择说任何感谢的话。

因为那些话，不管是对周梵自己来说，还是对梁殊择来说，意思都太淡了。

周梵坐在长椅上看飘动的槐树叶，她忽然开始不由自主地想象，梁殊择和别的女生谈恋爱会是什么样子。

他那么跩、那么傲的一个人，也会为喜欢的女生低头吗？

他和女生谈恋爱的时候，会摸着女生的头，对她很温柔地说话吗？

梁殊择这种人，和女生谈起恋爱来，其实应该会和平时的他有很不一样的地方吧。

周梵双手撑在长椅上，缓慢地眨了下眼，忽然用右手摸了下脸颊。

指尖刚碰上，她就被烫着了。

同时，一个念头疯狂地席卷着她，在她脑袋里盘根错节地插缝生长。

——如果，和梁殊择谈恋爱的那个女生，是她呢。

这个念头有点疯狂，也有点不切实际，疯狂到周梵刚冒出这个念头，便立即掐断了它。

周梵不知道怎么会出现这个念头，的确很没有由来。

在这个被人肆意谩骂的长夜，周梵忽然想起很多事，但大部分是有关梁殊择的。

夏夜的风拍打在脸上都是燥热的，如同今晚周梵跃跃欲试的心。

她想起台风登陆的那一天，梁殊择顺路送她回宿舍。暴雨席卷过整个西京市，她和梁殊择那时才认识不久，她对他的印象还不是很深刻。

到后来，寒假里，除夕夜那天，她在小区门口碰到梁殊择，他拎着外卖。

烟花在她耳边响起,她向梁殊择迈出很关键的一步,于是除夕夜那天,梁殊择连衣服都来不及换,她陪着他找遍遂南市大街小巷的餐馆。最后,她和他在一家环境不好、外观也不打眼的饭馆里吃饭。

吃完饭,两个人站在餐馆门口等车。

周梵想把围巾给他戴上,他却反手将围巾给她围上了。

再到后来,她和妈妈吵架,坐上98路公交车,一个人孤单可怜地坐在座位上哭。

梁殊择却给她拨来一个电话,问她什么时候教他打台球。

其实那个时候,周梵坐在公交车上,收到梁殊择的信息时,她心底是被触动了的。

那种时候,一个人坐在全是陌生人的公交车上,哪怕这个城市是很熟悉的城市,她也会觉得,她好像被人抛弃了,几乎不知道该往哪里去。

但那时候梁殊择给她拨过来的那个电话,如果用词矫情点,周梵觉得那个电话真很像一根有重量的线,将她从孤单和伤心中扯出来。

再后来,她还记得,坐上梁殊择的机车后座,明明是寒冷的冬天,但那晚,她却感觉重获新生。

大一下学期开学后不久,她和他一起去偏远小镇,也是在暴雨里,她和他一起被困在那儿,等待暴雨过去。

那个时候她生气,气梁殊择不该那样开车。

于是,梁殊择那样傲慢的一个人,给她抛过几颗薄荷糖,也拿着小朋友的生日愿望,许愿让她别再生气。

最后到今晚,他一个从不在西京大学论坛上发言的人,却在有关她的帖子下,说出那样一番话,以至于没有任何一个人敢再跟帖。

帖子最后被删除。

回忆慢慢回溯,周梵盯着晃动的树叶,她好想在树叶里寻找一个心底的答案。

同时,她也知道,梁殊择做这些事,可能对他来说,都只是举手之劳。

十几分钟后,风忽然静止了,树叶不再被风吹动,周梵也好像找到了她的答案。

原来她和梁殊择之间过去发生的事,早就在不知不觉中变多了。

第九章

心动时刻

周梵回到宿舍时，徐雾和郑烟烟都不在。

第二天，周梵接到论坛管理员的电话。电话里，管理员说，帖子昨天就已经被删除了，提及的道歉事宜会要缓一些时间。

"道歉？"昨晚周梵好像没有提任何要求，因为她想先让管理员处理，她之后再提自己的想法。

"嗯，打电话要求删帖的同学还要求让发帖人道歉，但我至今还没有联系上发帖人。匿名论坛一般不允许这样，但做这件事的人的确很过分。我尽量在这一周解决好这件事。"

周梵挂了电话，眨了下眼，所以是梁殊择要求让那人道歉的吧。

她抿下嘴唇，而又抬下眼，梁殊择总能让她意外。

徐雾和郑烟烟这两天都没来上课，直到周五下午，离下课还有十分钟时，两个人才拿着书包走进教室。

因着论坛里梁殊择的话，这几天班里倒没有人再针对或是怎么样周梵。

周梵正在和李清铭商讨周末去哪个商场逛街，下课铃响起，徐雾拎着书包走到周梵面前。

班里的同学目光瞬间朝两个人扫射过来，明明到了饭点，班里却没一个人走出去。

"周梵，帖子是我发的，我敢发我就敢承认。"徐雾说。

李清铭迅速站了起来，周梵让她坐下，自己站了起来，和徐雾面对面站着，两人间隔着一段社交距离。

"所以？"周梵无所谓地睨她一眼。

徐雾："我知道你也猜到是我了，我无所谓，反正我不怕什么。"

周梵扯了下唇，看着她。

徐雾音量提高一点："但你敢说我说错了吗？你得到实习的机会，不是攀关系走后门得来的吗？你之前替老师拍过学校宣传片，借此认识了杨辉老师，也就是让你拍宣传片的老师。"

周梵皱眉："杨辉老师？"

"还要我说得更清楚一点吗？大一上学期刚开学那会儿，你被杨辉叫去拍宣传片，你这次得到实习机会，不是他给你找的关系？"

周梵扯了下唇："他给我找的关系？你把老师叫过来，我们再谈？"

徐雾也笑："你们这种关系怎么敢公之于众？"

周梵："你把他叫过来吧，你指点江山得挺好。"

徐雾笑了笑，忽而转头看一眼李清铭："你那么喜欢程子今，你怎么不去追他啊？"

李清铭眼神动了动："什么？"

徐雾看一眼李清铭："你以为我看不出来吗？你喜欢我前男友的事。"

班里的同学眼神几乎全聚拢。

室友暗恋前男友的戏码，也挺刺激。

李清铭不坦荡也装得坦荡："你瞎说什么，你能别臆想吗！"

徐雾靠近李清铭一点："你敢说你对程子今没意思，你要敢保证，你发誓。"

李清铭不想理她："我发什么誓，你是不是疯了？"

徐雾看一眼周梵，又看一眼李清铭："你俩倒也是朋友，一个走后门，一个暗恋我前任，有意思。"

周梵是真觉得有意思，她也不是怕事的人，但这么多人看着有点尴尬。

但徐雾都不怕尴尬，她也没什么好怕的，便说："徐雾，我也真觉得你挺有意思。你如果觉得我走后门攀关系才得来的实习机会，麻烦你拿出证据。如果是你这样随口扯两句，拿出两张 PS 痕迹严重的照片挂在匿名论坛上的话，可信度也挺低的。

"我是真觉得没意思，我们一个宿舍的，让班里人这么看笑话。"

徐雾笑了声："看笑话？周梵，你不是还让我道歉吗？你这不是挺有意思的，还让我道歉，你配让我给你道歉吗？"

"是我让你道歉，不是周梵。"

一道懒散低沉的声音响起。

周梵摸了摸耳朵，朝教室门口看去，梁殊择身后站着杨辉。

周梵和梁殊择的眼神短暂交会下。

班里人声四起，沸腾了。

杨辉走进来，和徐雾说着话。

徐雾到底还只是个学生，再造谣也不敢造到老师头上去，前几天敢发到匿名论坛上，也只是看着论坛是匿名的。但没想到管理员是可以具体查到她头上的。

梁殊择站在教室门口，叫了声周梵。周梵看了一眼脸色惨白的徐雾，和李清铭走出了教室。

周梵："你怎么在这儿？"

梁殊择扫了一眼周梵："不是你让我周五来找你看晚会？"

周梵往活动中心走，要迟到了，她得赶紧去做妆造了。

李清铭回了宿舍，梁殊择跟着周梵，慢悠悠地走在后头。

周梵回头看一眼梁殊择："你要跟我，就走快点。"

梁殊择疏懒地扯了个笑："这不跟着？"

周梵睨了他一眼，背着他笑了笑。

抵达活动中心后，周梵便被拉着去做妆造了。

在后台化妆间做完妆造，给周梵化妆的学姐夸赞："人长得好看就是好。"

祁遂也在一旁做妆造，偷看周梵一眼，笑道："学妹长得漂亮，化不化妆都好看。"

周梵正摆弄手机，没听到他这句话。

祁遂叫了周梵好几声，周梵才反应过来，妆造也做好了。

晚会是在八点开始，晚会开始前，周梵和其他三位主持人对了下稿，走了遍流程。

周梵上台时，一眼便看到底下坐着的梁殊择。

祁遂和她是搭档，两人主持互动很多，时不时眼神对视一下。

九点，周梵下场，按照流程离下次上场还有二十分钟。

她揉了下眼睛，可能昨晚睡太晚，现在有点困了。

化妆间没一个人，周梵坐在沙发上，设了个闹钟，准备睡一会儿。她是那种闹钟叫得醒的人，睡一下不会耽误上场。

梁殊择拿着芒果酸奶和打包好的饭菜到的时候，周梵已经睡着了。

他将酸奶和饭放到桌上，准备去叫周梵起来吃饭。

刚走到沙发那儿，他睨一眼周梵。

女生睫毛极长，软软地搭着，根根分明。今天她化了妆，眼角略微勾起，看起来比平时冷艳点。穿着礼服长裙，勾勒出漂亮的锁骨和腰身。

梁殊择拿过沙发上的毛毯，坐在沙发上，替周梵盖住。

他靠近周梵，将毛毯盖住她后，便坐在一旁，时不时扫她一眼。

不像平时，只会半看不看地掀下眼皮。

一分钟后，周梵不知道怎么回事，可能做到个不太好的梦，身体稍微动了下，可能不太平衡，就直直地朝梁殊择靠了过来。

梁殊择滚了下喉结，没扶周梵，就让她这么靠着他。

"周梵？"他侧眼看周梵，她就靠在他肩膀上，眼睫毛都不动一下。

几秒后，梁殊择扶了扶她的脑袋，试图把她叫醒。

毕竟她是晚会的主持人。

但周梵眼睛一直闭着，梁殊择便打算拍拍她的肩膀。他蹲在周梵面前，漆黑的眼珠盯着她，手刚伸出来，她的脑袋便没力气似的垂下来。

梁殊择极其缓慢地掀了下眼皮，脖颈处忽而一凉。女生唇瓣很软，很短暂的几秒，时间仿佛静止，那触感很不分明，但又很真实。

他又特别慢地抬眼，扫到周梵唇上的口红淡了点。

梁殊择滚动下喉结，抬手抹去脖颈上淡淡的口红印。

"嗯？"周梵很快醒了过来，扫了一眼站在化妆镜前的梁殊择，"你怎么来了？"

梁殊择手上还沾了点口红印，抬眼看她："你不是没吃饭？"

226

周梵看了眼手机时间："待会儿再吃吧，我先上台了。"

她将手机放到化妆镜前，扫了眼镜面，坐在镜子前，拿过口红补起来。

"你觉得今晚的节目好看吗？"周梵边涂口红边问。

梁殊择懒淡地坐在沙发上，长腿支着，闻言吐出一句话："主持人互动太多，影响观感。"

周梵补完口红："怎么会……不过，其实我之前也有点感觉到了，毕竟主持人只是来主持的，有点抢风头了。"

梁殊择摆弄手机，睨了她一眼，扯唇笑了一声。

周梵站起来，照照镜子，手机闹铃响起，她俯身关掉。

同时，她在镜子里看到裙子拉链往下拉了点，大概是刚才睡着了不小心扯到的。

周梵抿了下嘴，看着镜子里的礼服裙上半身，她侧身，用手拉拉链，但拉不到。

刚刚裙子是学姐帮她拉上的，但学姐现在在台上当群演，化妆间只有梁殊择一个人。

舞台离化妆间隔得不远，周梵能听到舞台上的歌舞声已进入尾声，按照流程她快要上台。

周梵转身扫一眼梁殊择，他依旧坐在沙发上，模样懒倦，微低着点头摆弄手机，像是在处理什么重要的事。

周梵舔了下唇，嘴唇动了动："梁殊择。"

梁殊择抬眼，朝她看过来，单眼皮看起来有点淡漠。

"你能帮我拉下拉链吗？"周梵有些不好意思地指了下后背，"我一个人弄不好。"

梁殊择扫她一眼，语气散漫："拉链？"

"嗯。"周梵朝梁殊择走过去，最后走到他面前，转身，背对着他，"帮我拉上来一点，我快要上台了。"

梁殊择抬了抬眼睫，将支着的长腿收好，站起来，走到周梵身后。

周梵感受到他滚烫的手指碰到拉链,将拉链逐渐往上带,那股若有似无的乌木香气萦绕在她鼻尖。

周梵下意识地舔了舔唇,莫名有点紧张,梁殊择站在她身后,高大背影笼罩着她。

她感觉周遭飘动的空气都是燥热的。

几秒后,梁殊择懒淡地开口:"可以了。"

周梵"嗯"了一声,侧头看他一眼:"辛苦了。"

梁殊择觉得好笑,疏懒地笑出声,又重新坐到沙发上,声音懒洋洋的:"没什么辛苦的。"

周梵走到镜子前看礼裙拉链,已被拉到最上面。

她满意地朝化妆间出口走,刚走出几步,便听到后头传来一道声音——"等会儿。"

周梵脚步凝滞,回头,看到梁殊择朝她走过来。

"卡太紧,不舒服。"他站到周梵面前,让她转过身,低头将她拉链带下来一点,让拉链卡得没那么紧。

周梵抿着嘴,全身感官都十分集中。梁殊择在背后拉她的拉链,手指并没有碰到她裸露在外的肌肤,但她还是觉得很紧张。

过了几秒,她听到梁殊择在她背后吐出三个字:"放松点。"

周梵心里那根弦绷开一点,"嗯"了一声,放松下来。

拉完拉链,周梵动了动肩胛骨,的确感觉不紧了,上半身要舒服许多。因着快要上台,她便没再多说什么,扫了一眼梁殊择,继续往门口方向走了。

化妆间门口离舞台只有几步路远,两地隔着条不长的小穿廊。周梵刚走出化妆间门口,抬眼便看到站在穿廊里的祁遂。

小穿廊顶上没有灯光,只有左右两边有那种瓦数小的廊灯,是那种老电影里才会出现的淡淡昏黄色。

"嗯?到我们了吗?"周梵问他。

祁遂脸色不怎么好看,但还是笑了笑:"快到我们了,走吧。"

周梵说了声"好",边走边整理妆造。

祁遂和她说着话:"待会儿结束晚会,我们四个主持人去外边吃顿庆祝的饭吧。排练好几次了,今天也表现得挺好的,四个人都没出岔子。"

周梵想到梁殊择给她买好的饭,现在还放在化妆间桌上,便说:"我吃过饭了。"

祁遂笑一下:"不是真吃饭,就去外面坐一下,重点是庆祝。另外那两个已经同意了,就只等你同意了。"

周梵提起裙摆,走上舞台,视线落在祁遂身上一秒钟,低声说了句"等会儿再说"。

上台后,周梵和祁遂搭档说着词,两人因着排练过好几次,倒也挺默契。直到整个晚会结束,四个人的确也没人出岔,很圆满地结束了2011届人文学院的毕业晚会。

晚会最后一个节目是大合唱,学长学姐们穿着民国风的衣服,站在台上唱歌。

周梵站在舞台最左边。

舞台左边连着小穿廊,她侧头看一眼小穿廊,就看到梁殊择站在穿廊中央,和他眼神交会了下。

随着学长学姐合唱最后一个音调结束,周梵和其余三位主持人走到舞台正中央,念着词,一会儿后,晚会便正式结束。

毕业总是来得这么快,周梵想,当初她高中三年一直过得不怎么顺利,到现在也不怎么怀念高中。

只是当她得知梁殊择和她是一个高中的,她便觉得高中时代大概错失了很多东西。

或许某个黄昏或是夕阳下,梁殊择与她擦肩而过,两人逆着人流错过身,连余光都没能撞到一起去。

晚会结束,周梵去化妆间,梁殊择不知道什么时候走了。

她抵达化妆间时，里头是一些正在卸妆的女生。

周梵拿出手机，之前那个学姐帮她卸妆。她谢过学姐，坐在镜子前，低头给梁殊择打字：我记得我还欠你一顿烧烤。

发送完这句话，周梵才猛然想起祁遂刚刚提议过，四个主持人要去吃饭的事。

恰好祁遂这时候走过来，问她："去不去啊？考虑得怎么样？就等你答应了。"

周梵摇摇头："我待会儿有事，不能去。你们三个去吧，玩得愉快。"

祁遂愣怔下，说："学妹待会儿有什么事啊？如果不是很重要的事，就还是别去了。庆祝庆祝聚餐更重要。"

周梵正准备说待会儿的事比庆祝聚餐重要，就忽然看到梁殊择不知什么时候倚在了门上。

他懒懒散散的，但浑身那种傲慢气质毫不遮掩。

祁遂也看到了梁殊择，看他一眼："来找周梵吗？"

梁殊择掀了下眼皮："她找我。"

祁遂坐在周梵座位旁边，对梁殊择说："待会儿我们要去聚餐，你要来吗？"

周梵嘴唇张了张，侧头看祁遂，嘴里呼之欲出一句"我们有说这个吗"。

梁殊择声音便率先抵达她耳畔。

"行啊。"

他的声音懒淡又嚣张。

祁遂："好，那就五个人，聚餐人数也挺合适。"

周梵卸完妆，换完衣服回来，看到梁殊择坐在沙发上。她走过去，坐在他旁边，说："其实我刚刚没有答应要去和他们聚餐的。"

顿了几秒，她补充："我刚刚和你发消息，说欠你一顿烧烤，和这次聚餐半点关系也没有。"

梁殊择抬了下眼："你解释什么？"

周梵实话实说:"你别误会我了。"

梁殊择懒淡地笑出声:"行了,知道。"

周梵缓慢地点点头,问他:"你真的想去吗?我觉得你好像不是很想去,感觉聚餐也不是很有趣。"

梁殊择抬眼问她:"那怎么样算有趣?"

周梵没反应过来,也抬眼看他。

过了几秒,梁殊择漫不经心地说:"和我单独吃饭吗?"

周梵迟疑几秒,说:"我本来就欠你一顿烧烤,要和你单独吃饭的。"

梁殊择"哦"了一声,散漫地站起来,看了祁遂一眼:"走了。"

有点巧的是,祁遂将聚餐地点定在了一家校外的烧烤店。这店离学校不远,五个人走十几分钟路就到了。

这家烧烤店是露天的,也是那种大夏天里长街上一贯可以见到的普通烧烤店。

在场三个男生,祁遂拿了几瓶酒:"喝点?"

周梵和另外一个女生挨着坐,梁殊择坐在周梵对面。

另外一个男生朝祁遂摆手:"我不喝酒的。"

祁遂便将目光投到梁殊择那儿。

梁殊择不咸不淡地应了声:"先放桌上。"

周梵扫了一眼梁殊择,和旁边女生说着某个电影的话题。

祁遂点了一桌的菜,菜陆续上桌,周梵开始动筷子。

夏天天气热,她没什么食欲,看着满桌的菜,也不知道该吃哪个,便随意夹着吃。

梁殊择和祁遂没共同话题可以交流,两个人根本不是一路的,话不投机半句多。

另外一个男生性格比较好,随意扯着话题。梁殊择时不时应两句,场子倒不至于冷下来。

吃到一半,祁遂撬开两瓶酒,将一瓶推到梁殊择那儿,意思明显。

梁殊择平时不怎么喝酒,但他这种人嘛,喝起酒来也挺在行,是那种喝不倒的。程子今那种在聚会场上号称千杯不倒的,也和梁殊择拼过一次酒,心甘情愿甘拜下风。

周梵觉得男生之间喝点酒很正常,便没说什么。旁边那个女生说想去卫生间,让周梵陪她一块儿去。

卫生间在烧烤店里头,两个姑娘进入店里。

女生进了卫生间,周梵坐在烧烤店里头,看前台桌上摆着的水缸。缸里有两条红色的鲤鱼,正游得起劲。

她盯着看了好一会儿,转头朝室外看去,想看梁殊择喝了多少酒了。

她抬眼,露天的餐桌上却只剩祁遂和另外一个男生。

其余几桌人都很多,几乎将大桌围满了,谈笑声不绝于耳。

周梵正纳闷,便听到头顶传来一道声音。

"你在找谁?"

周梵循着声音抬头,梁殊择不知道什么时候走到店里来了,正居高临下地看着她。

她愣了一秒,烧烤店里开着空调,源源不断的冷气往四周输送,冷白的灯光覆盖视野。

周梵扒拉下头发:"我没找谁,就随便看看。"

梁殊择依旧站着,沉默几秒后,忽然扯了下唇:"你说得挺对,五个人聚餐的确不怎么有趣。"

周梵缓慢地眨下眼,"嗯"了一声。

梁殊择在她身旁坐下。

鱼缸里红色的鲤鱼游到缸的尽头,又开始往回游。

梁殊择散漫地笑了声:"你想的应该挺有趣。"

周梵反应慢了一拍:"我想的什么?"

梁殊择凑过来,盯着周梵的眼。他声音放慢一点,几乎是一字一顿,几秒后拍打着她耳膜,夏天的风速度都彻底放缓下来。

"下次，我们单独聚餐。"

周梵问："重点是聚餐吗？"

梁殊择扯了个笑，依旧盯着她的眼，说："重点是单独。"

周梵下意识地舔了舔唇。

梁殊择平平淡淡地掀下眼："人少，事少，"停顿了下，他说，"舒心点。"

"噢。"周梵扫一眼祁遂，"你是觉得祁遂事太多了吗？"

梁殊择闲散地扯唇，说："你挺聪明。"

"嗯。"

周梵受到梁殊择不那么真诚的夸奖，疏懒地弯弯唇，恰好看到那个上卫生间的女生走出来，她便说："那我先去外面了。"

梁殊择散淡地"嗯"了一声。

周梵重新坐到圆桌座位上，祁遂正拿着酒瓶喝酒，直接倒口喝。

那个女生提一句："你少喝点吧，别喝醉了。"

周梵看了一眼祁遂，旁边那个男生也劝了一句。

她倒没说什么，毕竟喝个酒如果也喝不尽兴，那也挺无趣。

梁殊择坐回圆桌上后，也倒了酒喝。

周梵一边和那个女生聊一食堂新开的奶茶店，一边时不时扫梁殊择几眼，估摸着他大概也喝了挺多，应该不比祁遂少。

聚餐是在二十分钟后结束，祁遂喝得酩酊大醉。

那个男生见祁遂真喝醉了，便说："得送他回宿舍。"

女生问："谁送啊？"

最后，因着那个男生和祁遂是朋友，便由他送回去。

"别碰我，我还能喝——"

祁遂是真喝醉了，说起话来也口不择言。

他迷蒙着双眼，扫了一眼在场人，忽然又看向周梵："学妹，你送我回宿舍吧。"

话音刚落,梁殊择就吐出几个字:"你清醒点。"

男生将祁遂扛走,用手臂架着他。

周梵和梁殊择,以及那个女生走在他们后头。

祁遂发酒疯,倒着走到周梵身边,问她一些生活方面的问题。梁殊择总是说一个字或是两个字,替周梵把话题挡了回去。

周梵知道祁遂喝醉了,便没怎么搭理他。

过一会儿,祁遂又倒着走到周梵身边:"那学妹有没有喜欢的人啊?"

这是梁殊择这晚唯一一次没替周梵挡话题。

旁边那个女生也笑眯眯地起哄:"别说,我对这个问题也很感兴趣。"

周梵难得脸皮薄,摇了下头,说现在还没有。

梁殊择闲散地扫了她一眼。

周梵直视前方走路,只是回答这个问题时摸了下鼻梁。

将祁遂送回宿舍,那个男生和女生也要回自己宿舍,只有周梵和梁殊择住的宿舍比较远。

因着刚才梁殊择时不时得帮助那个男生将祁遂带回宿舍,所以他走在前面,周梵稍稍落在后面,两人一前一后走着。

周梵目送那个女生回了宿舍,看着梁殊择走在她前面。

她冲梁殊择喊一句:"你走太快了,等一下我。"

梁殊择前面是昏黄的路灯,路灯旁有小小的飞蛾乱扑。闻言,他停顿等周梵。

周梵走到他身边,说:"其实刚刚你也喝了挺多酒吧。"

梁殊择"嗯"了一声:"不多。"

周梵凑近看梁殊择,嘴唇动了动:"不多吗?我看看。"

梁殊择滚了下喉结,细长又分明的手指拨开周梵:"不准看。"

"哦。"周梵应了声,依言不看。

梁殊择散漫地扯唇:"注意留意论坛上的道歉。"

"嗯，我会注意的。"说完，她扫一眼梁殊择，"上次我听周峪嘉说，遂南一中的校服换款式了，我那一届的校服是最后一届蓝白配色的。新校服好难看。"

谈及校服话题，梁殊择表情没之前闲散放松，问："你的校服还在？"

"在啊，一直在。"周梵说，"因为毕业那会儿大家都在校服上签名，我留着做个纪念。但一直没拿出来，就搁柜子里放着。"

梁殊择表情闲松："签什么名？"

"就签名字。"周梵笑，"现在想起来有点傻，但以前那会儿不觉得傻。"

梁殊择看她一眼："不傻。"

周梵笑了下。

很快到了周梵宿舍楼下："那我上楼了。"

梁殊择"嗯"了一声。

待周梵走了好几步，他又忽然叫住她："周梵。"

周梵被梁殊择叫住，脚步顿了下，回头："怎么了？"

梁殊择双眸漆黑，说："晚安。"

周梵回了声"晚安"。

走到宿舍二楼，她抬眼看宿舍楼下，梁殊择已经朝着他宿舍楼的方向走了。

周梵又抹了下碎发，轻轻咳嗽一声，推门进入宿舍。

徐雾和郑烟烟不在，李清铭冲上来抱着周梵："你快看论坛，徐雾已经道歉了。"

周梵接过李清铭递过来的手机，随便翻了下，看这道歉倒有几分诚恳，便将手机还给李清铭。

李清铭说："徐雾承认了，那两张照片是她PS的，是拿你和那个老师各自的照片合成的。"

周梵去卫生间洗脸，洗掉脸上和心里的燥热。

"真不知道她怎么变这样了？"李清铭顿了下，"我觉得是程子今和她分手的事,影响到她判断了。"

周梵洗完脸从卫生间出来:"一个两个的,都着了程子今的道。"

李清铭随手扯下床铺上挂着的一条毛巾,捂住脸:"谁知道呢,反正我又没明着喜欢程子今,而且徐雾和程子今谈恋爱那会儿,我还没喜欢程子今,我是到后面才喜欢上他的。"

周梵问:"什么时候?"

李清铭睨了周梵一眼:"喜欢上一个人怎么可能会有具体的时刻,可能就某一个 crush 时刻。你懂吗?"

周梵不懂,摇了下头,还不是特别明白:"不懂。"

李清铭:"你以后就懂了。"

周梵跳过这个话题:"期末得交个新闻采访作业,我俩一组,你想拍什么?"

李清铭手撑下巴:"我都行,最近没什么特别想拍的。你呢?"

周梵坐到椅子上,看李清铭:"要不我们做个采访西京大学校内学生的?我还没做过这个题材的,我们弄得青春朝气点。"

"行啊。"李清铭是一贯的"划水大王"。

周一上课,没人再在私底下议论周梵,西京大学论坛里,徐雾已经道歉澄清。

从那以后,徐雾很少来上课了,郑烟烟倒是节节课都到,但以往都是她和徐雾走在一起,现在她独来独往的,也有人问她,徐雾怎么很少来上课了。

那时周梵正好听到,郑烟烟也没很详细地说,只是四两拨千斤地拨过去了。

李清铭和周梵说:"我昨天看到徐雾了,我和小雨去逛街时看到的。"

小雨是李清铭打游戏认识的朋友,周梵和小雨不是很熟。

"我看到她在商场的卫生间化妆。"李清铭说,"化完妆之后,你猜我还看到什么了。"

周梵总是很容易被李清铭吊足胃口："什么？"

李清铭说："她和一个男生在卫生间外面亲嘴。"

周梵抬了下眼："真的？"

"真的，我不是诋毁她哦！"李清铭说，"我总觉得她和程子今分手以后，就很不对劲了。"

下课，周梵和李清铭走出教室，周梵没再说话了。

周六，周梵和李清铭联系好西京大学六位很优秀的学生，分批次采访他们。

两天时间，周梵和李清铭累得不行，终于采访好了五位。

还有一位学姐放了她们鸽子。

学姐说，这周末得去做个临时的演讲，下周一定有时间。

为着学姐这句保证，且西京大学里也没什么比她更适合的人选，周梵和李清铭便又等了一周。

她们向学姐解释了下，因为老师将期末时间弄错了，这次期末新闻采访考题几乎是压着点出的。采访加上后期的时间，紧张得很。

那时学姐很肯定地答应了。

这一周周梵将已经采访好的五个人的视频剪了出来。

只是等到下一周的时候，却又被学姐放了鸽子。

周梵收到学姐信息时，看着手机屏幕凝神了好一会儿，整个人呆住了。

她给学姐打字：真没时间吗？抽一点时间也可以的。

学姐：我现在已经不在西京市了。

李清铭要被气死了，周梵拦住她，让她别骂人。

"那怎么办？"李清铭说，"现在都到六月中旬了，学长学姐很多都不在学校了。那些大一大二的又没什么能采访的人选。"

周梵之前有预备人选的，但因为这几天学校忽然又弄了个什么活动，把她的预备人选都调走了。

真是屋漏偏逢连夜雨。

237

李清铭忽然灵机一动："要不我们现在发个QQ空间，招募一个人选。"说着，她掏出手机编辑，"我写好，你再转发我那条动态就好了。"

　　周梵打开电脑，边移动鼠标边想，说："清铭，我又看了下五个人采访剪好后的成片，发现好像五个人也是够了的。如果实在没人，五个人采访时长也够了。"

　　李清铭已经将简单的招募信息发了出去，她说："你先转发吧，看今晚能不能招到愿者上钩的小鱼。"

　　周梵闻言笑笑："行。"

　　如果能招到人，那自然是很好。

　　但如果没有，也没什么关系，不那么重要。

　　周梵转发李清铭动态时，看到她编撰得极其敷衍，周梵吐槽："这能招到人吗？"

　　李清铭实在太不走心，任何人看到那段话，应该都不会有想来做周梵和李清铭采访对象的冲动。

　　李清铭吐了下舌头："有吗？那我删了再重新编辑吧。"

　　周梵摇头："算了，就那样吧，我估计肯定是招不到人了。先挂着，等明天再删。"

　　李清铭"嗯"了一声，忽然可怜巴巴地看向周梵："梵梵，你明天晚上能不能陪我去机场啊？"

　　周梵："去机场干什么？"

　　"陈沉明天来机场，我想去接机。"

　　陈沉是李清铭梦寐以求、日思夜想的顶级偶像。

　　周梵耐不住李清铭磨她，心软地答应了。

　　睡前，李清铭忽然问她："程子今是不是跟着梁殊择去尔理了？"

　　前一周，梁殊择被学校派去和尔理计算机系做短期学术交流，暂定周期是十五天。眼下时间才过了一半不到。

　　周梵在深夜里想起梁殊择，缓慢地眨了下眼，说："应该是吧。"

李清铭在漫长的黑夜里轻声问周梵:"你想不想梁殊择?"

周梵笑了一声:"我怎么可能会想他?"

笑完,周梵想起那天吃烧烤的晚上,梁殊择和她一起回宿舍,站在宿舍门口说的那句晚安。

她感觉那句晚安都离她好远了。

黑夜容易滋生想念的情绪,但周梵知道,不仅黑夜,她白天也会时不时想起梁殊择。

有人说,人们常用分开的痛苦衡量喜欢,周梵有点纳闷,在梁殊择去尔理的这一周,她好像经常想起他。

那她对梁殊择是,喜欢吗?

周梵脑袋晕晕的,反问李清铭:"那你想程子今吗?你们已经很久没有见过面了。"

李清铭假装睡着了。

第二天晚上,周梵和李清铭去西京机场接机。

"没招到人,我把这条动态删掉啦?"李清铭说。

"嗯,删吧,五个人的采访也够了。"周梵几乎没怎么思考。

"嗯。"李清铭说,"马上可以见到我偶像了,激动!"

两个人坐在出租车上,窗外风景飞逝而去,朦胧的灯光在大桥上串成线。

李清铭激动得不像样,时不时抓下头发、照下镜子。周梵在出租车上闭上眼,只听到她窸窸窣窣的声响。

抵达西京机场是在晚上九点,周梵被李清铭拉着飞速下了出租车。

西京机场是西京市最大的一个机场,平时人流量极大,今天因为陈沉在这儿转机的原因,人流量更多了。

李清铭拿着手机确认航班信息。

周梵:"你偶像到了吗?"

李清铭:"快了快了,九点过十分的航班到这儿。"

"嗯。"周梵说，"我去上个卫生间。"

李清铭说了一声"好"。

十分钟后，等周梵上完卫生间回来，李清铭哭丧着一张脸："我偶像走VIP通道了，我根本没见着他人影。"

周梵平时不追星，对于这种事几乎不太了解："那现在怎么办？还能见到吗？"

"见不着了。"李清铭叹了口气，"你看，这些人都是来给他接机的，人太多了，他就走VIP通道了。"

周梵扫一眼周遭涌动的人，几乎全是女孩子，扛的相机多种多样。她视线停留在这些相机上一会儿，顿了顿，说："人好多。"

人群涌动速度极快，周梵和李清铭找到一张座椅坐下。

李清铭继续絮絮叨叨地说着，周梵安慰她可以下次再见。李清铭点点头，忽然想上厕所，便转身低落地走向卫生间。

机场内，亮白如昼，周梵坐在长椅上，看到前面人头攒动。

有一个男生问周梵要联系方式，周梵礼貌地拒绝后，打开手机。

她看到一条梁殊择发来的信息，在十分钟之前。

梁殊择：明天采访我，可以？

周梵缓慢转动下眼睛，此时收到梁殊择的信息，她有点错愕地微张着嘴唇，一个字母一个字母地敲击键盘：你回来了？

一分钟后，梁殊择回复：嗯，刚回。

周梵舔了下唇，心跳莫名开始加速，不知是因为几天没见他，还是一些别的情绪在作祟。

她抬眼扫一圈机场四周，这次打字速度比之前稍微快一点：现在机场人很多是不是？

梁殊择：嗯？

梁殊择：你在机场？

周梵左手按住座椅，座椅冰凉，没有温度，和机场内白色的灯光一样让人觉得冰冷。

但她现在却觉得四周的温度开始稳定上升,灯光也浮上浅浅的温热。

周梵低着头打字,手机屏幕上映了点不知哪儿来的光源,她将手机亮度调大一点,问梁殊择:你刚下飞机吗?

梁殊择:九点十分下飞机。

周梵眨了下眼,九点过十分下飞机。

她心脏像踩在一根起伏不断的旋木上,跟随着梁殊择发过来的信息沉浮。

她愣了几秒,指尖迟缓地按了按屏幕,输入:为什么回来?

发完这条信息,周梵双眼便盯住手机屏幕,心脏跳动的频率逐渐变得不再正常。

机场人声鼎沸,穿堂风吹过,只留下一阵吵闹喧杂的声音。

周梵眼睛比一般人大,瞳孔也更幽深乌黑。她盯着空气中某个虚无的点,将内心那股没由来而又实实在在的情绪拉扯到最大。

过了几秒,她连续收到梁殊择三条回复,一条接着一条,终于也将她心跳频率拉扯到最大值。

梁殊择:你不是缺个采访对象?

梁殊择:采访我不行?

梁殊择:我比他们差哪儿?

周梵摁灭手机屏幕,看前面被白光照着的,依旧攒动的人群。

几秒后,她打开手机,心脏跳动得极快地打字:你现在在哪儿?

梁殊择发来一条语音。

周梵摁开语音,将手机贴近耳朵。

然后,她听到一个疏懒而好听的声音。

"抬头。"

周梵抿住嘴,极其缓慢地抬头。

紧接着,她看到一个男人和攒动的人群彻底分开,独自往她这边走。

他的眼一贯漆黑,在白灯照射下,凌厉眉眼看上去好像多了几分柔软

241

的温度。

他的身量颀长而高大,双腿长而直,迈着步子走过来时,衣摆也沾上白色光芒,整个人在人群里脱颖而出,是那种一眼就吸引住大家目光的人。

周梵耳膜像是被蒙上一层金属物质,周遭都像是被消了音,她几乎听不到之前的人声鼎沸。

她压在座椅的指节泛白,嘴唇细微地动了动。她反应一贯很慢,这时也好像没太反应过来,整个人像个提线木偶,肢体动作都变得十分僵硬。

周梵现在脑袋空空,几乎什么也没想,脑袋里就盘旋了一个浓烈的想法。

梁殊择坐着夜班飞机从国外赶回来,只是为了她一些无关紧要的小事。

周梵在一秒内懂得了李清铭说的"crush"时刻。

但她对梁殊择的crush,不是短暂而热烈,而是经久而热烈。

周梵在过去的十几年人生里,从来不知道心动是什么感觉,但当她今天看到正朝她走过来的梁殊择,她立即知道了。

心动是你看着那个人朝你走过来,你心跳如擂鼓,渴望着他靠近,而又在下一秒,你希望他也能对你心动。

周梵现在不知道梁殊择是不是也对她心动,毕竟梁殊择这个人一向让人捉摸不定。

他为她赶回国这件事,说不定只是他一时兴起。

但她在此刻的的确确心动了。

她很想和梁殊择在一起。

但不确定,他是不是也想,所以她得慎重点。

梁殊择很快走到周梵面前,他拉着行李箱,扫她一眼,嘴角懒散地扯了个笑:"你怎么在这儿?"

周梵表情如常,只是手紧紧握住手机,泄露一点以前从没有过的局促:"我室友来给她偶像接机,我来陪她。"

"哦。"梁殊择尾音上扬,"挺巧。"

周梵抬眼，扫了扫梁殊择："你约好出租车了吗？"

梁殊择看一眼手机："没来得及。"

周梵"哦"了一声，笑了下："我约好了，那顺便载你回去吧。"

梁殊择也笑了："行。"

恰好李清铭从卫生间出来，周梵朝她招了下手。

李清铭走过来时看到梁殊择，疑惑地看向周梵。

周梵当着梁殊择的面不好怎么回答，就说碰巧遇上了。梁殊择站在旁边，懒散地笑了笑，"嗯"了声。

出租车停在外面，李清铭率先坐了副驾驶座，一坐上车就拿了耳机线听歌。

周梵和梁殊择坐在后排。

司机发动汽车，周梵抿着嘴看窗外，忽然侧头看了眼梁殊择。

梁殊择正低头有一搭没一搭地翻着手机，模样懒懒散散的。像是感受到周梵的目光，他掀睫，看过来。

周梵对上他的眼神，嘴唇动了动："你这次回来，什么时候再走？那边交流不是持续十几天吗？"

梁殊择看向她，声音懒洋洋的："你关心我？"

周梵抚了下碎发："我怕你错过期末考试，明年重修。"

梁殊择哂笑一声："那倒不会。"

"哦，我之前听说你大一的时候重修过一次，连补考都没去。"周梵说。

梁殊择嘴角划过不经意的笑，一字一句地说："特意打听过我？"

周梵："不特意打听都能听到你的光辉事迹。"

梁殊择靠着窗边，划过的路灯半明半暗，影影绰绰地打在他身上。待周梵那句话刚落音，他便抬起手，将车窗摇下来一点。风灌进车里，他不咸不淡地"哦"了声，说："见笑。"

周梵趁着梁殊择没注意时笑了笑。

一会儿后，出租车到了西京大学门口。

又是李清铭第一个下的车。

下车后,她看着梁殊择和周梵探身出来,对周梵说:"我有点事,得去图书馆那边一趟,先不回宿舍了。"

周梵点头"嗯"了声,李清铭便往图书馆的方向走。

梁殊择去车后备箱拿行李。

周梵看着他,问:"你带伞了吗?"

梁殊择将行李箱拿出来,"嗯"了声:"带了。"

周梵看了眼手机:"天气预报说待会儿可能有雨,我没带伞,能和你一起回宿舍吗?"

经过女生宿舍后,再走一截路,便能到男生宿舍。

梁殊择抬眼看她:"行啊。"

"嗯,我淋了雨就会感冒,谢谢你了。"周梵便和梁殊择一块儿走。

途中,梁殊择拎着行李箱,周梵走在他旁边。

梁殊择忽然开口:"明天上午几点做采访?"

周梵:"八点。"

梁殊择懒淡地说了声"好"。

很快,到了女生宿舍底下。周梵忽然歪头问梁殊择:"你明天早上吃什么?"

梁殊择顿了下:"开始打听我喜好了?"

周梵:"不是,明天不是采访吗,给你带早餐。你能早点到,采访时间就会变多了。"

梁殊择扯了下嘴角,浑不在意地说了声"行"。

"嗯。"周梵说,"那明天你直接来 12 栋 A209 就行。"

梁殊择吐出一个"嗯"字,周梵抬步上楼,上楼后趴到走廊窗户那儿,第一次认真去看梁殊择往男生宿舍的方向走。

他背影高大,没一会儿完全没入黑暗。

周梵撑着下巴,嘴角的弧度始终没有落下。

第二天，周梵和李清铭吃完早餐，周梵给梁殊择带了一碗虾粥。

12栋教学楼，周梵提着虾粥进去，梁殊择已经到了。

"给，顺便买的。"周梵说。

李清铭小心翼翼地翻了个白眼，哪是顺便买的了，明明排队排了那么久。

梁殊择看了眼周梵，接过虾粥。

周梵："八点开始采访，你先吃吧，我和清铭布置下场景。"

场景布置完，梁殊择也喝完了虾粥。

采访倒是做得挺快，不到上午十一点，整个采访便做完了。

做完后，周梵摆弄了下三脚架上的摄像机。梁殊择坐在沙发上，随意地拿过一本杂志看。

李清铭去收拾台本，一会儿后，她去隔壁教室，将摄像机录制内容导到电脑上。

几分钟后，李清铭给周梵发条信息：我先回去导视频了。

周梵回复条"嗯"后，抬眼睨正看杂志的梁殊择。

"是这样，待会儿我得和你一起去机场。"

梁殊择抬眼："嗯？"

周梵说："我要去补几个西京机场的镜头，然后录几个你站在机场的镜头，作为你的开篇镜头。"

梁殊择打量一眼她，几秒后对上她坦荡的眼神，他才扯了扯嘴角，不咸不淡道："好。"

"嗯。"周梵将台本和一些其他的东西放到书包里，"我不是还欠你一顿饭吗，今天一起还了吧。我记性不好，再过几天我就不记得这事了。"

梁殊择放下杂志："行。"

抵达校外那家新开的餐厅是在中午十一点半。

因着还没到西京大学下课的点，餐厅里的人没有以往的多。

周梵选了个靠窗的座位，梁殊择坐她对面。服务员来点单时，周梵先点了几个菜,便将决定权交由梁殊择了。

毕竟是她请他吃饭。

梁殊择拿过菜单,模样懒倦地点了几个菜。服务员便微笑说了声"好",拿着菜单离开餐桌。

因着人不多,菜上得很快,大概不到一刻钟,菜便上齐了。

梁殊择忽然懒懒淡淡地开口:"听说那家卖虾粥的店,排队要排一个小时。"

周梵拿起筷子夹菜,闻言顿了顿,抬眼看他:"是的,李清铭爱吃,她排的队,顺便买了你的和我的。"

梁殊择掀下眼睫,拿起筷子慢条斯理地吃饭:"那替我谢谢她。"

周梵拿着筷子闷头吃饭:"好的。"

吃完饭是在半个小时后,周梵说:"那下午三点,在校门口见?"

梁殊择"嗯"了一声,说了声"行"。

下午三点,周梵拿着轻便的摄像机走到校门口。

梁殊择几分钟后赶到。

周梵:"你和我一起坐后排吧。"

梁殊择将行李箱放进车后备箱,哂笑:"开始光明正大地邀请我了?"

周梵摇一摇摄像机:"嗯,正大光明地邀请你,我得拍你。"

梁殊择睨一眼她,探身坐进汽车后座。

车里气温高,司机开了冷空调,冰冷的凉气在车里蔓延。

周梵说:"梁殊择,你偏过去一点,看着窗外,我拍你,你表情别那么傲慢。"

梁殊择哂笑一声,依周梵所言,笔直的头颈偏过去一点。

周梵拿起摄像机录制,拍了几分钟,她放下摄像机,说了声:"可以了。"

梁殊择脑袋又偏向周梵这边,视线停留在她身上:"还要拍什么?"

周梵咽了下喉咙,摇了下头:"待会儿去机场再拍,去机场的路上拍这一段就够了，采访也用不了那么多镜头。"

梁殊择："哦，是吗？我见你拍了不少。"

周梵低头摆弄摄像机："我担心有不少废镜头，所以多拍了点。"

梁殊择哂笑着"嗯"了声。

周梵摸了下鼻梁，放下摄像机，歪头说："我做的那个采访会在学校公众号上放出来，你能接受吗？"

梁殊择低头摆弄手机，漫不经心地说声"随意"。

到了西京机场。

周梵说："我先下车，待会儿拍你下车的镜头。"

梁殊择点点头。

周梵率先下车，她拿着摄像机，从摄像机里看梁殊择。

他从车里探身出来，一双长腿懒散地落地。今天没什么阳光，日光淡薄，穿过他高挺的鼻梁和硬朗清晰的下颌线。

唇色淡漠，表情疏懒。

听到周梵说了声"拍完了"，梁殊择便去后备箱拎行李，她在原地低头摆弄机子。

摆弄好后，她抬眼，梁殊择高大的身影几乎笼罩着她。

"周梵，你按录制键了吗？"

周梵拿着摄像机的手难得差点抖一下，她将摄像机给梁殊择看："按了啊。"

梁殊择凑近摄像机看了眼："哦。真拍了。"

周梵看了眼他，咽了下喉咙，"当然拍了。我送你进去吧，待会儿我拍个中景和全景镜头。"

梁殊择收回看摄像机的视线，拎着行李箱走进机场，哂笑一声。

机场内，梁殊择坐在座位上，周梵站在不远处拍他。她再次透过摄像机看他。

一分钟后，她抬眼，发现自己真忘了点开录制键，便又补了个镜头。

拍完后，梁殊择便要安检候机了。

周梵拿着摄像机，坐在梁殊择旁边的位子："拍完了，待会儿回去剪好成片发给你。"

梁殊择散漫地扫了她一眼："嗯。"

周梵低头摆弄摄像机，声音如常道："梁殊择，你在尔理那边过得怎么样？"

梁殊择抬眼看她。

周梵继续低头摆弄摄像机："我有个朋友以后也想去尔理留学，我就想先问问你。"

梁殊择收回看周梵的视线："不怎么样，挺一般。"

周梵的手停止摆弄摄像机："真的吗？尔理可是英国TOP级名校，我朋友可想去那儿留学了。"

梁殊择："课不多，尔理计算机系还行，但也没学到什么。"

周梵"哦"了一声："除了学习，那生活方面呢？"

梁殊择又抬眼看她："生活方面？想听生活哪个方面？"

周梵低头摆弄摄像机："就一日三餐之类，习不习惯作息和饮食。"她顿了下，"过得开不开心？"

她说："我朋友希望留学生活能开心一点。"

梁殊择："作息和饮食还挺容易习惯。"

周梵："那过得开不开心呢？"

梁殊择骨节分明的手指轻轻敲了下座椅，发出清脆的一声响。

"一般。"

"哦，好的。"周梵说，"我会把你说的内容全部告诉我朋友，让她参考一下，看还要不要去尔理留学。"

梁殊择"嗯"了一声："如果真想去，我帮你朋友留意下。"

周梵认真地点头："回头我问一下她。"

一会儿后，梁殊择站起来，扫了她一眼："得安检了，走了。"

周梵指节被压得泛白，她睨了一眼梁殊择，说了声"好"。

248

梁殊择走出几步，周梵又喊住他："梁殊择，一路平安。"

梁殊择回头。

周梵补充道："记得帮我朋友留意，很重要。"

梁殊择："知道了。"

第三天下午两点，周梵将成片给梁殊择发了过去。

周梵：这是成片，你觉得有什么影响你形象的镜头吗？

十几分钟后，梁殊择回复：没有。

周梵：我那个朋友说想看看尔理日出是什么样子。

几分钟后，梁殊择发过来一张照片。

照片里，尔理太阳高挂，绿草如茵，不远处的河流正缓缓流动。

周梵放大照片，忽然瞥到梁殊择一抹身影，在照片的右下方。

周梵：她说挺漂亮，她很喜欢。

梁殊择：她还想问什么，一起问了，待会儿我去打个比赛，没时间回信息。

周梵冥思苦想了好一会儿，在对话框输入：她还想让你发张自拍过来。

梁殊择：嗯？

周梵：是这样的，我没和她说清楚，她以为你在那里留学很久了。她想看看，你在那儿待很久，有没有变白什么的。哎呀，我都和她说了。

发完消息，她还添了个叹气的表情。

过了几分钟，梁殊择都没回复。

周梵便放下手机。

图书馆里学习气氛极好，她埋头复习了半个小时。

头颈有点酸，她活动一下，手机忽然亮了。

李清铭：我在图书馆外面等你，来喝奶茶吗？

周梵：行。

她收拾好书本，乘坐电梯下楼。

电梯里人不多，周梵低头摆弄手机，忽然收到梁殊择一条信息。

249

她点开，看到了一张梁殊择的自拍。

紧接着，他又发来一条信息：这种自拍可以？

周梵捧着手机，乐得不行地看他那张自拍。

她手指碰上屏幕，碰了碰他那双凌厉而硬朗的眉眼，接着往下，是他挺直的鼻梁。

周梵手指移开，抿着嘴回复：其实你不用拍的。

周梵：我和我朋友讲清楚了，你去尔理没多久，她现在清楚了。

周梵拎着书包走出图书馆，李清铭在门口等她。

到了奶茶店，周梵点了杯葡萄果茶，两个人坐在店内吹冷气。

手机响了一下，周梵打开手机。

梁殊择：哦？

梁殊择：还有要问的，待会儿再问。

周梵回复：嗯！

晚上九点，周梵从图书馆回来，洗了个澡后躺到床上。

徐雾和郑烟烟从宿舍里搬了出去，眼下宿舍只剩她和李清铭。

李清铭在打游戏，周梵学习了一天，疲倦得不行。

她枕着枕头，收到梁殊择一条信息：下午两点的。

紧接着是一张图片。

周梵点开，是尔理下午两点的太阳，日光照拂着大地。

她舔了下唇，回复：好，我转给我朋友看。

梁殊择：嗯。

过了几分钟，周梵在对话框输入：我朋友想问，你明天能把你吃的三餐照片发过来吗？

周梵：她很重视饮食。

不久，梁殊择的信息抵达周梵的手机屏幕上：我看起来很闲，是不是？

周梵：那你口述也行，我朋友要求没那么高。

梁殊择：周梵，你朋友什么专业？

周梵回复：服装设计专业。

梁殊择：你真有这么个朋友？

周梵在对话框输入：当然了。

她回复：要我发我和她的聊天记录给你看？

李清铭睡觉了，周梵将她这边的灯关掉，重新返回到床上时，梁殊择回复：嗯，你发过来看看。

周梵抿了下唇，身体僵直几秒钟。

过了几秒，一条信息抵达。

梁殊择：算了，别发了。

周梵重新躺到床上，在对话框输入：你要不信，我可以发聊天记录的，真的可以。

梁殊择：周梵，行了。

梁殊择：信你。

周梵缓慢地转了转眼珠：嗯，行。

发完信息，她才彻底松口气。

第二天早上七点多，周梵收到梁殊择的一张照片。

她点开，照片里是他的早餐，精致的盘子里盛着粥和一片面包。

周梵打字：看到了。

梁殊择发来一条语音，周梵将手机靠在耳边，语音便抵达耳膜。

梁殊择带着笑，声音有点哑："看清楚了？"

周梵听到他声音，才意识到时差问题。她这里现在是早上七点多，他那儿估计是凌晨。

他为了配合她这边的时间，所以才在这个点发早餐照片给她。

周梵回复他：看清楚了，你睡觉吧，你那边很晚了。

过了两秒，梁殊择发来一句"晚安"。

周梵回复：嗯，晚安。

251

第十章

/

如果他也喜欢她的话

六月下旬是期末周,周梵经常泡在图书馆,时不时收到梁殊择发来的照片,要么是哪个点的太阳,要么是哪一餐的饭菜。

因着复习很烦闷,那段日子周梵唯一苦中作乐的事便是收到梁殊择发来的照片。

每次收到,她都翘着嘴角编辑那句:好的,已转发给我朋友。

但每次发完那句话,她都盯着照片看好一会儿。

七月初便到了考试周,那天下午,周梵考完最后一门考试艺术概论,忽然收到西京电视台发来的一封邮件。

她点开邮件,凝神看着那一大段话,大意是电视台人员饱和,经过内部商议和人事调动,决定不再录用她当实习生。

周梵皱眉,回到宿舍后给电视台拨了个电话过去。

一分钟后有工作人员接通电话,周梵询问邮件是什么意思,为什么忽然不录用她了?

工作人员像是和谁交流了几句,搬出来几句冠冕堂皇的话,告诉周梵总之电视台现阶段不再需要实习生,希望日后能再次合作。

周梵给当初给她发录用邮件的邮箱地址发邮件,很快得到了差不多一致的回复。

李清铭看着那封邮件,也觉得不可思议:"怎么说不用就不用了?之前不是还招了你吗?"

周梵皱眉,杵着下巴也很不理解。

但事实就摆在她面前,大一的这次暑假实习黄了。

李清铭赶着回家,都拎着行李箱走到宿舍门口了,又折返回来安慰周梵。

"可能是人事调动什么的吧。唉,和你也没什么关系。没事,这次实习不行,还有下次。"

周梵知道今天李清铭哥哥会回家的事,便对她说:"你快回家吧,我待会儿买张票回家。实习没有就没有了吧,没事。"

李清铭又安慰了周梵几句,在周梵的催促下,拎着行李箱走了。

周梵一个人坐在宿舍里,百思不得其解,最后想为自己争取一次。吃完饭后,她拨打了电视台一个重要管理人的电话。

但得到了和之前一模一样的回复,说是电视台这边人员调动,不再招实习生了,让周梵不要再打电话过来询问。

当时已经到了晚上七点多。

经过一下午的时间,周梵差不多已经接受事实。大概这次真的是人员调动,不小心殃及她这个没实习过一天的实习生。

既然不用在西京市这边实习,周梵便打算订今晚的高铁票回遂南。

在订票之前,她给梁殊择发了一条信息:你回学校没?期末考你好像又错过了。

一小会儿后,梁殊择给她拨了个电话。

周梵喝了口水,接了电话。

"梁殊择。"她叫一声他名字。

梁殊择:"今天回遂南吗?"

周梵翻着订票的软件:"回。"

"九点多那趟车?"

周梵点进去九点多那趟,订好票,说:"嗯,我早订了这趟。"

梁殊择:"那顺路一起去高铁站?"

周梵"嗯"了一声:"行,晚上八点校门口见。"

挂了电话后,周梵收拾好行李,也收拾好心情。

之前她是觉得去电视台锻炼下能力,但既然吹了那就吹了吧,也不是一件太令她沮丧的事。

正常的人员流动和意外是会经常出现的,人生大概就是有很多不按常理出牌的事。

既然意外已经发生,再沮丧也没什么太大的意义。倒不如乐观点,选择接受它,心情也好一些。

一周多没见到梁殊择,周梵拎着行李箱出门前,还特意照了下镜子。

去校门口的路上,她的心跳便开始加速,直到在校门口见到了梁殊择。

"来了?"梁殊择睨了她一眼。

周梵将行李箱扔进出租车的后备箱,坐进后排。

梁殊择一贯坐在副驾驶位。

抵达西京高铁站是在八点半。

周梵查了下今天飞中国的航班是在早上八点,她又推了下时间,打量下梁殊择懒倦的模样,忽然想到,梁殊择今天转机又回校,时间很紧凑,大概率没时间吃饭。

她有点不确定,便问梁殊择:"你吃晚饭了吗?"

梁殊择拎着行李箱走进高铁站,睨她一眼:"转机太忙,没吃,怎么?"

"没怎么。"她指向一家餐厅,"今天这家做活动,有减免,我也没吃饭,凑个单吃饭?"

梁殊择睨她眼:"行。"

见梁殊择没存疑,周梵松了口气。她晚上是吃了饭的。

去了餐厅后,周梵点了碗粥,闷头喝起来,不一会儿就喝完了。

梁殊择倒是点了不少东西。

周梵喝完粥后,拿纸巾擦嘴,便听到梁殊择疏懒的声音:"你吃过饭了?"

周梵擦嘴的动作一滞:"没啊。"

难道他看出来了吗?怎么看出来的?

过了一秒,周梵听到梁殊择说:"那你喝一碗粥够了?"

原来是因为她吃太少提出疑问,而不是其他原因。她继续擦嘴,道:"够了,我晚饭一向吃得不怎么多。"

梁殊择打量她一眼,随后收回视线,埋了单。

周梵:"你买单的话,那待会儿下了高铁,我请你去烧烤街吃烧烤?"

梁殊择又睨了她一眼,懒散地说了声"行"。

两人坐的是同一趟高铁列车,但座位隔得不近。

下了车,周梵和梁殊择一起拎着行李箱往烧烤街那边走。

到店后,周梵让梁殊择点单。梁殊择点了碗虾粥后就没点了。

255

周梵瞥他:"多点些,我请客。"

梁殊择睨她:"够了,再点吃不下。"

周梵倒有点饿了,她点了碗虾粥后,又点了些其他的。

这家店上菜是一贯的慢。

不多时,店员端出一碗虾粥,很抱歉地说:"不好意思,两位,只剩一碗了。"

梁殊择颔首,店员便继续去忙了。

周梵将粥让给梁殊择:"你喝吧。"

梁殊择睨了她一眼,眼神有点探究。

周梵:"我忽然想到我刚除了虾粥,还点了碗绿豆粥,点重了,这碗虾粥就留给你喝吧。"

梁殊择扯笑:"理由倒挺多。"

周梵:"真的点重复了。"

"我好像没看到你点绿豆粥?"

周梵瞥他:"你看错了,我有点。待会儿上菜你再看吧。"

梁殊择饶有兴趣地说了声:"行啊,周梵。"

周梵"嗯"了一声,转身去卫生间。去完卫生间她出来碰到店员,趁梁殊择低头摆弄手机,对店员说加一碗粥。

绿豆粥上桌是在半个小时后。

周梵指着那碗绿豆粥,对梁殊择歪头道:"我都说了点重了。"

梁殊择扯了个不咸不淡的笑,笑得不怎么认真。

吃完烧烤,夜色浓重。路旁的香樟树散开,清一色的新栽雏菊花香浓郁。

周梵扫了眼晴朗的星空,很想质问今夜为何不下雨。

因为两个人回家的方向不同,今夜又没下雨,周梵实在找不到理由和梁殊择一道回去。

她抬眼看梁殊择:"那我先回家了。"

梁殊择对上她的眼神,迟缓地问她:"拼个车?"

周梵嘴角下意识翘起,勉强费力拉平:"行。"

256

梁殊择低头摆弄手机："快到了。"

周梵便和梁殊择一起等车。

车到了,周梵探身坐进后排座位,梁殊择坐副驾驶座。

司机很和善地说："你们都是大学生吧?"

周梵"嗯"了一声："是。"

"哎哟,你们不知道吧,最近遂南不太平哦。杀人犯至今没落网呢。"

周梵倒有所耳闻："不是说落网了吗?"

司机瞥周梵一眼："没呢,新闻都说至今还尚未抓捕到。"

周梵"哦"一声,低头摆弄手机看新闻。的确,她前几天没怎么关注这宗新闻,因为之前都没打算回遂南,今天突然回来,也没和爸妈说。

她皱着眉浏览新闻,周峪嘉也没在家,这个点爸妈当然在国外,家里就剩她一个人。杀人犯还没落网,周梵觉得有点胆战心惊的。

几分钟后,梁殊择手机响了下,周梵听到他接电话的声音。

"……嗯,待会儿到。"梁殊择最后懒洋洋地说了句,电话便挂断了。

周梵耳朵捕捉到"通宵""网吧"等字眼,好像梁殊择还重复说了两次,她很确定。

一小会儿后,周梵歪头看梁殊择:"你待会儿去网吧吗?"

梁殊择瞥她:"嗯。"

"我能和你一起去吗?"周梵老实说,"我家里没人,一个人不敢回家。"

梁殊择睨了眼她,扯笑:"行啊,你还可以问问你那个想去尔理留学的朋友想不想去网吧,正好我们可以当面交流。"

周梵看向窗外:"倒不用叫她,她还没放暑假。"

她顺势瞥向梁殊择,他好像没起疑,只是随口扯了那么一句,不是真的在质疑她到底有没有这个朋友。

梁殊择和司机说了声××网吧,司机便没往周梵家小区的方向开了。

抵达后,周梵问梁殊择:"你怎么不回家,去网吧?"

梁殊择拿出身份证:"我和朋友约好了——你的身份证拿给我。"

"噢。"周梵从书包里拿出身份证,递给梁殊择,"给。"

梁殊择走到网吧前台开电脑，周梵顺势打量整个网吧一眼。

这个网吧装修不错，人挺多，白色灯光打着，整个网吧看起来亮白如昼。

梁殊择开了间包厢，拿着张卡。周梵和他并肩走。

周梵倒是很少来网吧，但这家网吧环境比一般的网咖都要好，环境都很舒适美观。

梁殊择订的包厢不算小，周梵刚进包厢就困了。她打了一个哈欠，下意识揉下眼睛："你那个朋友什么时候来啊？"

梁殊择打开电脑，坐在电竞椅上，睨她一眼："待会儿来。"

"哦，行。"周梵口有点渴，便和梁殊择说了声，朝前台走去。

前台的女生给周梵拿了水。

周梵观察下网吧，发现网吧二楼是一家酒店。

她拿过女生递来的水，又打个哈欠，询问女生得知二楼的酒店和网吧是同一个老板，要开房间可以在女生这儿开。

周梵便打算去楼上睡觉好了，太困了。

"请问您开几间房？"女生拿着鼠标问周梵。

周梵说："一间。"

"哦，行，我们酒店的房间也就剩两间了。"女生操作着电脑说。

周梵忽然又改口："那全给我开了吧，谢谢。"

周梵将两张房卡塞到书包里，往梁殊择开的网吧包厢方向走。

她推开包厢的门，原本以为他是在网吧约了朋友通宵打游戏，没想到电脑大屏幕上出现的却是一些复杂的计算机程序代码。

周梵抿了下唇，走到梁殊择座椅后面，说："你约了你朋友来网吧做这个吗？"

梁殊择骨节分明的大手握住鼠标，"嗯"了一声。

周梵"哦"了一声："我还以为你来通宵打游戏的。"

梁殊择扫一眼她："你想打游戏？"

周梵摇头，她不会打游戏，于是说："我不想打游戏。"

梁殊择的视线又移到电脑上。

周梵说:"我刚刚在前台那儿开了两间房。"

梁殊择拿鼠标的手顿了下。

周梵很快又说:"前台工作人员说酒店只剩两间房了,她说如果开两间房的话,下次来网吧就可以免费通宵。"

她将一张房卡放到梁殊择桌上:"周峪嘉挺爱来网吧打游戏的——嗯,挺划算的,我就顺便一起开了两间房。你拿这张房卡吧,我先上楼了。"

周梵往包厢门口走。

梁殊择疏懒地叫住周梵。

周梵脚步顿住,回头,视线停留在梁殊择身上:"怎么了?"

梁殊择抬下眼睫:"我怎么不知道网吧有这种规定?免费通宵?"

周梵:"我也不知道,好像是特殊情况吧,工作人员赶业绩之类。酒店只剩两间房了,全部开掉她有奖金。"

梁殊择撩了下眼皮:"是吗?"

周梵点下头:"我先上楼了,你要是困了就拿房卡上楼休息吧。"她顿了一秒,补充,"你不能和别人说,那个工作人员拜托我不要和别人说的,如果被老板知道了,她工作就丢了。她只是为了完成业绩,所以才让我把两间房全开掉,免费通宵也是背着老板来的。懂吗?"

梁殊择打量周梵。

周梵对上他的眼神:"没什么事的话,那我先上楼了。"

梁殊择收回打量周梵的视线,"嗯"了一声:"懂了。"

周梵转过身,推开包厢门走出去,朝二楼走。

几分钟,梁殊择从包厢走出来,来到前台。

前台那个女生正戴着耳机。

梁殊择轻敲下桌,女生抬眼看他,摘卜耳机:"有什么事吗?"

梁殊择吐出两个字:"开房。"

女生抱歉地说:"不好意思,二楼已经没房间了。"

梁殊择:"真没了吗?"

女生抱歉地说:"真没了。"

梁殊择颔首,走出网吧去对面的便利店。进网吧时,前台那位女生正在和谁打着电话，梁殊择经过，正好听到："嗯，房间全部没了，业绩达标有奖金的。"

梁殊择抬眼看下二楼，没做停留地往包厢走。

第二天，周梵睡醒时接到爸爸电话，说一位哥哥借住在她家，今天就会来。

昨晚周梵在"幸福一家人"的群里，说了她回遂南的事。因为家里没人，遂南这些天又挺不太平，所以就让那位哥哥顺便照看一下周梵。

周梵和这位哥哥不熟，只是小时候见过一次。听说这位哥哥今年二十好几，今年刚回国，房子还没交房，便借住在周梵家客房里。

周梵洗漱完去楼下买早饭。她出网吧之前先去包厢看了眼，梁殊择并不在里面，大概是在酒店睡觉。

楼下没有早餐店，周梵便循着街道找。找到一家粉店吃完后，她转角遇到一家虾粥店，好像是新开的，队伍排得挺长。

周梵不知道为什么每家虾粥店的队伍都这么长，只是梁殊择好像真的挺喜欢喝。

她走到队伍末尾，隔一会儿低头给梁殊择发信息：我路过一家粥店，顺便给你买了？

梁殊择没回信息，周梵便百无聊赖地排队。

一分钟后，手机屏幕弹出一条信息，周梵点开去看。

梁殊择发来一条语音，她放到耳朵边上听。

"周梵，队伍那么长也叫顺便？"

周梵抿了下嘴角，抬眼，梁殊择拿着手机，扯着懒散的笑朝她走过来。

周梵眨下眼，说："是顺便的，我自己也要买粥喝。"

梁殊择抬眼："你不是不喜欢喝虾粥吗？"

周梵看一眼粥店，说："这家店不仅卖虾粥，也卖其他粥。"

过了好一会儿，排到周梵，她对店家说："一份虾粥和一份绿豆粥。"

店家说："打包还是在这儿吃？"

周梵："打包。"

她将打包好的虾粥递给梁殊择。

梁殊择接过，审视周梵好几眼，大概是没看出什么，又漫不经心地提着虾粥往网吧走。

周梵走在梁殊择旁边，真不知道怎么这么巧，偏偏叫梁殊择亲眼看到她排这么长的队伍买粥。

幸好她很机智，大概没露什么破绽。

"周梵。"梁殊择叫她，递给她一杯豆浆。

"嗯？"周梵接过，莫名觉得这杯豆浆模样很熟悉，好像是她读高中时天天早上要买的豆浆。

梁殊择说："你喝吧。"他晃下虾粥，"我喝这个够了，豆浆喝不下了。"

"哦。"周梵碰了下豆浆，温热是，"我本来想去买的，但太远了。"她抬眼问他，"你是顺便买的吗？这家店好像很远。"

梁殊择"嗯"了一声："朋友住在遂南一中附近，刚把他送到那边。"

"哦哦。"周梵点了点头。

走到网吧是在十分钟后。

梁殊择说："几点退房？"

周梵："待会儿就退。"她看一眼梁殊择，"那我先去楼上拿行李箱了，待会儿就回家了。"

梁殊择应了一声，周梵便上了楼。

梁殊择往包厢走，包厢的沙发上睡着一个男人。

男人表情淡漠，似乎被吵醒，睁眼便去拿梁殊择手里的粥。

梁殊择："自己去头。"

男人笑了一声："你不是去遂南一中附近买豆浆？排了那么久的队伍，没买到？"

梁殊择睨一眼他："买了，给她了。"

男人："你不是吃了早饭，那把粥给我不行？"

梁殊择走到电脑前坐下："你觉得我会把粥给你吗？"他的手覆上鼠标，

"周梵买的。"

男人尾音拖长,从沙发上起来,掀开盒盖:"这姑娘都给你买早饭了,那应该对你有意思啊。"

梁殊择声音懒洋洋的:"姑娘顺路买的。"

男人挑眉:"你不是也说顺路买的豆浆?一个两个的,心思藏这么深。梁殊择,你还玩暗恋呢。"他"啧"了一声,"要是我,昨天晚上那么好的机会。"

他又叹了口气:"两个成年人了,都不知道做一些成年人该做的事。"

梁殊择戴上耳机前爆了句粗,男人笑着摇下头,踩上鞋走出包厢。

周梵清理完行李箱,弄好一切后,已到了上午十点。走出网吧之前,她往梁殊择的包厢走去。

敲了下门,没人应,她又敲了下门,一个陌生的俊俏男人开了门。

周梵:"你好,我找梁殊择。"

男人看周梵一眼:"你是周梵?"

周梵:"嗯?是的,你是他朋友吗?"

奇怪,梁殊择不是说把朋友送去遂南一中那边了吗?

"嗯。"男人说,"他现在不在,待会儿回来,你可以先进来等等。"

周梵便依言进去等。

百无聊赖地坐在沙发上,她还是没忍住,问:"你怎么又回这儿了?"

男人淡漠地看她一眼:"又?"

周梵抿了下唇,眼睛缓慢地转动下,说:"你昨晚一直睡在这儿,没离开过网吧吗?"

男人:"嗯,和梁殊择通宵做了个软件程序,刚醒。待会儿再回去。"

周梵:"回哪儿?"

男人扫一眼周梵:"回家。"

周梵点点头,意识到梁殊择今早好像撒了谎。

他不是为了送这位朋友回去,经过遂南一中那边而顺路给她买的豆浆。

梁殊择是在十分钟后回包厢的。

见到他，周梵顺势站起。

男人推门出去，拍了下梁殊择肩膀："去吃个早饭。"

梁殊择吐出个"嗯"字，男人便出去了，只剩周梵和他在包厢里。

周梵："你朋友又回来了吗？你刚说他回遂南一中那边了。"

梁殊择坐到沙发上："回遂南一中的不是他，是另外一个朋友。"

周梵"哦"了一声。

弄错了，梁殊择没有撒谎，那杯豆浆就是顺路买的。她想多了。

"你没见到他。他早上走的，不是刚才那个。"梁殊择抬眼看她。

周梵点下头："那我先回家了。"

"周梵？"

"嗯？"周梵抬眼看他。

"你的绿豆粥还放在大厅的桌上。"

周梵眨下眼："我待会儿去喝。"

梁殊择扫下手机，问："十点了，不饿？"他顿了下，"还是，吃过早饭了？"

周梵："没吃早饭呢，夏天不太容易饿。"

梁殊择看了眼她："出租车到了吗？"

"我没约车，"周梵说，"待会儿有个人来接我回家，我在这儿等一会儿。"

那个哥哥刚联系了周梵，说过几分钟就到网吧附近。

几分钟后，那个哥哥到了，周梵说："那我先回家了。"

梁殊择站起来："走吧，我也回家了。"

"嗯。"周梵拎着行李箱走。

一辆黑色的车停在外边，周梵看下牌照，确认无误。顿了下，她看向梁殊择："要不顺路送你回去？也挺方便的。"

梁殊择："不用，我还有朋友在。"

"哦，也是。"周梵便和梁殊择告别，坐上了不太熟的哥哥的车。

她探身坐进车里，试探性地喊了声："哥哥好。"

263

男人回扫她一眼:"谢衍。叫名字就好。"

"嗯,好。"周梵说。

回到家后,谢衍走向客房,周梵说:"你有什么需要的,和我说一声就行。"

谢衍点了点头。

周梵回了自己房间。

两天后,以前的高中朋友发给周梵一个类似于宣传广告的东西。

周梵点开,遂南广场那边新开了家游乐场,如果是多人去的话,会有活动优惠。

周梵将宣传广告发给梁殊择,在后面打个括号:群发,感兴趣的可以回复我,不感兴趣的可以无视。

一分钟后,梁殊择回复:想去?

周梵回复:啊,发了这么多人,就你一个人回复我了。大家好像都不感兴趣。

梁殊择:正常。

周梵打字:你想去吗?有活动优惠,还可以抽奖。我很想要那个抽奖的礼品,是一个很漂亮的瓷娃娃。

梁殊择:梁书薇早闹着要去,替她踩个点也行。

周梵:嗯,那就一起去吧。

很快到了游乐场开园那天,周梵难得穿着条牛仔背带裤。很有设计感的复古色,她穿着很漂亮。她没怎么化妆,但抹了口红。

两人约好在游乐场见面。

周梵刚到游乐场门口,便看到梁殊择。他站在那儿很打眼,个子高大,外形帅气,偏偏模样懒倦。

"梁殊择!"周梵背着个小背包,走过去。

梁殊择打量一眼她,然后提步往游乐区走。

"你妹妹也很想来游乐场吗?"周梵边走边说。

"嗯,她还在上学,吵着要来。我今天来不就是为了替她踩点嘛。"梁殊择说。

"哦,我今天来是为了那个瓷娃娃,待会儿晚上就可以去抽奖了。"

梁殊择:"你想玩什么?"

周梵指了下过山车:"听说这是遂南市最惊险的过山车,试试?"

梁殊择瞥她:"不害怕?"

周梵:"你小看谁呢。"

梁殊择扯了个笑:"行,周梵,那去。"

周梵和梁殊择几乎是肩膀挨着肩膀走在一起,因为人太多了。

走了好一会儿,人群逐渐散开。

但没想到当人群散开没多久,一个踩着滑板的男生直直地往他们这边冲过来。

那时梁殊择正和周梵低头说话,一时没注意,周梵刚抬眼,便看到那个男生滑板速度极快,径直冲到梁殊择身边。

"小心!"周梵拉住梁殊择的衣服,将他往她身边扯过来,她抬头,因着梁殊择那时低头和她说话,周梵拉他时使了全身力气,但一时没站稳,自己趔趄了下,而后导致她的嘴唇不小心挨到了梁殊择的右脸。

周梵眼睛睁大一点,心脏跳得非常快。

而最后那个滑板男还是撞到了梁殊择,滑板边缘从梁殊择右脚脚踝骨擦过,发出一声不小的响动。

周梵视线往梁殊择脚踝那儿看,看样子擦撞得不轻。

周梵火大得很,走到滑板男生那儿,气势很凶:"你不看路吗?人这么多!"

滑板男生也火大起来:"这我能控制吗?又不是我想撞的,人这么多,你非得今天来这里吗?"

梁殊择似乎是没反应过来,他用手背摸了下右脸。

接着,他嘴角扯起,喉结滚了滚,眼里还盛着点笑意,过了了几秒才侧头看那滑板男生。

滑板男生看到梁殊择,瞬间僵了下:"择哥。"

周梵的火气越烧越旺，撞了人都不道歉，脾气还这么冲，还怪她和梁殊择今天到游乐场来了？

什么人啊。

"踩滑板的人是你，你不能控制滑板你就别上路啊，人这么多，你非得在人这么多的地方踩滑板吗？"周梵冲滑板男生道。

梁殊择又摸了下右脸，吐出两个字："道歉。"

滑板男生摸了下后脑勺："对不起啊，择哥，不小心撞到你了，我以后不会了。"

周梵这时才知道滑板男生和梁殊择认识，过了几秒，她听到梁殊择说："和她道歉，不是和我。"

周梵看着滑板男生，过了几秒，她听到滑板男生很真诚地道歉："不好意思啊，姐姐。是我的错。"

周梵说："那你以后别在这种人多的地方滑了。"

她补一句："很危险。"

滑板男生："嗯，不会了。"

说完，滑板男生便提着滑板走了。

周梵让梁殊择坐下。

她撩起梁殊择的裤腿检查，看到脚踝那儿的确红了起来。

周梵："要不要去医院看看？游乐场门口不远就有一个医院。"

她抬眼，视线不经意擦过梁殊择的脸，而后，她看到梁殊择右脸那儿有浅淡但明显的口红印。

周梵手还攥着梁殊择的裤腿，看到口红印后，整个人都僵了下。随后，她垂眸，细长的睫毛盖下来。

这都能亲到，她抿下唇，极力压住想翘起的嘴角。

"嗯，那个……"周梵抽出一张纸巾，伪装成很严肃地说，"刚刚不小心，呃，那个……"

她拿着纸巾，松开梁殊择裤腿，很缓慢地对上他的视线。

"事发突然，不小心挨到了。"她言辞混乱，将纸巾递给他，"你擦擦。"

梁殊择："挨到哪儿？"

周梵快速地眨下眼，一句话敷衍带过："不小心挨到你的脸了，没事，小事一桩。"

梁殊择："你哪儿挨到我的脸了？"

周梵："你别问了，你不擦是吧？我帮你擦。"她踮脚，将湿纸巾往梁殊择脸上抹。

梁殊择忽然抓住她的手："周梵，我怎么觉得你好像挺开心？"

周梵忽然被梁殊择攥住手腕，心脏也像是被他一齐攥紧。

她手腕细，梁殊择手大，被他攥着，她也没觉得有任何不适。她只是觉得全身血液径直朝天灵盖涌去，像是被火点燃，要沸腾起来。

她嘴唇动了动："先抹掉吧。"

她抬眼，另外一只手拿起纸巾往梁殊择脸上抹，一抹便将口红印抹掉。

"好了。"她看一眼梁殊择。

过了几秒，梁殊择松开她，倨傲地睨了她一眼。

周梵的脸后知后觉地发烫起来。几步远有个垃圾桶，她朝垃圾桶走过去，声音留在空气中，回应梁殊择刚才那句话。

"没很开心，就是觉得有点好笑。"

扔完垃圾，她朝梁殊择走过来："去医院看看？"她低头看了下他的脚踝，"和我上次的情况看起来差不多，好像有点严重，别掉以轻心了。"

他漫不经心道："不用。"

周梵掀了下眼睫，侧头看他："真不用吗？我上次收到程子今给我发的几条新闻，还挺吓人的，你真不去吗？我把那些新闻发你手机上？"

过了几秒，梁殊择看她一眼："那去？"

周梵拿出手机找程子今发给她的新闻："我发给你看看吧。"

没等她翻到和程子今的聊天记录，梁殊择便率先吐出一句话："不是去医院？走吧。"

周梵便将手机放入背带裤口袋，看着梁殊择大概不像她上次，是需要人背的，他好像一个人能走。

但她又想起上次医务室医生劝诫的话，脚踝受伤后最好不要再走动。

但她怎么可能背梁殊择,最多只能将就着搀扶他。

思及此,她抿了下唇,假装很自然地搀过梁殊择的手臂,说:"走吧,我扶你过去。"

拉住梁殊择手臂的一刹那,她似乎感受到他的身体莫名僵了下。

她抬眼:"你不用我扶吗?自己可以走吗?"

她的视线和梁殊择目光相撞,她听到他不咸不淡的声音:"帮个忙,扶我。"

"好。"周梵心脏跳得奇快,整个人像靠近滚烫的火源。

梁殊择被周梵扶着,往路口的医院走。她头发今天没绑起来,乌黑的长发随意地披着,扶他时头发便往他这边飘,好几次都擦过他下巴或是喉结那一块。

有点痒,他喉咙也有些发干。

周梵倒是没怎么注意,因为她只顾着认真扶他。待她扶着他走过分明的斑马线,抵达医院门口时,她听到梁殊择比平时稍微低哑的声音。

"周梵,有皮筋吗?"

周梵今天出门没带皮筋,并没意识到她头发扎到他,便说:"没啊,要皮筋干什么?"

一小会儿后,梁殊择说:"在这儿等我。"

周梵慢腾腾地应了声,看到梁殊择往旁边的便利店走,没人扶他也走得挺利索。

周梵看到他干脆利落的步伐时愣了下。两分钟后,梁殊择朝她走过来,递给她一根皮筋:"随便绑一下。"

皮筋是鹅黄色的,还不是那种简单的小皮筋,皮筋上还绑了个小兔子。周梵接过,碰了下它,抬眼看梁殊择:"忽然让我绑头发做什么。"

梁殊择:"不热吗?"

周梵抹了下后脖颈上渗出的一点汗,看了眼小兔子皮筋,随口道:"那家店就没有普通皮筋卖吗?这个看上去还挺精致漂亮的。"

她抬眼,和梁殊择眼神短暂交会了下,看到他薄唇轻启:"是要我帮你绑头发吗？"

周梵眼神顿了一下，抬眼看他，晃了下双手："我手有点脏，你帮我绑下，可以吗？"

就在这一秒内，她看到梁殊择滚了下喉结。

周梵像是意识到什么，又再次朝他看过去。

梁殊择便拿着兔子皮筋，漫不经心地走到她身后，指节分明是手指将她头发悉数捞在手心。

周梵背部僵了下，便听到梁殊择在身后落下一句话。

"低的还是高的？"

周梵说："低的。"

梁殊择："紧一些还是松一些？"

周梵："松一些。"

几秒后，她便感受到梁殊择的手很快地将她头发全部扎了起来，低的、松的，松散地绑着，但力度控制得刚好。

周梵绑好头发，余光里能看到梁殊择身影覆盖着她。

"你好像不排斥我。"

她听到梁殊择说。

周梵顺势抬头摸了下皮筋上的兔子，轻轻地舔了下唇，在心里说：怎么会排斥你。

她看梁殊择，问他："先去挂号？"

梁殊择说："刚在手机上挂好了，三楼科室。"

"哦。"周梵说，"那去三楼。"

两人便往电梯方向走。搭电梯到了三楼，周梵和梁殊择走出来，朝科室外的长椅走去。

梁殊择说："你刚刚好像挺生气？"

周梵坐在长椅上，抬眼看他："刚刚吗？"

梁殊择撞上她眼神，声音清冷："嗯，刚刚。"

"那个滑板男生？"周梵说，"游乐场人这么多，他滑得好像也不是很熟练，就在这横冲直撞的，还撞到人了，我就很生气啊。"

269

白天医院的光线浅淡，空气中浮动着细小的颗粒，朦朦胧胧地晕在整个长廊上。

周梵说完，手机亮了下，她看向屏幕，忽然听到梁殊择的声音。

"你是因为他撞到人，还是撞到我而生气？"

周梵下意识摁熄屏幕，手机上反射出她乌黑的瞳孔。

她歪头看梁殊择，沉默几秒，而后吐出一句话："撞到谁都不好。"

梁殊择尾音拖长，傲慢地说："这样吗？"

周梵又顿了下，眼神有点飘忽："但撞到别人，我不会这么生气。"

梁殊择抬眼看她。

周梵说完后，看向科室外的显示屏上滚动的名单，说："下一个就轮到你了。"

梁殊择没管这句话，而是问周梵："你刚才那句话什么意思？"

周梵："嗯？"

梁殊择一字一顿："撞到别人，你不会这么生气。"

周梵看到梁殊择漆黑的眼睛，忽然科室里走出来一个护士，叫了声"梁殊择"名字。

梁殊择便淡淡地扫周梵一眼，往科室走去。

周梵看着梁殊择高大的背影，缓慢地眨了下眼。

她觉得自己刚才的行为有点冒进，她不该将心里话说出来的，在没有打探到梁殊择对她是否有心意之前。

周梵打开手机，脑海里回忆起刚刚梁殊择替她扎头发的样子。

她以为梁殊择大概是没什么耐性做这种事的，但没想到他还问她高低和松紧的问题。

周梵用手碰了下皮筋上的兔子，眼神动了动。她脑海里冒出一个想法：梁殊择，是不是也有一点喜欢她？或者说，他也是不排斥她的？

周梵的心思其实一贯不怎么细腻，以前说话喜欢直来直去，不喜欢绕这么多弯弯绕绕。人长了嘴当然就是用来说话的。

但在梁殊择对她是否有意思这件事上，她好像不能够直接问了。

感情这种事一向很难说得清，但周梵觉得她得在这个暑假，彻底弄清梁殊择是否也喜欢她。

如果他也喜欢她，那大二开学那一天，她很想和梁殊择一起走进西京大学。

然后，和他谈个恋爱。

梁殊择出科室是在十分钟后。

周梵将碎发拨开，梁殊择睨她一眼，锋利的下巴往长廊左边扬一扬："去那儿照片，你坐这儿别动。"

"嗯，行。"周梵说。

待梁殊择走了两分钟后，一个护士从科室里走出来："这是谁的手机没拿？一直在响。"

周梵顺势扫过去，认出这是梁殊择的手机。

她朝护士说："是我朋友的，你给我吧。"

护士将手机给了周梵。

周梵接过手机，将它握在手心，触感分明，响动仍旧没停。

她看一眼，是程子今打过来一通QQ语音电话。

周梵衣袖长，不小心将屏幕划开，手机没有设密码，她直接将梁殊择的手机打开了。

私自打开别人的手机是一种很没有礼貌的行为。

周梵立即摁灭屏幕，但手机一直在响动。

不得已，她接了。

程子今的声音传过来："择哥，今去——"

周梵打断程子今的话："不好意思啊，梁殊择现在没在，我拿了他的手机。"

程子今："哦，是你啊，周梵——没事，那我先挂了。待会儿再打。"

周梵"嗯"了一声："行。"

电话挂断。

周梵没翻梁殊择和程子今的聊天记录，只是想关掉屏幕的时候扫了眼手机，因着这两人聊天少，聊天记录还停留在四月份。她便很明显地看到，梁殊择在四月份给程子今发过去的几条新闻。

而聊天记录的最后一句话是：假装不小心发给周梵。

对那几条新闻，周梵记忆犹新。

她几乎光看个标题，就能准确无误地说出具体的事件——都是一些脚踝受伤，而没有去医院诊治拍片，导致落下终生悔恨的悲剧。

周梵摁灭屏幕，直到现在才知道，原来这几则新闻，都是梁殊择发给程子今的，而不是程子今误发给她的。

那梁殊择为什么要做这样的事？周梵几乎找不出其他理由。

除了最直接也最简单的一个理由——梁殊择担心她，所以做那样的事，只是为了她能够去医院做个更全面的检查。

原来他的心这么细吗？

周梵低垂着头，觉得太不可思议了。原来梁殊择表面傲慢又冷跩，实则对人其实远不像他表现出来的那种样子。原来他也会为她的事，做一些她意料不到的举动。

她伸手摸了下兔子皮筋，忽然将头发扯开，拿下兔子皮筋放在手心里看。

皮筋上的兔子很有光泽，亮闪闪的，像是小姑娘才会喜欢的东西。

周梵摸了下兔子耳朵，触感冰凉，但因为今天温度高，摸上去又多出几分温热。

不知过了多久，梁殊择拿着张单子出来，大概是已经弄好了。

周梵便低头绑好头发，露出的白皙脖颈在阳光下看起来细腻嫩白。

"你手机刚刚一直在响，那个姐姐把手机给我了，程子今给你打了电话，我接了。"周梵一口气说完。

梁殊择接过手机："程子今？"

周梵"嗯"了声。

梁殊择划开屏幕，低头看，淡淡地问："你看我手机了吗？"

周梵撒了个谎："没有，我接了，然后很快就挂断了。"

梁殊择的视线停留在周梵脸上，周梵也朝他看过去。

梁殊择表情淡淡，依旧是那副冷跩模样，一点也不像是会做出那种举动的人。

周梵忽然想知道，梁殊择是会对所有人都这样，还是只会对她一个人这样？

如果只是对她一个人这样，那是不是由此可以推断，梁殊择比她想象中的，要更在意她一些？

那是不是也可以推断出来，她和梁殊择在秋天末尾可以谈恋爱的想法，也比她想象中要更容易实现一些。

两人的视线相撞，梁殊择漫不经心地扯了个笑，睨了眼周梵的手机："亮了。"

"哦！"周梵被梁殊择拉扯回思绪，低头去看手机上的信息。周峪嘉今天正式放暑假，考完最后一门考试，想让周梵去接他，他要请她去遂南一中后面的小吃街吃东西。

周梵低头回复周峪嘉：你不是过两天才放暑假吗？

几秒后，周峪嘉回复了六个点。

周峪嘉：你不想来接我就直说，别扯其他的。

而后附了个微笑的表情。

周梵气笑了，回复"行，待会儿来接你"，便摁灭了手机。

她扫一眼梁殊择："结果出来了吗？医生说怎么样？"

梁殊择："你和谁聊天呢，这么开心？"

周梵将屏幕亮给梁殊择看："周峪嘉啊。"她抿唇，乌黑眼睛眨一眨，看向梁殊择，"除了和你聊天这么开心，也没其他人了。"

梁殊择看着周梵的眼神长久地顿了下，而后滚一下喉结，说："和我聊天，开心吗？"

周梵指尖碰着手机坚硬的一角，抬了下眼睫，眼神也顿了下，嘴唇动了动："开心。"

梁殊择凑近周梵一点，漆黑的眼睫染了点日光的辉泽，眉心略往上挑一点:"怎么个开心法?"

周梵看到梁殊择忽然凑她很近,她手自然地垂落在牛仔裤侧边,心脏跳动得极其有规律,像排列整齐的白杨树。

她抬眼,长细的睫毛根根分明,语气像白开水温和,但又透露出平静和不易察觉的认真。

"那你和我聊天,开心吗?"

周梵话音刚落,便看到前方走过来一个人,他在周梵面前停步:"周梵?"

周梵抬眼看来人,是谢衍,借住在她家的那位哥哥。

"嗯?"周梵捏一根紧绷的心弦忽然松掉,她朝谢衍打了个招呼。

谢衍看她一眼:"来医院做什么?受伤了?"

周梵摇头:"没有,是我同学,"她歪头看向梁殊择,"不小心受伤了。"

谢衍淡漠地"嗯"了声。

周梵:"那哥哥来医院有事吗?"

"一点小事。"谢衍朝楼上走去,"先走了。"

周梵看着谢衍走了。

梁殊择睨她,扯笑:"哪门子的哥哥?"

周梵握紧手机,说:"就……年龄比我大好几岁,我爸妈和他爸妈是很好的朋友,那种八竿子打不着的哥哥。"

梁殊择:"这不是打着了?"

"没。"周梵,"再过十几天就见不着了。"

梁殊择尾音上扬,"哦"了声。

周梵歪头看他:"等会儿我要去遂南一中接我弟弟放学,不能再去游乐场玩了。"

梁殊择觉得好笑:"他都多大个人了,放学还要你接?幼儿园的?"

"没。"周梵有点懊恼,"他上高中以来,我就从没去接过他了。上次弄坏他一台平板电脑,他有点生气,后来我说暑假去接他放学,他才没生气的。"

梁殊择睨了她一眼。

周梵摸了下鼻梁:"那我们下次再来游乐场玩吧,反正你也就是替你妹妹踩个点。今天也踩了点了。"

梁殊择"嗯"了一声:"坐我的车去?"

周梵:"你也要去遂南一中那边吗?顺路吗?"

梁殊择将车子停在这边停车场里,他迈腿朝医院外头走,留下一句话传到她耳朵里:"不顺路就不能送你去了吗?"

周梵慢腾腾地"啊"了一声,之前的每一次,梁殊择都是顺便才送她去哪儿的。今天好像是第一次,他不顺路,也来送她。

周梵和梁殊择一起走向停车场。上车后,周梵系好安全带,车便启程,朝遂南一中的方向开。

因着放暑假,越靠近遂南一中那边,车流量越大,到了遂南一中附近,车几乎是寸步难行。

周梵右手抓着安全带,扫一眼前面拥挤的车辆,说:"车不太好开吧?"她接着说,"谢谢你送我去接周峪嘉了。"

梁殊择吐出两个字:"谢谁?"

周梵抿了下唇,抬眼看他:"嗯?"

汽车寸步难移,梁殊择侧眼看她,说:"我好像比你大一岁。"

周梵有点没摸清这句话是什么意思,她歪头看着梁殊择,说:"你是比我大点。"

梁殊择:"所以?"他扯了个笑,看着前面拥挤的车辆,声音散漫,"叫声哥哥来听。"

周梵这才明白他的意思。

她迟疑地顿了下:"好端端的,叫你哥哥干什么。"还挺难为情的,她私心觉得。

交警疏导交通,汽车陆续通行,梁殊择发动汽车,说:"我想听。"

周梵低头摆弄手机,让周峪嘉快点出校门,她在校门这儿等他出来。

发完消息,她抬眼扫过熟悉的街景和遂南一中附近独有的云杉。

"你不是有个妹妹？你妹妹每天叫你哥哥，你不烦？还想听？"周梵舔了下唇，别扭地回复他。

好端端叫什么哥哥啊！这个称呼虽然很常见，也很普通，但周梵觉得，她叫梁殊择"哥哥"，就很奇怪。

梁殊择将车驶过一大片云杉，声音懒洋洋的："不烦，就爱听。"

周梵手指压在座垫边缘，压出一道浅淡的红痕。她抵着座椅，低头摆弄手机，屏幕里映出她略微发烫的面颊。

"不叫。"

梁殊择懒洋洋地扯了个笑："行，姑娘还挺别扭。"

周梵关掉手机，不理梁殊择了，看着外边穿着校服的学生，陷入过去高中时的回忆。

直到一声车响将周梵的思绪拉扯回。她眼睛重新聚焦，记忆中遂南一中的校门与现在看到的校门重叠。

到遂南一中校门口了，她没见着周峪嘉。

梁殊择："人在哪儿？"

周梵说道："你就在这儿把我放下来吧，我待会儿要和周峪嘉去后门那边。"

梁殊择笑："用完就丢啊？"

周梵偏头看他："才没有。"

她说："我不是担心你待会儿有事嘛，我怕太耽误你时间了。"

梁殊择："正好，我待会儿是有点小事，那你在这儿下？"

周梵"嗯"了一声。

汽车好不容易靠边，周梵拉扯开安全带，扫了眼外边没有车经过，便很快速地打开车门，下车后，她吐出一句话："谢谢哥哥。"

呼吸到新鲜的空气，周梵心脏跳动得不再正常。

她回头扫一眼梁殊择，梁殊择已经将车开走，周梵只看到寓意极好的车牌照。

他该不会没有听到吧，她说得好像太快了。

周梵停在路边思考，她怎么这么快就屈服了呢，竟然叫了梁殊择"哥哥"。

周梵抬头看到遂南一中的指示路牌，她伸手摸了下木制的路牌，嘴角弯了下。

哥哥。

她伸手摸了下面颊，啊，是太阳晒的吧，好烫啊。

周峪嘉放暑假那天都被班主任留堂。

周梵见到周峪嘉时，全校的人几乎走光了。

周峪嘉拖着个行李箱，寸头低着，看到周梵出现在校门口时，他便抬手摸了下刺刺的头发，弯眼笑起来。

周梵走近他："不是吧，周峪嘉，你怎么还是寸头啊？"

她抬手摸周峪嘉的寸头："几个月没见了，你的头发怎么就不长呢。"

周峪嘉拨开周梵的手："女孩别摸男孩的头。"

周梵气笑了，呛他一句。

周峪嘉扯唇："走吧，说好的请你吃东西，也不能骗你。"

周梵跟着周峪嘉往遂南一中后门那条美食街走："你得请客啊，别到时候又是我付钱。我今天一分钱都没带，就等着宰你一顿。"

周峪嘉偏头看周梵："行，请你吃东西，不超过五块钱的那种。"

周梵乐得不行："十块钱成不，周大老板？"

两人边说笑边往后街走。

奇怪的是，今天后街的人不多。

走到一个麻辣烫的摊子那儿，周梵开始点单。周峪嘉坐在她旁边看着菜单，一溜儿下来点了很多，旁边的服务员都记不下。

半刻钟后，麻辣烫摆上餐桌，周梵和周峪嘉动起筷子。

周梵笑眯眯地道："还是那个味道啊！"她夹起一块白净的豆腐，"好吃。"

周峪嘉嘲笑她："看你那没见过世面的样。"

周梵轻拍下他寸头："找打。"

两人正闹着。

周梵用筷子夹起个鱼丸往周峪嘉碗里放："好吃的。"

"哟！"

周梵抬眼，看到面前站着一个高大的男人。

"真是妹妹啊，这都多久没见了。"

男人眉心有道疤，像是那种拿刀子直接剜的，触目惊心地挂着。他肤色偏黑，面色不善，右手臂上的文身是一只黑色的蝶，不漂亮，瘆人。

周峪嘉率先站起来，挡在周梵前面。

男人嗤笑一声："弟弟也长高很多了。我这刚从监狱出来呢，就碰上你们两个了，是真有缘分啊。"

周梵放下筷子，站起来，声音利落干净："你刚从监狱出来，还没被关够吗？是还想继续关着吗？"

男人穿着一身黑，露出的手臂看起来十分有力量，头发剃得极短。他看着周梵笑："这都上大学了吧。到底是上过大学的人，不像以前上高中那会儿。周梵，你变了很多啊，以前可没这么文明礼貌啊。"

周峪嘉和男人差不多高，但到底是少年人，比不过二十好几的成年男性。他扯了扯嘴角："我劝你最好识相点，别刚出来就又被关进去。"

男人伸手拨开周峪嘉，靠近周梵："我和你姐的事，你一个小毛孩插什么嘴。"

周峪嘉伸手拽住男人，狠狠地将他推开："我劝你嘴巴放干净些。"

男人笑了一声，在日光下看起来惊骇。

"这已经是干净的了，怎么，要听不干净的吗？"

周峪嘉冷下来也骇人，他拿起手机拨打110，将手机给男人看。

周梵将周峪嘉的手机拿过来，摁灭。她看着那个男人，眼神是前所未有的凶。

"周梵，你可别这样看我。"文身男嗤笑一声，"之前那些事，是你对不住我吧？"

周峪嘉将手机从周梵手里抢过来，点着手机拨打电话的页面："你是真不怕我报警吗？"

周梵扯唇，一贯温和的双眸看着文身男时，眼神透出几分轻蔑："好笑，我和你很熟吗？"

文身男也扯笑，一副皮笑肉不笑的样子，夺过周峪嘉的手机，而后轻放在放着麻辣烫碗的桌面上。

"不过是好久没见面，老朋友打个招呼而已。"他凑近周梵，"你还记得我吗？"

没等周梵说话，文身男便双手插裤兜，随后转身，朝后街尽头走，背影看起来无耻嚣张。

他留下一句话："周梵，我这辈子都记得你。"

周峪嘉大声爆了句粗话。

周梵面无表情地坐下，侧头问周峪嘉："他有找过你？"

"没有。"周峪嘉又爆了句粗话，"真是晦气，在这儿都能撞到他。"

听完周峪嘉的回答，周梵一边吃着麻辣烫，一边思考。末了，她又问："他这些天真没来找过你？"

周峪嘉："他前两天才被放出来。"

周梵抿了下唇，说："先回家吧，我想想怎么解决。"

"姐，"周峪嘉说，"你别想了。以前他欺负我，那时我还小，现在我都这么大了，报个警就能解决的事。刚刚我说要报警，他不就走了吗？"

周梵揉了下头发，因着今天放暑假，来后街的人不多，几乎一个摊子前就零散坐着一两个人。

"姐，我先去结账。"

周峪嘉结完账，周梵站起来，和他一起搭出租车回去。

周峪嘉宽慰了周梵一路。

"姐，你放心，我能够自己解决好的。"

走到家门口，周梵说："实在不行我们现在去派出所一趟。"她顿了下，"但现在没发生什么事情，找警察也没什么用，这种人还是得按以前的方法对付。"

周峪嘉拖着行李箱走进家门："算了吧，姐，我自己能处理好，你就别参与了。"

周梵侧头看周峪嘉一眼,伸手敲他头:"你怎么解决?遇到这种人就该以其人之道,还治其人之身。"

谢衍踩着拖鞋,站在门口,嗓音淡淡道:"什么事?"

"嗯?衍哥?"周峪嘉摸摸寸头,拎着行李箱进屋,"你怎么在我家啊?"

"哥哥在这里借住一个月。"周梵说。

"啊……衍哥,我们待会儿一起打游戏?"

谢衍:"待会儿我要出去一趟,晚点回。"

"哦,那行。"周峪嘉将行李箱拖进卧室,"我等你回来啊,衍哥。"

谢衍弯腰换鞋,周梵淡笑一声。

"刚在医院碰到的那个男生,我认识。"谢衍说。

"嗯?"周梵,"你认识梁殊择吗?"

"单方面认识。"谢衍声音淡淡的,"他是个很出色的人。"

周梵:"是啊。"她不自觉笑起来。

谢衍换完鞋出去,周梵看着他穿得很正式,西装革履。

"走了。"谢衍说。

"嗯。"周梵踩着拖鞋进了卧室。

晚上十一点多,周峪嘉正在客厅打游戏,便听到门口传来轻微的响动声。

"衍哥。"周峪嘉歪头去看。

谢衍"嗯"了一声。半个小时后,周峪嘉连败五局,喊:"衍哥,出来陪我打游戏吧。"

遭到周梵的一顿骂:"周峪嘉,你吵死了。"

谢衍走出客房,到了周梵卧室门口,说:"好了,不吵了。"

周峪嘉见谢衍出来,轻声说:"衍哥,我们双排吧。"

和谢衍打了几局后,周峪嘉终于扭转了连败的局面。

他歪头朝谢衍笑:"衍哥,再来几局。"

谢衍重新开了局,问:"今天你遇到什么事了?和我说说。"

"没什么。"周峪嘉肉眼可见地烦躁起来,"就一混子,初中的时候找过我麻烦,不过被我姐挡回去了。"

谢衍视线扫过来:"周梵?"

"嗯。"周峪嘉说,"初中那会儿……哥,你记得我出过车祸吧?就初二下半学期的时候,我好几个月没去班里上课。后来回学校,班里转来个新生,我和他各种不对盘,后来他还找了几个人一起围堵我来着……今天又碰到,晦气。"

周峪嘉盯着手机,不想再聊:"衍哥,快,别聊了,专注打游戏吧。"

谢衍轻轻"嗯"了一声,抬眼扫了下周梵的卧室,眼神寡淡。

LuoRu
XinDong

落入心动

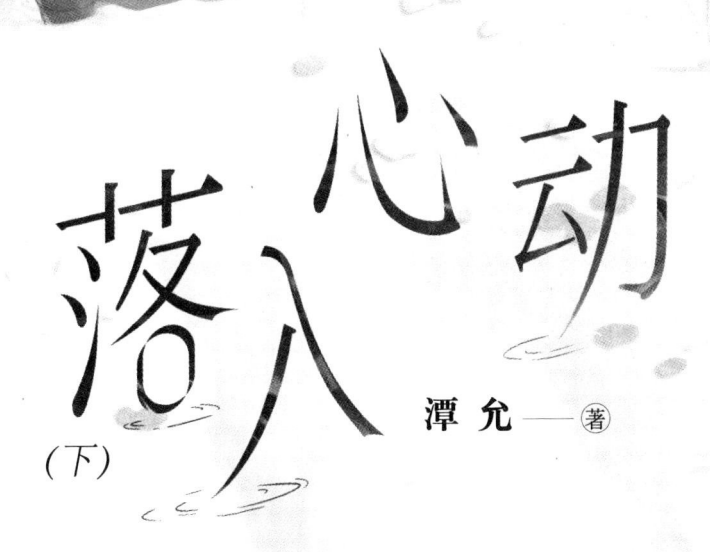

（下）

潭允 —— 著

江苏凤凰文艺出版社

有爱的青春陪伴者

第十一章

/

周梵，出来见我

周梵是在三天后忽然收到高三时艺考培训机构老师的邀请，让她去艺考机构那儿兼职辅导的。

老师问她有没有兴趣做兼职辅导学生，周梵本没有兴趣，但当老师拨打电话过来时，她又说了声"好"。

周三，周梵穿着件黑色T恤，搭着条高腰显瘦的长裤，拎着个包，包里装着她昨晚复印的资料，便出门约了辆出租车，朝"恒星"艺考培训机构走。

十几分钟后，出租车驶过一个别墅小区，在小区对面停下，司机扬了扬下巴："就在这儿下吧，恒星就在那儿。"

周梵下车，出租车驶出视线。她抬眼，对面就是梁殊择家那个寸土寸金的别墅小区。

恒星在别墅对面不远的地方。

周梵抵达恒星时，一个穿着长裙的老师朝她挥手："梵梵。"

长裙女人是之前教周梵艺考环节当中，面试部分的老师。

"哎哟，可把你盼来了。"老师拉过周梵的手，"放暑假来恒星当老师，怎么一开始还拒绝了呢，现在又想来恒星了，是想念恒星的老师了吗？"

周梵扫过对面的别墅小区，"嗯"了声，接着道："想你了，老师。"

上午，周梵和培训机构里认识的老师叙旧聊天，说大学里一些有趣的事。十一点多，到了吃饭的点，老师们纷纷让周梵去食堂吃饭，下午就可以来当机构培训的小老师了。

"真好啊，周梵，你当学生那会儿就那么认真，当老师也这么认真，那些小孩肯定喜欢你这种老师。"去食堂的路上，有人说。

周梵笑两声："我也就比他们大一岁。"

恒星的食堂里，周梵打好饭菜后，便坐下，和几个老师聊着天。老师们极热情，毕竟是教艺考的，大多外向活泼且年轻。

吃完饭，周梵去楼下买咖啡。

路上，她低头摆弄手机，点进和梁殊择的对话框，到咖啡店后，边排队边在对话框中输入。

她还没编辑完，一条信息忽然弹了出来。

梁殊择：回头。

周梵抬眼，回头，看到写字楼那儿走出来一拨人，梁殊择走在最中心。过了几秒，梁殊择和那拨人分开，走进咖啡店。

周梵点了两杯咖啡，一杯递给梁殊择。

梁殊择扯了个懒散的笑："凑单的？"

周梵摇头："不是。"

梁殊择："那是特意给我买的？"

周梵双手握着冰咖啡，冷气往外冒，水渍沾到手心。她侧眼看梁殊择："嗯，特意给你买的。"

梁殊择刚刚大概只是浑不懔地扯一句，周梵看到他喉结滚动了下。

"是吗？"梁殊择一字一顿地重复周梵说的话，"特、意、给、我、买、的。"

周梵"嗯"了声："我今天来恒星，之前的艺考老师让我来帮忙辅导学生。"她指了下方位，"就那儿。"

梁殊择顺着她指的方向看过去："哦。"他扯了个笑，依旧一字一顿，"那现在是特意指给我看吗？"

周梵喝一口咖啡，三分糖，偏苦，涌进喉咙时生出几分甜。

周梵眼神和梁殊择短暂地撞了下："没这个意思，就顺便提一下。"

梁殊择扯唇："噢，这样。"

周梵偏头看他："那你怎么从对面写字楼出来？"

梁殊择懒洋洋地回应她："之前你不是在网吧见到那个人吗？我和他一起做个软件项目。"

周梵依旧偏头看他："梁殊择。"

梁殊择看着她，尾音上扬："嗯？怎么？"

周梵语气真挚："那你晚上有时间吗？"

梁殊择扯起一个漫不经心的笑，偏头看她："这是开始约我了？"

周梵："上次那个游乐场不是什么也没玩吗？浪费我们凑单买的票了。然后那天游乐场做活动附送了两张夜场票，这两张夜场票有一张应该是你的。

"如果你今天晚上没时间，那我把那个夜场票给你吧，你再找时间去，或者你不想去，就给你妹妹。"

梁殊择："那如果今晚我有时间呢？"

周梵喝一口咖啡，语气淡淡："我今天晚上会去，如果你今晚也有时间，我们可以搭个伴。"

梁殊择抬眼看她："那搭个伴？"

"嗯，好。"周梵"咕噜咕噜"喝了好几口咖啡，好甜。

周梵下午上了两节文艺常识的课，下课后，校长找她。

"周梵啊，你今天上的课，还不错。怎么样，暑期有兴趣成为正式的辅导老师吗？"

周梵坐在校长办公室，和校长聊了会儿，便签订了合同。

晚上七点，她背着包走出恒星。空气新鲜，夜空璀璨，天边挂着圆圆的月亮。

刚走出恒星，周梵便看到梁殊择从写字楼走出来。

"你办完事情了吗？"周梵走近他问。

"办完了，走吧。"梁殊择步伐懒散，穿着一身深色的衣服，在夜色里看起来骄狂打眼，像正月里肆意妄为的狂风。

"嗯。梁殊择，"周梵偏头看他，"要不我们坐公交车去吧？"

"嗯？"梁殊择笑了笑，疏懒地问她，"为什么？"

"就忽然很想坐公交车。"

周梵想，她还没有和梁殊择一起坐过公交车，一起感受过遂南市夏天里的空气与风。

几秒后，周梵听到梁殊择说了声"行"。她歪头看他，便撞入他那双漆黑的眼。

周梵若无其事地扒拉下头发，和梁殊择一起走向公交站牌。

站牌下，梁殊择看着大屏幕，从这里到遂南游乐场的公交车次一共有六辆，排除掉一辆因为时间原因不能乘坐，其他五辆都可以乘坐。

周梵："梁殊择，你想搭哪辆？"

梁殊择声音寡淡："噢，有 12 路、28 路、37 路、32 路，"他顿一秒，"99 路公交车。"

周梵手里拎着斜挎包，眼睛认真地看着公交车站牌，说："12 路和 28 路经过的站点太多了，会很慢。37 路，会拐到遂南郊区那边，更慢了。"

她指给梁殊择看，"32路好像车次不多，很难等。"

她有点私心，想坐99路那辆，博个日后和他恋爱的彩头。

梁殊择扯着笑打量她："噢。"

周梵偏头看他："怎么了？"

梁殊择忽然凑近周梵。

周梵正看着公交站牌，忽然感受到梁殊择朝她走过来，他的脸近在咫尺。

周梵愣了一秒，拎斜挎包的手指紧紧缠住包的锁链，她抬眼看梁殊择："怎么了吗？"

过了几秒，她看到梁殊择眼神含着漫不经心的笑，声音略微扬起，单眼皮懒懒地撩着，显得勾人。

"周梵，你排除掉12路、28路、37路、32路公交车了？"

"嗯。"周梵指着公交车站牌，"你可以看，这些车次都不太合适。"

梁殊择懒洋洋地"哦"了一声："照你这么说，就只剩99路了？"

周梵依旧看着公交车站牌，认真地说："我觉得是的，其他车次因为车程和时间，都被我筛选掉了。"

梁殊择低头看着她。

周梵便也歪头看向梁殊择。

"你觉得呢？待会儿就有一趟99路了。"

梁殊择扯着笑："我觉得？周梵，你想和我坐99路公交车就直说。"

周梵缓缓地瞪大眼睛："什么啊。

"你不要过度解读我的意思了。"

梁殊择看着她："那你没这个意思？"

周梵当然只能否认："没有。"

梁殊择扯着笑看她："那你反应这么大——"

"我乱猜的。"他扬了扬下巴，"你想坐的99路公交车来了，走吧。"

周梵松了口气，为什么他能猜得这么准啊？

除了周梵和梁殊择两个人，还有人陆续上车。

几个老人先走上车，老人上车后，有几个年轻人像阵烟似的溜进公交车。周梵便等到最后一个才上车。

梁殊择走在周梵前头，过一秒回头看她。

周梵对上他眼神,听到梁殊择薄唇轻启,嘴角扯着笑:"怎么,要我牵着你上来?"

周梵看到梁殊择朝她伸过来的手。那只手修长好看,看起来很有力量感。

梁殊择扯着漫不经心的笑,伸出手的动作看起来像是在开玩笑。

周梵抿了下唇,忽然不知从哪儿冒出一个混小子,背着书包狂奔上车,风卷起他发梢,他似乎没看路,闷着头跑进车厢,正好撞到了她。

十七八岁的小子连忙道声"不好意思",但她已经被撞得往后退了一步,身体摇摇欲坠。

与此同时,有人拉住她的手。

周梵抬眼,看到梁殊择拉住了她,身体处在不平衡状态,她便下意识用力拉住了他。

梁殊择将周梵拉住,周梵身子摇摆几下,堪堪立住。

"抓紧我。"梁殊择吐出一句话。

"嗯。"周梵后知后觉地牢牢拽住梁殊择的手,被他带上了公交车。她被梁殊择拉着,坐到了后排位置。

刚落座,周梵手心便冒汗,抬眼看,两人手还拉着,因着梁殊择力气变小,两人更像是牵手。

周梵率先松开梁殊择的手,侧头看他:"刚刚你动作好快。"

梁殊择缓慢抬眼看她:"重点是这个?"

周梵抱歉地抓下头发:"噢!刚刚下意识拽你,冒犯你了,不好意思呀。"

梁殊择要笑不笑地看着她,声音放缓:"你那是下意识?我怎么觉得是——蓄谋已久?"

周梵睨他一眼,整理好混乱中被风吹散的头发,说:"意外情况。"

"意外真多啊,"梁殊择说,"上次你还亲我了,这次又牵手。"

周梵知道他是指去游乐场那次,她不小心亲了下他右脸的事,但被他这么说出来,她怎么觉得好像变了个味道。

说得她好像是故意的一样。

周梵微眯着眼,坐在公交车靠窗的座位上,将窗帘拢在一起,歪头扫他一眼说："说了是意外,这些事情都不是我能控制的。"

"噢,"梁殊择睨她,"都是你不能控制的。"

"嗯。"周梵低头从包里拿出手机。不一会儿,公交车行驶到一处施工地带,施工噪音有些大。

她杵着下巴,不自觉皱眉,将窗户关上,刚好公交车停下,在等五十五秒的红灯结束。

周梵从包里拿出一副白色的耳机,准备戴上。

她扫了眼梁殊择:"吵吗?"

梁殊择抬眼看她:"嗯?"

周梵将一只耳机递给他:"听会儿歌?"

梁殊择嘴角扯着,接过耳机,戴上,白色的耳机线穿过他深色的上衣。

周梵戴上另外一个耳机,随意点开歌单,看也没看就放了一首歌。

放完歌,她便杵着下巴出神,过了几十秒,像是想到什么,看了眼手机屏幕。

正在放的这首歌是杨千嬅的《少女的祈祷》。

周梵慢腾腾地眨下眼,扫了下歌词,而后心一紧,脸不自觉发烫。

过了几秒,她将歌切掉,换了另一首歌。

"周梵。"

旁边的人叫她名字。

周梵缓了好几秒,扯下耳机,撇头看他:"怎么了?"

她以为梁殊择会说这首歌的事,但没想到他简单地扫了眼外边,说:"到了,下车。"

"哦哦。"周梵将歌关掉。梁殊择懒散地摘下耳机,递给她。

周梵接过耳机,放进包里。

两人下了车,周梵从包里拿出两张游乐园的夜场票,递一张给梁殊择。

两人检完票后走进游乐园。因为是夜间,各色灯光齐齐映着,路边的灯都五光十色,漂亮斑斓。

周梵借着灯光看夜场票上的项目,边看边抬眼问梁殊择:"你有什么想玩的吗?"

过了一秒,梁殊择问她:"你有想玩的?"

"有,挺多。"周梵说,"跳楼机、大摆锤、旋转飞椅。"

她看向梁殊择:"看上去都挺刺激的。"

梁殊择看了一眼地图,说:"走吧。"

一个小时后,两人从跳楼机上下来。

周梵解开系着的安全带,看向梁殊择:"这也太刺激了!"

梁殊择扯出一个漫不经心的笑,松开安全带,走出跳楼机区域。

周梵咽了下喉咙,问:"那你还有什么想玩的吗?"

"没。"梁殊择说,"你还想玩什么?"

周梵看了眼票上的地图:"好像差不多都玩遍了啊。"

她顿了几秒,看到地图上还有个摩天轮没坐。但摩天轮嘛……她眨下眼,空间太私密了,两个搭伙去游乐场的人一起去坐摩天轮,好像有点说不通啊。

虽然她挺想去的。

过了几秒,她耳边传来梁殊择的声音,他低头看着票,声音闲懒道:"不是摩天轮还没去?"

"啊。"周梵看票,"是,漏看了。"

梁殊择抬眼看她:"是漏看了还是不想去?"

周梵看着他说:"想去的。"

梁殊择转过身,朝摩天轮方向走,声音淡淡:"那走吧。"说完,他勾起了嘴角,周梵没看到。

这是周梵第一次坐摩天轮。

队伍很长,周梵和梁殊择排在队伍末尾。

夏天空气燥热,周梵拿起皮筋扎头发,不小心将戴着的兔子耳坠弄掉。

梁殊择弯腰替她捡起来,递给她。

周梵接过,低头侧脸试图将耳坠戴上,但弄了好久,一直没戴上。

"戴了这么久,还喜欢吗?"梁殊择眼睛狭长,看向她时带了几分寡淡。

周梵终于将耳坠戴好:"喜欢啊。"她跟着队伍往前走,"兔子不挺可爱的。"

290

她接着说:"你上次给我买的皮筋也是兔子的。"

她回头看梁殊择:"我绑手上了。"

"噢。"梁殊择扯唇,"只要是兔子,你都喜欢?"

"不是啊,兔子耳坠对我来说挺珍贵的。怎么说呢,应该是说,很有意义吧,我高中那会儿过得不是很顺心——"她笑了笑,"就像是从天而降的礼物。"

"噢,"梁殊择挑了挑眉梢,"从天而降的礼物。"

周梵跟着队伍继续往前走,"嗯"了声。

过了十分钟,终于排到周梵和梁殊择。

两人上楼,走到搭乘摩天轮的区域,周梵探身坐进去,梁殊择随后。

空间密闭,周梵进观光厢时咽了下喉咙。

梁殊择疏懒地走进,坐下:"你以前和别人坐过摩天轮吗?"

"没啊。"周梵看着摩天轮缓缓上升,离地面越来越远,吐出一句话,"这是我第一次坐摩天轮。"

"挺开心的。"她转头看梁殊择一眼,"和你一起。"

梁殊择的手机忽然响了。

他抬眼看下周梵,周梵便转身去看外边的风景了。

梁殊择这个电话打得有点久,周梵眼睛盯着外边的夜色,夜色好像静止了,一动也不动。

她揉下眼睛,忽然凑过去看对面的高楼,又转身扫下对面的摩天轮观光厢,她发现摩天轮好像已经有好几分钟静止不动了。

周梵瞪大眼睛,摩天轮真的停止运转了。

她走到梁殊择身边,他还倚着观光厢和电话里的人交谈着什么。

周梵扯了下他的衣服,梁殊择说了声"好"后便挂了电话。

"梁殊择,"周梵说,"摩天轮好像有五分钟没动过了。"

"嗯?"梁殊择抬眸看周梵,再看外边的夜色。

周梵低头看手机,现在是晚上九点过五分。

2015年7月,遂南市银宸游乐场的摩天轮因高温导致电路出现故障,为排除故障,提前停运,部分游客在观光厢里被困一个多小时。

那时周梵和梁殊择正处在摩天轮最高点,是被困了一个多小时的那批人。

周梵不知道发生了什么,摩天轮工作人员的电话也还没有打到她和梁殊择手机上。

她看着摩天轮一动也不动,而她和梁殊择处在最高点,难免有些害怕。

她看着梁殊择,抿了下唇:"我们该不会死在这里吧?"

之前也看过相关新闻报道,周梵当时是真想过,她有可能会和梁殊择一起从高空坠落的。

梁殊择倒是一点没慌。他看着她,抬手揉下她头发。

周梵愣了下,拉过梁殊择的手,说:"我真有点害怕。"

梁殊择眼睫漆黑:"别怕,不会出事,有我在。"

天气炎热,观光厢里空气沉闷,又热又躁。

周梵舔了下唇,恐惧占据她的内心。女孩子总是敏感一些,对于意外和死亡,在黑夜里能将它放大一百倍。

梁殊择开始拨打夜场票上的电话号码。

忽然,整个观光厢抖动一下,像是有些摇摇欲坠。周梵紧紧拽着梁殊择的手,对面的高楼大厦灯光璀璨,而观光厢里明暗参半,摇摇晃晃。

打了好几分钟,电话都没接通。

周梵手心开始冒汗,她看了眼梁殊择,又看了眼对面的观光厢,那里也坐了两个人。

是一对情侣,正接吻。

夜色迷离,摇摆不定的观光厢,随时可能会发生意外的摩天轮,和一对正接吻的情侣。

周梵怔了会儿,站起来看着对面。

怎么会有人那样不怕死,又这么浪漫。

"周梵,过来。"梁殊择的声音将周梵拽回。

她揉下眼,走回梁殊择身边。

"现在工作人员那边占线,电话打不通。"他按了下周梵的手,"别慌。"

话音刚落,观光厢便重新启动,往地面移动,周梵往底下看,已经有不少工作人员在帮忙解救了。

但观光厢启动了半分钟，又停止了。

周梵"嗯"了一声，下意识回头看对面那个观光厢的情侣。两人抱在一起，依旧在接吻。

"看什么？"梁殊择懒散地循着周梵的视线看过去。

周梵："没什么！"

她拽着梁殊择的手，不许他看。

梁殊择觉得好笑，偏偏侧头去看对面，周梵急了，伸手去遮他的眼睛。

"说了没什么，"她半跪在观光厢的座位上，"你还看什么。"

梁殊择轻轻拨开周梵的手："干什么，周梵你别太过，这种程度的身体接触，有点过分。"

周梵被梁殊择拨开："我都说了让你别看了，你还非去看。"

梁殊择"哦"了一声，侧头看一眼对面观光厢，而后转头朝周梵说："有什么不许看的？"

周梵转头去看，那对情侣已经没在接吻了，两个人正看风景。

梁殊择和周梵的手机同时响了起来。

两个人分别接起电话，是游乐园的作人员打过来的，解释了下，说在排除故障，待会儿就能运转了。

周梵挂了电话，终于放下心来。

梁殊择瞥了眼她："放心了？"

"嗯。"周梵笑了下，"刚刚我真是吓到了，我以为我会从高空掉下去。"

梁殊择笑了："这就是你拉我手的原因？"

周梵低头，眼睫被光亮照得根根分明，说："我太害怕了，就想随便拽个人的手。"

"原来是这样。"梁殊择说，"拽都拽了，还扣个'随便'的名头。"

他睨着周梵："便宜都是你家的？"

周梵："那你刚刚还揉我头发了。"

"我那不是安抚你？"梁殊择说。

"哦，好吧。"周梵重新转头看外边的风景。

梁殊择扯了扯唇："周梵，你还挺委屈。"

"没。"周梵回头扫了他一眼。

摩天轮的观光厢是在半个小时后重新落到地面的。

周梵深吸了一口气,腿还有些发软。

梁殊择在和工作人员交涉。

五分钟后,梁殊择朝她走过来:"走,送你回去。"

周梵便跟着梁殊择往停车场走。

周梵:"你的车什么时候停到这儿来了?"

梁殊择语气闲散:"刚刚让家里的司机开过来的。"

"哦。"

坐上副驾驶座,周梵软绵绵地躺在座椅上:"今天真是好倒霉啊。"

梁殊择:"你还倒霉?"

周梵看他:"怎么不倒霉啊,第一次坐摩天轮就被困在上面一个小时,我还以为今天要和你死在摩天轮里了。"

梁殊择:"你今天不是牵我手了?还倒霉?"

周梵:"那不是意外吗?"

"噢,意外,"梁殊择说,"无法控制的事情。"

"嗯。"周梵扭头看外面。

等过了个红绿灯,她忽然开口:"梁殊择,其实我也能控制。"

梁殊择睨了她一眼:"嗯?"

"但主要是在摩天轮上太害怕了,还是因为这个原因。"周梵接着说。

梁殊择一边开车,一边听她说。

"真的很害怕啊。"周梵扭头看他,"我第一次坐摩天轮,我以为这玩意转个圈就行了,没想到它将我们一直挂在最高点。你是不知道,我还看到对面那个观光厢那对——"

梁殊择接她的话:"怎么?"

周梵抹了下头发:"没什么。"

将车开到周梵家小区楼下,梁殊择忽然开口:"其实我看到了。"

周梵歪头,眼睛盯着他:"看到什么了?"

梁殊择觉得好笑:"接吻啊。"

周梵"哦"一声，松开安全带。

梁殊择好笑道："你是小孩吗？人家接个吻你还不许我看？"

"哪有。"周梵说，"那之前我问你看到没有，你还欲盖弥彰地说，什么也没看到呢。"

梁殊择扫了一眼她，周梵对上他的眼神。过了几秒，她听到梁殊择吐出一句话："我这不是怕你效仿吗？"

周梵正喝着水，听到梁殊择这句话忽然被呛住，连咳好几声才停住。

梁殊择瞥着她："被我说中了？"

周梵拿纸擦干嘴角，扭头看他："我才没有。"

梁殊择扯了个笑："总不能是难为情吧？"

周梵将纸巾玩似的折叠好，说："如果我说，是呢？"

梁殊择微眯着眼，长久地顿了下。

周梵拉开车门下车，梁殊择忽然叫住她。

"周梵。"懒洋洋的一声。

周梵脚步一滞，回头看他。

梁殊择薄唇动了动："把话说清楚再走。"

与此同时，周梵余光瞥到路边走过来一个人，模糊灯光，将他身影拉得极长。

周梵认出是谢衍。他离梁殊择的车还有点距离，但很快就会走到。

周梵不想让谢衍看到她和梁殊择，但此时她又很想把话说清楚，便弯身坐进车里，对上梁殊择的眼神，认真地说："这周四，我能约你一起去看电影吗？"

说完，她探出脑袋，看谢衍离这儿还有多远，然后飞快地转头对梁殊择说："你先不用回答我，好好考虑。嗯，我先下车了。"

下车前，她看了一眼梁殊择。

梁殊择眼珠漆黑，下颌硬朗，弧度流畅，车里阅读灯亮着，此时他正直直地看着她。

周梵的脸有点烫，很快下了车。

约梁殊择去看电影这事，她想了挺长一段时间。

但在今天提出来，她自己也没有预料到，好像就是在那一刹间，她将那

295

个邀请脱口而出。

梁殊择的车恰好停在路口,周梵下车后便假装是从对面那条路走过来的,看见谢衍时,她抬手打个招呼,余光里瞄见梁殊择已经驱车离开。

她松了口气。

"刚从学校回来?"谢衍迈步和周梵一起回家。

"嗯。"周梵点下头,心里想着刚刚邀请梁殊择看电影的事,嘴角不自觉翘起,她很好奇梁殊择会给她什么答复。

而且,她主动邀请梁殊择看电影。

这意思已经很明显了吧。

回到家,手机响了下。

周梵抿下嘴,将手机打开,是微电影小组有人@了全体成员。

小组一共有五个人,是微电影老师随机分的组,周梵没和李清铭分到一组,而是很巧地和徐雾、郑烟烟分到了一组。

刚刚这条消息是一个男生发的,大意是他想趁着这个暑假将微电影拍了。之前小组已经写了剧本,预定微电影在遂北市澄山取景拍摄。

周梵扫了眼群聊,思考了下,其实暑假将微电影拍完是挺好的,取景点在遂北市,她暑假在遂南市,比等开学回西京市再去取景要方便许多。

而且大二学习更繁忙,要处理的事情多,如果可以在大一暑期拍完微电影,大二时学业方面会轻松点。

她便在群里回复:我是 OK 的,其他人可以考虑下。

过了会儿,梁殊择给她发了个问号。

周梵退出群聊,看到梁殊择接着打过来一句话:影城出了两个人一起看电影,可以抽奖的活动?

周梵喝口酸奶,在对话框输入:没有啊。

梁殊择:哦。

周梵输入"嗯,没什么其他原因,我就想请你看个电影",还没发出去,梁殊择便又发来一条信息:特意请我看电影?

周梵将对话框里的话删掉,重新输入:嗯,你好好考虑一下吧。

梁殊择:行,我会好好考虑的。

周梵盯着屏幕，扯了下唇，梁殊择应该会认真考虑吧？

周梵靠着沙发，看2014年的春晚重播。

是那一天，她和李清铭打电话，不小心偶遇梁殊择，而错失没有看的春晚节目。

电视里正唱着一首叫作《情非得已》的歌曲。

周梵抬眼，看到正在滚动的一句歌词——

什么原因，

我竟然又会遇见你。

第二天一早，周梵摸到手机，点进微电影的群里，翻了下聊天记录。

徐雾说她在电视台上班没有时间，郑烟烟说有时间，另外一个女生说她也可以。

所有只有徐雾没有时间。

他们组唯一一个男生询问徐雾，是否可以调出时间。

徐雾到现在还没有回复消息。

周梵看到徐雾正在电视台上班，忽然想到她那个黄掉的实习机会，叹口气，猜想徐雾大概是投了好几份简历，虽然没有被她们共同投的那一个电视台录取，但后来还是被其他电视台录取了。

上午，她打车去恒星。下车时，群里那个男生私聊了她：那就这样定好了，这周四，我们一起去遂北市拍摄。

周梵点进群聊，发现一个小时前，徐雾不知道怎么回事，又说自己腾出了时间，可以一同去遂北市拍摄。

男生根据天气和所请演员的时间，便将拍摄时间定在了周四，拍摄周期初定是七天。

怎么偏偏是这周四啊？周梵往恒星走，边上楼边打开购买电影票的软件，她想和梁殊择一起去看的电影周四才上映，也不能提前去电影院看。

如果去遂北市，她就不能和梁殊择这周四去看电影了。

她之前以为拍摄会在八月，没想到这么早。

周梵还想很自私地争取一下，便回复那个男生：我们这么早去拍吗？能推迟几天吗?

男生回复:是的,饰演女一号的演员就这十几天有空,她下个月没时间。

周梵负责拍摄,是要管摄像机的,一定得跟组走,不能请假。如果组里确定周四去,她也只能跟着去遂北市。

梁殊择这几天仍很忙,周三晚上,周梵约梁殊择去写字楼下的咖啡店。

她在咖啡店里坐着,看着梁殊择走过来。周梵能看出来他是真忙,一点不像平时那副疏懒模样。

周梵觉得有些抱歉,将咖啡推到刚坐下的梁殊择面前,抿了下唇,抬眼看他。

梁殊择扯了个笑,手指搭在咖啡杯的边缘,抬眼看她。

"我周四不能和你去看电影了。"过了几秒,周梵说。

"这是闹哪一出?"梁殊择懒笑一声,有意无意地扫她一眼。

"没闹。"周梵担心梁殊择不信,便将手机递过去,给他看聊天记录,"你看,我们周四要去遂北市澄山。"

"噢。"梁殊择接过手机,手指点了下屏幕,像是真的在翻聊天记录。

"但是那个电影周四才上映。"周梵说,"只能等我拍完微电影,下周回来,再约你了。"

梁殊择将手机递给周梵。

周梵声音放软:"梁殊择,我下周再约你,好不好?"

梁殊择扯起一个笑。

周梵看着他。

接着,梁殊择吐出一句话:"下周我没什么时间。"

周梵很苦恼:"可是我想约你看的那部电影,周四才上映呀。"她摸了下鼻子,"你还没说去不去呢——你去吗?"

"下周,"梁殊择说,"不去。"

周梵喝一口咖啡,入口微苦。

她撑着下巴,下意识说:"你别无理取闹。"

梁殊择看她一眼。

周梵又摸了下鼻子:"这种事情不是我能控制的。"她弯唇,"你这么好，你就原谅我出尔反尔吧。"

梁殊择大抵很吃她这套，散懒道："我再好好考虑一下。"他掀起眼皮，"下周再说。"

"嗯，好。"周梵说，"我明天下午就要去澄山了。"

梁殊择："一个人？"

"没。"周梵说，"我们组五个人，还有几个演员，我明天坐高铁到那儿，再和他们会合。"

说完，她看了眼手机时间："我现在得回去了，行李还没清好。

"我打好车了，在外面。那我先走啦。"

梁殊择一如既往地看着周梵在他面前走远。

周梵这几天在培训班将下一周要上的课全部补完了，恒星的老师让周梵注意安全，澄山很偏僻，是个人烟稀少的地方。

周四，周梵拖着行李箱往高铁站走。

坐上高铁后，她点开群聊。四个演员和群里的另外四个人都是西京市的，他们一起坐飞机来遂北。

周梵应该是第一个到澄山镇上的。

下午两点，周梵到遂北高铁站，搭巴士往澄山走，同时收到了一条不好的消息。

徐雾之前联系了一户人家，他们本来是要在那儿住宿七天，但这家人忽然有事要离开澄山，不能租房给他们了。

所以还得赶紧在澄山找个房子住宿。

澄山的居民本就不多，更别说肯和借房子给他们的了。

这里也没有旅馆、民宿之类的。

周梵抵达澄山时，拎着行李箱孤零零地不知去哪儿。

两分钟前，徐雾在群里发了消息，说飞机晚点，他们得晚上才到。

澄山比遂南市温度低许多，周梵穿着件黑色外套，只能先找落脚点。

人生地不熟的，她不太好找，何况又不是她一个人住，能住七八个人的房子，找起来也难。

到了晚上，气温更是直线下降。天黢黑，星星也不甚亮，连空气都稀薄。

徐雾那批人到的时候已经晚上九点了。

会合后，大家都为今晚住哪儿发愁。

徐雾瞥了一眼周梵："你比我们早到那么多，也没找到房子吗？"

周梵睨着徐雾："你去找？这里房子难找，你不知道？"

"行，我去找。"徐雾放下行李箱，和郑烟烟两个人去找房子，"谁像你，在这儿待了一下午连房子都没找到。"

周梵脸颊冰冷，其他人安慰说，这儿的房子是难找，要她别把徐雾的话放心上。

一个小时过去了，徐雾和郑烟烟还没回来。

周梵耐不住性子，便和大家说往刚刚没去的方向走，看能不能找到个暂时的落脚地。

几分钟后，她瞥到不远处的光亮。

她走了过去。

是一座不算小的房子。

周梵刚走近，便看到一个年轻男人走出屋子。

"你好，"她没放过机会，问，"请问你这儿能借宿吗？"

"借宿？"男人步伐一滞。

"是的。"周梵将情况和男人详细说了下。

男人打量了她好一会儿，说："可以是可以，这样吧，你把你的朋友都叫过来。"

十分钟后，周梵将其他人叫到这里。

她觉得有戏，这个男人看起来很淳朴，他家房子也挺大，在这片山里算挺难得。

交谈一会儿后，果真有戏，男人同意将房子租给他们了。

周梵一行人连忙道谢，男人走入房子，招呼他们进去分房间。

徐雾走过去时，周梵听到她嘀咕了声："明明刚刚我问可不可以租借，他说不可以啊。"

周梵皱起眉，一会儿后，她、徐雾、郑烟烟和另外一个女生分到了一个套间。

晚上十点多，周梵将行李箱放到房间里，想问问这个男人关于澄山的一些事宜，顺便谈谈住宿的费用。

男人站在客厅里，像是在给谁打电话，周梵走近时，他挂了电话。

"你好，请问这个住宿费用怎么算啊？"

男人说："你们走的那天再一起算吧。你们是来拍东西的吗？"

"嗯，我们来拍微电影。"

周梵和男人交涉了一番，便回了房间，上床休息。

她认床，睡得很不安稳，翻来覆去怎么睡不着，索性便起床了。

已是深夜一点多。

前头有个院子，周梵走到那儿蹲着看月亮。

看了半个小时后，困意袭来，她便打算走回房间，却忽然瞥到一抹身影。像是这座房子的屋主，他好像又在给谁打电话。

周梵路过，忽然听到那人口中提到了她的名字。

嗯？她呆住，她好像一直没有告诉过他，她的名字。

周梵心中警铃大作，漆黑的夜色中，她想到那些恐怖的社会新闻，今天找房子未免太顺利。

她心脏紧了紧，皱眉，抿唇，手心开始冒汗。这可是没什么人住的山上啊，要做坏事简直太简单。

周梵越想越害怕。

过了会儿，她忽然听到一道熟悉的嗓音，懒倦的，目中无人的。

"行，那就拜托你了。"

周梵抬头看了眼月亮，挂在山头，耀眼漂亮。

她迷糊地舔了下唇，那声音是梁殊择的，她不可能听错。

周梵不记得自己是怎么走回房间的了，她借着月光，看黑色的手机屏幕。

半晌，她打开手机，心里生出一个强烈的想法。

她不想再等到下周四了，她很想现在就和梁殊择说清楚。

毕竟澄山的月亮这么漂亮，她不想辜负这份美景。

之前她之所以将自己的心意藏住，是担心梁殊择对她没有那种想法。

但今天他帮自己找房子这事，虽然也不能直接证明，他是喜欢她的。但周梵忽然就很想试一试，直接一点问他好了。

就算他只是将她当朋友，没有那种想谈恋爱的想法，好像也没有关系。

她难得搏一次，上天也该让她赢一回吧。

就算输掉了，也没有关系。起码为此争取过，输了，她也是自己的赢家。

周梵抿紧唇，闭上眼好一会儿，而后又打开手机，点进和梁殊择的对话框。

忽然，她瞥到一条信息。

不是梁殊择发的，而是她发的。但周梵记得自己没发过这条信息，而且，这条信息的口吻，也不是她的。

她扫了眼时间，忽然想到这是昨天，在咖啡店，她将手机递给梁殊择看的时候他发的，她那时以为他在看聊天记录，以此确认她周四的确是要去澄山。

却没想到，他没看聊天记录，百分之百地相信她。

而且，用她的手机给他发了消息。

周梵在夜色下盯着这条信息：周梵，又要找我聊天了？注意安全，下周四的电影，我同意你约我了。

周梵这一整天都没点开她和梁殊择的对话框，所以这时候才看到。

这条信息像是催化剂，让周梵顿时生出无数勇气。

她咬住唇，几乎咬出牙印，良久，勇气溢出来，和月色一起跌落在澄山。

2015年7月12日凌晨两点四十分，周梵在和梁殊择的对话框中，很快速地输入一句话：梁殊择，我想约你做一件事。

半分钟后，梁殊择回复：嗯？说。

周梵打字：我想约你，和我试一试。

又是三十秒，梁殊择发来一条信息：是我想的那样吗？

周梵回复：嗯，我想和你试试。

周梵：谈恋爱。

两分钟后，梁殊择回复她：周梵，出来见我。

周梵缓慢地眨了下眼，差点拿不稳手机。

什么意思啊,梁殊择也在这里吗?

后知后觉地,周梵一想到待会儿能见到梁殊择,内心便有如火烧,整个人像走在独木桥上。

见到她后,梁殊择会说什么呢?

他这意思,到底答不答应和她在一起啊,是想当面羞辱她吗?

应该也不太可能吧。

周梵此时最好奇的是,梁殊择为什么会忽然出现在这儿,他是特意跟她过来的吗?

除了这点,好像也找不到其他理由了。

周梵舔了下唇,将乌黑的头发拢到一处扎起来,用的皮筋是那个兔子的。

她穿上鞋,没发出多大动静,推开门,往庭院的方向走。

周梵低着头,月光静静地笼罩在她身上,肤色瓷白,眼睛深邃,炯炯有神。

因为出门得有点急,她没穿外套,只单穿了件淡灰色的T恤,圆领的,锁骨显出来。

一双长腿笔直,牛仔裤勾勒出利落形状,整个人看起来很是打眼漂亮。

她有点紧张,又觉得很雀跃,像飞进一只扑腾的黄鹂,将她的心搅得七上八下。

但周梵同时又是自信的,这种自信不是说,她有信心,梁殊择会喜欢她。

而是那种,就算被梁殊择当面拒绝,她也依然有继续微笑的勇气。

太阳总会在新的一天照常升起,就算被拒绝也没什么好伤心的,被喜欢很好,不被喜欢也不值得难过。

她是个自我珍视的人,总觉得天底下的喜欢都没有那么长久,没有人会喜欢一个人很久很久,她不相信有这样的人存在。因为人大抵都是自私的,就算是父母,好像对她的喜欢也并没有那么多。

周梵秉持这样的想法生活了十九年,至今仍未改变,将来也应该不会改变,因为她好像天性凉薄。

遇到梁殊择后,她的想法动摇了些,但没有动摇到根基。

周梵觉得梁殊择于她而言,是一个很特殊的存在,她想和他在一起。

她第一次想恋爱,不是很确定她是否能喜欢梁殊择很久很久,是一年两年,还是五年十年?或者说,一个月两个月?

她现在真的不知道。

或许和家庭环境有关,她不是一个长情的人。

但周梵又觉得梁殊择大抵真的是一个很意外的存在,他让她产生想恋爱的想法,已经足够证明他在她这里,是独特的了。

只是将来的事情,她也不敢保证。

这一点,如果待会儿梁殊择答应和她在一起试试的话,她会告诉他的。

庭院的那扇门,周梵是可以从里面打开的,她转动门锁,将门推开,走出去。

她将视线放远了点,便看到了稳步朝她走过来的男人。

梁殊择穿了件黑色外套,五官深邃,脖颈笔直,身形高大,极容易带给人一种安全感。

周梵霎时觉得以后还会看到像今晚一样漂亮的月亮,但梁殊择这个人,她错过就没有了。

"发什么呆?"

梁殊择走到她面前,睨了她一眼:"周梵,你现在清醒吗?"

周梵被梁殊择的声音拉扯到现实世界,她抬眼,梁殊择站在她面前,黑色外套衬得他五官稍显冷峻,他还是像以前那么贱,一副什么也不关心的模样。

她抿抿唇,准备开口说话,但没想到梁殊择比她先有所动作。

她看到梁殊择将身上的外套脱下来,忽然凑近她。

对面的山黑沉沉的,没有一丝光亮,梁殊择就这么直接凑了过来,离她格外近。

他嘴唇张了张,声音比平时要轻很多,几乎是用气音说的。

夜色渲染,不远处就是悬崖,生长在悬崖边的野草被月光照着,顽强而野性。

"周梵,看着我说话。"梁殊择盯着她。

"嗯,"周梵抿了下唇,乌黑的眼睛看着他,"好。"

梁殊择微低着头看她:"那你现在清醒了?"

周梵说:"清醒,"她看着梁殊择,又重复说了句,"梁殊择,我现在很清醒。"

梁殊择"哦"了声,声音听起来散漫。

他将衣服递给周梵,睨着她:"那你怎么穿这么点衣服出来?山上冷,你不知道?"

周梵慢腾腾地接过衣服,看了眼梁殊择,他里面穿着件深色的短袖,没有花样,只有一个标志。手臂瘦削,但看起来很有力量。

"你不冷吗?"周梵抓着他衣服,看了眼自己身上的针织衫,"我还穿了件针织衫呢。"

她看到梁殊择视线停留在她的针织衫上不到半秒,而后听他说:"那我还得表扬你,是吗?"

他没等周梵说话,脸又凑近周梵一点。

周梵呼吸一滞,整个人躁动起来。

怎么离这么近啊。

但她又很喜欢这种距离,很近很近。

几秒后,她听到梁殊择说:"周梵,你是想自己穿上,还是想让我亲自帮你穿上?"

他咬重"亲自"两个字,周梵的耳朵顿时变得酥酥麻麻的。

她心脏紧了紧,下意识吐出一句话:"我自己穿吧。"

她抬手,准备穿上梁殊择的外套,但没想到面前的人忽然拿过外套,神态自若地说:"抬手。"

周梵"啊"一声,很听话地抬手。

梁殊择的下巴几乎碰到她的脸,他在帮她穿外套,动作很懒散,表情依旧很跩。

穿好外套,周梵慢一拍地说:"你好像听错了,我刚刚是说我自己穿,没让你帮我。"

"是吗?"梁殊择眉梢往上挑,"我听错了,不好意思啊。"

他声调也往上挑,但周梵没听出一点抱歉的意思。

周梵拢了拢外套,低声说:"但还是谢谢你,亲力亲为地帮我穿外套。"

她抬眼看他,忽然生硬地转了个话题。

"你为什么到澄山来了?"

梁殊择扫了她一眼:"我刚到不久。"

周梵:"你什么时候到的?"

"十二点。"梁殊择说。

周梵很想问他为什么要帮她找房子,还不告诉她,在背后做尽好事,但只字不提。

她想,幸好两人在大学才相识,要是在高中就产生了缘分,她一定处理不好感情。那时她状态太差,浑噩如行尸走肉。

她还记得那一夜在街头,她漠视着那几个人被打,她静静地站在冷光灯下,周峪嘉牵着她的衣角,说"姐姐,我好害怕"。

"周梵,你今晚好像一点也不认真。"梁殊择的话将周梵带出回忆。

周梵还没开口,梁殊择又吐出一句话:"你真的清醒吗?"

周梵高中时期过得太差,总是很容易囿于过去。

但她现在觉得很庆幸,幸好,她在最好的时刻才遇上他。

"我很清醒。"周梵回应他,深呼一口气,说,"梁殊择——"

这是梁殊择第一次打断她:"周梵,我想和你试一试。"

周梵抓紧衣角的手忽然松了下来,怎么回事啊,她还没提呢,他就主动回应她了,很直白,一点不拖泥带水。就很简单地告诉她,他的想法,坚定而坦率。

周梵抿了下唇,忽然不敢看梁殊择的眼睛。

这一切来得太快,就像她晃晃悠悠地往独木桥走,还没走到桥对面,独木桥就被人为修建成了平坦大道。

她低头,然后又看到梁殊择凑近她,盯着她:"为什么不看我?"

幸好山上风大,又冷,让她的脸红不起来。

周梵缓慢抬眼看他,嘴巴动了动,声音不像平时那样冷静,不知道是不是太冷了,说话声音有点抖:"梁殊择,你别盯着我看。"

梁殊择懒散地"哦"了声,又凑近她,强硬而顽劣道:"可是我就喜欢盯着你看。"

周梵别开视线:"那随便你好了。"

"周梵,"梁殊择的语气有点疏懒,"你又难为情了吗?"

周梵大概是真的难为情了。

过了几秒,她听到梁殊择轻声问道:"那怎么办?以后,这样的事会越来越多。"

周梵只是短暂性地害羞而已,她其实是很喜欢和梁殊择近距离接触的。

只是今晚,这一切都太不真切,而且,她还没有完全接受,梁殊择好像答应和她在一起了。

周梵抬起头,说:"那现在的情况是——"她顿了下,一阵冷风吹过来,吹动她的发梢。

"我们已经在谈恋爱了吗?"她有些不确定。

"怎么?"梁殊择扯唇,"还要做什么确认一下吗?"

周梵揉揉自己的脸:"我好像在做梦啊。"

"梦里能有我这种——"梁殊择长久地顿了下,然后声调降一点,说,"男朋友吗?"

周梵又揉揉自己的脸,脸颊冰冷。

"行了。"梁殊择说,"你先回去睡觉吧,太晚了。"

"哦。"周梵看了眼手机,抬头看他,有些茫然,"梁殊择,可是我现在回去也睡不着觉啊。"

她听到梁殊择低声笑了下。

"那做点什么?"

周梵眨眼,心脏忽然跳动得很快,接着便听到梁殊择说:"你明天不是要拍电影?分镜头整理出来了吗?"

周梵慢腾腾地说一声:"整理好了。"她顿了下,"我还是回去睡觉吧,我有点担心明天起不来。"

梁殊择睨了她一眼,吐出一个字:"行。"

周梵"嗯"了一声,准备将外套脱给梁殊择,但梁殊择伸手按住她的手腕,说:"穿着。"

周梵的手腕被梁殊择按着,被他碰到的肌肤像火在烧,她顿了好几秒才道:"你住哪儿了啊?你走回去很冷的。"

"对面,那儿。"梁殊择扫了眼对面,而后看周梵,"看清楚是哪儿

307

了吗?"

周梵看过去,那是一栋平房。她到底还是没忍住,便问:"那你来澄山是怎么找到的房子?"

她没问为什么他要帮她找房子,而是问了这句。

"人脉广。"梁殊择闲散地说。

"噢,人脉的确够广的。"周梵老实地说,"这种地方,你都有朋友在。"

她抬眼,看了下梁殊择。

梁殊择的视线与她的在空气中相撞了下。

"这种地方,"他懒懒散散,"不仅有朋友在——"

周梵呼吸紧了紧,盯着他。

"还有女朋友在。"梁殊择面不改色地吐出这句话。

而后,梁殊择又凑近她,一字一顿地说:"而且女朋友就在面前。"

这是周梵第一次直白地听到,梁殊择称呼她为女朋友。

她不自觉地笑了笑。

过了几秒,她说:"但是我有件事得告诉你。"

梁殊择"嗯"了声。

周梵沉默一小会儿,认真地说:"我是第一次谈恋爱,但我知道,我好像是一个不太相信这个世界上有永久感情的人,所以,"她低眼,"我可能没有办法向你做出承诺,因为我本身是一个对感情很冷淡的人。"

梁殊择看着她,目光很淡,忽而扯了下唇:"你的意思是,我有可能随时被甩,是吗?"

周梵抿下唇,细细想了下:"不是的,我也不知道该怎么说。就是如果你真的愿意和我在一起试试的话,我可能没有你想象中的那么好。我性格就很凉薄那种。"

"噢,"梁殊择依旧看着她,"谁让你做承诺了?"

周梵:"我就是想对我们这段感情负责一点。"

"噢,"梁殊择说,"意思是我没做承诺,谴责我不负责?"

这话就被他这么带过去,周梵顺着他的意思说:"我没有这个意思,你别过度解读我。"

梁殊择扯了个笑:"既然你这么不放心呢,那我就做个承诺。"

周梵抬眼看他："你承诺什么？"

过了几秒，她听到梁殊择说："周梵，和我在一起，我就是你的了。"

周梵缓慢地眨眨眼，有点惊讶梁殊择说的话。

"嗯。"她有些蒙地点下头，抬眼看梁殊择，一时不知道该说什么。

梁殊择懒散地扯了个笑，让她先回去睡觉。

周梵反应有些缓慢，很想说点什么，但又觉得没必要。很多东西是不能用语言表述出来的，她言语匮乏，只能点头答应梁殊择："那我先回去了。"

梁殊择"嗯"了一声。

周梵看了他一眼，转身走了。

周梵走进庭院，将门锁住后，回了房间。她以为自己会很难睡着，但奇怪的是，她沾上床板就睡着了。

早上醒来时，周梵还有些迷迷糊糊的，她抓过手机看时间。早上六点半，她才睡了四个小时。

今天不拍摄，主要是熟悉环境和踩点，根据之前统一做的计划，今天可以睡得晚一点。

但周梵不想睡了，恰巧其他人已经起来洗漱，她便也跟着起床了。

原本是预定十点去踩点，因着大家都早起了，便索性早点去熟悉这边的环境了。

整个上午，大家都沿着山路走，这些天没有下雨，山路很好走。

周梵是副导演，那个唯一的男生是导演。

两人时不时交流几句，商量下午拍摄的事。

这个剧本是周梵写的，主要讲的是一个从小在乡镇长大的女孩，日后成为受人追捧的女明星，最后却因为黑料和网络暴力，不堪其扰，退出娱乐圈而又重新回到乡镇，过完余生的故事。

因着是微电影，时长短，却也要求每一个镜头都精益求精。

下午，剧组正式开机，周梵负责摄像。

今天要拍的镜头不多，只拍女主拉着行李箱在多年以后再回乡镇的场景。

女主是位身形高挑、长相妖艳的女生。

下午的几场拍得很顺利,黄昏时刻,周梵喊一声"咔",打板,昏黄的日光落在白板上,今天的镜头就悉数拍完了。

剧场的人聚在一起吃饭。

周梵工作完,心情才逐渐放松下来,拍摄的时候,她格外认真,脑袋里几乎全是摄像机里各种各样的镜头。

但拍摄结束后,周梵便想起梁殊择。估摸算了下,两个人已经有十几个小时没见面了。

她是第一次谈恋爱,什么也不懂。

大家一起吃饭时,说说笑笑的,说晚上可以一起去搭帐篷,睡在山顶上。

周梵转头问旁边的女孩:"有床为什么还要睡帐篷啊?"

女孩冲周梵笑:"想看日出吧。"

"哦,这样啊。"周梵继续低头吃饭,拿起手机和梁殊择发了条消息。

周梵:我拍完了。

直到她吃完饭,梁殊择都没有回消息。

徐雾她们今晚都去山上睡帐篷,看日出,但周梵还是觉得床睡起来比较舒服,便没有与她们同行。

几个人热热闹闹地搬着帐篷走出庭院。

周梵瞥一眼,笑了一下。

晚上,周梵洗完澡,走回房间,将桌上的房门钥匙扔进抽屉。

手机响了,她拿起来看,是梁殊择打来的电话。

"喂,周梵。"梁殊择声音漫不经心,透着点懒倦。

"嗯。"周梵拿毛巾擦头发,"你在哪儿啊?"

梁殊择说待会儿来找她,便挂了电话。

周梵将头发擦干,准备换鞋出门。

忽然手机又响了下,她弯腰去看屏幕,梁殊择发了张照片过来。

是她下午拿摄像机的照片。

梁殊择什么时候出现在剧场了啊,她都没注意。

随后一条信息弹出来:周梵,你太认真了。

周梵以为他在夸她拍摄认真,便秒回复:哈哈哈,我一旦进入拍摄状态,就很认真。

下一秒,梁殊择的信息又弹出来:我站那儿两个小时,你都没注意到我。呵。

嗯?周梵看着这个"呵"字,特意想了想,她一旦开始拍摄,就真的很认真,几乎只盯着摄像机。如果梁殊择真来了剧场,她没注意到他也很正常。

周梵便放下钥匙,坐沙发上穿鞋,拿着手机,回复:……对不起啊。

梁殊择回复:出来了吗?

周梵径直走出房间,来到庭院外,梁殊择懒散地倚在门柱前,斜睨着她。她走上去。

"下午我真的没看见你呀。"周梵边说边挠头发,"我拍东西的时候,有点入迷。"

梁殊择"哦"了声。

周梵声音放软:"那我们去散步好不好?"

"周梵。"梁殊择叫她,语气不似平常。

周梵尾音上扬"嗯"了一声,便听到梁殊择说:"你总得补偿我一下吧。"

周梵挑眉:"那我下次在剧场看到你,我就对你笑,不会再忽视你了。"

"哦。"梁殊择迈着步,和周梵走在山路上。

他突然拉了下周梵:"走里边,我走外边。"

下一秒,周梵便被带到了山路里边。

其实这条路比较平坦,里边外边都挺安全,只是山路外边的栅栏不远处是悬崖。

周梵扫到梁殊择垂落的手,低头慢腾腾地"哦"了声,抬眼看不远处连绵的山。

两人散步的时候时不时说一两句话。

虽然话不多,但周梵很喜欢。

山镇的空气很清新,闻起来有股淡香,一呼一吸间让人格外舒服。

"周梵。"梁殊择忽然出声。

周梵抬眼看他。

梁殊择嘴唇动了动。

"你手温高吗?"

周梵便摸了摸,回答:"还挺高的。"

"噢,"梁殊择伸出手,"麻烦你牵我一下,我手有点冷。"

他难得礼貌,声音懒散:"谢了。"

周梵动作有点慢。

说实话,虽然昨晚她和梁殊择站得那么近,他也明确说了那种做出承诺的话,但周梵心里就是有点空,有种脚踩不到实地的感觉。

很飘忽,像天上的云,时而聚拢在一起,时而飘散,几乎没个稳定的状态。但眼下梁殊择伸出的手,却好像打破了这种局面。

周梵碰到梁殊择手的那一刻,下意识道:"你的手挺烫的啊,应该不怎么冷吧?"

下一秒,梁殊择便顺势握紧她的手,十指紧扣。

周梵感受到梁殊择的温度,手指被他扣着,姿势很亲密,两个人的手像绑在一起。

他手指骨节分明,手掌大,周梵的手小,也瘦削,被他这么牵着,她有种说不出的开心。

梁殊择:"怎么不冷?"

他吐出两个字:"好冷。"

两人往回去的山路走,周梵牵住梁殊择的手,老实地说:"那你牵紧我吧,我手温还挺高的。"

梁殊择"嗯"了一声,扯唇笑:"行。"

回到庭院。

周梵累了一天,有些困倦,眼皮止不住打架。

她眨下眼,便听到梁殊择说:"我待会儿有点事,你先回去?"

周梵"嗯"了一声,说:"那我先回去了。"

走进庭院,周梵来到她房间门前,手摸进口袋,心脏猛跳了下。

钥匙没在口袋,她迅速回忆了下,好像把钥匙放屋里了。

徐雾她们都去山上了,屋子里没一个人。

房东有留电话，周梵打了过去，但房东告诉她，他现在在镇上，回不来，多余的钥匙他带走了，明天才能回。

周梵咽了下喉咙："真的没钥匙了吗？"

房东分房子时，见女生多，便给女生们分了个大套间，让她们住一起。小屋子给男生住。除此，再没有空余房间了。

可她不可能和男孩住一间房。

如果没有钥匙，她都不知道今晚可以住哪儿。

周梵握紧手机，听到房东说：''平时是有的，但今天我正好拿着钥匙去镇上配，钥匙全放我包里了。''

"嗯，好吧。"周梵有点丧气，埋怨自己太马虎。

房东挂了电话。

"没钥匙进不去吗？"那个当导演的男生正好走出房间倒水喝，拿着杯子看周梵。

"嗯，"周梵说，"钥匙落房间里了。"

男生瞥着紧闭的房门："这也太赶巧了，房东今天好像去配钥匙了。"

"嗯，是啊，"周梵沮丧道，"这事怪我自己。"

"那你今晚怎么办？"他拍下脑袋，"我房里好像有个沙发，我待会儿把它搬到客厅，你将就住一晚。"

周梵眼里盛了点光亮："真的吗？"

男生放下杯子，去房间搬沙发："嗯，等我搬出来。"

"行。"

男生将沙发搬了出来，她上前搭把手，沙发被搬到了角落。

男生说："我给你拿床毯子吧，那儿有多的。"

"好，谢谢啊。"周梵道谢后，拿起手机，躺在沙发上玩着手机。

经过这么一折腾，她好像不怎么困了。

一小会儿后，梁殊择忽然发来一条消息。

周梵微眯着眼看。

梁殊择：没带钥匙？陈扬刚给我打电话了。

陈扬就是房东。

313

他和梁殊择应该是朋友,既然梁殊择能让他将房子租给他们,那他也有可能将她没带钥匙的事告诉梁殊择。

周梵杵着下巴,早知道刚刚就跟他说一声,别什么都和梁殊择说啊!这种小事,有什么好说的!

周梵看着信息呆滞了好几秒,而后摁住语音键,说:"嗯,刚刚出门有点急,忘记带了——"

她手有点滑,话还没说完不知怎的就碰到屏幕,语音消息被发了出去。

周梵又摁住语音键,但梁殊择下一秒就打了个电话过来。

她杵着下巴的手一滑,接通电话。

梁殊择像是被她气笑了,说话时声音还带着恼意。

"周梵,你当你男朋友是摆设吗?"

"不会来找我?"

周梵拢了下头发,盯着米色的薄毛毯,顿了几秒,说:"这里有沙发,我可以在沙发上凑合一晚。"

手机里传来梁殊择的声音:"我这儿还有个空房间,不来?"

周梵捏着薄毛毯一角,看了眼连腿都伸不直的沙发。

如果今晚睡不好,会很大程度上影响明天的拍摄。

她不想因为她一个人状态不佳,而拖慢整个剧组的拍摄进度。考虑到这一点,她说:"那我能来吗?我还是挺想来的。"

又等了几秒,周梵听到梁殊择说:"待会儿我去找你——挂了。"

"嗯,好。"周梵等了两秒,梁殊择没挂电话,她便利索地将电话挂断了。

她从沙发上下来,换上鞋,恰好那个男生又出来喝水,周梵便和他提了句,她今晚不在这儿睡了。

男生看了她一眼,说了声"行"。

周梵走出去。

梁殊择还没来,她也不知道具体怎么走到他住的那儿,便等在门口。

山上的夜晚比城市的要黑一些,周梵干等有些无聊,便拿出手机。晚风吹过来,她的兔子耳坠被吹得晃动。

314

她抿着唇，手指不受控制地敲打：很想主动牵男朋友的手，能有什么合适的方法吗？

不到两秒，搜索引擎启动，浏览器出现了长达十几页的答案。

周梵依次浏览下来。

她看了很多个牵手小妙招，但好像都派不上用场，一点也不自然啊。

周梵轻轻地舔了下唇，眼睛一眨也不眨，认真地看这些网友的答案。

她浏览到——

女孩子如果想主动牵男朋友的手呢，就要勇敢地表达，千万不要害羞。你们可是情侣啊，牵个手怎么了，你们以后还得接吻呢。

周梵咂了下嘴唇，因为这句话而有些出神。

"看什么看这么入神？"

耳边忽然传来梁殊择的声音。

周梵咽了下喉咙，平静地将手机屏幕摁灭，抬眼看他："看明天要拍的分镜头。"

梁殊择"嗯"了声。

周梵见他表情正常，大概没看到屏幕内容，便松了口气。

梁殊择走在山路外边，大概十分钟后，他站在一栋平房前，朝周梵扬了扬下颌："就这儿。我朋友的房子，就我一个人，没其他人。"

"哦。"周梵跟着梁殊择走进去，"我那天到这里，找临时住处的时候，看到这栋房子了，但门是锁着的，看上去像没人住的房子，我就略过去找别的房子了。"

"之前确实没人。"梁殊择将门锁上，"我朋友喜欢在这儿飙车，就买了这栋平房。"

这栋房子不大，只有两间卧室，家具摆设也不多，看起来只是个简单落脚的地。

飙车累了，便在这儿休息下。

昏黄的灯光浅浅地映在红木的茶几上，茶几上摆着个瓦色的茶杯。

客厅里有两个单人沙发，窗帘上的花纹有红有粉。

梁殊择从厨房拿出个杯子，用水洗净后放到茶几上。

"茶壶里有水——"他看着周梵，顿了下，像是想到什么，朝其中一间卧室迈步，"这里，进来看看。"

周梵看了眼那个杯子，跟着梁殊择走进卧室。

一张不大的床，铺了床单，被子也铺好了。

深红色的床头柜上摆着纸巾，墙壁上挂着张90年代漂亮女港星的海报。女港星长发乌黑，唇红齿白，娇媚妖娆。

"我刚刚稍微整理了一下。"梁殊择看着她，"还有什么需要的吗？"

周梵摇头："挺好的了。"

"嗯。"梁殊择走出卧室。

周梵看着他疏懒的背影。

他忽然顿住脚步，转个身，看一眼周梵，吐出一句话："我在隔壁，有事就来找我。"

"嗯，好。"周梵弯腰整理下床单，回头看他，"那我先睡了，我有点困了。"

"行。"梁殊择走出房间，将门关上前说，"晚安。"

周梵弯唇也同梁殊择说了声"晚安"，便躺下睡了。

这晚，周梵做了噩梦。

她梦到有人打架，那种棍棒打在人身上的声音让人胆寒。

被噩梦惊醒后，周梵怔了好几秒，摸到手机，看了眼时间，凌晨三点二十分。

她揉了下眼睛，掀开被子，穿上拖鞋，去客厅喝水。

口太渴了，喉咙都是干的。

她明显还没从那场噩梦中回过神来。

周梵走到客厅，摁下开关，客厅的灯却没亮。她皱着眉，又连按好几下，依旧没亮。

她又走回房间，摁了下房间的灯开关，也没亮。

316

好像停电了。

周梵打开手机的灯,走到茶几那儿。

过了几秒,手机的灯忽然灭了。

而她因为惯性脚步还没停,不小心撞到梆硬的沙发,发出一声沉闷的响动。

不痛,但吓了她一跳。

她连忙又将手机的灯打开,就在此时,梁殊择房间的门"嘎吱"响了下。

周梵循着声音看过去,梁殊择像是刚醒,在黑暗里,她只能依稀看到他高大的身形轮廓。

"撞哪儿了?"梁殊择嗓音有点哑。

"没。"周梵坐到沙发上,"好像停电了,灯打不开。"

梁殊择返回房间,过了会儿走出来,用火机点燃一支蜡烛,拿着蜡烛走近她。

梁殊择问:"想喝水?不会叫我吗?"

"你睡着了我怎么叫你啊。"周梵倒了水喝着。

梁殊择:"我只是睡了,又不是死了。"

没等周梵出声,他便接着说:"看看。"

梁殊择坐到另外一个单人沙发上,瞥一眼周梵。

"嗯?看什么?"一看到梁殊择,她便觉得噩梦带来的惊扰消失了大半,整个人又精神起来。

"腿。"梁殊择说,"刚刚不是撞了下?"

周梵低头,借着烛光看小腿,有些青色的痕迹,但不是很明显。

她便摇头:"没什么要紧的。"

梁殊择直接将周梵的腿搭到他腿上。

周梵没想到他会这样:"说了没什么要紧的。"

梁殊择轻轻撩起她的裤腿,用手指摁了下瘀青的地方,抬眼看她:"不是青了?"

"一点点而已。"周梵说。

梁殊择又看她一眼。

蜡烛不知什么原因突然灭了，视野便又重新陷入一片黑暗。

周梵打开手机，朝梁殊择说："你再用火机点个蜡烛。"

梁殊择声音懒散："火机刚不知道扔哪儿去了。"

"嗯？"周梵便只能借着手机的灯打量四周，真没看到火机，便说，"那你带手机出来了吗？手机有光的，可以照亮。"

梁殊择："没带。"

"啊，这样啊。"周梵抿唇，"我有手机的灯。"她伸出一只手，"那你牵住我的手，我带你回你房间？"

"行。"梁殊择扯了下唇，很快搭上周梵的手。

周梵便拉住梁殊择的手，借着手机的光亮，走到了梁殊择的卧室。

黑暗中，只依稀亮着一抹昏暗的光，梁殊择的手细长而滚烫，周梵拉住他的手，就像握住天上的光亮。

很快走到梁殊择床前。

周梵便松了手，嘴巴动了动："到了。"

松开不到一秒，梁殊择又重新拉上周梵的手："周梵，我明天要回遂南了。"

"啊？"周梵有些惊讶，"这么快吗？我以为你会多待几天的。"

梁殊择看着她："你还在这儿拍几天？"

"还不知道。"周梵眼角耷拉下来，有些许的不开心，"不确定，也说不准，原本是想一周拍完的，但我感觉时间应该会长一些。"

梁殊择看了眼她，像是在解释："嗯，我那边没我不行。"

周梵看着梁殊择，说："我应该赶不回去看那场电影了，但我已经订了两张票了，你自己去看吗？"

梁殊择扯了个笑："周梵，说点人话。"

周梵叹口气："没办法，我肯定赶不回去了。"她打个哈欠，"困了，我睡觉去。"

黑暗中，梁殊择从口袋拿出火机，点亮床头的蜡烛，说："找到火机了。"

"噢？"周梵回头看梁殊择，他站了起来，拿着蜡烛，"送你回房间。"

他凑近看着周梵，尾音拖长："待会儿又撞哪儿了。"

"噢，好。"周梵自顾自走在前面，梁殊择稍后，蜡烛的光点亮周梵前方的路。

她看着路，弯唇笑着，心里暖洋洋的。

忽然，前方一个阴影晃动下，周梵吓了一大跳，叫了一声，转身拽住梁殊择的手："什么虫啊！"

梁殊择瞥一眼，扯唇笑："不是虫，是窗帘。"

"噢。"周梵咽了下喉咙，才发现自己看走眼了，的确是窗帘晃动，阴影随之覆盖在地板上。

她看一眼梁殊择，发现自己死命拽着他的手，几乎拽出红印。

周梵有些不好意思，便松开他的手。

但下一秒，梁殊择吐出一句话："两次了，周梵。"

他睨了眼她："说牵就牵，说松就松？"

周梵挠下头发，准备说点什么。

下一秒，梁殊择便将周梵拽到身边，说："你就不能牵久点？"

周梵几乎撞到梁殊择坚硬的胸膛，她抬眼便看到他硬朗的下颌。

她说："我怎么知道你喜欢牵久点？我还以为你不喜欢牵手——"她顿一下，"那你以后想牵手了就和我说吧，我会尽量满足你的。"

"噢？"梁殊择低头看着她，"牵手只是满足我吗？"

他笑："周梵，你就不想牵我的手吗？"

客厅和卧室的灯忽然全亮，来电了。山上总是很容易停电，但往往过会儿又会恢复，周梵之前也经历过。

她看了眼梁殊择，他也看着她不说话。

周梵眼睫动了动，没接他的话，说了句"我先回房间了"，便转身走到了门口。

手刚碰到门把手，她便又转过身来，看到梁殊择也已经转身朝他卧室走。

周梵脚步放轻，跟在他后面。

——直到走到了他身后。

她右手从上往下，轻轻握住了梁殊择的手。

她感受到梁殊择身体明显一顿，她牵手的力度又加大，但没说一句话。

319

梁殊择也没说话。

周梵感受到梁殊择的手温，没有以前那么烫，是那种很正常，不烫也不冷的温度。

他的手很大，周梵刚牵上的第一秒，他便反手握住，手掌包裹着她的十指。

大概牵了十五秒后，她松开，转身往她卧室的方向走。

走到门口，她也没看梁殊择的反应，径直进了房间。

坐到床上后，周梵杵着下巴，嘴角不自觉扬起。

关掉卧室的灯后，她拿起枕头捂住自己的脸，而后又在床上翻了好几下。

周梵害怕床发出太大的动静，被梁殊择听到。

她就躲在被子里弯唇笑，片刻后扬起的嘴角才放下。

好开心啊，她用手捂住脸，心情指数直线往上升，像坐了天梯似的。

房间里没有月光，周梵就在黑暗里独自开心了好久。

她打开社交软件，编辑了一条仅供自己可看的日志：谈恋爱好开心啊！是以前都没有体验过的开心！希望可以和他恋爱很久，拜托拜托了！

编辑完日志，周梵躺到床上睡觉，做的梦都是甜的。

第十二章

生日愿望

程子今在晚上三点零五分给梁殊择发了条信息，他受人之托，实在没有办法推托，才将那条消息给梁殊择发了过去。

大意是问梁殊择，开学后能不能抽一个小时代表计算机学院在新生典礼上发言。

但程子今发完消息便预测了结果，梁殊择怎么可能答应，先不说他大概没有时间，假如有时间，那他也不会将时间花费在开学典礼上，多无聊。

当程子今和好友从夜场回来，他手机忽然响了下。他点开信息看了看，眨眨眼，确认梁殊择刚刚回复了他一个"行"字。

程子今：……不是本人吧。

程子今回复：是本人吗？真答应去？

几秒后，梁殊择回复：嗯。

程子今睁大眼，笑着给梁殊择回复：这也太难得了！计算机学院那人算是运气好，你不会是计算机拿了什么大的奖项吧？心情这么好？

又过了几秒，梁殊择回复：废话有点多。

第二天周梵是六点半醒的，醒来后她收到梁殊择的两条消息。

梁殊择：早。

梁殊择：客厅有洗漱用品。

周梵穿上拖鞋去梁殊择的房间，他卧室的门敞着，人已经不在里面了。

被子叠得整齐，看上去整洁干净，周梵控制不住脚步地走进他卧室，闻到一股淡淡的乌木香。

是属于梁殊择身上的味道。

周梵打量好几眼，转身出了卧室，往客厅走，她在客厅的茶几上找到了全新的洗漱用品，但包装已经拆开了。

洗漱用品是统一的一套，水蓝色。

周梵洗漱完后便给梁殊择发了条消息：我洗漱好啦，现在要去拍微电影了。你这里要不要关门啊？钥匙在哪儿？

几秒后。

梁殊择回复：不和我说早安吗？

周梵弯唇，摁住语音键。

她笑，声音有些轻："早安。"

梁殊择打字发来一条消息：钥匙在我卧室的床头柜。

周梵回复：好。

她走到梁殊择卧室的床头柜，单片钥匙躺在一个角落。她拿起钥匙，锁了门后，给梁殊择发消息：你还有钥匙吧？

梁殊择：我在机场。

这么快吗？周梵有点惊讶，但昨晚他的确给她提过这事了。

她低着头打字：那我把这片钥匙带走了？我也不知道把它放哪里合适。

梁殊择：行。

周梵离开梁殊择的房子，朝她暂时居住的房子走去。

中途，她腿有点疼，低头看，瘀青比昨晚明显很多。她弯腰揉一下，有些痛。

不远处当导演的男生朝她喊："周梵，开拍啦。"

周梵便放下裤腿，不再管瘀青，专心地去拍微电影了。

中午十二点，上午场的最后一个镜头拍完，周梵放下摄影机，揉了揉有些酸的肩膀。

大家聚在一起吃饭，周梵忽然收到梁殊择发的一条消息。

梁殊择：抬头。

周梵抬头，看到梁殊择和那个房东一起朝屋里走过来。

她愣了好几秒，他上午不是已经去机场了吗？

梁殊择是西京大学的红人，屋里几乎所有人都认识他。

饰演女主的演员惊讶得出声，其他人本来还在举着可乐喝，忽然就全往梁殊择身上看去。

周梵有些讶然，但她好饿，低头扒饭吃。

其他人议论纷纷，说梁殊择来这儿干什么。

女演员性子活泼，问："这是导演请来和我搭戏的男主吗？"

导演："我可请不起他。"

吃完几口饭后，周梵抬眼看梁殊择，他穿着件深色外套，五官极出挑，步子一贯疏懒，偏头和房东时不时交谈一句。

她看着他们走进来,同时又听到徐雾和其他人说话。

女演员:"那他来干什么呀?你们有谁认识他吗?"

有人说:"谁不认识他。"

"我说的是,梁殊择和你们认识吗?"

徐雾率先说道:"他认识我,我前任男友是他朋友。"

除了徐雾就没人说话了。

女演员:"那很奇怪,他来这里做什么?我在西京大学都很难看见他。"

有人说:"真好奇,谁能让梁殊择出现在这儿。"

周梵也很好奇他为什么又忽然回来了。

众人议论纷纷,直到梁殊择走近。周梵抬眼,看到梁殊择睨着她,扯了个笑:"周梵,过来。"

周梵还没吃完饭,现在还不想过去,便抬眼说:"我还没吃完饭。"

梁殊择扯唇:"行,你先吃,我等你。"

周梵"嗯"了声,继续低头吃饭。

米饭好香。

旁边人都有些目瞪口呆。

梁殊择竟然是来找他们副导演的吗?

女演员坐在周梵旁边,笑着问:"梁殊择来找副导演的吗?"

周梵礼貌地放下筷子,老实地回复道:"应该是吧,我也不知道他怎么忽然来了。"

回复完,她又低头继续吃饭。

旁边人仍旧吃惊,都打量着周梵,八卦之魂燃起,很想弄清楚两人是什么关系。

周梵吃完饭,起身去找梁殊择。

徐雾和众人说:"还能是什么关系,应该就是普通的朋友关系。这两个人没什么交情的。"

有人问:"普通关系吗?我看着不像。"

徐雾说:"我和这两个人都很熟,我保证周梵和梁殊择就是普通朋友。周梵和梁殊择的交情,还不如我和梁殊择的交情。"

众人恍然大悟，继续举杯喝着可乐。

周梵走到梁殊择面前时，梁殊择便和房东结束了交谈。

房东指了间房子："去那儿。"

梁殊择"嗯"了声，周梵边走边问："你不是说，上午已经去机场了吗？"

梁殊择回头睨她："嗯。"

周梵走进房内，梁殊择吐出两个字："坐下。"

她"啊"一声，抬眼看他："坐下干什么？"

梁殊择拿出一支药膏，看她："涂药。"

周梵依言坐在单人沙发上，看着梁殊择修长的手拿着药膏，眼皮撩着，拿着桌上的棉签涂了些药膏，动作认真。

周梵撩起裤腿，怔了半瞬后，问他："那你是又从机场回来了吗？"

梁殊择边替周梵抹着药膏，边说："我不是放心不下你吗？"

他涂完，抬眼看她："是不是我不买药，你就不管了？"

周梵将裤腿放下，说："怎么不管呢，这是我的腿。"

半秒后，她听到梁殊择哂笑一声。

周梵看着梁殊择将药膏盖拧好，表情有点疑惑："那你真的是从机场又回这儿了吗？好远的啊。这附近都没有药店，要到机场附近的街道上才有药买。"

梁殊择淡淡地说："不算远。"

"挺远的了，"周梵看着他，"要是去那么远买药，我都懒得买——这里太偏僻了。"

"所以我不是给你买来药了吗？"梁殊择将两支药剂递给她，"一天抹两次，两支都要抹。"

"哦，"周梵接过药，"好。"

她将约扔进包里，而后抿唇看他。

梁殊择对上她视线，薄唇轻启："我怎么就这么不信你呢，周梵。"

"啊！"周梵将包的拉链拉好，"我自己也不是很信。"

她补充道："我记性不好，不是每天都记得抹。"

梁殊择扫了周梵一眼，她接着说："那我每次抹完了，都给你发消息？行吗？"

"嗯。"梁殊择哂笑。

顿了几秒，他说："如果谎报，怎么办？"

周梵深呼一口气："我都没想到这一茬。"

"哦，"梁殊择看她，"我还提醒你，还可以谎报了。"

周梵笑："那我每天涂抹完，给你拍照行吗？抹完就发，这总不会谎报了吧。"

"行，"梁殊择气定神闲，"那就这样。"

下午周梵还有很多场要拍，时间有些来不及，她便说："梁殊择，我现在要去拍了。你也要去机场了吗？"

梁殊择点头："现在去。"

"哦，那好。"周梵慢腾腾地说。

下午，周梵继续拍摄，梁殊择便去了机场。

今天的戏份，直到晚上才拍完，周梵打板的时候，月亮都出来了。

今天实在太累了，周梵疲惫不堪地回房洗了个澡。

洗完澡出来，有人问她："周梵，梁殊择今天来找你有什么事啊。"

周梵觉得没必要说："没什么大事，有些小事。"

"哦，"那人笑了下，"你怎么认识他的啊？"

周梵："我加入了手语社，他是社长。"

那人点点头，周梵颔首，便穿着拖鞋进了房间。

今晚没人去山顶搭帐篷，都睡房间了。周梵进房间时，其余三个人在各自玩着手机，打开软件外放。

她擦干头发，想起要抹药的事，便拿起药膏开始往腿上抹。

抹完后，她不想拍照了，虽然之前答应了梁殊择，但给瘀青的腿拍照，感觉挺奇怪。

她便给梁殊择发消息：我抹完药了，照片就懒得拍了

几秒后，梁殊择给周梵拨了个视频电话。

周梵戴好耳机，点了接通。

周梵在屏幕上看到梁殊择，他像是在家里，坐在沙发上，背景是客厅，装修得很有格调。

她抹了下头发："你在家吗？"

"嗯。"梁殊择看着她，"药真抹了？"

"抹了呀。"周梵低头看瘀青的腿，将摄像头移过来，"你看，没骗你。"

梁殊择扫一眼，哂笑。

周梵也弯唇笑下："我今天拍了一天呢，累死了，好想赶紧拍完，回遂南市。"

两人有一搭没一搭地扯着聊天。

周梵最喜欢和梁殊择这样聊天了，看着他的脸就觉得很开心。

一天的疲惫都被洗掉了。

"嗯，那我挂了？"周梵困得很，通常她和梁殊择打电话，一般提出来要挂电话的人总是她。

梁殊择从不主动说要挂电话。

"行，晚安。"梁殊择说。

周梵挂了电话，其余三个人视频软件的外放声音都很大，各自认真刷着视频。

周梵睡觉前打开QQ，上传了一张图片，是一张很好看的澄山大远景，她配文：澄山真的很漂亮，大家喜欢爬山的可以来玩！

发完后，她便放下手机。几分钟后，她打开手机，收到了很多点赞和评论。

但很突兀的，居然有个被转发的小红点。

周梵点进去，看到梁殊择转发了她这条动态，转发时还添了一句话：有喜欢的？我女朋友叫你们去玩。

周梵看到这条转发时，愣了好几秒，而后唇逐渐往上扬。

她顺势点进梁殊择的个人主页，看到他的主页万年没有更新过动态，而最近的一条更新便是转发了她那条动态。

除此之外，他的个人主页空白一片。

一分钟不到，他转发她的那条动态便收获了很多点赞和评论。周梵抿着唇扫了一眼，忽然脸发烫起来。

那梁殊择现在是和她公开了吗？

周梵放下发热的手机，望着窗外的参天大树发呆，啊，好像真的和梁殊择公开了。

她又点进去看梁殊择的个人主页，开心的情绪逐渐缓慢地传递到四肢百骸，最后抵达她心脏。

周梵很久没这么开心过了。

这种开心是持续性的，不是那种短暂的开心，而是那种无论多久以后，再回想起今天，她都能强烈地感知到这时的情绪，而后不自觉地笑。

她和梁殊择谈恋爱的事已经被很多人知道了。

周梵之前也想过，假如她和梁殊择恋爱的事情被别人知道了，她会是什么心情。那时她觉得自己应该会很淡定，但现在才知道，她比她想象中的反应要强烈太多了。

她真的很开心。

第二天一早，周梵穿着拖鞋去吃早餐时，不少人看着她，脸上都带着点好奇和兴奋。

周梵猜到是有人看到了梁殊择的那条转发，果不其然，中午吃饭时，终于有人按捺不住来问她。

"副导演，你真的和梁殊择谈恋爱了呀？"

周梵正在闷头吃饭，闻言抬起头，说了声："我们刚在一起没多久。"

有人问徐雾："你不是说副导演和梁殊择不熟吗？"

徐雾看了眼周梵，回道："还不是因为我和梁殊择的朋友谈恋爱，她才有机会认识梁殊择。"

徐雾说话的声音不大，周梵只顾着吃饭，没听到。

吃完饭后，有人朝周梵说："杀青宴那天，择哥会来吗？副导，我有事想找他帮忙，能不能让他来我们杀青宴啊。"

根据剧组拍摄进度，杀青宴初步定在了下周五晚上，地点在遂北市澄山镇上的一家饭店。

这家饭店是澄山的招牌饭店，社交软件上说来澄山如果不去这家饭店吃招牌菜，就等于没去过澄山。

所以地点便定在了那家招牌饭店。

周梵说："杀青宴，梁殊择应该不会来吧，他昨天回遂南市了。"

"噢，这样啊。"说话的人是个男演员。

"可是择哥是你的男朋友啊，杀青宴这种场合，他怎么能不来啊。"

周梵不是很理解这句话，因为在她的认知里，两个有着独立人格的人，为什么要时刻绑在一起？

她顿了下，委婉道："我还没有和他提过杀青宴的事，而且我觉得他没有来的必要性吧。"

又不是剧组的人。

"那副导演能不能跟他提提啊。"男演员说，"我真的有个事想找他帮忙。"

周梵想了下，说："你有什么事要找他啊？你有他的联系方式吗？"

男演员很快噤了声，摇头说了声"我再想想吧"。

周梵"嗯"了声。

吃完饭，周梵去卫生间，出来时听到那个男演员小声说："择哥谈恋爱也挺'浪'的，一点也不关心女朋友啊。"

有人附和了一声："是啊，连女朋友的杀青宴都不来。"

周梵皱下眉，下意识扫了一眼他们。那两个人注意到她目光，有些尴尬地闲聊着其他话题。

停顿几秒，她走进卧室，躺下休息了。

一周的拍摄很快结束，周四晚上，周梵和所有人一起拍了张杀青照。

黄昏下，周梵穿着件白色外套，微眯着眼弯唇笑，日光落在她皮肤上，身后是连绵不绝的山脉和高低起伏的叠嶂。

杀青宴定在明天晚上，吃完饭便坐十一点的飞机回遂南市。

周梵刚结束和梁殊择的视频电话，周峪嘉的电话便打过来了。

这几天晚上，她和梁殊择总要拨个视频电话，几乎已经成既定流程。

周梵也很喜欢和梁殊择打视频电话，一在手机里看到梁殊择，她就很开心，好像屏幕前都冒着粉红泡泡。

她接通周峪嘉的电话："喂，周峪嘉，怎么了？"

周峪嘉："姐，你明天生日啊！什么时候回来啊？"

"嗯？明天是我生日吗？"周梵打开手机看日历，明天是7月24日，真的是她生日。

"忙忘了。"周梵说。

"姐，你能不能对自己的生日上点心啊。我给你买了生日礼物噢，你回家就能看到了。"

周梵笑着说："破费了，没超过十块吧？"

周峪嘉："你以为我是你吗？算了，看在你明天过生日的份上，我就不说你了。"

两人闲扯了会儿，便挂了电话。

周梵躺在床上，卧室的灯已经关了。

如果不是周峪嘉打这个电话过来，她真不记得明天就是她十九岁的生日了。

她生日在暑假，每次都是家里人陪她过的。

这次是个意外，但明天就能回遂南了，生日不生日的，好像也没太大关系。

第二天，一群人才真正放松下来，一起去爬了澄山。

下午六点，周梵收拾好行李，和大家一起去了澄山镇上吃杀青宴。

杀青宴上，周梵和导演一起发言，说感谢这段时间以来，剧组人的付出和努力。

发完言后，有人开了啤酒，大家便一起喝起酒来。

周梵也跟着喝了点，她酒量不好，便只喝了一点，不至于醉。

今天上午，爸爸妈妈和周峪嘉，以及以前的一些朋友都给她送了生日祝福，李清铭和西京大学的几个朋友说让她开学请客。

过生日这事，周梵一向看得轻，觉得很可有可无，所以她也没跟梁殊择提。

而且梁殊择这几天真的太忙，忙着做软件程序，好像过几天还得参加个什么周梵一听就很有影响力的比赛。

周梵便不想打扰他了，而且她本来就不怎么关心生日这事。

但梁殊择前几天问过她，什么时候回遂南，她说是7月25日凌晨。

吃完饭还早，有很多人订的飞机票是明天的，只有周梵一个人是遂南市的，订的是今晚十一点的飞机票。

楼上是KTV，一群人喝了点酒，兴致都很高昂，便利索地去了二楼。

遂北机场离这儿有段距离,但杀青宴开始得比较早,吃完饭才七点。还有五个小时才登机,时间很充裕,不少人拉着周梵去KTV,周梵便跟着一起去了。

周梵不怎么会唱歌,便坐在沙发上听别人唱,时不时拍手鼓掌,时不时摆弄下手机。

KTV里五光十色,头顶的镭射灯偶尔扫过她面颊,整张脸看上去精致漂亮。

唱完王菲的《暗涌》后,KTV包厢里忽然响起了《生日快乐歌》。

周梵抬眼。

看到一辆蛋糕车被推了出来。

她杵着下巴,看到一个男生站在蛋糕车后面,是剧组里那对情侣中的男生。

他朝着坐在周梵旁边的女生走过去。

那女生捂着脸,大家便唱起《生日快乐歌》。

周梵朝那女生说:"你今天生日呀?祝你生日快乐啊。"

女生朝周梵说了声"谢谢",便被围着站了起来,被人起哄和那个男生当众接吻。

周梵笑看着,过了几分钟,男生切了蛋糕,一份蛋糕被送到了她这儿。

周梵说了声"谢谢",开心地接过蛋糕,用叉子吃了起来。

有人忽然说:"这是chgh的蛋糕吗?"

Chgh是生日蛋糕中很著名的品牌,尤其是2015年推出的一款情侣版生日蛋糕,那款蛋糕一人一年只可以买一份,寓意很明显。

男生挠了下头:"不是chgh的蛋糕,那个太难买了,有钱都不一定买得到。"

其他人嘻嘻哈哈地闹起来,说有这份心意就已经足够了。

周梵一边听着他们说笑,一边低头吃着蛋糕。很甜,味道很好。

虽然刚刚《生日快乐歌》响起的那一刹,她还是不可避免地冒出过那个念头。

但周梵也知道,她没和别人透露她的生日是今天,怎么可能会有人为她点歌。

又不是小孩子了，哪有那么多意外的惊喜。

周梵吃着蛋糕，觉得今天挺幸运的，毕竟还是吃到了蛋糕。

过了会儿，整个蛋糕被分着吃完了，那对情侣被大家闹着上台一起合唱了一首歌。

是莫文蔚的《慢慢喜欢你》。

KTV 里灯光昏暗。周梵抬眼看着两个很般配的人，站在一起拿着话筒唱歌。

> 好多桥段
>
> 好多都浪漫
>
> 好多人心酸
>
> 好聚好散
>
> 好多天都看不完
>
> 刚才吻了你一下你也喜欢对吗

周梵也跟着唱起来。

忽然放到桌上的手机亮了，她便去看手机。

梁殊择给她发过来一条消息：我现在来找你。

周梵回复了一个问号。

她打字：现在吗？你在哪儿？

梁殊择：遂北机场，刚下飞机。

周梵便将地址给梁殊择发了过去，顿了几秒，她又回复：怎么这么突然啊，你前几天也没和我说，今天会来啊。

过了几秒，梁殊择发来一条语音。

周梵将手机拿到耳边听。这条语音混着歌声。

"这还要说？接你回家不是理所应当？"

周梵很难形容那时的心情。

原来和梁殊择谈了恋爱后，被他接回家是一件理所当然的事。

仿佛是顺理成章的，就像人要吃饭喝水一样，是一件再正常不过的事情。

周梵弯下唇，握着手机往一楼走。

歌声还在她耳边响着，她也跟着哼了句"慢慢和你走在一起"。

周梵抵达一楼，夜色淡薄，朦胧的月光透过澄山特有的榆桐树，稀疏落到夏季滚烫的柏油地面。

手机在暮色中又响了声，梁殊择发来消息。

梁殊择：堵车。

梁殊择：大概三十分钟后到。

周梵弯唇回复：嗯，我在下面等你。

梁殊择：不用。

梁殊择：进去坐着。

恰好弹出一条消息，KTV里一群人闲得无聊，要组织玩游戏，希望周梵能来热闹热闹。

周梵给梁殊择打字：那我去二楼？KTV。

梁殊择：行。

周梵摁灭手机。

扫了眼不远处挂在西边的月亮，她在夜色中抬头弯了弯眼睫。灼热的夏气拂过她即将到来的十九岁，虽然梁殊择并不知道她今天生日，但她的唇始终弯着。

好像普普通通的一个晚上都变得不再寻常，月色像镀了金。

大片的榆桐树叶扬着，斑驳光影颗粒般定在粗壮的树干，周边时不时响起两声狗吠，周梵抬眼望不远处，两只中华田园犬在打闹。

十九岁好像就这么到了。不热闹，但她莫名觉得很开心。

周梵握着手机上楼，楼上的KTV里歌声嘈杂，楼梯是那种木制连接梯板，墙壁上挂的是二十世纪八十年代的电影海报。

这里虽然是城镇，但这种像遗留在二十世纪的KTV风格，周梵却很喜欢。

进了KTV包厢后，大家朝她招手。周梵走过去，一群人都洋溢着开心的笑，说就等她了。

周梵扬唇，说："玩什么游戏？"

有人答："真心话大冒险。"

"行。"周梵坐在沙发上。

"我们先说好游戏规则，不肯回答问题和不敢冒险的人，是要接受惩罚的。"

周梵笑着说："什么惩罚？"

徐雾："喝酒呗。"

要是搁平时，周梵不会喝酒，因为身边没人，她不敢喝，也不敢将自己置身于危险当中。

但待会儿梁殊择会来，她喝一点好像也没关系，毕竟有他在。

周梵便扫一眼大家，说："行。"

她今天运气不错，接连几盘酒瓶都没转到她这儿。

KTV换了一首杨千嬅的歌，青色的空酒瓶便转动起来，滚动摩擦着大理石桌面，过了半分钟，酒瓶堪堪稳住——指向徐雾和导演。

两人都是单身，又都是外放的性子。

在场的人便欢呼起来，笑闹声不绝。

周梵支着下巴看热闹。

一个男生站起来，提议："玩大冒险吗？真心话没意思。"

徐雾被激起来："行啊。"

导演戴着金丝边眼镜，也跟着说了声"可以"。

"嗯……"现场的人都想着损招，一个比一个损，"两个人抱一下？"

"抱一下没意思——再想点别的。"

"唔，"有人说，"那我想想。"

周梵没跟着他们出损招，一个人在那儿百无聊赖地盯着面前的钟表。

大家让徐雾当场和导演跳了支热舞后，游戏便又重新开始。

周梵像是有感应般，盯着转动的酒瓶，半分钟后，感应被证实，这次真的转到她了。

但意外的是只有她一个人，因为酒瓶的另一边没站人。

两个人捉弄起来更好玩，一个人就少了点意思，但也不代表不好玩。

周梵也愿赌服输，听着大家提真心话还是大冒险。

最后，她选了大冒险。

她向来不爱说真话，比起剖析内心真实想法，倒不如做个冒险来得痛快。但她没想到这群人是真损，把主意打到了梁殊择身上。

大家还是叫周梵副导演："副导演，要不你现在给择哥拨个电话过去？"

话音刚落，便有人叫嚣："打电话有什么意思啊。"

周梵难得有些不安，早知道就选真心话了。

她举手："我能改真心话吗？"

大家笑眯眯地说不能。

她又说："那我喝酒好了。"

大家哪会放过这种好玩的时刻，而且场上只有周梵没大冒险过了，便说："现在说喝酒？迟了。"

"我想想啊。"有人扫一眼周梵，蹦出一句话，"副导演，你给择哥发消息吧，发我们指定的消息。"

"哎，"有人语调升高，"这个好，发我们指定的内容。"

其他人纷纷附和，场面迅速变得热闹起来。

周梵抿了下唇，抬眼问："发什么？内容不能太过分了。"

她拿着手机，大家便凑过来，她眉头都要皱到天边去。

虽然做人要愿赌服输，但是……

她轻轻地叹口气。

一群人搁那儿商量，两个人看着周梵，让她不许提前和梁殊择说，她待会儿发的东西是大冒险游戏。

一分钟后，大家商量好。

周梵又轻轻地叹口气，拿着手机点进和梁殊择的对话框。

"发什么呀？"她抬眼问。

空气滞缓几秒，她眨下眼，便听到一个人一字一顿地说："我想你了，见面可以抱一下吗？"

说完，那人又看了眼周梵："这不过分吧？我们都没说过分的话。"

"就是，副导演，我们对你很好啦——这句话个很正常吗？"

"对啊，不过分的。"

其他人附和着闹。

335

"而且你和择哥暂时又见不到,我们只是想看看他会怎么回你,副导演也不用真的去抱他。"

周梵缓慢地掀下眼皮,手指缓慢地敲击着键盘——

谁能想到呢,梁殊择已经在和她见面的路上了。

周梵脑袋几乎要爆炸,就算只是玩笑,但梁殊择会当真吗?

她是真猜不到梁殊择会怎么回她这句话,按照他的作风,最有可能的回复,应该是个问号。

然后接着回道——

有必要?这才几天不见,这么想我?

一分钟后,很艰难的,周梵打出这句话:我想你了,见面可以抱一下吗?

半秒后,她轻轻咬下牙,闭眼按了发送键。

其他人望着她笑。

周梵差点自闭,她只要一想到梁殊择看到这条消息的反应,她都觉得羞耻。

她本身不是个太放得开的人,谈恋爱时很迟钝,这一点她自己也知道。

要不是这个大冒险,她大概在未来的很久一段时间里,都不会发这种消息给他。

周梵将手机反扣到桌面,抬眼看面前看热闹的人:"发了啊。"

"不能耍赖,"大家都嚷,"重点是看择哥的回复呢。"

"对啊——重点是回复。"

"这才是核心。"

于是周梵又被迫将手机摆到了桌面,点开和梁殊择的对话框,等待他回她的消息。

许多人盯着,她呼吸都放缓了。

但梁殊择迟迟没有给她回复。

已经过去五分钟。

周梵抬眼看他们,想着先玩下一局真心话大冒险吧。忽然徐雾惊呼出声:"梁殊择回消息了。"

一副对梁殊择的回复很惊讶的样子。

周梵眨下眼，顺势往手机屏幕上看去。

大家也都一起看去。

梁殊择回了个问号过来。

又等了三十秒，都没有消息再传到周梵手机里。

大家都嚷："就一个问号吗，没别的了吗？"

周梵笑了笑，其实很满意梁殊择的回复，因为毕竟这么多人在，回复个问号也挺好。

"我还以为梁殊择谈恋爱后会和平时不一样呢。"有个女生说，"没想到和平时一模一样。"

周梵："和平时一样的。"

所有人都以为梁殊择不会再回，没想到周梵的手机屏幕忽然又亮了。

周梵以为是垃圾消息，不带任何感情地朝手机屏幕看去——

是梁殊择发过来的。

梁殊择：嗯，我也想你了。

梁殊择：刚刚手机没信号了，周梵，现在收到我消息了吗？

"这真的是梁殊择的回复吗？"周梵旁边的人看了眼手机，招呼大家来看，"梁殊择又回复了，原来刚刚是手机没信号了。"

看到梁殊择回复的人，声音此起彼伏："妈呀。"

"梁殊择谈起恋爱来和平时完全不一样好不好。"

"就是，真的和他平时完全不一样啊！"

"甜甜！"

过了一会儿，周梵借着上卫生间的借口出了KTV。

看着梁殊择的回复，她抿了下唇，安静地倚在二楼拐角处，老实地打字：刚刚在玩真心话大冒险，我输掉了，然后他们就要我发这个给你。

言外之意是想抱他不是真的，只是个游戏而已。

消息发过去一秒，周梵觉得她真正想表达的意思不是这个。

接着，她在对话框继续输入：嗯……但我觉得，我也挺想把它实现——

还没有输完，梁殊择就先发了两条消息。

梁殊择：哦。

梁殊择：见面抱一下是游戏？

周梵舔了下唇。

梁殊择：但我想你好像不是游戏。

周梵怔了几秒，抿着唇一分钟都没有回复。

忽然从 KTV 走出一个女生，看到周梵，很惊讶地说："梵梵，你今天过生日呀，你怎么不说啊。"

之后又拥出来一批人："生日快乐呀，副导演。"

"生日快乐！永远十八岁！"

"生日快乐啊，梵梵。"

"生日快乐，周梵。"

周梵明显还没回过神来，挠下头发："你们是怎么知道的啊。"

"择哥订的蛋糕都送到 KTV 来了，"有人朝周梵笑，"喏，在那儿，还是 chgh 的蛋糕。"

周梵真的很惊讶，她有些蒙地走进 KTV，接着 KTV 里响起《生日快乐歌》。

她怎么样也没想到，梁殊择居然会知道她的生日，而且，还在她不知情的情况下订了蛋糕——全都是瞒着她的。

包括他今天来遂北。

周梵耳边的《生日快乐歌》悦耳，她听着别人给她送上祝福。

原来惊喜真的会存在，哪怕她已经是个成年人了，也还是会有人为她的期盼买单。

周梵在众人的祝福下给梁殊择发消息：你怎么知道我今天生日？

几十秒后，梁殊择回复：心有灵犀，不行？

周梵发过去一个句号。

梁殊择：待会儿说，我这儿堵车，堵很久了。

梁殊择：提前把蛋糕送到了，待会儿我到你那儿可能过了零点。

周梵回复：我把今晚的机票取消了，我们今晚住这儿吧？

梁殊择：行。

大家都在张罗周梵的生日蛋糕，周梵却只想着梁殊择什么时候到这儿。

因着过生日,周梵被灌了些酒,虽然很多她都偷偷倒掉,但还是喝了一点。

梁殊择果然零点都没到。

从遂北到澄山的高速公路上出了场交通意外,整条路被堵了好几个小时。

梁殊择到KTV楼下时,周梵站起来都有点晕。

手机亮了,她看到消息,梁殊择说他到楼下了。

周梵摁住语音键:"那我下去找你吧。"

不到几秒,她收到梁殊择的语音:"喝酒了?"

周梵又发语音:"没有。"

她刚站起来,准备下楼去找梁殊择,忽然肩膀就被人摁住了。

一道懒倦的嗓音抵达她耳畔。

"周梵,生日快乐。"

周梵抬眼,梁殊择好像站在她面前,居高临下地看着她。

周遭声音嘈杂,眼睛所看到的东西好像变成了慢镜头,一帧一帧地都慢了下来。

但唯独,她看到梁殊择,那个唯一在她视线里明亮的人,朝她扯了下唇。

他凑近她,唇随之动了动:"不打算抱一下吗?"

周梵站起来都费劲,但还是跟跟跄跄地站了起来。

她意识迷糊,看不到旁边的人,只能看到梁殊择。

她张开双手,围住他的腰,将下巴抵在他肩膀上,说话时声音有些含糊:"梁殊择,你到底是怎么知道我今天生日的啊?"

周梵记忆稍微有些断片,她被梁殊择拉着手走下了楼。

两人走在昏黄的街道上,吹来的夏风是燥热潮闷的,但可以很明显地感觉和城市里的风不同。

周梵一直被梁殊择拉着走,她忽然挣开梁殊择的手。

梁殊择睨了她一眼。

周梵说:"我的蛋糕还没拿。"

梁殊择看着她:"蛋糕不是被分着吃完了?"

"没有。"周梵摇头,"他们分着吃完的蛋糕是你买的,但我后来又买了个蛋糕。"

酒后,她言辞难得清晰:"我买的蛋糕,是要单独和你一起吃的。"

她补充:"懂吗?"

梁殊择扯了个笑,问她:"那怎么办?我现在去拿?"

周梵点头:"你去拿吧,我在这儿等你——蛋糕被我藏在桌子底下了。"

梁殊择看了眼她,往 KTV 的方向走。

周梵坐在长椅上等梁殊择回来。

几分钟后,她看到梁殊择朝她走过来。但酒精作祟,她脑袋好晕,晕得都看不清梁殊择了。

"梁殊择,你是不是看了我填的那张表?"周梵被梁殊择拉住,朝旅馆走。

"什么表?"梁殊择睨了她一眼。

"就……我进手语社填的表啊,有我生日的日期。"周梵说。

梁殊择扫她一眼,眼神被昏黄的路灯掩着,看不清。

接着,他在半明半暗的街道上"嗯"了声。

周梵恍然大悟:"我猜到了。"她又问,"梁殊择,蛋糕呢?"

梁殊择将蛋糕在她面前晃一下:"不是在这儿?"

"噢。"周梵确认般地扫了眼蛋糕,"这个蛋糕,待会儿我们单独吃吧。"

周梵头晕晕的,时不时前言不搭后语,明眼人都知道她喝醉了。

周梵醉态明显,梁殊择便背着她。

兴许今天是她生日,梁殊择多说了两句。

他背着周梵,偏偏和一个不清醒的人说他私藏多年的秘密。

他声音极轻,好像只有自己能听到:"其实我早就知道你生日了,不是因为手语社的那张表。

"周梵,我高中就知道你生日是哪天了。"

梁殊择背极宽,周梵伏在他背上睡着了。

什么也没听到。

周梵缓慢地从梁殊择背上下来,揉下眼睛,两人已经到了一家旅馆的房间里。

梁殊择说:"酒醒了?"

周梵摇摇头:"没呢。"一副没睡醒的模样。

她踉跄着拿过梁殊择手上的生日蛋糕:"我来点蜡烛吧。"

梁殊择拨开她的手,将蛋糕放到桌上:"我负责点蜡烛,你负责许愿。"

"噢。"周梵说,"我特意没许愿呢,就想在这个蛋糕前许愿。"

看着梁殊择将蛋糕点上蜡烛,周梵摇摇晃晃地走去房间门口,手重重一拍,发出响声,灯被灭掉了。

她转过身,梁殊择已经将蜡烛点好了。蛋糕上亮着的蜡烛格外漂亮,窗户没关紧,热烈的夏风灌进来,摇晃着星火。

"许个愿?"梁殊择看着周梵。

周梵双手合十,整个人看上去还是不太清醒。

她甚至将愿望直接说了出来。

"梁殊择,我的生日愿望是——我们现在接个吻好不好?"

梁殊择睨了眼周梵,周梵拢着乌黑的头发,低头弯腰将蜡烛吹灭。

她看上去真的很不清醒,醉眼蒙眬的,说完那句话扫一眼梁殊择,然后也没再说些其他的什么,径直朝着旅馆房间的床走去,而后坐到了床上,直愣愣地看着他。

梁殊择朝着窗户走过去,抬手将那种很有年代感的蓝色玻璃窗关紧,又将窗帘拉好,风就再也灌不进房间了。

待他转身,周梵侧着身体在床上睡着了。

大抵那句话只是酒醉之后,一句无足轻重的胡话,根本作不了数。房间里的空调温度打得极低,凉气蔓延到每一个角落。

梁殊择迈着懒散的步子,朝着周梵走过去,伸出手将她睡姿摆正,而后睨了眼她。

女生眼睫浓密,鼻梁挺秀,皮肤白瓷,唇紧闭,或许是喝了酒的原因,唇色显得比任何时候都要深。

梁殊择眼睫也浓密,但比不过她的,周梵的睫毛长而密,像一把小扇子,是那种很漂亮的眼睫。

梁殊择懒洋洋地伸出手,轻轻拨了拨下她的睫毛,扯了个笑。

周梵便是在这时候忽然睁开眼的。

她睁眼,眼前模糊一片,很多个光圈叠在一起,她像是身处某个三维空间。

梁殊择拨她眼睫的手顿了下,扯唇笑:"生日愿望还作数吗——"

他低头凑近周梵,说:"我好像挺想帮你实现的。"

周梵就那样静静地看着他,眼睛一眨也不眨。

梁殊择和她对视几十秒,唇就那样疏懒扯着,而后开口:"我呢,是个很大度的人。"

酒精作祟,周梵还是那样近乎呆滞地看着他。

梁殊择接着说:"平时也挺喜欢帮助别人实现愿望的。"

他顿了顿,懒洋洋地开口:"但你现在喝醉了,以后还是找个你清醒的时间,我再帮你实现愿望。"

周梵是脱了鞋上床的,他抬手掖好单薄的空调被,扶着周梵靠着床,走到桌边泡了一杯蜂蜜水。

周梵好像比之前稍微清醒了一点,伸手拿过装着蜂蜜水的玻璃杯,一饮而尽后,舔了下唇。梁殊择递给她一张纸巾,她拿着擦了唇。

之后,她抬眼看着梁殊择,缓慢地眨下眼:"你能靠我近点吗?"

梁殊择像是打量她一眼。

周梵缓慢地闭上眼,有些困倦地嚷了一句:"过来啊。"

梁殊择觉得好笑,不知道这人到底是醉了还是没醉。

他扯唇,坐到床边,看着周梵。

周梵声音软绵绵的:"你好像还没有实现我的生日愿望啊。"

梁殊择抬眼。

周梵嚷一句:"小气啊你。"

梁殊择再抬眼:"我是谁?"

"不知道。"周梵说。

她小心翼翼地凑到梁殊择身边,眨下眼:"是梁殊择吧。"

她握着梁殊择的肩膀,感受到他居高不下的体温,她说:"我刚喝了个很甜的水。"

过了几秒,她唇贴近梁殊择嘴角,一触即分,一秒时间都不到。

但时间像是无限拉长,梁殊择清晰的眉眼替代了夏天的热浪。

梁殊择看着周梵,她闭上眼睛,嚷了句什么话,之后又躺下睡着了。

"有点意思。"他懒洋洋地碰了碰被她吻到的地方,吐出一句话,"周梵，你是装醉吗？"

他掀开周梵的空调被，凑近打量她，但周梵眼睛沉沉地闭着，一副熟睡的模样。

看起来不像是装醉。

梁殊择盯着周梵看了一分钟，她都没再动一下。

梁殊择便重新替她盖好空调被，薄唇轻启："真行。"

像是觉得她大概是真醉了，梁殊择又扫了她一眼后，站起来朝门口走，他打开门，侧眼看下床上的人，扯着嘴角去了隔壁的房间。

几分钟后，再听不见任何动静，周梵掀开空调被下床，看到门口立着她的行李箱。

她轻轻拉开行李箱，从里头拿出来一套新的衣服，然后去了卫生间。

刚将水龙头打开，周梵听到门锁响动的声音，她缓慢地张了张唇，接着又听到门被拉开的声音。

卫生间的门好像没有关。

她将水龙头关上，很缓慢地转身，看到梁殊择睨她的眼神。

"解释一下？"梁殊择沉默几秒，抬眼看她。

周梵没理他，晃晃悠悠自顾自地走出去，几秒后，她坐到沙发上，一动也不动。

梁殊择朝她走过来，站到她面前，垂眼："还装？"

周梵很会装醉，她眨下眼，抬头，嘟囔了句自己都听不懂的话，便直接甩掉鞋，睡到了沙发上。

一整套动作行云流水，装作自己刚刚只是醉后行为，意识还是很不清醒。

梁殊择就那样看着她表演，忽而扯了下唇，将周梵抱回了床上。

周梵被梁殊择抱着，她听到梁殊择的声音。

"醉了还乱跑。"

周梵眼睛紧闭，胡乱地抓着梁殊择的衣角，又嘟囔了句。

梁殊择："真醉了？"话音刚落，周梵感受到嘴角忽然覆上一丝异样的温度，她微微睁眼，看到梁殊择清晰漆黑的眼睫。

他离她那样近，低头吻了吻她嘴角。

但也很短暂，就那么一秒钟。

周梵心跳加快，周遭的声音像是全部消失。

吻完，梁殊择将她放到床上，声音稍哑："生日快乐。"

周梵被梁殊择放到了床上，她刚碰到床，唇边忽然又是一凉。

她极其小心地睁开右眼，看到梁殊择俯身吻着她。他双手撑着床，因穿着短袖，手臂上清晰的青脉显露出来，眼睛却闭着。

周梵心跳猛地加速，耳朵开始发烫。

她感觉到时间开始拉长，她像是身处在某个三维空间。

大概三十秒后，梁殊择撑着床的手动了下。

周梵心紧了紧，心底像是有无数支羽毛在拂动，拂得她心痒难耐。

周梵感受到他灼热的体温，以及缓慢增加的，亲吻的力度。

她已经分不清也辨不明，时间的流动。

心脏像是要跳出胸腔，不知过了多久，梁殊择终于缓慢地放开她。

他将空调被盖在她身上，转身去了趟隔壁房间，不知什么时候又回来，或许是担心周梵喝醉酒乱动，他坐到沙发上，一直坐到天明。

周梵很快就睡着了，她在被梁殊择背回来的路上也真的睡着了，直到被他背进了旅馆后，意识才稍稍清醒过来。

第二天，她醒来，看到梁殊择仍旧坐在沙发上。

周梵下床，挠挠头发："你怎么一直坐这儿？"

她以为他在这儿坐一会儿就会回隔壁房间，没想到他坐了一整晚。

"不记得了？"梁殊择扯唇，抬眼，"昨晚你喝醉了，在房里乱走。"

"噢，"周梵拍下脑袋，"我不记得了。"

"行，"梁殊择说，"也没奢望你记得。"

周梵抿唇看他："那你现在去睡觉吧，你不困吗？"

梁殊择看她："还记得你许的生日愿望吗？"

明亮的光线顺着蓝色破旧的玻璃窗涌进房间里，周梵说："我许的什么愿？"

梁殊择扯了下唇："发财致富。"

周梵沉默一秒，抬眼："是吗？"

梁殊择笑了笑："你又记得了？"

"不记得。"周梵说，"你现在去睡觉吧，我订下午的机票。"

梁殊择"嗯"了一声，提步朝隔壁房间走。

周梵又忽然喊住他。

"梁殊择，我……"

梁殊择回头和她眼神撞上。

周梵踟蹰了下，说："昨晚——"

梁殊择饶有兴致地看着她。

过了几秒，周梵舔了下唇，说："你是不是给我泡了蜂蜜水喝？"

梁殊择："哦？记得这个？最重要的不记得了？"

周梵："什么？"

梁殊择瞥着周梵，转身走出她房间，声音抵达周梵耳畔。

"也不重要，扯平了。"

下午四点多，遂北飞往遂南的飞机落地，周梵和梁殊择回了遂南市。

梁殊择送周梵回了家，周梵累死了，一回家就躺床上。休整了两天后，她回恒星上课。

她这边刚回遂南，梁殊择就飞往西京市，参加个什么培训了，时间是半个月。

周梵在恒星上了一周的课，今天教影评写作的老师请假了，周梵带完晚自习下课，已经到了十点半。

周梵整理好资料，拎着包走出恒星。

最近这几天修路，她得绕到对面才能打到出租车。

周梵拿着手机回梁殊择的消息，刚将消息发出去，便听到一道嗓音，熟悉的，也是令人讨厌的，醉醺醺的。

"周梵？挺巧。"

周梵抬头，是前些天她到周峪嘉学校，碰到的那个男人。

他喝了酒，眼角微红，像是刚从前面的麻将馆出来。

345

这里人多，周梵也不惧他。

张盛跟跟跄跄地靠近她："长得真是漂亮啊，不枉我在你高中的时候，就看上你了。"

周梵往后退。

张盛："放心，不对你做什么，我怎么舍得啊。还记得之前的事吗，那些小子看你弟弟不顺眼，找到我，我也帮他们教训过你弟弟了。不过周梵，你高中时候，我不是约你出来玩吗，你怎么都不答应我啊？"

周梵直接转身往派出所走，这里人多，张盛不敢追过来。

她走到派出所，将录音给警察听。一个二十多岁的女警察询问周梵一番，周梵如实回答后，女警察给她叫了辆车，先送周梵回家了。

坐出租车回家的路上，周梵想起高中时候的事。

那时候周峪嘉被同班同学欺负，他的同班同学叫来好几个其他学校的混混总是骚扰周峪嘉，要么下课时候言语挖苦几句，要么直接动手。

周梵是一个月之后才发现的。

她拉着周峪嘉的手，站在他前面，混混们眼前一亮，从此再不围着周峪嘉，而是围着周梵。而张盛是那群混混的头。

但那群混混聪明得很，骚扰周梵，一点马脚也不露，只是时不时给她塞点东西，要么是纸张，要么是信件。

周梵想，如果兔子耳坠是那段时间放到她抽屉的话，那她可能会直接扔掉。

比如那些纸张，她知道是那些混混送的，所以从来都是直接撕掉，毫不留情地扔进塞满垃圾的垃圾桶。

那些充满言语挑衅的信件，她曾拿给过校方，但校方只能杜绝外校学生进出校园，除此之外，也没有其他的解决办法。

自从周梵找人教训过那些混混后，他们便消停了很久，周梵的生活也在高三逐渐迈上正轨。

风顺着窗户吹进车厢，周梵疲倦地倚靠在车后座，没想到她又会遇到张盛。

那个，她学生时代最讨厌的人。

但她现在已经不是过去那个没什么力量的女孩了，人总是会长大的，她现在可以拿起武器保护自己的了。

梁殊择是立秋那天回遂南的。

周梵去机场接他，忽然收到了李清铭的消息。李清铭说明天来遂南市找她玩。

周梵站在遂南机场出口，低头给李清铭发消息：好的呀，我明天带你玩。

周梵将她和梁殊择谈恋爱的事，告诉了李清铭，李清铭很高兴，说和梁殊择谈恋爱，应该是很快乐的一件事。

"给谁发消息？"

她抬眼，梁殊择拎着行李箱，似笑非笑地看着她。

周梵将手机放进口袋，和梁殊择走出机场，说："李清铭，她明天来找我玩。"

"噢。"梁殊择忽然扫了眼周梵，"你想帮我拎行李箱吗？"

周梵扫了眼梁殊择的行李箱，银灰色，老实地说："我不是很想啊。"

"行，那我自己拿。"他顿一下，"那你牵我的手？"

相较拿行李箱，牵手明显更轻松，周梵便应了声，牵了梁殊择的手。

已经有一周多没牵过手了，周梵乍一碰上还觉得有些不适应，但牵了几分钟后，她很快就适应了。

周梵心想，谁要拎梁殊择的行李箱啊，她只想牵梁殊择的手。

实在不行，她可以左手拎行李箱，右手牵他的手。

她是可以拎行李箱的，但不牵手可不行。

上了出租车后，两人都坐在后座。

出租车司机问去哪儿，梁殊择报了周梵家地址。

车子很快开到了周梵家附近，周梵下车，梁殊择也跟着她下了车，出租车开走了。

周梵："嗯？你怎么下车？我以为你直接坐这辆车回家了。"

她看了眼梁殊择，站在她面前的人被路灯照着，漆黑的眼睫染上一层昏黄。他张唇，笑了笑："我想和你多待会儿，不行？"

周梵忍不住开心。

梁殊择好像就是有这种魔力，能让她的嘴角始终扯着。

两只猫从面前经过。

周梵从包里掏出一袋猫粮，招呼它们过来，那两只猫便过来了。

周梵蹲下，抬眼看梁殊择："还记得吗？你之前和我说，你喂过这里的猫，然后我就经常喂它们了。"

梁殊择站着，看着周梵喂猫。

"嗯，记得。"他说。

周梵喂过猫，拍拍手："我现在随身携带猫粮呢。"

周梵和梁殊择在路灯下有一搭没一搭地说话。

她唇始终弯着，手机忽然响了下，她低头看手机。

是之前那个女警给她的回信，大意是因为那个男人没有对周梵造成什么实质性伤害，构不上什么罪责。

所以没有办法对他进行处理。但如果还有下一次，警察建议周梵拍下视频，周梵也可以随时联系他们。

周梵嘴角耷拉下来，梁殊择问她："怎么了？"

周梵："没什么，就一些杂事。"

她顿了下，已经很晚了，她担心梁殊择坐飞机疲倦，还是早点休息比较好，便指了下不远处的家门口："那我先回家了。"

周梵正准备转身，忽然被梁殊择抱住了。

半个月的思念像是融在这个怀抱里。

周梵被梁殊择抱住，几乎动弹不得，她将头压在他胸口，闻到股熟悉的乌木香味道。

"你好像一点也不想我啊，周梵。"梁殊择扯了个笑。

周梵将声音压得有些低："想的。"

"噢，"梁殊择将她抱得更紧，"和我说说，怎么想的。"

周梵被梁殊择抱着，闻到的都是他的味道。她抬眼，看到梁殊择硬朗的下巴，突起的喉结，而后视线下移，说："就很想啊，这叫我怎么说。"

她弯下唇，感受着梁殊择怀里的温度，吸了吸鼻子。

几秒后,她听到梁殊择说:"那具体说说?"

周梵抿了下唇,忽然感受到梁殊择抱她的力气在加大,像一堵不透气的墙,将她围住。

她又舔了下唇,说:"抱得太紧了。"

"噢,"梁殊择力度又加大点,"那松点?"

周梵被他圈住,入目都是他。

她像是在抗争:"你不是说松点吗,我怎么感觉抱得更紧了?"因脸有些烫,她声音放低一些,"你不知道松点是什么意思吗?"

顿了几秒,她听到梁殊择说:"知道。"他接着说,"但我不松。"

周梵就那样被他抱在怀里。顿了几秒,她气笑。

但后知后觉地,周梵觉得被梁殊择这样抱住,其实是很舒服的。

他身形高大,腿长手也长,昏黄的路灯将他身影拉长,夏天的风都变舒爽了。

"梁殊择,你以前不这样。"最后,周梵说。

梁殊择稍稍松开她一点,睨她:"我一直都这样。"

周梵瞪大眼睛:"我怎么才发现,不,你以前不这样的。"

"噢……"梁殊择松开她一点,但也足够圈着她。

他顿了下,说:"那是你没发现。"

周梵又被气笑,因女警察那条消息,给她带来的不开心尽数散掉。

她仍由梁殊择抱着,半响,她吐出一句话:"我不讨厌你这种行为。"

梁殊择像是故意的:"什么行为?"

周梵:"就这种在路上抱我的行为啊。"

"不讨厌?"梁殊择问她。

"嗯。"周梵说。

"那就是喜欢?"梁殊择接着问。

周梵懒得回答这种问题,最后她说:"我得睡觉了,有点困了。"

梁殊择便松开她,周梵扫了眼他,转身朝家的方向走。

走了几分钟后,她像是想起什么,给那位女警察回消息:嗯,我会尽量收集证据的。

第二天是周日,周梵去机场接了李清铭。

白天,周梵带着李清铭玩遍整个遂南市。晚上,李清铭想去酒吧坐坐。

周梵:"行啊,但我们两个人不怎么好玩。"

李清铭:"那你叫梁殊择过来?或者叫别的人过来。"

周梵想了想,梁殊择这几天不怎么忙,或许有空。

她给梁殊择拨个电话,问他去不去酒吧。

梁殊择闲散地说了声"行,待会儿来"。

挂了电话,周梵对李清铭说了,但没想到,梁殊择又多带了个人来。

酒吧里,周梵点了杯度数低的果酒,正和李清铭闹呢,梁殊择就带着程子今走了过来。

"哟,李清铭啊,多久没见了——怎么着,来遂南玩啊。"程子今语调往上扬。

李清铭看了眼他:"遂南市这么大,在这儿也能碰到你。"

程子今和李清铭斗起嘴来,梁殊择坐在周梵旁边。

周梵说:"你怎么把程子今带过来了。"

梁殊择看她一眼:"你朋友不是挺开心?"

周梵笑了下。

"哎,择哥,巧啊。"两道声音响起。

周梵循着声源处看过去,两个染着银发的男人,手里拎着吉他和贝斯,一副文艺青年又带了几分酷炫的模样,像是酒吧乐队的。

梁殊择:"巧。"

"有个好笑的事。"一个男人说。

周梵对好笑的事一向很感兴趣:"什么事啊?"

"这位是——"男人看了眼周梵。

梁殊择也看了眼周梵,扯了个笑,语调慵懒:"女朋友。"

"啊,你好啊。"

周梵:"你好。"

"女朋友"这词,听起来怎么就这么悦耳呢。

"今晚有个人要给女生告白,然后让我们乐队唱那些土到不行的情歌。"男人说,"乐死了。"

梁殊择淡淡地搭了几句腔,几个人闲扯了几句。

待他们走后,周梵喝口果酒,看了眼梁殊择,心想,告白这种事,像他这种人,肯定是没做过的。

他这么倨傲的一个人,大概永远只会被追。

她和他这段恋爱,也是由她先挑明的。

顿了几秒,周梵漫不经心地朝梁殊择歪头:"你有没有主动给别人告白过?"

梁殊择睨了眼她,五光十色的镭射灯四处晃,给卡座和舞台蒙上一层浅淡而耀眼的光晕。

酒吧忽然响起一首歌。

美好剧情,不会更改——
是命运最好的安排,
你是我,
这辈子都不想失联的爱,
何苦残忍逼我把手轻轻放开——

周梵杵着下巴朝酒吧舞台上唱歌的人看去,同时,她听到梁殊择不咸不淡的声音。

"有呢,以前给人写过告白信。"

周梵怔了几秒,在歌声中扫一眼梁殊择。

"嗯?真的吗?你主动和女生告白吗?"她吐出一句话,用那种不太相信的眼神盯了他好几秒。

梁殊择和她目光相撞,开口:"打赌输了,被迫的。"

"噢,"周梵说,"是类似于玩那种真心话大冒险吗,像我上次那样。"

梁殊择又看她一眼,"嗯"了一声:"就那样。"

周梵点点头:"我就说嘛,你这种人怎么可能主动给女生写告白信。"

梁殊择睨了她一眼，扯唇。

周梵对上他眼神，嘴唇张了张："你如果能主动给女生写告白信，那我明天就能登陆月球了。"

梁殊择扯了个笑，说："周梵，你上次说看电影那事，怎么没后续了？"

周梵拿出手机低头摆弄，恍惚间想起这个事，点进购电影票的软件，说："上次我因为要去拍微电影爽约了。"她歪头瞥一眼梁殊择，"我这次不会了。"

她买好电影票，将手机屏幕亮给他看："看，买好了。"是明天晚上的电影。

梁殊择："行。"

周梵的手机亮了下，她顺势去看手机。

是那个微电影小组的群聊。

导演说他们拍的这个微电影可以拿去参赛，问群里的人有没有其他想法。

周梵扫了眼他们的聊天记录，回复：那个微电影好像还没剪。

导演：谁有空剪下片子吗？那个比赛报名截止时间是后天零点。

周梵回复：后天零点，认真的吗？这么赶？

群成员1：我没什么时间。

群成员2：这么赶，谁有时间啊？

群成员1：导演，你怎么现在才说？

群成员2：就是，你怎么不等比赛颁完奖再说。

周梵好笑地笑出声，看着导演的解释。

他说，他也是今天碰巧才看到那个比赛，想着可以拿这个微电影去试试。

过了几分钟，似乎没有人有空，周梵都准备说她剪了，但刚在对话框输入，忽然组里负责灯光的女生说她有时间，她想试着剪剪。

周梵便删掉对话框的内容，和梁殊择说着明天晚上看电影的事。

第二天，周梵从恒星下班，抵达家里是在下午五点。

李清铭家里忽然有事，上午她已经回西京市了。周峪嘉今晚在朋友家过夜，谢衍住了一个月后就搬走了，家里只剩她一个人。

周梵哼着歌拿着衣服去浴室洗澡，洗完澡出浴室后，她换上一条鹅黄色

352

的长裙，吹干头发后，来到镜子前抹口红。

口红抹到一半，手机亮了下，周梵去看消息。

又是那个群里的消息。

昨天答应剪微电影的女生将她剪的片段放到了群里。

导演：你这剪得乱七八糟的，肯定不行。

下面有几个人附和了几句。

周梵点开女生剪的片段，看了一分钟，抿了下唇，真是剪得乱七八糟。

群里消息纷至沓来。

群成员1：今晚十二点比赛报名就截止了，没时间了，凑合吧。

群成员2：这也能凑合吗？这种剪电影的手法，怎么能拿去参赛？

群成员3：就是，拿去也参不了赛。

周梵看着群里消息，又扫了下时间，离她和梁殊择约定的时间只有半个小时了。

忽然手机上收到一条消息。

是那个女生私自找了周梵：梵梵，你今晚有时间吗？能不能帮帮我啊。求求你了。

周梵记得这个女生，虽然和她不是一个班的，但她长得很可爱，为人也很好，在拍微电影时，她还帮过周梵。

周梵有点犹豫，剪微电影肯定耗时长，没几个小时她肯定剪不完。

如果答应了这个女生，那她就不能和梁殊择一起去看电影了。

周梵扫了眼镜子里，穿着鹅黄色长裙的自己，给梁殊择拨了个电话。

电影什么时候都能看，但这个比赛过了就是过了，孰轻孰重，周梵心里有打算。

"梁殊择，"电话接通后，周梵有些不好意思地说，"我现在临时得剪个微电影。"

她叹口气："真的是临时的，本来我都换好衣服了。"

梁殊择的笑声传过来："周梵，你和我闹呢。"

周梵也笑："哎呀，这事突然，我也烦。"

过了几秒，她听到梁殊择说："别烦，"懒倦的笑声又传过来，"要我帮你一起剪？"

梁殊择什么都会一点。

"行啊。"周梵正愁一个人剪得太慢，"那我把素材发给你，你剪前面。"

电话挂断后，周梵又扫了眼镜子，返回卧室剪电影了。

两人剪完微电影是在深夜十一点三十分。

周梵将微电影上传至比赛主办方邮箱。

传完后，那个女生向周梵表达谢意：呜呜，谢谢梵梵了，真的很不好意思，我以为我能剪好的。

周梵回复她：以后如果不能做好的话，可以提前在群里说呀。

两人来来往往发了几句话。

发完消息，她脑袋忽然闪过一丝期待，充满希冀地点进电影购票软件，说不定今晚还有别的场次呢。

周梵没想到还真有。

软件上显示今晚凌晨那部电影还有一场。

周梵眉梢扬起来一点，很开心地点进去选座位，说不定今晚的电影，她和梁殊择是有可能看的。

但刚点进去她嘴角就拉平了。整场电影不知道被谁包场，不能再购票了。

周梵叹口气，将手机扔到床上，心情迅速往下荡，这都什么事呢。

过了两分钟，她忽然接到梁殊择的电话。

电话接通，她先说话：" 梁殊择，我本来想去买凌晨那场电影票的，但显示被包场了。"

那边静了静，周梵接着说："这个电影明天院线就下线了，以后我们再也不能在电影院看这部电影了。"

那边又静了静，过了几秒，她听到梁殊择扯着笑说："周梵，你猜——"

周梵将手机贴到耳朵边上："我猜什么。"

顿了几秒，她听到梁殊择说："电影被谁包场了？"

周梵摇头："不知道。"

忽然，她像是想到什么，有些不可置信地说道："你吗？"

她微微睁大眼睛，等待梁殊择的回答。

过了几秒，她听到梁殊择说："嗯，待会儿我来找你。"

周梵将电话挂断，重新走到镜子前抹口红。

抹口红时，她唇弯着，接着很快出了门。

梁殊择的车送去保养了，周梵知道。当出租车停在她面前时，她便拉开左边的门，看到梁殊择坐在这边。

她顿了几秒，梁殊择懒洋洋地往右边挪。

周梵看到他那样子，忍不住笑出声，边笑边弯身坐进去。

她关上车门，刚落座，便有一只手将她拉了过去。

周梵抬眼，看到她被梁殊择拉到了右边。

"还笑？"梁殊择抬眼。

周梵看到两人牵在一起的手，笑了："不笑了。"

看完包场的电影出来时已经将近凌晨两点。

周梵眼皮打架，但她也很开心，终于和梁殊择看完这场电影了。

梁殊择提前打好了出租车，一出电影院便看到了。

周梵困死了，一上车便睡着，出租车很快到了她家小区门口。

周梵被推醒后，扫一眼梁殊择："那我先回家了。"

梁殊择看一眼她："行。"

周梵"嗯"了声，下了出租车，在昏黄的路灯下回家。

虽然困，但她嘴角始终扯着。

走了几分钟后，一只飞虫飞到面前，周梵吓得躲了下，余光不小心瞥到后方。

一个高大的男人站在那儿。

周梵一眼认出是梁殊择。

他还站在那儿，昏黄灯光笼罩着他高大身形，整个人极其打眼。

她以为他已经乘坐出租车走了，没想到他还在。

周梵以前从来没有回过头，所以是第一次知道，原来梁殊择会一直看着她，直到她回家的。

如果不是这次意外的回头，她好像永远也不能发现这事。

周梵心脏紧了紧，收回了视线。

缓慢地走进家门后，周梵把门关上，透过窗户看外面。梁殊择像是掀了下眼，确认周梵到家后，他便迈着步子开始往回走了。

周梵抿了下唇，手轻轻地碰上门把手，将门打开，而后脚步很轻地朝梁殊择的方向走。

月光西移，树影晃动。

周梵碰了下脸颊，有些发烫。她脚步有些不受控制，不紧不慢地跟着梁殊择，忽然，梁殊择站住，脚步不再向前。

周梵顿住脚步，以为梁殊择发现了她。

但他好像并没有发现，而是懒洋洋地站在那儿等出租车。

周梵内心正做着巨大的斗争，她低头看着自己脚尖，一只猫窜过，周梵抬眼，终于下定决心，脚步放轻放缓，继续朝梁殊择那边走。

因临近街道，车声有些响亮，掩盖住周梵特意放轻的脚步。

两分钟后，周梵走到了梁殊择身侧。她脸烫得不行，但几秒后，她踮脚，侧头亲了亲梁殊择的嘴角。

也是像上次那样一触即离。

她收回唇，踮起的脚放平，脸比先前还要更烫。

她微低着头，对于现在她的举动，不知道该说什么。

过了两秒，她听到梁殊择低笑了声："抬头。"

周梵抬头，便看到梁殊择低头朝她的唇吻了过来。这次不是轻描淡写的亲吻，而是那种略带着点攻击性的亲吻。很多思绪像是完全融入这个吻里。

周梵的手捏紧衣角，忽而梁殊择又牵紧了她的手。

周梵整个人都僵在原地，并不知道怎么回应他，只能一味由他亲着。

口腔里的空气被他不断掠夺，剩余的空气又被他唇舌席卷。

梁殊择一直紧紧牵住周梵的手，她像是被他绑住。

周梵眼睛是完全闭着的，忽然有一道刺眼的光闪过。

她将眼睛睁开一点，看到前面有一辆出租车。

周梵被梁殊择亲着，含混道："梁殊择，车到了。"

梁殊择捏了下她手指，力度又加大，"嗯"了声后，继续亲吻着她。

一会儿后，周梵被梁殊择松开，脸红得不行。

"来得真不是时候。"梁殊择淡淡地看了眼出租车，而后睨了她一眼，

"吓着了？"

梁殊择拉住她的手，像是在安抚她。

周梵松开他的手，抿唇扫了眼他，有点局促地低声说："那我先回家了。"

没等梁殊择回答，她便往家的方向走。

夜色昏黑，周梵一直走到家门口，进屋后，用凉水打湿脸部，冲了很久的温，温度才降下去。

这是她和梁殊择第一次正式的接吻，凌晨三点多，周梵一直在床上翻来覆去地回想这个吻。

她眼睛睁着，一眨不眨地望着天花板上的白色吊灯，不知什么时候才进入梦乡。

第十三章

最懂她的人

接下来的半个月，周梵继续去恒星兼职艺考培训的老师，梁殊择时不时也会出现在她对面的写字楼里。

两个人都忙，不论是午饭时间还是下午下班的时间总是碰不到一起。

但原因都在周梵这里，她工作认真，年龄和那些学生相近，学生们都喜欢她，也都爱问她学习上的问题。

周梵也很乐意解答，一来二去，她下班时间就变得不固定起来。

况且暑假本就是艺考培训的集中期，学生最多，事也最多。

周梵忙里偷闲还顺便拍了个关于艺考培训的纪录片。她爱拍东西，喜欢把流动的时间记录在相机里，每个镜头都是有灵性的，能将当时的原本样貌承载下来，好像就能把当时的情绪复刻下来。

这半个月时间里，总是梁殊择来恒星接周梵下班。

但最近几天，因周梵的父母回国了，一家人也很久没有见到。

周梵的妈妈陈慧卉这几天都来接她下班，周梵便让梁殊择别来了。

她现在还不想让陈慧卉知道她谈恋爱的事。陈慧卉虽长期生活在国外，但性格偏保守，总觉得女孩子在大学时期就得认真上学，谈恋爱是得进入社会才被允许的事。

周五这天，周梵终于可以按时下班。陈慧卉已经提前半个小时问过周梵今天什么时候下班了。

周梵便告诉她五点半。

五点三十分左右，周梵收到梁殊择发来的一条消息：今天还是阿姨来接你吗？

周梵在办公室改完影评作业，恰好下班时间到了，她边摁住语音键边走出办公室。

"嗯，对的，你还在对面写字楼吗？"

"周梵，你给谁发语音呢？"

周梵刚走出办公室，便听到一道熟悉的嗓音。

她眉心狠狠跳动了下，将手机不急不缓地放进褐色的斜挎包里，摇头："没谁，就一朋友，随口聊聊。"

"嗯，今天你爸爸生日，我们待会儿一起去接周峪嘉，晚上去闲德吃饭。"

陈慧卉穿着条灰黑色的连衣裙，黑直发，身形高挑，很少笑，显得严肃。

"嗯，好。"周梵挽着陈慧卉的手臂，说，"我很喜欢去闲德吃饭。"

两人走出恒星所在的大楼。

周梵和陈慧卉边走边说着话，出来时抬眼扫了下对面的写字楼。现在是下班时间，写字楼门口时不时便拥出一大拨人。

"瞧什么呢？"陈慧卉顿了几秒，转头打量一眼周梵。

"没什么，就放松下眼睛。"周梵咽了下喉咙，收回视线，心有点虚，接着说，"看了一下午的影评作业，有点累。"

"嗯。你这个暑假全把时间浪费在这里了。"陈慧卉说，"以后别再做这种没意义的兼职了。"

周梵："怎么没意义了，我艺考也是在恒星培训的。"

她回头打量下恒星所在的大楼，余晖碎星般浅淡地洒在外墙玻璃上，反射出一缕缕昏黄的光线。日光铺洒，周梵意外地看到一抹身影跟在她身后不远的位置。

她眨下眼，梁殊择穿着件黑色的冲锋衣，下颌冷硬，步子懒散，不紧不慢。她只回头了那么一秒钟，两人眼神就撞到一起去了。

陈慧卉在她耳边絮絮叨叨说着话。

"有这点时间，你还不如去学钢琴或者古筝、琵琶，上大学后就很少见你碰过这些了，都积灰了吧。"

周梵"嗯"了一声，抿了抿嘴唇，忽然停住了。

陈慧卉也跟着她停住，淡淡地扫她一眼："怎么了？"

周梵指一下对面的便利店："我去对面便利店买瓶水，渴了。"

"我车上有水，待会儿拿给你。"陈慧卉望眼她，"我还以为什么事，走吧。"

周梵计划落空，怔了一秒，找补道："我说错了，不是白开水，是那种柠檬水。很好喝的，我给你也买一罐？"

陈慧卉从包里拿出手机，恰巧不远处有棵大树，树下有供行人坐的长椅，她说："那行吧，我坐那儿等你，快一点。"

"嗯！"周梵在日光中看陈慧卉一眼，朝那家便利店走去。

便利店开着空调,周梵推开玻璃门,感受到丝丝凉意,同时听到一声自动播放的机械声:"你好!欢迎光临!"

收银员坐在收银台里面,杵着下巴打瞌睡,见到有人进来,便抬眼看了看,而后继续打瞌睡。

周梵朝便利店里面走,来到了饮料陈列架附近。

她手碰上遂南市特有的特制柠檬水,黄色的罐装饮料,拉环是蓝色的。

对面白色墙壁上贴着张不大的黑色海报,写着:某国宇航局宣布发现"另外一个地球"开普勒-452b。

大概四十秒后,便利店里又响起一声自动播报的"你好!欢迎光临!"。

周梵没往门口看,继续往饮料陈列架里边走了一步。

懒散的脚步声由远及近。

周梵竖起耳朵听着。

骨节分明的手指触碰到黄色罐装的柠檬水,声音随之响起。

"明天上课吗?"

周梵偏下头,便利店大门都是那种全透明的玻璃,店内和外面没有什么阻隔。

她抬眼,看到陈慧卉坐在长椅上摆弄手机。

但只要陈慧卉一抬头,就能看到她。

周梵又往里边走一点,瓶装的可乐挡住她的脸。

"上课。"周梵说,"但明天我爸妈就不在国内了。"

顿了几秒,梁殊择拿过那罐柠檬水,低声道:"那明天我接你去吃饭?"

"好,明天我应该可以准时出现在楼下。"周梵忽然扫到货架下面有紫色罐装的饮料,像是周峪嘉一贯爱喝的那个。

她弯点腰,抬手去拿那罐饮料。手刚碰上冰凉的罐身,左颊便是一凉,随后酥酥麻麻的触感缓慢地延展开。

她心脏狠狠跳动了下,抬眼,梁殊择也弯着腰,落日余晖洒在他高挺的鼻梁上,他也抬眼看了下她:"不好意思,不小心亲到了。"

顿了几秒,他抬手,比周梵先拿到那紫色罐装饮料。

而后,他递给她:"给你道个歉?"

两人站在货架后,又同时弯着腰,陈慧卉肯定看不到。

361

周梵心脏跳动个不停,不知是因为那个蜻蜓点水而又让她心跳不已的吻,还是因为陈慧卉就在对面,她的紧张被无限放大。

周梵接过那紫色罐装饮料,扫一眼梁殊择:"我就算了,你要是不小心亲了别的姑娘——"

她从梁殊择身边走过去,顺势从货架上拿了两罐柠檬水,说:"是要被抓进派出所的。"

她听到梁殊择低低笑了声,声音懒倦。

"行,那我以后注意点。"

周梵抬眼,陈慧卉恰好看了过来。

她朝陈慧卉笑了笑,走到收银台结账。

待她走出便利店,都没见着梁殊择走出来。

走到长椅前,周梵将一罐柠檬水递给陈慧卉。

陈慧卉接过,提步往停车场后,她接下来的一句话让周梵愣了好几秒,心跳像是彻底停止。

"刚刚那个男生,你认识吗?"

"哪个男生?"周梵僵硬地拉开拉环,喝了口柠檬水。

"就刚刚那个,穿黑色衣服的。"陈慧卉说。

"嗯?"周梵咂下嘴,挠下头发,"穿黑色衣服的,不认识啊?推销的吧。"

"你不认识他吗?"陈慧卉看了眼周梵。

周梵吓了一跳,直摇头:"不认识啊,怎么了?"

不应该被看到啊,高大货架挡着,怎么可能看得到。

"没怎么。"陈慧卉语气平淡,"到停车场了,走吧,上车。"

"嗯……"周梵讷讷地说,"妈,你怎么忽然问我那个男生啊?"

"没什么,"陈慧卉将汽车开出停车场,"随口一提。"

"哦。"周梵低头摆弄手机,淡淡的阳光洒在她白皙的脖颈上,她挠下脖颈,"我还以为有什么事呢。"

"没。"陈慧卉干脆地回答。

梁书薇穿着拖鞋下楼时,梁殊择恰好回来。她打开冰箱,拿出一瓶紫色罐装的饮料,递给梁殊择。

梁殊择接过,声音疏懒:"懂点事了。"

梁书薇又从冰箱里拿出罐可乐,拉开拉环,扫了眼他:"你怎么买这么多柠檬水啊——"她顿了下,扫了眼紫色罐装的饮料,"你不是喜欢喝那个吗?"

"换个口味。"梁殊择掀下眼,往楼上走。

梁书薇"喊"了声:"奇怪。"

梁殊择:"你在那儿念叨什么。"

梁书薇关紧冰箱,拿着可乐打开电视看恐怖片:"没什么,就觉得你最近跟换了个人似的。"

她将电视里正放的开心鬼系列电影暂停,扬起下巴看他。

"哥,最近发生了什么我不知道的事情吗?"她歪头,又摁了下遥控器,"哦,我知道了,你又赢了哪场重要的比赛了。"

梁殊择懒洋洋地笑了声,上了楼。

陈慧卉很快将车开到遂南一中对面的小区附近,周峪嘉在朋友这儿住了两晚。见到陈慧卉时,他抓两下头发就拉开了后座的车门。

周梵坐在副驾驶,偏头扫了眼周峪嘉,笑:"还一副不情愿回家的样子。"

陈慧卉也笑:"谢衍搬出去以后,周峪嘉就没人陪着玩了。"

周峪嘉:"谢衍哥哥打游戏可厉害——不过他在遂南市工作,也定居在这儿了,以后我肯定有机会和他一起玩的。"

周梵摆弄着手机:"谢衍哥哥可能有点烦你。"

"才不烦。"周峪嘉说。

两个人一句接一句说起来,陈慧卉也不扯架,由着周梵和周峪嘉闹,见惯了。

在闲德吃完饭后,一家人回到家里已经很晚了。

周梵洗完澡后穿着套暖黄色棉质睡衣走进卧室,打开手机,看到恒星艺考培训的微信群里，说着明天模拟艺考的流程和注意点。

周梵扫了眼，私戳了下认识的老师：明天怎么忽然要弄艺考模拟考试？不是下周再弄吗？

过一分钟，老师回她：明天省艺考专业面试老师会来。

省艺考专业面试老师是前几年专门负责省艺考的业内大拿，虽然去年退休，但毕竟身份摆在那儿，有不少艺考培训学校会专门请他过来指导学生或者现场考试。

周梵回复：噢，这样啊，我知道了，那明天可以准时下班吗？

几秒后，周梵看到她的回复：应该能吧，不太确定。

周梵回复完消息后，点开她和梁殊择的对话框。

以前两人每晚都会视频聊天很久，但最近几天因为爸妈在家，周梵便让梁殊择别再打视频电话。

两人的聊天记录停在今晚，梁殊择发过来的一条消息上：行，明天来找你。

周梵一边用手梳着刚吹干的头发，一边给梁殊择发消息。这几天两人都没好好见过一次面，原因都在她这儿，她有些心虚。

周梵：明天你在餐厅等我？我下班了就过去。

陈慧卉敲了下门，而后走进来。

周梵安静地切出微信，梁殊择发来一条消息：嗯，行，那就在那儿见。

周梵将对话框切掉，点开一个视频软件。

陈慧卉放了杯牛奶在她桌上，说了句："趁热喝。"便关门走了。

周梵穿着拖鞋拿着杯子喝牛奶，甜得过分。

她又抿了口，因实在太甜，便放下了。她不爱喝太甜的东西，喝可乐都要无糖的。陈慧卉好像一直不知道。

第二天早上七点半，周梵抵达恒星，以往吵闹的走廊此刻安安静静。

她推开办公室的门，将包放到座位上，走进编导教室。

以往闹腾得不行的学生们今天倒是敛了性子，都认真复习着文艺常识。

这是第一次艺考模拟考试，恒星老师个个都严肃得不行。

原本预计的是严格按照艺考流程来，上午考查面试，下午考查文艺常识加故事创作，影评写作留到最后。

一切都安排得有条不紊，但谁也想不到岔子出在那个省艺考专业老师这里。

恒星邀请那个老师作为这次艺考模拟考试的面试主考官，没想到的是艺考专业面试老师下午才到。

学校便临时调整了考试方案，将文艺常识等考试调到了上午，下午再考查面试。

但等所有考试考完，已经是下午四点，那个老师都没到。

恒星的校长都急了，连着打了好几个电话催了，专业面试老师在下午四点半终于到了。

老师一到，周梵和其他老师就忙起来。

面试的场地和先前的准备工作已经做好了，但面试也一直要人盯着，工作量也不算小。

周梵忙起来就不记得其他事，直到傍晚六点半，最后一个考面试的同学鞠躬后，走出教室，考试才结束。

校长随后让老师们开会总结情况，周梵也参与，七点过十分，会议结束。她去办公室拿手机，看到办公桌上的手机时，才想起今晚和梁殊择约了在餐厅见面。

约的是五点半，现在已经七点多。

周梵脑袋滞缓一瞬，又看了眼手机，梁殊择在六点半发过来一条消息：要我去接你吗？

周梵赶到楼下的餐厅是七点二十分。

她刚走到餐厅门口，便看到梁殊择疏懒地坐在餐厅靠窗的那一角，冷白的灯光浮在空气中，他摆弄着手机，看不出情绪。

周梵抿了下唇，手里拎着个白色链条包，又拧眉扫了眼他。

餐厅里人不多，街巷外人潮拥挤，她让他白白地等了差不多两个小时。

而且还忘记提前和他说，让他别等了。

周梵站在门外，手机忽然响了下，她迟缓地将手机打开。

梁殊择前一秒给她发了条消息：躲什么？进来吃饭。

周梵扯了下白色链条包,走到门前,自动感应门便打开了。

她缓慢地朝梁殊择那边走去,走到梁殊择身边,坐下,看他一眼,声音有些低:"你等了很久吧,我——"

周梵话还没说完,梁殊择便打断她。

她眨下眼,梁殊择侧头抬手揉了下她头发。

"没多久,我也刚来。"

他手劲大,但估计只用了点力气,周梵的头发被他揉乱一点,她碰上他的手,想阻止他的"恶行"。

没想到她刚碰上他的手,他便顺势牵上了她的手。

周梵愣了一秒,看到梁殊择已经牵住她的手了。同时,他哂笑一声:"想牵手啊?周梵,直接说就行。"

周梵以往都会否认,但她今天点了点头:"嗯,想牵。"

梁殊择掀下眼,微顿,随后眉梢往上扬:"那就牵。"他懒散地笑了一声,缓慢凑近。

周梵坐在椅子上,看到梁殊择凑近她,他嘴角往上牵一点,吐出一句话:"只给你牵。"

菜恰好端了上来,周梵点点头,又歪头看他,唇弯起来。

梁殊择又揉下她的头:"行了,别傻乐,吃饭。"

"好。"周梵拿起筷子吃饭,"真饿了。"

眼前有一大桌菜,她每道菜都尝了一遍,立马尝出全都是少糖的。

周梵吃完,放下筷子,打量餐厅。

这是她第一次在这儿吃,这家餐厅的口味相较当地其他餐厅来说没那么甜,难道是梁殊择知道她不爱吃甜的吗?

但好像也不太可能。

梁殊择应该是不知道的,她没和他说过,平时吃喝也不太能说明她不爱吃甜的。

那应该是这家餐厅的口味便是偏少糖。

周梵用纸巾抹下唇,梁殊择扫她一眼:"吃完了?"

"嗯。"周梵端起杯子喝了口水,"你吃好了吗?"

366

"好了。走，送你回家。"梁殊择睨一眼她。

周梵坐上副驾驶座时，还有些恍惚。因这些天她坐陈慧卉的车回家，这一周好像这是第一次坐梁殊择的车。

两人已经有好几天没同处在这种密闭的空间里了。

梁殊择俯身过来的那一秒，周梵还没反应过来，她身体僵硬了一秒，心脏猛跳了下，接着他替她系上安全带。

周梵又怔了一秒，"哦"了声，梁殊择已经将安全带系好了。随后，他睨她一眼："周梵，发什么呆。"

"没，"周梵说，"就是好久你都没送我回家了。"

"那不是你不让？"梁殊择觉得好笑，"怎么说得好像我不愿意似的。"

"没这个意思。"周梵的手拉着安全带，歪头看窗外，笑了声。

随之视线凝滞了下，手也顺势搭在了中控台上。

街巷里，几个黄红头发的十几岁少年聚集在一起，旁边站着个高大的男人，眉心挂着道刀疤，右手臂上的黑色蝴蝶文身在黑夜里看不太清，但周梵知道那里有只瘆人的蝶。

是张盛。

这个夏天缠了她两次的男人。

周梵抿了抿嘴角，抬眼看他。

他夹着根烟，眉皱着，几秒后忽然伸腿狠狠踢了下旁边的男生。

那个男生趔趄着被踢到地上，随后张盛手上的烟被碾碎在地上，只余一抹猩红。

周梵紧咬着唇，眼睫动了动，眉拧着，心也揪着。

她的手就是在这时候被握住的。

她下意识轻轻挣了下，而后，手被握得更紧，温度随之传递了过来。

她歪头，看到梁殊择握着她的手。

因为她手刚刚随意地搭在了汽车的中控台上。

"看什么？"梁殊择问。

周梵被他的手握着，心定下来大半，她摇下头，随意地说："没什么，就一对玩偶挂在橱窗上，挺可爱。"

她抬眼看，现在是红灯。梁殊择单手握住方向盘，另外一只手牵着她，

"哦"了声。

红灯变成绿灯,梁殊择松开她的手。

没多久就到了小区附近。

梁殊择第一次将车开了进去。周梵看到无比熟悉的街景,看了眼梁殊择:"怎么不停外面?"

梁殊择闭口不谈,直到将车开到了门口。

周梵始终看着外面,几秒后,她听到梁殊择懒洋洋地说:"周梵,今天我等了你挺久。"

车外有一只黑色的猫,周梵扒拉着车窗,头伸出去一点,慢腾腾地"啊"了声:"可是你不是说没等我多久吗?"

梁殊择:"这不是让你安心点?"

他将一只手搭在方向盘上,另外一只手始终牵着周梵的手。

周梵左手被他牵着,右手扒拉着窗,她弯下唇,逗猫:"那我要给你道个歉吗?"

"嗯,当然要。"梁殊择说。

周梵收回逗猫的视线,头还没转过来,便问:"那你要我怎么道歉?"

顿了几秒,她缓慢地将头转过去。

眼睛还没来得及转动,梁殊择的嘴就这样覆了过来。

周梵眨眨眼,而后将眼闭上,感受到他嘴角的温度和触感。

同时,他身上那股乌木香铺天盖地地朝周梵鼻尖涌过来。

周梵一只手被他牵着,另一只手还搭在窗户边。

十几秒后,梁殊择将唇移开,低笑了声。

"周梵,以后——就这么道歉。"

周梵微扬眉梢:"你还挺另类。"

"是吗?"梁殊择依旧俯着身。

周梵看到他离自己很近,单眼皮微微撩着,看上去还是像以前一样傲慢嚣张。

她点点头,忽然瞥到从家门口走出来一个人。

周峪嘉抱着个篮球在门口张望着什么。

周梵下意识弯了下腰，因没看方向，动作又有点大，待她抬眼，嘴唇马上不小心就要撞到中控台。

她闭上眼，顿了几秒，却没感受到想象中的疼。

她睁眼，梁殊择的手放在了中控台上，她嘴唇碰到的是他的手心，而不是中控台。

周梵愣了几秒，扫到周峪嘉又抱着篮球走进家门。

估计是看到现在下了小雨，不能出去打球。

周梵便手撑着座椅慢慢地坐好。

她扫眼梁殊择，他又凑过来，眼睛瞄着她，笑着吐出一句话："用不着这样以身犯险。"

周梵揉了下鼻梁："刚刚周峪嘉忽然走出来，我有点没反应过来。"

梁殊择尾音上扬"哦"了声。

周梵扫他一眼，笑问："你的手没事吧？"

梁殊择将手心摊开，看了眼："怎么没事，口红都印上了。"

"哦。"周梵掏出纸巾，准备用纸巾将口红印擦掉。

梁殊择又吐出一句话："擦什么？"

"嗯？"周梵顿住，"不擦掉吗？"

"周梵，你处理事情的方式就是草草了事吗？"

周梵抿紧嘴，扫一眼梁殊择，有些困了，打个哈欠后，顿了几秒："那不然呢，我该怎么做？"

梁殊择睨了她一眼，懒散地扯了个笑，伸出干净的左手揉她头发："困了就回家睡觉。"

"嗯，好。"周梵点点头，飞快瞄了眼梁殊择，想到他刚刚说的话，所以其实，他今天真的白白等了她两个多小时吧。

他像是有什么话要说，但好像是觉得她困了，所以不想耽误她休息。

周梵眨下眼，解开安全带，正要下车时，梁殊择忽然伸手抓住她手腕。

她眉心短暂地跳了下，看到梁殊择薄唇动了动："周梵，你就不能主动亲我一下吗？"

周梵摸了下耳朵，有些烫。

369

她张张嘴唇:"哪有这么直接的问法啊。"她揉下头发,低声说,"不过说这话的人是你,就不是很奇怪了。"

梁殊择不咸不淡地扯起嘴角。

周梵被梁殊择这么一拉着,手心的温度迅速上升。她凑近他,又张了张嘴唇:"待会儿我要是亲了你,我晚上肯定又睡不着觉——"

她松开梁殊择的手,打开车门:"我晚上还要做课件呢,要保持稳定的心态。晚安,梁殊择。"

说完,她就下了车。

第二天,周梵早起去恒星上课。

上楼时,遇到了打扫卫生的阿姨,阿姨为人热情,见面次数多了,周梵也会和她聊会儿天。

周梵和阿姨打了个招呼,阿姨突然想到什么,说:"哎,昨天下午那个男生是不是你男朋友啊?"

"嗯?"周梵挠下头,"哪个?"

"就昨天有个男生,三点多就到楼下了,我看着他觉得有点眼熟,过了会儿,他就去那个餐厅了。"阿姨指了下餐厅方向,"就那个。我看他五点多又过来了一趟,像是一直在等人。"

周梵昨晚吹空调有些感冒了,她吸了吸鼻子:"阿姨,您下午三点多就看到他到这儿了吗?"

"嗯。"阿姨手里提着个塑料袋,"他等了好久呢。然后我和他说啦,说你们模拟艺考,可能要很晚才能走,但他还是在这儿等噢,我看他真的等了挺久呢。"

周梵说了声"谢谢阿姨"后,便上楼了。

她拿出手机,点进和梁殊择的对话框。

原来昨天他等她的时间,不止两个小时。

中午吃饭时,李清铭发过来一条消息。

周梵点进去,是西京大学2013级学生期末物理的补考名单。

李清铭:给你看,梁殊择就是这场考试旷考了。

周梵隐约记得有这么回事,她还打趣过梁殊择今年不要再补考了。

她扫一眼日期,2014年西京大学期末考试提早考了。梁殊择要参加的物理考试是2014年6月5日。

他就是这场考试旷考了。

周梵慢腾腾地想了想,给李清铭回了条消息:好巧,这天我在遂南一中拍毕业照。

也就是那天,他们班上所有人的校服都被传来传去,每个人的校服上都签了很多名字。

李清铭:噢,对,6月5日那天我们学校也在拍毕业照,好像是统一的。

周梵回复:我那天拍的毕业照一点也不好看!还没我初三拍的毕业照好看!

和李清铭结束聊天后,周梵点进和梁殊择的对话框。

周梵:你大课的期末考试为什么旷考了?

发完消息后,她摁灭手机,杵着下巴想事情。

在这段和梁殊择的恋爱关系中,她除了那次点破两人关系,好像再也没能主动过一次。

昨天他等了她那么久,嗯……

周梵想,那她今天主动约他吃个饭吧。

她点点头,打开手机,看到梁殊择前不久的回复:嗯?怎么忽然问这个?

周梵打字:没什么,就随口问问。

周梵:晚上,我们一起吃个饭?

梁殊择:旷考的事,记不清了。

梁殊择:好像是因为腿断了?

周梵弯下唇,回复:噢!

她不再纠结梁殊择旷考的事,觉得那次应该只是发生了些什么事耽误了考试。至于腿断,明眼人都知道他在胡扯。

几秒后,梁殊择回复:行,今天一起吃个饭。

周梵回复:好。

周梵今天顺利下了班，并且她还提早了一个小时。

因为昨天考过模拟艺考，所以今天学生下午就放假了。

四点半，周梵出现在楼下的咖啡店。

她和梁殊择约的时间是下午五点半。今天梁殊择好像真有点忙，他给她发了消息，说五点半才能到。

周梵便在楼下的咖啡店等。也许一切就是这么巧合，她看到了张盛。

周梵不动声色地打开手机录像。

张盛和她目光相撞了下，几秒后，他扯着笑走进咖啡店。

周梵抿了下唇，若无其事地继续喝着咖啡。

因担心梁殊择提前过来，她迫不得已，给梁殊择发了条消息：我先回家了，有点不舒服。

张盛走到她面前，坐下。

"周梵，等谁呢？"

周梵又抿了口咖啡，吐出几个字："我和你不熟吧。"

张盛："怎么不熟？高中我不是给你送过信？"

周梵睫毛动了动："我不是全撕掉了？"

张盛："是啊，一张没留。"他看了眼窗外。

周梵很想让他说点过分的话，但偏偏今天他一句过分的话都不说。

就像是正常的聊天，几乎找不出破绽。

将近五点时，张盛离开。离开前，他说："周梵，你在录视频吧——你很聪明，但我是坐过牢的人，在这方面，你还是不如我。"

周梵皱下眉，看着他的背影，还是拿着录像去了趟派出所。

从派出所出来是晚上七点。月光浅淡，照在周梵瓷白的皮肤上，她回想着警察那些话，脑袋里混乱不堪。

她打车回了家。

出租车开到小区门口，意外地，她看到梁殊择的车。

周梵微微睁大眼睛，扫一眼那车，付完车费后便走下车。

她不知道梁殊择是在车上还是在哪儿。

她朝梁殊择的车走过去，心里做好了打算，她不想把张盛的事告诉他。

没什么原因，她就是不想给任何人添麻烦。当然，这得是在她安全的情况下，她也不会傻到面临极大危险，却仍然不告诉梁殊择。

但现在她是安全的，所以她想先试试自己解决。

"周梵。"

还没走到梁殊择车前，那辆黑色的车便缓慢地摇下了窗，周梵听到他低哑的嗓音。她抬眼，梁殊择坐在驾驶座，光线半明半暗，看不清他的表情。

周梵眉心跳了跳，走到他面前，她张张唇："我去医院买药了。"她从包里掏出昨晚在家里拿的药，亮给梁殊择看，"刚买的。"

梁殊择说："上车。"

周梵轻轻"嗯"了声，伴着鼻音。

她坐上副驾驶位，主动凑过去亲了亲梁殊择嘴角。亲完后，她朝梁殊择认真地说："你别说我了，我知道我不对，我不该单独去医院，我以后不会了。"

她扫了眼梁殊择，几秒后，他伸出手，抵住她后脑勺，重重吻着她。

周梵推了他一下："我真的感冒了，会传染的。"但是她没能推动。

梁殊择的手用力抵住了她后脑勺。

周梵嘴唇紧紧与他贴住。

她几乎透不过气，口腔内的空气像是悉数被掠夺。

下一秒，她瞳孔微缩了下。

舌尖扫过来的时候，周梵身体都僵硬了下。

她不怎么会接吻，从来没有主动回应过他。她不是不想，是不会。

几秒后，她听到梁殊择略哑的声音。

"周梵，你能回应下我吗？"

周梵第一次尝试回应着吻他。

她双手撑着汽车坐垫，凑过去一点，说："我感冒了，如果伸——"

她话还没说完，梁殊择轻轻捏住她的下巴："会怎么样？"

"周梵，我不怕。"

周梵"哦"了声，又笑了下，刚刚那些不开心像是逃跑掉，她再凑过去一点，听到梁殊择说："我教你。"

373

下车时，周梵扫到梁殊择的手机屏幕还一直亮着。

页面停留在某软件恐怖电影 TOP10 名单。

原来他喜欢看恐怖电影。

她刚拉开车门，梁殊择拉住她的手。

"拿着。"他吐出两个字。

"嗯？"周梵回头看。

梁殊择递给她一大包东西，她低头看，里面装着很多药。

她吸了吸鼻子："这么多药——"她顿了下，"梁殊择，要不你自己也留点吧。"

周梵认真地说："我总觉得你也会被我传染。"

梁殊择揉下她头，扯唇："我乐意。"

她拿着药回家，回到家里时已经九点。

洗完澡后上床，她喝完药，很快便睡着。

第二天中午，周梵和同事一起去楼下的餐厅吃饭。今天梁殊择没来写字楼，但下午会来接周梵下班。

同事问周梵要吃哪家餐厅，周梵想了想，指了上次她和梁殊择一起吃的那家。

菜端上来，她尝了口，甜的。

所以那次和梁殊择吃的那顿饭，不是餐厅口味不甜。

所以，她不爱吃甜的事，陈慧卉不知道，梁殊择知道。

周梵继续拿着筷子夹菜吃，半晌，她轻轻地吸了下鼻子。

她不知道梁殊择是怎么知道的。

下午五点半周梵下班，和梁殊择吃完饭后，他送她回家，途中忽然下起了雨。雨刮器摩擦着雨迹，整个世界变得模糊。

等红绿灯间隙，周梵被梁殊择牵着手，他问："要听歌吗？"

周梵"嗯"了声："好。"

"你拿我手机放，车载没什么歌。"

"连了蓝牙吗？"

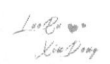

梁殊择:"连了。"
"哦,行。"
这是周梵第一次当着梁殊择的面,打开他的手机。
她咽了下喉咙。
梁殊择的手机忽然响了下。
周梵将手机递给他:"有消息。"
梁殊择:"哦,你帮我看一下。"
周梵慢腾腾地"嗯"了声,扫了眼微信,说:"有人让你发程序截图过去。"
"打开相册第一张,给他发过去。"梁殊择说。
"嗯。"周梵抱着梁殊择的手机,点进相册第一张照片。
她顺势扫了眼。
梁殊择忽然说:"记错了,没在相册——"
但周梵已经看到那张照片了。
是一张高铁票的页面截图。
她恰好扫到日期是 2014 年 6 月 5 日。
乘车人是梁殊择。
地点是从西京到遂南。

周梵将手机还给梁殊择,随意打开一首车载音乐。
她歪头看他,打趣着问:"你那天不是腿断了吗,怎么还回遂南了?"
几秒后,她又想到,6 月 5 日,是她拍毕业照的那一天,也是梁殊择旷考的那一天。
好巧。
周梵依旧歪着头,几秒后听到梁殊择尾音上扬:"嗯?"
周梵顿了顿,并不觉得除了好巧之外还有什么别的可能。
她杵着下巴,看人行道上的人来来往往,好奇地问:"梁殊择,你那天回遂南干什么?还旷考了,什么事值得你旷考?"
梁殊择沉默了几秒钟。
周梵遂又侧头看他一眼。

一小会儿后,他眼里带着点倦懒的笑,嗓音低缓:"记不起来了。"他将车窗打开一点,"一点小事。"
　　周梵杵着下巴:"哦,私事。"她干巴巴地说,"还是我不能知道的私事。"
　　过了几秒,梁殊择嘴角扯起,从喉咙里发出一声低笑。
　　半晌,周梵说:"哦,我知道了。"
　　梁殊择睨了她一眼。
　　"你之前不是说你给女生写过告白信?你是回来见这个女生的吗?"周梵问。
　　梁殊择笑得肩膀微抖:"周梵,你能不能别瞎猜?"
　　红灯。
　　周梵伸出五指在梁殊择面前晃了晃:"我猜得合情合理。"
　　"不是,"梁殊择拿出手机,手指划拉一会儿后,将手机屏幕展示给她看,"这是6月5日那天的聊天记录,我去我妹妹学校了。"
　　他顿了下,扬眉:"没找别人。"
　　周梵潦草地扫了眼聊天记录,说:"行吧。"
　　梁殊择又笑,笑得薄薄的单眼皮弯起。
　　周梵瞪他一眼,不理他了,任他笑。

　　周梵乌黑的长发散着,一会儿后,她觉得热起来,车里开了空调也不见效,可能是心里燥热。
　　她打开包找皮筋,将包翻遍都没找到。估计是昨天清理包里的杂物时,不小心将皮筋一并清理掉了。
　　想绑头发却找不到皮筋的时候最难受。
　　周梵倚在座椅上,调整下坐姿,这个口袋找找,那个包里的隔层又翻翻。
　　梁殊择:"找什么,和兔子似的,不停地动。"
　　周梵被他这比喻逗笑:"谁像兔子了。"她摊手,"没找到皮筋,绑头发的。"
　　过了几秒,她看到梁殊择单手打开车载箱,从里面拿出个皮筋,抛给她。
　　周梵惊讶地接过来,像宝贝一样左看看右看看。

她睁大眼："你车里怎么还有皮筋？"

"你不是总忘带？"梁殊择睨眼她，"记性一点也不好。"

对此，周梵是承认的。

她总是忘记带皮筋，也总是记性不好。

"兔子多可爱呀，我小学时养了只兔子，可爱死了。"她陷入过去的记忆，弯弯唇，"我可喜欢那只兔子了。"

忽然她又想到那些难过的事，唇线拉平："不过那只兔子最后被周峪嘉害死了，周峪嘉这个笨蛋。"

那是周梵上六年级时的事情，她和周峪嘉才经历过差点被拐卖的惊险，妈妈想让两人分散点注意力，就买了只兔子回家。

周梵可喜欢那只兔子了，整天围着它转，每天放学回家第一件事就是看兔子，喂兔子，和兔子玩。如果不是陈慧卉极力劝阻，周梵恨不得和那只兔子一起睡觉。

周梵记得很清楚，她和那只兔子度过了很美好的一年。

初一上学期，有一天她回家晚了点，到家时看到周峪嘉的几个朋友正在客厅里打游戏。

家里乱糟糟的，零食垃圾洒了一地。

周峪嘉的朋友们都在，周梵不想当他朋友的面说他，当周峪嘉玩完游戏，周梵去兔子房间的时候，看到周峪嘉一个人手足无措地在那儿看窗外。

周梵板着脸说："待会儿妈妈回来，肯定骂你。

"家里地面的零食垃圾袋太多了，就不能让你朋友把垃圾放垃圾桶吗？"

周峪嘉更手足无措了，他说："先不说妈妈，我觉得，姐姐，你也要骂死我了。"

周梵抹下碎发，笑道："那倒不会，我顶多就说你两句。"

"不是，"周峪嘉说，"姐姐，你的兔子好像死了。"

周梵笑不出来了。

周梵抱着冰冷的兔子尸体去了陈林湖。

陈林湖是遂南市郊区的一个湖。

她抱着兔子哭,边哭边给兔子挖墓地。

她用小铲子给兔子挖了个坑,然后把它埋了进去。

隔了一周,她又去了陈林湖,就在她给兔子挖的墓地那里,她看到了一朵明澄色的花。

花很漂亮。

但这只兔子成了周梵心里永远的痛。

所以,高二那年有人给她送兔子耳坠时,她会接受这份不知道是谁送的礼物,在看到那句"兔子叫你别哭了"的时候,眼泪就止住了。

因为她想到了那朵明澄色的花。

那朵花开得那样热烈,好像在告诉周梵,没什么大不了的,没有人的人生是一帆风顺的。就算再伤心难过,不还是会在最不可能的地方,开出一朵漂亮的花来,不是吗。

每次戴着兔子耳坠,周梵都能记起那只兔子。

所以当今天梁殊择说她的行为像兔子时,她会笑,她不再陷于失去兔子的悲伤中,而是只想起那朵明澄色的花。

"嗯?又难过了?"梁殊择揉了下她的头发,"都过去了。"

周梵忽然被揉了下头发,笑了下:"就是觉得很可惜啊,周峪嘉的朋友用乱七八糟的零食喂兔子,兔子是不知道自己吃没吃饱的。"

"你喂给它多少,它就吃多少。"

周梵仰脸看他:"梁殊择,你去过陈林湖吗?"

没等他回答,她又说:"我一直觉得很奇怪,兔子墓地那块怎么能开出明澄色的花来的,陈林湖那一块都没有。"

梁殊择睨了眼她,恰好车开到了周梵家小区附近。

她听到他说:"初中去过一次。"

周梵点了下头后,准备下车,下车前,梁殊择将车厢里的音乐关掉了。

他忽然说:"周梵。"

周梵看了眼他,说:"怎么了?"

沉默几秒,她看到梁殊择凑过来亲了下她嘴角。

几秒后,她听到梁殊择说话,嗓音压得有点低:"刚刚你生气吗?"

378

"嗯?"周梵心大地说,"生什么气?"

她想了想,说:"哦,你刚刚敷衍我,不打算告诉我,你去年6月5日回遂南的事吗?"

梁殊择手压在她牛仔裤上,"嗯"了声。

"会有一点吧,"周梵老实地说,"但是你后来不是告诉我了吗?我觉得没什么好生气的。"

"噢。"梁殊择睨她一眼。

"但上次你单独去医院的事,"他嗓音懒淡,"我一直气到现在。"

周梵皱眉:"我不是已经用另类的方式道过歉了吗?"

梁殊择凑近她,吐出一句话:"周梵,有什么事,你就不能和我说吗?"

他很少说这种话。

"像你找皮筋,你不问我,我怎么知道你在找?"梁殊择说,"我们都坦诚点,行吗?"

周梵一向不太擅长进行这种对话,她心虚地点点头,"嗯"了一声,认真地说:"以后我找不到皮筋,我一定问你,好不好?"

梁殊择像是被气笑:"你能不能认真点?"

他说:"重点不是这个。"

周梵又点点头,凑过去亲了下他嘴角。

但梁殊择这次轻轻地拽着她的手,说:"先别用这招。"

"哦。"周梵说。

"我的意思是,"梁殊择说,"你以后有什么事,都可以告诉我。"

周梵缓慢地"嗯"了声:"好。"

梁殊择眼睫漆黑,找了根皮筋递给她。

周梵接过来,关切道:"你那天回遂南市去找你妹妹,是你妹妹发生什么事了吗?"

梁殊择:"她跳舞时腿受伤了,我那天一直在医院。"

周梵"哦"了声:"那现在你妹妹还能跳舞吗?"

"可以。"

"那就好。"周梵笑了笑。

车子很快开到了周梵家小区附近,梁殊择将车开了进去。

周梵扫了眼梁殊择，看到他像是有点困倦，眼皮懒懒掀着，她觉得他应该是困了。待到家门口后，她便歪头朝梁殊择说："那我先回家了。"

梁殊择睨她一眼，将车停稳后，手伸了过来："刚刚你不是还打算亲我？"

周梵凑过去亲了亲他嘴唇。

亲完后，她又和梁殊择说了几句话，走回家的时候，嘴角一直往上牵着。

真开心，她碰碰自己的脸颊。

回到家后，洗完澡，周梵捧着个西瓜在客厅看电视。周峪嘉抱着个篮球站在门口弯腰换鞋。

"姐，外边那车是谁的？我怎么没见过？"他将篮球放到地上，"我在遂南市就没见过几辆。"

周梵吃西瓜的手顿了顿："什么？"

不可能是梁殊择的吧，她洗个澡起码十五分钟，他车应该早就开走了啊。

"黑色的。"周峪嘉又往外瞧一眼，"噢，现在车走了。"

"停在哪儿了？"周梵问。

"就我们家门口前面一点，"周峪嘉说，"难道是邻居的吗？"

"噢，应该不是啊。"他说，"我看到一个，嗯，哥哥吧，他站在车旁边，看上去好像有点不开心。"

周梵不再吃西瓜了。

周峪嘉碰到的这个人应该是梁殊择，可是他为什么还没走？

周峪嘉说了几句后，扯着出汗的T恤闻了闻气味，说："我得进浴室洗澡了。"

周梵抬了下手："快去吧。"

周峪嘉进了他自己房间的浴室洗澡。

周梵没有了吃西瓜的心思，抱着双腿在想梁殊择。想了一会儿后，她得出结论，梁殊择应该还在为她上次单独去医院的事生气。

周梵能理解他生气的点，虽然她说去医院是骗他的。

但她换位思考下，如果梁殊择生病了去医院，不告诉她，反而还瞒着她，那她也是会生气的。

两个人之间的确应该坦诚。

但对于张盛这件事，周梵又把它排除在外了。因为张盛这事算她的私事，她想独立完美地将这件事解决，不为什么，就想给过去因为张盛，导致整个高二都过得不开心的她，一个满意的答复。

人总是将亲手解决过去解决不了的麻烦，周梵将这种变化视为成长。

可是她有时候也在想，她为什么不直接和梁殊择说这件事呢，她解决不了的麻烦，梁殊择大概率可以很快解决。

为什么非得钻牛角尖？

但周梵好像就是很不想把这件事告诉他，人这辈子，总得钻两回牛角尖。周梵的牛角尖就在张盛这儿，大抵可以算作一个心结。

周峪嘉洗完澡从浴室出来，空气里飘荡着股淡淡的青柠味。

他拿着手机，坐到周梵旁边："姐，我们这儿那个滑雪馆过几天就要营业了，你想去不？"

周梵抬眼，她想和梁殊择一起去。

她顿了顿说："想，你去吗？"

"我倒是想去，这不是马上要收假了嘛。我的暑假结束了，我的青春结束了。"周峪嘉在那儿号。

周梵捻了下沙发座垫，打开手机。

恰好，一条消息弹了出来。

两人心有灵犀。

梁殊择给周梵发了个滑雪馆的位置。

接着，他又发来一条消息：想去吗？

周梵回复：想去！

梁殊择过了几秒回复：行，开业后一起去。

周梵抱着手机乐：嗯，你会滑雪吗？我不太会。

梁殊择：你要是会，还要我做什么。

周梵笑出声，打字：哦，那你教我吧。

梁殊择打来一个视频电话。

周梵不动声色地抱着手机回了卧室。

周峪嘉："这么早就睡觉吗？"

周梵瞥了眼他:"我去看书。"

到了卧室,两人视频聊着天,一聊就聊了一个多小时。周梵都不知道她平时一个话不算多,梁殊择话更不算多的人,为什么两个人在一起,视频电话能打这么久。

看着手机里梁殊择扯着的笑,周梵忽然说:"梁殊择,你刚刚送完我之后,为什么没走?"

梁殊择在屏幕里掀了下眼皮,说:"你弟和你说的?"

周梵"嗯"了声:"他没认出你。"

她凑近屏幕,脸怼着:"周峪嘉说那个哥哥看上去心情不是很好,你心情不好吗?不开心吗?"

"周梵,"梁殊择叫她名字,"你别管我开不开心,你开心,我就开心。"

周梵认真地说:"怎么能这样呢?我希望我们两个人都开开心心的。"

"你幼稚吗?"梁殊择忽然笑她。

周梵瞪他一眼,两个人都笑了。

挂了视频电话,周梵开始查找滑雪馆的具体位置和营业时间。

遂南市新开的滑雪馆开业时间是在八月末。

之后的十几天,周峪嘉终于去上学了。

周梵的生活也按部就班起来,早上去恒星,晚上下班梁殊择来接,两个人一起去吃饭,然后他再送她回家。

直到八月末,滑雪馆即将营业。

8月27日,周梵结束了在恒星的兼职,晚上,梁殊择送她回家。

家里就剩她一个人。之前震惊全城的杀人犯早已落网,她一个人住在家里,也没什么不安全。

明天和梁殊择约好一起去滑雪馆,周梵很早就上床睡觉了。

第二天,她起得晚,和梁殊择约在下午两点滑雪馆见面。

下午一点过一分,周梵出门,她高三毕业的那个暑假学了车,早早就拿了驾驶证,只是她很少开车出去。

但今天,周梵拿着钥匙去了地下车库,将车开了出来。

滑雪馆是室内的,在市中心。

周梵坐上驾驶位，发动汽车，朝滑雪馆开去。

她打开蓝牙，车里放着《少女的祈祷》。

今天道路上的车不多，周梵一路都平稳顺畅。

浅淡的日光透过窗洒进车厢，照在她眉眼处。

距离滑雪馆的最后一个红绿灯路口。

难得地，周梵遇上红灯。

她悠闲地哼着歌，歪头往左边看。

路两旁的绿植都生长得极好，热烈又漂亮。

忽然响起两声喇叭，周梵扫一眼红绿灯，还没有到绿灯。

那按什么喇叭？

周梵顺势扫一眼喇叭声来源，找了一圈没找到，但命运很巧，她在这时候看到了张盛。

他没看到她。

他开着辆灰色的车，车窗开着，副驾驶座上坐着个女孩，不大，看上去比周梵小。

怎么可能有女孩愿意跟他。

周梵觉得不对劲，又用余光扫了眼，只见那女孩眉皱着，明显一副不太情愿的模样。

过了几秒，张盛伸出手去抓女孩胸部。

周梵轻轻地"啧"了一声，女孩拍掉张盛的手，他便没再有其他动作了。

她又观察了一阵，确认这女孩是被张盛骚扰的。

千载难逢的好机会。

周梵顾不得其他，她看到车上那女孩，就像看到当初的自己。虽然那时张盛没有对她做出像刚才那样过分的行为，但她整个高二，也被他骚扰过很多次。

但张盛这人厉害就厉害在，他骚扰你，但不明显，隔几天给她写封"情书"，用那种不太明显但别有深意的词语，或者在校外找找你，但言语又不太激烈。

所以至今，连周梵高中的同班同学，都不知道她曾经被人骚扰过。

周梵不动声色地跟上张盛那辆车,脑袋里根本没想其他东西。

她随手捞过身边一顶帽子,将车窗关上,车速减缓,拿出手机朝着那车的方向录像。

为确保证据足够多,周梵跟着张盛跟了一路,但她聪明,知道怎么跟能不被发现。

时间不知不觉过去。

不知到了几点,张盛的车子停了下来,周梵看到那女孩下了车,下车前还被张盛摸了把胸。

周梵皱眉看着,全程录了像。这回总不可能说证据不充分了。

待张盛走后,周梵扫了眼那女孩离开的方向。

待她确认张盛彻底离开后,她戴着帽子往女孩的方向走。女孩走得不快,周梵很快追上。

"妹妹。"周梵叫了声。

女孩回头,疑惑地看着周梵。

周梵这人聪明,先不说录像的事,先问她和张盛的关系。

女孩看了眼周梵,嗓音变低:"朋友。"

周梵轻轻地握住女孩的手。

周梵擅长与人沟通,但女孩防备心也强。

周梵就不聊女孩抵触的话题,专聊她感兴趣的。

很快,周梵将所有事情都理清楚。

女孩爸妈早早去世,弟弟被有钱人领养了,她单独住在这里。

"你是在遂南一中上学吗?"周梵问她。

这时周梵已经到了女孩的家里面了。

"嗯,是。"

周梵:"我也是,说起来我还是你学姐呢。"

女孩笑了笑。

和女孩认识的第一天,周梵没问有关张盛的事,她得慢慢来。

没有一个女孩愿意将那些阴暗面的事和盘托出,周梵不愿意,女孩肯定也不乐意。

但周梵和女孩成了朋友。

下午三点多,周梵和女孩说了再见。

女孩说:"学姐,欢迎你下次来我这儿玩啊。"

周梵心满意足地又和她说了声再见。

周梵相信,等再过几天,女孩大概会对她讲实话了。最重要的是,女孩得指证张盛。这样那些证据才有效。

驱车离开,周梵才想起今天下午约了梁殊择滑雪。

她拍了拍自己的脸,又给弄忘了。

梁殊择在滑雪馆等到了下午四点。

四点过五分,他看到一个高挑的女生,扎着马尾,手背在身后,朝他走过来。

梁殊择拿着手机,睨眼她。

过了几秒,周梵走到他面前。

"这是哪家姑娘的男朋友啊。"她唇张了张,"这么帅。"

梁殊择抬眼。

"给你买了只鸽子。"周梵从身后拿出一只雕塑的鸽子。

"给!"她说:"鸽子让我带给你有句话。"

梁殊择吐出两个字:"什么?"

周梵可怜巴巴:"鸽子说,它不是故意鸽你的。它是翅膀断掉了,不能飞了。"

梁殊择:"哦。"

他接过那只鸽子雕塑,用手拍了拍它翅膀:"那你给它回句话。"

周梵依旧可怜巴巴:"什么呢?"

梁殊择:"让它去鸽子界找一只叫周梵的朋友。"

周梵笑了笑。

梁殊择扫她一眼:"然后恶狠狠地告诉她。"

他轻吐出一句话:"她的男朋友好像有点不开心了。"

周梵"嗯"了声:"好吧,我待会儿和鸽子说吧。"

梁殊择:"嗯。"

"那她男朋友怎么样才会开心起来呢？"周梵问。

梁殊择抬眼："你让她做个保证。"

周梵："什么保证？"

"保证她以后，"梁殊择闲散道，"断掉的翅膀都给我修好啊。"

周梵："嗯，好的。"

周梵在隔间里换衣服，梁殊择在外面等她。

周梵叫了声梁殊择，让他进来。

这家滑雪馆的换衣间没有分男女，隔间私密性很好，所以梁殊择进她换衣服的隔间，是可以的。

"我穿得好像不对。"周梵故意将滑雪服弄乱。

"怎么了？"梁殊择走进来。

"就这儿，"周梵指了指，"拉链还是什么的，弄不好。"

梁殊择低头认真去看，隔间光线不太好，他硬朗的半张脸半明半暗。

周梵轻踮脚，重重吻了下他脸颊，还发出了一点声音。

害羞劲上来，她胡乱地拍拍手："好了好了，我会穿了，梁殊择，你出去吧。"

梁殊择哼笑一声，抬手揉了下她头发。

而后，他微弯着腰，声音闲散，却又压低到极点。

"都叫我进来了，不再做点别的？"他轻吐出一句话，"周梵，我什么时候这么好说话了？"

周梵怔了一秒，而后抬头，看到梁殊择一双略微往下看的眼。冷冽的单眼皮，夹杂着干净的情欲。她心里忽然生出一种冲动。

周梵轻轻踮起脚，眼掀了下，空间狭小，光也混浊。

过了两秒，她轻轻吻上梁殊择的唇。梁殊择抱着她的腰，手垫着她脑袋，两个人在这里吻起来。

周梵这次给予了梁殊择很多反应。

梁殊择前一秒像是还没有反应过来。待他反应过来后，他睨了眼她，而后手更搂紧她的腰，两人接吻时还发出声音。

周梵不想在这种地方被人听到，她闭上眼，下一秒，梁殊择咬上她的耳垂。

周梵的耳垂瞬间便红起来,被咬到的地方酥酥麻麻一片,整个人像是在被火烧。

梁殊择咬过耳垂后,便松开她。

他睨她一眼,又揉下她头发,将她抱到怀里。

周梵依偎在梁殊择怀里,她眨眨眼,睫毛碰到他衣料。

她听到梁殊择声音压到极低,很哑。

"周梵,吓到了吗?"

周梵:"没有。"她很喜欢被梁殊择抱在怀里的感觉,很有安全感,也很舒服。

她嘴唇张了张:"我没这么脆弱。"

梁殊择在她头顶上发出一声笑。

紧接着,梁殊择又咬了下她耳垂,吐出一句疏懒的话。

"是我太小心了?"

周梵没想太多,轻声说:"你可以大胆点。"

梁殊择将她的滑雪服整理好。

几分钟后,两个人牵手走出去,周梵低头用手抹了下嘴角。

因周梵从没滑过雪,所以梁殊择全程都在教她。

周梵和梁殊择一起在冰天雪地里滑雪。

直到晚上八点,周梵滑雪滑得有点累了,她见时间也差不多,便和梁殊择一起换了衣服,离开了滑雪馆。

周梵不想开车,在之前已经找好代驾,代驾直接将车开了回去。

她弯腰坐进梁殊择的车,阅读灯开着,忽然瞥到右手腕不知被什么摩擦出点血迹。

她怔了几秒,想着大概是在那个女孩家里弄的。

女孩家面积小,上楼时楼梯狭窄,楼梯两侧堆积着锋利的木头,周梵大概是不小心碰上,碰伤时没什么感觉,现在因为滑雪,动作有些大,血迹便渗出来些。

她将手背过去,用衣袖擦拭掉血迹。

不想让梁殊择看到。

梁殊择睨了她一眼，抬手将阅读灯关掉，说："困了在这儿睡会儿。"

"好。"周梵点头，听话地闭上眼，真是太困，她一下就睡着了。

醒来时是在二十分钟后。

隐约觉得汽车不再动，像是到了地方。

周梵便慢悠悠地睁开眼，顺便揉了下眼睛。梁殊择低头在摆弄手机，表情淡淡，傲慢似以前她常看到的那样。

她张张唇，叫了声梁殊择。

梁殊择"嗯"了声，放下手机，凑过来："在这儿呢。"

周梵笑了笑，梁殊择抬手抱住她。

周梵脑袋埋在梁殊择肩膀上，听到梁殊择问她："睡得怎么样？"

周梵声音有些沉闷，口干舌燥："还行——"

她很喜欢和梁殊择这样亲密地挨着，车厢里没有灯光，黑暗一片。在这样的黑暗里，周梵听到梁殊择说："周梵，手怎么回事？"

而后梁殊择便拉过她手腕，又抬手将阅读灯打开。

周梵睡意瞬间全无，看到梁殊择漆黑的眼睨着她手腕处未干的血迹。

她将手抽出来一些，佯装才知情："嗯？怎么弄的？"

梁殊择淡淡睨了她一眼。

过了几秒，周梵听到梁殊择说："你撒谎的时候，耳朵会红，你不知道？"

周梵摸摸耳朵，摇头："听你说才知道。"

"怎么弄的？"

周梵声音压低一点："好像就是滑雪的时候，不小心弄的。"

梁殊择："说实话。"

周梵抬眼看他："没骗你。"

梁殊择又睨了她一眼，几秒后转身下车，吐出两个字："等我。"

背影利落，很快消失在夜色中。

周梵心烦意乱，继续坐在车上。啊，怎么就让他看见了。没看见该多好。

车停在周梵家小区门口，极其打眼。

周梵静静地坐在车上，脑袋里不知道在想什么。她弯身，拿出被梁殊择塞到抽屉的那张写着英文的纸，用手机拍了照片后，又放回抽屉。

五分钟过去。

车厢里的冷气都散掉，周遭的空气逐渐燥热起来，热浪织成一张密不透风的天罗地网，将周梵的心脏裹挟住。

车门再次被打开是在两分钟后。

周梵觉得梁殊择离开后时间被无限拉长，但全程的时间其实没超过七分钟。

车门再次被拉响的时候，周梵顺势抬眼，睡意又席卷，她打个哈欠。

梁殊择探身坐了进来。

一个白色的塑料袋被他拿在手心，塑料袋上印着的名字是周梵家小区对面的药店。

周梵扫了眼，梁殊择低头从塑料袋里拿出消毒水和棉签。

周梵难得温顺地将右手伸了出来。

梁殊择看她一眼，哂笑一声，但没说话，就低头替她处理伤口。

几分钟后，处理好伤口，梁殊择将药水和棉签收在塑料袋里。

他出声："你今天为什么迟到？"

周梵："不是说翅膀断了嘛。"

梁殊择抬眼，目光浅淡，钉在周梵那儿。

梁殊择声音淡淡："这么不相信我吗？"

周梵下意识摇下头："没有的。"

梁殊择："先回家吧。"他看一眼她，"明天再说。"

周梵喉咙像是被堵住，口干舌燥到极点。

她低低地"嗯"了声，打开车门，朝着家的方向走。深夜里的风燥热不堪，她回头看一眼梁殊择的车，还没开走。

待她回到家里，一分钟后趴在窗口看外面，车还是没开走。

周梵就那样趴在窗口看梁殊择的车，胳膊都压酸了，梁殊择都没有将车开走。直到一个小时后，他才发动汽车离开。

第十四章

/

她不知道的事

周梵是向程子今悄悄打听到梁殊择生日的，9月17日。

很快了。

那天过后的第二天，梁殊择没再问周梵迟到的原因，像是将这件事忘记。

周梵也不想主动再提，这事就像一张纸片一样，轻飘飘地揭了过去。

周梵的生日，梁殊择专门飞到遂北来见她，给她订了蛋糕，还送了一条项链，将她的生日过得热热闹闹。

她低头摸了下脖颈上戴着的项链，在想梁殊择的生日，她要送他什么礼物呢。

梁殊择什么也不缺。

周梵也不知道他喜欢什么。

下周就要去西京大学上学，周梵这些天一直在想要给梁殊择准备个什么礼物。

某天午睡醒来，她忽然想到，梁殊择什么也不缺，但如果是她亲手做的东西，他大概会喜欢的。

想到这儿，周梵便兴冲冲地拿出手机，决定明天去遂北景然镇。

遂北景然镇的陶瓷是国内一绝，那地可以自己做陶瓷。只是如果要拿到现货，要等半个月左右。周梵之前给家里人做过陶瓷，有一定的经验。

亲手给喜欢的人做一个陶瓷，是一件很有意义的事。

周梵打算先不和梁殊择说，等他过生日时，再送他。

第二天，周梵飞去遂北市景然镇，镇上是那种典型的江南水乡式建筑风格，风景宜怡人。

周梵去了家之前熟悉的陶瓷作坊。

老板是一个二十多岁的姐姐，周梵和她认识，说自己想做一个陶瓷杯送给男朋友。

老板便推荐她做了一种比较特殊的款式，既容易上手，做出来也好看，而且花样和图文可以由她自己设计，这样做出来肯定是独一无二的。

周梵觉得这样很好，便点头，弯唇："那就做陶瓷杯吧。"

老板拿出要做陶瓷杯的材料和一切用得上的东西，便开始教起周梵。

一个小时后，作坊里走进来一个人，老板朝他招下手："有什么需要吗？"

"您好，我想亲手做个杯子。"声音是周梵熟悉的。

她抬眼，谢衍走了进来。

周梵挠下头："谢衍哥哥，好巧。"

"你们认识呀。"老板笑了笑。

谢衍"嗯"了声："挺巧。"

和谢衍打过招呼后，周梵便继续认真做陶瓷杯了，用了百分之百的真心，一点也不马虎。

"嗯，我想给我妈妈做一个杯子。"谢衍和老板在交流。

周梵抬下眼，看到老板给他介绍着陶瓷种类。

周梵中途去了趟卫生间，回来时，谢衍和她坐在同一张桌上，正在低头做陶瓷杯。

周梵的陶瓷差不多已经做好，但她的刻字技术不太行，最后，她和老板低声说，让老板帮她刻个字。

老板问她刻什么字，周梵说刻"ZFLSZ"五个字母。这是她和他名字的拼音缩写。

老板说声"好"。

填完了地址，大概半个月后成品会快递到西京大学。

周梵和谢衍告别后，便在当天赶回了遂南市。

做了一天陶瓷，整个人都有些疲倦。洗完澡后，她刚坐在卧室的沙发上，手机便收到李清铭的几条消息。

李清铭：哇，梵梵，好像是你那年拍摄毕业照的视频哎。

李清铭：我看到你了。

这是遂南一中公众号前一年的推送视频。

周梵没有关注遂南一中的公众号，所以以前没有看过这个视频。

她回李清铭的消息：哈哈哈，你怎么找到这个视频的？

李清铭：我最近要学着运营公众号，找了我高中的公众号，做得不怎么好，又搜了下你们学校的，做得挺不错的，然后就看到这条视频了。

周梵和李清铭说了几句话，便点进那个视频。

时长倒是只有五分钟不到，拍摄的都是拍毕业照那天的照片和一些一到两秒的视频。

周梵想在里面找一下自己，但两分钟过去，她都没有找到。

她便不想找了，打算摁灭手机。但下一秒，手机屏幕上出现一张清晰而冷峻的脸。

周梵按了暂停。

她眼睛微微睁大，就算没有将视频放大，她也能够认出，视频里的人是梁殊择。

这张照片拍得有些模糊，四周都是光影效果，曝光太过，导致照片失了原本的色彩。

但那张脸是极为清晰的。

梁殊择很少见的，穿着件宽松白色T恤，出现在视频的正中央。

可是他不是说，6月5日那天，他全天都在医院吗？

怎么来遂南一中了？

周梵望着视频里的梁殊择失神，想不明白他为什么要骗她，难道有什么事瞒着她吗？

周梵想不明白就不想了，她放下手机睡觉。

第二天，程子今很罕见地问周梵来不来他朋友新开的一家酒吧玩。

周梵正好追完了一季综艺，第二季还没开始筹拍，而且很有可能凑不齐原班人马。她正是百无聊赖又淡淡忧伤的时候，便很利索地回复了"好"。

程子今打字回复"你来梁殊择就来了，我不叫你就叫不动他。服了。怎么会有这种人"，打到一半，他又全部删掉，回复：嗯嗯，好的啊，那晚上见。

晚上是梁殊择来接的周梵。

周梵出门时，正在和陶瓷作坊的老板沟通，她抬下眼，就看到梁殊择从车上走下来，快步走到她面前。

周梵赶紧将手机摁灭，整理好表情，朝他笑了笑。

梁殊择自然地牵过她的手，看一眼她："周梵，你是特务吗？"他扯起嘴角笑，"和谁聊天这么紧张。"

周梵被梁殊择牵着，两个人边往车的方向走，她边翘起嘴角回道："没谁，看到你就不想看手机了。"

梁殊择偏头睨一眼她，眼里也有了几分笑意。

两人时不时搭几句话，但周梵没透露半点关于陶瓷杯的消息。

到了酒吧后，周梵难得看见程子今身边没女孩。梁殊择临时有事去了二楼,还有好几个朋友在,程子今撺掇大家一起玩游戏。

周梵抿一口果酒,朝程子今问:"不等梁殊择吗?他不玩游戏吗?"

程子今觉得好笑地看她一眼:"我们待会儿玩真心话大冒险,梁殊择会玩吗?"

"为什么不玩?"周梵又抿一口果酒。

"他从来不和我们玩这种游戏的。"程子今一边拿来转盘,一边朝周梵说,"你玩吗?"

"我玩。"周梵说,"梁殊择以前都不玩这种游戏吗,我好像听他说,他以前也玩过的。"

她想起梁殊择说写告白信那次,就是他玩真心话大冒险输掉,所以才被迫写了告白信。

如果他从不玩真心话大冒险,那他的告白信就不是被迫写的?

程子今去吧台拿了几瓶酒过来,模样很笃定:"不可能的,我很肯定,他从来没玩过真心话大冒险,"程子今说着说着笑起来,"怎么可能啊,择哥瞎扯的吧。"

周梵没再和程子今争论,只是脑袋里想起梁殊择谈到的那封告白信,和6月5日那天他明明回了遂南一中,却说没回的事。

这两件事他好像都说谎了,难道是特意瞒着她什么事吗?

周梵佯装随口问程子今一句:"去年梁殊择没参加期末考试,要补考,你是不是笑了他很久。"

"择哥这也跟你说啊。"程子今是真笑了,他顿了下,想了想,"他去年没参加期末考试,是回了遂南市。"

周梵"嗯"了一声:"你应该不知道他回遂南市做什么吧。"

"知道啊,"程子今好胜心被激起,"他回遂南一中了。"

程子今:"我高中没考上遂南一中,我记得那天是6月5日吧,正值期末考试,梁殊择回遂南一中了。"

"噢,"周梵说,"他和我说过的。"

程子今嘴快:"他回遂南一中好像是为了见谁吧,我也不是很清楚。"

周梵再套话就很明显了,便只简单地接了句:"可能是见老师吧,拍毕业照那天老师都会到场。"

"哎,你别说,"程子今说,"那天杨真漾好像也回遂南一中了。"

周梵："杨真漾是？"

"也是遂南一中的大名人啊，"程子今补充，"和择哥一个班的。"

那些高中时期所谓的名人，周梵一个都不认识。梁殊择那时大概也是遂南一中了不得的人物，但她高中不认识他。

程子今像是意识到他话说多了，就没再说了。

周梵眨下眼，杨真漾？

这是她第一次听到这个名字。

这次的真心话大冒险是周梵觉得玩得最无聊的一次。

玩到一半，她和程子今说了声"不玩了"，就单独坐在卡座上低头摆弄手机。

李清铭给她发了消息过来。

李清铭：梵梵，你认识杨真漾吗？

周梵有点蒙，回复：怎么了吗？

周梵：我不认识她，但她好像是学姐吧，程子今说她是梁殊择同班同学。

李清铭：哦，难怪。

周梵扫了眼屏幕，打字：到底怎么了吗？

李清铭：哈哈，梵梵，你别朝我撒娇，你去朝梁殊择撒娇。

周梵还没来得及回复，李清铭便发来一张截图，是遂南一中公众号上的留言。

李清铭：就你拍毕业照那天，梁殊择不是去了嘛，杨真漾也去了，然后就有人拍到他们擦肩而过的照片了。

周梵：噢，梁殊择和她是同班同学。

李清铭：底下好多人评论说梁殊择那天是因为杨真漾回学校的。

周梵滞缓一秒，抬眼，抿了下唇，缓慢地回复：嗯，有可能的。

李清铭：但事实到底是怎么样也不清楚，梁殊择和你说了吗，他那天去遂南一中做什么？如果他坦荡地告诉你了，那他和杨真漾应该没什么关系，那些评论都是瞎说的。

周梵揉了下眼睛，和李清铭说了几句后，便将手机摁灭了。

她靠在卡座上，台上有乐队演奏摇滚。

模糊不清的灯光洒在周梵脸上，她在摇滚声中忽然推断出一个结论。

按照程子今说的，梁殊择是不可能参与真心话大冒险的，所以有没有一种可能,他的确是给人写过告白信的。

不是被迫,也不是不情愿,而是主动给他喜欢的女孩写。

周梵被自己的想法吓了一跳,但这好像不是一件太离奇的事。

虽然她之前觉得像梁殊择这种人,大概率不会主动告白,但按照现在的推断,他有可能主动给女孩写过告白信。

而他主动写告白信的女孩,是谁呢?

她咬下嘴唇,想到了杨真漾。

无论是对写告白信的事,还是6月5日那天回遂南一中的事,他都语焉不详。

所以,梁殊择不想让她知道,他之前喜欢过别的女孩吗?

而杨真漾好像是可能性最大的一个女孩,况且他们还是同班同学。

周梵感觉自己将这一切都理顺了。她用手挡住眼睛,闭上眼休息了会儿。

半晌,她缓慢地睁开眼。

哦,梁殊择原来也是会主动给其他女生写告白信的。

只是,没有主动对她告白过。

梁殊择忙完从二楼下来,已经差不多到了晚上十点。

他走到周梵面前,揉了下她头发,弯腰说:"回家?"

周梵点了点头:"好,我有点困了。"

程子今在旁边"啧"了声,其余几个人把他拉走了。

周梵离开卡座,和梁殊择一起走出酒吧,身后五彩灯光迷离,直直地延伸到两人脚边。

酒吧离停车场有些远,大概要走几分钟的路程。

周梵一直没怎么出声,梁殊择牵着她的手,时不时扫她一眼,像是意识到她有些困倦,便将她拉到怀里。

周梵被梁殊择揽在怀里,一瞬间他高大的阴影便朝她覆了过来。

她揉了下鼻梁,又打个哈欠,很久都没有吭声。

过了几秒,她听到梁殊择说:"很困吗?很困你在这儿等我,我开车过来接你?"

周梵摇头:"还好,没那么困。"

"噢,"梁殊择将她揽得更紧一点,"那你怎么情绪不太好?"

周梵随口胡诌:"玩游戏时,程子今总不让着我。"

梁殊择哂笑了一声，揉了揉她头发："周梵，你是小朋友啊，还要别人让着你。"

周梵还没说话，他又懒懒地笑一声："让着你就让着你吧，我这辈子都让着你，行不行？"

周梵"嗯"了声，歪头问他："梁殊择，我能问你一个事吗？"

梁殊择走在人行道外侧，昏黄灯光映在漆黑的头发上，他侧脸立体分明，眉梢往上挑一点。

"什么事？"

周梵走在人行道内侧，微顿，晚间的灯光泄了她全身。

"你高中过得怎么样？"

"高中？不就那样吗？"

周梵睨一眼他："过得还算开心吧？"

梁殊择笑了声："也就那样——"他凑近看她，"怎么了，忽然问这个？"

"没什么，"周梵说，"就随口一问。"

两人走着走着，来到了停车场附近。

梁殊择将车开了出来，周梵一上车就闭上眼睡觉了。

她能理解在高中时期，梁殊择有喜欢的人。但她好像就是有点不开心，心里一直憋着股气。这是一种很微妙，但又真实存在的情绪。

到了周梵家小区附近后，梁殊择将车开了进去。

周梵下车前，梁殊择凑到她身边："能亲一下吗？"

周梵被堵着的这股气扰乱了思绪，但她歪头看到梁殊择漆黑的眼睫，还没反应过来呢，梁殊择就亲过来了。

他将手撑在副驾驶座位上，紧紧地围住她，但又没碰到她身体，只是单纯地吻着她。

亲完，梁殊择近距离看着她。

周梵舔了下唇，拉开车门往下走。

梁殊择又拉住她的手，朝她扯个唇，声音懒洋洋："能再亲一下吗？"

周梵气笑道："你还没完没了了。"

梁殊择低低"嗯"了声："不让亲了？"他"哦"了声，"那我怎么办，刚刚还没亲够。"

周梵："你烦不烦。"

梁殊择哂笑一声："你现在就嫌我烦了？"

"没有。"周梵摇下头，她就是有口气没顺过来。

但这种事她也不可能直接去问他，如果他坦坦荡荡的，觉得这事没什么大不了，那他就不会一连朝她撒两次谎了。

撒谎就代表可能确有其事。

想到这儿，周梵又点点头："嗯，你烦死了。"

这次轮到梁殊择被气笑，他扫了眼周梵："你今天真的很像个小朋友。"

周梵抹下碎发："谁小朋友，我快二十岁了。"

"噢，"梁殊择慢悠悠地道，"快二十岁的周梵小朋友。"

周梵下车："我回家睡觉了。"

梁殊择疏懒笑道："行，盖好被子。"

周梵瞪他一眼，梁殊择笑看着周梵到了家门口。

第二天周梵开车去了那个高中生女孩家。

她加了女孩的微信，确认女孩今天在家。

到了女孩家小区后，周梵没将车停在小区门口。

她和女孩待了一下午，两个人抱着西瓜一起在客厅看电影，气氛融洽欢乐。

《穿条纹睡衣的男孩》最后一个镜头放完，女孩歪头朝周梵看一眼："谢谢姐姐买的西瓜。"

下午五点多的日光淡淡地洒在屋子边缘，像镀了层金。周梵用勺子舀一口西瓜，平淡地问起张盛的事。

女孩警惕心起，将西瓜放下，说："怎么了？"

周梵见她反应比较大，便搪塞过去。女孩点点头，周梵便没再提这件事。

晚上九点多，女孩送周梵到了楼下。

周梵挥手和她说声再见，便开车回了家。

西京大学很快开学了，周梵很想快点处理好这件事。两天后，她忽然收到了女孩的微信消息。

女孩主动提及张盛的事，说张盛已经骚扰她很久了，她很想报警，但不知道怎么办。

周梵直接开车带着女孩去了派出所。周梵手机里有录像证据，能充分证明张盛的确对女孩骚扰，并且女孩也很配合警察问话。

398

出派出所时，女孩问周梵，张盛能被关多久。

周梵说："他不敢再去找你了，我高中的时候，也被他骚扰过，但那个时候没有人帮我，所以我找人教训了他。"

"现在有警察帮你，还有我帮你，不用担心。"她揉下女孩的头，"我会保护你的。"

张盛的事情告一段落，周梵心情很好。

西京大学开学那天，梁殊择来找周梵，两人一起坐高铁回校。

回校的路上，周梵怎么都没想到她的照片会出现在遂南派出所公众号的推送文章里。

她睡完一觉醒来，梁殊择坐在她旁边，一言不发地低头摆弄手机。

"醒了？"梁殊择睨了她一眼。

周梵调整下坐姿，"嗯"了声。

梁殊择便将手机递给她看，随后落下一句话："怎么回事，你去派出所做什么？"

他语气淡淡，听上去却像是有点气。

周梵睁大眼，看到屏幕上显示的是遂南市派出所的公众号。

又是公众号。

是一条日常推送，照片打了码，但熟悉的人一眼能辨认出是她。

照片里，周梵和一个女孩坐在长椅上，派出所的灯光冷白刺眼，墙壁上挂着许多警察的照片，看上去严肃极了。

周梵顿了顿，说了一半的实情。没有交代她和张盛之间的事，只说这个女孩被张盛骚扰，她看不得这样的事。

话说完后，梁殊择始终没出声。

周梵眨下眼，歪头去看他。几秒后，她听到梁殊择稀松平常的声音。

"所以，上次你手腕受伤，也是因为这事？"

周梵勉强点两下头："不小心刮到了手腕。"

梁殊择哂笑一声："周梵，你可真行。"

周梵听出梁殊择语气中的生气成分，但她还为梁殊择高中时候有可能给别人送过告白信的事情生气呢。

她心里也不好受，但忍着没说话。

梁殊择忽然偏头看她一眼，漆黑的眼睛看起来倨傲，他极力压制自己的情绪。

声音听起来寡淡。

"周梵,在你心里,我很不靠谱吗?"

周梵不知道该怎么接这句话,她嘴唇张了张,吐出两个字:"没有。"

半响,梁殊择说:"那为什么你不和我说?"

"我可以自己解决,"周梵慢腾腾地说,她瞥一眼梁殊择,"不是一件很危险的事。"

梁殊择:"你怎么知道不危险?"

他看着周梵:"告诉我这件事,对你来说很难吗?"

周梵静了静。

梁殊择有些生气:"说话。"

周梵:"有点难。"

梁殊择便不再接她的话,一直没有出声了。

周梵也再没说过话了。她闭上眼睛,脑袋晕乎乎的,好像有些晕车了。

周梵咽了下喉咙,心底酸酸涩涩的,现在很想吃点酸的东西缓解晕车症状。

周梵缓慢地睁开眼,拉开黄色书包的拉链,往书包里看了看,空空的,除了放了两本课本,就没有其他东西了。

她又若无其事地将书包拉链拉好,继续闭着眼睛睡觉。

但晕车症状越来越明显,她扶住脑袋,脑袋里像搅和了一潭浑水。

几秒后,旁边的人拨开她手,往她手心里放了个东西。

十秒后,周梵睁开眼,她手心躺了颗话梅。

她用余光扫了眼旁边,座位空着,梁殊择不在她旁边了。

周梵将话梅放进嘴里,看了眼车厢里滚动的黑色字幕,显示还有十分钟就到西京站了。

她又闭上眼休息了会儿,晕车症状被一颗酸咸的话梅缓解,整个人舒服了不少。

十分钟后,高铁进站,周梵闭着眼,感受到梁殊择回到了座位上。

两个人都没说话。

温柔的女声播报已到西京站,周梵歪头扫了眼窗外,日光和煦地覆盖绿植和高铁轨道。

临近下车时间，不少人站起来去拿行李。

周梵只有一个行李箱，偏重。她搓下脸，站起来，准备抬手将行李箱从行李架上搬下来。

她的手刚碰上行李架，身后一道阴影覆下来，有人将她拨开。

她抬眼，梁殊择一言不发地将她的行李箱拿了下来，拎着往车门的方向走。

周梵轻轻地眨下眼，也往车门的方向走。

下车后，周梵顺着人流走出西京高铁站。

人流量很大，梁殊择走得慢，一直跟在周梵后面。

出了高铁站后，梁殊择步伐又变得快了起来。

周梵看到他走在自己面前，刚出高铁站，便有一辆出租车驶了过来，停在了梁殊择面前。

他轻松地将两个行李箱放进了后备箱。

周梵低头绑着头发，绑完头发后抬眼，梁殊择沉默地牵起她的手。

周梵便跟着他坐进了后座，她感受到他的手温滚烫。

梁殊择和司机说了声去西京大学，整个车厢就再也没响起任何声音。

周梵能很直接地感受到梁殊择生气了，但他生气的时候还是和以前一样，依旧会走过来牵起她的手。

周梵颇为苦恼，两件事摆在她心头，一件是梁殊择现在好像生她气了，另外一件事是梁殊择之前可能给别的女孩告白过。

第二件事不至于让她生气，但始终有一股气堵在心头。

出租车驶到西京大学校门口，周梵拉开门下了车，她瞥到梁殊择也下车了，他走到后备箱那儿，提起她的行李箱往女生宿舍的方向走。

周梵跟在他后头。

到了女生宿舍楼下，周梵扫一眼梁殊择，他将行李箱放到了石阶上。

周梵挠下头发，叫了声梁殊择。

梁殊择睨一眼她，视线停留。

周梵唇张了张，又不知道该怎么说，和梁殊择撞了下眼神后，她说了句无关紧要的话："谢谢你帮我拿行李箱。"

梁殊择收回视线，很低地哂笑一声，而后吐出五个字："周梵，你真行。"

周梵将行李箱拉了过来,抿了下唇,手机忽然响了下。

她看了眼手机,是李清铭发过来的消息。李清铭说她有些不舒服,问周梵在宿舍里有没有感冒药。

周梵的行李箱里有感冒药。

过了几秒,她朝梁殊择说:"我室友有点不舒服,我先上去陪她。"

梁殊择"嗯"了声,周梵又欲言又止地看他一眼,到底没再说什么话,就上楼了。

到了宿舍后,李清铭躺在床上:"梵梵。"

周梵上前摸了下李清铭的额头,给她泡了杯感冒药。

几个小时后,李清铭体温没那么高了,周梵便放下心来。

晚上,她躺在床上,听着耳机里放杨千嬅的《少女的祈祷》。

李清铭忽然出声:"梵梵,我好像找到杨真漾的微博了。"

周梵眯了眯眼睛,翻过身问:"杨真漾?"

"嗯啊,"李清铭说,"就是梁殊择那个同班同学,我去搜了下她微博,她的微博名就是她的真名。"

李清铭:"但她没发什么微博。"

周梵揉了下眼睛,对杨真漾不是很感兴趣,也不想去看她微博,没什么意思。

一会儿后,李清铭说:"她去年六月份回了遂南一中。"

周梵知道。

"她去年一月份去遂南附小参加家长会了,"李清铭不可思议,"她还拍了张照片,梁殊择怎么也在。"

去年一月份,遂南附小,她去年参加周峪嘉的家长会也是这场。

周梵伸出手:"给我看一眼照片。"

李清铭在一片黑暗中将手机递给周梵。

周梵看了眼照片。

照片里,梁殊择坐在前排,周梵一眼便认出了这个熟悉的背影。

黑板上写着初三(3)班家长会等字样。

周峪嘉也是初三(3)班。

所以2014年那次,周梵和梁殊择参加了同一场家长会,她印象深刻的那个背影似乎有可能是梁殊择的。

哦,还有杨真漾。

"所以梁殊择那次也是为了和杨真漾见面,才去遂南附小参加家长会的吗?"李清铭"啧"了声。

哪有这么多巧合的事,周梵差不多已经确定了。

所以,梁殊择以前就是喜欢过杨真漾吧,一个班的,产生感情也不奇怪。

李清铭:"梵梵,你也别放在心上,都是过去的事了。"

周梵"嗯"了了声,一时间竟也没什么情绪。

只是在凌晨一点多,她缓慢地睁开眼,脑袋不由自主地想到梁殊择给杨真漾写告白信的场景。

她翻个身,竭力驱赶那些场景,很久才睡着。

第二天是周一,一整天的课。徐雾和郑烟烟这学期没有寄宿。

李清铭叼着牙刷:"梵梵,城西有场影展,我好想去看啊,可是那个票根本弄不到。"

周梵在喝粥:"我也想去,可是根本没有票。"

城西的影展向来是一票难求,听说今年更是火爆异常。

因为有部万导的电影在城西影展首播。

基本上是抢不到票的。

到了大二,广编的课便变得多了起来。开学前两周就得拍一个纪录片,还限制了地点,只能在西京市拍摄,而且还规定了类型,只能拍诗意型。

周梵忙于学业,第一周周末,她收到梁殊择发来的消息。

是一张照片。

具体来说,是两张城西电影展的票。

周梵看到这两张票时,愣了下神。

这一周的时间,她和梁殊择都在各自生各自的气。虽然两个人会一起去吃饭,梁殊择也会送她回宿舍,但她知道两个人的情绪都不对。

所以这两张电影展的票,大抵是桥梁。

几秒后,梁殊择又发来一条消息:想去吗?

周梵手指戳着键盘:嗯,想去的。

电影展还没到,梁殊择的生日先到了。

周梵前几天便收到了景然镇寄过来的陶瓷杯。她看了眼陶瓷杯,很满意,灰色的,图案是一只兔子正在笑,底下还刻着两个人名字的缩写。

除了她手工制作的陶瓷杯,她还准备了一块手表,黑色的,她觉得梁殊择戴这款手表应该会很合适。

梁殊择生日那天排场很大,但整个下午,都是她和梁殊择两个人过的。

下午过得很开心,但周梵心底那根刺还是在。

晚上十点多,梁殊择送周梵回宿舍。

楼下,梁殊择将周梵压在那棵树上亲。他抵着周梵脑袋,眼底情绪晦暗不明。

周梵总是抗拒不了这样的接吻,尤其是梁殊择亲她的时候还喜欢搂着她腰。

这个吻两个人都带着各自的情绪,都想把对方占为己有,但偏偏觉得似乎都做不到。

周梵和梁殊择接吻的时候,呼吸被他侵占,唇舌交战,但她脑袋里总是闪过他给其他女孩写告白信的场景。

周梵觉得自己这样很不对,毕竟每个人都会有自己的感情经历。虽然她没有,但她不能强制要求梁殊择也不能有。

她或许就是有感情洁癖。

接完这个带有情绪的吻,梁殊择声音稍哑:"你好像一点也不认真。"

周梵确实不太认真,她被他牵着手,弯下唇:"我哪有不认真。"

在周梵看不到的地方,梁殊择眼神暗了暗。

他连笑都显得力不从心。

第二天梁殊择去西京市中心一家公司,意外遇到了周梵的"哥哥"谢衍。

他看见谢衍手里拎了个陶瓷杯。

灰色的,杯子上的兔子正在笑,和周梵送他的那个差不多。

梁殊择脚步滞缓了下,身边那个公司负责人问他怎么了。

梁殊择说了声没什么,便走出了这家公司。日光大面积泼洒在地面和高楼,他表情淡淡,心底却像空了一角。

明明是那样一个目空一切而又傲慢嚣张的人,竟也会为了一个陶瓷杯,又一次自嘲地扯起嘴角。

周梵感知到梁殊择情绪极其不对是在电影展的前五天,那时他刚过生日没多久。

周梵给梁殊择发消息，电影展在城西，离西京市中心有些远，她不知道他那天是否有课，于是就问他：电影展，是我们两个一起去吗？

或许是周梵的问法不对，因为她总是不太拘小节。

当时梁殊择回她的消息是：你想的话，就我们两个一起去；如果不太想呢，可以找别人去。

周梵读着他这条消息，好像看懂了，但又好像没看懂。

恰巧，李清铭在刷微博，忽然喊出声："梵梵，杨真漾那天也去城西电影展哎，我们都不能去。"

周梵歪下头，看了眼李清铭，而后忽然看懂了梁殊择的这条消息。

她赌气般回复他：所以你想和别人一起去，是吗？

她又删掉这条消息，依旧赌气地回复：票是你的，你当然要去。那你去吧，我不想去了。

回复完这条消息，周梵才意识到自己刚刚回复了梁殊择什么消息。

梁殊择又不是她这个专业的，怎么可能想要去电影展。他平时也没有看电影这个喜好，所以买的那两张电影展的票，肯定是给她买的。

周梵感觉最近自己情绪真是控制得太差，她扫眼消息，已经发出去几分钟了，梁殊择大概也看见了。

电影展的票有多难弄，周梵是知道的。她鼻尖酸了酸，对梁殊择心里有愧，同时又埋怨自己。

但覆水难收，梁殊择没再给她回消息。

离电影展还有两天的时候，周梵将床帘拉紧，戴着蓝牙耳机，在床上用平板看今年新出的《我的少女时代》。

李清铭拉了拉她的床帘，和她说了句什么话。周梵没听清，电影又演到高潮情节，她便"嗯嗯"两声，想着没什么大事。

之后的两天，正好是周末，李清铭回了家，不在宿舍。

直到电影展那天晚上，李清铭忽然发来一条消息：忘记问你了，电影展怎么样呀。

周梵觉得莫名其妙，她和梁殊择闹矛盾，那天和梁殊择说她不去看之后，梁殊择就没回她消息了。

她哪儿来的电影展的票。

周梵回复李清铭：我没有票呀。

李清铭：前两天我不是把票给你了吗？我跟你说了呀，票放在你课本里了。

周梵有点蒙：什么时候说的？

她很快想到，应该就是她戴蓝牙耳机看电影那次。

李清铭：是梁殊择把票给我的。我特意夹在你书里。我和你说了呀，我以为你听到了……你不会没去吧，那他会伤心死。

周梵眉心跳了跳，下床抖落两下她的课本。这几天她都没有翻开过这本教材。

一秒不到，便抖落出一张电影展的票。

周梵捏紧那张已过期的电影展的票，票价不菲，却被夹在她的课本里，直到逾期。

她眼睛酸涩，打开手机，给梁殊择发了消息。

周梵：你今天去了电影展吗？

周梵：我不是故意不去的。

发完这两条消息，周梵感觉文字太单薄，这两句话也太简单。她退出微信页面，给梁殊择拨了个电话。

整间宿舍，只有她一个人。

头顶的白炽灯开着，夜晚的宿舍也亮如白昼。

她看着她和梁殊择的通话页面，心酸涩成一片。但很久过去，梁殊择都没有接电话，电话因为超时而自动挂断。

周梵抿紧唇，不接电话的意思很明显。

她退出电话页面，再看微信，他也没有回消息。

周梵明天要和同组的同学一起去玉真寺拍纪录片，现在已经很晚了。

过一会儿，她又给梁殊择拨了个电话。

她心思时而敏感时而大大咧咧，取决于对象也取决于具体事例。单说电影展门票的这件事，确实是她不对，她应该要给他道个歉。

但第二个电话梁殊择也没有接，周梵看着自动挂断的电话页面，心情像潮水般涨涨落落。

梁殊择从来不会不接她的电话，这次他是真的太生气了吗，所以才不接她的电话。

周梵关掉宿舍的灯，月光朦胧，投在宿舍光洁的地板上，将地板切割成明暗两半。

她杵着下巴,将那张电影展的票拿在手心,她手指按着票上突起的文字,好像就摸到梁殊择手心的温度。

很烫,很热。

晚上是怎么睡着的,周梵已经记不清了。第二天早上,有同学拨打她的电话,说去玉真寺的汽车提前来了,大家要早些到西京大学门口来。

周梵"嗯"了声,道谢后便结束了这通电话。

她翻了翻手机,没有新的未接电话和消息。

梁殊择一整夜都没有回她的消息和电话。

周梵很少会为什么难过,因为好像在高中,她难过的情绪就像被全部消磨掉。但今天早上,她有些难过。

她洗漱完,拿着摄像机出门,走到西京大学门口,和其他四名同学一起坐车去玉真寺。

一个女生说:"昨晚玉真寺下了场雨,路可能有点不太好走,大家要小心点。"

司机搭了句话:"是啊,昨天晚上寺庙那块打了好大的雷,吓死个人,我看你们每个人都拿着个……这是摄像机吧,你们是要去拍节目上电视吗?"

"哈哈哈,不是去拍节目,就拍个作业。"有个女生笑着说。

周梵也被这个司机逗笑,低头检查着摄像机。

一个小时后,几人到了西京市城南的玉真寺。

玉真寺前有八百一十一道石阶,寺庙周边种了漫山遍野不知名的树。

五个人抵达玉真寺,是在上午十点。

五个人分头行事,各拍各的。周梵拿着摄影机围着寺庙走,僧人着黄袍,走近拍不礼貌,她就拍僧人的背影。

古木参天,红墙黄瓦。她路过两棵大榕树,一阵风吹过,榕树上彩带飘飘。

她撇头,没拍榕树祈福的彩带,改拍旁边那口古井。拍完古井,她又围着玉真寺转了一圈。一个小时后,她拿出手机看消息,点进那个五人的群,但发现连不上网络。

应该是山上信号不好,别说4G网,好像连电话都接不了。

幸好大家约定了中午十二点在雄华宝殿的林荫小道上集合。

周梵放下手机时是中午十二点,五个人在雄华宝殿旁见面。

一个姑娘指了指对面的祈福树："来都来了，要不要去祈福？"

其余三人都不想去，说自己不信这个。

那姑娘又转头瞧周梵，周梵也不太信祈福这种事，但见姑娘没人陪着去，便点头一起去了。

姑娘心情很好："梵梵，你要不要写彩条祈福呢？"

周梵摇下头："不啦，我就在榕树边等你吧。"

姑娘点点头："好呀。"

周梵跟着姑娘到了祈福树旁，榕树盘根错节，树上挂着的彩带，风一吹就飘扬。

红色的彩带上写满祈福语。

姑娘高兴地拿了一条红色的彩带，弯腰用笔写着字。周梵拿着摄像机拍那口情有独钟的古井。

那个姑娘写字很快，不一会儿就踮脚将彩带挂在那棵祈福的榕树上。过了十几秒，姑娘声音惊讶："哎，梵梵，好像有人替你求平安了啊。"

周梵眨眨眼，继续拍那口古井："应该是同名吧。"

"日期很新哎，就是昨天。"姑娘语气更兴奋，"不是同名啊，署名是梁殊择啊。"

周梵拿摄像机的手一顿，心脏紧了紧，时间滞缓一瞬，风扬起，吹来一阵银杏香。

她嘴唇动了动："我看看。"

周梵走到榕树下，当看到那条祈福的彩带上，她鼻尖很快就涌出一阵酸。

彩带上的字迹眼熟，周梵似乎从来没见过梁殊择的中文笔迹，但现在看到，却觉得莫名熟悉。

彩带上的字是用黑笔写的。

周梵逢凶化吉，一生平安，健康快乐。——梁殊择 2015.9.29

"我不小心看到的，我刚刚挂彩条才看到的，"那个姑娘很羡慕地说，"他好像都没有给自己求，就给你一个人求了。"

周梵眨一眨酸涩的眼睛，今天是9月30日，昨天是9月29日，也是电影展开展的日期。

所以如果梁殊择昨天去了电影展,那是下午到的玉真寺吗?

"昨天还下着雨啊,"姑娘说,"石阶应该很不好走吧,他有和你说吗,你们感情真的好好呀。"

周梵语气变缓:"我们还在吵架呢。"

她昨天甚至都没去电影展。

周梵抠了下指甲,又抬头看了眼榕树上飘着的红色彩带,玉真寺的大钟敲响,在一片回响的鼓声里,她嘴唇无声地张了张。

"梁殊择,你也给自己求个平安吧。"

在汽车驶入西京大学门口时,五个人下车,周梵回宿舍拿了身份证,便坐上回遂南市的高铁了。

她好像知道,为什么看到梁殊择给她求的彩条上的字迹,会觉得眼熟了。

抵达遂南市后,她回家去找那个高二时收到的黄色信封。

那个写着"周梵,兔子叫你别哭了"的信封。

她好像一直将它放在了书桌的最底下。

回到家,她拿钥匙开门,却没在书桌最底下找到那个信封。

她找了好久,都没找到。

手机已经恢复信号,她看了眼手机,梁殊择的消息和电话却还是没有。

周梵坐在床上,回忆自己到底把那个信封放哪儿了。她记得是放到书桌底下了呀。

又过去一个小时,她依旧没找到。

周梵给妈妈拨了个电话。

陈慧卉接通电话,周梵询问原本放在书桌底下的高中时期的书怎么不见了。她记得她将信封夹到书桌底下的书里了。

"噢,我上个月不是回家了嘛,我见你那些书也不会再用了,我就卖给收废品的了。"

周梵脑袋"嗡嗡"地响:"你怎么不和我说呢,我们家难道缺这两个钱吗?"

陈慧卉:"主要是占地方啊——妈妈先不和你说了,待会儿聊。"遂挂了电话。

周梵闭上眼重重地吸了口气。

家里太闷,订的高铁票又是下午六点的,周梵走出家门,叫了辆出租车,说出了"去市中心"四个字。

抵达市中心后,周梵挠挠头发,也不知道来市中心干什么,可能也是没有别的好去处,索性来逛逛街。

逛街时,她时不时焦灼地看一眼手机。

梁殊择一直没有回消息和电话,难不成真的生这么大的气吗?周梵有些苦恼,毕竟她现在是不占理的一方。

她低头看了眼手机,再抬头,不知不觉走进了一家品牌店——uhdh 品牌店。

周梵扫眼这个品牌店,忽然看到一个熟悉的人站在柜台后,穿着柜姐的衣服。

是她初中相识的好友。

虽然很久没有联系,但两个人眼神一撞上,便都认出了对方。

女生朝周梵走过来:"是梵梵吗,好久不见呀。"

周梵:"恬恬好久不见呀。"

因店长不在,店里客人又不多,女生和周梵叙了几句旧。

叙完旧,女生忽然指了下周梵佩戴的兔子耳坠。

"梵梵,这好像是我们家的联名限定。"

"真的吗?"周梵愣怔一瞬,心中一动,"恬恬,你能帮我查下购买人吗?"

女生抿了下唇:"按理来说是不行的,但我们是老同学嘛——"

周梵:"如果不行就算啦,不要影响你的工作。"

"没事,很好查的,这是2013年那款联名限定。只是你不要和别人说哦。"

周梵"嗯"了声。她坐在椅子上,扫了眼品牌店的款式,紧张的心脏搅合成一团,脑袋也晕晕的。

十几分钟后,女生带着周梵进了个隐蔽的角落。

女生手里拿着名单,递给周梵:"在这里,你对照着款式看一下。"

"嗯,好。"周梵讷讷地展开纸张,阳光铺满纸张,她心脏忽然跳得很快很快,从来没有哪一刻像现在这么快。

她甚至紧张得连呼吸都要停止。

几分钟后,她翻到相同的款式。

周梵手指捏着名单边缘,又翻过去一页,眉心跳了跳。

这一页的第一行赫然写着"梁殊择"三个字。

那一刻，周梵顿了许久，时间像是彻底静止。

周梵是怎么走出品牌店的，她已经记不清了，脚步像是悬浮在缥缈的空气中。

外边阳光刺眼，她微微眯了眯眼睛，泪盈在了眼眶，像是下一秒就要掉下来。

怎么会有这种人呢。

周梵蹲在马路边上，看着一个老人手里攥着无数个彩色气球，老人面带微笑地卖气球。她抹一下掉出来的眼泪，心里像是种满柠檬树，酸酸涩涩，喉咙发干，像好几天都没有喝水。她心想，这世界上怎么会有这种人呢。

如果她不知道兔子耳坠是他送的，他会不会永远也不会告诉她。

周梵眼泪怎么止也止不住。

她忽然想起那天梁殊择给她发的消息，那时她问梁殊择是不是他们两个一起去电影展。

梁殊择的回复是：

你想的话，就我们两个一起去。

如果不太想呢，可以找别人去。

那时周梵以为梁殊择以前喜欢的人是杨真漾，她自己脑补一大堆，还给梁殊择发那样的消息。

所以，梁殊择这句话真正的意思是——

如果她想和他去，他就可以陪她一起去；如果她不想和他去，他可以让其他人和她去的，哪怕那两张票都是他买的。

周梵抹了下眼泪，想到梁殊择给她充分的选择权，却被她误会成那样。

她甚至还轻飘飘地给他回消息，说自己不去了。

周梵捂住脸，泪打湿手心，坐在长椅上，抱着腿无声地哭。

梁殊择是一个什么样的人啊，他是一个连去寺庙祈福，都只会给她求平安的人。

"姐姐。"

周梵耳边响起一道稍显稚嫩的嗓音。

她抬眼，抹抹泪，看到面前站了个小女孩。她眼睛大大的，手里抓着个蓝色的气球。

"你为什么哭呀？"

小女孩拿出纸巾替周梵擦去眼泪："我们女孩子哭就不漂亮了哦。"

周梵吞咽了下喉咙，她揉揉小女孩的头，声音带着哑："姐姐好像把一个哥哥弄丢了啊。"

"有什么要紧呢。"小女孩手不长，但依然伸长手替她擦去眼泪，"弄丢了找回来不就好了吗？"

小女孩说："难道哥哥迷路了吗，要不要报警呢。"

周梵用纸巾抹下手，而后抬手轻轻摸摸小女孩的脸："不用报警的。"

小女孩说："那姐姐快去找哥哥吧，哥哥肯定站在原地等姐姐哦。说不定哥哥会跑过来找姐姐呢，姐姐站在原地就好啦。不要乱跑哦。"

"嗯。"周梵，"谢谢你呀。"

小女孩也露着牙齿笑："我们女孩子就是要笑才好看嘛。姐姐不要再哭了哦，再哭就变成大花猫。"

很快，小女孩的妈妈走过来将小女孩带走。周梵看着她的背影，笑了下，但眼泪很快又滚了下来。

谁会一直在原地等她啊。梁殊择好像都走掉了。

周梵抹了下眼睛，不知道自己怎么就变成只会哭的大花猫。

她想起第一天去西京大学的那次。

她坐在高铁上，后来因为那个阿姨要带小孩，便和她换了座位。周梵便坐到了梁殊择身边。

那时她的耳机跌落，他捡到她的耳机，而后递给她。

她以为那是她和梁殊择的第一次见面，但实则在梁殊择眼里，早已经不是第一面了吧。

那次她抵达西京高铁站，被一个男生扯住书包，那时她以为梁殊择只是恰巧路过帮了她。其实也不是恰巧吧。

以及那么多次顺路，他送她回哪个地方，其实一点都不顺路吧。

哪会一直顺路啊，有的只不过是一直迁就她的人。

周梵用纸巾擦着眼泪，纸巾都要湿掉。

她忽然又想起那次，梁殊择、程子今和她们宿舍第一次聚餐。

车子抛锚，她和李清铭坐上梁殊择的车。

那天在黑夜里,梁殊择倚靠在车边。

周梵要等李清铭,听梁殊择淡淡吐出一句话。

"我也在等你。"

周梵以为梁殊择只不过等了她五分钟,却没想到他等了好几年。

密密麻麻的记忆朝她涌过来,周梵眼泪都要流完。

她又想起那次徐雾过生日,在程子今的别墅里。

那几个人说,梁殊择将恐怖电影换成了普通爱情电影。

所以,梁殊择是不是为她换的?她一直都很害怕看恐怖电影。

记忆一旦连接起来,有时候是很令人心惊的。

周梵眨下眼,这些事情像断掉的珍珠,一旦将它们连接起来,好像就见到她这么些年丢掉的宝藏。

她怎么就遗忘她的宝藏,这么多年。

周梵又想起高三拍毕业照那次,许多人拿着校服在互相签名,场面一度混乱到极致。

她甚至都将她的校服放在操场的栏杆上,等他们签,自己却进教室休息了。

周梵恍惚想起那次梁殊择送她回宿舍,两人谈及校服,他的表情没那么自然。

周梵静了静,几秒后,她叫了辆出租车回家。

出租车抵达小区门口时,她几乎是跑着回家的。

她气喘吁吁地跑回家,跑到卧室,打开衣柜,从最底层抱出一大堆衣服。

她眼尖,一下子就找到校服。

她手有一点点颤抖,呼吸屏住,拿出这件她自从拍毕业照那天签完名后,就再也没看过一眼的校服。

整整一个多后,周梵将校服打开,背面签了许多名。

她揉揉眼睛,一个一个地看。

一分钟后,她咽了下喉咙,在校服角落找到了一个很小很小的签名。

那签名真的太小了,梁殊择真的太小心翼翼了。

周梵几乎哭出声,原来她的校服上,梁殊择是签过名的。

就在她拍毕业照那一天。

记忆交杂又混乱。

413

过去的记忆太多,件件桩桩都将周梵的心脏挤压到一个密闭的角落。

那天在西京大学的体育馆里,梁殊择捡到她的兔子耳坠。

梁殊择问这个兔子耳坠是谁送的,周梵当时答的是陌生人。

于周梵而言,他只是个陌生人。

周梵不知道当时梁殊择抱的是什么样的心情,但要是身份互换,她大抵要哭。

她要是这么喜欢一个人,但那个人只是将她当作陌生人,她是要哭死的。

但梁殊择呢,当时他就只是淡淡地"嗯"了声,而后走出了体育馆。

周梵抱着校服,心脏真的好酸涩。

她第三次想,世界上怎么会有这种人。

好事做尽,却只字不提。

周梵打开手机,手指颤抖地打算拨打梁殊择的电话。

但下一秒,梁殊择的电话就打了过来。

电话还没接通。

周梵唇轻启:"梁殊择,你真的会在原地等我吗?"

说完,周梵接了电话。

静默几秒后,她听到梁殊择极哑的声音。

"你在哪儿,我去找你。"

周梵眼泪瞬间便流出来。

梁殊择没有在原地等她,而是直接过来找她。

她只要在原地不乱跑,他好像就永远在。

周梵忍不住流泪。

她将手机拿离耳边,吸了吸鼻子,没让梁殊择听到她哭声。

顿一顿,周梵手碰上校服拉链,抬眼看着校服上梁殊择极小的签名,鼻音不明显:"我在遂南市。"

"怎么回遂南市了?"梁殊择问她。

过一秒,他声音依旧哑:"又是派出所那事?"

"不是,"周梵很快回答他,"我爸妈叫我回来一趟,没什么别的事。"

她揉下眼睛:"一点小事。"

"是吗?"梁殊择说。

"嗯。"周梵点点头,"我下午就要回西京市了。"

414

"明天周六，"梁殊择顿一下，"你有课吗？"

"没有课。"周梵说。

"那我现在回遂南。"

周梵拿开手机，吸了吸鼻子，然后再靠近手机："嗯，好。"

静一会儿，她解释电影展的事："梁殊择。"

梁殊择"嗯"了声。

周梵极力控制住情绪，不知道为什么，她现在听到梁殊择的声音就很想流泪。

她咽了下喉咙，说："我不是故意不去电影展的，我室友把票给我的时候，我戴着耳机看电影，没听到她说的话。"

梁殊择没出声，周梵便接着说："所以我才没去的，要是知道你把票给我了，"她拨了下校服拉链，吐出一句轻轻的话，"那我肯定会去的。"

静默一小会儿，周梵手指抠着校服拉链，她听到梁殊择很低的一声哂笑："行了，不是什么大事。"

周梵听到梁殊择笑，她却流了一行眼泪。

"嗯。"她很低地说了声，"那我在高铁站等你好吗？"

梁殊择："不用，今天风大。"

"可是我想去高铁站等你。"周梵。

梁殊择尾音上扬"嗯"了声："怎么了？"

"没怎么，我就是想，"她继续拨着校服拉链，顿一秒，说，"早点见到你。"

"噢？"梁殊择不咸不淡地吐出一个字。

周梵抹了抹眼泪，"嗯"了声："所以我在高铁站外边等你。"

"行。"

"那你能快点吗？"周梵认真地说，"你能搭时间最早的一趟高铁吗？"

她听到他懒笑了声："听到声音了吗？"

周梵："什么声音？"

她耳朵贴近手机，听到车厢里特有的温柔女声播报声音。

接着，她听到梁殊择扬着笑的声音。

"我现在已经在去见你的路上了。"他说，"周梵，等我一会儿，好不好。"

周梵"嗯"了声，走出家门打了辆出租车去了遂南高铁站："好，我等你。"

周梵到达车站时，在卫生间的镜子前捣鼓了很久。她很想将红眼圈和哭过一场的痕迹都弄掉，弄了很久，红眼圈不是那么明显了，但依旧是淡淡的一圈绕着，远看是看不清楚的，近看就有点明显了。

梁殊择还有一段时间才到，周梵便打车去了趟市中心的美妆店，用化妆品才将红眼圈遮住。

化完淡妆后，就看不出她曾经大哭过一场的痕迹了。

但这一切功夫在看到梁殊择的那一瞬就全部土崩瓦解了。

周梵坐在出口区域的座位上，看着一大拨人朝她拥过来。她捏紧衣角，心脏像是被绞住，下一秒，她抬眼，一个身形挺拔的男人朝她走近，懒淡地扯着笑。

周梵很轻地眨了下眼，站起来，第一次认真地朝梁殊择走过去，伸出双臂抱住梁殊择，踮脚将下巴压在他肩膀上，眼泪不受控地滴落。她赶紧眨眨眼，想将眼泪倒逼回去。

梁殊择也伸出双手，抱住她的那一刻，他弯了下嘴角，疏懒的嗓音带着点笑："等很久了？"

周梵听了这话，眼泪就滴落到他肩膀。

同时，她感受到梁殊择身体僵了下，而后，他抱她更紧，伸出手揉揉她的头："周梵，哭什么。"

他哂笑一声，低头亲了亲她嘴角，声音又变哑："别哭，好吗？"

周梵其实是不想哭的，谁想哭啊，但她就是控制不住。她被梁殊择抱在怀里，声音哽咽，咽了下喉咙，低低"嗯"了声。

她就是很心疼他，心疼到很想哭的程度。

她用纸巾抹下泪，看到梁殊择在她面前弯了腰，和她平视。

他单眼皮浅淡地撩着，眼尾上挑，嘴角也往上扬一点，嗓音是一贯的疏懒，但又比平时多了很多分认真的意味。

"我以后都让着你，行吗——"他停顿了下，又接着说，"我昨天和今天都有点事，没有收到你的消息和电话。"

周梵心陷下去很多，都到了这个时候，他还在和她解释昨天和今天为什么没回她消息和电话的原因。

却一点都不责怪她为什么不去电影展也没提及昨天去寺庙祈福的事。

周梵在这一刻又知道了，他在玉真寺为她祈福的那张红色彩条，如果不是昨天那个姑娘看见了,梁殊择或许又不会告诉她。

他总是这样,在背后做许多事,多到周梵不敢具体想,但他却一个字都不提及。

他替她祈过福,也替她弄到很难弄的电影展门票,但最后却只说一句解释,为什么没有及时回她的消息和电话。

周梵心都要碎掉,她手环住梁殊择脖颈,闭上眼亲他唇,亲了几秒后,她忽然发现这里人太多。

她停顿了下,抬眼,梁殊择睨着她,低声哂笑:"怎么不继续了?"

周梵拉着梁殊择往人少隐蔽的地方走。

两人路过一个人少的地方,但那里时不时也会走出来一两个人,周梵便继续拉着他往人更少的地方走。

梁殊择却不走了,周梵歪头看他,唇张了张:"怎么了?"

梁殊择反拉了她一把,将她抵到墙上,居高临下地看着她。

周梵忽然被他抵到墙上,脑袋也被他手抵着。

她看着梁殊择,鼻尖又酸了酸,这么好的一个人,她之前怎么舍得那样对他。

她吸了吸鼻子,伸出双手圈住他的脖颈。

短暂的一小会儿后,她听到梁殊择哂笑:"周梵,怎么一碰就哭?"

"才不是因为这个哭。"周梵嗓音带着哑,她踮脚亲上梁殊择的唇,闭着眼第一次主动挑拨他。

梁殊择懒笑一声,给予她带着侵略性的回应。

周梵的唇与舌都被他悉数侵占,他搂着她腰,吻得动情又认真。

周梵微微睁开眼,看到他眼睛是闭上的,漆黑的睫毛根根分明,眼角硬朗,他睫毛碰到她的脸颊,触感分明,让这一幕变得再真实不过。

周梵遂也闭上眼睛,搂住他脖颈,呼吸都要停止,亲吻到脑袋都要缺氧。

最后是梁殊择放开她的。如果他不放,周梵担心她今天会晕在这里。毕竟今天哭过了好几场。

"你能和我说说吗,刚才哭什么。"走出车站,梁殊择侧头问周梵,下颌线流畅硬朗,整个人看起来耀眼出色。

"没什么,"周梵扯了个最表面的理由,"就是很担心你生我的气,以后都不理我了。"

梁殊择又停下脚步，侧头看着她。

"你认真的？"

周梵讷讷："认真的。"

梁殊择牵紧她的手，带她往她最爱的烧烤街走："你以后都不用担心这种愚蠢的问题。"

周梵看了眼他，两人视线交会，梁殊择散漫地补充道："我说的以后，期限特别长，你根本用不着担心。"

周梵下意识问："有多长？"

梁殊择睨了她一眼："到我死的那一天。"

周梵"哦"了声，嘴角抿直，所以他想告诉她，以后都用不着为他会生气而不理她的问题担忧。

他根本不会做这样的事情，甚至，他还将这定义为愚蠢。

"周梵，"梁殊择哂笑了声，"你还要我再解释一遍吗？"

"不用，"周梵说，"我知道了。"

"那你以后还这样？"梁殊择问她。

"哪样？"周梵有点没理解他意思。

梁殊择一贯耐心欠佳，但也将话说完。

"哭。"

他说："以后别哭了，周梵，没什么事值得你哭，也没什么人值得你哭。"

梁殊择看她一眼："我不值得，任何人都不值得。"

周梵被他这句话当场击中。

她又哽咽住，但这次没哭，她抬眼看梁殊择："我能抱你一下吗？"

梁殊择像是有点没反应过来："嗯？"

周梵便伸手抱住他，下巴抵在他肩膀，嗓音被压得有些闷："梁殊择，我好想抱抱你。"

抱现在的他，也抱过去的他；抱那个偷偷给她送兔子耳坠的他，也抱那个闲淡地说等了她很久的他。

"周梵——"梁殊择声音往上扬，有些卡住，"你今天怎么——"

周梵依旧抱着他，但好像认真说来，其实是梁殊择抱住她。

她启唇："我今天怎么了？"

梁殊择将话说完。

"你今天好像有点黏我？"

说完,他笑了笑。

"嗯。"周梵问,"那你想我黏你一点吗?"

梁殊择很久都没有出声,周梵抬眼,梁殊择朝她吻过来。

"可以。"他轻咬了下她嘴角,嗓音干净,尾音拖长。

吃完烧烤到了晚上,周梵忽然提及上次她送梁殊择的礼物。

"你觉得我上次送你的礼物好看吗?"梁殊择生日的那段时间,两人还闹着别扭,都没怎么聊过这个话题。

梁殊择看她一眼。

周梵拉过他的手,看他戴着的腕表,有点小,是那种比较精致的:"真的挺好看的,很适合你。"

梁殊择"嗯"了声:"被人笑话很多次了。"

"嗯?为什么要笑你?"周梵不解地看着他,"不是很适合你吗?我的审美也没这么差吧。"

梁殊择觉得好笑:"嗯,不差。"

"既然他们都笑话你,那你别戴了吧。"周梵抬头看他,"我没关系的。"

梁殊择笑得不行:"嗯,你没关系,我有关系。"

周梵:"你有什么关系。"

"我喜欢。"梁殊择朝她说。

"哦。"周梵偏头笑,眉眼也弯弯的。

想到那个陶瓷杯,她问他:"那你觉得那个陶瓷杯可爱吗?"

梁殊择一时没出声,周梵用手肘轻轻撞了下他:"你想什么呢?"

梁殊择睨她一眼,嗓音比之前寡淡一点:"没想什么。"

"那你觉得陶瓷杯可爱吗?"周梵问。毕竟这可是她亲手做的杯子。

"可爱。"梁殊择说。

"哦,那就行,"周梵弯下唇,"你觉得可爱就行。"

走到红绿灯路口,梁殊择问周梵:"家里是不是没人?"

周梵点下头:"没人啊。"她顿了下,下意识补充,"连邻居都不在。"

"那你会害怕吗?"梁殊择扫她一眼,问道。

"害怕?"周梵应该不会害怕,除了上次有未落网的杀人犯,她觉得害怕,其他时候,她都不害怕。

"害怕吗?"梁殊择瞥她一眼。

"嗯,有点怕。"周梵回答他。

梁殊择和她视线交会下。

周梵嘴唇张了张:"去酒店吧。我今晚住酒店。"

梁殊择"嗯"了声,打的出租车到了。

周梵跟着梁殊择坐进车里,梁殊择说:"去市中心。"

司机应了声"好"。周梵歪头问梁殊择:"那你今晚回家住吗?"

梁殊择:"不啊,我也住酒店。"

周梵眨下眼,歪头看窗外,她拿着手机预订酒店的房间。

半晌,她转头问梁殊择:"那我们是订一间房还是两间房?"

梁殊择睨一眼她:"你想什么呢。"

周梵:"我想什么了?"

梁殊择薄唇轻启:"当然是订两间房。"

"哦。"周梵低头继续在手机上操作,耳朵却红了。

过一瞬,她整个人被梁殊择圈在怀里,她抬头,看到他喉结和下巴。

梁殊择的声音也随之传到周梵耳朵里。

"我不住家里是因为那里很久没住人,没有人打扫卫生。"

周梵点点头,耳朵还是红:"嗯嗯。"

梁殊择捏了下她耳垂,说:"别想歪了。"

李清铭为哥哥李轻临做生意又亏很多钱的事,和他吵了一架回到卧室。手机响了响,她生气地接通电话:"喂,谁啊?"

"我,程子今。"

李清铭现在很烦:"怎么了?"

电话里传来程子今的笑:"你怎么了,这么大脾气?"

李清铭没出声。

"谁惹你了?"程子今接着问。

李清铭翻了个白眼:"你有什么事就说,我现在很烦。"

程子今顿了一秒:"那你能做我女朋友吗?"

李清铭语速极快:"程子今你发什么神经。"

她眨下眼,拿着手机走出卧室,来到别墅外边。

深夜,清风拂过她面颊,李清铭看到面前有朵昙花开了。

"那你愿不愿意啊?"程子今吊儿郎当地说。

李清铭："不愿意。"

她舔了下唇，走到那朵昙花前，隐约听到程子今那边传来嘈杂的酒吧打鼓声。

"行，大家都听见了，人家姑娘不愿意，开始下一局吧。"

过了几秒，她听到电话里不再传来鼓声，估摸是程子今大概走到了外边。

"哦，玩游戏呢。"李清铭说。

"你别说了，今天我就没赢过一局。"

她听到打火机的声音，以及呼啸的风声和打雷声。李清铭咂下嘴："活该。"

"不过你今天怎么了，真心情不好啊。"程子今抽着烟。

李清铭："没，本来心情不错，接到你电话心情就不好了。"

"不是吧，"程子今混笑了声，"李清铭有你这样的？"

"嗯啊。"李清铭蹲在路边，手轻轻拨着昙花，"你有意见啊。"

"没。"程子今笑了声，"我刚刚还担心，你一冲动就答应我了。"

李清铭："那你的想象力未免太丰富。"

两个人又扯了会儿。

程子今忽然问："那天周梵真没去电影展啊？"

李清铭走回家，李轻临恰好出门，她看也没看他就坐到一楼大厅。

"梵梵又不是故意不去的，她那个时候戴着耳机看电影，正入迷呢，我跟她说了，她没听到。"

"哦，是这么回事啊。"程子今若有所思，"那你怎么不多说几次，那天不是下很大的雨吗，择哥等了周梵很久，回来后还去了趟医院。"

程子今"啧"了一声："是真爱。"

"我回家了呀，我家里有点事，忙不过来——"李清铭顿了顿，"他淋雨了，感冒了吗？"

说完她又怼一句程子今："不像你，三天两头换女朋友。"

"得了，你夸他就夸他，别连带着损我。"程子今笑一声，"还有，我这是自由恋爱行吗，到你嘴里就变成了乱搞。"

李清铭："你乱搞也不关我的事。"

"嗯，行。"程子今像是站了起来，"那我回酒吧了，挂电话了。"

李清铭看着电话页面，一秒后，程子今将电话挂了。

她站起来，看了眼窗外，给周梵拨了个电话。

"梵梵，你在宿舍吗？好像打雷了，宿舍没人你是不是怕啊？要我回去陪你吗？"

李清铭听到电话里周梵由远及近的声音。

"嗯，室友打来的——清铭啊，我没在宿舍，我和梁殊择在一起呢，我们这边没打雷。"

"哦，那好。"

两人聊过几句后就挂断。

周梵将手机放到口袋，恰好出租车到了酒店，她下车，忽然记起她没带换洗衣服。

"你还带了行李箱来啊，"她看着梁殊择拎着个行李箱，下意识打趣地问，"是打算在这儿长住吗？"

梁殊择哂笑一声："什么长住，就带了个电脑和一点衣服。"

两人往酒店走去，酒店旁边有商铺。

周梵被梁殊择牵着，她抬眼看他："你等我一会儿，我去买几件衣服。"她看了眼商铺："我没带换洗的衣服。"

"嗯，行。"梁殊择偏头看她，"你一个人去？不用我陪吗？"

周梵什么衣服都没带，她顿一下，说："你在这儿等我吧，我自己去买。"

梁殊择揉下她脑袋："嗯。"

周梵去对面的商铺。

她走进一家内衣店，买完后走出店，忽然外边下起了不小的雨。她用手挡住头，扫了眼前面的商铺，都是一些卖零食的店，没有卖衣服的。

雨越下越大，她踟蹰了会儿，对面市中心那一片肯定有衣服卖，但下这么大的雨，她很想回酒店了，况且网上购买也能配送到酒店。

她抬眼，看到梁殊择撑着伞走过来。

但网上配送没这么快，估计明天早上才能送到。

她躲进梁殊择的伞下，有点不好意思地问他："你有多的衣服吗？我能借你的穿一晚上吗？"

梁殊择哂笑了声："你想穿我的衣服啊？"

"嗯。"周梵点下头，"我们现在回酒店吧，雨好大，我懒得去实体店买了。但是在网上买，明天早上才能送到。所以我就想借你的衣服穿了——"

422

她抬眼，"你要是不愿意的话，我现在去对面买新衣服吧。"

下一秒，梁殊择牵过她的手，往酒店走。

"谁不愿意了，"他笑，"你能不能别自问自答？"

"那我不是怕你不愿意嘛。"周梵说，"你的衣服都挺贵的。"

开了房，拿到房卡，两人乘电梯上去，在第十一层。

"周梵，"梁殊择偏头看她，"你脑袋里怎么会有这么多奇怪的问题。"

"哪儿奇怪了？"周梵笑了下。

"奇怪。"梁殊择说，"一件衣服值几个钱。"

周梵家境虽然也富裕，但到底比不过梁殊择家。他高二送她的兔子耳坠是联名限定，价格高得离谱，她不识货，当时还以为这耳坠顶多就十几块，才敢心安理得地一直戴着。

上次他送她的项链也是，周梵一看那个品牌就知道价格肯定离谱。

"嗯，"周梵说，"还有啊，你以后别送我那么贵的礼物了。"

梁殊择："哪儿贵了。"

周梵睨了他一眼，手机忽然响了下，她垂眼看，是陶瓷作坊的老板打过来的。

她接通电话，老板说现在陶瓷作坊做活动，她是老顾客，现在过来做陶瓷很划算。周梵谢绝后挂了电话。

她朝梁殊择说："你生日我不是去陶瓷作坊做了个陶瓷杯嘛，那个老板刚刚给我打电话说现在过去做陶瓷很便宜，"她挠下头发，"但做陶瓷太累了，我那天下午只做了你那一个，都把我累得半死。"

"你那天只做了一个陶瓷杯吗？"梁殊择稀松平常地问。

"是啊！"周梵现在都觉得手臂泛酸，"我就给你做过，然后给我爸爸做过，就你们两个人。我以后还是直接买礼物好了，做陶瓷太费力气了。"

"哦，还挺巧的，那天我在景然镇，碰到谢衍哥哥了。"她朝梁殊择弯唇，"他好像做到很晚才回去。"

梁殊择哂笑了声："这样啊。"他睨眼周梵。

"嗯。"周梵看着他，忽然梁殊择凑过来吻住她。

她一时没反应过来，嘴唇被他吻着，说话都含糊："怎么连招呼都不打就亲人啊。"

她被抵到电梯角落，顺势圈住他脖颈。一小会儿后，梁殊择替她擦了擦嘴角，懒倦地笑了声："不好意思啊，没忍住。"

423

电梯抵达第十一层。

两人走出电梯，周梵拿着房卡去了1109房间。

梁殊择的房间在隔壁，1110。

周梵进到房间，先将新买的衣服下过水，而后烘干后，她去梁殊择房间拿衣服。她敲了下门，等了好几分钟，房间的门才被拉开。

她抬眼，梁殊择刚洗过澡，头发没干，水珠滑过眉梢，单薄的眼角有水珠缓慢掉落。他掀起眼皮看她，朝行李箱那儿抬了硬朗的下颌："衣服在那儿，你自己选。"

"嗯。"周梵看一眼梁殊择，蹲在他行李箱边随意选了件灰色的T恤，她扬了下衣服，"这件行吗？"

梁殊择缓慢擦着头发，吐出一个字："行。"

"那我就先回去了。"周梵拿着衣服往门口走，身后梁殊择又叫住她。

周梵偏头看他，原本还在擦头发的人不知道什么时候站到她面前，而后低下头吻她。

周梵一下子没站稳，整个人滑到长沙发里。梁殊择揽住周梵，她怔了一秒，站起来没看清，嘴唇吻到他喉结。

她眼睛微微睁大一点，梁殊择低低笑了声："怎么亲那儿？"

周梵低头，唇覆过他喉结，而后收回唇，她又坐到沙发上，偏过头，嘴唇还红着。

梁殊择弯腰，盯着她。

他视线带着蛊惑，嗓音却比平时淡一点。

她看着他嘴唇动了动："周梵，再亲一次。"

周梵怔了一秒，而后梁殊择便弯腰吻她唇。

周梵手撑在沙发上，他这次吻得很有攻击性，她一次次后退到沙发最里边。

她始终被梁殊择搂着腰。结束这个吻，周梵去自己房间洗澡。

洗完澡后，她穿上梁殊择的衣服，灰色的，她穿着到大腿，刚刚好，像裙子。

第二天早上，网购的衣服才送到。

第十五章

/

别怕，我在

今天是遂南一中放月假的日子，周梵忽然想去一趟那个高中女孩家里。

粥店，两人在吃早餐。

周梵说："我上次不是和你说过吗，那个女孩的事。"

虽然她只说了一半，说了那个女孩被张盛纠缠的事，没说她高中被纠缠的事。

梁殊择抬眼，"嗯"了一声。

"要不我们明天再回西京市吧，我待会儿想去看一下她。"

梁殊择还没说话，周梵便又添了句："我们一起去。"

她不想再让他觉得，他好像永远也参与不进她的生活，明明是这么亲密的人，却有很多事都不告诉他。

她不想再这样了。

顿了几秒，她抬眼，见梁殊择扯起嘴角，说了声"好"。

到了女孩家的小区后，梁殊择在底下等，周梵事先和女孩说了声，她到楼上的时候，女孩刚放学。

周梵和女孩聊了会儿天，两个小时后，她下楼，看到梁殊择。

两人视线交会下，梁殊择走过来伸出手："怎么了？"

"没什么，"周梵牵着他的手，"我们回酒店吧，我昨晚没睡好，想再多睡会儿。"

梁殊择揉下她头发："嗯，现在回去。"

晚上，天空起先划过几道闪电。

周梵是真的害怕雷声，因为周峪嘉出车祸那天是个雷雨天，从此她便对雷声有了阴影，高中以前都是没有的。

雷声一旦响彻云霄，她就自动回忆起那天，那些不好的情绪就会涌出来，好痛苦。

"周梵，开门。"

伴随着闪电，门外响起一道声音。

周梵穿着拖鞋去开门，梁殊择站在门外。此时天空响起一道炸雷。

梁殊择伸出双手，周梵被他抱在怀里。

她耳朵被他捂住。

"别怕，我在。"

周梵点了下头，脑袋蹭在他怀里，感受到他身体的温度，心稍微安定一些。

外边雷声仍旧很大，今晚注定是个雷雨夜。

心底恐惧攀升，她可怜巴巴地抬眼看梁殊择："我真的很害怕，你今晚能睡在我这里吗？"

"嗯。"梁殊择将门关上，牵着她走到床边。

周梵踩着的拖鞋发出声音，伴随外边的闪电，梁殊择走到窗户那儿，将窗帘拉紧，又折返到她身边，撂下一句话，让人很安心。

"睡吧，我在这儿。"

周梵脱掉拖鞋上床，她拉着梁殊择的手："你和我睡一张床好不好？"没等梁殊择出声，她摇摇他的手，"你不要介意，我不会对你做什么的。"

梁殊择哂笑出声："行。"

他将灯关掉，房间便陷入一片黑暗。周梵安静地躺到床上闭上眼，待梁殊择上床后，她将被子拉过去："盖好被子。"

她听到梁殊择"嗯"了声，两人不是紧挨着，中间隔了段距离。

雷声没再响起，周梵平稳地呼吸着，房间里只有空调低频率运作的声音，除此之外，静得出奇。在一片安静中，她忽然侧过身看着梁殊择。

同时，梁殊择开口："你不是说不对我做什么吗？"

周梵侧身抹下头发："那牵手都不行吗？你没有牵我的手啊。"

梁殊择低笑了声，是真觉得离谱，声音比以往都低沉："我们现在在床上，周梵，你还让我牵你的手——"他在黑暗里滚动下喉结，"是不是太看得起我的定力了？"

话音刚落，一道炸雷响起，响彻半边天。周梵下意识往梁殊择那边靠，她捂住自己耳朵，下一秒，她整个人被一只手带到他怀里。

她脑袋靠在梁殊择怀里，他的手越过她身体，紧紧拥着她，像一座安全的围城。

炸雷没完没了地响，周梵闭上眼，手像是没地方放。最重要的是，她觉得抱着梁殊择睡觉很舒服，很有安全感。

雷声停了会儿，她开口："梁殊择，我能抱着你睡觉吗？我的手没地方放。"

梁殊择："我刚刚说什么。"

周梵"哦"了声，转身，背对着他。

梁殊择的手揽着她，她顺势抱着他手臂，她能感受到他滚烫的体温。

梁殊择不再出声，雷声也渐歇，周梵抱着他手臂很快睡着了。

梁殊择滚动下喉结,睁着眼,房间里太安静,窗帘质量不太好,有部分浅淡的光源泻在地板上。

他撩了撩眼皮,周梵背对着他。

很热,梁殊择轻轻扯了下被子,周梵好像在睡梦中感知到,翻了个身,面对着梁殊择,嘴唇动了动:"安静点。"

梁殊择眼睫动了动,看向她。

她已经睡着,刚刚应该是在说梦话。她眼睛紧闭,眼睫又长又弯,鼻梁挺着,光影流泻在她脸上。

梁殊择抬手,轻轻拨了下她眼睫。

周梵没什么反应,一动也不动。

几秒后,梁殊择抬手圈住她,吻了吻她眉心。

他手抚着她乌黑的头发,感受着她头发真实的触感,眼始终掀着,像是担心下一秒她就不见了。

他想起高三下学期那个下午。

那是个阳光明媚的好天气,他刚参加完一场计算机大赛,少年意气风发,提笔写信时,眉眼都写满少年气。

用中文写下一整张,最后一行是高三(7)班梁殊择。

字迹并不潦草,每个字都写得认真。但最后这封信并没有窥见天光,以至于成为他心结。

梁殊择继续轻抚着她发梢,眉眼锐利,带有攻击性。

他不知什么时候睡着的,醒来也是在黑夜里。他睁开眼,看到怀里的她,又吻了吻她的眉心。

第二天,周梵醒来时睁眼,发现梁殊择的手昨晚一直被她抱着。

微光融进房间,她看到梁殊择手臂上的青筋,往上,她看到他笔直凌厉的下颌线。

"周梵,你昨晚一直抱着我睡。"梁殊择忽然出声。

"啊,可能是不小心的吧。"

梁殊择:"我还没说什么,你就急着撇清了?"

周梵笑了下,亲了亲梁殊择的手臂,梁殊择就没出声了。

程子今闲着无聊,给李清铭拨了个电话。

"喂,李清铭。"

"干什么，我在写作业。"

程子今："我想问你一件事啊。"

"什么事？"李清铭说。

"那个，你写什么作业啊？出来玩吧，大学生写什么作业。"

李清铭"啧"了一声："你说话怎么就这么难听呢。"她顿一下，"我问你一件事呗。"

程子今："什么事？"

"你认识杨真漾吗？"李清铭问。

程子今："我知道她，人家姑娘是遂南一中女神。"

"那梁殊择之前喜欢过她？"李清铭问。

程子今笑："怎么可能啊，择哥怎么可能会喜欢过她，不可能的。"

"可是她和梁殊择不是高中同班同学吗？产生感情也很正常，而且她不是你们遂南一中女神吗？"

程子今："同班同学怎么了，反正这就是一件绝不可能的事，你别把周梵带入误区了——周梵不会已经被你带入误区了吧？"

李清铭停顿一下，说："怎么可能，没有的事。"又含糊地说了几句，她便挂断了电话。

周梵和梁殊择是坐的下午五点的高铁列车回西京市。

坐在座位上，周梵想起那次开学，两人因她去派出所没告知他的事闹不愉快，好像也是坐的这趟车。

想到这儿，她歪头朝梁殊择说："其实我没告诉你一件事。"

梁殊择侧头看她："什么？"

"就是，你生气的时候，其实还——"周梵，"挺可爱的。"

梁殊择呐笑一声："周梵，你怎么总是用这个词形容我。"他凑过来，打了眼她，"可爱是什么意思？"

周梵蹦出一句话："就是可爱啊。"

"可爱，就是可以爱上的意思。"梁殊择顺着她的意思，侧头看着她，"那你可以爱上我了吗？"

周梵闻言看向梁殊择。

他坐在靠过道的那一侧，日光顺着窗涌进，他眼皮很薄，漆黑的眼珠睨着她，模样傲慢又冷践，像高高在上的人不屑一顾她的答案。

但同时,他连给她校服签名占用的区域都是最小的。

她始终记得,梁殊择的签名在衣服右侧,一块很小的区域写着"梁殊择"三个字。

她半晌才找回自己的声音。

很久以后周梵都记得这一幕。

车厢广播里温柔的女声说下一站即将抵达沉糖站。

周梵记得这个站点,在她第一次去西京大学时,那个阿姨就是在这一站与她换位置,将她换到梁殊择身边。

沉糖站。

她记得的。

车上说话的人声不多,只有持续在播报的女声——

以及周梵回答的声音。

那一刻她心脏好像被他的话撞中。

"可以。"

过了几秒,她偏头看梁殊择:"那你觉得我——"她觉得有点难以说出口,但她还是想问,"可爱吗?"

很不巧,梁殊择电话突兀地响起来。

周梵在一瞬间觉得这个问题其实挺幼稚的。

梁殊择接完电话,她也不想再问这个问题了,遂闭眼睡着了。

下了车后,梁殊择轻松拎着行李箱往出口走,周梵去了卫生间。

她在卫生间里洗手,走出卫生间不久,她遇上一个拿着摄像机拍摄的男人。

"你好,请问可以采访你一下吗?"

周梵滞缓一秒,正甩着手上的水,忽然肩膀被人揽了下。她抬眼,梁殊择按住她肩膀,将她往怀里带。

他问:"什么采访?"

梁殊择比周梵高二十厘米,她一米六五。

她轻轻翘趄着被他圈在怀里,侧眼看到他精致凌厉的下颌线条。

周梵其实很少被人这样保护过。

爸爸妈妈都没有,周峪嘉就不想提了。

拿摄影机的男人眼睛亮了一瞬。

"请问你们是情侣吗?"

周梵点头:"是啊。你要采访我什么啊?"

男人:"我能采访你们两个吗?"

他扫了眼摄像机,又看了眼梁殊择,梁殊择没什么表情,整个人看上去攻击性比较强,他便问周梵:"你可以帮我问下你男朋友吗,我可不可以采访你们。"

"哦。"周梵抬眼问,"你想吗?"

梁殊择和她视线交会下:"可以。"

"好,那我问了,两位既然是情侣,请问你们可以用一个最准确的词形容对方吗?"

"啊?"周梵没想到是问这种问题,她绞尽脑汁,在心里思考形容梁殊择的词。

半晌,摄像机的镜头一直对着她的脸,她看了眼梁殊择,随意说了个词,她自己都记不清了。

但她记得梁殊择说的。

当摄像机对着梁殊择时,他哂笑了声,将周梵圈在怀里,偏头看她一眼,嗓音泛着点倦懒:"可爱。"

在梁殊择的认知里,可爱好像就是可以爱上的意思。

回西京大学的路上,周梵杵着下巴还在想那个采访。

忽然收到李清铭的消息:梵梵,梁殊择以前没有喜欢过杨真漾,你别被我带偏了!程子今说得很肯定。

周梵弯下唇,回复李清铭:嗯,我知道了。

提起杨真漾,周梵又想起告白信的事。

而梁殊择口里的告白信,难道就是兔子耳坠那一封吗?

她想了想,她只收过这一封。

梁殊择坐在她旁边,偏头看她:"你在想什么?"

周梵撞上他眼神,弯下眼角,拉着他的手:"我想,我们晚上一起吃饭好不好?"

梁殊择揉下她头:"行啊。"

周梵翘起嘴角,将脑袋靠在他肩膀上,忽然说:"梁殊择,我真的好喜欢你。"

梁殊择扯了下唇，将她拥到他怀里："知道了。"

西京大学的学生随后便迎来为期七天的国庆假期。

尽管前两天才匆匆忙忙回了遂南市一趟，但假期毕竟有七天，周梵还是想回家住，而且周峪嘉国庆也放长假。

国庆假的前一天，她给梁殊择拨了个电话，问他国庆回家吗。

梁殊择："你想回家？"

周梵"嗯"了声："有点想家了。"

梁殊择"哦"了声："这么恋家。"

周梵笑了声："也不是——"

话还没说完，梁殊择便慢悠悠地说："那以后我们就在遂南，不到别的地方去了，行吗？"

周梵眨了下眼："我话还没说完呢，我其实还挺想去京北的。"

遂南和西京虽然算是大城市，但到底不及京北。

而且梁殊择这种人怎么可能会一直在遂南市。

"都行。"梁殊择说。

"嗯？"周梵说，"都行吗？"

梁殊择像是走在外面，手机里传来不断的风声，他声音随着风声传到周梵耳朵里。

"嗯，周梵，都行。"

"那你没有别的想法吗？关于未来。"周梵问。

"有啊，"梁殊择吐出一句话，"关于你。"

周梵怔了一秒，说："我没说这个。"

"噢，那你说哪个。"他扯着懒笑，"除了这个，我就没别的了。"

周梵提醒他："我说的是学业方面，没让你说其他的。"

"噢。"梁殊择说，"学业方面倒是没什么。"

周梵扬下眉梢："怎么可能。"

梁殊择说："我是个没什么追求的人。"

周梵听到这话，笑道："你这也叫作没追求？"她一字一顿，"西京大学的高才生。"

"行了，周梵，"梁殊择懒散地笑，"那国庆我们就回家？订一号的票？"

"嗯。"周梵问，"你国庆原本是不是没打算回去啊，感觉我好像打乱你的计划了。

"如果你不想回去,我一个人回去没问题的,我挺不喜欢打乱你的计划的。"

周梵绞了下手指,她这个人一向挺担忧扰乱别人的计划。她也不喜欢因为她自己的事情,而让其他人受到影响,哪怕这个人是梁殊择。

"说什么呢,"梁殊择说,"你不就是我最大的计划?"

周梵咽了下喉咙,停顿一下:"这样吗?我第一次听你这样说。"

梁殊择:"那你记好了,我只说一次。"

顿了几秒,她听到梁殊择说:"周梵,你就是我最大的计划。"

周梵盯着空气里某个虚无的焦点,半响才反应过来他的意思。

他好像在告诉她,不用担心扰乱他的什么计划,因为她就是他最大的计划。

周梵偏下脑袋,后知后觉地翘了下嘴角。

"还有那件事,"梁殊择说,"我还得和你说几句话。"

"什么事?"周梵很快理解了他的意思,"那个女孩子被骚扰的事吗?已经解决好了啊。"

她顿了下:"梁殊择,我不想再因为这个事,和你吵架了,我们能不能别讲这个事了。"

梁殊择扯了个笑:"那叫吵架?不是你单方面冷着我?"

"有吗?"周梵说,"是你生气了好吗!我不想火上浇油,而且明明是你先不理我的。"

梁殊择:"你见哪个生气的人会一直牵你的手?"

周梵:"那你那天既然没生气,为什么不理我了?"

梁殊择笑道:"我哪儿不理你了,周梵,我不是一直牵着你的手?"

"哦,好吧,那你的意思是,如果你以后生气,就不牵我的手了吗?"

梁殊择哂笑出声:"你想找我打辩论呢?"

周梵也笑:"那我们别讲那个事了吧,面对那样的事情,我就是没办法袖手旁观。"

"没让你袖手旁观,"梁殊择说,"所有人面对那样的事情,都不会袖手旁观——你做得对,但是周梵……"

他长久地顿了下,周梵呼吸都跟着他话音停顿而静止。

一会儿后,她听到梁殊择说。

433

"我想象不到，如果你发生危险，我会是什么反应。"

周梵心脏重重地跳动。

"所以以后，这样的事情都交给我处理，"虽然他声音稀松平常，但有绝对的说服力，"我应该不会让你失望。"

周梵良久之后才"嗯"了声。

她眨眨眼，看外边在电线杆上扑腾的麻雀，又回复一句："好。"

国庆节第一天，两人回到遂南市。梁殊择送周梵回家，下午五点多，在小区门口，他非得让周梵亲下他才放人走。

周梵乐得不行，亲下他喉结就往家的方向走，几秒后又被梁殊择拽回来，两人亲了好一会儿才分开。

回到家后，周峪嘉问周梵晚上去不去逛街，他忽然觉得上次给周梵的生日礼物没选好，想换个好一点的。

周梵："你生日快到了？"

周峪嘉"嗯"了声："想着法子提醒你，幸好你的领悟能力比较强。"

周梵心情极好，便带他去市中心。

两人进了家鞋店，周峪嘉在那儿左看看右看看，周梵拿着手机坐在沙发椅上和梁殊择聊天。

两个人都极度快乐，嘴角都没下来过。

挑了大概有十分钟，周峪嘉走到周梵面前："姐，去下一家吧，这一家没喜欢的。"

"嗯，行。"周梵起身，出店门时，周峪嘉脚步忽然停下了。

"哟，这不是周峪嘉吗——姐姐也在呢。"

周梵抬眼，看到一群红毛黄毛，她认出这几个男生是张盛手下的人，以前和周峪嘉同班，现在都在职校上学。

"姐姐，"一个黄毛走到他们面前，"张盛以前让我们给你送过那么多封信，你好像一封都没有收呢。"

周梵抬手让商场巡视的保安叔叔过来。

周峪嘉很凶，连骂了几句脏话。

一个红毛说："追姐姐的人多，写信的人也多，姐姐当然看不上张盛了。"

保安叔叔正往这边走。

周梵觉得他们这话莫名其妙，明明除了梁殊择在高二上学期给她送过一副兔子耳坠后，就是下学期张盛给她送那些乱七八糟的信，除此之外，哪还有人给她写过什么信。

黄毛摆摆手："就是单纯聊天啊，叫什么保安。"

红毛说："是啊，姐姐高二下学期的时候，张盛不是叫我们去送信？我看到一个男生往姐姐抽屉塞信。"

周峪嘉挑眉："他不是和你们一伙的？"

保安叔叔到了，将这几个人驱散开，周梵和周峪嘉换了家鞋店。

红毛还在后头喊："下次见啊，姐姐。"

周梵："晦气。"

周峪嘉没了挑礼物的心思，两个人打车回了家。

回家路上，周峪嘉说："姐，你高二下学期时除了张盛那个浑蛋写信给你，就没别人写信给你了吧。他们嘴巴欠，肯定是在瞎说。"

周梵："应该是吧。"梁殊择的兔子耳坠是高二上学期送的，下学期就张盛那拨人总是给她写一些匪夷所思的信。

她起先看过一封，上面写着问她放学去不去 KTV 之类，偏偏用黄色信封包着，其实里面就一张字条。

周梵想起梁殊择给她的兔子耳坠，里面也有个黄色信封，从外表看还差不多，只是梁殊择的更精致漂亮一点。

从那以后，她就将那些信全部撕掉了。

她确定地点下头："是瞎说的。"一小会儿后，她就没将这事放心上了。

十月四号那天下午，周峪嘉去上学，周梵出门和梁殊择一起看电影。

挑电影的时候，周梵看着梁殊择，忽然问："你怎么知道我不爱看恐怖片的？"

梁殊择抬眼："你不是连雷声都怕。"

周梵笑出声，最后梁殊择挑了个爱情电影。

电影很平淡，周梵却看得认真，梁殊择像是强打精神陪着她看。

但到底还是睡了一小会儿。

睡着前，电影大银幕放到男主角给女主角告白，他撩了下眼皮，一会儿后便睡着。

梁殊择又梦到高三下学期给周梵写信的场景。

他和周梵在一起后，就经常梦见这个。梦了不知道有多久。

"梁殊择，"他抬眼，周梵冲他笑，"电影结束了，我们回家。"

他懒懒散散地扯了下唇，眼前人眉眼弯弯，他终于从过去的噩梦中醒过来。

面前的女孩忽然凑过来，趁着电影还没彻底结束，电影院都是昏暗的，她唇覆上他的唇，良久，直到电影彻底结束，昏暗的一片变成亮如白昼。

周梵亲完后，说道："谁叫你不看电影的啊，被亲蒙了吧。"

梁殊择"嗯"了声，拉着她又亲了片刻，电影院白色的光好像那年他站在她教室门口时候的日光。

只是不一样的是，他暗恋的女孩终于在身边。

走出商场，天空漆黑，远方乌云沉闷，看起来像是有场雨要下。

周梵被梁殊择牵着手，唇始终弯着，梁殊择的车开进小区里，直接停在周梵家门口。

车里开着音乐，是独属于粤语歌的缠绵悱恻。

> 曾多么想多么想贴近
> 你的心和眼口和耳亦没缘分
> 我都捉不紧
> 害怕悲剧重演我的命中命中
> 越美丽的东西我越不可碰——

周梵坐在副驾驶，看着车停住，歌声继续响着，下一秒梁殊择就解开安全带朝她吻过来。

她安全带都还没解开，能活动的范围比较小，她闭上眼，几乎动弹不得，就被梁殊择那样亲吻。

她觉得这次的吻很重，不是以往那种轻轻柔柔的吻，而是夹杂着干净情欲的吻，但好像又还不止这么多。

周梵被梁殊择压着，眼睛紧闭，她感受到他这次所带的侵略性和攻击性，像是要把她悉数侵占。

梁殊择的大手圈住周梵的手腕，她承接着他全部的气息和占领。

以往两人的接吻最多仅限于此，周梵以为这次应该也就是嘴唇碰着，舌尖缠绕。

但她没想到，过了几秒，梁殊择从她身上起来，她睁开眼，看到他抬手关掉了音乐。

周梵手指被他捏着，她看着他。

梁殊择又朝她凑过来："继续。"

周梵舔了下唇，耳垂红得不像话，胸口也重重起伏，她又重新闭上眼。

眼睛陷入一片黑暗，右耳忽然响起一道声音。

"睁开眼睛，看着我。"

周梵睫毛颤了下，缓慢掀开眼。梁殊择近在咫尺，五官清晰而硬朗，两人靠得很近，她看到他漆黑的眼睫。

她低低地说："梁殊择，我不想睁开眼睛。"周梵到底有点难为情。

话音落下，梁殊择忽然抬手圈住她手腕。

周梵手腕被他拿住，他没使什么力气，很轻松地就圈住她。

"不想睁怎么行。"梁殊择凑近她。

周梵下意识又闭上眼，下一秒，梁殊择的唇覆上来，却没有接吻，他只是轻轻摩擦着她嘴唇，始终不攻进去。

周梵感受着他嘴唇摩擦她嘴唇，带来若有似无的轻微触感，耳朵却比任何时候都要红，腿几乎要软掉。

"周梵，你不睁眼，怎么看得到我。"梁殊择声音寡淡，继续摩擦着她嘴唇。

周梵真是受不了这种若有似无的轻微触感，两人唇瓣摩擦来摩擦去，却始终没有接吻，她整个身体都要软掉了。

于是她被迫睁眼，睁开眼的那一秒，梁殊择就将舌探进她嘴里，轻扫过唇边。周梵的手依旧被他圈住，她整个人好像都被他困住。

血液直线上升，她马上闭眼。

梁殊择又退出来，继续抵着她唇瓣摩擦。

"周梵。"

他将她名字咬得很轻很欲，像是夏天里最后那抹橘调的余晖，但又像冬天里刚伸出又缩回的手，带着欲望的味道。

周梵要崩溃掉，她脑袋都宕机。

她不说话，主动将舌尖探进他嘴里，但他没让她进去。

周梵声音低低："为什么不让我进去？"

梁殊择轻轻咬了下她唇瓣："周梵，睁开眼睛。"

"我想看你睁开眼睛。"

周梵心理防线被他弄乱，睁眼就睁眼吧。

她睁开眼，两人舌尖便互相缠绕，情愫瞬间像放烟花那样积累起来。

周梵睁眼看着他，看到他高挺的鼻梁，以及那双漆黑的眼。

她好像陷进去。

下一秒，梁殊择舌尖又探进来，周梵抓着他的手，身体早就软掉了。

明明两个人身体都没怎么接触，只是接个吻而已，但周梵感觉她和梁殊择现在好亲密。

接完这个和平时都不一样的吻，周梵身体都冒汗了。她身体很软，坐在副驾驶上，看着梁殊择又伸出手，将她安全带解了，抬眼说："去后面好吗？"

周梵被梁殊择带去后座。

她脑袋抵在梁殊择怀里，一抬眼就看到他硬朗的下颌。她揉下自己的脸，说："怎么感觉你今天和平时很不一样呢。"

"怎么不一样？"梁殊择懒散地扯唇。

周梵的手被梁殊择拉着，她看到她手腕有点红，伸给他看："我手腕都被你弄红了。"

梁殊择："什么时候？"

"就刚刚啊，"周梵声音有点轻，"接吻的时候。"

"哦，"梁殊择垂眸看她的手腕，轻吐出一句话，"是都红了。"

"嗯，但是你没怎么用力，我知道，"周梵揉揉手腕，"是我皮肤太薄了。"

梁殊择睨她，哂笑了声。

周梵扫了眼手机："那我现在回家了，有点晚了。"

梁殊择"嗯"了声，抬手揉了下她头发："晚安，周梵。"

"嗯。"周梵抬手将车门打开，下车时腿发软，有些没站住，过一秒才站稳。她有点尴尬地揉下脸，回头看梁殊择，他视线和她交会，嘴唇动了动："下次会轻点。"

周梵羞死了，往家的方向走，几分钟后到了家里。

到家里后，她去照镜子，看到她嘴唇右下方被咬破了一点。她手摸了摸嘴角，在镜子上用水雾写下几个字。

很模糊，看不清，写完一个字，前面那个字就消失掉。但周梵不仅是用水雾写的，也是用心写的，所以字迹消失也没有关系。

梁殊择，好喜欢和你接吻。

晚上，周梵接到高中一个朋友的电话，说高中班长弄了个班级聚会，时间定在6号，问她来不来。

周梵订的车票是7号的，想着和高中班上很多人都没有再见过，见一面也挺好的，便答应去参加同学会。

没想到梁殊择5号那天临时有事得回一趟学校，事情来得有点急，他5号就得回西京市。

周梵和他说了，叫他不用担心她。梁殊择本来还想忙完就回遂南市找她，周梵说不用那么麻烦，她7号直接坐车回去就行了。

5号那天上午，周梵送梁殊择去高铁站。

6号下午，周梵去参加同学会。同学会的地点定在一家烧烤摊，她和梁殊择提了一嘴。

周梵和高中的朋友一边吃烧烤一边聊天，聊起上大学发生的事，然后又聊到有没有交男朋友。周梵笑眯眯地听着朋友分享他们的爱情故事，最后大家又问起她有没有谈恋爱。

周梵语气很温柔："谈了。"

"哇，是谁呀，能拿下你这个大美女。"其他人起哄。

周梵说出梁殊择的名字，其余人眼睛都睁大。

"是学长吗？"

"梵梵，你和梁殊择学长谈恋爱了啊。"

"是遂南一中的梁殊择？"

周梵点点头，被这么多人一起问，她倒也坦荡，毫不扭捏："嗯，是他。"

其余人起哄得不行，个个都惊讶。

毕竟梁殊择那会儿在遂南一中，可真是个人物。

但周梵十分好奇，因为她高中时真没听说过他的名字。

她问："你们以前都认识他吗？高中就认识了？"

有人问："梵梵，你高中不认识他吗？"

周梵说:"大学才认识的。"

其他姑娘的声音此起彼伏。

"还以为你们高中就认识了。"

"梁殊择在遂南一中真的很有名气啊。"

"好多人暗恋他呢,和他表明心意的也有很多,他都给拒了。"

"是的是的,我知道,我和你们说啊,我看到过梁殊择拒绝杨真漾呢。就杨真漾,你们知道是谁吧,大美女一个。"

同学会上八卦永远最多,也最招人谈论。其余人反应都很高涨。

"我天,杨真漾还被梁殊择拒绝啊。"

那姑娘继续说:"是啊,我亲眼看见的,梁殊择当场就拒绝她了,但还是给杨真漾留了面子的。虽然拒绝了她,但也没让她难堪。"

"哇,这样的男生不多了,现在好多男生仗着自己长得帅,拿女孩子的心意当成谈资。"

"是的,梁殊择要是拿女孩子的心意当谈资,那他嘴巴都要讲干啊,喜欢他的女孩那么多。"

周梵被这句话逗笑,最后大家的讨论点又回到她身上。

"那真的是很羡慕梵梵哎,有这么个男朋友真的很幸福吧。"

"是哎,羡慕!"

周梵笑了下:"没关系啊,你们也会找到最合适和最喜欢的人。"

"哎,梵梵——"有人开始八卦。

"那你们是谁先告的白啊?谁先喜欢上谁?"

周梵想了想,迟缓几秒,说:"我吧,我先喜欢上他。"

众人都点点头:"我觉得也是,梁殊择那种人应该不会先喜欢上女生,应该是要女生来追他。"

几个人又讲了句,纷纷同意。

直到桌上的一个女生忽然说了句:"可是梁殊择先给你写信的。"

周梵抬眼看向那个女生,以为她说的是高二上学期兔子耳坠那次,但没想到女生接着说:"校庆那天,他给你送了信。我那天不舒服,回教室不小心看到的。"

遂南一中的校庆是在下学期,所以这个女生说的不是兔子耳坠那一次。

但她下学期并没有收到过梁殊择的信。

周梵弯下唇:"你应该看错了吧。"

"我不可能看错梁殊择的。"戴着黑框眼镜的女生张张唇,"高中我也暗恋过他。"

周梵滞了一秒,女生又继续笑:"但已经过去很久啦,祝你和他永远在一起哦。"

其余人挺有眼力见儿,乐呵呵地又热场子,这一茬便过去。

大家闹着去楼上 KTV 喝酒,周梵也和朋友一起上去。

到了 KTV 里,周梵想的一直是刚刚那个女生说的话,直到走出 KTV,她脑袋里也一直在想那句话。

想到最后,她的表情越来越严肃,唇线拉直,她抠着指甲边缘,脑袋里乱成一团麻。

应该不可能是那样吧,没这个可能的。

周梵不敢确定那个答案。

如果校庆那天真是梁殊择给她送了信……但应该不可能吧。

周梵想到那个答案,她手脚都变得冰凉。她咽了下喉咙,喝了口刚从冷柜里拿出来的矿泉水,喉咙也凉凉的。

如果现在去找那个女生,将事情问清楚,周梵会觉得有点不太好,毕竟那个女生都已经从过去走了出来。

但除了那个女生,好像已经没人能告诉她事情的真相了。

同时,她又很害怕得知那个答案——

如果校庆那天的信,真是梁殊择给她写的。

周梵鼻尖酸了酸,她好像把他写的信当成张盛那群人骚扰她的信,毫不留情地将它扔进了垃圾桶里,连看都没看。

高二上学期之所以会收兔子耳坠,会认真对待每一封信,是因为那时候张盛那群人还没有缠上她。

但自从高二下学期开始,张盛开始缠上她,周梵都怕了给她写信的人,所以她一律都撕掉了。

她记得的,她校庆是收到过两封黄色的信,但她将它们撕了个粉碎。

周梵很想弄清楚事情缘由,但张盛已经被关进牢里。

她抬眼扫一圈,那个戴着黑框眼镜的女生也走掉了。

周梵忽然又想起前几天和周峪嘉一起遇到红毛、黄毛的事。她回忆起红毛说的话。

"是啊,姐姐高二下学期的时候,张盛不是叫我们去送信,我看到一个男生往姐姐课桌塞信。"

周梵重重咬了下嘴角,眉紧皱着,心脏酸酸麻麻的。她现在好想找到红毛,把这一切都彻底弄清楚。

她按了下脑袋,长长地吸了口气,如果那天真是梁殊择给她送的信。

周梵甚至不敢想,她好怕是这样。

她一个人走到 KTV 楼下,外边的空气燥热,她呼吸都变得灼热起来。内心驱使她快点把一切都弄清楚,但同时她又很害怕那个答案。

是真的很害怕她将梁殊择的心意撕了个粉碎,她不想这样的,她不是故意的。

周梵鼻尖又酸了酸。

"哟,周梵。"

周梵摸了摸鼻梁,心脏忽然提起来,她缓慢侧头看向眼前的人——

张盛。

他手里拿着小刀,小刀在烧烤摊的光下泛着冷光。这片的烧烤摊生意不好没什么人,同学们又都在楼上 KTV 里。

他走近周梵:"是你教唆她举报我的吧。"

张盛笑一笑:"可是我没被关多久呢,你是不是很伤心啊?"

周梵抬腿就跑。

张盛距离 KTV 门口更近,她不可能往 KTV 里面跑。

她便往人多的地方跑,但这一片人都不多,她边跑边喊,又拿起手机拨打 110。

她往回看一眼,张盛就追在她后面,微笑着:"周梵,跑什么,你以为你能跑过我吗?"

她的喊叫声引来一些人关注,但好像没人愿意帮助她。陌生人的脸变得冷漠,他们好像戴着面具,仿佛都听不到她求助。

空气扰乱呼吸,周梵跑出汗,整个人慌乱得不行,背后有恶鬼追,身边却没一个可以帮助她的人。

"他手里有刀。"周梵喊。

好不容易跑到人稍微多一点的地方,周梵跑得上气不接下气,她拨出了 110 电话,但慌乱中又不小心将屏幕划掉。

女生到底没有男人力气大，跑得也没男人快。不一会儿，张盛追上周梵，拽过她衣服，周梵被扯到地上，膝盖擦出血。

她一阵眩晕，脑袋磕在张盛的鞋子上。

张盛盯着她，发出冷笑。

"周梵，你不要以为，高中的时候找人打过我一顿，我就真不记仇。"他晃着小刀，"这么好看的脸，划一刀怎么样。"

小刀在眼前晃，她看了眼周围的人，有好几个女孩朝她走过来。

周梵抿了下唇，正当她束手无策，惊恐万分时，一个嗓音传过来。

周梵心就落定了。

她抬眼看从对面跑过来的人，男人身形高大挺拔，五官硬朗，一看就让人有安全感。

周梵盯着梁殊择的唇，听到他嗓音不散漫，也不吊儿郎当，语气正正经经，像是说得到做得到。

"你要是敢动她一下，我保准你今天死在这儿。"

梁殊择朝她走近，张盛将刀亮出来："哟，男朋友呢。"

下一秒，梁殊择狠狠踹了脚张盛，将周梵揽到他怀里。

他很利索地报警。

周梵被梁殊择揽在怀里，她嘴唇都有些发白。

梁殊择扫一眼她膝盖上的血渍，上前又毫不留情地将张盛踹倒在地。

周梵背过身检查伤势，那几个女孩走过来，其中有个是医学生，替周梵看了下膝盖和额头上的伤口。

待她再抬眼，梁殊择高高在上地站在张盛面前，张盛胸口被他踢伤。他们好像在说话，但她离太远，听不清。

梁殊择拭去裤子上的灰，盯了他一秒，像是在看垃圾。

他嗓音淡淡："什么时候开始缠着我女朋友的？"

张盛一开始没说话。

梁殊择逼近他，单薄的眼里充斥着戾气，看起来瘆人："最好说实话。"

张盛："高中的时候。"

梁殊择又踹了他一脚，力度不轻。他哂笑："高中啊。"

他提起张盛的衣领，却好像在嫌张盛弄脏他衣服，又将张盛松开，砸在地上："高几，做了什么，怎么缠的？"

张盛以前读中学的时候，经常跟着什么大哥去打架，也打过不少架，是在下三流的圈子里排得上号的人。

但他从来没有见过像梁殊择这样现在表情的人。

一副面无表情的样子，但下手又极重，像是真要他的命。

表情一点也不凶，但眼睛里充斥的全是极度恼火的情绪——像那种太过恼火，但就是因为太恼火，而导致极度的没有表情，因为已经生气到极点，恨不得要他的命。

他只好如实交代。

"高二下学期开始的，没怎么骚扰她，就写点东西给她。"

梁殊择像看一只蝼蚁般看着他："写什么？"

张盛嘴巴动了动："写信，邀请她下课出去玩。我没什么意思，就是喜欢她。"

梁殊择掀了下眼皮："她高二下学期，校庆那天，写了信吗？"

张盛回忆了下："写了。"

最后是警察拉住梁殊择的，梁殊择表情依旧是寡淡的。他来到派出所，做完笔录，后又离开。

他带周梵去医院，在去医院的路上，他沉默地低头看周梵膝盖和额头上的伤。

半响，他看了眼周梵，伸手将她抱在怀里。

周梵眼泪缓慢地掉下来，也不知为什么哭，她刚刚其实没听见张盛和梁殊择的聊天，但那是她第一次看见梁殊择打架。

眼泪掉在梁殊择肩膀上，几秒后，她听到梁殊择说了声"对不起"。

这也是周梵第一次听见梁殊择说对不起。

她怔了好几秒，嘴唇张了张："梁殊择，你没有对不起我什么。"

如果校庆那封信真是他写的，那她就是糟蹋了他的心意，她也对不起他。

忽然，周梵想起一个细节。

这一段时间以来，梁殊择总爱有意无意盯着她手里被撕碎的纸张。那次在电影院，他扫过她不小心撕坏的传单。

就连昨天接吻时，他都扫过她扔进垃圾桶的碎纸。

头顶忽然响过一道炸雷，外边"哗哗"下起暴雨。

444

周梵在那一瞬间骤然明白——
梁殊择好像对她撕碎的纸张有阴影。
因为很久以前她曾狠狠撕碎过他少年时暗涌的情愫。
所以这一切就都解释得通了。
她那年真的曾将他写给她的告白信撕碎过，浑不在意地扔进了脏乱的垃圾桶里。
周梵喉咙发干，紧紧被梁殊择抱在怀里。
她忽然又想起她曾经散漫地问过梁殊择，是不是没有主动给女生告过白。
梁殊择回答她，他有给女生写过告白信。
所以，他真的给女生写过告白信，那个女生就是她。
但她非但没有领略到他的心意，而且还将他的心意践踏在脚底。
周梵想起那时梁殊择的心情，他年少时好不容易积累的勇气，将告白信送到了课桌里。
但对方连看都不看就撕碎，几年后两人开始谈恋爱，对方轻飘飘地问起他是不是没有给女生告过白。
周梵恨不得扇一巴掌当初那个那样问梁殊择的她，她那样的做法，无疑是在他伤口上撒盐。
她怎么问得出口的啊。
周梵眼泪滚落下来，砸在梁殊择肩膀上。
梁殊择看着她，替她抹去眼泪，扯了个笑："哭什么？"
周梵眼泪滚落得更厉害，低声说："梁殊择，你为什么这么好啊。"
梁殊择为她抹去眼泪，哂笑："怎么说这种话，吓傻了？"
他将周梵揽进怀里："周梵，那我来哄哄你？"
梁殊择看着她："我亲亲你，好不好。"
周梵眼睛酸得厉害，梁殊择总是这样，在她面前从都不会提起那些过去的事。
明明他在高中时期被她伤害过，虽然她是无意的，但事实也不会因此改变。
她就是曾经践踏过他心意，她连那封信都没有打开过。
周梵下巴压在他肩膀上，眼泪滚落下来，哽咽着问："刚刚你和他说了什么？"
她想知道张盛有没有把他之前骚扰过她的事情告诉梁殊择，因为她真的很想和他解释，她不是故意撕碎他的信的。

可她又不知道怎么开这个口。因为一旦讲出来，梁殊择就会知道她已经知道他暗恋的事了，但周梵不想这样，梁殊择暗恋她已经够让她心疼了，她不想再把这件事拎出来。

梁殊择这么骄傲的人，大概不想让她知道，他曾经暗恋过她的事。

但如果不说出来，她要怎么向他表达歉意？这好像是一个无解的命题。

周梵顿了一下，问："他有和你说我是什么事吗？"

梁殊择睨了她一眼，说："没说什么。"

"哦，这样。"周梵迟缓地点下头，下巴砸在梁殊择肩膀上。

梁殊择抱了抱周梵，而后轻握着她肩膀，眼睛盯着她，声音稀松平常："那你有什么想和我说的吗？"

周梵下意识摇下头，看着梁殊择替她擦眼泪，她拽住梁殊择的手："我们能再抱一会儿吗？"

她声音依旧哽咽："我还想多抱抱你。"

她不知道的事情太多了，每一件单拎出来，都足够让她心疼他到掉眼泪。

"可是你不是在哭？"他抬手拿纸巾给她擦眼泪，"我不哄你怎么行。"

周梵摇下头："不用，梁殊择，你抱着我吧，你抱我我就不哭了。"

她擦了下眼泪，吸了下鼻子，声音哽咽："真的不哭了，你抱着我吧。"

梁殊择看着她好一会儿，像是在确认她有没有掉眼泪，几秒后把她圈进怀里抱着。

周梵又吸了下鼻子，想到如果当年她打开那封梁殊择的信，那他们可能早就在一起了吧。

她丢掉的根本不止一封信，而是他们提早在一起的可能性。

如果她那天打开了那封信，她可能会早点认识梁殊择，也就会早点喜欢上他。

周梵觉得只要认识了梁殊择，她就会喜欢上他。

这只不过是时间问题而已，人和人之间的磁场和缘分实在太巧妙。

毕竟周梵只要一遇到梁殊择，她和他恋爱就顺理成章。

她想到这儿就觉得好伤心，她那天将信扔掉了，不止导致两人认识的时机推后，而且梁殊择知道她将信撕碎了扔进垃圾桶，那他该有多伤心。

这些伤心点积累在一起，周梵越想越心酸。这种无力感击溃了她。

梁殊择很快发现她的异常。

周梵无声地掉眼泪，梁殊择在她耳边说话："不守信用，不是说不哭了？"

周梵哽咽："我没有办法，我好想哭。"

"很疼吗？"梁殊择低头看着她膝盖和额头，"快到医院了，再忍一下好吗？"

梁殊择以为她哭是因为伤口疼，周梵也没将话挑明，便"嗯"了声，梁殊择继续抱着她。

周梵扫了一眼他，所以现在的情况是，张盛没有和他说那些事。

也就意味着梁殊择只知道警察说的，张盛会来找她是因为她让女孩子报警关了他一段时间的事，张盛是来报复她的，之前并没有纠葛。

所以在梁殊择那儿，她没有任何原因就私自将他写的信撕碎了扔进垃圾桶。

残酷至极。

可是他现在却依旧对她这么好，甚至他刚刚还和她说了声对不起。

周梵抬眼扫了下他，不由自主地抬起手摸了摸他眉眼。

梁殊择睨着她，扬起笑："现在想占便宜都可以直接上手——"

他笑："也不用通知我了？"

周梵摇摇头："我就想确认，你现在还是在我身边的。"

梁殊择敛了敛眉眼，他吻了吻周梵耳垂，声音有点哑："在的。"

停顿几秒，他又说："以后，我不会那么晚才出现。"

周梵咽了下喉咙，看来梁殊择以为她这句话的意思是在后怕张盛的事。

她正想说话，梁殊择便又抬手圈住她："别怕，我以后都在你身边。"

周梵抿了下唇，便由梁殊择抱了一路，直到到了医院里。

膝盖的伤口有点严重，医生叮嘱她很多，梁殊择提着一大袋药牵着周梵上车。

周梵手里拿着张刚刚买药的单子，其实是可以扔了的，但她直到上车都没扔。

梁殊择睨了眼她："怎么不扔掉？"

周梵迟疑地"哦"了一声,听梁殊择说:"周梵,撕了吧,药单上有个人信息。"

周梵背对着梁殊择将药单撕掉,扔进垃圾桶,不想再让他看见她撕字条的场面。

她回头,梁殊择对她扯着笑:"上来,送你回家。"

周梵懵懵懂懂地上车,他现在好像对她撕纸的举动没什么反应了。还是说,他只是没有表现出来?

梁殊择送周梵回到家,外边没再下雨,只是地面是湿的。

到了周梵家门口,梁殊择偏头问她:"你一个人可以吗?"

周梵点下头:"可以的。"

梁殊择缓慢抬眼看她,吐出一句话:"周梵,你过来一下。"

周梵不知所以,看到梁殊择表情正经,看起来像是有很重要的事情,她嘴唇动了动:"怎么了?"

梁殊择抬下手,语气平常:"你脸弄脏了,我给你擦一下。"

"哪里?"周梵解开安全带凑过去,下意识道谢,"谢谢啊。"

抬眼,便看到梁殊择凑过来,扯了个笑,握住她肩膀亲上她唇,撬开齿关,舌尖长驱直入。

周梵完全没反应过来,还以为她脸真的脏了。

亲吻完,周梵脸有点红,她抹一抹碎发,打算下车。她拉开车门时,梁殊择忽然出声:"你一个人真可以吗?"

周梵点头:"可以的。"

梁殊择便"嗯"了声:"晚安。"

周梵回到家,将门锁好后,勉强地洗了个澡。洗完澡,她躺到床上,很久都没有睡着。一个小时过去,她辗转反侧,缓慢从床上爬起来,从床头柜拿起手机玩了会儿。

她没什么想睡觉的心思,眼皮耷拉着,但就是睡不着。

因为她有点想念梁殊择了。而且不止想念他,她还很想把发生在她身上的事情全部告诉他。

也想把当年撕他信的原因说出来,周梵有太多的话想说给他听了。

她穿着拖鞋下床,将卧室的灯打开,从衣柜底下拿出梁殊择签过名的校服。

之前那次太急促，她都没有好好观察过他的签名。

在明亮的灯下，周梵捏紧校服边缘的布料，低头看梁殊择的签名。

她摸了摸他的签名，弯下唇笑。

她眨下眼，忽然生出一种想将校服穿在身上的冲动。

几秒后，周梵换上这件校服。

她走到镜子前，看着穿着校服的她，一愣神便看了很久。

回到床上，看了眼时间，现在是凌晨一点。

周梵打开手机，点进和梁殊择的对话框：睡了吗，梁殊择？

她摁灭手机，一会儿后打开，梁殊择给她回了消息：没。

周梵回复：快点睡觉吧，晚睡对身体不好。

梁殊择：你睡不着吗？

周梵：没有，我刚起来去客厅喝水，现在要睡觉了。

梁殊择：嗯，早点睡，周梵。

梁殊择：有事打我电话。

周梵正在敲字，梁殊择又发来一条消息：多晚我都会接。

她打字的手指停了下，忽然意识到什么，走到客厅窗户那儿扫了眼外边。

没有他的车。

周梵心稍微安定一点，回复：你在家了吧。

梁殊择：嗯，睡了。

周梵回复了个好，便躺到床上。

程子今给梁殊择拨了个电话。

"择哥，那个事我处理好了。"是梁殊择提前回来的事。

"嗯，删了。"梁殊择闲散道。

"那倒不用，我前阵子不是打算买台新电脑吗，择哥你能把你家那台电脑拍照发我吗？"

梁殊择："我现在没在家，晚点发你。"

"行——"程子今顿了下，"哦，有个事一直没和你说。"

梁殊择："什么？"

程子今："一些姑娘间的事，我觉得你也不爱听。"

梁殊择："是不爱听，挂了。"
程子今："和周梵有关。"
梁殊择顿两秒："说来听听。"
程子今笑一声："哥，你还记得杨真漾吗？"
梁殊择："谁？没印象。"
"就是以前你们班上一个姑娘，前一阵我和李清铭聊天，李清铭以为你以前喜欢过杨真漾，她好像把这事和周梵说了。"
梁殊择："什么时候的事？"
程子今："没多久，就暑假结束那阵。"
又闲扯了几句后，梁殊择挂了电话。

周梵难过到睡不着，一旦闭上眼就想象梁殊择看到他写的信被撕碎在垃圾桶的画面。
她在床上翻来覆去地睡不着，十几分钟后她索性又将灯打开，抱着手机点进和梁殊择的对话框。
她抿着唇，温柔的双眼圆圆睁着，看到现在的时间是一点四十二分。
周梵眨下眼，打算给梁殊择拨个电话过去。她不知自己今晚什么时候做好的决定。
她现在想主动和梁殊择说她高中发生的事情。
不涉及他写的信，只单纯讲她那些事。她知道现在梁殊择肯定不想让她知道他暗恋她的事，要是她之前暗恋梁殊择，那她现在和梁殊择谈上恋爱了，她也不会把她之前暗恋过他的事告诉他。
毕竟每个人在感情里都有骄傲的一面，谁也不想完全地臣服于另外一个人。
但她又想尽可能让梁殊择知道，她之前撕掉他的信，是有原因的。
周梵的手放在通话页面，放了几十秒后，微信忽然跳出来一条消息。
她点进去，看到梁殊择的名字。
梁殊择：睡了吗，没睡回个话，我给你打个电话。
周梵眉心跳了跳。
她敲字：没。
几秒后，梁殊择的电话拨了过来。
她迟缓地接了电话，听到梁殊择说："可以现在出来见我吗？我在你家外面。"

周梵脑袋里有根弦轰然断开。

她点下头,说了声"好"。

周梵随手将校服塞到抽屉里,在衣柜里找了件外套披上便走出家门。

梁殊择的车停在外边,他懒散地倚在车边,月光泻了满身,身影高大。

周梵走过去,梁殊择也朝她走过来。

她看到梁殊择手里拿了张什么纸,在月色下显得很单薄。

"周梵。"梁殊择走到她面前。

周梵弯下唇,眼睛也弯弯:"你怎么这么晚——"她话还没说完,梁殊择便将那张纸递给她看。

周梵眼神动了动,那张纸实则并不单薄。

2013年购买兔子耳坠的发票。

她脑袋那根弦又崩断了一次。

周梵抬眼,看到梁殊择嘴唇动了动,嗓音如常,像是在讲一件很平常的事。

"周梵,你的兔子耳坠是我买的——

"我喜欢你很多年了。"

周梵鼻子一酸,抬眼便撞入他漆黑的眼。

同时,梁殊择说:"在你不认识我的时候,我就已经爱上你了。"

话音刚落,一滴晶亮的泪珠滚下来,周梵抬手擦去,鼻尖酸得不像话。

之前她以为梁殊择那么骄傲的一个人,百分之百肯定会将暗恋她的事深藏心底,再也不会告诉第二个人。就算是她自己,同样直到死也不会说出来。

但她没想到梁殊择会这样简单而又直白地告诉她,他好像将她之前的想法击了个粉碎。

原来真的有人会为爱臣服,将他所有的感情悉数剖解给她看。

她泪水"哗哗"掉落,感动当然必不可少,但更多的是周梵发现她在这一刻真的爱上了梁殊择。爱上他的坦荡,爱上了他的赤诚,爱上了他这个人。

周梵曾在两人确定恋爱关系那晚和梁殊择说过,她本身性格是个冷淡的人,不太相信这个世界上有很长久的感情存在,但周梵忽然发现在今晚,她好像自我否定了这句话。

梁殊择好像一团蓬勃的火焰,将她匮乏而短暂的情绪点燃,让她逐渐变得相信这个世界上还是有长久的感情。

喜欢和爱不同。周梵以前喜欢梁殊择,她会喜欢和他接触,喜欢和他牵手,喜欢和他接吻,但她那时并不保证她会永远喜欢。

但现在,周梵好像爱上梁殊择,她能够保证,她会永远喜欢他。

喜欢和爱的区别,周梵弄不清,只知道自己以后大抵只会牵梁殊择的手。

"我呢,"梁殊择接着说,"知道你现在很惊讶。"

周梵抬眼看着他。

"这样吧,你先缓解一下情绪。"梁殊择看着她,像在做权宜之计。

周梵抿了下唇:"怎么缓解?"

梁殊择凑近她,眼睛扫她一下,将她按到车身上。

周梵眨下眼,听到梁殊择低哑的嗓音,他的唇随即覆过来。

"和我接吻。"

周梵被他按到车身上,脑袋靠在车窗上,看着梁殊择吻过来。

她心脏"扑通扑通"地跳,第一次觉得接吻是这么美好的事情。

她的手抓着梁殊择的衣角,梁殊择的手搂着她腰,被他搂着的地方滚烫不已。

她抬头看了眼月亮,两个人接吻的触感很强烈,梁殊择好像将他所有的攻击性全放在了他和她的这个吻上。

随后,吻逐渐往下移,梁殊择的嘴唇贴到她下巴上。

这是一个两人之前都没接触过的位置,周梵的心像是卷起一角,下一秒,梁殊择将她的腰搂得更紧了,她腰部便贴上他腹部,温度都灼热,是那种一点就起火的高温。

夜深人静,两人被周梵家门口那棵大树挡着,不会被人看到。

几秒后,梁殊择的唇又从周梵的下巴往下移,她脑袋那根弦绷紧,不断下移的部位太敏感。

就在周梵以为他会继续往下的时候,梁殊择懒懒地笑了声。

"情绪缓解过来了吗?"

他依旧搂着她腰,只是唇离开她脸部,眼睨着她。

周梵还沉溺在接吻中,反应慢一拍:"什么?"

梁殊择便又睨了她一眼,滚了滚喉结,骨节分明的手指勾住她下巴。

周梵下巴被他凉凉的手指勾住,沉默几秒,她听到梁殊择凑近她,在她耳边吹了口热气,一字一顿地说:"周梵,今年是我爱你的第八年。"

周梵的心脏像被这口热气烫到了。

她喉咙干燥极了,半晌,她听到梁殊择笑了声:"周梵,你又得缓解下情绪了?"

周梵愣了几秒,又听到梁殊择低声说:"真怕把你亲坏了。"

周梵腿软了下。

天空忽然下起小雨,但两个人都没动。

周梵靠在车门上,忽然踮脚去碰梁殊择的唇。她说:"我不会坏掉的。"

碰到他唇后,她弯了下嘴角。

"梁殊择,我亲到你了——"

一阵风吹过来,周梵偏头眨了眨眼睛,待她偏头过来时,梁殊择忽然抓住她的手。

两个人都静了下。

接着,周梵听到梁殊择的声音,在黑夜里显得又低又哑。

"周梵,你先别亲了。"

不知不觉中,雨变大,周梵连续顿了好几秒,忽然被梁殊择拉着朝她家门走。

她被梁殊择拉着走到家门前的廊下,抵达长廊后,她又一并将梁殊择拉了过来。

周梵看了眼他。

"你要来我家躲雨吗?"她深呼一口气,鼓足勇气,"我也有事要和你说。"

梁殊择看她一眼,"嗯"了声。

周梵将门打开,客厅的灯全开着,她带着梁殊择走进她家。

周梵先去厨房给梁殊择倒了杯水,她倒水的时候手抖了下,因为她不知道要怎么和他说这种事。

身后忽然传来一道声音。

"不想说就不说,周梵。

"我把我的事情告诉你,不是想让你把你所有的事情也都告诉我。

"你有不告诉我的权利。"

周梵这段时间眼眶不知道泛酸了多少次。

她走过来,将水杯递给他,而后坐到他对面的单人沙发上:"我想说的,我很早就想和你说了。"

"那你坐过来点？"梁殊择睨了她一眼，声音懒散，"我怕待会儿听不清你说话。"

"嗯？"周梵站起来，"那我坐哪儿？"

"你不是爱抱着我吗？"他轻笑，吐出一句话，"那你就抱着我说。"

周梵舔了下唇，坐到梁殊择身边，偏头弯下唇，而后唇线拉直，伸手抱住他："这样抱着你说吗？"

梁殊择："有点笨。"

他抬手圈住周梵，将她揽到怀里："还是我抱着你吧。"

"哦，好吧。"周梵被他抱在怀里，空气都变得清甜起来。

周梵顿了顿，又缓慢地接着启唇："我高二上学期的时候，嗯，那时候周峪嘉出了车祸，我和你说过吧。"

"嗯，说过，"梁殊择揉了下她头，"如果难受就别说了。"

"不难受的，"周梵弯下唇，"有你在我身边，我就不觉得难受了。"

梁殊择勾起嘴角。

"嗯，那我接着说吧。"周梵说，"周峪嘉出了车祸之后，在医院休养了一段时间，他回学校后就被班里的同学排挤了。"

她难得翻一次白眼："好像有病一样，恶意就是没有理由的。"

"当时班上转来一个男生，就是他故意挑起矛盾的，他引导大家孤立周峪嘉，然后找了其他学校的几个人，放学后总是来围堵周峪嘉。"

周梵现在说起来依旧愤愤不平。

梁殊择用手揉了下她头。

周梵发现她避无可避地必定得说起张盛，她短暂地停顿了下，接着说："我一开始还不知道，是后来才知道的。那几个人一直缠着周峪嘉，有一次我去周峪嘉教室恰好撞到了。"

她抿了下唇："就是那天晚上骚扰我的人，他叫张盛，是他们的老大。然后他们就一直缠着我，隔一周或者几周就给我写信。"

她特意偏过头看一眼梁殊择："我把塞到我课桌里的信全给撕掉了，就是因为他们。"

梁殊择轻吐出一个"嗯"字。

"而且那段时间我很烦,精神状态也不是很好。"周梵语气平常,"现在想起来,是我那个时候太脆弱了。不过后来,我实在是被缠得没办法了,他们不仅缠着我,还总是欺负周峪嘉。我就找了个同学,让他喊了几个人,把张盛他们打了一顿。"

周梵说:"所以他们后来就没再缠着我了,但前几次遇到张盛,他可能对我还有点记恨吧。我高二下学期真的很难受——"

她还想继续说下去,梁殊择忽然牵着她手,亲了亲她嘴角,很温柔的亲法,像是在安抚她。

他声音落在她耳边。

"周梵,别说了。"

周梵靠在梁殊择肩膀上,长舒一口气,终于把这件事告诉他了。她希望他能明白,她撕掉他的信不是毫无原因的。

"那次去滑雪馆我迟到,就是因为他的事。"周梵声音低一点,"对不起,我应该早点和你说的。"

梁殊择:"周梵,该说对不起的是我。"

周梵偏头看他。

梁殊择眼神和她交会:"是我没在你身边。"他一想到周梵因那些人难过的画面,心脏就像压上一块重重的石头,难以呼吸,也难以想象。

他暗恋了这么久的女孩,会因为那几个人难受,凭什么。

他怪自己,那时候为什么没有察觉。

"梁殊择,"周梵郑重其事地看着他,"你没有什么对不起我的。我被他们缠着是在高二下学期,那个时候你都快高考了,而且他们只是给我写信,我同班同学都没发现什么异常,何况你呢,你还在高三教学楼那边。"

她伸手抱了下他:"所以真的,你不要觉得对不起我。"

反而是她,该和他说很多句对不起。

周梵继续看着他:"我还得和你说一件事。"

梁殊择睨了她一眼。

"我之前不是和你说吗,我的性格导致我在谈恋爱方面比较冷淡。但是我想和你说,"周梵,"梁殊择,我好像爱上你了。"

梁殊择缓慢掀下眼:"爱谁?"

周梵:"爱你。"

梁殊择"哦"了声："看来我现在摆脱了有可能随时被你甩的局面了。"

周梵扑到他身上："谁舍得甩掉你啊，梁殊择。"她拨了下他漆黑的眼睫，"我们未来还长着呢。"

梁殊择按住她的手，声音忽然变得寡淡："周梵，你先从我身上下来。"

周梵忽然被他按住手，怔了怔，脸迅速烫起来，抿了下唇，从梁殊择身上下来。

她张张唇，准备说点什么，忽然外边响起一道炸雷，她又迅速坐到梁殊择身边，看他一眼："那我现在不能抱你了吗？"

她挠下头发："我现在好想抱你啊，我听到雷声就怕。"

梁殊择睨她一眼，而后说："你抱着我吧，别乱动。"

"嗯。"周梵点点头，外边炸雷不断，她抱着梁殊择，"我不乱动的。"

抱了会儿，雷声依旧继续响着。

周梵叹口气："怎么还不停啊，这雷没完没了的。"

她忽然看了下梁殊择，像是在逗他："你怎么回事啊，连碰都不让碰。"

梁殊择笑出声，指了下她膝盖："周梵，是我的原因？你不是膝盖痛？"他凑她很近，"刚刚不是还脸红了？"

周梵面不改色地说："刚刚是刚刚，现在是现在。"

她歪头看他："外边下这么大雨，你也不好开车回去，今晚你住周峪嘉房间吧，行吗？"

梁殊择看她一眼："你让我在你家住？"

周梵起身去给梁殊择换新床单："嗯，怕你在路上出事，那我不就没男朋友了吗？"

梁殊择哂笑一声："周梵，你是真放心我。"

他顿一下，觉得好笑："你怎么不干脆让我住你房间？"

"嗯？"周梵回头看他，"可以吗？"她记得上次打雷，梁殊择睡在她旁边那次，是她睡眠质量最好的一次。

思及此，她期盼地说："正好今晚会打很久的雷，梁殊择，我想你睡在我身边。"

梁殊择哂笑一声："周梵，你故意的？"

周梵可怜巴巴地摆下手："那你住周峪嘉的房间吧，就让我一个人听着雷声，直到深夜也被吓得睡不着，只能瞪着眼睛看天花板，然后一直醒着到第二天早上。"

456

她又瞥一眼梁殊择。

"嗯,你去周峪嘉的房间住吧,我没关系的,不就是睡不着吗,不就是只能睁着眼吗,不就是一直被吓吗,没关系,"她摇下头,"你不用管我。"

梁殊择睨一眼她,顿了几秒,扯了个笑:"周梵,你是不是不知道,"他顿一下,"什么叫人心险恶。"

周梵扫一眼墙上挂着的圆盘钟:"我不知道,我只知道现在很晚了,我要睡觉了,但是外边打雷,我一个人睡觉很害怕。"

梁殊择淡淡道:"我这人定力差,管不住自己。"

周梵咽了下喉咙。

梁殊择看她一眼:"周梵,上次我忍得很辛苦。"

周梵抿了下唇,没想到他会这么直接,脸后知后觉地烫起来。她往自己卧室方向走去,在床上躺了会儿,雷声不再响起,她才松口气。

几分钟后,雷声忽然又炸开,甚至是响彻云霄的那种。周梵害怕得盖上被子,脸色苍白,不可抑制地又想起那天周峪嘉出车祸的场面。

鲜红的血,淌在砖泥地上结成凝固的深红。耳边同样是雷声,还有汽车不断鸣笛的声音。

雷声和鸣笛声交杂在一起,时不时还传来哭声。

周梵将身体缩成一团,被子像没有保暖效果,她几乎感受不到一点热源。黑色的窗帘紧紧拉着,她像是在做一场地狱般的噩梦。

就在她陷入恐惧中,门忽然轻响了下。

周梵闷声说了句:"我好怕,梁殊择,你进来好不好。"

随后便传来懒散的脚步声,几秒后,一道人影躺在周梵身边,抬手抱住她。

周梵感受到他结实的肌理,随即便感知到蓬勃的热源。

梁殊择将另外一只手压在她脑袋下,就那样抱着她。

不知过去多久,雷声渐休,周梵头发忽然被梁殊择蹭了下。她转过头看他,他嘴唇张了张:"别看我,转过去。"

"哦。"周梵转过脑袋,只感受到旁边人又揉搓了下她头发。

周梵抬起手:"怎么了吗,是我头发影响你睡觉了吗?"

梁殊择低哑的声音传过来:"不是。"

周梵:"那你好像蹭到我头发了。"

"周梵,你总得给我蹭点你的东西。"梁殊择说,"我不想把你床单

457

弄脏。"

周梵迟疑了一秒,一道雷声响过,她受惊,身体稍微动了下,随后梁殊择抬下手,不小心碰到她膝盖。

周梵吃痛得倒吸一口凉气。

随后,她眼睛被梁殊择挡住,几秒后,他下床离开,卧室的灯亮了。

他说:"过来,我再给你膝盖上次药。"

她说了声好,拿过床头的药,梁殊择给她膝盖上药,周梵看着他漆黑的头发,忽然说:"梁殊择,我一直记得那天晚上,你在澄山上和我说的话。"

梁殊择"嗯"了声,拿着棉签,拧开药膏:"不记得不用勉强。"

"我记得,"周梵笑出声,"你别小看我。"

梁殊择懒散地笑了:"那你说。"

"你不是说吗,你说我和你在一起,你就是我的了。"周梵语气变得很认真,"我也想和你说,我和你在一起,我也是你的。"

梁殊择抬眼看她:"不用,你是独立的。"

周梵顿了很久,梁殊择低头继续给她上药。

她出声:"你今天为什么忽然和我说这件事?"

梁殊择手没停:"告诉你我暗恋你的事吗?"

周梵纠正他:"不是你暗恋我,是你比较有慧眼,知道以后我们两个能在一起很久很久,这不叫暗恋,这叫作提前感受恋爱。"她弯下唇,"是我比较笨,没有提前找到你。"

梁殊择抬眼:"周梵你哄人还挺有一套的。"

周梵:"那你受用吗,有没有被我哄到?"

梁殊择低低"嗯"了声,将药膏拧好。

第十六章

有你就都行

第二天起床，周梵拿着新的洗漱用品放到客厅里，她给梁殊择发了条消息，说她去对面早餐店买早餐了。

买完早餐回来，梁殊择在客厅沙发上低头摆弄手机。

周梵将一碗虾粥递给他："趁热喝。"

梁殊择放下手机，接过，抬眼："怎么去这么远的地方买？"

周梵："我去跑步，顺便跑到那儿了，就一起买了。"

梁殊择滚了滚喉结："以后不用这么费心。"

他总是这样，总在强调她不用将他放在心上，周梵决定好好和他掰扯一下。

她坐在梁殊择身边："你看着我说话。"

梁殊择和她视线交会一下，扯了个倨傲的笑："嗯，怎么了？"

周梵说："我们把话彻底说清吧，梁殊择。"

梁殊择："什么话？"

"我不知道昨天你为什么会忽然和我说那件事。"周梵神情认真，"但我确实误会过你。我以为你喜欢过别的女孩子。所以我那段时间有一点过分，也没有把这个事和你说清。那天和你在高铁上吵架，我也是因为这个事对你有一点生气。我知道我很无理。"

她深吸一口气："但我好像的确有点自私，我有比较严重的感情洁癖。"

梁殊择听着她说话。

周梵接着说："那段时间和你暗地里闹脾气，是我的错。"她侧头看了眼梁殊择，"可能你误会我了，在你看来，你在我心里没有那么重要，因为我既没有去哄你，也没有去看电影展。其实不是的。"

周梵顿一下："梁殊择，你在我心里很重要，我那段时间是在暗自生气。"她看着他，"真的，你在我心里很重要。所以我不想你总是和我说，让我不要太费心你的事，或者不要我太在意你。"

梁殊择吐出一个"嗯"字。

周梵："嗯，那吃早餐吧。"

梁殊择抬手碰了下周梵的嘴唇，说："真会说。"

周梵嘴唇被他手指堵住，说不了话，"唔"了一声。

梁殊择哼笑一声，摸了摸她嘴唇，说："好软。"

周梵眉梢扬起，下一秒梁殊择的手就放下去，喝起虾粥来。

周梵已经吃过早餐，便去冰箱里拿了两盒芒果酸奶过来。

她看到梁殊择在餐桌上喝粥,淡淡的光影模糊了他身影,周梵弯唇笑了下。
　　中午,周梵和梁殊择一起去了趟遂南一中,周梵去看了周峪嘉和那个女孩。

　　下午,两人坐高铁回了西京市。
　　国庆收假的第一天,周梵只有下午两节课。
　　今天梁殊择没在西京大学,去了市中心的公司里,大概会一直忙到晚上。
　　李清铭请了一周的假。
　　第二节课还有五分钟下课时,老师让大家自习,不少人掏出手机玩,周梵受不了手机的诱惑,便也掏出手机刷起了朋友圈。
　　她撩着眼皮,很快速地刷着朋友圈,遇到好笑的就点个赞,她手指划动得很快,几乎只是过一眼就算刷完。
　　忽然耳边传来一阵揶揄声。她抬眼,看到教室外站着个男生,打扮得干净体面,以前并没有见过,大概是来接女朋友的。果然几秒后教室里传来一阵欢呼声,那个被接的女生朝男生挥了下手,两个人相视一笑,很甜蜜。
　　教室里的人直呼爱情的甜美让人心醉。
　　周梵也弯下唇,只是很快想到梁殊择好像还没有来接过她下课。
　　但是也没有关系,毕竟他很忙,没有时间来接她放学。
　　周梵抿了下唇,又继续刷起朋友圈,只是变得有一点心不在焉。周梵很轻地自言自语道:"做人不能太攀比了,周梵,你交了梁殊择这个男朋友后,你真的很爱攀比,这样是不行的,给我改掉,听到没有。做人不能太攀比,嗯,攀比。啊,梁殊择你来接我放学吧,我也想要。"
　　果然,谈恋爱有时候会改变一个人。周梵叹口气,感叹自己"铁血柔情"。

　　她边感叹边刷着朋友圈。过了一分钟,忽然她手指一顿,竟然刷到了梁殊择的朋友圈。
　　他发了一张图片。
　　周梵点进去看了眼,将图片放大,而后将图片和她所在的这栋教学楼对比了下。
　　咦,好像……
　　她又看了几眼,惊讶地发现梁殊择发的这张图就是她上课所在的教学楼。

周梵点进评论区，打了一句话，而后又删掉退了出去。几十秒后，她再次刷新，看到有许多她和梁殊择的共同好友在底下评论，问梁殊择来这里干什么。

周梵心脏缓慢地提起来。

说不定只是来拿什么资料的吧。

毕竟她上课所在的这栋教学楼，是平时许多老师指定拿打印资料的地点。

一小会儿后，教室里又传来一阵嘘声。

周梵抬眼，看到一抹黑色身影站在窗户边，神色淡漠冷倦，低头摆弄手机的手指白皙，整个人张狂打眼，桀骜不驯，是梁殊择。

教室里不断传来议论声，毕竟梁殊择是西京大学的红人，受人追捧到极点。

看到梁殊择，周梵下意识弯下唇。

下课铃响，周梵整理好书包走出去，看到梁殊择在走廊边和人闲扯着，他手里拿着卷什么纸张，看样子真是来这一栋教学楼拿资料的，应该只是顺便来接她。

过了几秒，他撩起眼皮看一眼周梵，接过她拎着的书包，动作自然极了。下课人很多，许多人看着他们。

梁殊择在众目睽睽下拉过周梵的手，十指紧扣着，一起往楼下走。

因是下课时间，人流量极大，楼梯的光线不好，人又多。两人紧牵着手，身边人挤着，周梵和梁殊择时不时挨在一起。

周梵没绑头发，乌黑的头发时不时擦过梁殊择的脸。

从五楼下到四楼，周梵头发擦过他脸好几次。

周梵并不知情，她被梁殊择牵着手下楼，手心温热酥痒，和梁殊择牵手很舒服。

下到三楼时，周梵头发再一次扫过梁殊择的脸，梁殊择滚了滚喉结。

下到二楼时，周梵扫一眼梁殊择，光影掠过他脸，梁殊择忽然侧头在她耳朵边上叫了声她名字

周梵听得耳朵痒。

周梵凑过去："梁殊择，干什么？"

下楼的人依旧多，人声沸沸扬扬的，喧闹嘈杂。就在这人声鼎沸中，她听到梁殊择声音低沉："受不了了，待会儿找个地方接吻。"

周梵慢腾腾地"啊"一声,捏紧书包带在手指上绕了几圈。

她偏头看他一眼。

梁殊择又凑过来和她低声耳语:"可是现在就好想亲了。怎么办?"

周梵轻轻吐出一句话,像是在和他商量:"待会儿再接吻吧。"

她音量不大的时候,声音就像放软,像一片毛茸茸的羽毛,轻扫过梁殊择的心脏。他眼神动了动,喉结也随之滚动一下。在楼梯拐角处,他牵紧周梵的手,将她拉到他怀里,低头,嘴唇碰了碰她柔软的脸颊,哑声道:"周梵,忍不住。"

周梵脸颊被他唇碰了碰,酥酥麻麻的触感逐渐荡开。

周梵正想偏头看他,忽然被他拉到一个空荡荡的教室。

这个吻结束时,周梵腿都软掉了。梁殊择在她背后,替她整理下头发,声音依旧哑:"头发都乱了。"

周梵声音难得也沙哑,脸上泛起的红晕尤为明显,她低低地"嗯"了声。随后梁殊择替她整理好头发,拉她手走出教室。

两人一起去吃饭,梁殊择问周梵想吃什么,她想了想:"就去'曦真'吃吧?"

这些事梁殊择都听她的,便开车去了曦真饭馆。

周梵在进饭馆前,忽然遇到一个同学,是上次去玉真寺那个要周梵陪她一起写祈福彩条的女生。她和一个男生挽着手。

"嗨,梵梵。"女生朝周梵打下招呼。

周梵也笑着和她打了个招呼。

"是去里面吃饭吗?我和我男朋友也要去,不如一起吧。"那个女生说。

"嗯,行。"周梵点点头,梁殊择也朝对面两个人颔首下,一起进了饭馆。

周梵和这个女生挺有话题聊的,这个女生的男朋友是大四的,便和梁殊择聊着。

梁殊择是那种和谁都能聊的,只在于他想不想。

那个女生音量忽然放低,问周梵:"你们现在和好了吧,上次你还说你们在吵架来着。"

周梵点下头。

女生说:"你上次不是也给他写了祈福彩条吗?你和他说了吗?"

周梵轻轻摇下头:"没说。"

463

"你们两个真的好爱对方啊！"女生感叹，"互相为对方祈了福，却都不告诉对方，我上次给我男朋友写了祈福条，我还专门拍照给他看，讹了他一个包才算完。"

周梵笑了笑，和女生继续说着话。

"我和你说，上次梁殊择不是转发了你一条动态吗？"女生音量依旧放低，"说你是他女朋友，和你公开了，不少人都惊讶死了。"

周梵倒是不怎么知道这些事，她随便搭了句嘴："是吗？"

"是啊，我大一就听说过梁殊择这号人了，我感觉他是玩得很花，处处留情那种很浪荡的男生。毕竟他长这么帅，又有钱，性格还酷。"女生咂下嘴唇，轻轻扫眼梁殊择，"谁知道他这么轻易就和你公开了，是你要求他公开的吗？"

周梵想了想，她好像没要求过，于是她摇头："我没有。"

"那是他自愿的？"女生笑了下，"我还以为你用了强硬的手段。"

周梵弯下唇："没有啊。"

那时看到梁殊择转发她那条动态，她自己都很惊讶。

"那他也太给你安全感了。"女生低声说，"毕竟在学校里，喜欢他的女生太多了。我觉得你得把他看更紧一点。"

周梵抿口茶，心里虽然觉得这话不对，不应该是这样的，因为一个人是看不住的，倒不如提升自我。但她没表现出来，应了声："好。"

中途梁殊择去接了个电话，周梵继续吃着饭。吃了会儿饭后，忽然不知从哪里走过来一个很高大的男生，将手机亮给周梵看，很和煦地问："可以扫下你的二维码吗，我想认识你一下，我觉得你好可爱。"

周梵正准备摇头，忽然梁殊择出现在她视野。

他轻抬眼睫，嗓音懒倦强硬："要扫扫我的。"

那个问周梵要微信的男生看样子不是西京大学的学生，大概是来这儿旅游的。他唇线拉平："为什么扫你的？我想加她的好友。"

"不为什么。"梁殊择睨了他一眼，一副大少爷作派，气场极强大，很冷酷，"我女朋友，你说为什么。"

周梵笑一声，朝那个问她要微信的男生说："我有男朋友了。"

要微信的男生觉得梁殊择很不好惹，随口说了句"好吧"，便快速离开了。

吃完饭，周梵和梁殊择拉着手在路边散步。

周梵看他一眼，弯下唇："我觉得你刚刚还挺帅的。"

梁殊择缓慢抬下眼，哼笑一声："周梵，我发现真挺多人惦记你的。你数数，都多少个了。每次和你出去，但凡我走开一小会儿，就总有男的找你要联系方式。"

周梵："那也有很多女生问你要联系方式啊。"

梁殊择："那我不是没搭理？"

周梵说："那我也没有搭理那些人。"

梁殊择睨了她一眼，一言不发地将她揽进怀里。

周梵笑了下："我发现你好爱吃飞醋。上次也是，我那时候还没发现，最近几天才反应过来。就上次，你送我去接周峪嘉放学，非得让我叫你一声哥哥。我现在知道了，是不是因为我叫谢衍叫哥哥？"

梁殊择没说话，低头重重亲了她嘴唇，而后嘴唇往下，亲到她脖颈。

"没办法，"他呼吸加重一点，"周梵，你太招人惦记了。"

周梵嘴唇动了动："你也很招人惦记好吗？但是我一点也不觉得吃醋什么的，因为没有必要啊，我们都是男女朋友了，为什么还要吃醋呢。"

梁殊择轻咬了下她唇，咬字道："你不爱我。"

周梵觉得很好笑，她亲了下梁殊择嘴唇："梁殊择，你好可爱啊。"

忽然梁殊择手机响了下，他揉了下她头后，拿起手机接电话。

周梵有点无聊，便在一旁低头摆弄手机刷起朋友圈，不知不觉又刷到梁殊择刚刚那条朋友圈。

不同的是，他回复了一条别人问他来这儿做什么的：来接女朋友下课。

周梵翘唇笑了下，她看了眼梁殊择，恰好他打完电话。

他说："我有点事，先送你回宿舍。"

周梵"嗯"了声，坐上梁殊择的车回学校。路上，她忽然问他："你今天下午为什么要来接我下课啊？"

梁殊择扫她一眼："接女朋友下课，这不是很正常的事？"

"是挺正常的，"周梵说，"但是我觉得好幸福啊！"

她微微眯着眼睛笑："好喜欢你来接我下课，感觉就好开心好开心。"

"因为以前没有人接过我下课。"周梵挠下头发，"从小到大都没有过。"

爸爸妈妈长期都在国外，上小学一年级她就总是自己走路回家，从来都没有过临近下课时分,她能在窗户边上看到爸爸妈妈的时刻。

梁殊择看她一眼:"以后我都给你补回来。"

他单手开车,另外一只手紧握住她手心:"信我。"

周梵的手心被他紧紧握住,滚烫的温度传达到她身体里。她怎么可能不信他,梁殊择从来就是一个很值得让人相信的人。

他做什么事都稳操胜券,永远不落于下乘,也永远是顶尖的那一个。

周梵"嗯"了声,说了声好,又说:"那你是不是偷听到我的心声了?今天班里有个女孩子,她男朋友来接她,我好羡慕她,然后我就想你也来接我下课就好了。"

她笑得很自然很好看:"没想到你真的来了。"

她抓了抓梁殊择手心:"我好开心,窗户边终于有等我下课的人了。"

前面是红灯,车停下来。梁殊择偏头看周梵:"周梵,做我女朋友就不用羡慕别的女孩,"他顿一下,"我一男人,不太懂你们女孩心思,你以后有什么想让我做的,直接说就行。"

周梵看了他一眼。

"不好意思说是吗?"红灯变绿灯,他开着车,说,"没什么不好意思的,周梵。"

周梵眯着眼笑:"我没有什么想让你做的,人呢,不可以贪求太多东西,很容易乐极生悲。"

梁殊择笑出声:"哪儿来的歪理?怎么就乐极生悲?"他滚了滚喉结,"乐不可支,乐而忘返不行?"

周梵笑了笑,低头说:"行的,都行,有你就都行。"

梁殊择握了握她手心:"实在不好意思呢,你可以暗示我,"他将车开进西京大学校内,"我理解能力还行。"

"哦,好。"周梵扯唇笑了下。

车开到女生宿舍楼下,周梵解开安全带:"梁殊择,那我就先上楼了。"

梁殊择:"哦,你暗示我,要我亲你,是吗?"

周梵解安全带的手一顿,气笑:"我哪有这个意思。"

"不管,"梁殊择解开安全带,朝她凑过来,将唇贴到她白瓷一般的脖颈间,呼吸加重,"周梵,你就是想我亲你。"

周梵都不记得两人接吻的位置怎么从嘴唇变得越来越往下了,她看着梁殊择亲在她脖颈处,她眨下眼:"梁殊择,你怎么喜欢亲那里?"

安静车厢里,梁殊择呼吸不断加重,周梵忽然意识到事情好像变严重了。

他手紧贴住她腰,重重的呼吸声她都能听得一清二楚。又过十几秒,她好像听到近似喘气的声音。

周梵心脏忽然跳动得很快,她看到梁殊择眼里不断加重的情欲。

一小会儿后,他舔了下她脖颈。

周梵立即战栗下,被他舔过的位置像过了一遍火,很快燃烧起来,像滚烫的岩浆。

她呼吸也变重起来,几乎是不受控制地,她唇缓慢贴向他喉结。

几秒后,梁殊择抓住她手:"周梵,别亲,你膝盖还伤着。"

他又舔了下她脖颈:"我碰碰你就行了。"

周梵心像有羽毛在拂,她说:"怎么你碰我就行,我碰你就不行呢。你好没道理啊,梁殊择。"

梁殊择看她一眼:"你现在碰我一下,我会失控。"

梁殊择嗓音沙哑,呼吸灼热。他眼里埋着长达几年积累在一起的情欲,暴露在空气里时显得过分燥热,滚烫的气息里不断发酵着欲念。

周梵愣怔一瞬,梁殊择依旧抓着她的手,扫了眼她膝盖,滚了滚喉结:"所以别碰我,待会儿你会哭。"

周梵讷讷的没说话,梁殊择让她埋在他怀里。一小会儿后,他将她放开,睨了她一眼:"膝盖记得每天涂药。"

周梵回过神,耳垂早就烫得不像话,她缓慢地点下头,说了声"好"。

梁殊择伸手揉了下她头:"吓着了?"

"没。"周梵蹦出一句话,"就觉得我挺亏的。"

梁殊择:"嗯?"

周梵看着他,好像依旧在纠结那个问题:"你能碰我,但是我不能碰你。我不亏吗?"

梁殊择低低地懒笑了声:"这不是你膝盖受伤了?"

周梵抿了下唇。

"不然你今天就该在车上哭了,周梵。"梁殊择又睨了她一眼,语气稀松平常,但几乎是贴着她耳朵说的,每个字染上欲望。

周梵耳垂更烫了,手指都是僵硬的。

几分钟后,她从梁殊择的车上下来,梁殊择看她一眼,周梵也看一眼他。她用手蹭下头发,回了宿舍。

晚上洗完澡周梵在床上看最近新出的电影,梁殊择给她发了条消息:涂药了吗?

周梵舔了下唇,忘记了。

她拿过床头的药膏,自己抹上后,给梁殊择发了条语音:"嗯,涂了。你现在在干什么啊?"

梁殊择回复了她一条消息,周梵手机忽然又打进一个电话。

是周峪嘉打过来的,说下周六要开家长会,问周梵能不能来。

周梵忽然问:"你们班上有个叫梁书薇的女孩子吗?"

周峪嘉:"嗯,她是我们班学习委员。"

周梵"嗯"了声:"行,我应该会去的。"

电话挂断后,周梵点开梁殊择回复她的那条消息:刚从浴室里出来。

周梵眨下眼,没想太多,给梁殊择拨了个电话过去。

电话接通,她听到梁殊择泛着倦懒的声音。

"怎么现在打电话过来?"

周梵吐出一句话:"我想和你说个事。"

她接着说:"下周六你有时间吗?周峪嘉要我去他的家长会。"

梁殊择:"行。"

周梵弯下唇:"嗯。那我们下周六一起去——早点睡觉,晚安。"

话音刚落,周梵听到梁殊择说:"安不了了。"

周梵愣了一秒,有点蒙:"怎么了。"

过了几秒,梁殊择声音抵达她耳畔,声音低沉沙哑。

"周梵,你知不知道,为着你这通电话,我又得去浴室一趟。"

周梵忽然想到梁殊择之前回复她的消息,说他刚从浴室出来。

她怔了怔,小声说:"那我也没说什么啊,我就说了家长会的事。"

"嗯。"梁殊择说。

一会儿后挂了电话。

恍惚中,周梵用手背碰了碰脸颊,温度有夏天滚在水泥地上的石头那么高。

周梵关了平板睡觉,宿舍里静悄悄的,她不由自主地想起今天梁殊择说的那些话。

脸越发滚烫。

周梵拿被子遮住脸，在床上滚来滚去后，她拿起手机在浏览器上，缓慢地输入一个问题。宿舍里没有人，周梵感觉自己好像在做坏事。

她挠了挠手心，眼睛盯着浏览器的页面。半晌，她咂下唇，又放下手机沉沉睡去。

10月17日那天，周梵和梁殊择坐高铁回了遂南市，一起去遂南一中。

梁殊择："挺巧，梁书薇和周峪嘉一个班。"

"嗯。"周梵，"那你爸爸妈妈会来参加她的家长会吗？"

"不会。"梁殊择说。

"那正好，"周梵说，"你今天来了，还可以替她参加家长会。"

梁殊择"嗯"了声，和周梵走进遂南一中。

两人牵着手。

周梵想起两年前梁殊择来参加家长会，坐在她前面的事。她那时只觉得这个迟到的男生，缓解了她迟到的尴尬，却不知道原来还有那么多她不知道的事。

好在现在两个人终于可以牵着手，一起走进遂南一中了。

周梵偏头看一眼梁殊择："其实待会儿家长会结束，我很想和你一起去操场散步。"她停顿了下，"但是下午我有事，得早点回西京市。"

梁殊择紧了紧她手心："这么想和我去操场散步吗？"

"嗯。"周梵，"可想了，我们还没有在遂南一中的操场上牵手散步。"

她说出这句话，鼻子忽然酸了酸，是啊，她还没有和梁殊择一起在遂南一中的操场上牵手散步。本来今天可以弥补遗憾的，但是下午又赶不及。

梁殊择说："周梵，好遗憾。"

周梵鼻尖酸涩得厉害，她和梁殊择两个人怎么不算遗憾呢。

本来在高中就可以牵手的。

她声音低低地"嗯"了声："梁殊择，好遗憾。"

梁殊择捏了下她指尖，两人一起走到周峪嘉和梁书薇的教室。

十月的风吹过两人，他抬手揉了下她头发。

周梵将眼泪逼回去，挠了挠梁殊择手心。

梁殊择散漫笑一声，说："本来都打算暗恋你很久很久。"

周梵没哭，吸了下鼻子，说："幸好你是手语社的社长，也幸好程子今和徐雾谈恋爱。"

梁殊择说："你猜我为什么建社？"

周梵摇头："我哪儿知道。"

梁殊择哂笑出声，进教室前偏头看一眼周梵："专门为了你建的。"

他赌她会选手语社。

周梵惊讶极了，但的确她高一和高二的社会实践活动都和手语有关。

进教室后，周梵去找周峪嘉，没和梁殊择坐在一起。

家长会结束后，周梵和周峪嘉聊了下他最近的学习状况，但她发现越聊，她和周峪嘉的感情就越岌岌可危。

她拍下周峪嘉的肩："没事，我们家有钱，周峪嘉，你出国吧。"

周峪嘉觑她一眼，两人聊了会儿天后挥手告别。

下午就得回西京市，周梵和梁殊择去遂南一中外边的饭馆吃了顿饭。

吃饭时，周峪嘉发给周梵一道数学题，问她怎么做。

周梵做完题，把手机给了梁殊择："你觉得我做对了吗？"

梁殊择接过手机，扫了眼。

一会儿后，他说："错了。"

周梵指着手机屏幕："怎么可能？这道题不就是在这儿画一条辅助线？"

"不用画。"梁殊择说。

"不可能。"周梵点进浏览器，很不相信地说，"我记得我上高中的时候，老师说这种题一定要画辅助线。"

梁殊择饶有兴趣地看着她点进浏览器查找答案。

周梵一边说"梁殊择你肯定做错了"，一边找答案。输入这道数学题找答案时，梁殊择睨着浏览器页面。

"哎，"周梵浏览一遍浏览器的答案，"好像你是对的。"

她关掉手机屏幕，抬头，撞上他漆黑的眼，她问："你在想什么，是不是觉得我很笨？"

"没。"梁殊择扯了下唇，"辅助线画不画要根据具体题目而定。"

"哦，这样。"周梵在手机里告诉周峪嘉怎么做题，做完题目之后便吃着饭。

很快吃完饭，两人坐高铁列车回了西京市。

车上，周梵说："下周手语社的活动，你去不去？"

下周手语社要去拜访一个没去过的聋哑小学，这个活动刚开学就定下来了，只是前几天刚确定了具体的时间。

"你去吗？"梁殊择问。

"去吧，"周梵说，"我挺想去的。"

"要留宿。"梁殊择说。

周梵摆弄着手机，顿了顿，说："离我们这儿很远吗？"

"挺远的。"梁殊择说。

"哦，"周梵点下头，"那我带一个行李箱去。"

她偏头看他："你还没说你去不去呢。"

"去。"梁殊择回答。

十月份遂南市的温度逐渐降了下来，到了去聋哑小学的前一天，周梵往行李箱里塞了件外套。

李清铭："梵梵，你带你膝盖的药膏吗？"

"不用，"周梵摇下头，笑，"好得差不多了。"

"哦，那行。"李清铭问，"梁殊择也去吗？"

"嗯，我们一起去，然后还有手语社其他几个学长学姐，这次人不是很多。"周梵说，"那个小学刚建没多久，我们还得住宾馆呢，小学没有宿舍给我们住。"

李清铭点下头："那你要看好天气啊，待会儿打雷的话，你一个人住。"她顿了下，"等等，那你和梁殊择住一个房间，还是分开住？"

周梵迟疑了下："应该是两个房间吧。"只是这几次她和他一起住宾馆，总是打雷，两个人就睡一张床了。

"噢。"李清铭笑了笑，"你知道吗，梵梵，最近西京大学外边开了个豆浆店，听说很好喝，你最喜欢喝豆浆了，明天去买吗？不过听说要排很久的队，要起得比较早。"

周梵拉上行李箱的拉链："算了，懒得排队。"

"我也不想排队啊。"李清铭苦着脸，"谁能给我买一杯豆浆啊！说实话，在我这里，我觉得玫瑰和星空不是最浪漫的，最浪漫的应该是有人排队给我买豆浆！"

周梵扯了下嘴角:"我也觉得是这样。"

李清铭认真地点下头:"我比较容易被这种很生活的东西打动,就是细节。"她叹口气,"可惜这种很生活的细节,太少有男生肯愿意为女生去做了。"

周梵拍拍李清铭的肩:"女孩子就是很容易被细节打动。"

两人聊了会儿天,就都爬上床,周梵又睡不着,爬起来打开手机看今天梁殊择说的那道数学题。

她顺势点进去浏览器,想找找那个题的解析过程。

忽然,手指僵硬住。

她呼吸都停止了。

周梵之前没注意过浏览器的页面是可以看到她过去的搜索记录的,前一阵她搜过那个关于会不会疼的问题,她还没有删除记录。

而现在,那个记录明晃晃地摆在那里。

也就意味着,前一周梁殊择看她浏览器搜索时,有可能看到了。

不对,周梵拍了下脸,脑袋空白一瞬。

她回想他那时候的模样。

周梵舔了下唇,他真的有可能看到了吧。

第二天周梵拎着行李箱在校门与手语社的几个人会合。梁殊择没在。

陈雅学姐朝周梵招下手:"梵梵,在这儿!"

周梵翘下唇,朝他们走过去。陈雅说:"社长去给我们买早餐了,待会儿到。"她改个口,"应该说是你男朋友。"

周梵笑了笑。

几分钟后,梁殊择到了,手里拎着早餐,他将早餐递给陈雅,让她分了。

周梵在等陈雅分早餐给她。

梁殊择拽她一把,拉她去出租车里。

"你的在我这儿。"

"哦哦。"周梵说。

她看着梁殊择递给她一杯豆浆。

周梵接过,插入吸管,吸了一口。

去高铁站的路上,梁殊择一边拉着她手,一边看手机。

周梵被梁殊择这么牵着手，行动有点不便，她想玩个游戏，得两只手一起玩。

她看一眼梁殊择，他在那儿摆弄手机，大概不会注意到她松手。

她便悄悄松开他的手，去玩手机游戏。

几秒后，梁殊择就偏头看她一眼。

周梵："你不是在处理事情吗？怎么还这么注意有没有牵手啊。

"我想玩个游戏。"

梁殊择："玩游戏？"

他点下头："行。"

周梵"嗯"了声，心里想了想，以后还是不要轻易松开梁殊择的手了，他会很快发现的。

到那个聋哑小学时已经到了下午三点。

小学在镇上，手语社的人先去了趟学校，这个小学的校长先前邀梁殊择过来了好几次，因为他捐了不少款。

在小学吃完饭，校长不好意思地说："你们还得去镇上找宾馆住，我们招待不周。"

几个人又聊几句，一直在学校待到晚上九点多。

出了小学，手语社的人一起去旅馆。镇上的旅馆就一个，梁殊择原本打算给每个人单独订房间，但镇上旅馆房间实在不多，今天下午又来了几个人入住，房间少了一间。

于是陈雅便提出她和她男朋友一间房，其余人才能住单独的房间。

其实那时周梵也想说，她和梁殊择一个房间也可以，但陈雅很利索地就提出她要和她男朋友住一间房，周梵还没说出口，陈雅就说了。

于是周梵拿着钥匙到了二楼，梁殊择将行李箱递给她。

周梵接过，推着行李箱走进她房间。房间还算干净，周梵一进房间便从行李箱里拿衣服出来洗了个澡。

洗完澡后，她躺到床上，今晚没有打雷，她就躺在床上玩手机。

梁殊择在她隔壁，周梵抿了下唇，打开浏览器页面又扫到她之前问的那个问题。

她删除了搜索历史。

周梵玩手机时，总是听到一股窸窸窣窣的声音，她走下床去看，又没看到什么。

晚上十一点多,她有点困了,正准备关灯,忽然看到桌子上快速窜过一只老鼠。

周梵吓一跳,穿上拖鞋就慌慌张张去敲梁殊择的房门。

她吓得连拖鞋都没穿好,看到那只老鼠时,她心跳都停住了。

怎么会有老鼠啊!

周梵感觉这间房间变得恐怖起来。

梁殊择很快将门打开,周梵扑到他怀里。

"我房里有老鼠,吓死我了。"她被吓得大喘气,一边拍着心脏,一边喘气。

梁殊择眼神动了动。

周梵走进梁殊择房间里,坐到沙发上平复心情,抓着他手:"那只老鼠好大,我从来没见过那么大的老鼠。"

梁殊择将她揽到怀里,低声哄她。

过了几分钟,周梵才勉强平复心情。

她看着梁殊择,嘴唇动了动:"我不想再回那间房了。"其实她可以去别的女生的房间,但她想留在梁殊择这里,没什么原因,她的行为不由她自己控制。

梁殊择看着怀里的她,眼里情欲从她敲门那一刻就有了。

他摸了摸周梵的膝盖:"膝盖好了吗?"

周梵膝盖被他碰到,浑身荡过一阵酥酥麻麻的感觉。

她看一眼梁殊择,两人视线撞了下,眼里的情绪都分毫不差。

下一秒,周梵凑过去吻他的唇。

梁殊择这次没抓住她的手,他吻着她,手贴合着她腰,眼里的滚烫情绪像是要把她淹没。

周梵仰头吻到他喉结,房间里的窗帘紧拉着。

空气里传递的情欲因子不断加大,两人接吻都发出声音。

周梵听到梁殊择的喘气声,一下一下要将她耳朵弄麻。

时间一分一秒过去,周梵被梁殊择吻到身体犹如火烧。

雨不知道是什么时候下的,周梵被梁殊择带去床上时,雨水淅淅沥沥敲打着镇里常见的蓝色老式玻璃。

旅馆的床很柔软，白色床单干净整洁，周梵刚碰到床，床垫便凹陷进去一点。

梁殊择朝她吻过来，周梵下意识闭上眼睛，耳边响起梁殊择的声音，带着极强的攻击性："睁眼。"

周梵眼还是闭着，她闻到属于梁殊择的味道，依旧是以前那种乌木香，淡淡的，但始终萦绕在鼻尖。

几秒后，她听到梁殊择低哑的嗓音，响在她耳边，他将她衣服推上去。

雨停的时候已经很晚，周梵被梁殊择抱去浴室。

她记不清昨晚还发生什么了，第二天睁眼的时候，她手被梁殊择扣着。

梁殊择已经醒了，坐在床上摆弄手机，看到她醒来，他朝她伸手："现在起床吗？"

周梵动了下身体，酸软得不像话。

梁殊择睨了她一眼，抬手替她将被子盖好，说："现在还早，再睡会儿。"

周梵"嗯"了一声，抬眼看他："你能陪我再睡会吗？"

梁殊择应了声。

两人又再睡了两个小时，梁殊择得去学校了。

"你别去了。"他穿衣服睨着她。

"他们问的话，那怎么办？"周梵问。

"我给你担着。"

上午十一点多，周梵还躺在床上，睡得迷迷糊糊的时候，梁殊择从学校回来，走进房里。

周梵在睡梦里翻个身。

梁殊择坐到床边，揉下她头发："现在起床吗？"

周梵缓慢"嗯"了声，梁殊择手指划过她白瓷般的肌肤。

周梵感觉被他划过的地方又沾染上一层别样的情欲，她闭着眼，感受着梁殊择手指划过昨晚留下的痕迹。

没过多久，周梵被梁殊择抱起来去洗漱。洗漱完，梁殊择吻了吻她脖颈。

她将脑袋埋在他怀里，说："我想吃午饭了，饿了。"

"嗯，行。"梁殊择将午饭放到桌上，看着她吃。

他低笑出声。

下午五点，回西京市的高铁上。

周梵靠在梁殊择肩膀上。

陈雅坐在前面，回头看周梵："梵梵，你感冒好了吗？"

周梵看一眼梁殊择，梁殊择低笑了声。

她扭头去看陈雅："好得差不多了。"

"嗯，你要注意点啊，最近天气变化确实挺大的，一不小心就感冒了。"陈雅认真地说。

"嗯，"周梵扯唇，"我会注意的。"

"你吃药了吗？"陈雅又问。

周梵缓慢点下头："吃了的。"

"哦，那行，注意点哈。"陈雅说。

"嗯。"周梵不自在地挠了挠脖颈。

她穿了件高领的上衣，才遮住昨晚那些痕迹。

梁殊择朝她凑过来，咬字说："吃药了吗？"

周梵偏头看他："梁殊择，你真的好烦。"

她扭过头不看他，看外边千篇一律的景。

梁殊择抬手转过她脑袋，凑近她，低声道："哪儿烦人了，昨天晚上你很烦吗？"

周梵实在不想回忆那些让她面红耳赤的场面，她吐出一句话："你哪儿都烦人。"

"哦？"梁殊择偏头，唇碰到她唇，"这也烦人？"

周梵："烦人精。"

梁殊择低低笑了一声。

周梵偏过头。

梁殊择抬她下巴："说话。"

周梵脸红得滴血，她拂开他手，说："你别烦我，我要睡觉。"

梁殊择收了手，将她脑袋靠到他肩膀上，拿出一顶帽子盖她头上，又抬手将窗帘拉紧，说："行，公主殿下。"

周梵视野陷入一片黑暗，梁殊择抬手又将她戴着的帽子扶正。

周梵拽住他的手，说："谁是公主了。梁殊择你不要乱喊。"

梁殊择哼笑一声，说："你怎么闭着眼都能抓住我的手——"他低声说，

"昨晚也是，还撒娇，说好疼好疼。"

周梵又想到昨晚的事，重重地挠了挠梁殊择手心："谁撒娇了。"

她慢慢地说："本来就很疼，"她语调变低，"我又是第一次。"

梁殊择哂笑出声："谁不是第一次了。"他懒洋洋地扯着调子喊周梵，"撒娇公主。"

周梵用他的衣服盖住脸："你别闹了。"

梁殊择懒笑一声："周梵，你又撒娇。"

周梵不出声了。

梁殊择凑近她："生气了？"

周梵松开他的手，想去书包里拿酸梅。梁殊择下一秒又牵紧她的手，说："周梵，生气也不能松开我的手。"

"我哪这么容易生气，"周梵拉开书包拉链，"就想拿颗酸梅出来吃。"

"噢。"梁殊择说，"给我也拿一颗。"

"好。"周梵倒出两颗酸梅，觑他一眼，"你怎么这么担心我松开你的手？我刚刚一点也没生气。"

她将酸梅放到梁殊择手心，淡淡地说："以后我都不会再松开你的手了。"

梁殊择看她一眼，滚了滚喉结，扯唇："噢，撒娇公主发话了。"

周梵将酸梅塞到他嘴里："烦死了，谁是撒娇公主。"

"周梵是撒娇公主，"梁殊择声调往上扬，他顿一下，"是我的撒娇公主。"

周梵将酸梅放到自己嘴里，笑出声："谁想当你的撒娇公主啊，我可没说想当。"

梁殊择睨了她一眼，短暂地停了会儿："真不想当？"

周梵舔了口酸梅，和他眼神撞了下，滞缓地眨下眼："当吧。"

梁殊择笑得肩膀微抖，喉咙里吐出低笑："你要不要这么可爱。"

周梵手指划开手机屏幕："没你可爱啊，昨晚还非要我睁眼看你。梁殊择，你怎么这么横？"

"不是不让提昨晚的事吗？"梁殊择问。

"没，"周梵说，"不许提，我就是有感而发。"

她顿一下："别提了，到此为止。"

"行，"梁殊择抬手亲昵地勾住她发梢，"撒娇公主不让提了。"

477

周梵假装摆脸色:"梁殊择,能不能别叫我撒娇公主——"

她拍了下他腿,抬眼看他:"我是撒娇公主,那你是什么?"

梁殊择缓慢掀下眼,喉结随之滚动:"我是什么?"

他朝周梵凑近,咬着字说:"撒娇公主的男人。"

"不要脸。"周梵耳朵烫了。

"怎么不要脸了?"梁殊择摸了摸她耳垂,"好烫啊,周梵。"

"我说我是你男人就这么烫了?"他扯唇,"那以后要再变成别的身份呢。"

梁殊择声音压低笑:"那你要怎么办啊,周梵。"

他的话像火焰烤着周梵心里,烫成金。

她不回他的话,偏过头看高铁经过的田野。

梁殊择步步紧逼,凑过来盯着她,懒洋洋的调:"怎么办啊,周梵。"

他摸她耳垂:"可怜死了。烫成火山的温度了。"

周梵闭上眼,像没听见他的话。

半晌,她缓慢吐出一句话:"撒娇公主不让你提这个,你别提了。"

梁殊择又摸下她耳垂,问:"那个兔子耳坠怎么没戴?"

他说:"你男人送的。"

周梵歪头看他:"梁殊择,你能不能好好说话。"

梁殊择笑:"你这么不禁逗,我以前怎么没发现。"他顿一下,低笑,"行,撒娇公主不让提就不提了。"

周梵见他不浑了,就回答他刚才那个话题:"兔子耳坠我放盒子里了,太珍贵了,不想戴它,别沾上脏东西。"

梁殊择抬眼看她:"怎么,你打算供着它?时不时还给它上炷香?"

周梵笑了:"没有,我就觉得很珍贵呀。我想这辈子都把它珍藏起来,不给别人看了。"

梁殊择"哦"了声:"这样。"

"嗯,"周梵说,"我以后都舍不得戴它了。"

她低头拨了下梁殊择手心:"舍不得戴了,怕弄坏了,梁殊择,我太舍不得了。"

梁殊择抬手抱她:"把那个店都给你买过来,行吗?"

他说:"一起买了也值不了几个钱。"

"不是钱的事,"她正眼看他,"是你太珍贵了。"

她低下头:"我舍不得弄脏你以前给我的东西。"

梁殊择滚了下喉结,将周梵抱在怀里,手指捏了下她的唇:"有什么舍不得?"

他拿起外套,盖住他和周梵的脸,两个人躲在外套下接吻。

光影明明灭灭,高铁好像途经一个长长的隧道,在一片暗无天日里,他边吻边说:"周梵,你是最值得的。"

车子开出隧道,迎来光明,周梵的脸贴着他的脸,梁殊择的外套依旧盖着他们,谁也看不到两人接吻。

周梵在外套里咬了下梁殊择的唇:"昨晚太疼了,以后轻点吧,撒娇公主受不住。"

梁殊择轻笑一声,热烈地回吻她:"受不住就多练,"他边亲边说,"撒娇公主在哪儿都能撒娇,在床上不行。"

周梵磨了下他的唇:"梁殊择,你真的——"

梁殊择:"怎么?"

周梵舌尖探进去:"你就不怕我哭出来吗?"

"怕,"梁殊择按住她后脑勺,发狠地吻她,"怕你不哭。"

结束这个吻,周梵腿软,梁殊择捞过她双腿放到他腿上。

梁殊择将外套放到一边,说:"周梵,你唇很软。"

周梵双腿放在他腿上荡,抓着他手说:"你别总是说这种话。"

"你不害臊我害臊。"

"噢,"梁殊择点下头,"知道了。"

"嗯。"周梵也点头。

梁殊择又偏头看她:"可是和你接吻真的很舒服。"

周梵抿了下唇:"梁殊择,你真的好过分。"

梁殊择轻轻"嗯"了声,忽然说:"昨晚怕弄疼你,我都没太发狠。"

周梵不想和他摊开说这个话题,白了眼他。

梁殊择捻着她发梢,疏懒地笑:"撒娇公主真的太娇了。"

周梵闭上眼:"真的要睡觉了,别闹我。"

梁殊择"嗯"了声:"好的,撒娇公主。"

抵达西京市天色已经很暗淡了,周梵牵着梁殊择的手,偏头说:"梁殊择，什么时候有空，我们一起回一趟遂南一中吧。"

梁殊择拎着行李箱，抬眸看她："想念高中了？"

"不是，"周梵弯下唇，"就忽然很想回去一趟了，嗯，没什么原因。"

"行，"梁殊择说，"等忙完这阵，就陪我们撒娇公主回去。"

周梵拉他的手："好，梁殊择。"

她想，遗憾总是要被弥补的。

十一月的第一天晚上，因那几天连着没课，周梵和梁殊择坐高铁列车回了遂南市。

周梵的爸爸妈妈也回了家，遂周梵那晚住在了家里。

那天晚上，周梵坐在卧室里，想着后天要和梁殊择一起回遂南一中的事。

她弯腰将校服从衣柜的最底层拿出来，走到洗衣房，将校服扔进去清洗。

陈慧卉扫她一眼："怎么好端端拿校服出来洗？"

周梵挠下手心："后天我要去遂南一中，拍个纪录片，得穿校服。"

"哦。"陈慧卉穿着拖鞋上二楼，"早点睡吧。"

"嗯。"周梵点下头，也穿着拖鞋回了卧室。

她拿出刚买的黄色信封和纸张，白色台灯照亮桌面，她认真地一笔一画写下"给高三（7）班梁殊择"。

周梵写得很认真。

开篇的第一段话是：

高三（7）班梁殊择你好，我是高二（5）班的周梵。你可能会觉得这封信很突兀，但这周六我们可以出来见个面吗？我挺想认识你的。

写着写着周梵的眼泪掉下来，将纸张打湿。她又换了张纸，在深夜将这封信继续写完，写给十八岁的梁殊择，写给那个没有被撕碎信的梁殊择。

她想跨越这两年的鸿沟，告诉梁殊择，她真的太笨了，她应该早点认识他。

周梵拿笔的手摩擦着纸张，她眼眶泛酸，继续写下最后一段话：

嗯，期待我们周六的见面，不见不散。高二（5）班周梵。

写完信，周梵将纸张塞进信封，拿在手里掂量。

她轻吐出一句话："这才是正确的轨迹。"

她和梁殊择见的第一面本该在遂南一中，而不是在去西京大学的高铁上。

第二天，梁殊择去市中心的公司里见朋友，周梵一直待在家里继续完善那封信。

晚上九点，她将校服收进卧室，给校服喷了点柠檬味的香水，手碰到梁殊择那个签名，她眼神动了动。

她没有告诉梁殊择她明天会穿校服，因为她想给他一个惊喜，穿着校服将那封信递给他。

忽然，周梵卧室的门被敲响，陈慧卉说："睡了吗？"

周梵："没呢，妈妈。"

"嗯，那我进来了。"

周梵将校服塞到被子里。

陈慧卉坐到沙发上，抬眼看周梵。

"妈妈小时候是不是对你的关心太少了？"

陈慧卉说："感觉你上大学以来变化很多，人变得更开朗了，也爱笑了。"

周梵不好意思地揉下鼻梁："也没有，和过去差不多。"

陈慧卉走过来，揉周梵头发："是妈妈的错，和你爸爸常年在国外，也不怎么关心你和周峪嘉。"她又叹口气，"就你们差点被人贩子抓走那段时间，我陪在你们身边了，养只兔子吧，兔子还死了。"

周梵语气温和："没事，妈妈，你不要太自责了。"

或许以前她会怪陈慧卉，但现在，她好像不怎么怪妈妈了。

可能长大就是这样吧，以前会责怪的人，现在好像都放下了。

"嗯，好，梵梵是真的懂事。"陈慧卉摸她的头，"以前妈妈觉得，在大学尽量不要谈恋爱。但妈妈现在觉得，你如果有喜欢的人，可以试着和他谈一谈。"

"嗯？"周梵几乎从来没有和陈慧卉聊过这种话题，她愣了下。

"妈妈也就是说说。"陈慧卉说，"不过女孩在谈恋爱的时候一定要保护好自己。"

她看一眼周梵："你得确定他是爱你的，知道吗？"

周梵慢慢地点下头："嗯，知道了。"

陈慧卉继续说:"不过现在这种男生很少了,大学里很多男生对恋爱都不太认真。"她看着周梵,"所以你一定得眼光放高,不能什么男孩都放进眼里,知道吗?你是个很优秀的女孩子,谈男朋友的水准一定得拉高。知道吗?"

周梵"嗯"了声,手指卡在沙发细缝里。

"嗯……还有,如果以后谈男朋友了,一定得带回家看看。"陈慧卉说,"你可以多谈几段恋爱,做一下比较,才知道哪一个是最好的。"

周梵很少反驳她的话,这次却反驳:"不用比较。"

梁殊择就是最好的那一个。

陈慧卉手机响了,她走出去接电话,回头扫一眼周梵:"睡觉吧,明天不是还得去遂南一中拍纪录片。"

"嗯,好。"

周梵将卧室门关上,回复了梁殊择的消息后,她将那封信又拿出来看了一遍,看着看着就笑了,过几分钟又眼眶泛酸。

很晚的时候,她将信封装好,又抬手将兔子耳坠从盒子里拿出来,好一会儿才睡着。

梦里,她梦见陈林湖那朵漂亮的花。

花开在寸草不生的土壤里,随风飘。

她醒来的那一刻,正好天光渐亮。

周梵起床,走到镜子前,换上遂南一中的校服。

是很经典的蓝白配色,她穿着很合适,校服上有很多签名,她只看得见梁殊择的。

因现在还不想让家里人知道梁殊择的存在,周梵便没让梁殊择来家门口接她,她让他在路边等她,两个人一起坐公交车去遂南一中。

今天是星期一。

周梵穿着校服,戴着兔子耳坠,包里放着一封黄色的信,在清晨七点过五分出门。

见到梁殊择的时候,梁殊择拉过她手,眼神动了动:"周梵,怎么穿校服?"

周梵被他牵着手,她弯唇笑了下,想给梁殊择一个惊喜,没打算先告诉他。于是她说:"我顺便把作业给拍了。待会儿你拍我,我入镜,下周作业就做完了。"

"噢,"梁殊择揉下她头,"行,我刚刚还以为回到过去了。"

周梵看他一眼。

梁殊择碰了碰她的兔子耳坠:"不是说以后都不戴吗?"

"今天比较特殊一点。"周梵说,"我待会儿拍作业,戴耳坠好看一点。"

"噢。"去往遂南一中的公交车来了,周梵和梁殊择牵手上车,坐在左边的两人位置上。

公交车上有很多穿着校服的学生,只是校服款式和周梵的不太一样,因为他们穿的是改版过后的。

周梵杵着下巴看外边的风景,梁殊择一只手拉着她,另一只手摆弄手机。一会儿后,她将车窗打开,梁殊择忽然看着手机说话。

"周梵,以后,在你身边那个人,能不能永远是我?"

周梵的手还放在车窗上,她愣了好几秒,说:"怎么忽然说这个?"

梁殊择视线移到她校服上,说:"你知道吗,你这件校服上,我签过名。"

周梵瞥他一眼,梁殊择抬手往那个位置按了按:"你男人在你高三那年就在这儿签过名了。"

周梵眨下眼,顺势去看那个签名,她嘴唇动了动,又不知道该说什么。

半响,她找到自己的声音:"梁殊择。"

梁殊择笑一声:"撒娇公主今天怎么不撒娇?"

气氛是他弄起来的,现在又被他破坏掉,周梵觑他一眼。

梁殊择扯了下唇:"周梵,你之前高二那栋教学楼废弃了,待会儿我们去那儿拍个照?"

周梵瞥他一眼:"嗯。"

恰好公交车到了遂南一中。

因梁殊择已经和学校联系过,周梵便被他拉着手畅通无阻地走进学校。

她抬眼看身边的人。

身姿挺拔,下颌硬朗凌厉,线条恣意流畅,整个人看起来倦懒淡漠。但偏偏侧脸看她的眼睛里,又含着点不一样的意味。

两人牵着手在遂南一中的操场上散步。现在是早自习时间,书声琅琅。

周梵紧了紧梁殊择手心:"终于在遂南一中操场上牵到你的手了。"

梁殊择偏头看她:"这话不是该我说?"

他顿一下，重复之前曾经说过的那句话："周梵，我本来在穿校服的时候，就可以牵到你的手。"

周梵低低地"嗯"了声。

梁殊择："其实也不算遗憾。"

周梵看他："为什么不算？我觉得很遗憾。"

梁殊择说："我本来已经做好这辈子都牵不到你手的打算了——"他哂笑一声，"现在能牵到就算如愿以偿。"

阳光明媚，在天边割裂出一道赤色的豁口。

周梵鼻梁一酸。

梁殊择抬手将她圈到怀里："所以呢，我们不算遗憾。"

他滚了滚喉结："算我美梦成真。"

上午十点钟，星期一的升旗仪式如期举行。梁殊择受校长邀请在主席台上做演讲。

周梵看着他出现在遂南一中的主席台上，本该几年前就能看到的，可是现在才看到。

她眨了眨眼睛，全程盯着梁殊择。在距离演讲结束的前几分钟，周梵转身离开操场，去梁殊择之前那个高三教学楼。

梁殊择的声音通过学校里的广播，传遍遂南一中每个角落。

几分钟，她手机响了下。

梁殊择发来一条消息：来你高二教学楼这边。

周梵回复：我在你高三教学楼这儿，梁殊择，你过来吧。

几秒后，梁殊择回复：行。

现在遂南一中的学生都在操场上升旗，周梵站在高楼的走廊上，从包里拿出一封信。

她捏了下信封一角，将它抚平，等待梁殊择过来。

梁殊择在一分钟后到了楼下。

周梵看到一个挺拔的男人，她朝他挥手，不算大声地喊："梁殊择！"

周梵将信封抛下去，朝梁殊择笑。

"给你的信。"

于是，梁殊择在两年多后收到这封来自周梵的信。

梁殊择抬眼看她，他暗恋的女生笑起来很好看，眼睛弯弯的，睫毛在日光下显得根根分明。

她站在他之前站立的位置，将信抛给了他。

梁殊择滚动下喉结，抬手接住这封信，漆黑的眼看向她。

周梵在两分钟后跑下来，朝梁殊择挥手："拆开看了吗？"

梁殊择看她一眼，她戴着他送的兔子耳坠，还穿着校服，就好像两年前的她跑过来找他。

梁殊择眼神动了动。

周梵正想问梁殊择为什么不拆，梁殊择忽然拽起她的手往她之前那栋高二教学楼走。

周梵歪头看他："梁殊择，去我高二那栋废弃的教学楼吗？"

梁殊择"嗯"了声。

于是两人到了周梵高二教学楼底下。

这栋教学楼早已被废弃。

周梵咂下唇："我们真的要去吗？"她偏头看他，"已经废弃了。"

梁殊择伸手拿过她包："我问过别人，不是危楼。"

"哦。"周梵说："那我就在这儿拍作业吗？"

她笑："梁殊择，你拍我。"

"行。"他从她书包里拿出相机。

梁殊择："去你之前高二那个教室。"

"好。"周梵说。

两人牵手走到周梵之前那个教室。

周梵紧了紧梁殊择手心，就是在这个教室里，她撕掉梁殊择给她写的信。

她歪头看他一眼："我刚刚抛给你的信，是以两年前的周梵的名义给你写的。啊，不对，我现在大二了，应该是三年前。"

周梵说："你就当作这封信是三年前收到的吧，可以弥补我们高中不认识的遗憾。"

梁殊择拿着钥匙打开门，走进教室。

今天日光真明媚。

他拿出相机拍她："去你高二最常坐的位置。"

周梵愣了下，往她高二最常坐的位置走。

"去看抽屉。"梁殊择说。

485

周梵遂弯下腰，伸手去拿，几秒后，她看到一个熟悉的黄色信封。

周梵的眼泪掉下来。

梁殊择说："打开。"

他顿了下："我高三给你写过信，一直没告诉你。这封信，你应该要收到了。"

周梵手有点抖，将信封展开，看到了这一封同样来自三年前，她曾错撕掉的信。

是啊，她应该是要收到这封信的。

原来梁殊择叫她来她之前的教室，是想把这封信重新交到她手上。

哪怕她曾经将他的心意践踏在黑暗的垃圾桶里，但他好像依旧想让她知道他对她的暗恋和喜欢。

周梵感动得喉咙泛酸，她抬眼看他，看到他嘴唇动了动，不甚在意地将他写信的事情说了出来。

哪怕他是被伤害的那一方。

甚至，梁殊择放下相机，走过来伸长手臂揽住她。

"之前是我没保护好你，"他揉下她头发，"我该保护好你的。"

如果保护好她，她就不会在高二有一段那样漆黑的时光。

是他没有保护好她。

周梵哽咽了声："不是这样的，是我不该撕掉你的信。"

梁殊择抹掉她眼泪，哂笑出声："哭什么。"

他说："真是娇。"

周梵掉下泪："你不懂，我真的好心疼你，"她趴在梁殊择肩膀上，断断续续地说，"梁殊择，我真的太心疼你了。"

梁殊择"哦"了声："那你心疼我什么，"他紧了紧她的手心，"我这不是牵到你的手了？"

"有必要哭？"

周梵："世界上怎么会有你这种人。"

梁殊择抬眼："怎么没有？我又没死。"

周梵被他逗笑出声，梁殊择拿过相机和她在教室里合了张影。

他调过参数，相机定格的那一刹，日光正好，倾泻在两人脸上。

周梵笑了笑，眼泪还没掉完。

梁殊择在她旁边，抬眼看相机，单眼皮显得很冷践。

周梵将相机拿过来，看刚定格拍下的照片。

梁殊择带她走出教室。

周梵拎着相机又给梁殊择拍了张单人照。

照片里，梁殊择很酷，眼神锐利，眉尾往下压了点，整个人看起来极有气场，也极帅气。

忽然头顶飘来一片树叶，周梵将树叶捡起来，抬头时，梁殊择朝她伸出手。

日光明亮得不像话，楼下陆陆续续有学生走进别的教学楼。

周梵朝梁殊择笑了笑。

她笑着搭上他的手，温热的手掌传递给她以后快乐生活的勇气。

梁殊择牵着她手，两个人往学校大门方向走。

周梵回头望一眼遂南一中，轻吐出一句话："还好找到你了。"

梁殊择问她说什么。

周梵歪头亲一下他。

"我说，今天阳光明媚。"

梁殊择抬眼看她，周梵紧了紧他的手，和他眼神相撞。

梁殊择朝周梵吻过来，听到她边亲他，边发出声音。

"幸好我们终于在一起。"

第十七章

我的公主

周六,周梵在学校忙摄影比赛的事。中午,梁殊择在她不知情的情况下来学校找她一起吃饭。

本来两人都说好今天都忙,没时间见面,但梁殊择还是抽空来找她了。

那时周梵正专心和学姐讨论比赛事宜,这个点一般没人会给她发消息,她便没注意看手机,等讨论完看手机,才看到梁殊择十分钟前发来的消息。

梁殊择:挺忙?

梁殊择:在楼下大厅等你。

周梵弯了唇,和学姐说了再见后下楼。

走到一楼大厅后,她环视一眼,却没看到梁殊择的人。

她低头看了眼手机,梁殊择没再发消息过来。

周梵有点歉意,便低头给他发消息:我刚刚在忙,没看到消息。

她咽了下喉咙,接着打字:你回去了吗?我好像没在大厅看到你。

愣怔一秒,周梵在对话框输入一句话:梁殊择,你生气啦?

"能不能别给我扣这种帽子?"刚发完这条消息,周梵就感受到有人牵起她的手。她扫一眼,梁殊择放下手机,恰好抬眼,两人视线交会一下。

她愣了下,摸了摸鼻梁:"我还以为你等我等得生气了。"

"不至于。"梁殊择扯了下唇,看她一眼,"是我没提前说。"

周梵紧了紧他手心,弯眼笑。

梁殊择朝不远处的教室抬了下巴:"在那儿遇到个熟人,聊了一会儿。"

周梵顺势朝那边看过去,一个二十多岁穿着合身西服的男人站在那儿,背影修长矜贵。

"好像是新来不久的教授。"周梵说。

梁殊择"嗯"了声:"是刚来。"

他牵着她往外边走。

"想在哪儿吃饭?"梁殊择抬手将她的发梢绕到耳后。

梁殊择的手碰到她很敏感的耳朵,仿佛有电流经过,周梵捉住他的手:"就去食堂吃吧,挺近的,我还没忙完。"

"行。"梁殊择手被她捉住,看着她,笑问,"干什么?"

周梵松开他的手:"不干什么。"她声音降低点,"我耳朵被你一碰就很容易红,你别碰。"

489

梁殊择笑出声："就帮你弄下头发，被你说成什么了。"
周梵摇下头，也笑出声："梁殊择，你别闹我。"
"这就闹你了？"
周梵看他一眼。
梁殊择抬手整理她前面的头发，懒懒散散地笑道："行，不闹。"
"嗯，"周梵想到那个教授，神色正了正，"他上课好像很严格，下学期我有他的课。"她看着梁殊择，"那个课本来就很难过，我好担心挂科。"
"挂科？"梁殊择嘴角提起来一点。
周梵点点头："有点担心，我下学期的复习周估计会过得很艰难。"
梁殊择觉得好笑："不是有我嘛。"
周梵："你又不是我这个专业的。"
"我和你们那个教授是朋友嘛。"梁殊择说。
"嗯？"周梵偏头看他，"你能弄来考纲吗？"
梁殊择笑着睨了她一眼："不能。"
周梵扒拉下被风吹乱的头发，几秒后，又听到梁殊择闲散道："但我能让他来给你一对一辅导。"
"啊！"周梵将手机放进口袋，吐出一句话，"梁殊择，你是不是对我今天没及时回复你消息的行为耿耿于怀。"
她看他一眼："你是在报复我吧。"
梁殊择哼笑一声，拉着周梵进了食堂。进食堂时，阳光洒下来，他偏头在周梵耳朵边上说："这就报复了？"
他呼吸的热气萦绕在她耳朵边。
停顿一下，梁殊择又抬手摸下她耳郭，而后看她一眼。
周梵抿了下唇："这是公共场合，收敛一点啊，梁殊择。"
梁殊择抬手揽过她肩膀，低头看她："对女朋友也得收敛？"
周梵抬头看着他："当然，这是公众场合，"她摸下耳垂，"你收敛点。"
梁殊择"哦"了声，像是收敛了点："行。"
周梵抬眼，"嗯"了声，两人找了个靠窗的座位吃午饭。

吃饭的时候，对面也有对情侣。那两人说话声音有点大，对话全落在周梵耳朵里。

女生说:"那下午我们去看电影?"

男生声音传过来:"不去,没时间。"

女生音量提高一点:"为什么没时间?哦,陪我就没时间,那你交什么女朋友。"

"你别任性。"

女生声音听上去很不开心,断断续续说着数落的话。

周梵闻言拿筷子的手一顿,女生的这些话像催化剂,她忽然觉得对梁殊择有点愧疚。虽然他很忙,但也能抽出时间来找她,可前几天她一直在忙摄影比赛的事,忙起来就没有时间,虽然消息都能及时回复,但好像确实有一点点忽视他。

她眨下眼,心不在焉地摆弄手机。

意识回神后,她手指不受控制地点进了梁殊择的个人主页。

他个人主页一如既往,黑白配色分明,简约但不显得潦草,周梵觉得他主页挺有格调。

往下看,他的主页一贯只有一条动态,是转发她在澄山拍的那张照片。

照片里,天边勾勒几道深橘,澄山大片绿植辽阔旷野,看起来很漂亮。

看了两分钟后,周梵缓慢地将手机放下,情不自禁地看了好几眼梁殊择。

梁殊择还在慢条斯理地吃着饭。

周梵舔了下唇,看两眼手机,又下意识看了一眼梁殊择。

他依旧在吃饭。

周梵撑着下巴,盯着梁殊择。

她得说点什么好呢,他应该也听到那对情侣的对话了吧。他会怎么想?

周梵正思考着,几秒后,梁殊择忽然抬眼朝她看过来:"公共场合,周梵,你能不能收敛点。"

他吐出一句话:"别总是盯着我。"

"哦!"周梵点下头,"不好意思,梁殊择,我在想一件事情,想得有点入神了。"

梁殊择散漫地"嗯"了声:"注意点。"

周梵睨了他一眼:"你还挺斤斤计较。"

梁殊择不紧不慢地回睨了她一眼:"礼尚往来。"

491

周梵淡笑出声。

"刚刚——"梁殊择瞥她,"你在想什么?"

"就在想一些乱七八糟的事。"她顿一下,问他,"今天不是说好我们都很忙,不见面的吗?你怎么又来了?"

梁殊择抬下眼,像是在指责她:"听过一个词吗?"他语气又加重一分,"思念,懂吗?"

"哦。"周梵收拾好餐盘,和梁殊择一起将餐盘放至桌台。

她率先牵住梁殊择的手,看他一眼:"我——"

梁殊择对上她眼神。

周梵抿了下唇,认真地看着他:"也很思念你。"

"噢,"梁殊择扯唇,"那还真是看不出来。"

周梵笑了下:"忙完这阵就好了。"

梁殊择:"我下周得去国外。"

周梵下意识"啊"了一声:"去干吗呀,能不去吗?你就说你生病了,行吗?你等下把病传染给别人了。"

梁殊择扬手捏了下周梵的脸,语调闲闲:"你能不能说点正经的?"

周梵笑了笑:"去干吗呀,真是的,好不容易我忙完了,你又得忙了。"

梁殊择:"下周,还不急。"

"好吧。"周梵在心里叹口气,"你得去多久啊?"

"一周,不长。"梁殊择说。

"一周还不长?"周梵扫他一眼,"梁殊择,你故意的?"

梁殊择拿手机给她看,是那边公司发过来的英文邮件。

周梵确认过后,说:"好吧,我还以为你报复我呢,我不就这两天稍微忽略了你一点点吗,你就得去国外了。那以后我俩结婚了——"

她话止住。

梁殊择缓慢抬眼看向她,很慢很慢。

周梵很快换了个话题:"没报复我就好,今天周六了,我明天就能忙完了,可是你周二就走了,那我们就只有周一能在一起一整天。啊,我周一还满课……"

梁殊择却没放过她。

他淡淡扫她一眼:"如果我没听错的话,你刚刚——"

周梵顿一秒,觉得她刚刚那话说得不太合适,便看他一眼,像是在央求他:"别说了,梁殊择。"

"噢,"梁殊择不咸不淡地应一句,"行。你亲我下,我就不说了。"

现在路上人来人往的,周梵看了眼人群,道:"人太多了。"

梁殊择启唇:"结——"

下一秒,周梵凑过去亲他嘴角。

一秒两秒。

亲完,周梵歪头看着梁殊择,忽然说:"那我以后能不收敛了吗?我想一直盯着你看,而且我也在人很多的地方亲你了。"

"行啊。"梁殊择拽住她,将她往怀里带,吻了下她的嘴角,时间无限拉长。

吻完后,他嗓音带着点哑:"礼尚往来。"

第二天下午,周梵忙完摄影比赛的事,将照片从相机导到电脑里,上传至比赛官网。看到"提交成功"的字样出现在屏幕上,她松了口气,拿起桌上的手机给梁殊择拨了个电话。

电话很快接通,周梵笑了笑:"你在哪儿?我现在来找你?"

几分钟后,她换身衣服,去市中心找他。

两人在市中心吃了顿饭,周梵吃完饭支着下巴正大光明地打量他。

梁殊择吃饭较慢,任由她看着,眼也不抬一下。

周梵光是看着他吃饭就觉得很开心,唇始终扬着。

梁殊择吃完饭,两人走出餐厅。

周梵轻轻咂下唇,不抱希望地随意问:"你有薄荷糖吗?我有点想吃了。"

她都做好去对面便利店买薄荷糖的打算。

但梁殊择从兜里拿出来一颗绿色包装的糖,递给她:"拿着。"

周梵接过,有点惊讶:"你真有啊。"她扯开包装,将糖扔进嘴里,看了眼他,"还是无糖的。"

梁殊择"嗯"了声,懒笑道:"周梵,你想要的,我什么没有?"

周梵眨下眼,将包装扔进垃圾桶,又趁机看一眼他。

这个人总会让她觉得意外,时时刻刻都是。

更让她意外的还在后头。

两人牵着手在市中心这一块闲散地踱步。

没多久,走到一处看起来就很高级的住宅区,周梵看了眼手机。

梁殊择忽然撩下眼皮看她:"进去坐坐?"

"嗯?"周梵迟疑了下,"你朋友在这里住?"

梁殊择疏懒地笑了声:"我在这儿住。"

"嗯?"周梵更迟疑,"我们不是随便散步,散到这里的吗?"

"随便散步?"梁殊择带着她进了小区,"我这人可从来不随便。"

周梵被梁殊择拉着走进这片住宅区。

风拂到她脸上,她歪头看他,顿了几秒,说:"我真的以为只是恰好走到这儿了。"

两人坐电梯上去,梁殊择伸手按门锁密码。他侧头看她一眼,输入密码后,又抬头揉下她头发:"随便买的一个地,离市中心近点。"

周梵被他揉了揉头发,随即便弯了下唇。她很喜欢他这样揉她头发,很舒服,也很亲密。

梁殊择随手按开灯,笑了声:"周梵,你乐什么?"

周梵眨下眼,柔和的光线很快照亮她视野。她唇张了张,淡笑着说没什么,实则很开心,话音刚落,便低头看到玄关处有两双拖鞋。

很明显有一双是女孩穿的白色拖鞋,另外一双是海蓝色的。

拖鞋静静地躺在木地板上,光线覆盖在上面,看上去莫名带了几分温馨。

"密码是你生日。"梁殊择语气稀松。

周梵将拎着的包随手放到玄关处,听到梁殊择说的这句话后,背部僵了僵,一瞬后又恢复自然。她撇头,轻轻扯了下唇。

梁殊择将拖鞋放到她面前,嗓音压低,带着点引诱:"开心就笑出来,知道你开心。"

周梵俯下身弯腰换鞋,边换鞋边止不住弯唇,嘴硬道:"梁殊择,你怎么知道我开心。"

梁殊择拨了下她因为弯腰落下来的头发,嗓音闲淡带着懒散:"猜的。"

周梵笑着吐出三个字:"猜错了。"

同时,她扫视一圈他随便买的一个地。几秒后她发现这里怎么也不像随便买的。

三室两厅，空间极大不说，装修风格和他个人气质极其吻合，各种家具也一应俱全，唯一不足的是少了点生活气息。

"猜错了？"梁殊择侧头看着她。

周梵弯眼，"嗯"了声，穿着拖鞋往前走了几步。

梁殊择从后面扯了下她的手，周梵步子便止住了，听到梁殊择说的话："今晚还回学校吗？"

"回。"周梵回头看他，"明天早上有课，在你这儿睡，我明天早上得起很早。"

"但我起不来，梁殊择。"

梁殊择扯着她手，紧了紧她手心。

周梵笑了声，往沙发的方向走："反正你后天就要走了，到国外也不会想我。"

梁殊择和她一起走到沙发边，两个人却都没坐。

他看着她，哂笑出声："到底是谁不想谁。"

"你，"周梵说，"不想我。"

梁殊择掀下眼，扯着笑问她："你从哪儿学来的反咬一口。"

周梵坐到沙发上，梁殊择坐她旁边。

"看个电影行吗？"她指了下面前的电视，"你这电视看上去还挺不错。"

梁殊择随手拿过桌上的一个遥控，将电动窗帘拉上，夜色就被关在了外头。

他打开电视，牵着周梵的手，问她看什么。

周梵拿过遥控，和梁殊择随意交谈了几句，便选了她很喜欢的一部电影。

意大利导演罗伯托·贝尼尼拍的一部爱情电影，在1997年上映，周梵第一次看是在2012年。

此后她又反复看了好几遍，越看越喜欢。

两人一起看电影的时候，客厅的灯被关掉，只有电视屏幕上有光。

房间里很安静，周梵坐姿随意，梁殊择一只手搭在她肩上，半搂着她。

周梵很舒服地被他搂着，看得很开心。她用余光扫了眼梁殊择，他懒懒散散地坐着，倒也算认真看着屏幕。

周梵觉得这是她看这部电影最开心的一次。

"早安，公主。"听到这句经典台词，周梵笑了笑。

几十秒后，电影不知怎么忽然卡住了，屏幕中央出现暂停两字。

周梵看着梁殊择："好像是你不小心按了遥控器的暂停键，"她指了下屏幕，"卡住了。"

梁殊择抬眼看她，纠正："不是不小心。"

他凑近她，手贴上她肩，气息均匀火热地围绕在她周身："周梵，我故意的。"

周梵看着他，他离她极近，漆黑的眼被仅有的电视光亮照亮，眼窝深陷，倦怠淡漠。

她下意识抬手去拨他漆黑的眼睫。

梁殊择轻轻吐出一句话，声音很低。

周梵看了眼被暂停的屏幕，紧接着便听到他拖长尾音："撒娇公主，吻你一下，可以吗？"

周梵有一段时间没听到这个称呼，愣了几秒，梁殊择又看了眼屏幕。

"他可以吻他的公主，"他笑，"我也想吻我的公主。"

周梵心脏紧了紧，抬眼看他。

梁殊择将电视打开，电影又继续放，他朝她吻过来。

除了电视屏幕那点亮光，漆黑一片的房间里，梁殊择吻着周梵。

周梵听到电影里的意大利语，耳朵里却像自动过滤，只听得到梁殊择吐在她耳边的气息声。

他在周梵耳边说："沙发很软，你的嘴唇也是。"

周梵叫他别说，梁殊择"哦"了声，便只顾着吻她。

吻完，他又睨眼她，嗓音压低："身体更是。"

周梵脸通红，拽住他手臂，抬眼看他。

"梁殊择，你再瞎说，我以后——"

她还没想好具体怎么威胁他，一下子卡了词。

梁殊择被她逗得笑出声。

她脸红通通，娇媚可爱，是在人前不会出现的模样，只有面对他，才会有这种反应。

梁殊择拉她手，盯着她。

周梵和他眼神交会一下,吐出一句话:"不和你接吻了。"

"噢。不和我接?"梁殊择将她轻拽过来,凑她更近,距离缩到最短。

"那你想和哪个男人接吻。"

周梵气笑:"反正不和你接吻。"

"噢。"

梁殊择点个头,抬手摸过她白皙脖颈,哼笑一声,下一秒就强吻住她。

"但我能吻得你最舒服。"

到底是调情,周梵任由他吻着,只是脸滚烫。

不知过去多久,梁殊择松开她脖颈。

周梵手还放在他腿上。

梁殊择问她:"舒服吗?"

周梵当然不会回答他。

梁殊择又睨了她一眼:"时间太短了,没试出来,是吗?"

周梵看他像是又要继续接吻的样子,便抬手摸了下自己耳垂,轻声回答他。

"舒服。"

"怎么舒服?"梁殊择接着问。

周梵歪头扫他一眼,梁殊择饶有兴致地看着她。

"说清楚,"梁殊择说,"不然待会儿再试试?"

周梵蹦出一句话:"哪有你这种人。"

"那就是不舒服了?"梁殊择说。

周梵很喜欢和他接吻,觉得很舒服,但她面子薄,张不开这个嘴。

梁殊择凑过来接着吻她。

一段不短的时间过去,周梵手被梁殊择压在腿下,动弹不得。

"以后你还找别的男人接吻吗?"梁殊择滚了滚喉结。

周梵看着他:"那你以后不准说那些让你和我都脸红的话。"

"噢,"梁殊择笑一声,"没什么让我脸红的话。"

周梵继续看电影,不想理这种一点都不害臊的人。

梁殊择抬手搂着她,两人接着看起电影。

但没看多久,周梵觉得得回校了,便和梁殊择说了声。

梁殊择"嗯"了声，将灯打开。

灯打开的一瞬，他看了眼周梵，周梵恰好和他对视一眼。

几秒后，听到他嗓音抵达她耳畔。

"下次再接着看这个电影。"

"嗯。"周梵应了声，拿起皮筋绑头发。

梁殊择声音放缓，向她靠近："他有他的公主，我也有我的公主。"

周梵停止了绑头发的动作，往他的方向抬眼。

梁殊择说完又叫周梵过来，他送她回学校。

抵达西京大学女生宿舍楼下时，周梵说："我明天有一整天的课，你周二什么时候的飞机？"

"上午。"梁殊择抬手替她松了安全带。

周梵不开心，气她自己课多："我周二上午也有课，不能去送你，我周一也满课，那我们没什么时间在一起了。"

梁殊择捏下她脸："明天我来接你下课。"

"真的吗？"周梵说，"但你明天不是不在学校吗？"

"能不能别说废话？"梁殊择笑了声，"我在外星球不都得来接你下课。"

周梵笑了笑："那我怎么知道，我以为你挺忙的。"

"是忙。"

梁殊择凑过来吻她的额心。

"但见你更重要。"

第二天周梵一整天的课。

下午，周梵上完课，顺着人流走出教室。

梁殊择站在走廊上，和那个严肃年轻的教授正说话。

周梵朝他们走过去。梁殊择抬手搭到她肩膀上，周梵整个人便被他揽在怀里。

周梵咳了一声，将他手拂下来，朝那个教授礼貌地问了声好。

梁殊择在一旁笑出声。

周梵问完好，便和他走出教学楼。

出教学楼时，梁殊择侧头朝她说："周梵，跟你说个事。"

周梵迟疑了几秒:"能回你家再说吗?"

梁殊择:"不是那事。"

"哦,"周梵说,"那你说吧。"

"晚上我陪你吃完饭,就得去那边。"梁殊择沉默一瞬,看了眼她。

"为什么?"周梵的唇瞬间就拉平,"不是说明天才走吗?"

梁殊择抬手摸下她头发:"因为事情有点紧急,改时间了。我也是刚知道。"

失落之余,周梵瞬间就理解以前她因不可避免的事爽约,梁殊择的心情。当然会有点不开心,但表现出来又会让对方为难。

顿了几秒,她沉闷地"嗯"了声:"好。"

梁殊择抬眼,带她去餐厅吃饭。

吃完饭,搭出租车去机场。

周梵跟着他一起去了。

出租车后座,周梵拉着他手,看他:"以前,我们约会的时候,我……"她轻吐出一句话,"对不起啊,梁殊择,我以后不会了。"

梁殊择挠了挠她手心:"好好的道什么歉?"

周梵继续看着他,认真地说:"没什么,反正我以后都会好好爱你。"

梁殊择嘴角牵起:"前言不搭后语的,周梵,别说话了,亲我会儿。"

"哦。"

周梵弯下唇,凑过去亲吻他嘴角。

一会儿后,她躺在他怀里,很舍不得他离开。

梁殊择抱住她,过了几秒又提醒她:"我得去一周,把这一周的吻,现在都给补了?"

周梵:"嗯?"

梁殊择不待她说话,手扶住她后脑就接起吻。

舌尖蹭进去,唇舌交战,两人呼吸交叠在一起,很欲很重。

周梵感受梁殊择这次的攻击侵略性,像是要把她悉数侵略掉。两具身体都滚烫,像火烧云似的。

接完吻,梁殊择轻吐出一句话:"记住我的味道了吗?"

周梵抬眼看他。

梁殊择滚了滚喉结,嗓音压低:"周梵,记得想我。"

周梵轻眨下眼,将头抵在他肩膀上,声音很轻:"梁殊择,让我抱你会儿。"

同梁殊择一块儿去的学长已经到了机场。
出租车抵达机场时,梁殊择忽然朝周梵说:"如果真想我了——"他抬手碰下她脸,"我估计你不会想我。"
周梵鼻尖酸了酸:"怎么不想你,现在就不想让你走掉了。"
梁殊择笑了声,抬手抱抱她:"好了,真想我了就去我那儿住,密码是你生日,你知道的。"
周梵眨眨眼,下巴抵在他肩膀上,"嗯"了声。
"我那儿的东西都是成对买的,你在那儿住不用另外准备什么。"
"好。"
周梵说。
"嗯。"梁殊择说,"周梵,你别送我了,直接坐车回去。"
周梵点下头:"行。"
梁殊择拉开车门下车,从后备箱里拿出行李箱。
周梵眼睛盯着他。
她缓慢地将车窗摇下来。
梁殊择睨眼她:"走了。"
周梵点点头,看着梁殊择走进机场。
她将车窗摇上去,又看了眼他背影,到底还是难受。
出租车往西京大学开。
车程行至一半,周梵难得矫情一次,又多给司机许多费用,让他将车往机场开。

她给梁殊择发了条消息:我还想再和你接个吻,行吗?
但梁殊择在四个小时以后飞机落地时才看到这条消息。
信息发送到他手机上时,他已经上飞机了。
看到这条消息,梁殊择比周梵更难受。
周梵回到西京大学宿舍,又给梁殊择发了条消息:我以为能赶到的,没想到路上堵车了。
周梵:没有关系,等你回来再接吻。

500

估摸算到梁殊择下飞机的时间，周梵在对话框输入消息发送：梁殊择，我要睡觉了，晚安。

过一分钟，梁殊择给她回了消息：今天没接到的吻，下次补回来。

周梵慢动作地打字：好。

接下来好几天时间，周梵上课时间多，学习起来也忙。

只是临近下课，没再在教室窗边看到过梁殊择身影。

以往每天两人至少要见一次面，这几天却只能靠手机联系，周梵能通过屏幕看到他，却牵不到他的手。

直到现在周梵才知道，原来梁殊择不在她身边，她虽然看起来和平时模样差不多，但心里却空落落的，思念迅速叠加起来，在她心脏和血液慢腾腾地淌过。

周五那天，李清铭哥哥结婚，李清铭看周梵这几天心情都不佳，下午上完课，便带着她一起去了。

晚上，李清铭不回宿舍，本来想找人送周梵回家，但因附近有出租车，周梵便不想麻烦别人送她，自己搭出租车回去了。

坐上出租车，司机问她去哪儿。

周梵不知怎么就说去市中心吧。

然后也不知道怎么就走到梁殊择买的楼盘房子附近。

周梵觉得自己很好笑，从小到大都没这么矫情过，一周时间而已，她整得像七八年似的。

但就是有点想他啊。

周梵坐在小区附近的长椅上，虽然很想在他买的房子里抱着他枕头，闻着他留下的熟悉的浅淡乌木香睡觉，但她觉得好像也不太好。

就在那儿坐着，天空亮起的那抹橘色消散，星星攀爬出来，夜逐渐深了。

周梵手机忽然跳出来一条消息。

梁殊择：明早给我的花浇下水。

明天周六，梁殊择叫她一大早去市中心房子那儿给花浇水？

周梵打字：嗯？

梁殊择：你今晚住我那儿吧，明天好浇水。

周梵：哦，好。

501

梁殊择又发来条消息：周六周日都浇，这周末你都住我那儿。

周梵：那你周几回来？

梁殊择：不确定。

因着要帮他浇花，周梵拎着包，走到梁殊择家门前。

她输入她的生日。

密码通过后，门开了。

手机又响了下。

梁殊择：你想住你自己房间还是我房间？

周梵坐到沙发上，摸了下后脖颈，迟缓地回复：我还有单独的房间吗？

梁殊择：怎么没有。

梁殊择：去看看。

梁殊择：不喜欢的话……就住我房间，都行。

周梵翘起嘴角，忙不迭穿着拖鞋扫了扫三间房，心里有感应似的推开其中一间房。

门被推开，她呆住，眼睫扑扇下，唇微微张着，很惊讶。

整间房的色调和客厅黑白灰配色完全不一致。

这间房看上去明显就像是女孩住的。和客厅的窗帘不一样，客厅的是灰色的，这里的是橙色。

就连床头的灯都是那种女孩爱用的漂亮灯。

床单颜色是周梵最喜欢的橙色。

她慢慢地走进去，看到白色柜子里还摆了好几台价格不菲的相机。

总之一切布置都很好看，是周梵审美里觉得的好看。精致又漂亮，夸张点说，就像童话里公主住的房间。

周梵给梁殊择发消息：你布置的？

梁殊择：[句号.jpg]

周梵输入：哦，不是你布置的，我就说你怎么会布置得这么——

消息还没输入完。

梁殊择傲慢地回复一个字：嗯。

周梵抬了下眼，输入：梁殊择，你一个人布置的呀？

过一会儿，梁殊择回复：[句号.jpg]

梁殊择：好了，别问。

梁殊择：一个男人布置这些。

梁殊择：[句号.jpg]

梁殊择：不准和别人说。

周梵笑出声，回复：我很喜欢。

梁殊择：那你今晚住你房间？

周梵：嗯。

和梁殊择聊了会儿天后，周梵拉开衣柜，发现衣柜里面不是空荡荡的，女孩子穿的睡衣都有好几套。

那天第一次来这里，周梵觉得客厅装修很没生活气息，现在才知道他将生活气息全部给她这间房间了。

晚上，周梵睡得很好。

周六早上，她很早就醒过来，且没什么睡意，便起来替梁殊择的花浇水了。

周六一整天，周梵都待在梁殊择这里。

晚上，她去楼下吃过饭，洗完澡后，将电视打开，挑了部电影看。

是一部悲剧爱情电影。

男女主最后阴阳相隔。最后一个镜头是两年后女主走到男主墓地前祭奠。

那个镜头很唯美，是一个很长的推镜头。

远景推至近景，最后定格在女主手里捧着的白菊上。

电影结束，周梵泪水滚下来。

她情感知力很强，看完整部电影，仿佛也经历电影女主失去男朋友的悲伤经历。

她抽了张纸巾擦眼泪，一想到以后如果和梁殊择也经历这样的事，她眼泪就越发收不住。

刚将纸巾扔进垃圾桶，门外忽然响起一道智能铃声。

周梵睁大眼，一会儿便听到了梁殊择的声音。

周梵连忙穿着拖鞋去开门，眼泪还挂在睫毛上。

门刚打开，她抬眼，梁殊择居高临下地看着她。

周梵抹了下泪，梁殊择抬手抱住她。

周梵被梁殊择抱在怀里，声音因刚哭过有些哽咽："你怎么提前回来了？"

503

梁殊择揉下她头发:"怎么哭了?"

周梵指了下电视屏幕:"刚看了个电影。"

梁殊择抬手拨下她头发,笑了声。

几秒后,他拉着周梵坐到沙发上。

先接了个极欲的吻。

周梵被他吻得很舒服。

但当梁殊择吻到她脖颈时,她张张唇:"梁殊择——"

梁殊择"嗯"了声:"知道。"

吻了一会儿后,他起身往浴室走。

梁殊择从浴室出来是在周梵快要睡着了。

"周梵,去床上睡。"

他拿毛巾擦着头发,眼皮撩着看了眼她。

周梵迷糊地睁开眼,又不困了。

"不困。"她说。

"那看个电影?"梁殊择问她。

"好。"周梵点下头。

这次电影是梁殊择选的。

周梵由着他选了个欧美电影。

看电影的时候,周梵躺在梁殊择怀里,屏幕里映出的光投在她眼睛上。

周梵很久以后都记得这一幕。

她没看他,看着放映的电视屏幕。

身边人的声音和电影里的声音融合交杂在一起。

动作掠过,光影几乎同步。梁殊择来吻她耳垂,叫她"撒娇公主"。

周梵心跳频率无限提高,脸的温度有岩浆那么烫。

晚上,两人睡在一张床上,周梵被梁殊择抱着睡。

梁殊择手臂的青筋明显,很有力量感。周梵抱着他手睡觉,很快就睡着。

半夜周梵做了个不太好的梦,醒来时天还没亮。她抬手去抱梁殊择,嘴唇动了动,近似于耳语。

"梁殊择,抱抱我。"

周梵半梦半醒,梁殊择抬手抱她,用手一下一下揉她头发,哄她睡觉。

周梵便很快又睡着了。

第二天白天。
周梵洗漱好走到客厅,梁殊择在清理沙发。她走到梁殊择身后,摸了摸耳垂。
梁殊择做了粥,两人坐在椅子上喝粥。
周梵喝得慢。
喝完粥后,梁殊择抬眼看着她,说:"喜欢你的房间?"
周梵点头:"喜欢。"
"噢。"梁殊择说,"下午去超市?添点东西。"
"行。"周梵应了。
这是周梵和梁殊择第一次逛超市。
梁殊择推着推车,超市里亮如白昼,地板光洁如新。他一只手拉着她,另一只手推着车,两人走走停停。
周梵在酸奶区域停下。
梁殊择打开冰箱,拿她爱喝的芒果酸奶。
接着推车来到生活用品区域,周梵想了想,看着他:"家里的毛巾是不是得多买几条?"
梁殊择扬下嘴角:"哪个家里?"
周梵抬手去拿毛巾,下意识说:"就我们家里啊,毛巾多买几条吧。"
她抬眼看他:"你喜欢什么颜色?灰色吗?"
梁殊择凑近她:"噢,我们家里。"
他扯唇:"周梵,我和你的家里。"
周梵这才知道他在说什么。
梁殊择将毛巾放进推车,继续推着车走,嗓音稀松平常:"周梵,你想和我有个家吗?"
周梵走在他旁边,愣了半响,说:"我刚刚不是那个意思。"
梁殊择"哦"了声。
周梵又看他一眼。
"我刚刚说快了。"
梁殊择"嗯"了声,没再继续这话题,推着车往结账的地方走。

505

周梵被他牵着手走出超市。

外边不知什么时候下起了雨。

梁殊择撑着伞。

回去的路上，两人说的话不多。

周梵忽然觉得梁殊择身上的气压好像有点不对，她很快想到应该是两人刚刚提及是否有个家的话题。

她好像没有正面回答他。

难道他因为这个生气了吗？

抵达小区附近时，周梵忽然出声："梁殊择，你不在的这几天，我都很想你。"

梁殊择侧头扫了眼她。

周梵和他眼神交会下，她才知道是她想多了。梁殊择看上去和往常差不多，刚刚应该只是她担心他生气，才产生的错觉。

但她想继续说这个话题，便说："其实我觉得我们生活在一起应该会不错。"

梁殊择："你怎么知道。"

周梵替他收了伞。

她说："我就这么觉得。那你觉得呢？我们生活在一起会怎么样？"

过了几秒，她听到梁殊择说不知道。

周梵舔了下唇，有点失落，因为梁殊择是个很少说不知道的人。

她手指绞着塑料袋，说："那你有想象过我们生活在一起是什么样子吗？"

梁殊择："没有。"

周梵心里很沮丧，"嗯"了一声，和他坐上电梯。

梁殊择都没有想象过她和他生活在一起是什么样子啊。

她以为他想过的。

他为什么没有想过呢？

电梯往上升，周梵越发沮丧，心沉沉闷闷的，像裹了层不透气的膜，很不舒服。

过了几秒，梁殊择骨节分明的手忽然替她将头发拨到身后："那尝试一下吗？"

周梵没反应过来："什么？"

梁殊择抬手揉她头发："周梵，我的意思是——

"我没有想象过我们生活在一起的状况。"

周梵抬眼，和梁殊择撞上视线。

然后听到他如平常般的嗓音。

"所以周梵，你要不要体验下同居生活？"他顿一下，"跟我。"

梁殊择这句话让周梵眨了下眼，她愣了下，顿了顿，说："可以啊。"

但考虑到现实情况，周梵转头朝他说："可是好像只有周六日可以，平时我要上课。梁殊择，我现在才大二上学期，还在上学——

"但以后的话，我想想，可能要到大三？大三就能实习了，应该不强制住宿舍了，我就可以不回宿舍了。"

她用那种商量的语气："所以，我现在不太能和你长久地同居，但以后应该是可以的。"

梁殊择见她模样一本正经，认真可爱，笑出声："只是体验一下，没让你天天和我住一起。"他凑近她，抬手揽过她。

周梵"哦"了声，也弯唇笑，接着她头顶响起梁殊择的声音，带着笑。

"撒娇公主，怎么这么可爱。"

周梵没出声，耳朵被夸红了，过一会儿她小声说："哪里可爱，别这么说我。"

梁殊择抬手按门锁密码，嗓音依旧带着笑："那你以前不是喜欢说我可爱？"他看着她，"怎么，我说你可爱就不行了？"

门开了，周梵弯腰在玄关处换鞋，吐出一句话："那不一样。"

梁殊择将酸奶放进冰箱："怎么不一样？"

"反正就不一样。"周梵说。

梁殊择将酸奶放在冰箱里摆好，低笑："行，你说我就行，我说你就不行。"

周梵："反正不行，可爱这词一点也不适合我，我一直没和你说，我从小就不是个可爱的人，我妈还说我没我姨的女儿可爱呢。"

梁殊择关上冰箱："是吗？那阿姨眼光欠佳。"

周梵笑了。

梁殊择说:"但我就觉得你可爱,和别人没关系。"

周梵看他一眼,低低地"嗯"了声:"行。"

她穿着拖鞋去浇花:"梁殊择,你今天好像忘记浇花了。"

她抿了下唇,忽然意识过来,抬眼看他:"你周五晚上让我来替你浇花,可是你周六晚上就回来了。"

她拨下头发,说:"我怎么感觉——"

"嗯,我故意的。"梁殊择嗓音稀松。

周梵没想到他承认得这么快,稍顿半响,她继续低头浇花:"那你以后想让我来,你就直说,拐什么弯,还让我替你浇花。我看你这花像八百年没浇过的样子。"

梁殊择笑出声:"行,那我以后坦诚点。"

周梵"嗯"了声,忽然又说:"但你也不要太坦诚了……嗯,那种话以后尽量都不要说。"

梁殊择想逗她:"什么话?"

周梵浇完花,含糊道:"就那种话啊。"

"什么话?"梁殊择继续逗她,"你不说我怎么知道?"

周梵蹲下来拨绿植树叶,背对着他,启唇:"就那种很不纯洁的话。"

"噢。"梁殊择走到她身后,手放到她脖颈那儿,指腹碰了碰,低声说,"哪种?你具体说说?"

周梵:"不说。"

梁殊择觉得她这样像毛茸茸不带一点刺的小动物,但偏偏她又是有棱角的,两者结合在一起,很可爱。

"真不说?"梁殊择又碰下她脖颈。

周梵继续拨着绿植筋脉分明的叶,被他弄得没办法了,她低声笑了笑:"我饿了,我们去吃饭吧。"

梁殊择扬手揉了把她的头发:"又用这招。"

周梵弯下唇,背对着他笑,眼角略微翘起一点,说:"我真饿了。"

梁殊择滚了下喉结,弯腰从侧面去碰她嘴唇:"接下吻看是不是真饿了。"

这个吻来得突然,周梵还没做好准备,他就已经咬上她唇。

密密麻麻而又分明的触感从唇瓣传过来,周梵唇舌都被他控制住。

一会儿后，梁殊择松开她，笑："真饿了，接吻都没有力气。"

周梵用手碰下自己的唇瓣，说："你咬我干什么。"

梁殊择睨眼她："什么时候咬你了。"

周梵皱眉，拿他手指碰她唇瓣："你自己碰碰，是不是咬了。"

梁殊择手指碰了碰她唇瓣，忽然抵开她唇，探进她嘴里，抹了下嘴唇内里的软肉，说："挺软。"

周梵笑着推开他一点："正经点，别浑。"

梁殊择哂笑一声，又说："给你做饭去。"

正值黄昏时刻，大片昏黄余晖透过灰色窗帘投进室内，沙发和各种家具在地板上投下阴影，两人身影被落日拉长。

周梵跟着他去厨房，看着他下厨。

男人身形挺拔，腰线精窄，侧脸棱角分明，下颌线条锐利。上衣袖口拉上去一点，露出一小截肌肉线条分明的手臂，做饭的手指节修长。

他做饭时模样懒倦，但看得出下厨是熟练的。

周梵有点惊讶："没想到你还会做饭呢。"

她问："有什么我能帮得上忙的吗？但我现在还不会炒菜什么的。"

梁殊择："你去沙发那儿坐着？"

他扫一眼她："等我做好了再叫你。"

"真没我能帮得上忙的？"周梵顿了顿，"菜都洗好了吗？"

梁殊择："洗好了。"

周梵："哦，好吧，那我去客厅吧。"走出厨房，梁殊择忽然又叫住她。

周梵回头，看到他说："有个事你倒可以帮我。"

周梵眼睫眨了眨，抬脚重新回了厨房："什么事？"她弯唇，"是什么菜还没洗吗？还是什么？"

"没，"梁殊择朝流理台看一眼，"帮我把那菜拿过来。"

"哦，行。"周梵笑着说。

她将篮子里装的新鲜生蔬递到梁殊择手里："给，这个菜看上去还挺新鲜。"她接着说，"哦，所以你叫我进来帮你，就是拿菜吗？那诸如这类的事，你都叫我就行，我反正闲。"

"不是，"梁殊择接过篮子里的菜，忽然朝周梵嘴唇凑过去，在厨房里

509

接了个吻,他近似于耳语,声音很低,"叫你过来帮我——是让你和我接个吻。"

他低笑:"这种程度的事,你才能帮到我。

"其他事,我都可以自己做。"

"唯独这个,"梁殊择蹭了蹭她,"只有你能帮我。"不等周梵回答,他又侧过头去做饭。

周梵看着梁殊择,厨房里的灯是那种介于冷白和昏黄之间的色系,打在他漆黑的头发上,像沾上点碎星。

他眼睫拓了点阴影,切菜的时候眼神锐利,漫不经心。

"梁殊择。"周梵缓慢出声,但一下子又不知道该说什么。

"什么?"梁殊择嘴角往上扬。

"没什么,"周梵摇了摇脑袋,而后用那种很低的嗓音说,"好喜欢你。"

"嗯?"她说话声音太小,梁殊择是真没听清。

周梵又摆摆脑袋:"没什么,没什么。"她抬头笑,"待会儿我们就吃晚饭了,我现在去拿碗筷吧。"

"行。"梁殊择应了声。

吃晚饭的时候,两个人时不时说两句话。

周梵认真吃着饭,过两分钟梁殊择手机忽然响了下,他便低头去看手机,拿着手机摆弄了好一会儿。

周梵看着他摆弄手机,漆黑的碎发挡在额前,眉眼硬朗,懒倦又张扬。

她百无聊赖地低头吃着饭。

梁殊择摆弄手机就放下碗筷没吃了。

周梵吃饭时,李清铭忽然发消息找她说大三去实习的事,两人用手机聊着天,周梵吃饭速度就慢下来。

十几分钟后,李清铭去吃晚饭,周梵给她发了个再见的表情包,就又埋头吃起饭。

但没想到菜都冷掉了。

周梵抬眼看下对面的人,他也还在摆弄手机,大概是忙工作上的事。

她这人随便,天气不是很冷,吃冷掉的菜也没什么关系,就继续低头吃着冷掉的菜。

过一分钟,梁殊择接了个电话,和周梵说了声,便走去客厅窗户那儿接电话。

周梵更无聊了，偶尔听到他嘴里吐出几个她没听过的专业词。

一分钟后，梁殊择接完电话往餐桌这边走。

他看一眼桌上的菜，又扫一眼还在吃饭的人，笑了声，拿着桌上的菜去厨房热。

"生气了？"他热完菜，将装着菜的白色瓷盘推到周梵面前，抬眼看她，"怎么不叫我去热一下？"

周梵尾音拖长"嗯"了声："我没生气啊。"她看着他，"你不是在忙吗，我就不好打扰你。"

"噢，生气了。"梁殊择抬手绕着她乌黑的头发。

"没。"周梵低头吃着温热的菜，"就懒得去热，而且我随便惯了，只冷了一点，也没完全冷掉。"

"噢，"梁殊择继续绕着她头发，手指缠了几圈，"可是公主怎么能吃冷掉的饭菜。"

周梵被他逗笑："别整天叫我公主公主的——还有啊，你刚刚又是和别人聊天，又是打电话的，我看你晚饭也没吃什么。"

梁殊择手指缠着她长发，笑了声："行，我现在吃点。"

"嗯。"周梵笑了下，"你别以为我是个爱生气的人，其实我平时真的都不怎么会生气的。"

她摸了摸鼻梁："我也不知道你怎么就以为我是个爱生气的人，总是误会我因什么什么事就生气了。"

"行。"梁殊择将瓷盘里的虾剥好放到周梵碗里，唇张了张，"知道了。"

周梵点点头，扫一眼她碗里快堆满的虾，说："还有啊，你别总是给我剥了，我吃不下了。"

她夹起虾放到梁殊择碗里，说："你自己也吃点。"

梁殊择扯唇："想我多吃点？"

周梵："是啊，我看你都没吃多少。"

"多吃点，吃个饭都不好好吃。"

梁殊择扫眼她："你这样不行。"

"啊？"

梁殊择埋头吃饭："周梵，你得懂点能拿得住我的方法。"

511

"什么能拿住你？"周梵不理解地说，"梁殊择，我觉得你真的很难被什么拿住。"

梁殊择嗓音如常："你啊。"

周梵摸了摸自己手心，继续埋头吃饭，唇不自觉往上扬。过了会儿，她语气认真。

"那我刚才不是把虾都放你碗里了吗？你说我这样不行，我觉得我好像也拿不住你。"

"你刚刚是放碗里，"他顿顿，稍后扯了下唇，"你试试放我嘴里呢？"

几秒后，他和她视线交会下："不就把我完全拿住了？"

周梵对上他带着不咸不淡笑意的目光，舔了下唇，说："原来是要我喂你啊。"

她扯下嘴角："那你是小孩吗？还要我喂你。小朋友都不这样。"

梁殊择："嗯，小朋友不这样，你男人这样。"

他闲闲道："不行吗？"

周梵笑着拿筷子夹了个虾递到梁殊择嘴边："张嘴啊你。"

梁殊择薄唇微启，将虾吃进去，边吃边看她："以后就这样，周梵，"他拉下嘴角，"我这辈子都被你拿住了。"

周梵盯着他，客厅冷白灯光打着，他眉眼却好像沾上点少年气，像那种意气风发的少年，但又比少年人更成熟张扬。

她心脏跳动如擂鼓，明明是一个这么普通又平淡的场景，但因那个人是他，一切又都变得不那么平淡普通。

周梵在这一秒忽然参悟出一些人生的真谛，其实好像没有平淡无奇的生活，只有平庸寡淡的人。

只要那个人是肆意张扬的，生活就好像再也平淡不起来。

"嗯，好。"她眼睛看着碗里的饭，忽然问他，"梁殊择，我们以后能在一起很久很久吗？"

梁殊择拿筷子的手一顿，抬眼看她，单眼皮让他看上去很冷静，他好像顿了很久，而后吐出一句话："求之不得。"

两个人吃过饭，周梵明天得上课了，今晚得住宿舍。

八点多,梁殊择送她回宿舍。

周梵上车前忽然想起要去商场一趟,刚刚李清铭和她撒娇要她帮忙买瓶沐浴露。

正好她自己也想买点芒果和葡萄,便和梁殊择说了声,两人回西京大学前先去了趟市中心商场。

但周梵没想到能在这儿碰到谢衍。

梁殊择去帮她买葡萄,她在生活区买沐浴露,忽然耳边传来一道声音。

"周梵?"

周梵选好了沐浴露,转头看到谢衍笑着与她打招呼:"好巧,在这儿能碰到你。"

周梵也觉得巧:"谢衍哥哥你为什么在西京市啊?"她弯唇,"是我该觉得巧吧?你不是在遂南市吗,我好像没有听我爸妈说你到西京市来了。"

谢衍朝她走过来,语气温和:"前一阵来了一次,现在又来了,待几天就走。"

周梵笑了笑:"我都没想过能在这儿碰到你,刚刚你叫我名字,我都怀疑是不是听错了。"

"没听错,是我。"谢衍看着周梵手里拿的沐浴露,"你来买生活用品?"

周梵:"嗯,帮朋友买的。"

话音刚落,谢衍忽然凑近她,抬手拨了拨她头发。

周梵觉得有点不适,下意识抬了下手:"怎么了?"

谢衍:"有个脏东西,帮你弄下来了。"

周梵拨拨自己的头发:"谢谢了。"她笑,"不知道什么时候弄上去的。"

"嗯,没了。"谢衍朝她笑一下,"待会儿我帮你一起结账?"

周梵摇头:"不用,我待会儿自己买了就行。"

谢衍没强求:"嗯,那我先走。"

"行,再见,谢衍哥哥。"

周梵看着谢衍离开,一会儿后转身回来继续看沐浴露,忽然看到梁殊择朝她走过来。她愣怔下,不知道梁殊择是不是看到了谢衍,她抬眼问他:"你买好葡萄了吗?"

梁殊择将拎着的葡萄给她看，表情如常。

周梵接过，笑道："看上去就很好吃。"她瞄了眼梁殊择，他扯唇懒懒地笑着。

梁殊择应该是没有看到谢衍，如果看到他拨她头发，起码应该得表达不满。

去柜台付过钱，两人牵着手走出商场。

两人不咸不淡地说了几句话，周梵把之前李清铭给她讲的一个笑话讲给梁殊择听，梁殊择没因为笑话笑，反而因为讲笑话的人笑了。

周梵笑起来真的很可爱，眉眼弯着，因着讲了笑话，又怕他觉得不好笑，有点着急地在那儿补充好笑的点。

梁殊择抬手揉她头发，弯唇笑："行了，笑话没你好笑。"

周梵乐得哼一声，两人在一片灿烂的灯光下牵着手走。

梁殊择的手放她头发上，忽然说："你好像只喜欢我揉你头发，是吗？"

周梵迟疑地"嗯"了声，抬手抓住梁殊择的手，慢腾腾地说："你看到了啊？"

梁殊择"嗯"了声，扯着唇看她。

周梵抓着他手晃荡。

"他就是一个哥哥？"她卡词，"总之就是一个哥哥。"

梁殊择好笑道："我没让你解释，"他用手指蹭了下她眉眼，"我看得出来。"

"哦。"周梵松口气，"那你之前还因为我叫他哥哥那事生过气。"

"我那叫生气？"梁殊择滚了下喉结，"我那是吃醋，好吗？"

周梵笑了笑，接着抓他手晃荡："梁殊择，你现在真的好可爱哦。"

梁殊择弯腰凑过去堵她唇，难以呼吸之际，周梵听到梁殊择压低的声音。

"别对他笑。"

说完，他抬手将她脑袋贴到怀里，说："对我笑。"

周梵笑出声，低声说："那我总是笑，我以后容易变得不好看。"

她抬头，据理力争："笑多了皮肤比较容易松弛，就不漂亮了。所有人都喜欢漂亮的人，那我要是不漂亮了，你还喜欢我吗？"

梁殊择将她按到怀里，用衣服裹住她头发，说："你再不漂亮都漂亮。"

他抬手捏她脸颊："别人再漂亮也不如你，周梵，你天下第一漂亮。"

周梵弯唇，听着梁殊择声音透过那件衣服，传递到她耳朵边。

"而且——漂亮不是第一要务。"他嗓音稀松平常，"你才是第一要务。"

他像是凝神，紧接着又吐出一句话。

"周梵，我不是喜欢你的漂亮，我是喜欢你。"

周梵在衣服里微微眯着眼笑，梁殊择伸出手按了下她的眉眼。

"以后别问这种笨蛋问题。"

周梵"哦"了声："可是男生都喜欢漂亮女生，我不信我不漂亮了，你还喜欢我。虽然你现在这么说，但是——"

她说出自己的真心话："我觉得人都是喜欢美好的东西，没有一个人会真诚永远地爱另外一个人。"

街头有道刺眼的强光，梁殊择抬手替她挡住那道光，随即落下一句话。

"别和我辩论。"

他拉着周梵往停车场走："你说没有一个人会真诚永远地爱另外一个人，我现在没有办法否决你这句话。"

周梵"嗯"了声："因为这是真理。"

梁殊择笑了下："什么真理？"

"我要亲自掀翻这条真理。"

周梵掀开外套，转头看他。

梁殊择侧头看她一眼："几十年后我再否决你，因为那个时候梁殊择已经爱周梵很久。"

周梵挠了挠他手心："人年轻的时候总是爱做承诺的。"

梁殊择被她逗笑："周梵，你好可爱。"

周梵呼出一口气："但其实我不怎么纠结这个问题，如果以后没人喜欢我的话，我自己足够喜欢我自己也很好。"

她认真地说："女生自爱永远排在第一位。"

梁殊择："你这句话有对有错。"

周梵："嗯？"

"对的是女生自爱应该排第一位，"他睨一眼她，"但错的是以后没人会喜欢你。"

周梵听着他说话，她很喜欢和他这样聊天，不仅是三观的沟通，同时也是灵魂的共振。

515

梁殊择依旧伸手揽着她。

"怎么会没人喜欢你,"他淡淡地说,"我爱你比爱我自己都更多。"

"如果我不爱你了,"梁殊择笑出声,"可能这个宇宙都不复存在了。"

"我不要你爱我比爱你自己更多。"周梵说,"我之前就和你说过了,你总是不听我的话。"

梁殊择"嗯"了声,恰好走到地下停车场里面,他摁了下遥控,而后落下一句话,声音很轻,只有他自己听到。

"在爱你这件事上,我好像没有办法让步。"

巧的是,周梵在停车场又碰到了谢衍,谢衍恰好开着辆车经过她和梁殊择身边。

谢衍将车停住,笑了声,看着梁殊择:"周梵,这是你朋友?"

"嗯,"周梵紧了紧梁殊择手心,"男朋友。"

梁殊择眉眼动了动。

"你好。"

谢衍朝梁殊择伸出手:"谢谢你照顾她了。"

梁殊择抬手,和谢衍握了握,气场很足:"女朋友嘛,应该的。"

谢衍没说话,而后将车开走。

梁殊择送周梵回了西京大学。晚上回宿舍时,李清铭很开心地说她交了个男朋友。

这是李清铭第一次交男朋友,周梵很意外,因为毕竟李清铭之前喜欢程子今那么久。

"梵梵,虽然你不认识他。"李清铭说,"但以后你们会见面的。"

"嗯。"周梵点点头,又和李清铭聊了很久的天。

周梵第一次见到李清铭男朋友那一天,是在一周后的周五。

李清铭请了好几个朋友一起去酒吧玩,酒吧恰好在市中心,周梵和梁殊择提前见了,梁殊择那天有点事,说忙完便来酒吧接她。

在酒吧玩的时候,李清铭介绍周梵和她男朋友认识。

两人握了手,周梵发现这个男生和程子今完全不是一个类型。

几个人玩了游戏,周梵越发觉得这个男生和程子今截然不同。

去卫生间的时候，李清铭说："梵梵，你是不是觉得很奇怪啊，我为什么会和他谈恋爱？"

周梵倒觉得没什么好奇怪的，她笑了笑："那我和梁殊择谈恋爱，你觉得奇怪吗？是不是也觉得很奇怪？"

李清铭："嗯，是有一点，主要是我觉得梁殊择和你完全不是一个圈子的人啊。"她顿了顿，"但梁殊择带你融进他圈子了吧，上次我看到程子今发朋友圈，你们很多人在一起玩。我看到你了。"

周梵想了想，弯唇："其实我觉得你和谁谈恋爱都不奇怪，但是——"

李清铭："什么？"

周梵小声说："我刚刚好像看到程子今了，他脸色不是很好。其实前几天出去玩的时候，他有问我你的事。但你不是已经有男朋友了吗，我当然没和程子今说，但我不知道他今天怎么来酒吧这儿了。"

李清铭摇头："不懂，可能恰好撞上了吧，毕竟这个酒吧口碑倒还是挺好的。"

周梵"嗯"了声，觉得也有点道理："可能是这样的。"

晚上十点多，周梵和李清铭他们玩着游戏，手机响了响，她打开手机看消息，梁殊择说他到了。

周梵便和李清铭说了声，她要先走了。

其他人有点不满。

"梵梵怎么现在就要走？还早着呢。"

"就是，现在才这么早，不到十一点。"

李清铭替她喊冤："人家男朋友在外面等着呢。"

大家都知道周梵男朋友是梁殊择，口风一下子就变了。

"也是，这么好个男朋友，要我我也回家。"

"确实，谁还在这儿玩游戏。"

周梵觉得好笑，抬眼就看见梁殊择走进了酒吧。

她起身，和所有人说了声再见，朝梁殊择走过去。

梁殊择："不再玩会儿？"

周梵摇头："不玩了，我想回家。"

梁殊择笑一声，揽她进怀里："程子今是不是在这儿？"

"嗯,"周梵环视一眼,"我刚刚看到他了,他好像在那边卡座喝酒。"

"行,我去看看,待会儿来找你,好吗?"梁殊择松开她后,问。

"好。"周梵点点头。

酒吧里光线昏暗,周梵往李清铭那边走,忽然梁殊择又伸手拽住她,将她拽回后,偏头吻了吻她嘴唇。

周梵下意识抓紧梁殊择衣服,他紧了紧她手心,边吻边叫她名字。

短暂的一个吻结束,梁殊择将周梵送到李清铭那儿,转身往程子今卡座那走。

李清铭:"我看到你们接吻了!"

其他人也号:"好甜啊,也太甜了!"

"梵梵,他亲你的时候,他眼睛是闭上的哎。"一个朋友撞了撞周梵肩膀,"呜呜呜,而且他好温柔,真的好温柔,紧紧地牵住了你的手,吻得好温柔。"

其他女生也说开。

"而且他真的好帅,最重点是这个。"

"可是他亲梵梵的时候,真的好有魅力啊。男人的荷尔蒙真的好强,呜呜呜,我形容不出来,但真的好绝。"

"这种男朋友,梵梵,之前还有帖子说你和梁殊择谈恋爱,他肯定对你不上心来着。"

"这叫不上心吗?亲自来接你回家,还当众吻你。其实我注意到梁殊择的小动作了,他进酒吧就想吻你了,但是那个时候人好多,他应该是担心你会不自在。等那批人出去之后,梵梵,你不是和他说了会儿话吗,我看到你好像要往我们这边走过来,然后——他就忍不住,偏头朝你吻过来了!"

一个女孩继续说:"我还要补充细节,梵梵,你那个时候往我们这边走过来,梁殊择其实朝你伸了两次手,想把你拽过去亲你。但是第一次他伸出手,很快又放下了,可能还在克制吧,应该是担心你不自在。然后第二次可能是真忍不住了,然后就拽你过来接吻了。"

"好甜蜜!"

"甜死我了。"

"呜呜,见到别人这么幸福我真的想流泪。"

周梵挠挠脖颈，笑出声："我倒是没注意那么多。"

"哎，恋爱就是要看别人谈才有意思，而且——梁殊择真的是绝佳男友吧。"

周梵慢腾腾地抿口茶水，缓慢地点下头。

李清铭看到周梵和梁殊择这么好也很开心，她握握周梵的手："我们梵梵也是绝佳女友呀，这么漂亮，人又好，又温柔，还细心可爱。"

其他人也附和。

周梵被夸得脸红，抿茶水的时候手心发烫。

她是个不禁夸的人，从小到大也没什么人夸过她。

梁殊择走过来的时候，她脸红透了。

"喝酒了？"他朝她伸出手。

周梵摇头："没。"她搭上他手，和其他人告别后，走出了酒吧。

"程子今没事吧？"周梵挠了挠他手心，"他是因为李清铭交了男朋友不开心吗？"

梁殊择："迟早有人治他。"

周梵懂了他意思。

两人聊了会儿程子今的事。

周梵在梁殊择面前就很直接了："可是我觉得程子今可能只是占有欲作祟吧，就……他之前对清铭都没什么想法，现在人家谈男朋友了，他就觉得他喜欢上她了吗？"

梁殊择"嗯"了声："看着是比他之前那些女孩上心。"

"可是我觉得——"周梵不理解，"清铭挺喜欢她现在这个男朋友的。"

"噢，"梁殊择看着她，"那你呢？"

周梵有点蒙："我什么？"

梁殊择："你喜不喜欢你现在这个男朋友？"

周梵被他气笑："喂，我们现在是在讨论程子今和清铭吧，梁殊择，你真的惯会扯，扯我身上干吗？"

梁殊择低声问她，近似于哄："那你喜不喜欢？"

周梵拿他没办法："喜欢。"

梁殊择低头咬了下她耳垂："挺巧，我也好爱我现在这个女朋友。"

这一周两人其实见面的机会不多,梁殊择问她:"那这周末是住我这儿吧?"

周梵:"那你想吗?"

梁殊择:"你说呢。"

周梵"嗯"了声:"你这电视挺不错的。"

梁殊择挑起她下巴,笑:"就电视不错啊?"

周梵蹭蹭他手心,故意逗他:"嗯啊。"

"男人不行吗?"梁殊择挑着她下巴,过了几秒,重重吻上去。

周梵轻轻伸出舌尖挑他嘴唇,声音听上去比平时软:"也不错的。"

回到梁殊择房子里,梁殊择一进门就接了个电话。周梵便走到她房间,拿了套睡衣出来,往浴室走。

二十分钟后洗完澡,她擦着头发走出浴室,梁殊择还在打电话。

周梵穿着拖鞋走到客厅,打开电视。

几分钟后,梁殊择打完电话,他朝周梵走过来:"洗完澡了吗?"

周梵边擦头发边看他:"嗯啊,洗完了。"

梁殊择"哦"了声,拿过毛巾帮她擦头发。

"怎么不等我?"

周梵迟钝道:"等你什么?"

梁殊择尾音拖长:"没什么。"

他抬眼:"待会儿再洗一次就行。"

两人亲密一番后。

周梵重新拿了套睡衣出来,梁殊择在客厅叫她,她便拿着睡衣去了客厅。

梁殊择上来就吻她,两人接了个吻。

接完吻,周梵懒得回自己房间了,就打算在客厅旁边单独的浴室洗澡。中途李清铭给她打了个电话,周梵拿着手机进了浴室。

洗完澡,周梵要穿衣服了,她才想起衣服全放客厅沙发了,她一件都没带进浴室。

浴室里水汽多,覆盖到脸上和身体肌肤各处,周梵用毛巾擦下头发,出声喊了梁殊择名字。

玻璃门阻隔了一部分声音,她嗓音听上去比平常软一点。

"梁殊择,我衣服放外边了,你帮我拿一下。"

梁殊择也刚洗完澡,手指正滑着手机屏幕。

他扫一眼沙发上的衣服,抬手捞起,走到浴室外边。

几秒后,浴室门打开一道缝隙,他将衣服递进去。

周梵抬手接过,接下来便将浴室门关掉,但梁殊择手却没松,杵在那儿看着她。

"干什么,我要穿衣服?"

她挠了挠梁殊择手心:"刚洗完澡,别闹。"

梁殊择手心被她挠了挠,像柔软羽翼拂过滚烫心肺,他闲散地"哦"了声,松手关上浴室门。

周梵弯下唇,将睡衣穿好后走出浴室。

刚刚她腰有点酸,现在洗完澡整个人舒服不少。

梁殊择见她走出浴室,偏头看她一眼,又朝她抬下手:"过来,周梵。"

"嗯,好。"周梵笑一下,走到梁殊择身边,挨着他坐下。

梁殊择喜欢将她揽到怀里。

周梵也喜欢梁殊择这样揽着她。

接下来两个人看电影的时候,梁殊择揽了她很久。

今天放的电影是周梵挑的一部国产电影,但梁殊择今天看电影一点也不上心,只是时不时撩起眼皮看一眼,大部分时间都拿着手机看。

看完一个小高潮,周梵用肩膀蹭蹭他:"梁殊择,你对这个电影不感兴趣吗?要不要换一个?"

"没,"梁殊择抬左手揉了揉她头发,"有点事,你先看。"

"哦。"周梵应了声,歪头看一眼他,"如果你很忙的话,就去你房间处理?看电影客厅没开灯,光线不好,别弄得眼睛视力下降。"

"你担心什么?"梁殊择朝她弯下嘴角。

"担心你眼睛坏掉啊。"周梵伸手碰了碰他眉眼,扯了下唇,"这么好看的眼睛,要是近视了有点可惜。"

"哦,"梁殊择将她手拽过来,让她整个人躺在他怀里,他低头看着她,扯着笑说,"我还以为——"

周梵和他交会下视线。

521

"你担心以后我们的小孩将来视力基因不好。"

周梵微微瞪大双眼,拂开梁殊择手臂,身体坐直靠着沙发,快速吐出一句话:"梁殊择,谁答应和你有小孩了。"

"哦,"梁殊择看她一眼,"没有答应。"

周梵碰碰嘴唇:"乱说话也要有个限度。"

"好了,"梁殊择伸手揽过她,"逗你的。"

周梵又被他重新揽到怀里,她扫眼他,语调平缓:"梁殊择,你真的很烦人。"

"哦,"梁殊择放下手机,伸手抬了抬她下巴,"别烦我。"

周梵下巴被他抬着,她眨眨眼:"有你这样求人的吗?你应该语气温柔点,态度也好点。"

"怎么样算语气温柔?"梁殊择缓慢凑近她,两人距离被人为缩短。

周梵看着他硬朗五官,眉眼精致得过分,下颌线条笔直而凌厉。她硬是憋不出一句话,过一会儿才将脑袋转过去不看他,随即蹦出一句话:"你自己掂量,问我算怎么回事。"

"行。"梁殊择松了她下巴。

周梵以为他不会再做什么,没想到下一秒他就又凑近她,声音压低,带着倦懒的笑,语气很温柔,温柔得不像他的嗓音,一下一下像风浪撞入她心脏漩涡。

"撒娇公主,求求你了,别不理我。"

周梵脑袋缓慢朝他转过来:"你好好说话,别犯规,梁殊择,你这样算犯规。"

梁殊择笑:"你讲不讲理。"

这种时刻,当然不需要讲理,周梵手被他牵着,过了几秒,他低笑着挠她手心:"刚刚是谁让我语气温柔。"

"别挠我,痒。"周梵笑着甩开他的手。

梁殊择抬手又继续挠她手心,整个人都朝她偏过来:"周梵,你太不讲道理了。"

周梵躲开他:"梁殊择,别挠。"

"噢,公主不需要讲道理。"

闹了很短暂的一分钟后，梁殊择手机又响了下，他便收手说"停战"去看手机了。

周梵整个人还开心着，和他打闹像席卷过心脏的海浪带着柑橘味的甜，她看他一小会儿，才转头去看电影。

但梁殊择刚刚闹她，她忘记按遥控器的暂停键，电影已经进展到下一个情节，她有点看不懂现在的剧情了，得将进度条往前拉到刚刚看到的位置。

"都怪你，梁殊择。"周梵笑着将遥控器拿过来，把电影进度条往前拉，但下一秒她忽然又放下了遥控器。

电视屏幕上，新年时刻，男女主站在天台上接吻，几秒后小簇光束忽然划过二人身旁，直直抵达夜空，而后烟花大幅度散开，橘黄红橙一片，映在男女主接吻的侧脸上，漂亮得不像话。

周梵想起上一个新年，也是在一片绚烂烟花中，她朝梁殊择走过去。那时两个人都不太熟，烟花对于他们来说也谈不上"浪漫"二字。

但现在两个人已经谈上恋爱，却还没有一起在烟花底下接过吻。

她下意识动了动嘴唇，声音很轻："有点可惜。"

梁殊择伸手揉了下她头发，回应她之前那句话。

"怪我什么？"

"没什么，就刚刚你和我闹，电影忘记按暂停键了。"周梵笑了下。

梁殊择手指绕着她头发打圈，几秒后，他将手机放下，眼睛朝电视屏幕上看去。

周梵也循着朝他视线睨去。

可惜电影换了下一个场景，男女主的新年已经过完了，烟花也早已从几百米高空坠落到没有人知道的地方。

梁殊择将周梵的手放他手心，看电影的时候时不时在她手心里勾勾画画什么。

周梵手心痒得很，两人又在几分钟后闹起来。

但这次不知道怎么点了火。

梁殊择扣着她手心，嗓音浅浅："上次，你说不舒服——"

周梵抬眼看他，电影依旧没有暂停，声音和光亮点燃了梁殊择眼里情欲。

他拨了下她的头发："答应过你的，让你舒服点。"

第二天醒来时,周梵闭眼摸手上的皮筋,但没摸到。她轻皱眉,不到几秒,梁殊择抬手摸了摸她眉毛。

"一大早皱什么眉。"

周梵睁开眼:"你醒了啊。"

梁殊择"嗯"了声,伸手拨了下她睫毛:"醒了。"

"我找我皮筋呢,没找到。"周梵轻笑了下,"没皱眉。"

"嗯。"梁殊择说,"皮筋在沙发上,待会儿我帮你拿过来。"

周梵:"别,你再睡会儿吧。"

梁殊择笑了声,手指蹭了蹭她下巴:"昨晚我的确是辛苦了。"

周梵表情一顿,缓慢地翻了个身,背部朝着他,没再出声了。

梁殊择又抬手指抚了抚她后背肌肤:"不辛苦吗?"

周梵随手拿起枕头,将脑袋藏进枕头里,声音透过枕头传递出来,显得又沉又闷。

"你别说了。"

"嗯。"梁殊择今天难得不浑,将她身体缓慢地翻过来,而后抬手圈住她,将她圈到怀里。

"不说了,你再睡会儿,现在还早。"

周梵困倦道:"嗯,再睡会儿。"

两个人又再抱着睡了会儿。

第十八章

/

和最喜欢的人在一起

十一月份西京市气温平缓地往下降,到十二月中旬,气温彻底降了下来。

自从上次后,周梵每周都会抽一天时间在梁殊择那里住,但两个都不是空闲的人,待在一起的时间也都是各忙各的。

只是两个人待在一起嘛,总是亲密的。

这天上午,周梵在沙发上看书,梁殊择在客厅里用电脑。两人安安静静,客厅里只能听到空调运作的浅淡声音。

周梵刚翻过一页书,手里拿的笔圈圈画画着,梁殊择忽然朝她睨过来。

"周梵,中午想吃什么?"

临近期末周,周梵身体靠在沙发上,拖长尾音,声音懒洋洋的:"复习好累啊,梁殊择。"

梁殊择笑出声,停下握住鼠标的手,侧头朝她看过去:"累着我们撒娇公主了。"

周梵穿着白色短袜,腿弯曲着坐在沙发上,仰着脸看一眼时钟:"梁殊择,现在才十点,怎么就商量吃午饭的事了。"

梁殊择弯下嘴角:"想借机和你说会儿话,不行?"

"行。"周梵揉下脸颊,"我好困,困死了。"

说着话,她打一个哈欠:"复习真的好累,梁殊择,你能坐我身边吗?我想靠着你复习。"

"噢。"

梁殊择嘴角往上扯:"周梵,你怎么这么黏人啊。"

其实黏人的一向不是周梵。

但周梵也纵着他说,她弯着嘴角,朝他招手:"我就黏你,你过来吧,我想靠着你。"

"行。"

梁殊择换了台笔记本,朝沙发走过去。

周梵嘴角始终弯着,翻书的时候都哼着歌。梁殊择坐到她旁边,她忽然将书合上,侧头看梁殊择:"我现在想喝点酸奶,你要吗,我去冰箱拿。"

"刚刚怎么不说。"梁殊择睨她一眼。

"忘啦,现在好想喝,我去拿吧。"

周梵穿着拖鞋走到冰箱那儿,拿出一罐无糖可乐,她转头望他:"梁殊择,你喝什么?"

"你拿自己的，"梁殊择看着笔记本电脑，"我不喝。"

周梵："哦，行。"

她拿着罐装可乐，冰凉的水珠顺着罐身流到手上，很凉。

周梵坐到沙发上，梁殊择就将可乐拿过去，"刺啦"一声，单手拉开可乐罐，而后放到桌上。

"凉，待会儿喝。"他看她一眼，"手冷吗？"

"还行，不是很冷。"周梵说。

梁殊择将沙发上的毛毯盖住她身体，而后握住她的手："我手热，分你点热量。"

周梵继续看书，稀松平常地问："那要还吗？"

梁殊择抬下眼睑："还什么？"

"你刚刚不是说分我点热量吗，我就问你我以后要不要还你点——"

她顿一下，说："热量。"

梁殊择笑："周梵，你挺客气。"

周梵也乐，脑袋靠着他肩膀，随口道："借你肩膀躺会儿，沙发太硬了。不舒服，还是你肩膀舒服。"

梁殊择侧头看着她："今天你都这么主动了，索性再主动点？"

周梵紧了紧他手心："我哪儿主动了，你总是过分曲解我的意思。我只是太累了，你看看，"她将专业书给他看，"密密麻麻的复习笔记，好难，梁殊择。"

梁殊择睨一眼她的专业书，而后抬手翻到目录看一眼，嗓音平淡地说："你亲我一下，我给你讲。"

"什么？"周梵笑出声，"为什么让我亲你，你直接给我讲不就好了？"

"哪有这种好事？"梁殊择说，"想个劳而获？"

周梵说："我亲你，也不算劳动啊，对我来说，也算是一种鼓励。"

"那行，"梁殊择吻她，"那就奖励下我们。"

周梵被他亲吻得很舒服，她轻声说："你这奖励能多点吗？我感觉——"

梁殊择加重这个吻，呼吸落到周梵脖颈间，她就说不了话了。

他笑："我刚是觉得你待会儿要复习。"

"既然你觉得不够，"梁殊择哂笑一声，吻继续加重，将她推到沙发最里边，手抵着她脑袋，轻吐出一句话，"那我也能让你说够。"

复习到中午,两人去外边吃了饭。吃完饭,又去市中心商场逛了会儿。

周梵推车到收银台,梁殊择牵着她手,两人结完账走出去。梁殊择忽然语气散漫道:"我去买个糖,你在这儿等我会儿?"

周梵看他一眼,点下头:"那你顺便买盒无糖薄荷吧。"

过了两分钟,梁殊择从收银台走出来,手里拎着个袋子。

"你买的什么糖?"周梵伸手去拿袋子里装的糖。

梁殊择笑出声:"你真以为我去买糖?"

周梵摸到一个盒子,手顿住,指尖很快发热。

"梁殊择。"她歪头去看他,话堵在嗓子里,不知道说什么,过了几秒瞪了他一眼。

"你刚刚怎么不买?"

"你不是面薄?"梁殊择笑,"收银员看着,你待会儿又脸红。"

周梵:"我红脸什么。"

梁殊择抬手拨她耳垂:"是不红,就是有点烫。"

周梵蹭开他手往前走。

梁殊择笑一声,伸手又将她拽回怀里,揽她肩膀笑着说话。

身后店里两个年纪轻轻的柜姐看着,笑得合不拢嘴。

"打打闹闹的,真好。"

另外一个柜姐抬眼又看刚走过去的两人。

男生很高,模样痞帅,面对女生时眉眼间却温柔,但刚刚没和女生在一起,在超市买东西时模样又冷倦。

女生很漂亮,长发乌黑,笑起来眉眼弯弯。

漂亮女生被男生揽在怀里,男生弯腰在女生耳边说着什么,女生又抬眼看他,眉眼间都是笑。

两个人很般配,刚刚在她面前走过去,空气都像是冒着隐形的粉红泡泡。

"还在看呢?"

那个柜姐被这句话带回现实。

"嗯,"她眨下眼笑,"刚刚那对情侣让我心情都变好了,感觉很温暖。"

"长长久久的吧,"柜姐说,"希望他们永远在一起。"

商场里，梁殊择搂着周梵，边走边时不时捏下她手指，动作很亲昵。

周梵微微仰头看他："梁殊择，你要不要买点冬天的衣服？我感觉你穿得很少。"她抬手拨他衣服，"很薄，你不冷吗？"

梁殊择低头睨了她一眼："是得买点衣服。"

周梵弯唇"嗯"了一声："那就在这儿看看？"

一分钟后，梁殊择带周梵进了家品牌店。

导购微笑着朝他们走近："请问是哪位要买衣服？"

周梵话还没说出口，梁殊择拨了下她头发："这位。"

一会儿后，收银台，周梵看着导购将刚刚梁殊择说的几件大衣折叠好，微笑着整齐地放入礼盒袋。

"那你自己呢？"周梵问他，"要不你也买几件大衣？很暖和。"

梁殊择"嗯"了声，接过导购递来的包装袋，拉着周梵走出品牌店。

"懒得逛了。"

周梵松开他手："这儿不有挺多店吗？怎么就懒得逛了。"

梁殊择抬眼："你晚上得回宿舍，现在两点了，回家行吗？不是还要复习？"

"那也不耽误啊，"周梵说，"我都买了。"

梁殊择像是拗不过她，松了口："明天我来逛，行吗？"

周梵看他一眼："明天我陪你来。"

梁殊择捏下她指骨，低笑："行。"

回家之后，梁殊择和周梵一起复习。

原本以为他给她讲期末考题只是随口说说，但周梵没想到他是真会。

两人正正经经地复习了一下午。

"你怎么会这么多东西？"周梵翻了页书，偏头看他。

"我什么不会？"梁殊择语气淡淡，"你想要的我都能满足。"

周梵将柔软枕头砸在他身上，然后低头去看书。

梁殊择扯着笑，揉她头发，动作很轻很缓。

过了几秒，他又不知从哪儿拿出来一盒无糖薄荷，递给周梵。周梵接过，撕开包装吃了一颗，然后也替他撕开一颗，递到他手心。

后来不知怎么两人又接起吻，嘴里都泛着浓郁的薄荷味。

冬天的阳光很暖和，洋洋洒洒进室内，橙黄一片，像破碎的金，围绕在两人身旁。

好像长长久久一辈子是一件很简单的事。

第二天周梵和梁殊择一起逛街。

两人路过家具店，周梵朝里看了一眼，很快又收回视线，觉得没什么添置家具的必要。但梁殊择牵着她手走进去。

周梵觉得纳闷，侧头看他："买什么？"

梁殊择："换个软点的沙发。"

周梵"哦"了声，一会儿后挑了个柔软沙发，家具店说下午会送到家里。

走出家具店，周梵说："你觉得我们现在那个沙发有点硬吗？"

梁殊择笑了一声："不是你觉得硬吗？"

周梵皱眉，"嗯"了一声："我什么时候说过？"

梁殊择："昨天。"

周梵顿了顿，想起来她昨天好像是这么说过，但那是她随口那么一说，只是想借机靠在他肩膀上，才说沙发硬的。

思及此，她说："我就那么随口一说，其实只是想——"周梵顿了顿，"梁殊择，你真不知道啊？"

梁殊择睨她一眼："想什么？"

周梵："其实我那不是觉得沙发硬，只是想靠你肩膀上而已。"

梁殊择嗓音低缓，带着笑："知道。"

"那你还买沙发干什么？"周梵也笑了。

梁殊择："就想听你这句话。"

周梵无语。

梁殊择抬手摸她眉眼："一个沙发而已，换你想靠我肩膀这句话，挺划算。"

周梵看着他笑出声。

复习周越发临近，周梵便待在宿舍复习，直到元旦的前一天。

因复习得差不多，元旦又有三天假期，周梵便想回家住几天，恰好梁殊择也有事得回遂南市一趟，于是元旦前一天两人便回了遂南市。

周梵爸妈和周峪嘉都在家里，元旦那天夜里，一家人其乐融融在家看元旦晚会。

周梵时不时摆弄下手机，因为梁殊择说会在2016年来临之前赶来见她。

"姐，"周峪嘉悄悄碰下她手臂，"我待会儿想去外边吃烧烤，你带我去吧。"

周梵咽了下喉咙，扫他一眼："不行。"

"为什么？"周峪嘉凑近她，"姐，我刚刚看你一直在看手机，你待会儿是不是要出去？"

周梵顿了下。

周峪嘉："真的是啊，放心吧，姐，我给你打掩护。"

周梵扯了下唇："明天带你去吃烧烤吧。"

周峪嘉笑了："真以为我想让你带我去吃烧烤啊，我就套你话。"

周梵："我看不出来？"

她眼睛看着屏幕："我就想让你给我打掩护。"

晚上十一点，周峪嘉吵着要周梵带着去吃烧烤，陈慧卉头都变大，很快松了口，说早去早回。

周梵便和周峪嘉出了家门。

"姐，我呢，是个很懂事的弟弟，"周峪嘉说，"我现在不跟着你走，你去吧，我就在这儿随便逛逛。"

周梵摸了摸周峪嘉的寸头："下次给你介绍女朋友。"

周峪嘉拨开她的手："不必。"

周梵见到梁殊择车的时候，离2016年还差三分钟。

她弯唇，看着梁殊择将车停下，他下车，朝她走过来。

"你知道我是怎么出来的吗？"周梵弯眼笑。

梁殊择在2015年末尾牵到她手。

周梵接着说："周峪嘉陪我一起出来了，不然我爸必定得问我，我懒得解释。"

"你弟也出来了？"梁殊择靠近她，昏黄灯光映在小区的长椅上，他说，"我想接吻，被你弟看到了怎么办？"

周梵扫一眼周围："应该不会吧，他没在这儿呢。"

"噢，"梁殊择更凑近她，"周梵，那我现在要吻你了。"

"嗯。"周梵手指贴着自己裙摆，"等你很久了。"

2014年那晚，车爆胎，梁殊择朝她说，他等她很久了。

2016年的元旦，周梵特意换了长裙来见他，也同他说，她等他很久了。

于是在周梵和梁殊择这里，等待是一个美好的词，从2014年到2016年，便没有人再等谁，两个人终于在2015年最后一分钟接起跨年吻。

吻结束的时候，天空放起烟花，周梵眼睛闭着，耳朵听到烟花燃起的声音。

她立马睁开眼。天空绚烂一片。漂亮得惊人。

不知道是谁碰巧放了烟花，替她完成了想和梁殊择在烟花下接吻的俗套愿望。

她踮起脚又去吻梁殊择："梁殊择，2016年了。"

接完吻，烟花还在放，周梵抬眼看。烟花最后定格的画面是——

一只兔子栩栩如生地出现在天空，乖巧而灵动，白色的兔耳朵看上去很软，可爱到极点。

同时，她听到梁殊择同她说。

"周梵，今年，你还喜欢兔子吗？"

他捏了下她指尖，然后揽她在怀里看兔子烟花。

"有点俗——"

梁殊择笑了声。

"但——"

周梵在漫天烟火中眨了下眼，紧接着听到梁殊择说完他想说的话。

"栽在你身上，再俗套的事情我也想做。"

周梵轻轻地"嗯"了声，终于知道——碰巧二字分量太轻。

也根本没有人碰巧替她完成她想和梁殊择在烟花下接吻的愿望。

这个愿望，是梁殊择本人替她完成的。

也就是说，没有谁会碰巧替她如愿，能完成她愿望的，从头到尾都只有梁殊择一个。

"周梵，"梁殊择笑着说，"你还不知道吗？

"以前我总爱说顺路。

"但其实你之前哪一次的路都和我不顺。"

周梵"嗯"了声，低头靠在他怀里。

过了几秒，梁殊择嗓音抵达她耳边。

"在我这儿，顺路的近义词是爱你。

"所以从2014年遇到你那天开始，我就和你表白过很多次了。"

在梁殊择那儿，顺路的近义词是爱你。

周梵从此以后再也不想松开梁殊择的手。

周梵大三那年寒假，去过梁殊择家里一趟。

那次是周梵夜里着了凉，第二天是大年初五，她醒来时整个人都晕乎乎乎，胃里泛酸，很不舒服。

而那天周家原本定了全家要去遂北市拜年。

因周梵实在不舒服，便留她一个人在家里。

陈慧卉想着晚上就会回来，饭菜也都热好了，她一个人在家应该也没什么大碍。

但没想到那晚忽然下起了暴雨，汽车根本没有办法从遂北市开回家。

晚上七点多，周梵接到陈慧卉的电话，说他们得明天才能回。

那时周梵难受得厉害，但因着暴雨阻挡家人不能回家，也是没有办法的事情。

她便忍着难受下床去热饭菜，但饭菜热好，她根本没有胃口吃下去。

恰巧梁殊择电话打过来。

周梵手指慢慢按了免提键，伴随着微弱的电流声，梁殊择声音透过手机传递到她耳边。

"你爸妈回来了吗？"

周梵抿下干燥的唇，说话："没呢，得明天，遂北市那边下暴雨了，车开不回来。"

"你声音怎么——"梁殊择嗓音显得有点急，"我现在来你家里，你吃药了吗？"

"吃了，"周梵喉咙有点干涩，"但是好像没什么效果，可能还没见效。"

"那你先别说话，"周梵从手机里听到梁殊择那边窸窸窣窣的响声，他好像匆匆走下楼梯，大衣划过空气，脚步声显得很急促，"我现在来找你。"

"不用的，"周梵说，"我多喝热水就行了。"

尽管很难受，但她也不想深夜麻烦他赶到她家来。

"周梵，"梁殊择说，"等我来找你。"

片刻后，周梵披着件大衣走到家门口，抬眼便看到梁殊择刚走下车，朝着她快步走过来。

她面色有点苍白，在床上躺了一天浑身都没什么力气，难受得紧，但看到梁殊择，她心脏像是被按了好几下，舒服了很多。

"去医院。"梁殊择直接打横抱住她。

"梁殊择。"周梵脑袋埋在他颈间，重重吸了口他气息，依旧是那种浅淡的乌木香，但又带了点薄荷气。

梁殊择将她抱到副驾驶，又替她系好安全带。

周梵看了眼他，梁殊择视线和她交会下，唇动了动："你家里人不管你吗？"

"没不管。"周梵说，"我吃过药了，今天早上没这么难受，没想到下午到晚上，越来越难受了。"

梁殊择"嗯"了声，抬手揉下她头发，而后发动汽车去了医院。

抵达医院是在晚上十一点。

做完检查，开了很多药，出医院是在一个小时后。

梁殊择拎着药袋，又将周梵横抱着放在副驾驶座上。

周梵坐在副驾驶上，脑袋依旧很晕，只是梁殊择在她身边，她心情始终很愉悦。

大抵喜欢的人陪在身边，不论处于再恶劣的处境，心底都像吹过和煦春风那样温和。

周梵亦如此。

梁殊择凑过来替她系安全带时，嘴角不自觉碰了碰她嘴角，声音压低："你一个人在家里我不放心。"

周梵捂了下唇瓣："梁殊择，你别亲我，别到时你也传染了。"

梁殊择低笑一声："问你正事——去我家吗？"

他顿一下："我家没人。"

周梵也顿了顿："我记得你上次在我家住过一晚。"

梁殊择抬手拨了下她眉睫："嗯，怎么了？"

周梵也不知道她刚刚提那个做什么，她很快又转了话题："你家里为什么没人？"

梁殊择嘴角往上牵扯："这很重要？"

周梵靠在副驾驶上："我是想着假如我去你家了，你家里现在是没人，但要是明天你家里人回来了，看到我——"

她歪头看他："你怎么说？"

"他们不会回来，"梁殊择发动汽车，往他家的方向走，"出国过年了。"

"嗯？"周梵愣了下，"那你怎么一个人留在这儿？"

梁殊择："我嫌出国过年麻烦。"

周梵扯了扯嘴角："噢。"

汽车抵达梁殊择家里。

这是周梵第一次来梁殊择的家。

梁殊择将她揽到怀里，低声问她："今晚要不要我抱着你睡？"

周梵弯腰换鞋，低低地"嗯"了声："要。"

睡在梁殊择床上，周梵被梁殊择抱着，她抬手摸了摸他手指："你家里好漂亮。"

"哪里漂亮。"梁殊择笑着抚她嘴角。

"比我家里漂亮多了，"周梵说，"装修漂亮，布置漂亮，感觉阿姨应该是个很懂艺术审美的人。"

梁殊择"哦"了一声："你想见我父母？"

周梵翻了个身，依旧被他抱着，她手指顺着梁殊择身体肌理。

明明知道他在曲解她意思，她还是"嗯"了声，而后说："想见。

"很想见。"

梁殊择抓住周梵手指："别乱摸。"

他说："那我明天让他们回国。"

"不用，"周梵笑，"以后总有机会，现在还太早了。"

"行，"梁殊择说，"看你意愿。"

周梵手指被他抓住，她笑着挣扎了下："梁殊择，你放开我的手啊。"

"不放。"梁殊择轻压着她手指，抬手环着她的腰，"睡觉。"

周梵笑："睡不着啊,梁殊择。"

梁殊择松了她手指。

周梵手指蹭了蹭他硬朗的下巴："你现在要睡了吗?"

梁殊择按了下她手指,滚烫气息传递到周梵心脏。

周梵："你别睡觉,陪我聊会儿天,行吗?"

"聊什么?"梁殊择说。

"不知道——"周梵拖长尾音地笑,拽住他手,弯唇,"梁殊择,我好喜欢抱着你睡觉啊,感觉很开心呢。"

梁殊择"嗯"了声,手指勾着她长发,笑:"知道了。"

周梵吃过药,困倦来得很快,一会儿就睡过去。眼睛彻底闭上之前,她摸了下梁殊择手指:"我好像要睡着了。"

梁殊择睡意全无,眼睛扫着她。周梵睡得很安静,脸色依旧有点苍白,他抬手,心疼地将她搂在怀里。

好像要将她融入身体里。

第二天梁殊择将周梵送回家。

陈慧卉上午打电话告知周梵得下午两三点回家,现在才中午十二点,周梵扒拉着梁殊择手,抬眼看他:"要不要去我家坐坐?"

她笑了下:"我给你倒杯水喝。"

梁殊择松了安全带:"黏人。"

周梵:"嗯。"

两人牵着手走进周梵家里。

"你坐沙发那儿。"周梵穿着拖鞋去客厅倒水。梁殊择"嗯"了声,懒散地坐在沙发上。

没多久,外边忽然出现脚步声和说话声。

周梵端水的手差点没拿稳杯子。

她快步走到梁殊择身边,咽了下喉咙:"好像是我妈。"

梁殊择反倒笑了声:"你这么紧张干什么。"

他低声:"睡都睡过了。"

周梵瞪眼他。

梁殊择紧了紧她手心:"放心,有我在。"

他说："周梵，我只问你一句。"

周梵："什么？"

梁殊择正经道："你想不想让你家里人知道我。"

周梵这次没犹豫："想。"

之后陈慧卉和周峪嘉走进家里。

周梵爸爸还留在遂北市。

周峪嘉比陈慧卉先走进家里。

他被沙发上高大男人吓了一跳。

几秒后，他反应过来，想起来自己好像见过他的，朝周梵使了个眼色，回头扫一眼陈慧卉："姐，这就是你给我请的家教吗？"

周梵眼神动了动。

陈慧卉还在外边，没走进家里，只是问周峪嘉："什么家教？"

"就我学习不好，我让我姐给我请家教来着。"周峪嘉说。

梁殊择拨了下周梵手指，笑："你弟还挺机灵。"

周梵也笑。

但之后的事情却出乎周峪嘉预料了。

他以为周梵没预料到他和陈慧卉提前回家了，现在必定慌得不行，但没想到周梵现在竟然还笑得出来。

之后，周峪嘉更吃惊。

姐姐身边那个男人很从容，即使是遇到陈慧卉这么难缠的人，反应也慢条斯理，礼貌周全到极点。

周梵和那个男人坐在沙发上，陈慧卉坐对面，周峪嘉被赶到自己房里不准出来。

后来，大概是几十分钟后，周峪嘉听到门被关上的声音。

他走出卧室，看到陈慧卉拍周梵的肩膀。

距离有点远，他没听清两人在说什么。

只看到他姐姐笑得很开心。

像炎热夏天吃到最甜一勺西瓜。

周梵大三下学期去国外做了为期两个月的学术交流。

那两个月梁殊择正好闲暇时间多，也凑巧，便陪周梵一起去了。

两个人在国外腻在一起两个月。

回国之后，周梵就忙起来。

她独立当导演拍了部片子，获奖那天，梁殊择坐在台下。

聚光灯打着，她漂亮自信得不像话。

最后梁殊择作为投资方上台，恰巧和周梵站在一起。台下坐了很多人，梁殊择说完最后一句话，离开话筒，转头不经意看了眼周梵。

"今晚一起吃饭吗？"

他压着声音问她。

周梵没想到他会在领奖台上问她这个，虽然这话只有她一个人听到。

但台下人真的很多，乌泱泱的。

她便假装不经意看了眼梁殊择，"嗯"了声。

周梵和几个获奖的大学生站在一起接受领奖。

她唇弯着和他们时不时说两句话，过了几秒梁殊择走过来颁奖，最后走到周梵面前。

他递给她奖杯，在众人面前落下一句只有周梵听到的话。

"好想吻我们撒娇公主。"

话音刚落，颁奖仪式到尾声，台下掌声热烈如潮。

周梵拿着奖杯笑。终于，在这一天，她拿到最想拿的奖杯，也和最喜欢的人在一起。

也是大三下学期，李清铭和周梵在酒吧玩。梁殊择在国外，明天回。

周梵喝了点果酒，和李清铭很开心地看演出。

徐雾和郑烟烟也在酒吧，看到周梵和李清铭。

郑烟烟："周梵和梁殊择在一起很久了。得亏你，她才能认识梁殊择。如果不是你和程子今在一起，她怎么可能认识梁殊择这种人。"

徐雾笑着"嗯"了声："她还没谢过我。"

两人说着说着便朝周梵和李清铭走过去。

周梵又抿了口果酒，和李清铭说着话。

忽然看到两个眼熟的人坐在她们卡座对面。

"好久不见，周梵。"徐雾笑着说。

周梵也笑出声，温和道："是很久没见过了。"

"你和梁殊择在一起,感觉怎么样?"徐雾问。

周梵抬眼看她。

徐雾:"我也算你和梁殊择半个媒人。"

周梵笑出声,李清铭嘴快:"梵梵和梁殊择在一起和你没半毛钱关系。"

徐雾看一眼李清铭:"周梵不是通过我才认识梁殊择?哦,还有程子今,你现在是不是还在追程子今?"

李清铭笑:"谁追他,我有男朋友了。"

她下巴挑一下台上乐队唱歌的那位:"在那儿,正中央那个,我男朋友。"

徐雾眼神变了变。

郑烟烟:"但是周梵能认识梁殊择,的确是多亏了雾雾啊。如果不是梁殊择和程子今是发小,那次我们一起去吃饭,周梵你哪能认识梁殊择。"

周梵不想多说,更不会为了所谓让她们吃惊而说更多的话:"我和梁殊择是同一个高中。"

徐雾:"一个高中怎么了,周梵你就是不想承认,是因为我,你和梁殊择才有认识的机会。"

周梵觉得没话说,倒也不气,正准备说话,手机忽然响了。

她看了眼屏幕,显示是梁殊择的来电。

她接过,声音惊讶:"你现在在酒吧外?"

梁殊择在电话里"嗯"了声,问了周梵卡座位置。

徐雾:"梁殊择要过来?"

李清铭:"你待会儿可以问梁殊择你想问的问题。"

徐雾看李清铭一眼:"你是不是以为我不敢问他。"

周梵和梁殊择打着电话,没听到她们在说什么。

两分钟后,周梵正抿着果酒,头发忽然被人揉了下。

她顺势拿过他手,抬眼看他,眼睛里闪着细碎的光:"梁殊择。"

梁殊择低笑了声,弯腰和周梵说话。

徐雾眼神又变了变,梁殊择这种人谈起恋爱来好像变得很温柔。

但周梵能和他谈上恋爱,百分之八十都在于她牵线搭桥。

思及此,徐雾弯下唇,敲了下玻璃桌面:"梁殊择,你还记得那次我们一起去吃饭吗?"

梁殊择缓慢抬眼,眼尾凌厉,他喉结滚一下:"哪次?"

"就那次,梵梵大一刚开学,我和程子今谈恋爱,军训结束后我们一起去吃饭。"徐雾说。

周梵手撑着下巴,有点困了。李清铭男朋友忽然偷偷将周梵叫出去,周梵匆忙就和他走了。

"怎么了?"梁殊择去看手机,散漫道。

"我是想说,我好像无意中促进了你和梵梵在一起。如果不是那次我们一起去吃饭,梵梵好像也不会认识你这么优秀的人。"徐雾笑了下。

梁殊择笑出声。

徐雾不明所以地看了眼郑烟烟。

梁殊择睨眼徐雾:"周梵不优秀吗?"

徐雾"啊"了声,过了小会儿,说:"优秀的。"

梁殊择收了手机,临走前睨一眼徐雾。

"在你没认识程子今之前,我就认识周梵了。"

他站起来去找周梵,声音懒散:"我们不是因为那次吃饭才认识,是我早就对她有所图谋。"

徐雾惊讶尴尬得说不出话,原本红润的脸颊很快变白。

周梵被李清铭男朋友叫去,是李清铭男朋友想向李清铭求婚,想让周梵帮忙打个掩护。

后来那天深夜在酒吧,李清铭男朋友向李清铭求了婚。很多玫瑰散布在酒吧。

周梵和梁殊择,以及酒吧所有人都是见证者。

李清铭终于拿到真正属于她自己的玫瑰。

周梵眼眶泛酸,抬手抹泪,一起见证浪漫本身就是个最浪漫的事。

梁殊择揽她更紧,在半明半暗的灯光下咬了下她耳垂,却没说话。

周梵抬手在他手心胡乱勾勾画画,安抚他。

梁殊择扯了下唇,说:"你想和我结婚。"

周梵眨下眼:"什么?"

"你刚刚在我手心画什么?"梁殊择问她。

周梵:"我安抚你啊,"她压低声音,"你刚刚不是咬我耳朵。"
"噢,"梁殊择说,"你刚刚向我传递的消息是,你想和我结婚。"
周梵笑了笑:"梁殊择你这人怎么这么爱曲解我意思。"
梁殊择揉下她头,滚了下喉结:"等你毕业就结婚,我同意了。"
周梵轻拧了下他手臂:"我没说这个。"
"噢,"梁殊择弯下唇,"那是我想结婚,行吗?"
在一片掌声和祝福中,周梵认真地低声问:"你这么年轻,就想和我结婚了啊。"
她愣怔一下:"梁殊择,你要考虑清楚。"
梁殊择笑:"该想清楚的是你。"
他淡淡地说:"我早想和你领证了。"
酒吧灯光倾泻下来。
周梵听到梁殊择说:"再次遇到你的那天起,我就很想你一直在我身边了。"

梁殊择是在周梵毕业前一天向她求的婚。那时梁殊择已经和她家里人关系很融洽。
排场一如既往的大,西京大学几乎每个人都知道梁殊择向周梵求婚。
求婚的场景被很多人拍了下来。
视频里,梁殊择跪下,给周梵戴上价值不菲又漂亮到极点的钻戒,羡煞旁人。
那天有许多人祝福他们。
周梵永远记得那天。
天空很晴朗,几乎是万里无云,西京大学的绿植遍布周遭,面前的男人神情不似平时漫不经心。
她只听到身旁围了几大操场的人发出惊呼,梁殊择给她戴上戒指,他指尖很烫,最后他抬眼看她,嗓音如平常。
"周梵,终于能一直牵你的手了。"
领证那天也是周梵毕业那天。
那天天气也很好,周梵和梁殊择走出民政局。
周梵笑得很温暖。

"梁殊择——"她被梁殊择牵着手,"我还是不敢相信,我们居然结婚了。"
梁殊择抬手拨了下她的散发,情不自禁地在阳光下低头吻她。
"撒娇公主,我们现在终于能在一起很久很久了。"

番外一

/

我记住你了

遂南一中校庆是在下午五点钟结束的。

周梵和几个同学边说话边回了教室。

头顶的白色电风扇"呼呼"作响，黑板上写着今天要写的作业，周梵扫一眼黑板，闷闷不乐地和同学说："今天数学要写两张试卷。"

和同学倾诉完不会写数学题的烦恼，周梵回到课桌，她有点困了，便趴在课桌上睡了片刻。

醒来时已经到吃晚饭的点。

她朝课桌伸出手，想拿校卡和同学去食堂吃饭，但一不小心摸到一个厚厚的信封。

周梵咂下舌，悄悄地把信封拿出来，拆开，眼睛瞪大，认真看了起来。

留名是"高三（7）班梁殊择"。

十几分钟后，陆续有吃完饭的同学走进教室。

周梵眉头微微皱着，前桌那个戴眼镜的男生转头问周梵还有没有纸巾。

周梵摇头："没啦，都被你用完了。"

男生："你怎么不开心啊？"

周梵说了句"没什么"，便走出教室，往高三教学楼方向走。

中途路过公告栏，她意外看到了梁殊择这个名字。

对于这个名字她是没有印象的，但现在公告栏上"梁殊择"三个字，让她不由自主地走近看。

她看了眼梁殊择名字底下的介绍。

周梵又咂下舌："这么厉害呢，成绩比我好多了。"

她又继续朝高三教学楼走。

行至高三（7）班教室。

她透过玻璃看教室里的人。

不一会儿有个学姐走进教室，周梵连忙叫住她："学姐，你们班是不是有个叫梁殊择的学长？"

"他好像不在教室呢，"学姐说，"他这人一向挺忙的。"

周梵心里嘀咕："忙吗？忙怎么还给我写那么长的信呢。"

走廊传来篮球拍打地面的声音，一群少年迎风走过来。

学姐朝最中央的少年挥手："这儿有人找你。"

周梵看到学姐耳朵红了。

"周梵。过来。"

一道很少年气的嗓音在周梵耳朵边响起来。

周梵顺着嗓音看过去。

一个高大少年站在走廊上看着她，眉眼冷峻，但带了点笑。

学姐很惊讶地看着梁殊择叫这个学妹的名字。

原来是梁殊择找这位学妹吗？

"哦。"周梵朝他走过去，她拨了下碎发，"你就是梁殊择啊。"

梁殊择带她去了天台。

"嗯。"梁殊择看她一眼，"你喜欢那个兔子耳坠吗？"

天台上的风很舒服，周梵被风吹得惬意，她说："那个兔子耳坠也是你送的吗？"

"是。"少年坦荡无畏，"周梵，可以交个朋友吗？"

周梵拧着眉："交朋友？"

梁殊择低低应了声："嗯，我想认识你。"

"好。"周梵点点头，偏头问他，"你是叫梁殊择，对吧？"

"嗯，是，梁殊择。"

周梵又点点头："好，我记住你了。"

这是周梵第一次见梁殊择。

很奇怪，她那天回教室就在日记本上写下了一段话——

> 今天遇到了一个学长，他叫梁殊择。
> 他学习成绩很好，我们交了朋友，交换了联系方式。
> 我感觉他挺好的。

放月假的第一天，周梵和同学在咖啡店里抓耳挠腮地写数学题。

写到一半，同学被她妈妈叫回家了，周梵看着那个同学走出咖啡店，苦恼地继续写题。

而后手机忽然响了下。

梁殊择发来一条消息：我想约你出来玩，好不好？

周梵叹口气，发送回信：我在咖啡店写数学题呢，难死了，我上次数学月考才考了不到一百分。

梁殊择：哪个咖啡店？我教你写？

周梵：就市中心这个，真的吗？好啊。

半个小时后，周梵看到梁殊择推门进来。

她招手："梁殊择，梁殊择，我在这儿。"

她将数学试卷推到梁殊择的方向："你看，就数列第二问，它怎么能这样算呢？"

周梵靠梁殊择很近，他咽了下喉咙，淡淡"嗯"了声，将数学试卷拿过来，然后认真教她写题。

一下午就这样过去。

最后一抹夕阳投到咖啡店桌面，周梵茅塞顿开："哇，你讲得好好，我听懂了。"

梁殊择扯了下唇"嗯"了声："听懂就好。"

周梵掏钱请他喝了杯咖啡。

她将咖啡推到他面前："梁殊择，我请你喝，辛苦你教我写题了。谢谢。"

梁殊择牵起嘴角，接过咖啡："以后不懂的，可以给我发消息。我看到了就会回。"

周梵："你有什么让我帮忙的，你也可以和我说。你教我写题，我可以教你其他的。好吗？"

梁殊择"嗯"了声："可以。"

此后的月假，周梵便经常和梁殊择在一起写题或者是出去玩。

梁殊择快毕业的前一天，周梵去找他。

当看到梁殊择站在走廊上朝她笑时，周梵很清醒地意识到，她好像喜欢上他了。

怎么会有人不喜欢这样的少年，勇敢又无畏，浑身都是赤诚又果敢的少年气。

可是他就要毕业了啊。

周梵吸了下鼻子，朝他走过去。

梁殊择混在人群里也朝她走过来。少年手长脚长，五官精致冷峻，只是眉眼含着笑。

她心重重地跳动。

此后的一年里，周梵开始备战高考。

梁殊择经常给她打电话教她写题，或是一起聊天。

周梵拍毕业照的那一天，梁殊择来遂南一中找她。

两人在毕业典礼上拥抱了一下。

周梵抱着他，因有老师在，不敢有太亲密的动作。

待老师散去，周梵鼻子泛酸，踮脚摸了摸梁殊择的眉眼："梁殊择，我好想你。"

梁殊择回抱了她一下。

遂南市高考成绩出来那天，她和梁殊择在咖啡店一起等。

周梵："要是我没有考到西京大学怎么办？"

她叹口气："待会儿你又和别的女生交朋友。"

梁殊择笑了下："怎么会，周梵，会考上的。"

他抬手揉她头发："别瞎担心，好吗？"

"嗯。"周梵焦急地等高考成绩出来。

大概是下午两点多，高考成绩被刷新出来。

"上六百分了。"周梵惊讶地看着分数，开心得掉下泪，双手伸出去抱梁殊择，"我可以考上西京大学了。"

梁殊择笑出声，抬手抱住她。

当天晚上，梁殊择送周梵回家。

月光拖在他们背后，暖黄色、温和又暧昧。

周梵悄悄地朝梁殊择伸出手，碰了下他，而后抬头问他："那我现在考上西京大学了，你可以牵我手了吗？我挺喜欢你的，我觉得你可以牵我的手了。"

梁殊择拽过她手，朝她偏头："周梵。"

周梵："什么？"

梁殊择情不自禁地朝她吻过来："我喜欢你啊。"

番外二

爱就是你

收到李清铭结婚请柬的那一天，恰好是周峪嘉生日，那天周梵和梁殊择父母都在，一家人在酒店餐桌上相谈甚欢。

梁殊择爸妈对周梵的喜欢眼睛里都快藏不住。

周梵觉得不好意思，脸颊滚烫，周峪嘉笑话周梵，说以前很多人都这么夸她，怎么不见她有一丁点反应。

梁殊择手指轻敲了下桌子，周峪嘉就不说话了，他偏头看一眼梁殊择，很懂事地点点头，低头玩起了手里的游戏机。

周梵脸上热意退却很多，梁殊择和在座家长们说了一声，便带着她走出包厢。

周梵被梁殊择牵着手，后知后觉地疑惑他到底是怎么收服周峪嘉的，遂转头问他："梁殊择，我发现你真的很会蛊惑人心。"

梁殊择笑了下："怎么了？"

周梵也跟着笑，还是觉得很不可思议："因为你连周峪嘉都可以笼络过来啊，我爸妈有时候都管不了他。他可烦人了。"

两人走到酒店外，空气比包厢里要清新很多，高大的棕榈树立在街道两边，在地面铺了片深厚的阴影。

梁殊择："好像也没有那么烦人。"

周梵转头看着他，顿了顿，说："所以我才觉得你很会蛊惑人心。周峪嘉那么烦的人，你还觉得不烦。"

梁殊择滚了下喉咙。

周梵继续说："那你觉得你会不会蛊惑人心？我爸妈都挺喜欢你的，之前我还很担心我妈妈会……你记得吧？我们还不熟的那个大一寒假，我和她吵架，还被你看到了，丢人。"

梁殊择拨了拨她戴的贝雷帽，说："怎么不记得，"他声音变得淡了点，"那时候我心疼得不行。"

周梵笑了一声，实话实说："是吗？那还真是看不太出来。我那时候还觉得你在看我笑话。"

"那晚就和你说过了，"梁殊择手指拨完贝雷帽，又拨了下她长而漆黑的眼睫，"我不笑话你，我给你递纸巾。"

梁殊择的手总是不太安分，周梵笑着捉住他手指，说："别拨我眼睛，你知不知道很痒啊。"

梁殊择心甘情愿地被她牢牢地捉住手，低低说出一句话："谁让你今晚没牵我的手。"

"那不是很多人都在吗？我爸妈在，你爸妈也在，周峪嘉在，你妹妹也在，这么多人看着，我不太好意思。"周梵揉着梁殊择宽厚的手心，继续说，"嗯？你好意思吗？"

梁殊择抬手反扣着她手心，睨了她一眼，声音很平静："有什么不好意思。"

周梵点点头，"哦"了声，偏头飞速地看他一眼，小声问："你生气啦？"

梁殊择紧紧扣着她手心。

周梵觉得很好笑，抬手也拨了下他眼睫："你好笑不好笑？说出去谁信啊，你竟然因为我没牵你手就生气了。"

梁殊择其实是在逗她玩："没生气。"

周梵"哦"了声："那是我以小人之心，度君子之腹了。"

梁殊择低笑了声，继续逗着她："没生气，就是不痛快。"

周梵将手伸出去："给，牵吧，牵个够。"

梁殊择手机响了下，低头接了电话，顺势牵起她手，还拨了下她拇指。

周梵被他拨得痒，笑着求饶。

梁殊择一边接电话，一边不动声色地闹她。

打完电话后，他偏头看她一眼，问以后敢不敢光明正大地牵他的手。

周梵抿了下唇："我们又不是地下情人，当然可以正大光明地牵手。"

梁殊择哂笑一声："地下情人？"

周梵看着两个人牵在一起的手，说："不是已经牵着了吗，干吗还要挑我刺？"

梁殊择："这就挑你刺了？"

"这还不算挑我刺？"周梵弯了下唇，"我说我们不是地下情人，你非要重复一次这个词，弄得我们真像地下情人似的。"

梁殊择故意曲解他姑娘的意思："哦，你想和我做地下情人。"

周梵凶狠地揉了下他手腕："有时候真的不想理你啊。刚刚就一小会儿没牵手而已。"

梁殊择逗完人就说起正事："婚期是哪天？"

"国庆第二天。"提起李清铭结婚的事，周梵真替她高兴，"这两人终于修成正果啦。"

梁殊择低眸，揉着她的手指，瞥到一个很小的伤口："周梵，这是什么时候弄的？"

周梵不甚在意地看一眼："不知道在哪儿弄的。"又继续说李清铭的事，"我第一次当伴娘，很多事情还不知道呢，我待会儿回家上网查查。你觉得怎么样。"

抬眼，梁殊择还是盯着她那个小得几乎看不见的伤口。周梵笑出声："梁殊择，你有没有听我讲话？"

"听了。"梁殊择吐出两个字。

周梵抬手揉了下他头发，很蓬松，毛茸茸，但又很扎手。她大力多揉了几下，说他头发摸起来虽然扎手，但还是舍不得松开。

梁殊择笑："是吗？"

"嗯啊。"周梵揉够了头发，手和他五指扣紧，笑着说。

"那天我没时间去，你自己能应付吗？"梁殊择问。

"我又不是小孩子，"周梵笑着看一眼他，"我是成年人了，很独立的好不好。"

"那是谁上次我没来得及回家，一个人躲在房里偷偷哭？"

周梵想起那晚的事，低垂眼睫，几秒后，抬眼问他："梁殊择，你是不是可以拿这件事取笑我一辈子？"

梁殊择笑得肩膀微抖："我是心疼你好吗？而且我那晚也回家了。"

"行，"周梵应了声，"你要真心疼我，清铭结婚你陪我去。"

"我真没时间。"梁殊择无奈道。

"行，知道你没时间，"周梵，"逗你的，谁让你总是拿那事取笑我，偷偷哭是最丢脸的了。"

梁殊择："我不觉得丢脸。"

周梵揉了下鼻尖："丢脸。"

"哪儿丢脸了？"

周梵眨下眼："你要不觉得丢脸，你现在给我哭一个。"

梁殊择食指碰了碰她手心："有你在身边，我哪会哭。"他笑，"开心都来不及。"

周梵手心扣上他手背，两个人体温都很高，互相传递体温，指尖肌肤都传着热意。

西京市阴沉半个月，终于在国庆第二天迎来久违晴天。周梵那天起得很早，不到六点就被拉起来做妆造。

伴娘不止她一个，还有五名是李清铭以前的高中挚友。

周梵和她们在一起说李清铭从小到大的事，六个人边做妆造边笑得不行，都被化妆师拉着说不准再笑了。

上午九点时，周梵穿着露肩的粉色纱裙走到草地上。

婚礼场地是程子今选的，只是李清铭的新郎并不是他。

说来也是机缘巧合，程子今去年收购了西京市几个婚庆公司，那天周梵和李清铭在家商量婚礼到底办成哪样才算圆满。

程子今替梁殊择给周梵送虾粥，吊儿郎当地给李清铭提建议："我那儿有块地，特适合办婚礼，李清铭，你要不要？我给你打八折。"

周梵默默地不说话。

李清铭笑了："好啊，我要。"

于是婚礼地点就选在了西京市的郊外，那儿有一大块草地，旁边就是大海，很浪漫。

但对周梵来说，更浪漫的是，那天梁殊择竟然也赶回来了。

那天周梵跟着其他五个伴娘走在李清铭旁边，阳光的确很好，偶有微风吹拂，鼻尖都绕着海水的咸腥气。

《婚礼鸣奏曲》是英文的，前奏一出来，周梵就跟着她们往草坪上走。

新郎是李清铭在大学交的那个男朋友，很温柔。周梵有时候还笑李清铭，说她迷途知返这辈子没搭在程公子身上。

李清铭就点点头："是，这辈子没搭他身上，是我命好。"

那天程子今是跟着梁殊择来的。

周梵没想到，李清铭也没想到，因为她根本没邀请他。

婚礼结束以后，周梵累得不行，抬头正找着梁殊择，他就往她的方向走过来了。

梁殊择是这样，自从在一起后，就很少让周梵找过他，每次都是在她找他之前，他就已经朝她走过来。

"你不是有事不能来吗？"周梵觉得今天能见着梁殊择，她是真开心。

梁殊择低头拢了拢她头发，周围人声鼎沸，声音好像要把所有人淹没了，就她和他耳朵边都清静，只能听见对方的声音。

"忙完了就赶过来。"梁殊择拨下唇，"也不能真让你不开心是不是。"

"没，我不会不开心，"周梵伸手主动去牵他的手，"但你来我会更开心。"

周梵以前很少会说这种话，有时候是说不出口，有失落，也忍着，但现在越来越喜欢他，也学着表达自己的内心世界。

因为梁殊择总是告诉她，周梵，你得把你想的事告诉我，别忍，也别憋着。反正有他呢，什么事都别藏着，藏着干什么，他不是还在吗。

于是周梵就真的开始朝梁殊择释放一些情绪了。

"今天怎么主动牵我手？"梁殊择笑了下。

"喜欢啊！"周梵环绕了一圈，又主动踮脚亲了下他侧脸，飞速地说了一句话，"爱你。"

亲完之后，她站回原地，看见梁殊择耳朵染上一点很明显的红。

顿了顿，她又踮脚，抬手揉了下他耳尖，低声笑道："梁殊择，你这么纯情？"

梁殊择抓住她手，顺势十指相扣上，低声吐出一句话："我纯不纯情，你不是最知道了吗？"

周梵没出声。

"第一次看你穿粉色。"梁殊择说。

周梵的确几乎没穿过这种粉色系的衣服，她点点头："是很少穿。好看吗？"

梁殊择笑了下:"虽然听起来很敷衍,但周梵,我还是得说——"

周梵低头划着手机:"说什么?"

"你穿什么都——"梁殊择停顿了下,逗她,"还行。"

周梵抬头,凝视着他弯唇:"你想清楚再说。"

梁殊择尾音上扬,"嗯"了一声:"怎么算想清楚。"

周梵挠了挠他下巴:"梁殊择,你笨蛋啊。"

梁殊择低头拨了拨她指尖:"那你穿什么都好看。"

周梵笑着拍了下他肩膀:"喂,梁殊择,听起来真的很敷衍啊。"

梁殊择摁了下她手心,顺着手心经脉滑下来,说:"周梵,你打人好轻。"

"那我重点?"周梵想了想,无奈道,"算了,舍不得。"

梁殊择牵着她手去海边,笑着揉下她头发:"刚刚我故意逗你的。"

他手臂环着她肩膀,低声道:"我们周梵当然穿什么都很好看。"

"怎么就我们周梵了,"周梵眨下眼,"周梵本人可没同意。"

"哦,"梁殊择摁了下她后背露出来的两块肩胛骨,笑,"我们周梵本人还没同意?"

"没同意,"周梵说,"所以请你不要以我们周梵自居。那我还说,我们梁殊择呢。你同不同意呢?"

梁殊择被她逗笑:"我同意呢。"

"呢?"周梵笑得肚子疼,"你怎么用这种可爱的语气词。"

梁殊择表情一下子变得冷峻,语音淡淡:"那不用了。"

"不要,"周梵挽着他胳膊,抬眼扫他,"你刚刚的表情就好像我们刚认识那会儿一样,我不喜欢。"

梁殊择滚了滚喉咙:"那个时候你都不认识我。"

"嗯。"提起这个,周梵还是觉得很遗憾,"对不起啊,我应该早点认识你就好了。如果我们高中就认识的话,我大一还可以和你一起坐高铁去西京。你还记得那天,有个学长一直很强硬地要帮我拿行李吗?"

梁殊择"嗯"了声。

周梵看梁殊择一眼,他心情低落的时候其实很难看出来,但她最近也能有点心得,比如,他一旦心情低落,眼睫会往下垂很多,声音也会淡下几分。

意识到他情绪低落,周梵笑着拍拍他胸脯:"喂,我的意思是说,如果那个时候我们在一起，你就可以光明正大地帮我拎行李，那个学长也就不会那样了吧。"

梁殊择抓住她细白的手腕，顺势拢住她整个肩膀，往她耳边吹了口气。

周梵愣了下，接着耳边传来他声音："可是你这么好的人，什么时候遇到都算我幸运。"

这话倒是把周梵说得不好意思了，她笑了笑，说："梁殊择，你以后能不能不要突然说这种话。我真的很担心——"

梁殊择："担心什么？"

"我还是觉得感情真的是一个很稀薄的消耗品，"周梵音量放低一点，"说实话，我不知道你为什么这么喜欢我。"

她扯了下唇："其实我觉得我就是一个很普通的人，所以我有时候很心虚，"周梵抬眼直视着他，将近期很想说的话说完，"怕你有一天看见我的普通，然后就没那么喜欢我了。那样的话，你可以抽身离开，可是我怎么办。"

周梵的声音更低道："我现在真的特别特别喜欢你，不想你离开呢。"

说完这些话，周梵彻底松了一口气，她猜测过梁殊择听见这席话的反应，但唯独没想过，他竟然笑得直不起腰。

周梵板着脸，却又忍不住跟着他笑，说："梁殊择你什么意思啊。我在说正事，你居然笑得这么开心。"

她极力忍住笑，咬着唇："说，你是不是已经没以前那么喜欢我了，我要生气了。"

梁殊择笑了好一会儿，边笑边揉她头发："太可爱了。"

周梵抓住他的手："我真牛气了，我和你说正事呢，你笑成这样。"

"行，我不笑了。"梁殊择半响才止住笑。

周梵冷哼一声："我不想和你说话了。"

梁殊择又笑得不行。

这样还叫她怎么生气嘛，世界上怎么会有这种人啊，生气都生气不起来了。

"好，好，好。"梁殊择低声哄她，"周梵，我不笑了，说正事。"

"不，"周梵傲娇道，"我现在不想说正事。"

梁殊择忽然低头蜻蜓点水般地吻她嘴角："说不说。"

"不说。"周梵偏开脑袋。

梁殊择大手抵住她脑袋，没让她偏开，就这样径直吻下来。

"说不说。"他重复道。

"你别耍赖好不好。"周梵说，"你力气比我大，我根本躲不开。"

梁殊择没说话，吻了很久，脑袋都开始缺氧，他边吻边说："周梵，你知不知道我刚刚为什么笑那么久。"

周梵嘟囔道："谁知道你啊，反正我从来就没有认真看懂过你。"

"嗯？"梁殊择松开她，认真地盯着周梵，"感情的确是消耗品，但我对你的感情不是。"

周梵低头，"哦"了声："漂亮话谁都会说，可是我见过太多对情侣最后分道扬镳的了。梁殊择，我真不想和你分道扬镳。我想和你有个家，然后我们一直很长久很长久地在一起。但是现实好像又在告诉我，很多人都是这样畅想以后的，却没几个人成功做到。"

梁殊择又开始笑了。

周梵赌气道："你再笑就去海里游泳。"

"你太低估我对你的感情了，周梵。"梁殊择说这种话的时候倒是正经得不行，几乎是一板一眼，"我刚刚之所以那么开心，是因为我发现，你好像有我对你的百分之十那样喜欢我了。"

周梵："怎么可能才有百分之十啊。"

梁殊择笑："你放心，这辈子，只要我活着，就永远在你身边。"

周梵低"嗯"了一声："可是总有一天你会发现我的普通。"

"你不普通。"梁殊择说，"我暗恋这么多年的女孩，不会普通。"

周梵倒是很相信他这句话的分量，因为梁殊择这种一向眼高于顶的人，暗恋的女孩一定是很好的。

可是为什么这个人就一定是她呢，念及此，她侧头问："我能问你一件事吗？"

梁殊择低"嗯"了声。

可是周梵又觉得很不好问出口，沉默了一瞬。

梁殊择拨了下她眉心："想知道我是怎么喜欢上你的？"

虽然很不想承认，但周梵的确很想问这个问题，动了动唇："其实我一直挺自卑的。和你谈恋爱，我压力一直挺大。"

"感情这种事嘛，说不准，我也记不起从哪天开始就注意到你，"梁殊择说话像讲故事的口吻，"但我最想说的是，你真的不必担心这么多，我在很早之前就想娶你回家。"

周梵揉了揉他手腕。

梁殊择声音抵达她耳边："承诺有时候当然很不靠谱，但是你还不知道我吗，梁殊择是最爱周梵的。我说过了，我见过很多面的你，可是在我这儿，没有哪一面是普通的。就算是你早晨起来安静地吃早餐，我都觉得不普通。"

周梵鼻尖酸了下，眼泪掉到他手腕突起的骨节上："梁殊择。"

"初中就见过你很多面了，说实话有时候你看上去确实挺笨的。"梁殊择忍不住笑，"有次你和周峪嘉差点被拐卖，是我救的你啊，笨蛋。"

周梵眨眨眼："原来我们那么早就见过了。"

"嗯，还不止这些，"梁殊择继续说，"你小学不是有次在那儿埋死掉的兔子？我也全程见着你流眼泪，哭得可伤心了。"

周梵问："那花是你栽的？"

"不是你男人还能是谁，"梁殊择说，"你高中进手语社，有个小孩很调皮。"

记忆被他重新唤醒，周梵浑身的细胞都重新活动起来，原来那些她平平淡淡又记忆深刻的日子，他早就默默见证和无声参与了。

"对，是有个小孩很调皮。"

梁殊择笑道："你有次不是还被他气哭了？然后一个人在手语社教室擦眼泪，还自言自语地哄自己，我都知道。"

周梵惊讶地看他一眼："这么丢脸的事，你竟然都知道。"

"嗯。"梁殊择笑道，"所以周梵，我见过你很多面，有很笨蛋的，有很可爱的，有很好笑的。"

周梵吸了下鼻子，梁殊择拿出纸巾，小心翼翼地给她擦眼泪："周梵，你真是笨死了，我早就见过你很多不那么完美的瞬间，可是我还是觉得，不那么完美的你才是最鲜活，也是我最喜欢的你。人嘛，当然不是十全十美的，我们都有各自的缺点，但是——"

周梵抬眼看他。

"爱就是爱，笨蛋公主。"

番外三

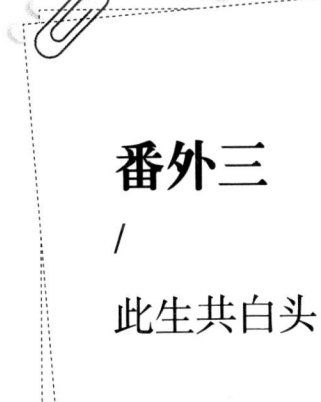

/

此生共白头

如果不是梁殊择提醒周梵，她不会那么早知道自己已经怀孕。

那天晚上她枕在梁殊择强劲有力的手臂上休息，胃里又开始泛酸，她起身往卫生间走，趴在洗漱台上，双手撑着台面，心里很不舒服，浑身都很难受。

梁殊择不知道什么时候站在她身后，满眼都是她，伸出手拍着她背，低沉声音响起："这个月经期也推迟了？"

梁殊择总是记得她经期，每月是否推迟或者提前他都很清楚，周梵本人有时候还不太记得日期，都是靠他提醒才知晓。

"好像推迟了挺久。"周梵难受地抱着他，下巴压在他肩膀上，"可能是吃坏了什么东西吧，这几个星期总是这样，好烦啊，梁殊择。"

梁殊择抬手揉着她柔软的头发。

"明天我陪你一起去做个检查。"

周梵一向很讨厌去医院，嫌那里消毒水气味不好闻，所以这次也很抗拒："你明天不是要去公司？算了吧，别陪我了，我说不定明天就好了。"

"你从来就不喜欢去医院。"

周梵"嗯"了声："你知道的，我有点害怕。"

"周梵，"梁殊择扯了下笑，"哪有你这样的妈妈。"

周梵一下子还没反应过来，顿了顿，又将下巴在他肩膀上压了压，吐出一句话："什么妈妈？"

"放心，"梁殊择将她抱到床上，扫她一眼，"公主做了妈妈也还是公主。"

周梵这才将两件事情联系出来，惊讶道："你是说我可能怀孕了？"

梁殊择坐她旁边，卧室宽阔而明亮，是他婚后在寸土寸金的京北买的一栋房子。

"你没有经验，我知道，别着急。"

周梵眨下眼，还是觉得不可思议，停顿了下，她说："你先别开心，说不定没有，我经期也总是推迟，不稳定的，你又不是不知道。"

"周梵，你哪觉得我开心了？"梁殊择滚了下喉咙，抬手将她头发捋到耳后。

周梵看他一眼："你觉得我们现在太年轻？"

梁殊择眼神动了动。

周梵抿了下唇："如果真怀上，你是不是不想要？"

梁殊择轻轻揉了下她耳尖："周梵你什么毛病。"

"怎么了？"周梵问。

"我怎么可能不要。"梁殊择声音压低，"你脑子一天到晚到底在想些什么。"

"不知道。"周梵这些天总是想吐，整个人状态也不算好，她摇摇头，"梁殊择，我最近一直感觉很难受，说不出来的难受。"

梁殊择将她拢到怀里。

周梵嘴唇动了动："那如果我真怀上了，你为什么不开心？"

"你让我怎么开心？"梁殊择闷笑一声，在想到周梵接下来会面临的一系列苦难，他都觉得很难受。

"为什么不开心？"周梵还是不能够理解，眼睛里映了点细碎的光，唇下意识弯起来，"梁殊择，那是我们的小朋友啊。"

"你自己都是小朋友呢。"梁殊择低头看看她。

周梵笑了下："哦，那你是觉得我不太能照顾小朋友？"

"怎么是你照顾，"梁殊择薄唇轻扬，"小孩爸爸照顾。"

周梵撑着下巴，说："你希望是怀上还是别怀上。"

梁殊择睨了眼他姑娘："你呢？"

"我都行，"周梵笑了笑，"我觉得这小孩将来肯定挺幸福。"

梁殊择心疼地拍了拍她肩膀。

"干什么，"周梵气笑，"梁殊择，你是不是真不想要。"

梁殊择："真舍不得。"

"嗯？"周梵愣了下，"舍不得什么？"

"你知不知道怀孕很辛苦？"梁殊择低笑了声，"真想替你扛了。"

周梵到现在都还没想到怀孕很辛苦这件事，她顿了顿，说："应该也不算太辛苦吧？每个人体质不同。"

"就你这样柔弱的，"梁殊择扯了扯她的衣袖，"还不得辛苦死。"

周梵想了想的确是这样，问："所以你就因为我会很辛苦，不想要小孩子？"

梁殊择喉咙里滚出来一个"嗯"字。

周梵气笑道："行，以后小朋友长大了，我就告诉他，他爸爸因为担心他妈妈太辛苦，所以曾经有不打算要他的残忍想法。"

"周梵，"梁殊择声音压得很低，"太苦了，我不想让你受。"

周梵现在倒还不觉得怎么样，遂安抚他："没事，现在还没确定是不是真怀了，要是真怀了，再说这些也不迟。"她笑了下，觉得奇怪，"梁殊择，你会不会觉得自己很奇怪。因为一般人好像都觉得很开心……再不济心里起码也是高兴的，不像你，我一开始还以为你不想要小朋友呢。"

梁殊择："哪儿奇怪？"他轻扯了下唇，将他的姑娘拉到怀里，俯下身，低头轻吻她嘴角，"周梵，我一点都舍不得你受苦。"

周梵还没反应过来呢，梁殊择就吻过来了，他眼角比一般人要宽，虽然是单眼皮，但那双眼睛不仅显得锋利也显得漆黑，瞳孔底色也是深黑，往常看起来都带着点居高临下的傲慢。

两人靠得很近，周梵手拢着他腰，浑身躁意拨动起来，她正准备伸出舌头，下一瞬，一滴冰凉的液体滴到她脸上。

周梵眉心狠狠地跳了下，抬手摸了下那液体，鼻尖酸了下，声音哽咽起来："梁殊择，你哭什么？"

这是她第一次见他哭。

她没想到他会因为这种事哭，这有什么好哭的，而且是她辛苦，又不是他辛苦。

好一瞬的时间，梁殊择都没开口说话，只是和她手指扣着，动作很粗暴地吻着她。

周梵能感受到他今晚和平常很不一样，她抬手揉了揉他眼角，唇又弯起来："梁殊择，假如我把这事告诉你朋友，你是不是得被笑话很久？"

梁殊择还是没说话。

周梵笑得不行："好了，我不会真告诉你朋友。嗯……没事，掉一滴眼泪也不算哭，顶多就是被风吹了下，然后不小心掉了眼泪。"

她拍了拍他手心，认真地安抚他："好啦——"下一秒，她又哭又笑地说，"其实我现在挺想笑的，但是我又觉得自己不该笑。梁殊择你好烦啊。"

梁殊择抬手摸着她眼睛,声音依旧沉:"嗯……被风吹的。"

"我懂。"周梵起身将窗户关掉,低骂了句今晚的风,"都把梁殊择给吹出眼泪了。"

梁殊择伸手环住她腰,低眸道:"不是风吹的,是心疼你心疼得掉眼泪。"

周梵关窗的时候,眼泪滑下来,转身才挤出一个笑:"好了,别矫情了,不知道的还以为我明天就要死了。"

八个月后周梵在产房那天,的确觉得自己刚死过一次。

她脸色苍白得不行,沉重地掀开眼睫,梁殊择大手握着她手腕,眼圈是红的。

"丢不丢人啊。"周梵费力地挤出一句话,笑话他,"我都没有疼哭。"

"要不要先去看看小朋友?"医生笑了笑,"是个男孩子。"

周梵:"我刚刚看过了。梁殊择,你要不要先看看?"

梁殊择潦草地扫一眼,蹙眉又低头看起周梵:"你疼不疼?"

"疼。"周梵咬着唇,"疼死了。"

梁殊择手背青筋暴起,却小心地握着他姑娘的手,心脏疼得发麻,声音很低,像是哽咽:"周梵,我——"

"好了,别哭,"周梵挤出个笑,"李清铭他们都在外头,你现在要哭,会被很多人看到。"

梁殊择毫不在意这些,只是低头轻揉着她手心:"现在又多了一个男孩子来保护你。"

周梵其实更喜欢女孩,但既来之则安之,总之,现在,她和梁殊择有了个小孩子,一家三口倒也不赖。

人生吗,自从遇到梁殊择以后,她好像要比以前快乐很多。

像是一帆风顺,又像是否极泰来。

那天日光明晃晃的,她看到梁殊择低头吻她额心。他的唇很软。

好像回忆起第一次见他的模样,她心安地闭上眼睛。

只有梁殊择在周梵身边,她才像找到归属感。周梵那一瞬脑袋里蹦出来一句话,原来她也是一个需要归属感的人,从小到大父母没有给予到她的,梁殊择却能给予她。

是幸运,也是命中注定。

小孩子的名字是周梵取的,叫梁期也,寓意是期待的最后会变成真的。

梁期也是个很不乖的小孩子,周梵从怀他那时候就知道,但再不乖也有梁殊择管着,她倒也不用操什么心。

那天一家三口去梁期也期待很久的游乐园玩。

梁殊择开着车,梁期也很兴奋地在车上摇来晃去。周梵则坐在副驾驶休息,最近她很忙,刚参加完电影展回来,原本今天打算在家休息,但还是耐不住梁期也磨她,心一软就答应了。

车开到红绿灯前,梁期也戳了戳妈妈的肩膀:"妈妈,我等下可以去鬼屋玩吗?"

周梵因为很讨厌妈妈专横的教育方式,所以一直对梁期也管得很松。她转头握着梁期也软乎乎的小手,挑了下唇:"好呀,想玩就玩吧。"

梁期也小心翼翼地看了眼爸爸,朝妈妈轻声问:"那妈妈你能陪我玩吗?"

周梵怕黑,一向不怎么敢玩这种鬼屋,她笑了笑:"小也,你叫你爸爸陪你玩呀。"

梁期也很害怕爸爸的,遂紧绷起嘴角,朝妈妈撒娇:"妈妈,我想让你陪我玩嘛。爸爸肯定不想陪我玩,他待会儿只会陪你呀,你不和我一起去鬼屋,那就只有我一个人玩了。"

周梵被他逗笑了,好脾气地和他说:"可是妈妈怕黑呀,妈妈不敢去玩。你现在和爸爸说好不好?你没有邀请他呀,你如果邀请他,他怎么可能不和你去呢?小也,你要尝试和爸爸沟通呀。"

梁期也撇了下唇:"前天我不小心把茶杯打翻到妈妈身上,爸爸就批评我了。我昨天晚上想着制造一个阶梯,让我和爸爸的关系变得不那么差劲,所以邀请爸爸陪我一起看动画片,但是他拒绝我了。"

周梵哭笑不得,身边传来梁殊择低沉的声音:"梁期也,你昨晚什么时候邀请我看动画片了?少在你妈妈面前撒娇,颠倒黑白。"

周梵也不知道事情到底是哪样。

梁期也摇了摇妈妈的手:"妈妈,你看爸爸,他总是对我很凶,一点也不像对妈妈那样温柔。别人家的爸爸都是很疼爱小孩子的,但是我们家爸爸一点也不疼我。"

周梵拨了拨梁期也的手心:"爸爸哪儿不疼你了呀?"

梁期也哼了一声:"爸爸最疼妈妈,舍不得妈妈做一点家务。不过妈妈,我觉得你就得不做家务,你那双手是用来拍电影的。"

周梵笑了笑。

梁期也的话停不下来:"所以妈妈你真的不陪我去鬼屋玩吗?"

梁殊择:"梁期也你话怎么这么多?"

梁期也咬了下唇:"妈妈,爸爸又凶我。"

周梵拨了拨梁殊择手心。

梁殊择滚下喉咙:"梁期也,待会儿我陪你去鬼屋。"

梁期也瞪大眼睛,下意识地奉承他:"真的吗?太好啦,爸爸,我最喜欢你了。"其实才不是呢,他最喜欢的是妈妈!

周梵假装不开心道:"小也,你怎么最喜欢你爸爸啊?"

梁期也笑的时候会露出洁白的牙齿:"因为爸爸很高呀,爸爸太招人喜欢了。妈妈,我没有和你说过吧,上次我坐在车里,爸爸去便利店给我买冰激凌,还有姐姐问爸爸要联系方式呢。"

周梵走在路上,也还是会有很多男生问她要联系方式,不在乎道:"是吗?小也,你怎么现在才告诉我呢。"

梁期也笑道:"这可是我和爸爸的秘密。"

梁殊择将车停进地下车库:"梁期也你少挑拨离间。"

"我没有呀,"梁期也实话实说,"好吧,其实爸爸没有给那些姐姐联系方式。"

周梵笑了笑:"妈妈知道。"

"妈妈,我没说你是怎么知道的?"梁期也不可思议道。

周梵:"因为妈妈爱爸爸呀,所以很相信爸爸。"

梁殊择解了安全带,凑过来替周梵也解了安全带,朝后道:"梁期也闭眼睛。"

梁期也就乖乖闭上眼睛。

周梵漾出一声笑,梁殊择一边解安全带,一边吻她嘴角:"你待会儿在车上?我陪他玩。"

"嗯,好了,待会儿小也看到了。"周梵忍不住说。

梁殊择又吻了吻她,挑眉道:"看到就看到了,这不是言传身教嘛,让他知道爸爸最爱妈妈,以后少和你作对。"

周梵笑着偷偷看了眼梁期也,小朋友到现在还乖乖闭着眼睛呢。

最后,周梵坐在车里先休息一会儿,梁殊择抱着梁期也下车先去鬼屋玩。

男人低头对梁期也说:"去亲一下妈妈。"

梁期也就蹦蹦跳跳朝副驾驶走过来,亲了亲周梵。

周梵透过梁期也,看到梁殊择站在逆光处。

男人依旧高大帅气,只是眉眼间多了几分以前看不到的温柔。

"妈妈,你在看什么呀?"梁期也乖巧地问。

周梵揉了揉梁期也的头:"妈妈没有看谁呀。"

"妈妈你骗人,你刚刚明明就在看爸爸。"

周梵忍不住笑。

是啊,梁殊择站在那里,她怎么可能不看他。

毕竟,他提前喜欢她那么多年。也毕竟,她现在也那么喜欢他。

梁期也亲完妈妈,就过来拉爸爸的大手。

前往鬼屋的路上,梁期也问:"爸爸,刚刚我亲妈妈的时候,她还在看你呢。我感觉妈妈真的好喜欢爸爸呀。"

梁殊择伸手拍了拍梁期也脑袋,回头看了眼周梵,说:"爸爸更喜欢妈妈,你也要像爸爸一样,听到没。少给妈妈找麻烦。"

梁期也:"爸爸,我已经够乖了。"

梁殊择看了眼梁期也:"你哪儿乖?"

梁期也:"你好凶。"

梁殊择手插兜,瞥他一眼:"知道我凶就行,以后要是再气妈妈,那些飞机模型就没人给你买。"

"好吧。"梁期也问,"那爸爸,我现在不去鬼屋了,我们去找妈妈,你能给我买个最新的飞机模型吗?"

梁殊择转身就往周梵的方向走:"买。"

梁期也小脸上露出明亮的笑意。

周梵在车上睡得很沉,醒来的时候,天空都变黑了,她迷迷糊糊地睁眼,梁殊择拉着她的手也在睡。

她又往后座看了眼,梁期也躺着,睡得也正香。

周梵俯身朝梁殊择吻去,但没想到他率先朝她吻了过来。

她弯了弯嘴角。

两个人吻在一起。

月亮高悬,一切正美好。